PAULA
McLAIN

Hemingway & ich

aufbau

PAULA
McLAIN

Hemingway & ich

MARTHA GELLHORNS
GROSSE LIEBE

Roman

Aus dem Englischen
von Yasemin Dinçer

aufbau

Die Originalausgabe unter dem Titel
Love and Ruin
erschien 2018 bei Ballantine Books, New York.

MIX
Papier aus verantwortungsvollen Quellen
FSC® C083411
FSC
www.fsc.org

ISBN 978-3-351-03745-1

Aufbau ist eine Marke der Aufbau Verlag GmbH & Co. KG

1. Auflage 2018

Einbandgestaltung zero-media.net, München
Druck und Binden CPI books GmbH, Leck, Germany
Printed in Germany

www.aufbau-verlag.de

Für Julie Barer

»Es gibt nichts anderes als das Jetzt.
Weder ein Gestern noch ein Morgen.
Wie alt musst du werden,
bevor du das begreifst?«

Ernest Hemingway,
Wem die Stunde schlägt

PROLOG

Kurz vor dem Morgengrauen des 13. Juli 1936, als drei Attentäter eine hohe Gartenmauer in Teneriffa erklommen und hofften, die bewaffneten Wachen dahinter zu überraschen, schlief ich in einem winzigen Zimmer in Stuttgart und wartete darauf, dass mein Leben endlich begann.

Die Mörder gingen professionell vor. Sie bewegten sich lautlos, zogen sich leise an verborgenen Seilen hoch, blickten einander dabei kein einziges Mal an und dachten an nichts anderes als an das, was im nächsten Augenblick zu tun war. Wie auf Samtpfoten ließen sie sich von der Mauer auf den Boden fallen, liefen unsichtbar durch die Schatten und schlichen sich vorsichtig an ihr Ziel heran.

Es war, als würde sich eine Symphonie entfalten. Sie hatten geplant, einem Wachmann nach dem anderen die Kehle durchzuschneiden. Dann würden sie die Verandatür aufbrechen und die Marmortreppe zum Zimmer des kleinen Mädchens hinaufsteigen. María del Carmen hieß sie und war zehn Jahre alt. Sie würde lieblich schlafen, bis man sie rasch mit einem Seil knebeln und ein Kissen auf ihr kleines Gesicht drücken würde. Dann weiter zum Elternschlafzimmer, wo sie die letzten paar Wachen erledigen würden. All das, ohne auch nur einen einzigen Schuss abzufeuern. Der General und seine hübsche Frau würden sich in ihrem Bett hinter der Tür nicht einmal regen, ihre Körper würden so still daliegen wie auf einem Gemälde von Velázquez, bis der Tod sie ereilte.

All dies war bereits ins Rollen gebracht worden, doch dann drehte sich plötzlich einer der Wachmänner um, und Maschinengewehrschüsse durchbrachen die Stille der Nacht. Die Attentäter zerstreuten sich und kamen nur knapp mit dem Leben davon. Der General wurde von dem Geräusch der Schüsse geweckt, doch nachdem er von seinen Männern erfahren hatte, was geschehen war, stolperte er bloß zurück ins Bett. Mordanschläge auf ihn waren keine Seltenheit, insbesondere nicht zu diesem Zeitpunkt, da er sich an der Schwelle zu etwas befand, worauf er so lange gewartet hatte – wie ein Tiger, der knapp außer Sichtweite lauert.

Fünf Tage später begann der geplante Aufruhr in Marokko. Der General verbreitete eine Nachricht, in der er alle Offiziere drängte, sich dem Aufstand anzuschließen und die spanische Regierung zu stürzen. Dann schickte er seine Frau und seine Tochter in ein Versteck in Frankreich und wurde durch die Straßen Teneriffas, wo die Schusswechsel bereits begonnen hatten, zu einer wartenden de Havilland Dragon Rapide gebracht. Er trug Zivilkleidung und dunkle Brillengläser und hatte sich zur weiteren Tarnung seinen berühmten Schnurrbart abrasiert.

Nach alldem war es für das schlanke kleine Flugzeug ein Leichtes, abzuheben und seinen Passagier nach Nordafrika zu befördern, wo er die Armee vorbereiten würde, die bald das spanische Festland überwältigen sollte. Auf dem Weg legte er seine Uniform an, die aus steifem Khaki und einer rot-goldenen Schärpe bestand. Und so verwandelte er sich im Handumdrehen in General Francisco Franco, dem Exil frisch entkommen. Bereit, einen Krieg zu beginnen, den die gesamte Welt würde beenden müssen.

Und was tat ich damals, mit siebenundzwanzig Jahren, als Franco sich an Spanien heranpirschte? Ich stand in einem sich verdüsternden Schatten, genau wie alle anderen, ob es ihnen nun bewusst war oder nicht.

Vor Kurzem waren deutsche Truppen ins Rheinland einmarschiert, und bereits zuvor waren die Nürnberger Gesetze erlassen worden, die es Juden verboten, »echte« Reichsbürger zu heiraten oder mit ihnen Kinder zu zeugen, die sie von staatlichen Schulen und bestimmten Geschäftszweigen ausschlossen und sie im Wesentlichen, gemeinsam mit Afrodeutschen und Sinti und Roma, als Feinde der »Volksgemeinschaft« brandmarkten, damit die Nazis in einem rassistischen Staat ihr arisches Blut schützen konnten. All das war so schockierend und so dermaßen falsch. Und doch konnte man beinahe so tun, als geschähe es nicht, indem man sein Leben weiterlebte und glaubte, es hätte nichts mit einem selbst zu tun.

Ich hatte mit Unterbrechungen mehrere Jahre lang in Paris gelebt, mich dort als Schriftstellerin versucht und mich nebenbei oft verliebt, beides ohne großen Erfolg. Ich wünschte mir nichts sehnlicher, als eine Figur zu erschaffen, die so glamourös und scharfsinnig wäre wie Lady Brett aus *Fiesta*, doch da ich dazu nicht imstande war, versuchte ich stattdessen, sie zu sein. Ich trug lange Röcke zu Strickpullovern und saß in Cafés, wo ich zu viel rauchte und die Augen zusammenkniff und »Hallo, Darling« zu beinahe Fremden sagte. Ich bestellte Cocktails, die viel zu stark für mich waren, lachte über Dinge, die zum Verzweifeln waren, und stürzte mich kopfüber in Erfahrungen, womit ich verheiratete Männer meine. Am schlimmsten war es jedoch, hinterher unter einem verschmierten violetten Himmel allein nach Hause zu laufen und mich dabei kein bisschen wie Lady Brett zu fühlen, sondern traurig und einsam und vollkommen verwirrt darüber zu sein, was ich tun und wer ich sein sollte.

Etwas fehlte in meinem Leben – in mir –, und ich glaubte, das Schreiben könne diese Lücke füllen oder mich von mir selbst heilen. Es war nur eine Ahnung, aber ich war ihr treu gefolgt, von St. Louis nach New York, von New York nach Paris, von Paris nach Cannes, nach Capri und nun nach Stuttgart, wo ich recherchieren wollte. Ich hatte kürzlich einen Roman über ein junges französisches Paar begonnen, das sich dem politischen Pazifismus verschreiben und mutige und wichtige Dinge tun sollte – gemeinsam mit Bergarbeitern in den Streik treten und die metallenen Schlagstöcke der Gendarmen ertragen, alles im Namen der sozialen Gerechtigkeit.

Wenn ich mich in der Weltkriegsbibliothek über meine Notizbücher beugte, erschien mir diese Geschichte tapfer und ernsthaft, aber jeden Tag kam der Augenblick, in dem ich aus der Bibliothek hinaustrat und mit der realen Welt konfrontiert wurde. Wie naiv und hoffnungslos die Vorstellung von Pazifismus doch in den Straßen voller Braunhemden wirkte.

Eines Tages saß ich im Kino, als zwei Nazisoldaten durch die Gänge liefen und eine junge jüdische Frau am Kragen aus ihrem Sitz vor mir hinaus auf die Straße schleiften wie einen Hund. Das Licht ging aus, und die Filmrolle begann sich zu drehen, aber ich konnte nicht still in meinem Sessel sitzen und mich unterhalten lassen, jetzt nicht mehr. Auf dem Rückweg zu meiner Pension erschrak ich jedes Mal, wenn ich mein Spiegelbild in einem Schaufenster erblickte. Ich sah arisch genug aus, mit meinen blonden Locken, meinen hellblauen Augen und meiner kräftigen, geraden Nase. Auf jeden Fall hatte ich die Gesichtszüge von meinen Eltern geerbt, die im antisemitischen St. Louis leicht als Protestanten durchgegangen waren. Doch meine Familie hatte auf beiden Seiten jüdische Vorfahren.

Von Stuttgart aus zog ich weiter nach München, wo alles noch düsterer und unheilvoller wurde. Ich las über Francos Staatsstreich in den Nazizeitungen, die ihn wie alles andere auf eine prahlerische, hämische Weise verkündeten. Die rasch stürzende republikanische Regierung wurde als ein Rudel »roter Schweinehunde« beschrieben, während Franco erstrahlte, ein Prinz des spanischen Volkes. Wen kümmerte es, dass die Regierung, die er und seine Handlanger zu Fall brachten, das Ergebnis der ersten demokratischen Wahl innerhalb von sechzig Jahren war? Wen kümmerte es, dass unschuldige Menschen niedergemetzelt wurden, damit ein paar wenige Macht und totale Herrschaft für sich beanspruchen konnten?

Bis ich zurück in Paris war, hatte Franco bereits das Kriegsrecht ausgerufen und geschworen, Spanien um jeden Preis wieder zu »vereinen«, auch wenn er dafür die Hälfte der Bevölkerung umbringen müsste. Der größte Teil der spanischen Militärs hatte sich den Nationalisten angeschlossen, während militärisch unausgebildete Zivilisten sich bemühten, Städte und Dörfer zu verteidigen. Pamplona, Avila, Saragossa, Teruel, Segovia und das gesamte Navarra fielen wie Dominosteine, noch ehe ein Monat vergangen war. Jeder, der sich gegen den Putsch aussprach, wurde zur Zielscheibe. In der alten Maurenstadt Badajoz zwangen die Nationalisten beinahe zweitausend Menschen auf die Plaza de Toros – Milizionäre und Kleinbauern, Frauen und Kinder – und eröffneten das Feuer mit Maschinengewehren, ließen die Toten dort liegen, wohin sie fielen, und drangen dann weiter nach Toledo vor, wo sie dasselbe tun würden.

Noch schlimmer waren die schrecklichen Bündnisse, die nun geschmiedet wurden. Nazideutschland schickte hochmoderne Bombenflugzeuge der Luftwaffe und dreitausend Soldaten nach Spanien und bekam im Gegenzug mineralische Rohstoffe geliefert, Kupfer und Eisenerz, die Hitler bald bei seinen eigenen tödlichen Plänen behilflich sein würden. U-Boote wurden gesandt und noch mehr Bombenflugzeuge, Hunderte Schiffsladungen Vorräte und erfahrene Offiziere, die Francos Männer ausbilden und ihre Fähigkeit zu töten und zu foltern verfeinern sollten.

Auch Mussolini kam Franco zu Hilfe, »lieh« ihm achtzigtausend Soldaten und formte damit die dritte tödliche Zacke des faschistischen Dreiecks. Und einfach so, nach Jahren finsterer Verschwörungen, wurde Europa beinahe über Nacht zu einem anderen, einem bedrohlicheren Ort. Es schien, als wäre nun alles möglich.

Stalin in der Sowjetunion hatte seine eigene Agenda, aber für den Moment erschien es ihm vorteilhaft, die Spanische Republik zu unterstützen. Er wartete darauf, dass die großen Demokratien des Westens, die Waffen zu verkaufen hatten, sich ihm anschließen würden, aber die französische Regierung war zutiefst gespalten, und Großbritannien schien sich mehr für die schlüpfrigen Geschichten um König Edward VIII. und Wallis Simpson zu interessieren. In den Staaten war Roosevelt damit beschäftigt, gegen die lähmenden Auswirkungen der Depression anzugehen, außerdem befand er sich mitten im Kampf um seine Wiederwahl. Im Übrigen hatte Amerika viel zu diskutieren, wenn es um Spaniens Hilfsgesuche ging. Es gab besorgniserregende Gerüchte, dass Waffen an Anarchisten und Gewerkschaftsmilizionäre gegeben würden, wenn diese sich der republikanischen Sache anschlössen – und eine solche Haltung ließ sich nur schwer unterstützen, da zu Hause bereits solch große Angst vor dem Kommunismus herrschte.

Roosevelt entschied sich für ein generelles Waffenembargo und versprach, Amerika so lange wie möglich aus auswärtigen Kriegen herauszuhalten. Für einige von uns, die in jenem Herbst 1936 zusahen, wie die Schatten sich verdunkelten, existierte die Vorstellung eines auswärtigen Krieges jedoch nicht. Als nationalistische Streitkräfte durch unschuldige Dörfer zogen, sich immer weiter ausbreiteten und Zehntausende mordeten, als sie die Hauptstadt Madrid bombardierten, sie von drei Seiten umzingelten, fühlten wir uns verantwortlich. Die Republik Spanien hatte sich um Demokratie bemüht, nur um niedergeschlagen und gefoltert zu werden. Wieso ging uns das nichts an?

Nach und nach und schließlich auf einen Schwung meldeten sich tausende Menschen freiwillig. Internationale Brigaden formierten sich aus Truppen Frankreichs und Amerikas, Kanadas, Australiens, Mexikos. Die meisten Männer waren keine ausgebildeten Soldaten. Tatsächlich hatte ein Großteil von ihnen noch nie ein Gewehr gehalten, und doch schnappten sie sich nun alle Waffen, derer sie habhaft werden konnten – Revolver, die sie von ihren Vätern geerbt hatten, Jagdgewehre, Pistolen, Gasmasken aus dem Haushaltswarenladen –, und setzten sich in Züge, Schiffe, Transportflugzeuge.

Es war ein wunderbarer Kreuzzug, und auch wenn ich nicht sofort wusste, welche Rolle ich für mich darin finden würde, dachte ich später nur Folgendes: Ich konnte mir kaum ein größeres, unverfälschteres Glück vorstellen, als mitzuerleben, wie sich die Zeit auf einen einzigen Punkt hin zuspitzte. Zu spüren, wie sich die Welt erhob und einen aufrüttelte, darauf beharrte, dass auch man selbst sich erhob, auf welche Weise auch immer. Dass man erwachte und sich unter Schmerzen streckte. Dass man sich vollkommen und unwiderruflich, mit allen Mitteln, die einem zur Verfügung standen, in den Menschen verwandelte, der man immer hatte werden sollen.

Für mich wird der Krieg in Spanien stets im Licht hart erkämpften Wandels leuchten. Es war, als würde man sich verlieben. Oder in den Himmel aufblicken und dort einen brennenden Pfeil erkennen, der einen dazu aufruft, ihm zu folgen. So einfach war es und zugleich so kompliziert. Und sollte dabei mehr in Gang gesetzt werden, als ich jemals voraussehen oder mir auch nur vorstellen könnte, wäre ich dennoch bereit, Ja zu sagen. Und sollte ich bald für immer mein Herz verlieren, es niemals wiedergewinnen, sollte ich wirklich alles verlieren – auch dazu wäre ich bereit. Mein Leben schien es zu verlangen. Es zog mich nach vorn. Letztlich blieb keine Entscheidung zu treffen. Ich würde darauf zugehen müssen, mit weit geöffneten Augen und Armen, bereit, den Preis zu bezahlen.

Teil 1

SCHATTENJAGD

Januar 1936 – März 1937

Erstes Kapitel

Ich war auf Gedeih und Verderb eine geborene Reisende, wollte überall hinkommen und alles sehen. Am deutlichsten erinnere ich mich noch an einen Morgen, als ich fünf oder sechs Jahre alt war und ohne jede Hast oder Schmiererei, sondern mit großer Sorgfalt auf einen Zettel schrieb:

Liebe Mutter, wie hübsch Du bist. Ich finde Dich ganz wunderbar. Leb wohl, Martha.

Ich machte eine Reißzwecke ausfindig, heftete meinen Brief an den oberen Endpfosten des Treppengeländers und marschierte dann ohne einen einzigen Laut und ohne irgendetwas mitzunehmen zur Haustür hinaus. Zielstrebig schritt ich den Häuserblock hinunter, denn ich hatte alles seit Langem geplant, stahl mich auf den Wagen des Mannes, der uns das Eis lieferte, und hoffte, weit entfernt von St. Louis, irgendwo draußen in der Welt zu landen.

Während jenes langen Sommertages blieb ich die ganze Zeit über versteckt und freudig erregt. Als blinder Passagier zu reisen trug zu diesem Gefühl bei, und auch, dass ich heimlich allein fortgegangen war. Noch mehr überzeugte mich jedoch der seltsame Anblick, der sich mir durch die Risse im Wagen bot: Fabriken und Viertel und weitläufige Gegenden meiner eigenen Heimatstadt, die ich nie zuvor gesehen oder auch nur erahnt hatte. Ich war glücklich und vergaß sogar meinen Hunger, bis zur Abenddämmerung, als ich einen Blick auf den Forest Park erhaschte und mir bewusst wurde, dass wir lediglich in einem weiten, vertrauten Kreis gefahren waren.

Diese erste allein unternommene Reise war eine Enttäuschung, dennoch stellte sie die Weichen für mich. Ich war eine Reisende, und damit war die Sache erledigt. Mit sechsundzwanzig Jahren hatte ich bereits den größten Teil Europas gesehen, war nackt in drei Ozeanen geschwommen und hatte Diplomaten und Bolschewiken die Hand geschüttelt. Das College langweilte mich rasch, also gab ich es auf und beschritt meinen eigenen Weg. Es schien mir unerlässlich, nicht nur in Bewegung zu bleiben und Dinge zu empfinden, sondern auch, auf eigenen Beinen zu stehen, mein eigenes Leben zu leben und nicht das von irgendjemand anderem.

In jenem Januar 1936 rief mich jedoch meine Mutter zurück nach St. Louis, mit einem Telegramm, in dem stand, mein Vater sei krank. Ich fuhr mit dem Zug dorthin und zerriss unterwegs vor Nervosität das Telegramm in meiner Manteltasche. Seit ich denken konnte, war meine Mutter stets darauf bedacht gewesen, dass niemand ihr jemals eine Sorge anmerkte. Doch selbst in den wenigen hastigen Worten des Telegramms waren ihre Anspannung und ihre Angst spürbar geworden, und ich wusste nicht, in welcher Verfassung ich sie oder meinen Vater vorfinden würde, wusste nicht, ob ich bereit war, meinem Vater gegenüberzutreten, sollte er krank und schwach sein. Mich der Realität zu stellen.

Meine Mutter Edna war stets der Polarstern an meinem Himmel gewesen, und sie war liebenswürdiger als jeder andere Mensch auf der Welt. Sie war herzlich und intelligent und durch und durch gut, und auch wenn sie ihr Leben dem unermüdlichen Kampf für die Frauenrechte gewidmet hatte und jederzeit bereit war, sich für Dinge und Menschen und Ziele einzusetzen, hatten all die Kampagnen und Märsche und öffentlichen Reden sie doch niemals davon abgehalten, eine Mutter zu sein oder eine Ehefrau. Jeden Abend ließ sie alles stehen und liegen, womit sie sich gerade beschäftigt hatte, sobald sie den Schlüssel meines Vaters im Türschloss hörte. Dann eilte sie die Treppe hinunter, um ihn rechtzeitig in Empfang zu nehmen, wenn er hereintrat, seinen grauen Filzhut auf den hölzernen Ständer warf und sie küsste.

Dieses abendliche Ritual war eine zärtliche Geste zwischen ihnen und ihre älteste Gewohnheit. Es schien jedoch zugleich auch ein festgeschriebenes Versprechen für die Zukunft zu sein. Ein Versprechen vollkommener Verlässlichkeit, so weit man voraussehen konnte. Ein Versprechen aller noch folgender Küsse. Ich erinnere mich, dass es mir als Kind so vorkam, als würde es meine Mutter überhaupt keine Mühe kosten, jeden Abend pünktlich vor der Tür zu stehen. Ganz offensichtlich war die Zeit ihre heimliche Verbündete in diesem Arrangement: Sie verlangsamte sich, damit meine Mutter jeden Tag genau dort sein konnte, wann immer die Tür aufschwang. Aber natürlich irrte ich mich. Es kostete sie gewaltige Mühe und auch Willenskraft. Eine Entscheidung und Entschlossenheit. Andere Dinge gerieten ins Wanken, damit sie dort unten an der Treppe sein konnte. Sie gerieten ins Wanken, auch wenn ich niemals sah oder hörte, wie sie fielen.

Mein Vater George Gellhorn war ein berühmter und geachteter Geburtshelfer mit einer geschäftigen Praxis und Lehrtätigkeiten an zwei Krankenhäusern. Mit der Art und Weise, wie er im Leben stand, war er ein leuchtendes, makelloses Vorbild. Als Vater war er eine Säule, ganz so, als wäre er den Seiten eines George-Eliot-Romans entsprungen. Seine Familie, seine Patientinnen und auch alles andere leitete er mit sanfter Sorgfalt und so präzise wie das Innere eines Schweizer Uhrwerks.

In seinem Arbeitszimmer standen in alphabetischer Reihenfolge Tausende Bücher, die Buchrücken in einer perfekten Reihe. Und er hatte sie alle gelesen. Als ich ein Mädchen war, dachte ich, er wüsste alles, was man überhaupt wissen konnte, und er wüsste auch alles über mich. Vielleicht versuchte ich deshalb immer, ihm zu gefallen und seine Anerkennung zu gewinnen, endlich die Tochter zu sein, die ich voller Verheißungen und Möglichkeiten in seinen Augen aufflackern sah. Vielleicht bestand die größte Schwierigkeit meines Lebens darin, mich mit der Wahrheit abzufinden: Natürlich gab es diese Tochter nicht. Und es konnte sie auch niemals geben.

—

Von der St. Louis Union Station aus ließ ich mich mit einem Wagen zur McPherson Avenue bringen, wo ich vor der breiten, glänzenden Tür stehen blieb und mich einen Augenblick lang der Phantasie hingab, wie ich davonlief, statt mich der Sache zu stellen. Als ich das letzte Mal zu Hause gewesen war, hatten mein Vater und ich uns so heftig gestritten, dass ich nicht an seine Worte zurückdenken konnte, ohne zusammenzuzucken. Und nun war er schwer krank, lag womöglich im Sterben.

Die Tür schwang auf, und dahinter stand meine Mutter und blickte mich an, als hätte ich den Verstand verloren. »Marty! Komm rein. Du holst dir noch den Tod.«

Als sie mich ins Haus zog und in den Arm nahm, erledigte mich allein schon ihr Geruch. Lavendelwasser und Gesichtspuder und gutes Leinen. Sie hielt jeden einzelnen Augenblick meines Lebens in ihren Händen, die zweiwöchentlichen Tänze und Samstagsfrühstücke, ihr Summen zum laufenden Badewasser oder ihr lautes Rezitieren von Reden, an denen sie im Kopf ständig herumfeilte. Mittagspicknicks allein mit ihr in der Nähe des sprudelnden Wasserfalls im Creve Coeur Park, wo ich betete, sie möge niemals sterben. Und Abende im schwindenden Licht auf unserer Veranda, mit aufgeklappten Büchern auf dem Schoß und an der Fliegengittertür klebenden Motten.

Als ich nun auf demselben purpurroten Teppichstück stand, auf dem ich bereits zahllose Murmelspiele gegen meine Brüder verloren hatte, war es, als hätte sich ein Schleusentor geöffnet. All die Strecken, die ich zurückgelegt hatte, um ich selbst sein zu können, zählten hier nichts, wo sich nicht das Geringste jemals änderte. Weder die Möbel aus Mahagoniholz noch die Kunst oder die Bücher in den Regalen. Weder der Eierschalenglanz an den Wänden noch die Beschaffenheit des Lichts, das durch das Buntglasfenster auf dem Treppenabsatz hereinfiel. Dies war das Licht der Kindheit. Ich war in jedem Alter, das ich jemals durchlebt hatte.

»Wie geht es ihm?«, fragte ich, als ich mich wieder gefangen hatte.

»Morgen werden wir mehr wissen.« Ihr Gesicht war angespannt und gezeichnet. Es war schwer, sie anzusehen, und genauso schwer, wegzusehen. Sie war nach wie vor eine bildschöne Frau und würde es auch für immer bleiben. Aber ich konnte sehen, wie sich die Sorgen und die schlaflosen Nächte um die kornblumenblauen Augen und entlang der Kieferpartie eingegraben hatten. Silberne Strähnen ihres Haars hatten sich aus dem Knoten gelöst, den sie stets trug, und ihre marineblaue Hemdbluse war unter ihrer Perlenkette zerknittert.

Ich wollte nicht fragen, ob die Ärzte Krebs erwähnt hatten, und konnte es aus irgendeinem Grund auch nicht. Das Wort war mir auf dem gesamten Weg von Connecticut hierher nicht aus dem Sinn gegangen, doch ich hielt es einfach in mir verborgen, bleischwer und rasiermesserscharf, während ich ihr stumm in das Zimmer folgte, in dem er ruhte. Den langen Flur hinunter, vorbei an dem Sekretär und dem runden Spiegel, dem schweren Kronleuchter. Jeder dieser altbekannten Gegenstände war stabil, einem Anker gleich, und genau dort, wo er sein sollte. Schräg unter der Treppe stand der Flügel, auf dem verzierten Notenständer lagen die aufgeschlagenen Seiten aus einer von Chopins Nocturnes, obwohl diese seit Jahren von niemandem mehr gespielt worden war, nicht seit mein jüngster Bruder angefangen hatte, in Virginia Medizin zu studieren.

»Kommt Alfred auch?«, fragte ich.

»Ende der Woche, wenn er sich freinehmen kann. Bei ihm haben die Vorlesungen gerade erst wieder begonnen.«

Ich wartete darauf, dass sie George und Walter erwähnte, meine zwei älteren Brüder. Sie lebten beide im Osten, waren verheiratet und hatten kleine Kinder. Sollten sie ebenfalls kommen, dann wäre es wirklich so schlimm, wie ich befürchtete. Aber sie ging einfach weiter.

Oben waren die Kinderzimmer meiner Brüder längst in Gästezimmer umgewandelt worden, während meines im zweiten Stock unter dem Dachvorsprung wie eine Zeitkapsel bewahrt worden war. Ich freute mich darauf, mich später dorthin flüchten zu können, aber nun stand ich vor ihm, meinem Vater, der dünner war, als ich ihn jemals gesehen hatte, sein Teint schien vor dem gelben Leinen beinahe grau. Er lag auf ein Kissen gestützt, die Augen geschlossen. Aber er schlief nicht.

Im Telegramm hatte gestanden, er habe schreckliche Magenschmerzen und seine Ärzte wollten ihn operieren. Später würde ich erfahren, dass er jahrelang Dinge vor uns verheimlicht hatte, dass er mit aller Kraft versucht hatte, seine Symptome und seine Schmerzen vor allen zu verbergen, sogar vor meiner Mutter, da er davon ausgegangen war, er werde sterben. Während er geschwiegen hatte, war sein Zustand ernst geworden.

»Marty ist hier«, rief nun die Stimme meiner Mutter.

Er schlug die Augen auf, und seine Lippen spannten sich über einem Lächeln. »Martha.«

Ich fühlte mich plötzlich ganz klein und so, als wäre ich gleich zweifach vorhanden, einmal als das Mädchen, das ich war, und einmal als das Mädchen, das er stattdessen gern gehabt hätte. Beide liebten ihn, hatten es jedoch niemals aussprechen können. Denn da war auch Wut, Seite an Seite mit den liebevollen Gefühlen, dem Wunsch, ihn zu verletzen, und dem Wunsch, ihn für immer an mich zu ziehen.

Meine Mutter schob mich nach vorn, auf den Stuhl, der neben sein Bett gestellt worden war, und ging dann hinüber zu einem Platz am Fenster, wo sie ihre Zeitung aufschlug. Ich griff nach seiner Hand, die dünn und von Venen überzogen war, jedoch warm. Wann hatte ich zum letzten Mal die Hand meines Vaters gehalten?

»Ich werde wieder vollkommen gesund«, verkündete er, ehe ich etwas sagen konnte. »Ich habe die allerbesten Ärzte in St. Louis.«

»Ich dachte, du wärst der beste Arzt in St. Louis.«

Der Scherz war etwas steif, aber mein Vater schenkte mir ein Lächeln, ehe er von einem Krampf durchzuckt wurde. Der Krampf ließ nicht nach und verzerrte sein Gesicht, so dass ich wegschauen musste, wohin auch immer. Nachdem der Schmerz sich verzogen hatte, lag er schwer atmend da, nahm einen Schluck Wasser und sagte: »Ich habe dein Buch gelesen. Es ist großartig.«

Es lag auf seinem Nachttisch. Das auf schlichtem Papier abgetippte Manuskript meiner letzten Anstrengung, *The Trouble I've Seen*. Ich hatte es ihnen kurz vor Weihnachten als Geschenk geschickt, obgleich mir diese Entscheidung nicht leichtgefallen war. Er hatte mein erstes

Buch, einen Roman, nicht fertiglesen können, hatte mir das auch gesagt und es als vulgär bezeichnet. Ich hatte während meiner Zeit in Europa zwei Jahre lang daran gearbeitet, dann ganz allein einen Verlag dafür gefunden und sogar einen kleinen Vorschuss bekommen. Aber man hätte meinen können, ich hätte einen Handel auf dem Schwarzmarkt abgeschlossen, so wie er seine Enttäuschung in einem langen, leidenschaftlichen Brief darlegte. Meine Figuren seien unmoralisch und frivol. Er wisse nicht, weshalb ich mich mit ihnen abgegeben hätte, wo ich doch über so viele lohnenswerte Dinge schreiben könne. *What Mad Pursuit* begleitete drei Collegestudentinnen bei der verzweifelten Suche nach sich selbst. Sie reisen um die Welt und nehmen Männer mit ins Bett und stecken sich mit Syphilis an und stolpern auf jede erdenkliche Weise durchs Leben – all das überzogen von einem schmutzigen Film aus Einsamkeit. Offensichtlich hatte er auf den Seiten meine eigenen Fehltritte erkannt, auch wenn ich ihm nur hatte zeigen wollen, wie gewitzt meine Dialoge waren und wie erschütternd gut ich das Meer beschrieben hatte.

Ich hatte seinen beißenden Brief wieder und wieder gelesen, vor Wut geschäumt und alle möglichen schlimmen Dinge zurückfauchen wollen. Doch unter meinem Zorn war ich bodenlos verletzt gewesen. Irgendwann zerknüllte ich die Seiten und warf sie in den Papierkorb, auch wenn das Problem damit nicht gelöst war. Ich trug all seine Worte noch in mir, in einem versteckten Winkel meines brodelnden Herzens, wo sie tickten und rauchten, als könnten sie jeden Augenblick detonieren.

Dieses neue Buch war vollkommen anders, eine Sammlung von Geschichten über Menschen, die von der Depression schwer getroffen worden waren, und ich war es angegangen, um damit gesellschaftlich etwas zu bewirken.

»Hat es dir wirklich gefallen?«, fragte ich ihn nun, ohne mir einen wehleidigen Tonfall ganz verkneifen zu können.

»Vieles davon ist natürlich traurig. Und ich kann mir vorstellen, dass es schwerer werden dürfte, einen Vertrag dafür zu bekommen, nach den Rezensionen, die du für dein letztes Buch erhalten hast.« Er sagte dies ohne jegliche Böswilligkeit, als spräche er etwa über Eier oder Regen. »Aber vielleicht läuft es ja auch gar nicht so.«

»So läuft es tatsächlich, aber ich werde nicht aufgeben. Ich könnte es nicht ertragen, so lange umsonst gearbeitet zu haben.«

»Natürlich wirst du nicht aufgeben.« Meine Mutter stand auf und trat ans Fußende des Bettes. »Wir Gellhorns geben nicht einfach auf. Im Übrigen finde ich es auch ganz fabelhaft. Du hast diese Figuren wirklich zum Leben erweckt. Sie kamen mir schrecklich real vor.«

»Danke«, hörte ich mich sagen, während ich mit einer Reihe widersprüchlicher Gefühle zu kämpfen hatte. Ich wollte, dass meine Eltern stolz auf mich waren und mich ernst nahmen. Ich wollte auch, dass es mir gänzlich gleichgültig war, dass ich allein mich vervollständigte und nur meine eigene Anerkennung benötigte. Das war jedenfalls meine Messlatte.

»Wir müssen um Punkt sechs im Krankenhaus sein«, erinnerte uns meine Mutter und bot mir dann ihre Hand an. Ich nahm sie und fühlte mich auf einmal so müde wie niemals zuvor. »Lass deinen Vater nun ausruhen.«

Zweites Kapitel

Am nächsten Tag brachten meine Mutter und ich meinen Vater vor dem Morgengrauen nach unten, setzten ihn ins Auto und wickelten ihm Decken um die Beine, als wäre das Wetter das Problem und nicht das, was auch immer ihn tief aus seinem Inneren heraus zerfraß. Es begann zu schneien.

Im Barnes Hospital wurde er aufgenommen und rasch durch aufschwingende Holztüren davongeschoben. Wir tranken in der Cafeteria einen scheußlichen Kaffee und warteten danach in einem kahlen Besucherzimmer. Draußen wurde der Schneesturm heftiger und bedeckte alles mit einer lautlosen weißen Schicht. Nur so schien sich die Zeit messen zu lassen, indem man zusah, wie die Schneeverwehungen auf den Fensterbänken und den Dächern der Autos auf dem Parkplatz vier Stockwerke unter uns höher und höher wurden und dabei immer mehr aussahen wie Zuckerhaufen.

»Er wird es gut überstehen«, versicherten wir uns gegenseitig in regelmäßigen Abständen.

»Das wird er.«

Die Worte waren ein Talisman, an dem wir immer weiter flochten, wir wiederholten sie ohne Variation, bis sie die Glieder einer Kette der Hoffnung oder des Glaubens waren oder von irgendetwas dazwischen.

Und dann kam am späten Nachmittag einer der Chirurgen mit seiner Haube in der Hand auf uns zu, und ich hatte das Gefühl, ich würde lieber tot umfallen, als zu hören, was er zu sagen hatte. Ich ertrug kaum den Anblick seines Mundes beim Sprechen. Doch dann folgte die Überraschung. Es waren gute Neuigkeiten.

Es war tatsächlich Krebs gewesen, aber der Tumor hatte sich leicht und vollständig entfernen lassen und schien nirgendwo anders gestreut zu haben. Sie würden meinen Vater im Krankenhaus behalten, bis er zu Kräften gekommen sei, aber wir hätten allen Grund, hoffnungsvoll zu sein.

»Oh, Gott sei Dank«, rief meine Mutter, und wir umarmten uns. Ich spürte sie erzittern, während wir beide unter Tränen lachten, und mein Herz wurde mit einem Mal ganz leicht. Die weiße Taube eines Zauberers war freigelassen worden.

—

Später, nachdem wir ihn gesehen und uns selbst davon überzeugt hatten, dass wirklich alles gut werden würde, fuhren wir auf dem Nachhauseweg einen meilenweiten Umweg, um bei der deutschen Bäckerei am Soulard Market anzuhalten und Mohnkuchen zu kaufen. In unserer Küche erwärmte meine Mutter dann Milch in einem Topf, und es fühlte sich an, als wäre wieder Weihnachten, nur mit einem besseren Geschenk. Die Milch wurde in schwere Becher gegossen, und ich genoss die Hitze zwischen meinen Händen, während sie mich fragte, wie es mir ergangen war. Nun, da so viel Sorge und Druck von uns abgefallen war, konnten wir uns endlich ganz natürlich unterhalten.

Ich erzählte ihr ausführlich von dem Haus in New Hartford, Connecticut, das mir zur Verfügung gestellt worden war und in das ich mich in letzter Zeit zum Schreiben verkrochen hatte. Wie sehr ich mein kleines Zimmer dort liebte, von dessen Schreibtisch aus ich auf eine lang gestreckte Wiese sah, und dass es sich wie ein unglaublicher Schatz anfühlte, monatelang Zeit zu haben und nirgendwo anders sein und sich um nichts anderes Gedanken machen zu müssen.

Ich hatte nicht bemerkt, wie sich ihr Gesichtsausdruck verwandelt hatte, während ich sprach.

»Du solltest nach Hause kommen«, erklärte sie nach längerem Schweigen. »Es ist unhöflich, Freunden so lange zur Last zu fallen.«

»Ach, das macht Fields nichts aus.« W. F. Fields war mein derzeitiger Gönner. Ich betrachtete ihn noch nicht als einen Freund, so lange kannten wir uns noch nicht. »Es ist nicht, wie du denkst. Er arbeitet in der Stadt, daher ist er ohnehin nie da.«

»Was ist mit seiner Frau?«

»Er ist Junggeselle, Mutter, und sein Haus ist riesig. Er merkt kaum, dass ich da bin.«

Im selben Augenblick, in dem ich die Worte aussprach, erkannte ich meinen Fehler. Natürlich würde sie sich noch mehr Sorgen darüber machen, dass es keine Ehefrau gab, als darüber, dass ich Fields' Großzügigkeit ausnützen könnte. Und auch wenn sie die Worte nicht aussprach, hörte ich sie dennoch, las die Anspannung in ihren Schultern: *Was werden die Leute sagen?*

»Es ist wirklich in Ordnung«, versuchte ich mich zu rechtfertigen. Die Angelegenheit taugte nicht für ein kitschiges Melodrama. Fields war niemals mein Liebhaber gewesen. Er war ein spießiger UN-Typ mit einem enzyklopädischen Wissen über China. Ich hatte ihn auf einer Party in Washington kennengelernt, und wir hatten begonnen, uns über mein Schreiben und meine neuste Arbeit zu unterhalten, eine Sammlung langer Geschichten, die von Personen inspiriert waren, denen ich auf meinen Reisen durch die Staaten als Reporterin für die Federal Emergency Relief Administration FERA begegnet war. Ich hatte diese Menschen nicht vergessen können – das war alles, was ich gesagt hatte, und, dass es schön wäre, einen Ort zu haben, an dem ich vollkommen in meine Arbeit eintauchen könnte, so wie Fitzgerald und Hemingway Paris gehabt hatten.

»Nun ja, es ist wohl kaum Paris«, hatte er erwidert und dann die Einladung in sein Wochenendhaus im ländlichen Norden verlängert. Ich sah keinen Grund, sie nicht anzunehmen. Und mehr gab es dazu wirklich nicht zu sagen. Als er später einmal das Haus für einen Kurzurlaub im Schnee nutzte, machte er sich zwar tatsächlich an mich heran, aber zu seiner Verteidigung geschah dies nach drei ausgesprochen starken Martinis, und ich wehrte ihn mit Leichtigkeit ab. Hinterher konnten wir über die ganze Sache lachen.

Ich wusste, dass nichts von alldem meine Mutter beruhigen würde. Also sagte ich lediglich: »Ich kann wirklich auf mich selbst aufpassen«, und sprach dann lieber über die Artikel, die ich in letzter Zeit verschiedenen Zeitschriften angeboten hatte. Seit ein paar Jahren versuchte ich mich an ernsthaftem Journalismus, schien jedoch nicht den richtigen Background zu haben. Vielleicht lag es auch an meinem Aussehen. Wenn ich überhaupt einmal ein Treffen arrangieren konnte, dann musterten mich die Herausgeber von Kopf bis Fuß, nahmen meine langen Beine, meine hochwertigen Kleider und mein Haar in Augenschein und sahen in mir eher eine Gesellschaftsdame als ein Mitglied der Junior League. Das Einzige, womit man mich beauftragte, war das Verfassen von Schönheitstipps für Frauen mit zu viel Zeit: Kosmetikbehandlungen, Bräunungsmethoden, die neusten Frisurenmoden. Zwanzig Dollar für tausend Wörter. Das Schreiben fühlte sich geistlos und beschränkt an, verlangte mir nur einen Hauch meiner Intelligenz und kaum einen eigenen Standpunkt ab. Es zermürbte mich. Aber welche Alternative blieb mir?

Meine Mutter hörte mir kommentarlos zu, während die Milch in unseren Bechern kalt wurde. Ich wusste, sie wünschte sich mehr für mich und dass auch ich selbst mir mehr für mich wünschte. Als Mädchen hatte ich jeden Tag Gedichte geschrieben und von literarischem Ruhm geträumt. Nun ging es um Schaumbäder und Nagelhautcreme, und ich kam damit gerade eben über die Runden.

»Ich hätte dich gern hier«, sagte sie, als sich die abendliche Stille ausgebreitet hatte und es Zeit wurde, ins Bett zu gehen. »Ich weiß, dass das selbstsüchtig von mir ist.«

»Du bist an keinem einzigen Tag deines Lebens selbstsüchtig gewesen.«

»Wir haben ein wenig Geld zurückgelegt. Falls du an etwas arbeiten möchtest, das, nun …« Sie verstummte, die Bedeutung ihrer Worte wankte, aber nur für einen Augenblick. »Wir würden gern helfen. Komm nach Hause. Schreib hier.«

»Oh.«

Sie hatte mich damit im Grunde nicht überrascht. Die letzten Monate waren schwierig und anstrengend für sie gewesen, und natürlich würde sie sich viel weniger Sorgen um mich machen, wenn ich nur ein Stockwerk weiter oben wäre. Ich spürte ihren Blick auf mir, während ich überlegte, wie ich ihr antworten sollte.

»Das ist ein sehr liebes Angebot«, sagte ich schließlich. »Ist es in Ordnung, wenn ich darüber nachdenke?« Dann gab ich ihr einen Kuss, stellte unsere Becher in die Spüle und ging leise die Treppe hinauf, deren dicker Teppich meine Schritte verschluckte. In meinem Inneren verspürte ich ein Stechen und ein leichtes Aufflackern von Panik.

Wäre es nach meinen Eltern gegangen, hätte ich das College niemals verlassen, außer vielleicht, um den Nobelpreis für Literatur zu gewinnen, oder für eine Ehe, die so lang und stabil wäre wie ihre eigene. Stattdessen war ich jedoch für eine Stelle bei einer Zeitung nach Albany gezogen, wo noch niemals jemand unsterbliche Prosa oder Poesie verfasst hatte, wurde dort zuständig für Hochzeitsanzeigen und Lunches von Damengesellschaften und versuchte, von vier Dollar in der Woche in einem winzigen Zimmer zu leben, das nach Sauerkraut roch. Als ich davon genug hatte, rebellierte ich. Ich packte meine beiden Koffer, nahm meine Schreibmaschine und fünfundsiebzig Dollar mit und fuhr übers Meer nach Paris.

Auch dort bemühte ich mich um Journalistenstellen, die alle weit außerhalb meiner Reichweite lagen, wie ich rasch erfuhr. Also arbeitete ich als Aushilfe in einem Friseursalon, schrieb in jeder freien Minute, schlief nur wenig und kaufte mir lieber einen Strauß Veilchen als ein Frühstück, wenn ich mich schlecht fühlte.

Währenddessen sorgten meine Eltern sich um mich, zuerst stumm, dann offen. Mein Vater begann, mir einen ängstlichen Brief nach dem anderen hinterherzuwerfen, mit denen er mich zweifellos nach Hause zurückholen oder dazu bringen wollte, auf andere Weise sesshaft zu werden. Sie weckten in mir jedoch nur den Wunsch, noch schneller zu leben und meine Fühler in noch mehr Richtungen auszustrecken.

So begegnete ich schließlich Bertrand de Jouvenel, einem lässigen, gutaussehenden und sehr verheirateten linksgerichteten französischen Journalisten. Alles ging so schnell, dass ich keine Zeit hatte, meine eigenen Fragen abzuwägen. Er war einst der sagenumwobene und heiß begehrte Liebhaber von Colette gewesen. Sie war seine Stiefmutter und hatte ihn verführt, als er gerade erst Fünfzehn war. All das hätte dafür sorgen sollen, dass ich schleunigst das Weite suchte, stattdessen war ich jedoch fasziniert und dann überwältigt von seinem Verlangen nach mir und von der Verzweiflung, mit der wir versuchten, zusammen zu sein, obwohl es unmöglich war. Seine Frau Marcelle würde nicht in eine Scheidung einwilligen.

Unsere Affäre dauerte beinahe fünf Jahre an. Hin und wieder wurde mir kurzzeitig bewusst, was ich da tat, und dann rannte ich davon, den zerknitterten Entwurf meines ersten Romans in den Rucksack gestopft, und wollte nun endlich Ernst machen. Doch wieder und wieder lief er mir rasch hinterher, und dasselbe Chaos begann von Neuem.

Ich drehte mich im Kreis. Ich weinte ein Meer aus Tränen. Ich drehte mich weiter.

—

Zugegebenermaßen lehnten nicht nur meine Eltern Bertrand ab. All meine Freunde, denen ich jemals etwas bedeutet hatte, sorgten sich laut um mein Glück. Es stehe ihm nicht frei, mich zu lieben. Marcelle werde sich nicht zwingen lassen, möge er auch noch so oft versprechen, er könne sie überreden. Dass ich dennoch bliebe, erwecke den allgemeinen Eindruck, ich ließe mich in die Rolle einer schlecht bezahlten Geisha drängen. Ich sei zu einem abschreckenden Beispiel geworden.

Als es Bertrand und mir endlich gelang, uns voneinander zu lösen, kehrte ich zurück nach Hause, um meine Wunden zu lecken, erkannte jedoch schon bald meinen Fehler.

»Was hast du mit deinem Leben vor, Marty?«, schimpfte mein Vater. »Erfahrung sollte kein schmutziges Wort sein, anscheinend ist es das aber in deinem Fall.«

»Sei nicht ungerecht, Daddy. Ich werde nun weiter an

meinem Buch arbeiten. Ich will schreiben. Das weißt du. Das ist alles, was ich jemals wirklich wollte.«

»Dann schreib«, erwiderte er blutleer. Wir waren in seinem Arbeitszimmer, und ich fühlte mich unwillkürlich wie eine seiner Patientinnen, die eine der schlimmsten Diagnosen erwartet. Ich saß vor seinem schweren, aufgeräumten Schreibtisch, hinter seinen geraden Schultern reihten sich medizinische Wörterbücher und Texte und all die anderen Bücher, die er in seinem Leben gelesen und geliebt hatte, in den Regalen aneinander wie ein maßgeschneidertes Erschießungskommando. »Schreib, und zwar sofort, statt Kapital aus deiner netten Figur und deinem hübschen Haar zu schlagen. Hör auf, immer so liebreizend zu sein.«

Seine Worte trafen mich so hart, dass mir schwindelig wurde. Ich traute meinen Ohren nicht. »Wenn ich liebreizend bin, dann ist das deine und Mutters Schuld.«

»Du hast nur Angst, allein zu sein.«

Ich starrte ihn an und war verletzt und wütend, aber vor allen Dingen traurig. Traurig darüber, dass ich es nicht wagen konnte, ihm zu sagen, dass er recht haben mochte. Denn auch wenn ich es noch niemandem gestanden hatte, wartete genau in jenem Augenblick im Hintergrund bereits der nächste Verehrer. Und er war ebenfalls verheiratet.

»Du musst lernen, mit dir selbst zu leben, nicht mit anderen«, fuhr er fort. »Das ist schwierig. Aber wenn du lernst, dein eigenes Wesen zu akzeptieren, dann wird sich alles mit der Zeit friedlich und nicht mehr krampfhaft anfühlen. Vielleicht hörst du dann auch auf, solche furchtbaren Entscheidungen zu treffen.«

»Ich habe kein Problem mit meinem Verhalten«, entgegnete ich, auch wenn das nicht stimmte. Tatsächlich schien ich einfach nicht anders zu können. »Ich habe nicht um Rat gebeten.«

»Nein, das hast du nicht. Das ist mir bewusst.« Er wandte sich ab und blickte aus dem Fenster. Es war Herbst, und die Ahornbäume in unserer Straße waren gelbbraun und schienen so unberührt, wie es nur die Natur hinzubekommen schien. Sie leuchteten. Als er den Blick wieder auf mich richtete, sagte er: »Du sammelst Menschen, weil du auf deren Meinung über dich angewiesen bist. Es ist nicht schön, das mit anzusehen.«

»Dann sieh nicht hin«, hatte ich gesagt und war davongegangen, ehe ich alles herausschreien konnte, was ich fühlte. Dass ich seinen scharfen prüfenden Blick verabscheute. Dass ich ihn so sehr liebte, dass sich mir der Magen umdrehte. Dass ich verloren und verängstigt war. Dass ich mir die allergrößte Mühe gab, auch wenn das nie, niemals genug zu sein schien.

Drittes Kapitel

Am nächsten Tag und auch an jedem folgenden Tag der Woche besuchten meine Mutter und ich Vater im Krankenhaus, um uns zu vergewissern, wie viel besser es ihm schon ging. Sein Blick war nicht mehr verschleiert, und die Operation hatte eine Last von ihm genommen, hatte ihn sowohl von der Furcht und der Heimlichkeit als auch von den Schmerzen befreit.

Nun, da sich das Blatt gewendet hatte, fühlte auch ich mich wieder leichter. Er würde sich erholen und zu Kräften kommen und zu seinen eigenen Patientinnen zurückkehren. Er würde leben. Ich nahm jedoch auch eine leise innere Stimme wahr, die mir zuflüsterte, unser

Kampf um meinen Charakter würde nun ebenfalls weitergehen wie zuvor. Es war nicht so, dass ich mir gewünscht hätte, er würde sterben. Dieser Gedanke wäre unvorstellbar gewesen. Aber ich hatte mir gewünscht, dass etwas zwischen uns nun endlich einfacher wurde.

Stattdessen hielt es meine Mutter für nötig, ihm von Fields und dem Haus in Connecticut zu erzählen. Noch vom Krankenhausbett aus drängte er mich, endlich nach Hause zurückzukehren, und warf dabei mit Worten wie »unanständig« und »selbstsüchtig« und »kindisch« um sich. Er wollte mir einen Spiegel vorhalten, keinen Hammer. Aber ich spürte nichts als Schläge.

Schließlich machte ich ihm und auch Mutter klar, dass ich in den Osten zurückfahren und weitermachen würde wie zuvor, ganz gleich, was sie von mir halten mochten, und dass ich absolut nicht erkennen könne, wie ich damit irgendjemandem schaden sollte. Da zog er sich am Gitter des Krankenhausbettes hoch, bis er aufrecht dasaß. Ich sah, wie viel Anstrengung es ihn kostete, und fühlte mich selbst davon geschwächt.

»Es gibt zwei Sorten Frauen, Marty«, sagte er. »Und im Moment … Nun, im Moment zumindest zählst du zur anderen Sorte.«

Ich weiß nicht mehr, was ich antwortete, nur noch, dass ich mir nicht vorstellen konnte, ihm jemals zu verzeihen. Ich war schwer getroffen, fühlte mich klein und rannte mit schwirrendem Kopf nach Hause, um meine Sachen zu packen und den nächsten Zug gen Osten zu nehmen.

Sobald ich eingestiegen war, steuerte ich den Speisewagen an. Er war voller Geschäftsmänner, die genau dem Typ Mann entsprachen, vor dem mein Vater mich gewarnt hätte. Allein durch die Tatsache, dass ich hier war, einen Martini bestellte und meinen Mantel abstreifte, hätte er gesagt, gäbe ich zu erkennen, dass ich mich verführen lassen wollte.

Während wir St. Louis hinter uns ließen, bestellte ich einen Whiskey Soda, und es dauerte wirklich nicht lang, ehe ein Mann in einem Brooks-Brothers-Hemd und mit einer Strickkrawatte herbeikam und mir gegenüber Platz nahm.

»Darf ich Ihnen einen Drink bestellen?«

»Danke, ich habe bereits einen.«

»Dann lassen Sie mich diesen bezahlen. Sie könnten auch für jede Hand einen bekommen.«

»Klingt nach einer Sauerei.«

Er lächelte. »Wir könnten Ihnen ein Handtuch besorgen. Wohin sind Sie unterwegs?«

»New York.«

»Ein Großstadtmädchen also?«

»Ich gebe mir Mühe.« Ich wollte nicht mehr sagen oder mich erklären, nicht ihm gegenüber.

Er hatte ein rosastichiges, zusammengestaucht wirkendes Gesicht, aber sein Hemd war hübsch. Seine Schuhe waren aus glänzendem feinen Ziegenleder, und er trug einen breiten, polierten Ehering – nicht dass es von Bedeutung gewesen wäre. Ich wollte rein gar nichts von ihm, wollte nur die Ablenkung in diesem einen Augenblick.

Nachdem der Kellner meinen zweiten Drink gebracht hatte, wackelte das Glas auf dem schmalen Tisch und drohte umzukippen, bis ich es in einem Zug austrank, unmittelbar nach dem vorangegangenen Drink. Er arbeite mit Anleihen, sagte er. Ich weiß nicht mehr, worüber wir noch sprachen, abgesehen davon, dass er Windhunde züchtete. Später, irgendwo mitten in Pennsylvania, verglich er mich mit einem jener schlanken, flatterhaften Tiere und versuchte dann, mich zu küssen.

Ich war hinaus zur Toilette gegangen, und er war mir gefolgt, als hätte ich ihm ein Zeichen gegeben. Das hatte ich zwar nicht, aber für den Augenblick fühlte sich seine Nähe erträglich an, da sie andere Dinge beiseiteschob. Während seine Schultern mich gegen die zitternde Wand des Gangs drückten, schloss ich die Augen und schmeckte das Innere seines Mundes, grüne Oliven und puren Alkohol. Doch dann begann er, sich schwerer zu bewegen, lauter zu atmen. Er presste seinen Bauch gegen meinen und griff mir an die Taille, dann an die Brüste.

»Sag, was soll das hier eigentlich werden?«, fragte er, als ich ihn bremste.

»Ich küsse einfach gern.«

»Du bist ein seltsames Mädchen.« Er wirkte verwirrt und leicht verärgert. »Wieso bist du überhaupt hier mit mir zusammen?«

Ich bin nicht mit dir zusammen, dachte ich und spürte den Alkohol durch mich hindurchwabern wie Rauch. »Einfach so. Ich bin glücklich, das ist alles.«

»Du wirkst aber gar nicht glücklich. Tatsächlich habe ich nie einen trauriger wirkenden Menschen gesehen. Deshalb bist du mir aufgefallen.«

Ein Schlafwagenschaffner kam an uns vorbei, hielt den Blick sorgsam nach vorn gerichtet und versuchte, sich unsichtbar zu machen. Mit hochrotem Kopf trat ich einen Schritt zurück, da ich mich dennoch durchschaut fühlte. Ich dachte an meinen Vater. »Glaubst du, es gibt zwei Sorten Frauen?«, fragte ich den Mann, als der Schlafwagenschaffner fort war.

»Ich weiß es nicht. Die Welt ist groß. Mir scheint, als gäbe es von allem wohl mehr als nur zwei Sorten.« Er betrachtete mich einen Augenblick neugierig. »Sag, was für ein Spiel spielst du hier eigentlich?«

»Halt einfach die Klappe«, antwortete ich.

»Was?«

»Du kannst mich noch mal küssen, aber bitte, *bitte* halt die Klappe.«

—

Am nächsten Morgen kroch ich aus meinem Pullman-Schlafwagenbett und blickte verstohlen wie ein Spion nach rechts und links. Ich wusste nicht, wo der Anleihenmann war und wollte es auch gar nicht wissen. Es war schon schwierig genug, mich bis ans andere Ende des Wagens zu schleichen, wenn ich mich nur mir selbst gegenüber verantworten musste. Kleine Erinnerungsfetzen versetzten mich in Aufruhr – schlaue Dinge, die ich aus Effekthascherei gesagt hatte, wo seine Hände meinen Körper berührt hatten und meine den seinen. Ich hoffte, Keats würde helfen, und vertiefte mich den ganzen Tag in mein Buch, wobei sich in mir zu Beginn alles drehte, nach und nach jedoch ruhiger wurde, während meiner Erinnerung ein dickeres Fell wuchs.

Der Zug drängte voran, und als wir schließlich die Penn Station erreichten, stieg ich hinaus in die eisige Nachmittagsluft, die sauberer und kälter war als in St. Louis und mehr Möglichkeiten offenließ. Keiner dieser phantastischen Menschen um mich herum wusste oder erwartete irgendetwas von mir. Ich konnte sein, wer immer ich wollte. Ich konnte meine Kerze an beiden Enden anzünden, wenn mir danach war, oder direkt in der Mitte, oder ich konnte das verdammte Ding einfach wegwerfen.

Ich hatte mit einer alten Freundin vereinbart, ein, zwei Wochen bei ihr zu bleiben, bevor ich nach Connecticut zurückkehrte. Sie wohnte in der Grove Street, in einer kleinen Wohnung ohne Aufzug im West Village, und hatte für mich einen Schlüssel in ihrem Philodendron versteckt. Ich hatte vollkommen vergessen, dass ich meiner Mutter die Adresse gegeben hatte. Hatte mittlerweile alles vergessen, bis auf das Brennen meiner aufgesprungenen Wangen und das gute Gefühl, mich aus eigener Kraft fortzubewegen. Doch direkt hinter der Wohnungstür, auf dem wackeligen Flohmarkttisch meiner Freundin, wartete bereits ein weiteres Telegramm auf mich.

Während ich mitten in Pennsylvania in den Armen eines Fremden gelegen hatte, hatte das Herz meines Vaters versagt. Er war im Schlaf gestorben.

O MARTY. ES TUT MIR LEID, DASS DU DICH NICHT MEHR VON IHM VERABSCHIEDEN KONNTEST. BITTE KOMM NACH HAUSE.

Viertes Kapitel

In den folgenden zwölf Monaten bin ich wahrscheinlich zwölf Jahre gealtert. Ich lebte wie eine unverheiratete Tante im oberen Stockwerk, sah niemanden außer meiner Familie und bekam von der Welt nur mit, was aus den Zeitungen zu mir durchsickerte. Das Eremitendasein hätte wohl dem Schreiben förderlich sein können, hätte ich mich wegen der letzten an mich gerichteten Worte meines Vaters nicht so furchtbar gefühlt, wäre ich von der Realität seines Todes weniger heimgesucht worden. Ich wusste nun, dass ich falschgelegen hatte mit meiner Annahme, sein Fortgang könne irgendetwas für mich lösen, und erst recht damit, mir seinen Tod herbeizuwünschen, und sei es auch nur für eine einzige Sekunde gewesen.

In mir heulte alles auf, weil ich ihn zurückhaben wollte. Ich musste die Dinge wieder in Ordnung bringen, musste vergeben und Vergebung erhalten, was auf dieselbe Unmöglichkeit hinauslief. Ich brauchte mehr Zeit, um ihm zu beweisen, dass mein Charakter nur ein wenig verbogen und ungeschliffen war und dass ich ihn immer noch stolz auf mich machen konnte. Aber die Uhren gehen nicht rückwärts. Genauso schwer fiel es mir zu glauben, dass sie vorwärtsgingen. Zumindest von dort aus betrachtet, wo ich mich gerade befand.

Mein Bruder Alfred hatte sein Studium unterbrochen und war ebenfalls für eine Weile nach Hause zurückgekehrt. Wir aßen alle Mahlzeiten gemeinsam in der Küche und hörten nach dem Abendessen in unseren Pantoffeln Radio. Tagsüber versuchte ich, an etwas Neuem zu schreiben, aber vor allen Dingen nagte ich an Bleistiften, starrte aus dem Fenster und wartete darauf, dass meine Mutter irgendetwas benötigte.

Sie war tapfer, so tapfer wie nur irgend möglich, aber mein Vater war ebenso sehr ihr Polarstern gewesen, wie sie schon immer meiner war. Eines Tages wollte ich einen Brief zum Briefkasten bringen und fand sie am Fuße der Treppe still dastehend vor. Es war kurz vor dem Abendessen, und das Licht war blau. Es fiel seitlich herein und warf Schatten an die Tür, und als mir bewusst wurde, weshalb sie dort stand, zersprang mein Herz um ihretwillen. Sie lauschte auf seinen Schlüssel im Schloss. Sie wartete auf ihren Kuss.

Ich trat zu ihr und nahm sie in den Arm. Sie war so reglos wie die Luft, leicht genug, um davonzuwehen.

»Ich weiß nicht, was ich tun soll«, murmelte sie an meiner Schulter. »Ich frage mich die ganze Zeit, wer ich nun sein soll.«

»Kann ich helfen?«

»Du hast schon so viel getan. Ich weiß, dass du lieber irgendwo unterwegs wärst, vergnügt und frei.«

»Ich bleibe gern hier.«

Das entsprach zum Teil der Wahrheit. Ich hätte alles gegeben, um ihr das Leben ein wenig zu erleichtern, aber ich kam mir auch wie in einem Mausoleum vor oder wie hinter Glas. An den meisten Tagen konnte ich kaum atmen oder nur ganz flach, und der Anblick ihres leiderfüllten Gesichts zerriss mich innerlich. Fünfunddreißig Jahre lang war sie eine Ehefrau gewesen. Wer konnte solch eine Leere und solch einen Rückschlag ertragen? Wie ließ sich all dies vermeiden, außer man liebte niemanden und lebte allein?

Nach einer Weile begann ich erneut zu schreiben und versuchte gleichzeitig, jemanden zu finden, der *The Trouble I've Seen* veröffentlichte. Ich schickte das Buch an mehrere Verlage und kaute mir dann alle Nägel ab, während eine Ablehnung nach der anderen ins Haus flatterte und sich meine Hoffnungen wie ein Teelöffel Zucker in Wasser auflösten. Schließlich entschied ich, dass ich etwas anderes mit mir anfangen musste, wollte ich mir nicht noch die Finger abbeißen, und so begann ich, mich nach Journalistenstellen im Osten umzuhören. Ich tapezierte ganz Manhattan mit schwungvollen Briefen und meinem Lebenslauf, so wie er bislang eben aussah. Nach einer Flut von Nein-Danke-Schreiben willigte das *Time Magazine* ein, mich einen Probeartikel verfassen zu lassen. Ich war fest entschlossen, die Redaktion für mich zu gewinnen, und legte mich ins Zeug, arbeitete eine ganze Woche lang zwölf Stunden am Tag. Der Artikel wurde, wie ich fand, sowohl persönlich als auch informativ und fesselnd. Er handelte von einem Ausflug nach Mississippi, den Bertrand und ich einst von New York aus mit einem Mietwagen unternommen hatten und bei dem wir beängstigend kurz davor gewesen waren, einen Lynchmord mit anzusehen.

Das Schreiben ergriff von mir Besitz. Ich steckte alles in den Artikel, doch nachdem ich ihn vollendet und abgeschickt hatte und eine Woche nervös im Zimmer auf und ab gegangen war, erfüllt von dem verzweifelten Wunsch, diesen und keinen anderen Job zu bekommen, erteilte mir der Herausgeber des *Time Magazine* per Post in einem einzigen entmutigenden Absatz seine Absage. Der Tonfall passe nicht zu ihnen, er sei irgendwie zu ernsthaft und gleichzeitig nicht ernsthaft genug. Er hoffe, ich würde es irgendwann einmal wieder versuchen, wenn ich mehr Erfahrungen gesammelt hätte.

»Das verstehe ich nicht«, beschwerte ich mich gegenüber meiner Mutter. »Zu ernsthaft und gleichzeitig auch wieder nicht? Wie ist das denn überhaupt möglich?«

»Vielleicht meint er nur, dass du noch mehr zu lernen hast. Das ist nichts Schlechtes.«

»Ich hätte dort lernen können. Ich sehe keinen Grund, weshalb ich das nicht tun sollte.«

»Wenn du dir deine Ziele ein wenig niedriger steckst, könntest du dich vielleicht hocharbeiten und es dann noch einmal dort versuchen«, schlug sie vor.

»Wer hat die Zeit dafür? Ich will jetzt schon mitten in etwas Großartigem sein. Ich kann hart arbeiten. Damit habe ich kein Problem.«

Sie sah mich sanft an, schien ihre Worte sorgsam abzuwägen und sagte schließlich: »Anfänge sind auch wichtig, mein Schatz. Du solltest Geduld mit dem Leben haben.«

»Das fiele mir bestimmt leichter, wenn tatsächlich einmal irgendetwas gut liefe. Wer weiß, wo ich nun Arbeit finden soll, und mit meinem Roman stecke ich komplett fest.« Ich meinte das neue Buch, mit dem ich kürzlich begonnen hatte, über das pazifistische französische Paar und seine edlen Abenteuer. Ich setzte mich daran, schrieb pflichtbewusst meine Szenen und arbeitete mich durch die Dialoge, und doch kam es mir die meiste Zeit so vor, als hätte die Geschichte rein gar nichts mit mir zu tun und wäre mir bloß eines Tages nach Hause gefolgt wie ein streunendes Tier. »Meine Figuren fühlen sich an wie Fremde, und ich weiß nicht, wie ich näher an sie herankomme«, fuhr ich fort. »Vielleicht würde es helfen, wenn ich jetzt in Frankreich sein oder über die berühmten Schlachtfelder des Weltkriegs wandern könnte oder wenn ich einfach nur dasitzen und nachdenken und dabei auf die Seine blicken könnte.«

»Und weshalb solltest du das dann nicht tun?«

»Sei nicht albern. Ich werde ein anderes Mal fahren.« Ich wollte sie beruhigen, konnte aber sogleich erkennen, dass sie bestürzt war. Sie hatte das Gefühl, mir im Weg zu stehen.

»Du darfst nicht für mich deine Pläne aufgeben oder deine Freiheit. Das wäre keinem von uns beiden gegenüber gerecht.«

»Ich bleibe nicht aus Mitleid mit dir hier. Es geht dabei nicht um eine Pflicht.«

»Dann nenn es eben Liebe. Aber auch Liebe kann zur Last werden. Du musst dein eigenes Leben leben.«

»Ich weiß«, sagte ich, und das stimmte auch. Doch als ich sie fest in den Arm nahm und ihre Güte durch mich strömen spürte wie eine Transfusion, wurde mir bewusst, dass ich keinen Schimmer hatte, in welche Richtung ich aufbrechen sollte, um nach diesem Leben zu suchen.

In jenem Jahr ging der Winter nur langsam in den Frühling über. Ich wand mich von Zimmer zu Zimmer, rauchte zu viel, blieb lange wach und schlief an manchen Tagen bis eins oder zwei. Und dann hörte ich von einem Lektor bei William Morrow, der *The Trouble I've Seen* eine Chance geben wollte. Der Vorschuss, den er in Aussicht stellte, war erschreckend klein. Außerdem machte er sowohl in seinem Brief als auch am Telefon deutlich, dass er nicht davon ausging, das Buch werde sich, wenn überhaupt, gut verkaufen. All das war keine leichte Kost, aber zumindest würde das Buch das Licht der Welt erblicken. Ich nahm dankbar an, hoffte, den Lektor zu widerlegen, und wünschte mir nichts sehnlicher, als meinem Vater die Neuigkeit mitzuteilen.

Wenn ich nun daran zurückdachte, wie wütend ich auf ihn gewesen war, wie ich unter seinem prüfenden Blick geschäumt und gekocht hatte, fühlte ich mich fürchterlich klein. Vielleicht war er zu streng mit mir gewesen, vielleicht hatte er auch nur helfen wollen, mich zu formen, hatte mich herausfordern wollen, zu wachsen, solange noch Zeit dafür blieb. Ich wusste nur, dass ich anstelle der Raserei und Rebellion in meinem Inneren mittlerweile bloß noch eine gähnende Leere verspürte. Irgendwie hatten sich die Worte meiner Mutter – »Ich frage mich die ganze Zeit, wer ich nun sein soll« – auch auf mich übertragen. Ich wusste nicht, was als Nächstes kommen würde oder wie ich es herausfinden sollte.

Schließlich erklärte ich meiner Mutter, ich dächte darüber nach, erneut nach Europa zu reisen.

»Ich hatte gehofft, dass du deine Meinung ändern würdest«, erwiderte sie. »Stell es dir als eine Arbeitskur vor. Geh und stürz dich in dieses Buch.« Ebenso gut hätte sie sagen können: *Bitte finde heraus, wer du bist. Und beeil dich.*

—

Ich ging also in jenem Juli 1936 an Bord, steuerte zuerst England und dann Frankreich an. Beide Länder waren seit meinem letzten Aufenthalt in Europa vor nicht einmal zwei Jahren zusammengeschrumpft und verblasst. Die Arbeitslosigkeit grassierte, und die Anspannung war hoch. In Paris legten Arbeiterstreiks die Stadt lahm, weshalb ich nach Deutschland weiterzog, um ernsthaft mit meiner Recherche zu beginnen. So kam es, dass ich vor der Weltkriegsbibliothek stand und zusah, wie die Nazisoldaten marschierten und posierten, um Angst und Schrecken zu verbreiten, während der Großteil der Stadt sich duckte wie unter einem schrecklichen Bann.

Hitlers Einfluss war weit entfernt von meinem Leben allmählich gewachsen. Nun sah ich, wie sich alle möglichen Dinge deutlich abzeichneten. Konflikte und Aufruhre brodelten. Eine alarmierende Anzahl europäischer Länder – Griechenland und Portugal, Ungarn und Litauen und Polen – befand sich unter Militärherrschaft oder in der Gewalt von Diktatoren. Spanien war das einzige Land, das zumindest versuchte, sich zu wehren. Eine neu gewählte demokratische Regierung wollte einen entscheidenden Anfang machen. Aber dann schlug Franco zu.

Es kam ganz und gar nicht überraschend, erinnere ich mich gedacht zu haben, als ich in den Nazizeitungen von dem Putsch las. Die Anzeichen hatten sich bedrohlich gehäuft, hatten sich auf Zehenspitzen finster herangepirscht. Aber deswegen war das Ganze in keiner Weise weniger erschreckend. Ich kehrte nach Paris zurück, wo ich den Kopf in den Sand stecken und mich auf mein Buch konzentrieren wollte, aber es war, als würde ich einem Schatten nachjagen. Die Streiks dauerten noch immer an, die Hälfte der Restaurants war geschlossen. Im Parc des Princes kam es zu Unruhen, als die französischen Kommunisten sich zu behaupten versuchten und die Faschisten zurückschlugen. Ganz Frankreich erschien mir nun verwundbar. Beängstigend dicht vor dem Schlund eines Drachens.

Ich eilte zurück nach Hause, wo ich kurz nach Erscheinen von *The Trouble I've Seen* ankam. Aus irgendeinem Grund verkaufte sich das Buch nicht nur, sondern bekam auch zahlreiche begeisterte Rezensionen. Ich hatte nichts erwartet und konnte es kaum glauben. Die *Boston Evening Transcript* nannte mein Schreiben »furchtlos«. Die *New York Herald Tribune* brachte eine ganzseitige Rezension mit einem Foto von mir und beschrieb das Buch von Anfang bis Ende mit schwärmerischen Begriffen. Lewis Gannett erklärte in seiner in mehreren Zeitungen veröffentlichten Literaturkolumne, mein Schreiben besteche durch »scharfsinnige Poesie«, und sagte voraus, mein Werk werde eins seiner Lieblingsbücher des Jahres werden.

Ich wollte mich kneifen. Nach dem Misserfolg meines ersten Romans war es wunderbar und befriedigend, als Autorin ernst genommen zu werden, es war wie ein lang ersehnter Sonnenschein, der sich durch die Sturmwolken bricht. Ich war glücklich und fühlte mich bestätigt. Und doch fehlte irgendetwas. Ich las die Artikel wieder und wieder und fragte mich, weshalb sie mir nicht ganz genügten. Und dann nahm ich erneut die Zeitungen zur Hand. Die *St. Louis Post-Dispatch* berichtete von der aktuellen Lage, neben der *Times* und der *Chicago Tribune*. Mehr und mehr Zeitungen schienen Korrespondenten hinüberzuschicken, da die tägliche Berichterstattung weiter zunahm und Spanien in allen Köpfen präsent war.

»Wie kann das tatsächlich geschehen?«, fragte ich Alfred, und meine Mutter und wedelte mit der neusten Zeitungsmeldung wie mit einer furchterregenden Flagge. Nach einer achtundsechzigtägigen Belagerung des Alcázar hatten Francos Rebellen die Kontrolle über Toledo übernommen und Hunderte Geiseln sowie republikanische Soldaten ermordet. Andernorts in Spanien gab es täglich Exekutionen und Erschießungskommandos, als die nationalistischen Streitkräfte an Boden gewannen.

»Es ist zu scheußlich«, sagte Mutter. »Und wer weiß, was Roosevelt sich denkt.«

»Der denkt sich, dass er wiedergewählt werden möchte«, bemerkte Alfred. »Ihr könnt darauf wetten, dass er gar nichts rüberschicken wird, nicht einmal Wasserpistolen.«

»Ich hoffe, du irrst dich«, erwiderte ich. »Und wenn es nun wie bei den Balkankriegen wird? Das scheint gerade überall prognostiziert zu werden. Bald könnte der Krieg uns alle erreichen, und niemand schreitet ein.«

Im Laufe des Herbstes wurden die Ängste noch größer, und auch die Anzahl der Toten stieg, wie alle großen Zeitungen berichteten. Die Nationalisten waren nach Valencia weitergezogen und Anfang November dann nach Madrid, das sie von Norden und Südwesten her angriffen, während Hunderttausende republikanische Flüchtlinge von Osten her in die Stadt strömten. Die täglichen Bombardierungen begannen, und deutsche Bombenflugzeuge nahmen das Stadtzentrum ins Visier.

»Ich werde Madrid zerstören«, verkündete Franco der ganzen Welt, doch dann erreichten die ersten Internationalen Brigaden der Freiwilligen die Stadt und marschierten die Gran Vía hinauf. Die Madrileños jubelten ihnen massenweise zu. Vielleicht würden die Brigaden in Madrid eine Wende bewirken und Franco hier aufhalten können. Vielleicht würde Franco aber auch einen weiteren vernichtenden Sieg erringen. Uns blieb nichts anderes übrig, als zuzusehen und abzuwarten, was als Nächstes geschehen würde.

Fünftes Kapitel

In jenem Dezember näherte sich drohend der erste Jahrestag des Todes meines Vaters und ebenso Weihnachten. Mutter holte die Kiste mit dem zerbrechlichen Baumschmuck vom Dachboden, brachte es dann jedoch nicht über sich, ihn auszupacken. Das leuchtende Krippenspiel im Forest Park schien zum Leben anderer, glücklicherer Menschen zu gehören, wie auch die paarweisen Schlittschuhläufer auf dem gefrorenen Fluss und alle anderen Zeichen der Jahreszeit. Wir gaben Alfred den Auftrag, einen Ort auf der Landkarte auszuwählen, irgendeinen, solange dort nur die Sonne schien. Dann legten wir ein Kissen auf den besten Sessel direkt am Ofen, wo er immer gern Robert Browning gelesen hatte, überließen Daddys Geist das Haus und flüchteten. Flüchteten, wie es nur Witwen und Waisen können.

Miami war unser Ziel. Doch gegen Mittag unseres zweiten Tages dort hatten wir die Shuffleboardwettkämpfe und Scharaden bereits satt. Jedes dritte Gericht auf der Lunchkarte unseres Hotels wurde mit Sauce Mornay serviert.

»Es ist nicht besonders aufregend hier, oder?«, fragte Mutter und betrachtete stirnrunzelnd einen pfeilgeraden und gut geölten Postkartenständer. »Und wir haben nur eine Woche Zeit.«

Ich spürte es auch – dass wir noch nicht weit genug oder schnell genug vorangekommen waren. Dass wir noch nicht richtig entflohen waren.

»Das können wir besser«, schaltete Alfred sich ein, und nicht einmal eine Stunde später hatten wir unsere Sachen aus den nach wie vor aufgeräumten Zimmern geholt, unsere Rechnung beglichen und schleppten unser Gepäck durchs Stadtzentrum bis zum Busbahnhof, wobei wir alle drei endlich glücklich waren und ein Gefühl von Abenteuer verspürten.

Außerhalb der Stadt erschien uns Floridas orangensaftfarbene Sonne noch größer, und die Hitze legte sich wunderbar schwer auf uns. Eine einspurige Straße führte durch Sumpfland und Marschgebiete in Richtung Süden, wie ein riesiger Python, der ein Fahrzeug nach dem anderen aus der sich langsam voranschlängelnden Kette verdaute. Die gewundenen Mangroven und Riedgrassümpfe verströmten einen salzigen, erdigen, lebendigen Geruch, und die Schilder am Straßenrand priesen pfannenfertige Schildkröten und Grätenfische und ominöse Bibelzitate an.

In dieser Gegend erschienen beinahe jede Kurve und jeder Winkel anders und geheimnisvoll und so weit entfernt von zu Hause, wie ich es mir nur vorstellen konnte, und ich konnte mir eine Menge vorstellen.

Drei Stunden später erreichten wir nach reichlich Geholpere und Gepoltere den südlichsten Zipfel des gesamten Landes. Key Träge. Key Planlos. Key *Wunderbar* West.

Die gesamte Stadt hätte in eine ungewaschene Teetasse hineingepasst, war heißer als irgendetwas sonst und schien im Verfall begriffen. Auf den staubigen Straßen wimmelte es von Hühnern, die allzeit kampfbereit wirkten, ganz gleich, ob es nun um Brotkrumen oder Kieselsteine ging. Wir fanden ein Hotel in der Petronia Street und gingen dann zu Fuß zum Mallory Square, um ein Eis zu essen und einen unverstellten Blick aufs Meer zu erhaschen. Keins von beidem enttäuschte. Auf dem Weg zurück ins Stadtzentrum kamen wir in der Whitehead Street an dem dicksten, altehrwürdigsten Baum vorbei, den ich je gesehen hatte. Ich wollte ihn am liebsten heiraten oder vielleicht auch nur für immer in seinem Schattenkreis sitzen, aber Mutter hatte andere Pläne. Ihr klebte das hübsche Haar im Nacken und sie befand, es sei nun Zeit für Alkohol. Sie schleifte uns weiter, bis zu einer niedrigen, weiß getünchten Kaschemme in einer kleinen Seitenstraße der Duval Street.

Es war mitten am Nachmittag, doch im Inneren der fast leeren Bar war es so dunkel wie in einer Höhle. Sägespäne und Erdnussschalen lagen in nicht mehr ganz frischen Haufen auf dem Fußboden und auf einem Tresen, der aus der Wand herausragte und von einem sich massig dahinter auftürmenden Barkeeper scheinbar an Ort und Stelle gehalten wurde. Sein Name sei Skinner, teilte er uns mit, und wir seien in seiner Conch-Bar willkommen, da er sehen könne, dass wir uns verlaufen und keine Ahnung hätten, worauf wir uns gefasst machen müssten.

Mutter lächelte. »Wir haben uns nicht verlaufen.«

»Und falls doch«, korrigierte ich sie, »dann wollten wir es so.«

Skinner lachte und begann dann, uns aus einem Berg Eissplitter und frischer Limette Daiquiris zu mischen, während ein angegrauter Typ am anderen Ende des Tresens uns von oben bis unten musterte. Ich trug mein schwarzes Baumwollsommerkleid und flache Riemchensandalen, ein Outfit, das mein Haar und meine Waden betonte und dessen Wirkung auf das andere Geschlecht im Allgemeinen nichts zu wünschen übrig ließ. Aber er schien nicht mehr als höfliches Interesse für mich aufzubringen, und ohnehin hörte ich schlagartig auf, über mich selbst nachzudenken, als ich erkannte, wer er war.

Er trug ein zerschlissenes T-Shirt und kurze Hosen, die aus den Tiefen eines Fischbehälters zu stammen schienen. Mit keinem von beiden tat er sich einen Gefallen. Aber er war es. Sein dunkles, fast schwarzes Haar fiel über eins seiner runden Brillengläser mit Drahtgestell. Er erwischte mich dabei, wie ich ihn beobachtete, und für den Bruchteil einer Sekunde trafen sich unsere Blicke, ehe er sich geistesabwesend über den Schnurrbart fuhr und sich wieder dem Stapel Briefe widmete, den er gerade durchging.

Ich sagte kein Wort zu Alfred oder Mutter, gestattete mir lediglich, ihn eine Weile zu betrachten, so wie ein Tourist einen Stadtplan betrachtet. Seine Beine waren braun und muskulös wie die eines Profiboxers. Seine Arme waren ebenfalls gebräunt, seine Brust war breit, und alles an ihm strahlte körperliche Stärke und Gesundheit und eine gewisse animalische Anmut aus. Das Gesamtbild hinterließ einen gewaltigen Eindruck, aber ich hatte nicht vor, hinüberzutrotten und ihm zu gestehen, dass ich eine Fotografie von ihm in meiner Handtasche bei mir trug; sie steckte als Lesezeichen in meinem Kriminalroman. Ich hatte sie aus dem *Time Magazine* ausgeschnitten, gemeinsam mit dem langen Artikel, den er über den Stierkampf verfasst hatte. Ich wollte nicht hervorstammeln, wie wichtig seine Arbeit für mich sei, oder mich erniedrigen, indem ich behauptete, ich sei selbst Schriftstellerin.

Während meiner Zeit am Bryn Mawr College hatte ich in meinem Zimmer im Studentenwohnheim mein Lieblingszitat aus *In einem anderen Land* über den Schreibtisch gepinnt: »Dem Tapferen stößt nie etwas zu.«

Es war als tägliche Erinnerung gedacht, während ich an meinen eigenen Texten arbeitete, und ebenso als Herausforderung, auch wenn ich insgeheim hoffte, dass dem Tapferen tatsächlich alles zustieß. Dass einem das Leben heiß und leuchtend und laut entgegenkam, wenn man sich nur vollkommen hineinstürzte.

In der dunklen, engen Bar versuchte ich, mich irgendwie dazu zu bewegen, ihn anzusprechen. Er war mein Held, und er stand keine sechs Meter von mir entfernt. *Dem Tapferen stößt nie etwas zu*, dachte ich, zwickte mich und wartete darauf, dass mir irgendetwas Schlaues einfiel, aber nichts schien gut genug zu sein.

Ich schluckte mühsam und ein wenig atemlos, dann wandte ich mich wieder meiner Familie und meinem Daiquiri zu. Der Drink, in dem Eisstückchen trieben, war sauer und stark. Über unseren Köpfen ruckelten die Flügel des Ventilators wie ein langsam schnaufendes Tier. Jenseits der geöffneten Tür kämpften zwei Möwen um die Schale einer Miesmuschel. Und Mr Hemingway ignorierte uns weiter und las seine Post, bis Skinner, während er noch mehr Eis für eine zweite Runde zerkleinerte, uns fragte, woher wir kämen.

»St. Louis«, antwortete Mutter stolz.

Das war das Zauberwort. Er erhob sich von seinem Ende des Tresens und kam herüber. »Zwei meiner Ehefrauen sind in St. Louis zur Schule gegangen«, erklärte er Mutter freundlich. »Ich mochte diese Stadt immer.«

Zwei meiner Ehefrauen? So, wie er es formulierte, klang es, als hätte er ein Dutzend von ihnen gehabt – nicht, dass ich es gewagt hätte, ihn darauf hinzuweisen.

»Wir sind dort auch meist ganz zufrieden«, erwiderte Mutter. »Obwohl es bei Ihnen hier unten den besseren Rum gibt. Und der Sonnenschein ist auch nicht übel.«

Er schenkte ihr ein Lächeln, das seine braunen Augen warm leuchten und ein Grübchen in seiner linken Wange zum Vorschein kommen ließ.

»Ich bin im Mittleren Westen geboren«, berichtete er. »In der Nähe von Chicago. Aus der Entfernung betrachtet wirkt es auf mich immer besser – sowohl das Land als auch die Bewohner.«

Alfred war bislang stumm geblieben, stand nun jedoch plötzlich auf und schüttelte ihm die Hand, und wir nannten einander reihum unsere Namen. Ich war stolz auf ihn und Mutter, da sie bei seiner Vorstellung weder erschreckten noch übermäßig beeindruckt schienen. Das ganze Land wusste, wer Hemingway war, ebenso wie der größte Teil der restlichen Welt. Doch hier in dieser Stadt wollte er offensichtlich gern wie ein ganz normaler Typ behandelt werden. Das bewies schon allein das T-Shirt.

»Lassen Sie mich Ihnen die Gegend zeigen, solange Sie hier sind«, sagte er zu uns allen und sah dabei betont Mutter an. Sie war noch immer eine sehr attraktive Frau. Sie hielt sich in Schuss, wie man so schön sagt, und hatte wundervolles silbern werdendes Haar, große blaue Augen, einen perfekten Mund und war dabei vollkommen uneitel. Abgesehen von unserem familiären Verlust kürzlich hätte ich sie stets als den zufriedensten, ausgeglichensten Menschen bezeichnet, den ich kannte. Sie hatte oft Glück im Leben, so wie auch nun. Es war beinahe, als wäre eine Roulettescheibe in Schwung gesetzt worden, sobald wir den Bus bestiegen hatten, oder vielleicht sogar schon zuvor, und als wäre die schwarze Kugel mit einem siegreichen, mühelosen, unvermeidlichen Klicken genau hier ausgespuckt worden.

Eine private Führung durch Key West mit Ernest Hemingway? Na klar. Sicher doch. Nichts dagegen.

In Hemingways schwarzem Ford Coupé umrundeten wir die Insel in einem großen Bogen, angefangen mit dem südlichsten Punkt, an dem ein rot-weiß gestrichenes Fass stand, das der Barberpole eines Barbiers glich.

Die beiden Strände dort wirkten etwas farblos, aber Ernest versicherte uns, man könne dort gut schwimmen.

»Es kommt einem überhaupt nicht vor wie ein literarischer Ort«, bemerkte Mutter vom Beifahrersitz aus. Sie hatte den Hut abgenommen und auf ihren Schoß gelegt. Aus dem offenen Fenster ließ sie eine Hand durch die Luft gleiten. »Wie sind Sie hier gelandet?«

»Über Umwege, würde ich sagen.« Er grinste. »Von Paris nach Piggott, Arkansas, nach Kansas City. Danach Montana, dann Spanien und zurück nach Paris. Wyoming, Chicago, New York und noch mal Piggott. Tatsächlich kam irgendwo dazwischen auch noch Afrika. Ich glaube, in den ersten beiden Jahren unserer Ehe haben wir keinen Monat an einem Ort verbracht.«

»Du liebe Güte. Wie hat Ihre Frau das bloß hinbekommen?«

»Ganz großartig, um genau zu sein. Sie ist ausgesprochen gut darin, Dinge hinzubekommen. Sie hält absolut alles am Laufen und ist daneben noch eine prächtige Mutter. Wir haben zwei Jungs.«

»Wie wunderbar«, erwiderte Mutter, »so viel von der Welt zu sehen.«

»Ja. Aber man braucht auch einen festen Ort, an den man zurückkehren und zur Ruhe kommen kann. Unterwegs kann man eigentlich nicht arbeiten. Man kann es zwar, aber die Anstrengungen werden sich im Geschriebenen deutlich zeigen. Und all die Fußspuren auch.«

Endlich hatte ich das Gefühl, er spräche direkt zu mir. Genau darüber hatte ich mir Sorgen gemacht. Dass ich mich bei meinem neuen Roman allzu sehr bemühte und sich diese Mühe auf meinen Seiten wiederfand, in einer gewissen Steifheit, manchmal auch Verzweiflung, jedenfalls klar zu erkennen.

»Ich weiß nicht, ob ich bei all dem Sonnenschein und den Daiquiris irgendetwas zustande brächte«, versuchte ich zu scherzen, obwohl er mich vollkommen aus der Fassung gebracht hatte.

»Wenn man sich vor dem Morgengrauen unters Joch zwingt, kann man danach tun und lassen, was man will.« Er warf mir im Spiegel einen Seitenblick zu, der meinen Puls schneller schlagen ließ. Es war ein gutes Gefühl, seine Aufmerksamkeit auf mir zu spüren, und sei es auch nur kurz. Wie ein helles Licht, das mich traf, ehe es weiterzog. Aber es war auch, als könnte er mich wahrhaftig sehen und verstehen, wie mein Geist arbeitete. Es ergab wohl keinen Sinn, da wir einander gerade erst begegnet waren, allerdings war er in seinen Texten stets großartig darin, Figuren zu zeichnen, weshalb ich glaubte, dass er tatsächlich alle möglichen Dinge erkennen konnte, vielleicht sogar, ohne es darauf anzulegen.

Später, als die Sonne gerade langsam hinter den Palmen verschwand, fuhr er uns hinauf zu einem kleinen Friedhof, wo er den Wagen parkte und uns zu Fuß durch ein quietschendes schmiedeeisernes Tor in der Angela Street führte. Hoch über den Grabsteinen flammten Jakarandablüten auf. Wir schlängelten uns langsam durch sie hindurch bis zu einer zentralen Kupferstatue, vor der Alfred stehen blieb und mit zusammengekniffenen Augen die Gedenktafel las.

»Hey, hier liegen Matrosen von der USS Maine.« Er klang erfreut.

»Sie ist im Hafen von Havanna gesunken«, erklärte Hemingway. »Kuba liegt direkt dort drüben.« Er wies über die Schulter nach Süden. »Neunzig Seemeilen und eine halbe Welt.«

»Ich glaube, ich habe im Hotel etwas über die Konquistadoren gelesen«, bemerkte Mutter.

»Ganz richtig. ›Cayo Hueso‹ heißt ›Knochenriff‹ auf Spanisch. Die ganze Insel war ein Skeletthaufen, als Ponce de León hier auftauchte.«

»Wohin wurden die alle gebracht, um den Ort wieder bewohnbar zu machen?«, wollte ich wissen.

»Ist er denn bewohnbar?« Er lächelte. »Die liegen wahrscheinlich alle irgendwo draußen in den Untiefen. Hin und wieder ziehe ich einen Oberschenkelknochen meilenweit hinter mir her, weil ich ihn für einen Marlin halte.«

»Nicht im Ernst, oder?«, fragte Alfred.

»Nein, nicht im Ernst.« Dann, mit einem Zwinkern: »Ein Oberschenkelknochen wiegt so gut wie gar nichts.«

Sechstes Kapitel

Am nächsten Nachmittag lud Ernest uns in die Whitehead Street ein, um seine Familie kennenzulernen. Seine Frau Pauline war klein und dunkelhaarig und attraktiv, wenn auch nicht unbedingt schön. Sie trug das Haar jungenhaft kurz, hatte eine schlanke Figur und einen ausgesprochen scharfsinnigen Blick. Sie bereitete uns einen Krug Limonade mit Roggenwhiskey zu, den wir im Garten hinter dem Haus tranken, wo bald der Swimmingpool seinen Platz finden sollte. Es werde der erste auf der Insel sein, erklärte uns Ernest, und die Arbeiter müssten sich zunächst durch dichte Korallen graben. Ihm schien zu gefallen, dass es nicht einfach werden würde.

Die Jungen, Patrick und Gregory, hatten bei unserer Ankunft Badminton gespielt, und nachdem sie ihr Spiel beendet hatten, kamen sie herbei, um uns zu begrüßen. Sie setzten sich in unserer Nähe im Schneidersitz auf den Fußboden, ganz natürlich, die Gesichter pink von der

Anstrengung. *Dieser berühmte Mann ist ihr Vater*, dachte ich und blickte hin und her zwischen ihnen und Ernest, der sich auf seinem Stuhl fläzte. Sie hatten jedoch wunderbare Manieren und wirkten überhaupt nicht verzogen.

Das Haus und die Anlage waren gut gepflegt, Bananen- und Dattelpalmen sowie Frangipanibäume trugen zur Üppigkeit dieses großen Stückchens vom Paradies bei. Ernests Schreibzimmer befand sich in einem abgetrennten Gebäude, einer umgebauten kleinen Garage, die durch eine Seilbrücke mit dem Haupthaus verbunden war. Nichts hätte romantischer oder besser gelegen sein können. Tatsächlich schien alles, worauf mein Blick hier fiel, perfekt auf das eigenhändig erteilte Glück ausgerichtet zu sein, bis hin zu seiner lustigen, angenehmen Ehefrau und seinen ungezwungenen Jungs. Bis hin zum günstig fallenden Schatten. Sein Leben war eindrucksvoll, dachte ich, aber das war natürlich auch nicht anders zu erwarten gewesen.

Als wir uns verabschiedeten, ging Ernest noch etwas holen und kam mit einem Exemplar meines letzten Buches zurück, das ich für ihn signieren sollte. Ich warf Mutter einen Blick zu, da ich mich fragte, ob sie es wohl erwähnt hatte, während ich gerade außer Hörweite gewesen war. Aber nein, erklärte Ernest mir rasch. Pauline und er hätten es beide ein paar Monate zuvor gelesen und es für sehr gut befunden. Er habe in der Bar sogleich gewusst, wer ich war, habe mich jedoch nicht in Verlegenheit bringen wollen.

»Verlegenheit« konnte es kaum beschreiben. Ich war überwältigt. Ernest Hemingway hatte meine Arbeit gelesen und gemocht. Hatte sich an meinen Namen erinnert. Hatte das Buch so gut gefunden, dass er meine Signatur darin haben wollte. Ich lief knallrot an, dankte den beiden und setzte mich dann unbeholfen mit dem Buch auf dem Schoß hin, ohne zu wissen, wie ich meine Gefühle schriftlich adäquat zum Ausdruck bringen sollte. Die ganze Situation wirkte wie ein Traum, der meine kühnsten Vorstellungen übertraf.

Und gerade als ich glaubte, noch geschmeichelter könnte ich mich unmöglich fühlen, bot Ernest mir an, mich ein paar Seiten seines neusten Romans lesen zu lassen, der vom Angeln, von Bimini, von »reichen Leuten« und davon handelte, sich ein wenig zugrunde zu richten.

Ich konnte kaum glauben, dass er es ernst meinte oder dass etwas Derartiges außerhalb meiner Phantasie überhaupt möglich war. Doch er ging die Seiten holen und reichte sie mir, wobei er plötzlich schüchtern wirkte.

Er erklärte, der Roman sei beinahe fertig, er müsse ihn aber nun für eine Weile beiseitelegen. Bald breche er nach Madrid auf, um für die North American Newspaper Alliance über den Konflikt dort zu berichten.

»Oh, lasst uns jetzt nicht davon sprechen«, mischte Pauline sich ein. Sie machte eine komplizierte Augenbewegung und strich dann den Schoß ihres schlichten weißen Kleides glatt.

»Arme alte Mama«, sagte er liebevoll. »Ich würde nicht gehen, wenn ich nicht müsste. Das weißt du doch.« Er blickte sie noch einen Moment lang zärtlich an, dann wandte er sich wieder uns zu. »Ich versuche, nicht politisch zu sein. Politik zerstört einen Schriftsteller. Aber Franco ist ein Tyrann und ein Mörder, und die Faschisten scheinen fest entschlossen, die gesamte spanische Arbeiterklasse auszulöschen. Ich glaube nicht, dass es noch eine politische Mitte gibt. Nicht für einen aufmerksamen Beobachter.«

»Es könnte der Krieg werden, der niemals endet«, bemerkte Mutter. »Mir ist bewusst, wie theatralisch das klingt.«

»Ich wünschte, das würde es«, erwiderte er.

»Na, ich bin jedenfalls froh, dass Sie hinfahren«, teilte ich Ernest mit. »Ich weiß, dass es schwer sein muss, Ihre Familie zu verlassen, aber Spanien braucht Leute, die so schreiben können wie Sie.«

»Spanien braucht alle möglichen Leute, die schreiben können. Wie es aussieht, wird es reichlich Blutvergießen geben«, fügte er düster hinzu.

»Glauben Sie, jede beliebige Journalistin könnte hinübergelangen?« Ich hatte die Frage gestellt, ohne darüber nachzudenken, und spürte nun den Blick meiner Mutter, und ebenso Alfreds, demonstrativ herumschwenken.

»Schon möglich.«

»Ich arbeite im Augenblick für keine bestimmte Zeitschrift.«

»Das ist doch wohl nicht dein Ernst, Marty«, sagte meine Mutter.

»Vielleicht schon. Ich wollte schließlich irgendetwas tun.«

»Aber das ist so gefährlich.«

»Ich kann versprechen, auf sie aufzupassen«, meinte Ernest. »Falls sie einen Weg findet, hinzukommen.«

»Es ist lieb von Ihnen, dass Sie das anbieten«, antwortete Mutter, auch wenn unschwer zu erkennen war, wie sehr sie die Vorstellung beunruhigte. Mir ging es genauso, und doch hatte ich es gesagt.

Nachdem der Besuch vorüber war, liefen wir ruhig durch den Garten, tauschten gute Wünsche aus und versprachen einander, in Kontakt zu bleiben. Es war ein wundervoller Abend gewesen und, wie ich dachte, auch ein wichtiger. Ich wollte den Augenblick so lange wie möglich festhalten, doch schließlich blieb nichts mehr zu sagen als ein letztes Mal Gute Nacht.

Wir traten durch das Tor und gingen die Whitehead Street hinunter in Richtung unseres Hotels.

»Bitte tu nichts Unüberlegtes«, sagte meine Mutter.

»Ich ziehe es lediglich in Erwägung, mehr nicht. Ich werde schon nicht gleich auf den nächsten Überseedampfer springen.«

»Ich mochte ihn«, stellte Alfred fest. »Auch wenn er ganz anders ist, als ich erwartet hätte. Man würde nicht vermuten, dass er im Grunde genauso ist wie wir. Wie irgendjemand Beliebiges. Wer hätte das gedacht?«

Ja, wer? Doch während er und Mutter sich weiter darüber unterhielten, wie freundlich Ernest zu uns gewesen und wie lustig er auch sei, wie schön sein Haus und wie reizend seine Frau sei, hörte ich nur mit halbem Ohr hin. In meinen Gedanken war ich bereits unterwegs nach Spanien, und ich zerbrach mir den Kopf darüber, wie ich tatsächlich dorthin kommen sollte und was mich das in jeder Hinsicht kosten würde.

War all dies nur ein Traum? Eine schöne Illusion? Oder hatte ich endlich ein Zeichen bekommen, das mir eine Richtung vorgab, und Hemingway war der Wegweiser?

»Marty«, rief meine Mutter, und dann noch einmal lauter: »Marty!«

Ich war geradewegs am Hotel vorbeigelaufen. Ich hätte wahrscheinlich die ganze Nacht weiterlaufen können, tief in Gedanken versunken.

Siebtes Kapitel

Der Januar in St. Louis war noch nie leicht zu ertragen gewesen, aber nach der Zeit in Key West schien das Wetter nun mit Nachdruck direkt auf meine Seele abzuzielen. Nasser Schnee fiel, dann eisiger Regen, bis die Straßen und Wege glatt und schwarz und gefährlich waren. Der Himmel sank tief herab, drückte den Rauch aus den Schornsteinen nieder, verdichtete die Luft, hängte sich an Häuser und Straßenlaternen. Ich war kurz davor, laut zu schreien, da rief Hemingway an.

Als Mutter mich an den Hörer holte und ich seine Stimme vernahm, war ich überrascht und auch ein wenig außer Atem. »Wie haben Sie die richtige Vermittlungsstelle gefunden?«

»›Gellhorn‹ ist kein ganz so häufiger Name.«

»Nun, ich fühle mich geschmeichelt.«

Er schwieg einen Augenblick, und ich fragte mich schon, ob ich ihn irgendwie in Verlegenheit gebracht hatte. Doch dann begann er, aufgeregt über Spanien zu sprechen. Die Republik benötige nun vor allen Dingen Krankenwagen, und damit kenne er sich seit dem Ersten Weltkrieg aus, und er könne an nichts anderes mehr denken. Er und ein paar Freunde aus der Literaturszene kämen bald in New York zusammen, um zu besprechen, wie sie das Geld dafür auftreiben könnten. »Vielleicht sollten Sie auch kommen«, schlug er vor.

»Nach New York?«

»Ja. Oder war das mit Spanien nicht ernst gemeint?«

»Natürlich. Ich weiß nur nicht, wie ich es anstellen soll. Ich bräuchte Papiere, Empfehlungsschreiben.«

»Oder Sie brauchen einfach nur gute Freunde. Es wäre möglich, dass ich Ihnen dabei behilflich sein kann.«

Ich verstummte verblüfft und teilte ihm dann mit, wie wundervoll das wäre. Ich konnte kaum glauben, was gerade passierte. Mein Kopf schwirrte von seinem Interesse an mir, wie unwahrscheinlich es doch war, wie vielversprechend. Nach einer Weile sagte ich: »Ich habe Ihren Roman gelesen. Und mir ist vor Neid ganz schlecht geworden, vor allem bei Ihren Dialogen.«

»Nun ja, ich höre den Leuten eben einfach zu.«

»Wenn das alles wäre, könnte jeder es hinbekommen. Sie haben alle möglichen geheimen Tricks auf Lager. Glauben Sie bloß nicht, Sie könnten mich auch nur für eine Minute hinters Licht führen.«

»Schon möglich, aber dem Buch fehlt noch irgendetwas. So viel weiß ich. Vielleicht jenes wundersame Ende, das alles zusammenfasst und einen komplett wieder ausspuckt. Ich kann es allerdings bislang nicht so recht erkennen.«

»Das werden Sie noch.«

»Und schon ist sie sich so sicher.«

Die Zuneigung in seiner Stimme war berauschend. »In dieser Sache bin ich es.«

»Kommen Sie einfach nach New York«, sagte er plötzlich. »Sie regeln alles, und dann gebe ich Ihnen ein Steak aus, und Sie zeigen mir ein, zwei neue Geschichten.«

»Das möchte ich gern. Aber ich habe mir fest vorgenommen, zuerst dieses Buch fertig zu schreiben. Womöglich brauche auch ich ein solch wundersames Ende. Und kann es noch nicht recht erkennen.«

»Aber das werden Sie«, erwiderte er.

»Auf Wiederhören, Ernesto. Ich bin unheimlich froh, dass wir gerade Freunde werden.«

»Auf Wiederhören, Tochter«, sagte er sanft und legte dann auf, während ich mit dem Hörer in der Hand dastand und mich fragte, ob ich dieser seltsamen Wendung, die mein Leben nahm, trauen durfte.

Bis in den Februar hinein rief Ernest alle paar Tage aufgekratzt an und wollte über Spanien sprechen. Er sagte, er betrachte sich als Anti-Kriegskorrespondent, dennoch erscheine es ihm unerlässlich, dort hinzufahren. Er habe seit Jahren kaum journalistisch gearbeitet, und es sei eine verfluchte Sache, aber er freue sich darauf. Nicht länger so sicher und umsorgt zu sein wie im Augenblick. Es sei lange her, dass er gefroren oder einfach gelebt habe. Nah an der Schmerzgrenze. »Zu viel Bequemlichkeit kann einen Schriftsteller schneller zugrunde richten als alles andere«, erklärte er. »Und dass niemand jemals Nein zu irgendetwas sagt, das man will. Das ist gefährlich.«

»Ich weiß, was Sie meinen«, antwortete ich. »Als mein Vater letztes Jahr starb und ich hierherzog, um bei Mutter zu sein, wusste ich, dass ich das Richtige tat. Aber ich fühle mich hier zu warm eingepackt und überfüttert. Wie ein Seehund im Zoo.« Ich hielt inne und fügte hinzu: »In Ihren Augen erscheine ich sicher undankbar.«

»Ganz und gar nicht. In meinen Augen ergibt das Sinn.« Dann: »Das mit Ihrem Vater tut mir leid. Meiner hat sich erschossen.«

»Wie furchtbar für Sie.« Ich hatte es in einer Zeitung gelesen, aber es war etwas anderes, es ihn selbst sagen zu hören und zu wissen, dass wir über ihn sprachen, den Mann und Schriftsteller, und nicht über den Prominenten.

»Wahrscheinlich noch furchtbarer für ihn, aber so fühlt es sich nie an. Ich war neunundzwanzig. In jenem

Sommer wurde mein Sohn geboren und hätte beinahe seine Mutter umgebracht. Im Winter schoss sich dann mein Vater in kleine Fetzen, und niemand hatte es kommen sehen, außer mir vielleicht. Ich war nicht überrascht, nur in der Mitte entzweigerissen. Es war wohl das verfluchteste Jahr meines Lebens oder zumindest eins davon.«

»Ich hoffe, es wird irgendwann leichter«, sagte ich. »Ich fühle mich noch immer schrecklich wegen der Dinge, die wir zueinander sagten. Der Dinge, die wir nicht sagten. Glauben Sie, dass es möglich ist, mit der Vergangenheit Frieden zu schließen?«

»Herrje. Man kann es wohl versuchen. Aber ich bin mir nicht sicher, ob irgendjemand Vergebung erwarten kann. Nicht einmal dann.«

Wir verstummten eine Weile, und das Band zwischen uns dehnte sich unter dem Gewicht dessen, was wir einander erzählt hatten. Mich erstaunte, wie wohl ich mich bei ihm zu fühlen begann, wie offen ich mit einem nahezu Fremden sprach. Aber natürlich war er nicht nur irgendein Fremder, oder?

Ich hatte ihm vor einer Weile eine Kurzgeschichte mit dem Titel »Exile« geschickt, die ich im Sommer zuvor, noch in Deutschland, geschrieben hatte. Sie handelte von einem deutschen Mann, der beschließt, die Nazis nicht einen Tag länger ertragen zu können und in die Staaten zieht, nur um festzustellen, wie furchtbar schwer das Leben noch immer ist und dass er dorthin ebenfalls nicht recht passt, dass er vielleicht nirgendwohin passt. Ernest meinte, sie gefalle ihm außerordentlich gut, und ehe ich mich's versah, hatte er sie an seinen Lektor Max Perkins geschickt, der sie im *Scribner's Magazine* veröffentlichen wollte, wenn ich ein paar Kürzungen und Änderungen zustimmte. Bald tauschten Perkins und ich Briefe über die Geschichte aus, und wie durch ein Wunder war ich auf einmal in ein Leben hineingerutscht, das zu jemand anderem zu gehören schien.

»*Scribner's*«, sagte ich zu meiner Mutter. »Und sie bezahlen mich sogar. Ernest ist wirklich zu meinem Fürsprecher geworden. Ich kann es kaum glauben.«

»Na ja, ich sage es nicht gern, aber du bist eine schöne junge Frau. Bist du dir ganz sicher, dass er keine versteckten Absichten hat?«

»So ist es nicht, Mutter. Wir sprechen über reale Dinge, wichtige Dinge. Und er vergisst niemals, Pauline und die Jungs zu erwähnen. Er ist ihnen gegenüber sehr loyal.«

»Das sollte er auch sein. Sei vorsichtig. Mehr will ich gar nicht sagen.«

»Du glaubst doch nicht, dass ich es tatsächlich auf ihn abgesehen haben könnte?«, unterbrach ich sie. »Er ist mein Vorbild, Mutter. Ein großartiges, leuchtendes Vorbild und einer der Menschen, von denen es nur wenige gibt. Ich möchte lediglich eine Zeit lang in seiner Nähe sein und sein Licht aufsaugen. Ich verstehe nicht, wie du mir das übel nehmen kannst.«

»Niemand nimmt dir irgendetwas übel. Ich bin auf deiner Seite, vergiss das nicht.«

»Wie könnte ich das je vergessen? Du bist immer auf meiner Seite gewesen, immer. Sogar dann, wenn ich es selbst nicht war.« Ich trat zu ihr, ergriff sanft ihre Hände und blickte ihr direkt in die blauen Augen, die meinen so ähnlich waren. »Es wird wirklich alles gut gehen. Ich weiß, was ich tue.« Dann ging ich nach oben, wickelte mich in eine Steppdecke und stand für eine lange Zeit am Fenster und dachte an New York.

So dringend ich auch meine Überfahrt nach Spanien regeln und Ernest wiedersehen wollte, bevor er abreiste, ich war fest entschlossen, zuerst mein Buch zu vollenden. In den nächsten zwei Wochen schloss ich mich in meinem kleinen Zimmer ein und hämmerte schließlich die letzten zwanzig Seiten an einem einzigen anstrengenden und nervenaufreibenden Tag in die Schreibmaschine. Ich trieb mich so unerbittlich voran, dass ich nicht einmal mehr wusste, was ich geschaffen hatte, und ziemliche Angst davor bekam, es herauszufinden. Die Seiten selbst waren jedoch befriedigend. Ich stapelte sie ordentlich, umwickelte sie mit dicken Gummibändern und hielt dann das Manuskript in meinen Händen, wog es stumm, bevor ich es in eine Schreibtischschublade steckte. Eines Tages würde ich mich stark genug fühlen, um mir anzusehen, was ich da vollbracht oder eben nicht vollbracht hatte, je nachdem.

Ich war erschöpft, aber auch bestrebt, voranzukommen, als hätte ich mehrere dunkle Jahre isoliert in Sibirien gelebt, ohne einen einzigen Blick auf die Sonne zu erhaschen. Ich zerrte eine ramponierte Reisetasche aus Segeltuch vom Dachboden, packte rasch und vertraute darauf, dass mir mehr Vorbereitungszeit blieb, wenn ich erst einmal in New York war.

»Was braucht man denn überhaupt für einen Krieg?«, fragte ich meine Mutter.

»Mut, würde ich sagen. Aber ich würde auch noch ein Stück Seife dazuwerfen. Und warme Socken.«

»Du weißt, dass mir nichts zustoßen wird, oder?«

»Natürlich«, log sie, gab mir einen Kuss und ließ mich dann weiterpacken.

Achtes Kapitel

Noch bevor ich an der Penn Station aus meinem Zug gestiegen war, zählte ich schon die Pennys und runzelte die Stirn. Ich hatte die Fahrpreise und Zeiten für Überfahrten nach Europa überflogen und würde noch für eine Besenkammer hundertsechzig Dollar benötigen. Außerdem würde ich Geld für Madrid brauchen, eine Summe, die sich an der Länge meines Aufenthalts bemessen würde. Für den Augenblick stellte es ein unlösbares Rätsel für mich dar. Wie alles andere auch.

Zuerst steuerte ich die Wohnung meiner Freundin in Greenwich Village an, wo ich gerade lange genug blieb, um meine Reisetasche in eine Ecke zu feuern und Lippenstift aufzutragen. Dann ging ich Ernest im Barclay aufsuchen, da er mir mitgeteilt hatte, er würde entweder dort sein oder eine Nachricht hinterlassen, wo ich ihn finden könnte. Doch als ich ankam, war er nirgends aufzutreiben. Der Rezeptionist muss sich über mich gewundert haben, wie ich dort auf dem Marmorboden stand wie eine Holzente und mich fragte, was ich als Nächstes tun sollte. Ich hatte mich gerade hingesetzt und ging in Windeseile meine Möglichkeiten durch, als die Drehtür von der Straße her in Schwung gesetzt wurde. Und da war er, im Mittelpunkt einer großen, lauten Gruppe.

»Tochter«, rief er, als er mich sah, zog mich dann mit einer einzigen großen Pranke hoch und schob mich zu den Aufzügen, ohne sich die Mühe zu machen, mich seinen Freunden vorzustellen. Die Türen glitten zu, und wir fuhren gemeinsam nach oben. Alle redeten einfach weiter übereinander hinweg und ließen die Kälte aus ihren Mänteln entweichen, während ich nur dastand und mir auf die Lippe biss, um nichts Dummes zu sagen. Ich wusste nicht, weshalb ich gedacht hatte, ich würde Ernest allein antreffen, wir würden in ein Café gehen und über das Schreiben sprechen und danach vielleicht irgendwo Spaghetti essen und weiterreden. Nun kam mir das alles unendlich albern vor. Er befand sich im Zentrum eines Wirbelsturms. Er *war* der Wirbelsturm, trieb ihn voran.

In seiner Suite suchte ich mir einen blauen Samtsessel und gab mir Mühe, nicht im Weg zu sein, als zwei verschiedene Telefonhörer zur Hand genommen und Bestellungen von Alkohol und Kaviar an den Zimmerservice heruntergerasselt wurden. Ernest hatte seinen Mantel aufs Bett geworfen und saß nun auf der Matratze und lockerte seine Krawatte. Er lächelte mich schief an, und unsere Blicke trafen sich für einen winzigen Augenblick, ehe er sich umdrehte und brüllte: »Und drei Flaschen Taittinger. Mach vier daraus.« Er wandte sich wieder mir zu und fragte: »Sie mögen doch Champagner, oder?«

Sollte dies eine ernst gemeinte Frage gewesen sein, blieb mir keine Zeit zu antworten, da nun eine ausgesprochen schick gekleidete Frau zu ihm hinüberrauschte und mit ihm zu reden begann. Sie stand dicht vor ihm und hatte die Fäuste in die Hüften ihres schmal geschnittenen Rockes gestemmt, womit sie meine Sicht auf ihn blockierte. Wie ich bald erfahren sollte, handelte es sich um Lillian Hellman. Sie und Ernest und all die anderen im Zimmer bildeten die neu gegründeten Contemporary Historians, eine Gesellschaft, die einen Dokumentarfilm finanzieren wollte, um Spanien dabei zu unterstützen, Krankenwagen und andere Hilfsmittel zu erwerben. Der Filmemacher war anscheinend Holländer und hatte sich bereits gemeinsam mit seinem norwegischen Kameramann in Spanien eingefunden. Weitere Mitglieder der Historians waren John Dos Passos, Archie MacLeish und Evan Shipman, allesamt Schriftsteller, die groß genug waren, um einen Schatten zu werfen. In dem Zimmer schien es von ihnen nur so zu wimmeln, und ich fragte mich in meinem blauen Sessel, wie ich mir wohl Zutritt zu ihrem Kreis verschaffen konnte.

Letztlich war es Ernest, der mich rettete. Er zog mich zu sich und stellte mich der gesamten Runde mit den Worten vor: »Diese reizende blonde Giraffe hier ist meine gute Freundin Marty Gellhorn. Sie kommt ebenfalls mit nach Spanien.«

»Sobald ich alles geregelt habe«, erklärte ich Evan Shipman, während Ernest zur Tür eilte, an die es gerade geklopft hatte. Der Alkohol war angekommen, ein ganzes Meer von Alkohol, so weit ich sehen konnte. »Falls ich denn alles geregelt bekomme.«

»Was steht Ihnen im Weg?« Evan legte den Kopf schief wie ein Löwe. Er war ein Dichter, sah für mich jedoch eher aus wie ein Filmstar. Sein Haar war ebenso perfekt wie sein Hemd, wie seine Oxfords, wie die Falte, die seine dunkelgrauen Flanellhosen hinauf verlief.

»Dieser Nichteinmischungspakt gegen ausländische Beteiligung«, antwortete ich, gegen den Türpfosten gedrängt, als Ernest mit einer Kiste Champagner auf Eis hereinkam. »Man braucht echte Referenzen und alle nötigen Papiere, und ich habe nichts davon. Zumindest noch nicht.«

»Gehen Sie einfach zu irgendeiner Zeitschrift, und sagen Sie, Sie wollen als Korrespondentin für sie arbeiten.«

»Sie meinen, freiberuflich?«

»Klar.« Er schwenkte seinen Drink und ließ das Eis klirren, dann trank er den Rest in einem Zug aus. »Sie werden eine Frau in einem Kriegsgebiet sein. Das ist absolut ungewöhnlich. Mir scheint, irgendjemand dürfte Ihnen zumindest eine Chance geben, wenn Sie gute Arbeit schicken.«

»Einen Versuch ist es wert«, gab ich zurück. »Im Augenblick habe ich keine andere Idee, außer als blinder Passagier zu reisen oder mich in einen Kuchen einbacken zu lassen.«

Dos Passos kam mit einer riesigen Flasche Taittinger herüber, die Schaum auf den Fußboden vergoss. Niemand schien es zu bemerken oder etwas dagegen unternehmen zu wollen. Er füllte unsere Gläser und zeigte dann auf Ernest, der uns auf einem Sessel in der Nähe den Rücken zugekehrt hatte, sich auf die Ellbogen stützte und wie ein Wasserfall redete. »Woher kennen Sie den Typen überhaupt?«

»Hem? Wir sind uns in Key West begegnet. Ich war dort mit meiner Familie im Urlaub, und wir sind zufällig auf ihn gestoßen.«

»Ha. Das mit dem Stoßen geschieht normalerweise andersherum.« Dos grinste absichtlich anzüglich. Ich wusste nicht, was ich von ihm halten sollte, da fuhr er bereits fort: »Wie ich sehe, hat er Sie schon in der Tasche.«

»Wie bitte?«

»Sie nennen ihn Hem. Wahrscheinlich hat er Sie auch schon dazu gebracht, Hemingstein zu verwenden. Ist schon in Ordnung. Jeder will sich bei ihm einschmeicheln, und so gut wie jeder bringt es fertig, wie er zu sprechen, wenn er auch nur zwei Minuten in seiner Nähe verbringt.«

Ich starrte ihn an und fühlte mich ertappt. »Ich versuche nicht, wie irgendjemand zu sprechen«, begann ich zu protestieren, aber er lächelte nur und entfernte sich dann, um weiter Barkeeper zu spielen. Auf einmal war ich aus dem Gleichgewicht geraten, und mir wurde furchtbar heiß. Ich nahm meine Zigaretten und trat auf den Balkon hinaus, um ein wenig frische Luft zu schnappen. An jenem Tag hatte es geregnet, und ein feuchter Nebel überzog nun alles mit kleinen kalten Tropfen. Ich fuhr über das schmiedeeiserne Geländer, nahm die Feuchtigkeit mit meiner Fingerspitze auf und erlaubte mir, mich einen Moment über Dos' Worte zu ärgern. Es war gemein von ihm gewesen, mich so bloßzustellen, wo wir uns gerade erst kennengelernt hatten, aber er hatte recht gehabt, oder etwa nicht? Ich hatte ganz und gar nicht lange gebraucht, um Ernest alles nachzuplappern, mich wie seine Gehilfin zu verhalten, zu glauben, wir seien gute Freunde und unsere Verbindung bedeute etwas. Doch all die Schriftsteller auf der anderen Seite der schweren Vorhänge waren so real und außerdem wahnsinnig beschäftigt, sie wirbelten herum wie die leuchtenden Sterne, die sie tatsächlich waren. Was hatte ich hier zu suchen?

»Überlegen Sie zu springen?« Ernest war durch die Flügeltür getreten und stellte sich neben mich.

»Vielleicht. Nach all dem Champagner würde ich es wahrscheinlich noch nicht einmal spüren.«

»Der Champagner ist gut, oder?«

»Das ist er. Der beste. Danke.« Meine Worte klangen hastig und abgehackt, genauso ungelenk, wie ich mich fühlte. Er sah mich an.

»Haben Sie Ihr Buch fertig geschrieben?«

»Das habe ich, Gott stehe mir bei, aber ich konnte es mir noch nicht ansehen. Wie läuft es mit Ihrem?«

»Auch fertig. Zumindest habe ich das Perkins erzählt. Aber ehrlich gesagt nimmt das hier im Augenblick all meine Zeit in Anspruch, und sogar noch ein bisschen mehr als das. Ich habe seit '23 nicht mehr als Journalist gearbeitet.«

Mir wurde bewusst, dass er das Jahr meinte. 1923, als ich gerade vierzehn war, bei Tanzveranstaltungen all die Jungs überragte und mit Schüchternheit zu kämpfen hatte. Von dem Altersunterschied zwischen uns beiden wurde mir ein wenig schwindelig. Er war siebenunddreißig und hatte bereits so vieles getan in seinem Leben, während ich in meinem nur so wenig zustande gebracht hatte. Erneut kam mir der Gedanke: *Was habe ich hier zu suchen?* »Was glauben Sie, wie es sein wird, wieder auf diesem Gebiet zu arbeiten?«, fragte ich ihn. »Es sind zwei ganz verschiedene Arten des Schreibens, oder?«

»Wie Fahrradfahren?« Sein Lächeln glitt zur Seite. »Ehrlich gesagt, bin ich nicht ganz sicher, ob dieser Job für mich nicht einfach nur die Möglichkeit ist, etwas für Spanien zu tun und es wiederzusehen. Ich liebe dieses Land. Die Leute sind dort liebenswerter und anständiger als irgendwo anders. Was gerade mit ihnen geschieht, haben sie nicht verdient. Verdammt, nicht einmal ein Hund hätte Franco verdient.« Er betrachtete erneut mein Gesicht und fragte dann: »Geht es Ihnen gut?«

»Sicher. Wieso nicht? Ich bin nur müde, das ist alles.«

»Na, dann ruhen Sie sich aus. In den nächsten Tagen gibt es einiges zu tun, im Grunde schläft hier niemand.« Irgendetwas in seinen Gesichtszügen wurde weich. »Schön, Sie zu sehen, Kid.« Dann zwängte er seine große Gestalt erneut durch die Türen, und ich wandte mich wieder der Stadt zu, die verschmiert und funkelnd und nicht entzifferbar vor mir lag.

Am nächsten Tag erwachte ich erst spät, als mir ein Kurier eine Nachricht von Ernest überbrachte, die besagte, er müsse am folgenden Morgen zurück nach Key West, aber ich solle am Abend in den »21« Club kommen, falls ich Zeit hätte. Ende der Woche reise er mit dem Schiff ab. Davor sei noch so viel zu tun und so wenig Zeit. Er hatte mit *Ernestino* unterschrieben.

Ich setzte mich wieder auf das Bett, aus dem ich eben erst gekrochen war, und hielt das Telegramm zwischen zwei Fingern, um seine Worte noch einmal zu lesen. Ein weiches, schwammiges Gefühl stieg in meiner Brust auf. Ich war enttäuscht. Wochenlang hatte ich geglaubt, wenn ich mich einfach endlich hier zu Ernests Füßen aufhielte, dann würde er sein Licht auf mich werfen und meine nächsten Schritte deutlich aufscheinen lassen. Aber das war albern und kindisch gewesen. Er schuldete mir nichts, außerdem war nun Montag. Am Freitag legte sein Schiff ab, und vorher musste er nach Florida und wieder zurückeilen, seine eigenen Angelegenheiten regeln und sich auch um seine Familie kümmern.

Fest stand, selbst wenn er mir hatte helfen wollen, war ich nun allein und ins Schwimmen geraten. Vielleicht war es auch nie anders gewesen, aber die einzige Rettung schien für mich darin zu liegen, nicht weiter in Selbstmitleid zu zerfließen, sondern zurück an die Oberfläche zu strampeln. Die Zeit verstrich, und meine Pennys schwanden dahin. Selbst wenn ich in New York bleiben wollte, musste ich einen Job finden, aber ich wollte noch mehr erreichen. Ich würde irgendwie nach Spanien kommen, koste es, was es wolle, ich würde meinen Weg eigenständig beschreiten und dabei einen Schritt nach dem anderen gehen. Wenn ich ehrlich zu mir war, hatte darin schon immer meine Stärke gelegen. Andere Menschen verkomplizierten die Dinge nur, selbst wenn sie so glanzvoll waren wie Ernest.

Ich bereitete mir zwei Tassen starken Bauarbeitertee zu, den ich brühend heiß trank, ehe ich mich wusch und ankleidete. Ich hatte von zu Hause einen schönen Pullover aus schwarzem Cashmere mitgebracht, den ich in Madrid wohl kaum brauchen würde, dazu wollene Hosen und meinen Bryn-Mawr-Mantel, das würde genügen müssen. Ich trat hinaus in die Grove Street und eilte auf die Subway-Station zu. Ich hatte zu lange geschlafen. Es war beinahe Mittagszeit, und ich musste noch mindestens einen Elefanten erlegen, vielleicht auch zwei.

Ein paar Jahre zuvor, als ich noch für FERA arbeitete und schrieb, hatte ich auf einer Party in Washington einen Redakteur der Zeitschrift *Collier's* kennengelernt, mit dem ich lose in Kontakt geblieben war. Er hieß Kyle Crichton und hatte mir kürzlich einen wahnsinnig netten Brief geschrieben, um mir mitzuteilen, wie gut ihm *The Trouble I've Seen* gefallen habe. Meiner Ansicht nach war dies nun der perfekte Augenblick, um ihn daran zu erinnern, dass er fand, ich könne schreiben, auch wenn ein wenig Dreistigkeit vonnöten war, um einfach so in seinem Büro aufzukreuzen. *Collier's* hatte eine Auflage von mehreren Millionen, und war ich nicht gerade erst von *Time* abgelehnt worden?

Dennoch eilte ich voran, kaufte eine Tüte heiße Maronen für seine Vorzimmerdame und schleifte Kyle dann zu einem Drink in den Stork Club. Zu spät fiel mir auf, dass es nicht der passende Ort war, um Krieg und Opfer zur Sprache zu bringen. Weiße Uniformen wirbelten und kreisten um uns herum. Der Speisesaal funkelte vor Luxus und Privilegiertheit, an jedem Tisch versammelte sich das Who's Who der Berühmten, Glamourösen und allgemein Begüterten. Es war alles ganz und gar überwältigend. Und es war vollkommen nebensächlich.

»Ich bitte nicht um eine Stelle«, versuchte ich Kyle zu erklären. Er hatte längst erraten, dass ich irgendetwas von ihm wollte, und ich taumelte am Rande eines Abgrunds. Für diesen Tanz musste ich all meinen Mut zusammennehmen. »Allerdings gibt es Grenzkontrollen, deren Anforderungen ich genügen muss, sonst werde ich gar nicht erst ins Land gelassen, geschweige denn in die Nähe der Kampfhandlungen. Ich brauche Referenzen. Und zwar echte.«

»Sie möchten, dass ich Sie als Korrespondentin anheuere.« Er berührte leicht den Stiel seines Glases, in dem ein Spieß mit gefüllten Oliven im Alkohol schwamm, der wie Feuerzeugbenzin schimmerte.

»*Anheuern* ist vielleicht ein zu starkes Wort. Ich weiß, dass ich mich als Journalistin noch nicht unter Beweis gestellt habe, aber ich habe es fest vor. Womöglich gefällt Ihnen ja tatsächlich, was ich schreibe, und Sie wollen es veröffentlichen.«

»Womöglich.« Seine Augen gaben nichts preis.

»All das ist noch einmal eine Sache für sich. Im Augenblick brauche ich lediglich einen Brief oder etwas in der Art, worin steht, dass ich für Sie arbeite. Es ist nichts als Bürokratie. Eine reine Formalität.«

»Und was dann?«

»Das weiß ich ehrlich gesagt noch nicht. Ich habe keine Ahnung, wie diese Sache ausgeht. Aber ich kann nicht einfach Däumchen drehend dasitzen, während so viel passiert, so viel auf dem Spiel steht.« Während die Worte aus mir herauspurzelten, wurde mir bewusst, wie das für ihn klingen musste. Als hätte ich den Kopf voller unrealistischer romantischer Vorstellungen. »Sie halten mich für naiv.«

»Nein, bloß für idealistisch. Und für sehr jung. Sie sind ein interessantes Mädchen, Marty. Wenn Sie meine Tochter wären, würde ich wahrscheinlich Ihren Pass verbrennen und Sie an die Kellertür ketten. In meinen Augen ist der Krieg kein Ort für eine junge Frau. Aber Sie haben ein gutes Herz.« Er wandte sich erneut seinem Drink zu, dachte einen Augenblick schweigend nach und sagte dann: »Wenn Sie wirklich entschlossen sind zu gehen, dann habe ich wohl nicht das Recht dazu, Sie aufzuhalten.«

Ich griff nach seinem freien Arm, erleichtert und freudig erregt. »Oh, ich danke Ihnen, Kyle. Sie werden es nicht bereuen.«

»Ich hoffe, Sie behalten recht.« Seine Miene verdüsterte sich, und ich war kurz überrascht, bis ich begriff: Er machte sich keine Sorgen darüber, dass ich seine Zeitschrift oder mich selbst blamieren könnte. Sondern darüber, dass ich in Spanien sterben könnte. Die Zahl der Opfer, die jeden Tag in den Zeitungen veröffentlicht wurde, umfasste hin und wieder auch Amerikaner, die seit Januar in der Abraham Lincoln Brigade kämpften. Es war nur eine Frage der Zeit, bis ein Korrespondent getötet werden würde.

Niemand war sicher. Das wusste ich und hatte zugleich versucht, es von mir fernzuhalten. Der Gedanke schien nun zwischen uns in der Luft zu hängen, ein Faden fein gesponnenen Glases, während Kyles und mein Blick sich für einen Moment trafen und wir einander perfekt verstanden. Dann glitt unser Kellner mit der Rechnung in einer diskreten Lederschachtel herbei, und ich schüttelte das Unheil verkündende Gefühl ab, um wieder fröhlich sein zu können. »Es wird alles gutgehen«, versicherte ich Kyle. »Sie werden schon sehen. Also schön, was sollte nun in diesem Brief stehen?«

Neuntes Kapitel

Collier's hat mich zur Sonderkorrespondentin ernannt«, berichtete ich Ernest und den anderen Historians am Abend im »21«. »Das passt perfekt, wenn *Sonder-* so viel wie ›hochstaplerisch‹ heißt. Aber das stört mich nicht. In der Not frisst der Teufel Fliegen.«

»Was in dem verfluchten Brief steht, ist vollkommen egal«, meinte Ernest. Er saß mir gegenüber, seine Schultern auf einer Linie mit dem Kopfende der Sitzbank. Sie schienen seine gesamte Seite des Raumes auszubalancieren. »Sie haben eine Zeitschrift gefunden, die Sie beauftragt hat. Das ist die Hauptsache. Was ist mit dem Fahrpreis?«

»Ich habe gerade erst vor ein paar Stunden bei *Vogue* vorbeigeschaut, um mich zu erniedrigen. Ich habe ihnen versichert, ich würde absolut alles annehmen, und man hat mich beim Wort genommen. Vor Ihnen sehen Sie die neue Expertin für die Frau im mittleren Alter und deren Schönheitsprobleme.«

»Was wissen Sie denn schon übers mittlere Alter?«

»Es kommt noch schlimmer. Ich soll alle möglichen kosmetischen Behandlungen ausprobieren und dann über die Resultate schreiben.« Ich blies die Wangen auf, um ihn zum Lachen zu bringen. »Aber in Wahrheit würde ich auch einen Cancan durch den Central Park tanzen, wenn es nötig wäre.«

»Und wäre das nicht amüsant?«, mischte Lillian Hellman sich ein. Sie trug perfekt aufgetragenen dunkelroten

Lippenstift, der sich recht hart von ihrem Gesichtspuder abhob. Mir wurde bewusst, dass sie mir Angst einjagte, die Art, wie sie sprach und ging und sich herüberlehnte und rauchte, so intensiv und demonstrativ. Auch ihre Bemerkung hatte sich wie eine Ohrfeige angefühlt, obwohl sie mich tatsächlich kaum mit dem Blick gestreift hatte, ehe sie sich wieder mit einem wichtigeren Anliegen an Ernest wandte: »Und was ist jetzt mit diesen Krankenwagen?«

»Vergiss für einen Moment die Krankenwagen«, erwiderte Dos Passos. »Wir müssen über den Film reden.«

Er meinte den Dokumentarfilm, den sie finanzierten und dessen Form anscheinend noch zur Debatte stand. Die Historians konnten sich nicht darauf einigen, was am meisten zählte. Dos Passos schien darauf zu drängen, die gewöhnlichen Menschen in den Fokus zu rücken, während Ernest viel mehr an den Soldaten, den Taktiken und anderen militärischen Elementen interessiert war.

»Ich weiß nicht, wie man einen Kriegsfilm ohne Kriegsführung drehen soll.« Ernests Stimme erhob sich mit Leichtigkeit über den Lärm in der Bar, schnitt einfach durch ihn hindurch. »Jeder Kampf bedeutet Panzer und Gewehre, Männer in Schützengräben. Er bedeutet Tod. Eine Tragödie im einfachsten und absolutesten Sinne.«

»Aber was ist mit den Menschen in den Dörfern?«, forderte Dos ihn heraus. »Sie verdienen es ebenfalls, gesehen zu werden. Wie du weißt, haben sie um nichts von alldem gebeten. Über nichts davon haben sie die Kontrolle.« Er schwitzte und strich sich immer wieder eine glänzende dunkle Haarsträhne aus dem Gesicht, die an seiner runden Stirn klebte. »Ich sage ja nur, dass ihre Geschichte ebenso zählt. Außerdem könnte die Welt vielleicht eher gewillt sein, Mütter und Bauern und Kinder zu verteidigen als Soldaten.«

»Natürlich wird sie das sein. Und weshalb auch nicht?«, schnauzte Ernest zurück. »Heben wir uns das Blut für dein Filet Mignon auf.«

Ich kannte zwar noch keinen von ihnen besonders lang, spürte aber, dass ich eher Ernest zustimmte. Zum Teil aufgrund seiner tiefen Überzeugung. Wenn er wegen einer Sache richtig in Fahrt geriet, veränderte sich seine Stimme. Sein Gesicht wurde ausdrucksvoll, seine Augen leuchteten auf. Außerdem konnte ich erkennen, dass er an das glaubte, was er sagte. Dass er all diese Dinge zutiefst empfand und es auch jeden wissen ließ. Es war schwer, sich nicht von ihm einnehmen zu lassen.

»Herrje«, mischte Lillian sich ein. »Können wir essen, bevor wir diese Sache ausfechten? Ihr werdet euch ohnehin nicht einig werden, auch wenn alle nett zueinander sind, was ja nicht zu erwarten ist.« Sie rückte ihre Fuchsstola energisch zurecht. Es war eine bitterkalte Februarnacht, doch neben allem praktischen Nutzen ließ die Stola ihre Schultern auch gebieterisch breit wirken. Ich würde ebenfalls so eine für Spanien benötigen, dachte ich und machte mir im Geiste eine Notiz, und vielleicht auch für den Alltag.

»Okay, bitte«, ereiferte sich Dos, der sie komplett ignorierte. »Dann reib den Leuten das Blut eben unter die Nase und schau, ob sie nicht sofort das Weite suchen.« Er war pink angelaufen und leidenschaftlich bei der Sache. »Ich glaube, dass es überhaupt nicht um den Film geht. Es geht um dich. *Du* willst wieder in den Krieg ziehen. Du bist derjenige, der den Anblick des Blutes braucht.«

Ernest starrte ihn zornig an. »Na schön, Sigmund Freud. So sieht es also aus?« Der Sarkasmus seines Witzes hatte wohl von der Angelegenheit ablenken oder sie zerstreuen sollen, aber ich bekam mit, wie sich Ernests Pupillen verengten und seine Hände verkrampften. Dos hatte einen Nerv getroffen.

»Jungs!«, rief Lillian, und alle verstummten, als hielte sie anstelle ihres Highballglases ein hölzernes Lineal in die Luft. Nach und nach setzte nervöses Gelächter ein.

In der Bar war es dunkel und eng, die Decke drückte herab und schien im Einklang mit der sich wandelnden Stimmung am Tisch zu sein. Ich war in die Mitte der Sitzbank gequetscht worden, und während die Historians sich nun langsam anschickten, in den Speisesaal zu wechseln, schließlich aufstanden und die Reste ihrer Cocktails austranken, wartete ich darauf, dass ich freikam. Trotz der derzeitigen Spannungen zwischen ihnen schlenderten sie paarweise auf den Oberkellner zu. Sie redeten und beratschlagten und planten, vereint und ernsthaft, und boten dabei einen mehr als überwältigenden Anblick.

Kürzlich hatte ich das Gerücht gehört, MGM zahle Lillian Hellman nach *Kinderstunde* zweitausendfünfhundert Dollar Vorschuss pro Woche, nur für den Fall, ihr fiele über Nacht erneut etwas Kluges und Unsterbliches ein. Ich konnte mir solche Geldsummen kaum vorstellen, geschweige denn die Freiheit, die sie damit gewonnen hatte. Bis vor ein paar Monaten hatte ich geglaubt, als Schriftstellerin würde man auf seine Seele einprügeln, bis aus dem trockenen Flussbett ein paar Worte getröpfelt kamen, gerade genügend, um damit eine Untertasse oder einen Teelöffel oder auch nur eine Pipette zu füllen. Und dann heulte man ein wenig oder knirschte mit den Zähnen und nahm irgendwoher die innere Kraft, um am nächsten Tag erneut aufzustehen und dasselbe wieder zu tun.

Diese Schriftsteller sahen allerdings aus wie die Titelseiten von Zeitschriften. Oder wie Raketen. Dass ich hier war und auch nur von ihrem Glanz gestreift wurde, erschien mir noch immer ein wenig verblüffend. Nicht, dass ich keine Ambitionen gehabt hätte. Manchmal glaubte ich, ich bestünde aus nichts anderem. Wie ich zu Kyle gesagt hatte, war ich fest entschlossen, ihm und allen anderen zu beweisen, dass ich eine richtige Journalistin sein konnte, eine Autorin, die von anderen bewundert und respektiert und in Erinnerung behalten wurde. Ich wollte, dass mein Name zählte, aber für den Augenblick war ich noch ein Lehrling, insbesondere in dieser Gruppe, in der sich Helden tummelten, an die man sich nur dranzuhängen brauchte. Ich würde Zeit benötigen, um mir meinen eigenen Platz zu verdienen. Um mich zu beweisen und aufzusteigen.

»Hören Sie, Sie sind keine Hochstaplerin«, sagte Ernest, als hätte er meine Gedanken gelesen. Er war zurückgekommen und hatte sich erneut hingesetzt, um mir das zu sagen. »Ihre Arbeit ist gut.«

Dies aus seinem Mund zu hören, bedeutete mir unendlich viel, und das sagte ich ihm auch. »Sie wird mehr und mehr zu der einzigen Sache, die mir wirklich wichtig ist«, fügte ich hinzu. »Die einzige Sache, die mich niemals langweilt und mich niemals enttäuscht. Sie wissen sicher, was ich meine.«

»Wie es der Zufall will, weiß ich das tatsächlich.« Die Wand hinter ihm war verspiegelt und reflektierte ein halbes Dutzend Mal sein zerbrochenes Bild. Weißes Hemd. Schwarzer Schnurrbart. Eng sitzendes Jackett. Breiter Kiefer. Strangulierende Krawatte. In diesem Augenblick sah er nicht aus wie ein Held, er sah aus wie ein Mann. In manchen Dingen selbstbewusst, in anderen wiederum überhaupt nicht. Wie alle Männer, die ich kannte. Wie alle Menschen, die ich kannte. Wie ich.

»Ich weiß noch nicht, wann ich abreisen werde«, erklärte ich. »Es könnte noch Wochen dauern. Sorgen Sie dafür, dass Sie eine Spur aus Brotkrumen für mich hinterlassen, in Ordnung?«

»Das werde ich.«

»Wissen Sie, Hemingstein, ich habe Sie wahnsinnig gern.« Zum Teufel mit Dos und damit, wie ich klingen mochte, dachte ich. Ich glaubte daran, dass wir Freunde waren. Ich spürte ein Einverständnis zwischen uns, ein Zusammentreffen Gleichgesinnter, und ich wollte diesem Gefühl trauen. »Ich bin froh, dass wir in denselben Verein eintreten.«

Er nahm seine Brille ab und blickte mich an. In den drei Monaten, seit wir uns in Key West verabschiedet hatten, hatten wir lediglich am Telefon oder in hastig hingekritzelten Briefen miteinander kommuniziert. Jene Dinge, die in seinen Augen geschahen oder seine Stimmungen prägten, die Bedeutung seiner vielen verschiedenen Arten zu lächeln – all das war mir ein Rätsel. Neue Menschen waren komplex, aber sie waren auch wundervoll. Alles war eine Geheimsprache, die ich noch nicht entschlüsselt hatte.

»Ich habe Sie auch gern, Tochter.« Sein Blick verwandelte sich beim Sprechen leicht, und er schien noch mehr sagen zu wollen. Doch dann kam Lillian erneut um die Ecke, zerrte an seinem Ärmel und wies ihn darauf hin, dass sie am Verhungern sei. Ehe ich wusste, wie mir geschah, hatte sie ihn aus der düsteren Bar in den nächsten Raum gezogen, außer Sichtweite.

Teil 2

NACH SPANIEN MIT DEN JUNGS

März – Mai 1937

Zehntes Kapitel

Ich sah Ernest nicht noch einmal. Er eilte nach Hause und zurück und fuhr dann mit dem Ozeandampfer *Paris* (wie auch sonst) nach Paris, während ich mit aufgestelltem Kragen und gerecktem Kinn durch den Schneematsch Manhattans hastete und mich schnaufend und keuchend abmühte, meine Arbeit zu erledigen.

Bevor wir uns verabschiedeten, gab Ernest mir noch die Anweisung, falls er und die anderen bereits weitergereist seien, wenn ich nach Frankreich komme, solle ich nach Sidney Franklin Ausschau halten. Franklin war ein mit Ernest befreundeter berühmter Matador, der, so unwahrscheinlich es auch klingen mochte, aus Brooklyn stammte und obendrein noch Jude war. Der Torero der Thora wurde er scherzhaft genannt, aber anscheinend war das, was er mit dem Umhang leistete, alles andere als ein Scherz. Ernest hatte mir erzählt, in der Arena sei er ein absolutes Wunder, und natürlich hatte ich auch die ehrfürchtigen Seiten über ihn in *Tod am Nachmittag* gelesen. Sidney hatte eine Weile in Madrid gelebt und kannte sich dort aus. Sofern er alle wichtigen Papiere bekäme, sollte er Ernests Haushofmeister und Mädchen für alles werden, seine Ersatzehefrau – so lautete ein weiterer häufig gemachter Scherz –, da Pauline zu Hause bei ihren beiden Jungen bleiben musste.

Ich konnte mir vorstellen, dass es gewiss nicht leicht war, mit einer so großen Persönlichkeit wie Ernest verbunden zu sein. Er war nicht einfach nur berühmt, er war unvergesslich und erzeugte einen Sog, der auf jeden so machtvoll und zyklisch zu wirken schien wie der Mond. Aber allem Anschein nach erfüllte Pauline ihre Rolle voller Anmut und hielt in der Whitehead Street den Laden reibungslos am Laufen. Ernests Geschichten zufolge war sie diejenige, die bei den regelmäßigen Besuchen von Freunden von nah und fern genau die richtigen Austern und Pasteten und Weinflaschen bestellte und alle an ihrem perfekt gedeckten Tisch unterhielt, während er arbeitete und sein einzigartiges Feuer hütete. Und wenn das nicht genug war, dann las Pauline Ernests Arbeit und sprach ihm Mut zu. Zugleich sorgte sie dafür, dass Patrick und Gregory sich wie Prinzen und nicht wie wilde Tiere verhielten. Soweit ich es bei meinem kurzen Besuch hatte erkennen können, hatten die beiden schon mit fünf und acht Jahren viel von ihrer Eleganz geerbt und waren unheimlich wohlerzogen. Sollte ich jemals eigene Kinder haben, wäre ich wahrscheinlich ungeduldig mit ihnen, von meinen eigenen Launen auf eine Weise abgelenkt, die Pauline fremd zu sein schien. Oder versteckte sie es womöglich nur wahnsinnig gut?

Nun musste sie ihre Tüchtigkeit noch auf eine andere Art und Weise unter Beweis stellen, musste zusehen, wie er an eine Kriegsfront aufbrach, ohne eine Garantie dafür zu haben, dass er zurückkäme. Mir erschien es in einer solchen Zeit so viel schwieriger, eine Ehefrau zu sein, als zu den Jungs zu gehören. Sie würde zu Hause sitzen und auf ein Telegramm warten, das entweder frohe oder tragische Botschaften enthielt. Er hatte Füße und Flügel und ein Ziel. Er war in Bewegung, und das wollte ich auch sein. Je früher, desto besser.

Damals war Paris der allgemeine Treffpunkt. Der Ort, von dem aus wir alle ausscherten.

Als ich Mitte März dort ankam, war Ernest tatsächlich schon weitergezogen und von Sidney nirgends eine Spur. Auf den Boulevards war es windig und kalt, die Cafés waren voller Trenchcoats und Zigaretten und fahlem Licht. Ich stöberte ein paar Tage lang herum und hoffte, auf andere Journalisten zu stoßen, mit denen ich die Grenze überqueren konnte. Um ehrlich zu sein, hatte ich Angst davor, es allein zu wagen, aber wie es aussah, blieb mir keine andere Wahl.

Ich schluckte meine Furcht herunter und begann, mich auf die nötigen zähen bürokratischen Schritte zu konzentrieren, versuchte, alle erforderlichen Stempel und Papiere aufzutreiben, doch die Voraussetzungen änderten sich so rasch, dass man kaum mit ihnen Schritt halten konnte. Noch zwei Monate zuvor war es recht einfach gewesen, über die Grenze zu gelangen, um der Republik zu Hilfe zu eilen. Ein täglicher Zug mit dem Spitznamen »Red Express« hatte die Freiwilligen in Windeseile von Paris bis an die spanische Grenze gebracht, wo sie für den Rest des Weges Busse bestiegen. Nun blieben einem lediglich zwei Möglichkeiten, entweder fand man ein Boot dorthin, das mit hoher Wahrscheinlichkeit von italienischen Patrouillen-U-Booten torpediert werden würde, oder man stahl sich im Schutz der Dunkelheit über die Pyrenäen und hoffte, nicht geschnappt zu werden.

Ich studierte Landkarten und sprach mit möglichst vielen Menschen darüber, wie ich es angehen sollte. Offenbar gab es einen Zug, der mich bis Bourg-Madame nahe der französischen Grenze bringen würde. Durchgehende Verbindungen gab es nicht. Ich musste dort aussteigen, das Dorf durchqueren und auf Nebenstraßen bis in das katalanische Dorf Puigcerdà gehen, wo ich einen weiteren Zug besteigen würde, sofern man mich bis dahin nicht zurückgeschickt hatte oder noch Schlimmeres.

Eines regnerischen Nachmittags Ende März verließ ich Paris auf eigene Faust unter einem dichten, feuchten, grauen Himmel. Der Nachmittag ging in den Abend über, und ich hielt mit zusammengekniffenen Augen Eindrücke in meinem Tagebuch fest, um mich später daran zu erinnern. Das Fenster neben mir wurde von einer Frostschicht überzogen, die die Landschaft in ein schwarz-weißes Kaleidoskop verwandelte. Dies war nicht das Frankreich, das ich kannte, das für mich vor allem aus Baden im Meer, trägem Urlaubssonnenschein und aus mit Weintrinken und Wolkenbeobachten verbrachten Tagen bestanden hatte. Nein, dieses Land nun schien mir etwas Dunkles, Seltsames, Neues darzubieten, in einer mir vollkommen unbekannten Sprache. Wenn ich doch nur lernen könnte, sie zu verstehen.

Der Frühling lag noch in weiter Ferne, was ich sogleich spürte, als ich nach Mitternacht aus dem Zug stieg. Ich trug Hosen aus warmem grauem Flanell und eine graue Jacke, die mich vor dem Wind schützen sollte, was ihr jedoch nicht recht gelang. In meiner Reisetasche hatte ich einen Kamm und Wechselkleidung dabei sowie ein Dutzend Konservendosen mit Pfirsichen und Schmalzfleisch. Bei jedem Schritt spürte ich die Dosen durch den Segeltuchstoff drücken und mir wie kleine Fäuste gegen die Rückseite meiner Oberschenkel schlagen. Sie riefen mir wieder und wieder meinen Körper in Erinnerung, dass ich genau das war, wonach ich aussah: eine große blonde Frau, die allein durch ein eisiges Land lief, furchtbar weit entfernt von St. Louis.

Bourg-Madame war bei Tag wahrscheinlich ganz reizend, stellte ich im Gehen fest. Es schmiegte sich hinter einer Steinmauer an einen Hang und reihte sich an mehrere ähnliche Dörfer, die hoch über dem sie umgebenden Tal lagen. Aber als ich hindurchlief, war das gesamte Dorf fest verriegelt. Ich verlagerte meine Reisetasche und blies warme Luft auf meine Hände, dann wandte ich mich nach Osten und ließ das Dorf auf einer steilen Kopfsteinpflasterstraße hinter mir. Der Mond hing in einer schmalen, glänzenden Sichel über mir.

Was ich tat, war im Grunde illegal, und die meiste Zeit über hatte ich zu viel Angst, um mir auch nur pfeifend selbst Gesellschaft zu leisten. Ich beherrschte bloß wenig Spanisch und wusste nicht, was ich überhaupt tun würde, sollte ich angehalten werden, außer meinen Pass und das hart erkämpfte Beglaubigungsschreiben von *Collier's* auszuhändigen. Außerdem war mir kalt. Die Steine unter meinen Füßen waren glatt vom Frost, und der Wind fuhr durch meine Jacke. Ich zog die Schultern hoch, vergrub meine freie Hand in der Jackentasche und war heilfroh, dass es nur noch wenige Kilometer bis nach Puigcerdà waren.

Dieser Teil der spanischen Pyrenäen war nicht in der Hand der Nationalisten, noch nicht. Beim Näherkommen wirkte die Stadt verschlafen, und natürlich war die Grenzlinie selbst nicht sichtbar. Im einen Moment befand ich mich in Frankreich, im Frieden, und im nächsten in Spanien, im Krieg. Und was all das für mich bedeuten sollte – und was alles passieren würde –, lag noch vor mir in der Dunkelheit, vollkommen unbekannt.

Ach, Marty, vernahm ich die Stimme meines Vaters, als trüge ich ihn plötzlich auf meiner Schulter bei mir, direkt unter meinem rechten Ohr. *Du glaubst, du könntest einfach so in den Krieg losstapfen, nicht wahr? Hast du dir das auch gründlich überlegt?*

Hatte ich das? Wusste ich wirklich, worauf ich mich hier einließ? Womöglich nicht, aber nun war ich auf dem Weg.

Kurz vor dem Morgengrauen bestieg ich meinen zweiten Zug, der mich nach Barcelona bringen sollte. Er war unbeheizt, aus eiskalten kleinen Holzwaggons zusammengeflickt, die nun durch die Landschaft ratterten. In jedem Wagen konnten sechs Personen sitzen, ich wurde jedoch gemeinsam mit einem halben Dutzend hübschen spanischen Männern in Zivilkleidung in einen gezwängt. So jung, wie sie aussahen, mochten sie Studenten sein. Alle möglichen Leute waren über Nacht zu Soldaten geworden, die in den Krieg zogen, weil ihnen nun, da Franco frei herumlief, nichts anderes übrigblieb. Die Freiheit war vollkommen ungewiss. Das Leben fand im Fadenkreuz statt. Selbstverständlich würden sie kämpfen.

Als Uniformen trugen sie alles, was sie hatten, braune bäuerliche Baumwollhemden und Schuhe mit Sohlen aus Seil. Einer zog aus seiner Reisetasche einen langen, flachen Laib einfachen Brotes hervor, das beinahe schwarz war. Ein anderer hatte in ein Tuch gewickelte Würstchen dabei, die intensiv nach Knoblauch und Chilischoten schmeckten, dazu ein Stück harten Käse aus Schafsmilch. Als sie ihr Mahl mit mir teilten, mir die Gabe ohne ein Wort in die Hand drückten, wollte ich ein Gedicht für sie verfassen und es auf Spanisch vortragen. Ich musste auf der Stelle mehr Spanisch lernen. Ich musste alle möglichen Dinge lernen. Für den Moment lächelte ich jedoch nur dankbar und aß.

Wir fuhren den Rest des Tages bis in die Nacht hinein gemeinsam. Irgendwann schlief ich ein und wachte in den frühen Morgenstunden auf, den Kopf auf der Schulter des jungen Mannes neben mir. Für einen kurzen Augenblick, ehe ich richtig wach wurde, fühlte ich mich wie seine Schwester. Er hätte Alfred sein und wir hätten an jedem beliebigen Ort sein können, vielleicht auf dem Weg nach Key West, in einem staubigen, aber verheißungsvollen Bus, freudig allem entgegenblickend, was vor uns liegen mochte. Aber natürlich befand ich mich an einem ganz anderen Ort. Obendrein an einem gefährlicheren Ort, selbst wenn ich bislang nur die Schönheit sah. Während ich gähnte und mich streckte, leuchtete das Morgenlicht in Streifen durch den fallenden Schnee, der in breiten, flachen Flocken auf den gefrorenen Boden wirbelte und aussah wie Blütenblätter. Die Bäume waren von einer Eisschicht überzogen. Alles schien aus Kristall zu bestehen.

Ein paar Stunden später erreichten wir Barcelona. Selbst aus dem Zugfenster betrachtet schien die gesamte Stadt in einem Karneval aus Körpern und Geschäftigkeit zu rotieren. Spanier, Engländer, Franzosen, Amerikaner – alle sprachen mit leuchtenden Augen aufgeregt durcheinander, obgleich sie Gewehre auf den Schultern trugen. Einer hatte sich mit einem Seil eine baumelnde Feldflasche um die Hüften gebunden. Ein anderer hatte stattdessen ein Weinfässchen dabei und sich seine Stiefel um den Hals geschnürt, und sein Gesicht sah aus wie von Botticelli gemalt.

Am Bahnhof verabschiedete ich mich von meinen Reisegefährten und hoffte, sie verstünden, was ich mangels einer gemeinsamen Sprache durch meine Augen ausdrückte. Ich konnte sie noch immer in meinem Rücken spüren, als ich mich entfernte, um meine nächsten Schritte in Erfahrung zu bringen, und ich wollte für sie beten, auch wenn ich es nie richtig gelernt hatte. Würden sie lange genug leben, um den Weg nach Hause zu ihren Schwestern und Müttern und Liebsten zu finden? Würde ich selbst auch nur eine Woche in Spanien überleben, wenn mein Herz schon jetzt so weit geöffnet und verletzlich war?

Im ersten Hotel, über das ich stolperte, mietete ich ein Zimmer. Ich sehnte mich nach einem Bad, aber anscheinend gab es in der gesamten Stadt keine Kohlen mehr. Also ließ ich mich bäuchlings aufs Bett fallen, als hätte ich noch nie zuvor eines gesehen. Komplett angekleidet und mit Stiefeln an den Füßen schlief ich den festen, wie in Watte gepackten Schlaf der Entwurzelten. Ich konnte mich nicht daran erinnern, geträumt oder mich auch nur bewegt zu haben, bis das kalte Sonnenlicht durch die auf den Platz weisenden Fensterläden schien. Ich stand auf und blickte blinzelnd auf ein riesiges Seidenbanner mit den Worten: *Willkommen, Kameraden aus der Ferne*. Morgen. Barcelona. Ich war tatsächlich angekommen.

Ich brauchte dringend einen Kaffee, doch es gab lediglich Instantkaffee, dunkle Kristalle, über die man kochendes Wasser goss und dann versuchte, sich nicht anmerken zu lassen, dass er viel zu bitter zum Trinken war. Also schleppte ich mich in das überfüllte kleine Café hinter der Lobby, und noch ehe ich genügend Espresso herunterkippen konnte, um überhaupt einen klaren Gedanken zu fassen, stellte ich fest, dass alle sich über die Geschehnisse der letzten Nacht unterhielten. In den frühen Morgenstunden habe es einen heftigen Angriff gegeben, und der Fliegeralarm habe aufgeheult, während die Stadt erzittert sei.

»Ich kann nicht glauben, dass ich es verschlafen habe«, teilte ich dem Rezeptionisten mit, der gut Englisch sprach. »Ich hätte nicht gedacht, dass das möglich ist.«

»Sie haben Glück, dass Sie über diese Fähigkeit verfügen.«

»Schlaf ist doch keine *Fähigkeit*«, lachte ich ihn aus.

»Aber natürlich, Señorita. Sie ist ein Privileg der Unschuldigen. Man kommt damit zur Welt. Mit dem Alter verliert man sie dann irgendwie. Die Sorgen nehmen sie einem fort.«

Ich wollte gerade dazu ansetzen, ihm zu erklären, dass ich selbstverständlich auch Sorgen hatte, als mir klar wurde, dass es keinen Unterschied machte, denn ich hatte geschlafen, hatte alles verschlafen. Ob Fähigkeit oder Geschenk oder Zufall, das Resultat blieb immer dasselbe, und ich würde es akzeptieren.

Elftes Kapitel

Ich blieb noch vierundzwanzig Stunden in Barcelona, gerade lange genug, um zu sehen, wie lebendig die Stadt unter der Revolution war. Überall hingen anarchistische, sozialistische und kommunistische Banner. Die Straßen schienen übersät mit Konfetti, das sich bei näherem Hinsehen jedoch als tausende bunte Propagandaflugblätter und Manifeste erwies, die sich leuchtend miteinander vermischten. Arbeiter und Soldaten hatten die einst im Privatbesitz befindlichen Villen und Geschäfte übernommen und sie in Kollektive verwandelt. Die herrschende Klasse hatte entweder ihren Besitz an das Gemeinwohl abgetreten und war zum Kämpfen geblieben, oder sie war nach Frankreich geflohen. Alles gehörte nun allen, und das war ein außergewöhnlicher Anblick. Als ich in ein Taxi stieg, lehnte der Fahrer meine Peseten ab. Er beharrte darauf, er sei ein Diener des Volkes, in einem Spanisch, das fremd klang, weil es Katalanisch war. Dennoch lächelten wir einander an. Und es war wundervoll.

Am nächsten Tag packte ich rasch meine Sachen und fand einen Munitionslaster, der mich bis Valencia mitnehmen würde. Anscheinend war es derzeit am sichersten, Richtung Süden an der Küste entlangzufahren, ehe man quer durch La Mancha wieder nach Norden abbog und Madrid ansteuerte – dies änderte sich allerdings, wann immer sich die Front verschob. Zwei Tage lang holperten wir in einer langen Karawane aus Fahrzeugen eine Küstenstraße entlang, die sich steile Hügel emporwand und hin und wieder durch kleine Dörfer führte, die vollkommen ausgestorben wirkten. In der Ferne konnte ich das Mittelmeer sehen, das hell und hart und blau aufleuchtete, manchmal so flach aussah wie ein gestärktes Tuch, manchmal gepeitscht und wütend wirkte.

Ich wusste, dass sich im Norden dieser Wasserfläche die Côte d'Azur erstreckte, jenes sonnengetränkte Paradies, wo ich zehn Jahre zuvor, frisch von der Bryn Mawr, geschwommen war, Austern geschlürft hatte und mit dem Fahrrad über sandige, zypressengesäumte Straßen gefahren war. Diese Gegend war schöner gewesen, als Worte es beschreiben könnten, wirkte aber nun, im Vergleich zu Spanien, auch wie aus Zuckerguss. Diese Landschaft war ganz anders, rauer und einfacher und reiner, und sie war es so eindeutig wert, um sie zu kämpfen, dass es mir die Kehle zuschnürte.

Wie die Rekruten im Zug in Richtung Barcelona wuchsen auch die Männer auf dem Munitionslaster rasch zu einer Familie zusammen. Sie sangen Fetzen wehmütiger katalanischer Lieder, die die Sonne hinter den Wolken hervorzulocken schienen. Während der Fahrt erwärmte sich die Luft, und ich merkte, dass zumindest für den Augenblick, zumindest an diesem Ort, der Frühling unterwegs zu sein schien. Er war nicht ganz angekommen, noch nicht, aber als Versprechen deutlich zu spüren.

Niemand schien sich an meiner Anwesenheit zu stören, oder an der Tatsache, dass ich eine Frau war. Tatsächlich wurde mir kaum Beachtung geschenkt. Ich konnte einfach alles beobachten und aufsaugen, herumgeschubst von den riesigen Reifen, die die Straße entlangruckelten, während das Sonnenlicht sich auf meinen Scheitel legte und die Spitzen meiner Wimpern flüchtig streifte. Dieses Land wurde von Krieg und Chaos erschüttert, aber ich wusste bereits, dass es nicht viel brauchen würde, damit ich es liebte.

In Valencia lief ich mitten hinein ins Stadtzentrum, um einen Ort zum Schlafen zu finden und mich zu orientieren. Ich mietete ein Zimmer im Victoria am Hauptplatz der Stadt und machte mich am nächsten Morgen auf die Suche nach dem Pressebüro, um meine Fahrt nach Madrid zu organisieren, mit einem Zug, einem Lastwagen oder irgendeiner Karawane. Doch ich hatte mich noch keine zwei Blocks vom Hotel entfernt, als ein Wagen neben mich glitt, ein zerbeulter, staubiger kohlschwarzer Citroën, der aussah, als hätte er sich bereits durch den einen oder anderen Berg gegraben.

Als das Auto neben mir zum Stehen kam, beugte sich ein kleiner dunkelhaariger Spanier aus dem offenen Fenster. Kurz fürchtete ich, nun würde irgendetwas Furchtbares geschehen, aber dann rief eine Stimme vom Rücksitz etwas, und ein anderer Mann drängte sich nach vorn und lächelte mich an wie ein alter Freund.

»Sie sind Amerikanerin«, stellte der Mann fest und streckte den Kopf aus dem hinteren Fenster. Das aschblonde Haar fiel ihm gerade über die Stirn. Er hatte eine große, weiche Nase, wie eine hübsche Süßkartoffel. Die Augen lagen tief unter seinen vollen Brauen und sahen empfindsam aus. Irgendwie wirkte er vertraut.

»Martha Gellhorn.« Ich bot ihm meine Hand dar.

»Gellhorn«, rief er. »Was für ein Glück, dass wir uns über den Weg laufen. Sid Franklin.«

»Sidney! Wie haben Sie mich gefunden?«

»Ohne überhaupt zu suchen.« Sein Lächeln wurde breiter. »Wie ist es Ihnen ergangen? Keinen Ärger gehabt?«

»Nein. Ich wurde überall freundlich behandelt. Dann müssen Sie Ihr Visum also bekommen haben.«

Er schüttelte den Kopf. »Hem hat alle Hebel in Bewegung gesetzt, aber es hat nichts gebracht. Dieser Wagen hier ist nicht direkt genehmigt. Und ich schätze, das bin ich selbst wohl auch nicht.«

»Ernest hat den Wagen für Sie aufgetrieben?«

Er grinste. »Ich habe ihn mir sozusagen geliehen.«

»Ich bin umso beeindruckter.«

Mir fiel auf, wie tief der Citroën nach unten sackte. Ich beugte mich vor und sah, dass sich auf dem Rücksitz die Vorräte stapelten, Obst und Kaffee und Schokolade und Dosentomaten. Irgendwo hatte Sidney sogar Garnelen in großen Büchsen ausfindig gemacht, dazu Marmelade und frische Orangen in einem Scheffelkorb. Zwischen die Kisten und Koffer und Körbe waren mehrere große, in Seihtuch gewickelte rohe Schinken gestopft.

»Zumindest werden Sie gut essen«, bemerkte ich.

»Das habe ich vor … sofern wir nicht von der Straße geschossen werden. Steigen Sie ein.«

Ich ließ mich von ihnen zu meinem Hotel fahren, wo ich eilig meine Sachen holte und wenige Minuten später wieder herauskam, voller Aufregung über diese schicksalhafte Begegnung und bereit, endlich nach Madrid zu kommen. Sidneys Fahrer sah aus wie einem Gemälde entsprungen mit seinem schmalen dunklen Gesicht und den schweren Augenbrauen unter der braunen Kappe. Sein Name war Luis, und während wir aus Valencia hinausnavigierten, berichtete er uns mit seinem schweren Akzent auf Englisch von den jüngsten Siegen der Republikaner in Guadalajara und Brihuega. Mussolini kam

Franco zu Hilfe und hatte zwölftausend Soldaten herübergeschickt, aber unsere eigenen Truppen hatten sie geschlagen. Hatten sie zermalmt, um genau zu sein.

»Das ist die größte italienische Niederlage, von der wir gehört haben«, erklärte Luis stolz. »Sie hätten die Fiestas sehen sollen, die darauf folgten. Mein Vater sitzt immer noch betrunken zu Hause und bleibt womöglich auch den ganzen restlichen Monat dort. *Viva España.*«

»Viva España!«, echoten wir strahlend, dann fuhren wir aus der Stadt und über die blassgrüne Ebene vor Valencia, vorbei an gesund aussehenden Orangen- und Olivenhainen und hinauf in die trockenen, gelbbraunen Hügel.

—

Madrid lag mehrere hundert Meilen nordwestlich, hinter dem Gebirgszug an der Küste und der großen Hochebene von La Mancha, flache braune Felder, die kein Ende nehmen wollten, voller Bäume und Ziegen und Windmühlen, wie jene, gegen die Don Quixote einst angekämpft hatte. Die Gegend war bergig und weit, dehnte sich in alle Richtungen aus, und während der Fahrt spürte man förmlich, wie alt sie schon war und wie geschichtsträchtig.

Über einen Tag lang kamen wir stetig voran, auf festgestampften staubigen und kurvigen Straßen, vorbei an Wachposten und Straßensperren, deren Anblick mich jedes Mal verunsicherte. Meine Handflächen wurden stets feucht, während ich mein dürftiges Schreiben von *Collier's* gemeinsam mit meinem Pass überreichte, überzeugt davon, dass es dieses Mal nicht genügen und ich zurückgeschickt werden würde. Sidney besaß ein Dokument, das Ernest in Paris aufgesetzt und so gestaltet hatte, dass es offiziell aussah. Darin stand, er sei vertrauenswürdig und seine Aufgaben seien kriegswichtig, und irgendwie funktionierte es jedes Mal. So unwahrscheinlich es auch sein mochte, irgendwie kamen wir durch.

Seit Anfang November war Madrid eine mit Schützengräben befestigte Frontlinie in diesem Bürgerkrieg. Francos Nationalisten hatten sich im Westen und Norden verschanzt, während die republikanischen Streitkräfte sie zurückzudrängen versuchten und dabei von den Freiwilligenbrigaden unterstützt wurden. Madrid wurde belagert und regelmäßig bombardiert. Die Stadt konnte jeden Tag fallen, das war eine reale Möglichkeit, aber noch konnte man sich ihr von Osten und Südosten her nähern, und genau das taten wir auch.

Bei unserer Ankunft war es Nacht, und die Dunkelheit war schwärzer als an irgendeinem Ort, an dem ich je gewesen war. Wir fuhren durch das Stadtzentrum, über die Gran Vía, die von Granaten verwüstet war. Die Straßen waren tief zerfurcht und vollkommen dunkel, sichtbar nur im Lichtkegel unserer schwachen Scheinwerfer. An mehreren Stellen war die Fahrbahn zertrümmert und unpassierbar. Ausgebrannte Gebäude ragten zu beiden Seiten gähnend empor, und mir gefror plötzlich das Herz, als mir bewusst wurde, dass dies nun der richtige Krieg war. Dieser Wirklichkeit sollte ich nie wieder entkommen können.

Vor der Ruine einer Arena wurden wir von einem Wachposten angehalten und nach einem täglich wechselnden Passwort gefragt, das Sidney Gott sei Dank aus einem Telegramm kannte, das Ernest nach Valencia geschickt hatte.

»Das ist die Plaza de Toros«, erklärte Sidney mir, während wir darauf warteten, durchgelassen zu werden, und wies mit dem Kinn auf die im Schatten liegende Arena. »Da bin ich oft gewesen.«

»Aber damals sah es hier nicht so aus wie heute«, erwiderte ich.

»Nein, es ist jetzt eine vollkommen andere Stadt. Ich wusste nicht, was ich zu erwarten hatte, es erschien mir einfach wichtig, herzukommen.«

Ich konnte lediglich nicken, so gerührt war ich.

Als wir weiterfuhren, kamen wir an zertrümmerten und geplünderten Häusern vorbei, an Ladenfronten, die mit Plastikplanen oder Pappe zugeklebt waren. Wir rollten langsam voran, um die Einschlaglöcher der Granaten zu umfahren und weil es so dunkel war. Es war ein seltsames Gefühl, sich irgendwo aufzuhalten, wo alles so schwarz und verwüstet war, als wäre die Stadt tot und dieser Ort lediglich ihr Geist. Als Kind war ich nie ängstlich, ansonsten wäre dies zweifellos der Stoff meiner Albträume gewesen.

Endlich erreichten wir das Hotel Florida an der Plaza del Callao. Ein großer Teil der Umgebung zeigte deutliche Spuren der Verwüstung, aber das Äußere des Hotels war intakt geblieben. Es sah aus wie ein alterndes Filmsternchen, wie es da mit seiner Marmorfassade und den schwarzen Eisengittern in den dunklen Himmel aufragte.

Die Lobby im Inneren hatte eine gewölbte Decke und eine breite geschwungene Treppe, aber Fliesen und Dekor hatten schon bessere Tage gesehen. Obendrein war die Hotelhalle fast leer. Außer dem Portier war nur noch ein einziger Mann zu sehen, der sich mit vom Kerzenschein marmoriertem Gesicht über die Rezeption beugte und etwas betrachtete, das wie eine Briefmarkensammlung aussah. Er blickte kaum von den vor ihm liegenden Seiten auf, um uns mitzuteilen, Señor Hemingway sei nicht auf seinem Zimmer. Er sei zum Dinner ins Hotel Gran Vía gegangen, das zum Speisesaal für die Korrespondenten ernannt worden sei. Dort könnten wir ihn finden.

Ich folgte Sidney die Straße hinauf und hielt dabei

den Blick auf meine Stiefel gerichtet. Der Untergrund war uneben, übersät mit dem Schutt der jüngsten Explosionen, wie ich vermutete. In der Ferne vernahm ich ein donnerndes Geräusch, das ich als Geschützfeuer erkannte. Ich wickelte mich fester in meine Jacke und fühlte mich ein wenig außerhalb meines Körpers schweben. Hier war ich nun im Krieg, wo jeden Augenblick alles nur Denkbare geschehen konnte. Nichts hätte sich seltsamer oder klarer oder ernüchternder anfühlen können.

Weiter den Boulevard hinauf, vorbei an mehreren Barrikaden und mit Bajonetten bewaffneten Wachposten, erreichten wir schließlich das Hotel Gran Vía und wurden mehrere dunkle Treppen hinab in ein verborgenes, düsteres Kellergeschoss geführt. Im ganzen Raum waberte der Rauch. Lange Bretter waren zu provisorischen Tischen aufgebockt worden, und am Kopfende eines dieser Tische saß Ernest, umringt von Männern in Uniform. Er trug seine Brille mit Drahtgestell und ein hellblaues Hemd mit aufgerollten Ärmeln. Als wir uns zu ihm hindurchgedrängt hatten, stand er auf, drückte Sidney die Hand und nahm mich dann kurz so bärenhaft in den Arm, dass es mir die Luft abschnürte.

»Hallo, Tochter, du hast es geschafft.«

Mit einem Mal wurden mir all die Geschehnisse bewusst, die mich letztlich hierhergeführt hatten. Ich fror und kam mir staubig vor. Meine Knie und Schultern schmerzten, nachdem sie zu lange in dem kleinen Wagen eingezwängt gewesen waren. So viel war passiert, aber aus irgendeinem Grund konnte ich für den Augenblick nicht mehr sagen als: »Ja.«

Es gab ein kleines Gedränge, um uns mit an den Tisch zu quetschen, Stühle aufzutreiben, den Kellner herbeizuwinken, und gebe es denn auch genügend zu essen? »Du wirst dir die Nase zuhalten müssen«, warnte Ernest mich. »Das hier ist nicht das Ritz.«

Auf dem Tisch stand irgendein Fisch, der auf einem Haufen gelbsüchtig wirkendem Reis mit öligen Salamistückchen und harten Kichererbsen serviert wurde. Irgendwie bekam ich es hin, das Ganze zwischen mehreren Schlucken von meinem Drink in mich hineinzuschaufeln. Der Gin war erstaunlich gut.

»Immerhin befinden wir uns im Krieg«, erklärte Ernest, als er meinen anerkennenden Gesichtsausdruck bemerkte. »Würde man am Alkohol sparen, ginge alles ganz schnell vor die Hunde.«

»Ich habe sämtliche Vorräte mitgebracht«, berichtete Sidney. Er schob seinen Teller nach nur wenigen Bissen zur Seite. »Ich kann von nun an für dich kochen.«

»Der gute Sidney macht Eier, die dir das Herz brechen könnten«, erläuterte mir Ernest. »Außerdem ist er ein ausgezeichneter Spürhund. Ich wusste, dass er dich finden würde.«

Sidneys Blick traf meinen, und wir grinsten beide über den versteckten Witz. »Ja, er ist gewiss talentiert. Danke, dass du ihn losgeschickt und dich um mich gesorgt hast.«

Ernest bedachte mich mit einem abschätzenden Blick, und ich meinte so etwas wie Stolz darin zu erkennen. Er hatte mich wieder »Tochter« genannt. Er schien auch andere junge Frauen so zu nennen. Es fühlte sich eher liebevoll und besorgt als besitzergreifend an, und ich hatte nichts dagegen einzuwenden. Tatsächlich war es einfach schön, von ihm in die Arme geschlossen zu werden. Meine Tage des einsamen Reisens waren reibungslos und beinahe schicksalhaft verlaufen, aber es war so viel besser, nun wieder unter Freunden zu sein. Verbürgt und verstanden.

Nach dem Abendessen gingen wir zu dritt zurück zum Hotel Florida. Die Stadt war tiefschwarz und eisig. Ich zog frierend die Schultern hoch, mein Rücken schien voller Knoten zu sein. In der Ferne erklang erneut das Geschützfeuer, ein Geräusch wie ein ratterndes Stammeln.

»Das kommt aus dem Universitätsviertel«, erklärte Ernest. »Die Vorführung dauert die ganze Nacht an.«

»Wie weit sind die Kämpfe entfernt?«, wollte ich wissen.

»Eine Meile, vielleicht auch etwas mehr. Ich werde dich morgen hinbringen, und auch zur Teléfonica, wo du deine Passierscheine bekommst. Es ist das höchste Gebäude von Madrid, gebaut wie ein eisernes Schlachtschiff. Dort liegt das Zensurbüro. Von da sendest du deine Berichte ab. Es gibt Verbindungen nach London und Paris. Es ist alles recht gemütlich, du wirst schon sehen.«

»Gemütlich« schien nun wahrlich nicht das passende Wort für irgendetwas zu sein, das ich im Augenblick sehen oder mir vorstellen konnte, aber während ich dort zwischen Ernest und Sidney lief, fühlte ich mich sicherer, als ich mich den ganzen Tag über gefühlt hatte, ob es nun der Realität entsprechen mochte oder nicht.

»Hast du dir schon ein Zimmer besorgt?«, fragte Ernest, als wir das Florida betraten.

Ich schüttelte den Kopf.

»Sidney schläft direkt neben mir. Ich habe zwei Zimmer im dritten Stock, die nach hinten rausgehen. Da ist es sicherer, aber die Luft ist schlechter. Der ganze Staub weht dorthin und verfängt sich. Ich weiß nicht, weshalb.«

Wir standen am Empfang und warteten darauf, dass der Rezeptionist mir ein Zimmer zur Verfügung stellte, und Sidney erklärte, er müsse noch all die Pakete und Vorräte unterbringen lassen. In einer Ecke lehnte sich der müde wirkende Portier gegen ein ebenso müde wirkendes Korbsofa, als müssten sie sich dringend gegenseitig stützen. In einer anderen Ecke neigte sich eine Topfpflanze zu Boden, deren Blätter mit einem weißen Pulver bedeckt waren, das eindeutig Putz von der Decke und nicht einfach nur Staub war. Madrid wurde nun seit fünf Monaten bombardiert. Wahrscheinlich gab es nirgendwo mehr einfach nur Staub.

Bis ich meinen Schlüssel in der Hand hatte, fiel ich beinahe um vor Erschöpfung.

Der Aufzug sei kürzlich vom Granatenbeschuss beschädigt worden, informierte uns Ernest, also wünschte ich den Männern eine gute Nacht und schleppte mich bis in den vierten Stock hinauf, eine Etage über Ernests und Sidneys, dann einen langen, mit Teppich ausgelegten Flur hinunter bis zu meinem einfachen Zimmer. Ich hatte ein Bett, eine Kommode, eine Heizung und ein kleines Badezimmer, in dem man sich zu einem Taschentuch zusammenfalten musste, um sich ordentlich waschen zu können. Neben meiner Kommode warf eine einzige Lampe trübe graue Schatten. Ich betrachtete mich kurz im Spiegel, stellte fest, dass ich wie ein Gespenst aussah, und ging ins Bett, ohne mir auch nur das Gesicht zu waschen.

Die Bettdecke war aus Wolle, aber zu dünn, und ich fror nun schon seit Tagen. Ich zog sie mir bis zur Nasenspitze hoch und lauschte auf das wiederholte gedämpfte Geschützfeuer. Die Frontlinie sei eine Meile entfernt, hatte Ernest behauptet? Ich versuchte, mir anhand von Filmspulen, die ich gesehen hatte, die Schützengräben auszumalen, konnte mir jedoch aus irgendeinem Grund immer nur die sechs schönen Spanier vorstellen, die ich auf dem Weg nach Barcelona kennengelernt hatte, wie sie zusammengekauert auf der zerstörten Erde lagen. Und das war nun gar keine gute Richtung für meine Gedanken.

Ich zog meine Knie an die Brust und wünschte mir, ich hätte etwas Hochprozentiges zur Hand. Es war seltsam, hier zu sein, in einer belagerten Stadt, wo die Menschen versuchten, einander umzubringen, ohne selbst dabei zu sterben. In der Ecke rasselte die Heizung los und ließ mich aufschrecken, während das Artilleriefeuer in der Ferne leise und stotternd klang. Ich fühlte zu viele Dinge auf einmal und fragte mich, wie ich bloß jemals einschlafen sollte.

Zwölftes Kapitel

Wie ich bald erfahren sollte, gab es zwar noch andere, sicherere Hotels in Madrid, aber die meisten Ausländer landeten im Florida – amerikanische Journalisten und französische Fotografen, deutsche Filmemacher und britische Piloten. Auch Prostituierte hielten sich dort auf, kurvige und dünne, junge und alte, manche mit langen Zöpfen, die ihnen über den Rücken fielen, andere mit blonden Strähnen in ihrem rabenschwarzen Haar, die bei mir den Eindruck erweckten, sie hätten zu viele amerikanische Filme gesehen.

»Die *whores de combat*«, nannte Ernest sie am nächsten Tag, als wir aus der Lobby auf die Gran Vía hinaustraten und die Plaza del Callao im kalten Sonnenschein überquerten. Es war später Vormittag, ich hatte zwölf Stunden geschlafen. Erst jetzt lichtete sich langsam der Nebel. Währenddessen schritt Ernest sorglos neben mir dahin, ließ die Arme schwingen und umrundete Haufen aus Trümmern und zerbrochenem Glas. Ich verstand nicht, wie er sich so wohl in seiner Haut fühlen konnte, es sei denn, dies war nun einmal die Welt, in der er sich am besten zurechtfand. Es sei denn, Katastrophen waren genau seine Kragenweite.

Hier und dort fegten Arbeitertrupps das Chaos zusammen und rollten es auf Schubkarren davon. Andere Trupps stopften die Löcher mit frischem Beton. Ich blickte zu einem zerstörten Wohnhaus auf, an dem wir vorbeiliefen, die ganze Konstruktion war heruntergesackt, die Fenster durch die Explosion herausgeschlagen. »Wohin sind all die Menschen gegangen?«

»An irgendeinen anderen Ort in der Stadt oder in die Parks, wie Zigeuner. Natürlich sind auch manche geflohen, aber die meisten weigern sich zu gehen.«

»Das ist wunderbar, oder?«

»Wahrscheinlich. Auch wenn ich mir nicht gern ausmale, was ihnen hier alles zustoßen kann. Tatsächlich gebe ich mir Mühe, nicht daran zu denken.«

Eine Straßenbahn fuhr an uns vorüber, seitlich entlang des Boulevards, vorbei an den Barrikaden und den zerstörten Plätzen.

»Damit kann man bis zur Front fahren. Ist das nicht verflucht seltsam?«

Ich erwiderte, so etwas hätte ich noch nie gesehen, was allerdings auch auf alles andere in Madrid zutraf.

Bald erreichten wir das Gebäude der Telefónica. Es war dreizehn Stockwerke hoch und weiß, oder was in diesem vernichteten Stadtviertel eben noch als weiß durchging, erhob sich tapfer aus den Gebeinen der dezimierten Häuser und Cafés, ganz aus Beton und Stahl, moderner als alles andere in seinem Umfeld. Wir betraten einen Vorplatz, wo ein bewaffneter Wächter unsere Ausweise überprüfte, und gingen dann in das Gebäude, hinunter in den Keller, wo das Zensurbüro lag. Dort wurden wir von einem drahtigen Spanier begrüßt.

»Arturo Barea, das hier ist Marty Gellhorn. Seien Sie nett zu ihr, ja? Sie ist eine Freundin von mir, und sie schreibt für *Collier's*.«

»Sie ist zu schön, um Journalistin zu sein. Und zu schön, um mit Ihnen zusammen zu sein«, bellte er lachend.

Ich ergriff seine Hand, die sich warm anfühlte. »Ich bin mir nicht sicher, ob ich Ihnen da recht geben kann.«

»Willkommen in Madrid.«

In diesem Augenblick kam Arturos Partnerin Ilsa Kulcsar ins Zimmer, und Ernest zog etwas aus seiner Jackentasche und präsentierte es ihr auf seiner ausgestreckten Handfläche. Es war eine Orange.

»Dieser hier vergisst mich nie«, bemerkte Ilsa. Sie war eine junge und ausgesprochen hübsche Österreicherin mit einem starken Akzent und einem freundlichen Lächeln, das mir sofort ein gutes Gefühl vermittelte.

»Von hier aus wirst du all deine Berichte abschicken«, erklärte Ernest mir noch einmal. »Es gibt zwei Leitungen, eine nach London und eine nach Paris. Die Zensur ist hier strikt. Diese beiden werden jedes Wort, das du schreibst, überprüfen, und sie arbeiten für Zehn«, fuhr er fort. »Sie verfügen über eine erstaunliche Energie.«

Arturo zuckte gutmütig mit den Achseln. »Wer sollte es denn sonst tun? Der Krieg hört schließlich nicht auf, nur weil irgendjemand müde ist.« Er setzte sich auf einen der beiden Schreibtische im Raum und zündete sich eine amerikanische Zigarette an, wobei er bemerkte, deren Preis auf dem Schwarzmarkt sei mittlerweile auf fünfzehn Peseten pro Schachtel angestiegen. In der Woche zuvor seien es noch zehn gewesen.

Ich griff in meine Tasche und reichte ihm eine Schachtel von meinen. Das Lächeln, das er mir nun schenkte, war Gold wert.

»So kann man ihn am schnellsten für sich gewinnen, müssen Sie wissen«, erklärte Ilsa.

»So und mit schönem Haar«, fügte Arturo hinzu. »Ihres leuchtet so golden wie eine Wolke. Sind Sie sicher, dass Sie Schriftstellerin sind?«

»Das bin ich eigentlich überhaupt nicht. Und wenn mein Haar eine Wolke ist, dann eine ausgesprochen schmutzige, das kann ich Ihnen versichern. Im Hotel gibt es nämlich kein Shampoo.«

»Zumindest gibt es heißes Wasser«, meinte Ilsa. »Behalten Sie das immer im Kopf.«

Wir blieben noch eine Weile dort und unterhielten uns über eine Nachricht, die soeben telegrafiert worden war. Italienische Truppen zogen sich gerade in großer Zahl nördlich von Madrid zusammen und bewegten sich mit einer Geschwindigkeit von zwanzig Kilometern pro Tag vorwärts.

»Das würde ich nicht als gute Neuigkeiten bezeichnen«, bemerkte Arturo. »Aber zumindest habe ich jetzt gute Zigaretten.«

»Wenn ich groß bin, möchte ich so sein wie Arturo«, teilte ich Ernest auf dem Weg nach draußen mit.

Er lachte. »Du möchtest ein spanisches Fliegengewicht sein? Und der Welt diese Beine vorenthalten?«

»Mach dich nicht über mich lustig. Er scheint ein solch gutes, großes Herz zu haben, selbst inmitten von allem, was gerade passiert.«

»Das scheinen all diese Menschen zu haben. Es muss etwas damit zu tun haben, jeden Tag zu nehmen, wie er kommt. Du solltest das Ganze irgendwann einmal während der Fiesta erleben. Spanien weiß wie kein anderes Land, wie man lebendig ist.«

»Dann ist es umso trauriger, dass all dies nun hier geschieht.«

»Ich hoffe, der Film kann etwas bewirken.«

»Wegen der Krankenwagen, meinst du?«

»Mehr als das. Wenn wir unsere Sache gut machen, dann werden alle, die ihn zu Hause in den Staaten sehen, wissen, wie es hier wirklich aussieht, und dann müssen sie einfach helfen. Auf diese Weise kann sich die ganze Welt verändern. Indem man die Wahrheit erzählt.«

»Du klingst wie ein Schriftsteller«, sagte ich sanft.

»Ach herrje«, meinte er. »Erinnere mich bloß nicht daran.«

Wir waren zurück auf der Gran Vía. Auf der einen Seite des Boulevards wuchsen die großen Platanen in die Höhe, deren Äste noch immer kahl waren und beinahe wie Skulpturen wirkten, während sie auf den Frühling warteten. Unter den Bäumen erstreckte sich über mehrere Häuserblocks eine lange Steinmauer voller Einschusslöcher. Alle Menschen schienen auf dieser Seite der Straße zu laufen, obwohl die andere Seite weniger offensichtlich zerstört war. Ich hielt einen Augenblick inne, um darüber nachzudenken, über Gewohnheiten und darüber, was es bedeutete, sich sicher zu fühlen, selbst wenn man es gar nicht war. »Ich wünschte, du hättest ihm nichts von *Collier's* erzählt«, erklärte ich Ernest. »Ich habe mich dort noch nicht bewiesen.«

»Das ist doch bloß noch eine reine Formsache.«

»Glaubst du wirklich? Ich kann dir gar nicht sagen, was es mir bedeutet, dich auf meiner Seite zu wissen.«

»Das brauchst du mir nicht zu erzählen. In dieser Hinsicht ticken wir gleich. Vermutlich auch noch in anderer Hinsicht.«

Ich warf ihm einen Blick zu, um zu sehen, ob er sich irgendwie über mich lustig machte, aber er lief bloß weiter und schwang seine Arme, so exakt wie ein Pfeil.

Als wir zurück ins Hotel kamen, hatte Sid bergeweise Frühstück vorbereitet: gebratenen Schinken und in Speck gebräunte dicke Scheiben Brot, dazu richtigen Kaffee, nicht das Instantpulver, das ich in meinem Zimmer hatte. Wir widmeten uns unserem Essen in glücklichem Schweigen, dann gähnte Ernest und meinte, er müsse nun versuchen, etwas zu schreiben, sonst würde er einschlafen und den Rest des Tages vergeuden.

Ich beschloss, die Gegend ein wenig auf eigene Faust zu erkunden, und da Ernest darauf bestand, nahm ich den Baedeker mit. Er legte mir auch nahe, die Hauptverkehrsstraßen zu benutzen.

»Was soll ich tun, wenn es zu einem Granatenbeschuss kommt?«

»Duck dich in einen Hauseingang, am besten in einen aus Stein. Aber eigentlich dürfte nichts passieren. Die Granaten werden meist nachts abgefeuert.«

»Woran werde ich sie erkennen?«

»Sie erzeugen einen hohen pfeifenden Schrei, der deine Eingeweide zu Gelee werden lässt.«

»Du weißt wirklich genau, wie man die Nerven eines Mädchens beruhigt.«

»Ich kann mir nicht vorstellen, dass du als hilfsbedürftiger Typ Frau so weit gekommen wärst.«

»Wahrscheinlich nicht.« Ich richtete mich ein wenig gerader auf, steckte den Baedeker ein, leerte dann meine Tasse und dankte Sidney für das Frühstück.

Ich ging kurz in mein Zimmer, um meine Windjacke zu holen, und durchquerte schließlich die nahezu ausgestorbene Lobby. In der geöffneten Eingangstür stand ein kleiner, gut gekleideter Spanier mit einer Zeitung unter dem Arm. Er warf einen Blick auf seine Armbanduhr und beobachtete dann wieder die Straße.

»Ich dachte, ich hätte vor ein paar Sekunden Scharfschützenfeuer gehört«, erklärte er.

»Sind Sie sicher?«

»Nein. Es könnte auch etwas anderes gewesen sein.« Er blickte erneut auf seine Armbanduhr, während ich neben ihm wartete. Alles konnte dort draußen hinter der Tür lauern, ein Scharfschütze, eine hoch pfeifende Granate, eine Handgranate, ein Tod. Die Tür verkörperte allerdings auch nur die schwächste Vorstellung eines Schutzes, genau wie die Lobby. Im Grunde war niemand jemals irgendwo sicher. Ich blieb noch einen Augenblick stehen, dachte über all das nach und wollte tapfer sein oder mich zumindest irgendwohin bewegen und Tapferkeit vorgeben. Der Mann würde sich nicht so bald vom Fleck rühren, so viel war klar. Schließlich entschuldigte ich mich und wünschte ihm einen schönen Tag. Dann ging ich um ihn herum und trat hinaus auf die Straße.

Dreizehntes Kapitel

In Madrid hielten sich haufenweise erstklassige Korrespondenten auf, dazu andere Autoren auf der Durchreise, die kurz blieben, um Teil von alldem zu sein, was hier gerade stattfand. Einige von ihnen waren bereits berühmt, andere sollten es viel später werden, wieder andere hingegen nie. Sie alle hatten etwas zu sagen, und ich wollte ihnen zuhören.

An den Abenden versammelten wir uns im Hotel Gran Vía zu einer scheußlichen Mahlzeit, ehe wir uns ins Chicote's zurückzogen, die beste von mehreren überfüllten Bars in jener Gegend von Madrid. Manchmal gingen wir stattdessen auch ins Gaylord's oder in Tom Delmers Zimmer, das eins der größten im Florida war. Er schrieb für den *Daily Express* und verfügte über einen geheimen Vorrat an gutem Whiskey und Schokolade in einer kleinen blauen Dose, die er von zu Hause mitgebracht haben musste. Ich war mir nicht ganz sicher, ob ich ihn mochte. Er hatte breite runde Schultern und ein hohes Lachen, das wie das einer Hyäne klingen konnte. Und wenn er zu viel getrunken hatte, lief sein Gesicht dunkelrot an. Aber ich mochte seine Schokolade und die Beethoven-Platten, die er oftmals auf seinem Phonographen abspielte.

Ginny Cowles schrieb für *Hearst*, wo man Sympathien für die Seite der Nationalisten hegte, aber niemand nahm es ihr übel. Sie tat schließlich nur ihre Arbeit. Kurz bevor Mussolini Abessinien überfallen hatte, hatte sie ihn interviewt und schlau und objektiv darüber geschrieben, was an sich schon eine Meisterleistung war. In Delmers Zimmer setzte sie sich oft neben mich, und die goldenen Armreifen an ihrem Handgelenk klimperten melodiös, wenn sie ihr Glas von einer Hand in die andere nahm.

Am engsten verbunden fühlte ich mich mit ihr und Ernest und Herb Matthews, der für die *Times* schrieb. Er war groß und schlank, trug graue Flanellhosen und hübsche Hemden, die er irgendwie stets wie frisch gebügelt aussehen ließ, während Ernests grundsätzlich den Anschein erweckten, er hätte in ihnen geschlafen. Matthews war außerdem intelligent und ernsthaft, was man bei jeder seiner Äußerungen spürte. Er wuchs mir immer mehr ans Herz, und ich war froh, ihn kennenzulernen, auf diese Weise mit ihm zusammengeführt zu werden, und wenn es auch nur für wenige Wochen oder Monate sein mochte.

Eines Abends gesellte sich Antoine de Saint-Exupéry

zum Trinken zu uns. Er war in seinem eigenen Flugzeug nach Spanien geflogen, was meine Vorstellungskraft überstieg, als ich ihn im Profil auf Delmers Bett sitzen sah. Er trug einen zugebundenen pfauenblauen Morgenmantel über einem Seidenpyjama und Lederpantoffeln, die exotisch genug aussahen, um aus Marokko oder Daressalam zu stammen.

»Was halten Sie von diesem Land?«, fragte Saint-Ex Tom und zündete zwei Zigaretten zugleich an, eine für sich selbst und eine für Ginny.

»Ich denke, es befindet sich von allen Ländern auf der Welt gerade inmitten des größten Wandels.«

Saint-Ex nickte dreimal schnell, während er sein Streichholz ausschüttelte. »Man scheint hier für die Wahrheit zu kämpfen.«

»Und es teuer zu bezahlen«, fügte Matthews hinzu.

»Die Freiheit wurde schon immer mit Menschenleben bezahlt«, behauptete Tom. »Es ist immer wieder dieselbe Geschichte. Diesmal haben wir nur zufällig Plätze in der ersten Reihe.«

»Ich bin mir nicht sicher, ob es dasselbe ist wie sonst. Irgendetwas fühlt sich für mich neu an«, warf Ginny ein.

»Denkt nur an all die Leute aus der ganzen Welt, die gekommen sind, um für Spanien zu kämpfen und womöglich zu sterben«, meinte Ernest und lehnte sich vor. »Vierzigtausend Freiwillige, wie ich gehört habe, und auf dem Spiel steht nicht ihre Freiheit, sondern die Freiheit an sich.«

»Der Mut ist bewundernswert«, sagte ich. »Aber glaubt ihr, diese Jungs wissen wirklich, was sie tun?«

»Sich opfern?«, fragte Matthews.

»Wir müssen annehmen, dass sie es wissen«, erwiderte Ernest.

Tom reichte eine Schachtel Zigaretten herum. Ich hatte bereits zu viel geraucht, nahm aber dennoch eine. Das

Rauchen und das Reden und der Whiskey bestimmten allesamt die Struktur des Abends, die Art und Weise, wie die Zeit voranglitt. Ich war nie eine große Trinkerin gewesen, aber ich lernte, mit dieser Gruppe mitzuhalten, hauptsächlich aus einem Selbsterhaltungstrieb heraus. Als die Flasche wieder herumgereicht wurde, nahm ich also auch noch einen Schluck daraus.

»Du wirkst so still heute Abend«, stellte Ernest irgendwann fest, wobei er sich auf den mit Cretonne bezogenen Sessel neben meinem setzte, den Ginny gerade freigegeben hatte. »Woran denkst du?«

»Bloß daran, wie froh ich bin, hier zu sein. Das klingt wahrscheinlich albern. Aber ich habe mir so lange schon etwas gewünscht, das mir wichtig ist, das größer ist als ich selbst. Ich fürchte mich davor, wieder nach Hause zurückzukehren.«

»Du kehrst doch in nächster Zeit noch nicht zurück, oder?«

»Ich will aber gar nicht mehr von hier fort. Ich sagte doch, es ist albern.«

»Ich glaube, ich weiß, was du meinst. Hier erscheint alles klarer. Ich habe die letzten paar Jahre in eine Art Nebel gehüllt verbracht. Dieser neue Roman, an dem ich arbeite, ist völlig in Ordnung, aber er kostet mich nicht genug. Er schafft nichts Neues.«

»Bist du deshalb hierhergekommen? Um auf ein neues Buch gestoßen zu werden?«

»Vielleicht. Vielleicht hoffe ich aber auch nur, mich wieder daran zu erinnern, wer ich bin und was mich zum Leben erweckt.«

Es überraschte mich noch immer, wie offen wir uns über solch wesentliche Dinge unterhalten konnten. Während Ernest mir zuhörte, hatte er seine braunen Augen halb geschlossen, als hätte er alle Zeit der Welt und wollte nirgendwo anders sein. Es war ein wundervolles

Gefühl, dass meine Worte für ihn von Bedeutung waren. Ich glaubte, dass ich ihm womöglich bald alles offenbaren konnte.

»Manchmal wünschte ich, ich wäre nicht mehr so jung«, teilte ich ihm mit.

»Jung zu sein ist eine feine Sache. Als ich in deinem Alter war, war ich bereits Vater von einem Kind und hatte eine Ehe hinter mir, und das fürchterliche Gefühl, andere verletzt zu haben, steckt noch immer in mir.«

Er musste seine erste Frau meinen, die Ehe, die vor Pauline geendet hatte, aber ich wollte nicht nachbohren. »Manchmal lässt es sich nicht verhindern, dass man andere verletzt«, meinte ich.

»Das redet man sich zumindest ein, nicht wahr?« Der leiseste Hauch eines Schattens zog über sein Gesicht. »Siehst du diese Narbe hier?« Er wies auf eine glänzende, gezackte Linie auf seiner Stirn. »Da bin ich in Paris in ein Dachfenster gelaufen, als die Dinge für mich so düster aussahen wie nie zuvor.«

Ich nickte nur und wartete darauf, dass er fortfuhr.

»Freud würde wahrscheinlich sagen, dass ich mir wehtun wollte.«

»Und wolltest du das?« Es war hart, diese Frage zu stellen, aber ich wollte erfahren, ob er bereit war, mir etwas Derartiges zu offenbaren.

»Ich kann es nicht mit Sicherheit sagen, aber es ergibt wohl Sinn. Dass ich mich zu scheußlich fühlte, um es nicht irgendwie auszudrücken. Physisch gesehen, meine ich. Bis zu dem Ort durchzubrechen, an dem der Schmerz liegt.«

Ich wusste nicht, was ich ihm antworten sollte. Jener Schmerz, den er beschrieb, war schrecklich. Ich begutachtete erneut die Narbe, so silbrig weiß wie ein Fisch direkt unter der Wasseroberfläche, dann bemühte ich mich, leichtere Töne anzuschlagen. Freundlich zu sein.

»Ich weiß nicht viel über Freud. Unterhaltet ihr euch oft?«

Er kniff die Augen zusammen und lächelte leicht. »Nur wenn es sich nicht vermeiden lässt.«

—

Es war nach Mitternacht, als sich unsere Gruppe an jenem Abend schließlich trennte. Auf meinem Zimmer wusch ich mir das Gesicht, schlüpfte in meinen Baumwollpyjama und fiel ins Bett. Nach wenigen Augenblicken war ich eingeschlafen, und vermutlich bewegte ich mich keinen Millimeter, bis irgendwann mitten in der Nacht eine Staffel Junkers-Flugzeuge über das Hotel flog.

Die Motoren klangen wie das Ende der Welt. Das Zimmer wurde mit einem Ruckeln erschüttert, das ich in meiner Brust spürte. Mit vor Panik schwirrendem Kopf richtete ich mich rasch im Bett auf und sprang auf die Füße. Dann hielt ich inne. Ich fragte mich, ob sie wohl Bomben dabeihatten, und wenn ja, wie viele? Sollte ich mich im Badezimmer oder unter meinem Bett verstecken? Wie die Regeln auch lauten mochten, ich hatte sie noch nicht gelernt.

Es klopfte rasch und bestimmt an meine Tür. Ich fuhr vor Schreck zusammen, aber es war Ernest. Er trug seinen Trenchcoat über dem Pyjama, seine Füße waren nackt. »Alles in Ordnung?«

»Ich denke schon.« Wir blieben einen Augenblick stehen und lauschten. Das Geräusch der Motoren schien über uns zu schweben, als würden sich die Flugzeuge überhaupt nicht bewegen, auch wenn mir klar war, dass dies unmöglich war. »Was werden sie tun?«

»Vielleicht gar nichts«, antwortete er. »Sollen wir etwas trinken?«

»Ich habe schon zu viel getrunken.«

»Es könnte trotzdem helfen.« Er trat an meine Kommode, wo ich eine Flasche aufbewahrte, und goss jedem von uns ein paar Fingerbreit in Wassergläser.

Ich trat an den Rand meines Bettes und nahm ein Glas von ihm entgegen, während er sich neben mich setzte. Doch ich hielt es lediglich in der Hand. Das Brummen der Bomber wurde endlich ein wenig leiser, aber aus dem Universitätsviertel drangen nun andere Geräusche zu uns, das Knallen des Geschützfeuers in prasselnden Salven, dann in einer Reihe kurzer metallischer Explosionen. Meine freie Hand begann in meinem Schoß zu zittern. Ich klemmte sie unter einem Bein fest.

»Du darfst ruhig Angst haben«, sagte er. Die Vorhänge waren aufgezogen. Das Mondlicht fiel durch die Fenster und bildete kleine Pfützen entlang der Holzdielen des Fußbodens. Ernests Gesicht lag jedoch zum größten Teil im Schatten, als er mich ganz leise fragte: »Möchtest du, dass ich bleibe?«

»Oh.« Er hatte mich unvorbereitet erwischt. Irgendwie hatte ich mir die Vorstellung nicht erlaubt, dass dies geschehen könnte, obwohl er ganz eindeutig ein Mann war, und ich war eine Frau. In meinen Gedanken hatte ich ihn über diesen Dingen schweben lassen, als mein Held und auch mein Lehrer, mein Freund. Ich überlegte fieberhaft, was ich noch erwidern könnte, aber es erschien mir alles zu dürftig. »Mir geht es gut. Danke, dass du dir Sorgen um mich machst.«

»Vielleicht ist es ja eher so, dass ich mir Sorgen um mich mache.«

Selbst in der Dunkelheit fiel es mir schwer, ihm in die Augen zu blicken. Die Geräusche von der Front waren weiterhin zu hören, so beängstigend wie zuvor, aber daneben herrschte auch eine seltsame Stille, während er die Hand ausstreckte und damit durch mein Haar fuhr, es zu einer Seite schob und meinen Halsansatz über dem zerknitterten Kragen meines Pyjamas freilegte. Bevor ich reagieren konnte, küsste er mich auf diese Stelle, so leicht, wie eine Motte dort landen mochte, und mit unendlicher Zärtlichkeit.

»Ernest.« Ich zog mich zurück. Mein Herz machte einen furchtbaren Aufruhr. Ich wusste nicht, was ich sagen oder tun sollte.

Er beugte sich vor, um mich erneut zu küssen, und der Druck seiner Lippen auf meinen erstickte jeden anderen Gedanken. Ich legte meine Hände auf seine Brust, wollte ihn von mir schieben, ergriff dann jedoch stattdessen den Baumwollstoff und zog ihn näher an mich heran. Seine Zunge bewegte sich zwischen meinen Zähnen, und er atmete warm und langsam, schien die Luft unendlich lang entweichen zu lassen.

»Ernest«, wiederholte ich. »Was machen wir hier?«

»Ich weiß es nicht. Es ist mir egal.«

Bevor ich etwas erwidern konnte, wurde das Gebäude erschüttert, und ich wurde hart auf den Fußboden geschleudert. Das Hotel musste direkt von einem Granatwerfer getroffen worden sein. Alles bebte, von der Decke rieselte der Putz. Ernest half mir auf, dann eilten wir beide zur Tür und rissen sie auf. Aus einer Tür nach der anderen wurden Menschen auf den Flur gespuckt. Wir blickten einander an und fragten uns, wohin wir fliehen oder wo wir uns verstecken sollten. Mindestens drei spanische Prostituierte tauchten auf und blinzelten, als hätten sie die Orientierung verloren. Sidney Franklin trat mit einer Frau aus seinem Zimmer, die ich noch nie zuvor gesehen hatte. Sie trug ihren Pullover falsch herum, das Haar vom Schlaf zerwühlt. Ich wusste, dass ich in diesem Augenblick genauso schuldig aussah wie sie. Ich spürte, wie Sid mich mit einem fragenden Blick ansah, aber es war leicht, ihm im allgemeinen Chaos auszuweichen.

Plötzlich erschien Saint-Ex in seinem wunderschönen Morgenmantel wie eine Art Fata Morgana. Der Angriff schien vorüber zu sein, und er bot uns einen Kaffee an. Ernest und ich folgten einer kleinen Gruppe von Freunden und Nachzüglern in sein Zimmer. Aber während wir uns setzten, sprachen, darauf warteten, dass der Kaffee zu kochen begann, und uns laut fragten, ob das Hotel nun ernsthaft unter Beschuss genommen werden würde oder ob das heutige Sperrfeuer ein Versehen gewesen sei, fühlte ich mich auf mehr als nur eine Weise entblößt. Es war schwer zu ertragen.

Ich stand unbeholfen da und bemühte mich, nicht in Ernests Richtung zu blicken. »Ich gehe wieder ins Bett. Gute Nacht, ihr Lieben.«

»Pass auf dich auf«, sagte Ginny.

»Nehmen Sie die«, meinte Saint-Ex und reichte mir eine schwere pinkfarbene Grapefruit aus einer Holzkiste, in der sich sein persönlicher Vorrat befand.

Ich dankte ihm und trat hinaus auf den Flur, die Grapefruit vor mir hertragend wie eine Gabe oder ein Opfer an fremde Götter. Überall war der Putz von der Decke gerieselt und hatte sich wie eine feine Schneeschicht auf alles gelegt. Die Wände auf beiden Seiten hatten breite Risse bekommen, ein Tisch war umgekippt, eine Lampe zerbrochen. In meinem Inneren herrschte ebenfalls Chaos. Ich war mir nicht sicher, was mit Ernest geschehen wäre, wären wir nicht getroffen worden, aber ich hatte gespürt, wie ich meinen Verstand und meine Entschlossenheit schneller vergaß, als ich es für möglich gehalten hätte. Er war mein Freund, und das war mir unendlich wichtig. Er selbst war mir wichtig, so wie er war. Und außerdem: Hatte ich denn nicht mittlerweile meine Lektion gelernt, was verheiratete Männer anging?

Mit einem schwelenden Unbehagen betrat ich mein dunkles Zimmer, schloss die Tür hinter mir und schob den Riegel vor.

Vierzehntes Kapitel

Am nächsten Morgen erwachte ich in einer blassen, reglosen Dämmerung, alles war so still wie nur irgend möglich. In meinem Zimmer war es kalt, die Heizung war irgendwann in der Nacht ausgegangen. Aus dem dritten Stock zog der Duft von gutem Kaffee die Treppe herauf, außerdem der scharfe, fettige Salzgeruch von Schinken und Eiern, die auf Sidney Franklins magischen heißen Platten brieten. Doch so berauschend gut die Gerüche auch sein mochten, ich wollte die beiden nicht auf ihrem Zimmer aufsuchen, nicht an diesem Tag.

Ich griff nach den Hosen, die ich über eine Stuhllehne gehängt hatte, und holte ein Leinenhemd aus der Kommode, über das ich meine wollene Jacke zog. Dann ging ich nach unten, um das Café auf der anderen Straßenseite anzusteuern, auch wenn ich dort nur Brötchen vom Vortag, bitteres Kaffeepulver und vielleicht eine Orange bekommen würde.

In der Woche zuvor, während eines Morgens, der so still gewesen war wie dieser, hatten drei Männer am Fenster dieses Cafés gesessen, als es nach innen explodiert war. Über das Einschlagloch waren mittlerweile dickes braunes Papier und Pappe geklebt worden. Innen waren der Schutt beiseitegeräumt und das Blut weggewischt worden. Als ich vor der Stelle stand, hielt ich kurz inne, um an die Männer zu denken. Wahrscheinlich hatten sie Frauen und Kinder gehabt, Rituale und kleine Freuden, und eine Zukunft, die ihnen entrissen worden war. Das konnte man niemals bereinigen oder zurückbekommen.

Ich beschloss, mein Frühstück mit nach draußen zu nehmen, und blieb erst stehen, als ich die Plaza Mayor erreicht hatte, wo ich mich auf den Sockel einer der großen Laternen setzte und die Tauben beobachtete, die sich niederließen und zerstreuten und wieder niederließen, in einem Rhythmus, den nur sie allein verstanden. Die Schuhputzer bezogen auf dem Platz ihre Posten, wobei sie die Stellen mieden, an denen sich neue Einschlaglöcher im Kopfsteinpflaster befanden. Ich sah ihnen eine Weile zu und trank meinen Kaffee, während ein heftiger Kopfschmerz meine Schläfen und meinen Hinterkopf zusammendrückte. Die Gedanken an Ernest ließen sich nicht abschütteln. Die Erinnerung an seine Hände in meinem Haar, an den Geruch seiner Haut, war prickelnd und verstörend. Es war so gut wie nichts geschehen, und das war schon zu viel. Was würde ich sagen, wenn wir das nächste Mal miteinander sprachen? Was würde er von mir wollen? Wollte ich etwas von ihm, etwas, von dem ich mich schämte, es mir selbst einzugestehen?

Es gab keine Antworten, zumindest keine, mit denen ich mich auseinandersetzen wollte. Ich schob diese Gedanken also mit aller Kraft beiseite, stand auf und überquerte den Platz. Ich hatte mich mit Ginny Cowles im Palace Hotel verabredet, das in ein Militärkrankenhaus umgewandelt worden war. Die Fassade sah noch aus wie das alte Madrid, cremefarben und prachtvoll wie eine mehrstöckige Hochzeitstorte. Doch als ich das Gebäude betrat, traf mich sogleich der beißende Geruch des Äthers und darunter ein trüberer und komplexerer Geruch nach menschlicher Krankheit und Blut und Leiden.

Ginny wartete in einem schmalen schwarzen Wollmantel, echtem Goldschmuck und den von ihr favorisierten hohen Schuhen an der Rezeption auf mich. Im Grunde war sie eher für die Upper East Side als für irgendeinen Teil dieser belagerten Stadt gekleidet, aber ich mochte sie und war dankbar, dass sie angeboten hatte, mich den Ärzten vorzustellen und mich herumzuführen, damit ich alleine wiederkommen konnte.

»Das war ja eine schöne Party letzte Nacht«, bemerkte sie, als ich auf sie zukam.

»Hast du überhaupt geschlafen?«

»Nicht so richtig, aber ich schlafe nie viel. Man muss ständig über viel zu viel nachdenken.«

»Ich weiß, was du meinst«, antwortete ich. »Selbst ohne die Bombardierung.«

Hinter dem Foyer mit seinen ordentlichen Korbmöbeln und stapelbaren Tischen war der alte Lesesaal des Hotels, der in einen Operationssaal umgebaut worden war. Tücher waren als Raumteiler aufgehängt und auch überall sonst drapiert worden, um einen allgemeinen Eindruck von Sterilität zu erwecken. Gewöhnliche Esstische dienten nun als Operationstische. Kristallleuchter mit grell leuchtenden Glühlampen ersetzten Operationslampen. Entlang der Wand waren sämtliche Bücher aus den Regalen verschwunden, stattdessen lagerten dort Verbände und Penizillin und geschmuggeltes Peroxid.

Ginny stellte mich einem der Chirurgen vor und erklärte, ich sei eine amerikanische Schriftstellerin und wolle so viel wie möglich über die Bedingungen hier erfahren. Der Chirurg war ein zurückhaltender Katalane mittleren Alters mit einem traurigen Zug um den Mund und tiefschwarzen, fein geschwungenen Augenbrauen.

»Hier ist es schwer, meine Arbeit zu erledigen«, sagte er, »aber im Feld ist es noch viel schwerer. Meine Kollegen sind an der Front in Teruel, oder am Jarama, in Brihuega, sie müssen dort alles bewältigen, hinzu kommt noch das Wetter. Und sie haben dort keinen solchen Luxus wie wir hier.« Er wies nach oben auf den verfälschten Kronleuchter, der auf einmal, das konnte ich selbst erkennen, wie ein kleines Wunder wirkte.

»Welche Ausbildung haben Sie absolviert?«, fragte ich ihn über Ginny. »Vorher, meine ich.«

»Vorher? Vorher war ich ein Fußspezialist. Heute bin ich alles Mögliche, und nichts davon ist ausreichend.«

Er führte uns auf die Wachstation im sechsten Stock, in dessen Fluren blutbefleckte Krankenbahren wie Klafterholz gestapelt lagen. Die Etage war voller Verwundeter, vier bis sechs Gitterbetten in kleine, aber saubere Räume gequetscht. Durch die hohen Schiebefenster fiel Sonnenlicht auf den Fußboden und bis in die Ecken, brachte jedoch nur wenig Wärme.

Einer der Männer war ein drahtiger, bärtiger russischer Pilot. Sein Flugzeug war vom Himmel geschossen worden, und er war darin beinahe verbrannt, ehe er gerettet wurde. *Gerettet* war allerdings kaum das richtige Wort, dachte ich, während ich seine Hände, seine Arme und seine Kopfhaut betrachtete, wo sich die Haut in ledrige Knoten und Wülste verwandelt hatte, die ihm so viele Schmerzen bereiteten, dass er ohne lähmende Dosen Morphium nicht einschlafen konnte. Bei seinem Anblick war mir zum Weinen zumute – aber man konnte nicht um jeden von ihnen weinen. Oder etwa doch?

Ein anderer Mann, ein kanadischer Infanterist namens Fisher, hatte ein Bein bis zur Hüfte vergipst und nutzte seine Zeit, um für alle anderen auf der Station Briefe nach Hause zu schreiben. Er schrieb mit der linken Hand, da sein rechter Arm über dem Ellbogen amputiert worden war. Er hatte ein rundes Gesicht und einen dichten, groben rötlichen Haarschopf, der ihn zottelig, aber auch ziemlich prächtig wirken ließ.

»Ihr zwei solltet Filmstars sein«, sagte er zu uns, als er von seinen Briefen aufblickte. »Das ist mein Ernst.«

»Wo wurden Sie verwundet?«, fragte ich.

»Direkt die Straße hoch … im Universitätsviertel. Ist das nicht verflucht komisch?«

»Wurden Sie dort auch ausgebildet?«

»Ausgebildet? So würde es niemand nennen wollen. Nach meiner Ankunft haben wir uns eine Woche lang in einem kleinen Bauerndorf versteckt, wo wir hauptsächlich zu Tode erfroren sind und uns von Eselfleisch ernährt haben. Schon mal probiert?«

»Nein.«

»Na, dann sehen Sie zu, dass Sie es auch nie müssen. Das ist das reinste Gummizeug und schmeckt wie der Schuh Ihrer Großmutter.«

Er lächelte, wobei sich sein Mund auf einer Seite verzog, dann berichtete er uns, wie eines Tages ein Konvoi der Internationalen Brigaden in den Ausbildungsstützpunkt gerollt sei, Hunderte Männer aufgesammelt und sie auf die Ebenen westlich von Madrid gebracht habe, um ihnen dort beizubringen, mit Remington-Repetiergewehren auf den steilen Abhang eines Steinbruchs zu schießen. »Ich habe dreimal, vielleicht auch fünfmal geschossen. Vorher hatte ich noch nie ein Gewehr in der Hand. Dann hieß es, genug, wir dürften nicht noch mehr Munition verschwenden, und es ging zurück auf die Lastwagen.«

»Und so wurden Sie in den Kampf geschickt?« Ich blickte zwischen seinem, Ginnys und dem Gesicht des katalanischen Arztes hin und her, doch niemand außer mir schien ungläubig oder auch nur überrascht zu sein. »Sind Sie denn nicht wütend?«

»Was würde das nützen? Außerdem habe ich mich ja freiwillig gemeldet. Ich wusste, dass mir hier der Kopf weggeschossen werden konnte. Das war eine ziemlich reale Möglichkeit.«

»Weshalb sind Sie gekommen?«

»Aus dem gleichen Grund wie alle anderen, würde ich meinen. Weil ich zu zornig und zu aufgeregt war, um irgendetwas anderes zu tun. Ich hatte gerade erst mein Diplom von der McGill in der Tasche, aber ich wusste nicht, was mir das bringen sollte, wenn die Welt vor die Hunde ginge. Verstehen Sie? Jetzt ist Spanien an der Reihe, so habe ich gedacht, aber als Nächstes wird es jedes andere Land sein, wenn wir Franco nicht aufhalten.«

»Das glaube ich auch. Aber es ist schwer, für Ideen zu sterben, oder?«

»Sterben ist in jedem Fall schwer.« Farbe war in sein Gesicht gestiegen. Der Stift in seiner linken Hand zuckte. »Zumindest sind unsere Ideen die richtigen.«

Ginny und ich suchten noch mehrere der anderen Räume auf. In einem zeichnete ein junger Mann mit einer riesigen, ausgehöhlten Kopfverletzung das Porträt eines anderen jungen Mannes mit sorgfältigen, zarten Strichen. In einem anderen zeigte uns ein französischer Soldat, dessen Bauch aufgesprengt worden war, so dass sein gesamter Unterleib in mehrere Schichten Verbandsmull gewickelt war, einen Mimosenzweig, den ihm eine hübsche ungarische Krankenschwester gebracht hatte. Er berührte eine der Blüten, pink und gefiedert und seidig. Während er mit einem Daumen darüberstrich, erzählte er uns, dass es einen Baum in Marseille gebe, von dem immer solche Blüten fielen; sie würden so klebrig wie Honig, wenn sie auf der Straße in der Nähe des Hauses, in dem er aufgewachsen war, verfaulten.

»Werden Sie bald nach Hause zurückkehren?«, fragte ich ihn.

»Ich weiß es nicht.« Er blinzelte mehrmals, als könnte ihm dies helfen, die Zukunft zu erkennen. »Falls ich mich erhole, habe ich versprochen, zu bleiben und zu kämpfen. Auch wenn ich mir nicht mehr sicher bin, ob ich noch an Kriege glaube. Sie erschaffen bloß Gespenster, und sie ändern nichts.«

»Es tut mir leid«, sagte ich, da ich nicht wusste, was ich sonst sagen sollte, dann pries ich die Schönheit der Mimose, die alles war, was ich in diesem Augenblick preisen konnte. »Ich hoffe, Sie schaffen es zurück nach Hause zu Ihrem Baum und zu Ihrer Familie.«

Bald darauf standen Ginny und ich wieder draußen im kalten, hellen Aprilsonnenschein. Meine Gedanken kreisten noch immer wild, aber Ginny wirkte irgendwie distanziert und besonnen, als hätte sie all dies zwar auch gesehen, es aber sofort wieder abgelegt, so wie man es mit jeder dornigen Last tun würde. Ich hatte noch nicht gelernt, wie man das bewerkstelligte, falls es mir überhaupt je gelingen sollte. Ich wollte sie fragen, wie lange sie gebraucht habe, um sich ein solch dickes Fell wachsen zu lassen, und ob traurige, unerträgliche Dinge noch immer gelegentlich durchdrängen und was sie dann mache. Aber solche Freundinnen waren wir nicht, zumindest noch nicht.

Wir verabschiedeten uns, dann ging sie mit schnellen Schritten davon, zu einer anderen Verabredung oder um eine geheime Quelle oder einen Kontakt zu treffen oder den Tagesbericht abzutippen. Sie hatte jedenfalls irgendetwas Wichtiges vor, so viel stand fest.

Ich wollte in diesem Krieg ebenfalls etwas Bedeutendes tun, auch wenn ich noch keinen klaren Weg vor mir erkennen konnte. Ich war zum Schreiben hergekommen, aber Journalisten gab es buchstäblich an jeder Ecke, und sie waren allesamt viel erfahrener als ich. In gewisser Weise fühlte es sich schon bedeutsam an, überhaupt hier zu sein, alles mit eigenen Augen zu sehen, ohne sich abzuwenden, und es danach aufzuschreiben.

Aber was dann? Würde ich wirklich mutig genug sein, einen Artikel an *Collier's* zu senden, sofern ich denn einen fertig bekäme? Wie konnte ich aus diesem Rudel aus Autoren ausbrechen, die alle über dieselben Kämpfe und Tragödien berichteten, wenn ich mir selbst nicht sicher war, ob ich irgendetwas hinzuzufügen hatte, das nicht schon viele Male zuvor gesagt worden war?

Später saß ich grübelnd auf dem Bett in meinem Zimmer, als das Tageslicht schwand. Ich hatte Blakes *Songs of Innocence and Experience* auf dem Schoß liegen und eine Tasse kalten Tee auf dem Nachttisch neben mir stehen. Irgendwann fielen mir die Augen zu. Als ich wieder aufwachte, musste es nach Mitternacht sein. Mein Zimmer war in vollkommene Dunkelheit getaucht, und im Flur vor meiner Tür näherten sich vorsichtige Schritte. Dann vernahm ich ein Klopfen. Eine flüsternde Stimme drang herein: »Gellhorn. Bist du wach?«

Ich erstarrte.

»Gellhorn, ich bin's. Mach auf. Wir sollten reden.«

Ich hatte Angst, auch nur das geringste Geräusch zu machen, und schloss lauschend die Augen.

»Marty«, zischte die Stimme erneut.

Nach ein paar weiteren qualvollen Augenblicken hörte ich, wie Ernests Schritte sich entfernten. Erst dann wagte ich wieder zu atmen. Ich drehte mich in Richtung Wand und legte meine Handfläche dagegen, spürte das Brausen und Ziehen des Wassers, das durch die Leitungen floss wie durch die Arterien eines Körpers.

Manchmal glaubte ich, auf diese Weise beinahe in die verschiedenen Zimmer greifen zu können, wo die anderen zusammengerollt schliefen oder auf die Seiten einer Zeitschrift starrten oder allein im Dunkeln tranken. Das Hotel war in meinem Kopf eine Art Bienenwabe, in der wir alle miteinander verbunden waren. Das war eins der erstaunlichsten Dinge, die ich in Spanien entdeckte: dass ich hier Gleichgesinnte fand, vielleicht zum ersten Mal in meinem Leben. Dass ich dazugehörte.

Und dann war da natürlich noch alles andere: wie edel diese Revolution war und wie entscheidend, womöglich einer der wichtigsten Momente, die meine Generation je erleben würde. Und ich war direkt vor Ort, so unglaublich es auch war. Ich durfte mir diese Erfahrung nicht ruinieren, nicht, wenn ich so kurz davor stand, alles zu begreifen: was mir wichtig war, was ich vom Leben wollte und wer ich tief in meinem Inneren wirklich war.

Spanien bot mir die Chance, meine Stimme und meinen Kompass zu finden. In irgendjemandes Arme zu stolpern wäre ein schwerer Fehler, und eine Affäre mit Ernest wäre sogar noch riskanter. Ich durfte diese wunderbare Brücke der Freundschaft und des Verständnisses zwischen uns nicht einstürzen lassen, sie war noch so neu. Nicht allein für Sex. Und so etwas wie eine tatsächliche Beziehung mit einem Mann wie ihm konnte ich mir noch nicht einmal ansatzweise vorstellen. Er war hier wie ein Filmstar. Wenn er etwas sagte, beugten sich alle weiter vor, um es zu hören. Seine niedergekritzelten Berichte, die beinahe unleserlich waren, wenn man nicht wusste, was man da vor sich hatte, brachten ihm jeweils fünfhundert Dollar ein. Ich dagegen hatte fünfzig Dollar in der Tasche und keine Ahnung, ob ich das Talent hatte, um mehr zu verdienen.

Ich drehte mich zurück auf den Rücken und blickte hinauf zur strudelnden Dunkelheit der Decke. Mittlerweile musste Ernest wieder in seinem Zimmer sein, vielleicht saß er auf seiner Bettkante und zog sich die Schuhe aus. Vielleicht griff er auch nach seinem Flachmann, verwirrt oder auch nur müde, bereit, sich von den Frauen und all dem Ärger, den diese verursachten, fernzuhalten.

Ich wollte keinen Ärger verursachen, ich wusste bloß manche Dinge mit Sicherheit. Dass Ernest mich in den

Schatten stellen könnte, ohne auch nur das Geringste dafür zu tun, da er heller strahlte als die Sonne. Dass er viel zu berühmt war, viel zu erfolgreich, sich viel zu sicher darin, was er wollte. Außerdem war er auch viel zu verheiratet, viel zu verwurzelt in dem Leben, das er sich in Key West aufgebaut hatte. Viel zu getrieben, viel zu rätselhaft.

Viel zu sehr Hemingway.

Fünfzehntes Kapitel

»Wir werden wohl rennen müssen«, stellte Ernest fest. Wir hatten einen frei liegenden Abschnitt der Straße erreicht, etwa fünfundzwanzig Meter ohne Deckung zwischen zertrümmerten Gebäuden in einem von Bomben zerstörten Stadtteil. »Die Scharfschützen mögen diese Stelle. Hier sterben jeden Tag zwei, drei Menschen.«

Ich nickte nur, spürte ein Flattern in meiner Kehle, als würde sie unter Strom stehen, während er seinen Jägerhut tiefer in die Stirn zog. Er warf seinen Körper nach vorn, knickte in der Taille so scharf ab, dass ich glaubte, er könnte stürzen, aber das tat er nicht. Als er auf der anderen Seite angekommen war, gab er mir ein Zeichen, seinem Beispiel zu folgen, und obgleich ich mich fragte, ob ich meine Beine überhaupt würde bewegen können, so wacklig fühlten sie sich an, preschte auch ich nach vorn.

Als ich die Sicherheit der Mauer erreicht hatte, mich dahinterkauerte und meinen Puls in den Ohren spürte, war ich euphorisch. Ich konnte sehen, dass er dasselbe empfand – es war weniger, als ginge man pfeifend am Friedhof vorbei, sondern eher, als tanzte man wild auf seinem eigenen Grabstein. Die Energie flirrte zwischen uns. So nah waren wir einander seit der Nacht in meinem Zimmer nicht mehr gewesen, die nun ebenfalls zwischen uns schwebte, eng verwoben mit der Elektrizität und der Gefahr, als wir weiterliefen.

Wir passierten ein sechsstöckiges Gebäude, das zur Straße hin offen war, die Fassade sauber abgerissen. Es hatte beinahe etwas Vulgäres, dass man bis zu den Geschirrschränken und Betten und Ohrensesseln und Badewannen hineinblicken konnte, die Einrichtung eines beliebigen Lebens auseinandergerüttelt und außer Kraft gesetzt. Einige der Wohnungen wirkten unberührt, abgesehen von der unbedeutenden Kleinigkeit, dass sie keine Vorderwand mehr besaßen – wie eine Art verlassenes überlebensgroßes Puppenhaus, in das man hineingreifen konnte, um alles nach Belieben umzustellen. Jemandes Heim sollte ein Zufluchtsort sein, eine feste und unerschütterliche Angelegenheit, dachte ich, doch dies war ein weiterer Beleg dafür, dass man sich auf nichts verlassen konnte außer auf andere Menschen, und auch nur auf die richtigen. Diejenigen, die einem als Wände dienen konnten, wenn man sie einmal gefunden hatte. Dies war mein erster Krieg, und ich war noch vollkommen ahnungslos, aber so viel wusste ich bereits.

Wir befanden uns auf dem Paseo Rosales, einst die vornehmste Adresse, Madrids Version der Park Avenue, die nun jedoch in Trümmern lag. Über uns ragte das übel zugerichtete Wohngebäude auf, in dem der holländische Filmemacher Joris Ivens Aufnahmen für seine Dokumentation über den Krieg sammelte, die mittlerweile den Titel *Spanische Erde* trug.

Dann erklommen wir die abgedunkelte Treppe, und als wir wieder ins Licht traten, konnten wir den gesamten Casa de Campo und die Frontlinien überblicken. Deshalb war Ivens so aufgeregt gewesen, diesen Drehort gefunden zu haben. Man konnte absolut alles sehen, hatte einen klaren Blick über das sich breit ausdehnende Tal bis hin zu den Bergen und den karg wirkenden Kiefern und auf das Gebiet, auf dem sich die Infanterie über das kaputte Land bewegte. Hier und dort konnte man sogar direkt in Abschnitte der Schützengräben hineinblicken, wo sich die Männer über ihre Thompson-Maschinenpistolen beugten wie staubfarbene Spielzeugsoldaten.

Direkt hinter dem Balkon hatten Ivens und sein Kameramann eine Art Tarnung kreiert, in der das Teleobjektiv auf alten Möbeln und Kisten aufgebahrt lag. Die Kamera war in Lumpen und zerfetzte Vorhänge gewickelt, um sie zu verbergen. Jede Reflexion des Sonnenlichts auf der Linse könne einen Scharfschützen aufmerksam machen und unseren Standort verraten, erklärte mir Ernest, während wir uns ins hintere Ende der Wohnung zurückzogen.

Dort war es wärmer, da man vor dem Wind geschützt war, obwohl große Stücke der Vorderwand sowie die meisten Fenster weggesprengt worden waren. Ich zog meinen Mantel aus und setzte mich darauf, so dass ich mich zwischen Ernest und Matthews gegen die Wand lehnen konnte. Herb reichte mir einen Krug Wasser, und gemeinsam blickten wir durch die explodierten Fenster und beobachteten den Krieg, wobei das Gefühl von Sicherheit und Distanz meinem Geist seltsame Streiche spielte. Eine Granate sprengte einen Flecken der Landschaft in einer Kaskade aus Erde und Trümmern in die Luft. Einige der Männer fielen, niedergedrückt von der Explosion, und standen nicht mehr auf. Ich wendete meinen Blick nicht ab, versuchte, sie durch reine Willenskraft zum Aufstehen zu bewegen, aber sie taten es nicht.

So schlecht mir von der ganzen Sache auch wurde, ich verstand, weshalb es für den Film wichtig sein würde. Aus dieser Entfernung konnte man die Umrisse des Kampfes gut erkennen, ohne von ihm verschluckt zu werden. Die sich verlagernden Rauchwolken und Lichtblitze. Das plötzliche Hervorsprudeln von Staub, wenn Granatsplitter über den Bergrücken regneten. Wie die Infanterie sich Schritt für Schritt vorarbeitete und dann zurückdrängte, Männer verlor und Männer nahm, bis es zu ein und derselben Handlung verschmolz. Vielleicht war es das auch.

Ich griff nach dem Notizbuch in meiner Tasche. Auf einmal packte mich die Angst, dass ich alles verlieren würde, wenn ich es nicht sofort aufschriebe. Ich spürte, wie meine Hand vor Intensität leicht zitterte und stellte fest, dass auch Ernest sein Notizbuch hervorgezogen hatte und eifrig hineinkritzelte, von demselben Wunsch erfasst, die Zeit stillstehen zu lassen und sie seinem Willen zu beugen. Die Welt musste das hier sehen, und aus diesem Grund mussten wir es zuerst sehen. Aus diesem Grund waren wir hier.

—

»Du brauchst noch einen«, meinte Matthews an jenem Abend im Chicote's. Die Bar war so überfüllt, dass wir übereinandergestapelt sitzen mussten, oder jedenfalls beinahe.

»Verrate mir doch«, bat ich ihn, »weshalb schreibst du über den Krieg statt über irgendetwas anderes?«

»Irgendjemand muss es tun. Und ich glaube wohl daran, dass wir etwas verändern können. Wenn wir unsere Sache gut genug machen.«

»Wenn es dafür nicht schon zu spät ist. Das kommt mir immer wieder in den Sinn. Dass dies unsere Gelegenheit ist, für das Gute in der Welt zu kämpfen, und zwar die einzige. Wir haben sie jetzt, genau jetzt und hier. Aber was geschieht, wenn die Welt weiterschläft und es nicht sehen will, so laut wir auch schreien?«

Er zuckte mit den Achseln. »Dann möge Gott uns allen beistehen, denke ich.«

Ich reichte ihm mein leeres Glas, und er drängte sich durch die Mauer aus Menschen davon. Eine halbe Sekunde darauf stolperte Ernest auf seinen Platz zu und wir wurden gegeneinandergepresst, Ellbogen an Ellbogen, Knie an Knie, Gelächter und ernsthafte Gespräche überall um uns herum. Ich konnte kaum atmen, und daran hatte er seinen Anteil. Er würde nun reden wollen, während ich nur vergessen wollte. Dabei wollte ich ihn eigentlich noch einmal küssen, nur ein einziges Mal, ganz fest und ganz lang, da sein Geschmack mich nicht mehr losgelassen hatte, ob ich es nun zugeben konnte oder nicht. Nur noch ein Kuss, dann würde ich anfangen können zu vergessen.

»Du gehst mir aus dem Weg«, stellte er fest.

»Wir waren den ganzen Nachmittag zusammen.«

»Du weißt, was ich meine.«

»Ich denke schon.« Ich konnte meinen Blick nirgendwohin abwenden. »Es tut mir leid. Ich wusste nicht, was ich sagen sollte.«

»Wie wäre es mit dem, was du tatsächlich empfindest? Das könnte ein guter Anfang sein.«

»Wer empfindet denn schon ausschließlich auf eine Weise?«

»Ich zum Beispiel«, behauptete er. »Zumindest in manchen Dingen. In Bezug auf dich.«

»Das hier ist nicht ganz der richtige Ort dafür, oder?«

Aber bei aller Ironie war er eben genau das. Interessanterweise bot uns gerade das Chaos um uns herum eine perfekte Intimsphäre. Jeder, den wir kannten, war hier, was uns eine Form von Abgeschiedenheit ermöglichte, die wir nirgendwo sonst gefunden hätten. Wir hätten uns wahrscheinlich ausziehen und einen Fächertanz hinlegen können, ohne die Aufmerksamkeit der anderen auf uns zu ziehen.

»Du fürchtest dich davor, etwas zwischen uns geschehen zu lassen. Aber aus meiner Sicht ist es dafür längst zu spät. Vielleicht war es das von Anfang an. Von dem Augenblick an, in dem du in meine gottverdammte Bar spaziert bist.«

»Vielleicht. Aber wir müssen dem nicht nachgeben. Ich fände es traurig, wenn sich zwischen uns etwas ändern würde. Du bist mir viel zu wichtig.«

»Ich schätze, das bedeutet schon einmal etwas.«

»Mir bedeutet es sehr viel. Ich kann dir eine verflucht gute Freundin sein, wenn du es zulässt.«

»Würde ich es nicht besser wissen, würde ich glauben, dass ich gerade abserviert werde.« Sein Tonfall wurde säuerlich. »Ist schon eine Weile her, aber ich glaube, ich kann mich noch an das Gefühl erinnern.«

»Hör auf. Das ist das Letzte, was ich möchte. Hörst du mir denn nicht zu?«

»Ich höre dir sehr gut zu.« Sein Blick war vernichtend, durchbohrend. »Freunde habe ich bereits eine ganze Menge.«

Bevor ich mir auch nur überlegen konnte, was ich ihm antworten sollte, glitt Matthews durch das Gedränge auf uns zu, um sich neben uns zu zwängen. Er trug drei große Gläser Gin, alle gefährlich voll, und blickte zwischen Ernest und mir hin und her. »Habe ich hier etwa gerade etwas unterbrochen?«

»Sei nicht albern«, entgegnete ich, während mein Herz raste und ratterte. »Aber, herrje, nun lasst uns endlich trinken.«

Sechzehntes Kapitel

Es ist dunkel, als Ernest den schwarz dahinfließenden Manzanares überquert und mit raschen Schritten um die südliche Ecke des Parque del Oeste läuft. Hier ist es keineswegs sicher, vor allem nicht nachts, wenn der Großteil des Granatenbeschusses stattfindet. Manchmal fallen auch Bomben, und wenn die riesenhaften Junkers oder Heinkels über ihn hinwegziehen und dabei klingen wie der Tod, werden seine Knie weich wie Butter.

Entlang des Flusses erstreckt sich der Park so schwarz wie der Rest der Stadt, abgesehen von den Kochstellen und den brennenden Fässern, an denen sich die Menschen wärmen. Tausende Flüchtlinge kampieren hier mit ihren Schafen und Eseln und Kindern, jede Gruppe eng zusammengedrängt und von den anderen abgetrennt um ihre eigenen knisternden roten Aschehaufen. Sie sind seit Monaten dort, seit Beginn der Belagerung, und nun können sie nichts weiter tun, als an ihren kleinen Feuern darauf zu warten, dass das Blatt sich wendet. Aber wird es das?

Schon jetzt dauert der Krieg bereits Monate länger, als irgendjemand erwartet hätte, und es gibt keine Hinweise auf ein baldiges Ende. Hinter ihm steigt der Rauch noch immer in Säulen von der Frontlinie beim Cerro Garabitas auf. Der Angriff dauerte lediglich zehn oder fünfzehn Minuten, aber das war lang genug. Im Schützengraben waren Blindgänger über seinen Kopf geschossen wie Maikäfer, und als er die Augen schloss, um sich auf die verschiedenen Stimmen des Geschützfeuers zu konzentrieren und sich dadurch zu beruhigen, dachte er stattdessen an Marty, und da wusste er, dass er wirklich in der Klemme saß und niemand ihm heraushelfen konnte.

Er hatte nicht vorgehabt, sich in sie zu verlieben, aber was zählte das jetzt noch? An jenem Tag, an dem sie in Key West auftauchte, hatte er bloß seine Post gelesen, das war ja das Seltsame, und seinen Daiquiri genossen wie an jedem beliebigen anderen Nachmittag auch. Dann war die Tür zur Straße aufgegangen, und die Sonne war hereingeströmt, und das war sie gewesen.

Später würde er seinen Freunden gegenüber den Scherz wiederholen, sie habe Beine, die an ihren Schultern anfingen, aber tatsächlich war ihm als Erstes ihr Haar aufgefallen, das die Farbe eines Weizenfeldes hatte, und ihre Haut, die leuchtete, als wäre ein strahlender Sommertag ein Jahrhundert lang in einem Glas konserviert und dann mit einem Mal freigelassen worden.

Sie war eine wunderschöne junge Frau, so schön wie nur irgend möglich, aber in dieser Bar in seiner Heimatstadt, inmitten seines eigenen Lebens, hatte er sich geschützt und vollkommen sicher gefühlt. Er hatte seine sorgfältig entwickelte Routine, und er wusste um ihre Bedeutung. Er hatte Freunde, auf die er zählen konnte, und andere, bei denen er das nicht konnte, und er lernte gerade, die einen von den anderen zu unterscheiden. Außerdem war das einzig Wichtige seine Arbeit. Da waren die Bücher, die er geschrieben hatte, und die Kurzgeschichten, die ihm sehr am Herzen lagen, auch wenn andere ihren Wert nicht immer erkennen konnten. Nach dem Afrikabuch waren die Kritiker über ihn hergefallen, wollten Blut sehen. Aber sie konnten nicht an das herankommen, was er sich in seinem Inneren aufgebaut hatte, oder an die Geschichten und Bücher, die darauf warteten, dass er bereit für sie war, die er bislang noch nicht angerührt hatte.

Er hatte jeden Vorteil auf seiner Seite, so erschien es

ihm damals, also würde er noch einen zweiten Daiquiri trinken und seine Post lesen, und vielleicht noch die Zeitung und dann nach Hause zu seiner Frau und seinen Söhnen zurückkehren. So sehr es auch leuchten, etwas ganz und gar Ungewöhnliches sein mochte, dieses hübsche Mädchen stellte keine Bedrohung für ihn dar. Als er sich mit ihr unterhielt, gestattete er sich, sie genau in Augenschein zu nehmen, die Länge ihrer Waden und wie der schwarze Stoff des Kleides auf ihre Haut fiel, wie ihre Augen plötzlich in allen Farben zugleich funkelten, so dass man immer wieder hineinsehen musste, um zu beobachten, wie sie sich veränderten.

Ihre Mutter war ebenfalls eine schöne Frau. Er mochte sie auf Anhieb. Er mochte sie alle, selbst den Bruder, und konnte sich leicht und unbeschwert mit ihnen unterhalten. Erst nach seinem Aufbruch wurde ihm bewusst, dass er immer noch an die junge Frau dachte. Sie folgte ihm nach Hause, loderte sanft in seiner Erinnerung auf, wie die Töne einer Symphonie, die man nur ein einziges Mal vernommen hat. Sie war noch immer da, als er in der Whitehead Street die Tür hinter sich schloss und aus seinen Schuhen schlüpfte, um die kühlen Fliesen zu spüren. Dann tauchte Fife auf und teilte ihm mit, sie hätten mit dem Abendessen auf ihn gewartet, falls er es noch wollte. Sie war keine Frau, der viel entging. Sie neigte ihren Kopf zur Seite wie ein Rabe und fragte ihn, wo er gewesen und weshalb er so spät sei, und er wusste augenblicklich, dass er lügen musste und dass dies nicht die letzte Lüge bleiben würde, die er seiner Frau über diese spezielle Blondine erzählte.

Nun, am Rande des Parks, hält er inne und blickt hinter sich auf den grob gerundeten Hügel im Schatten. Er weiß, dass er am nächsten Tag die Anzahl der Gefallenen auf beiden Seiten erfahren wird, da strikte Buchführung eines der Dinge ist, die man in einem Krieg tut, um nicht an die tatsächlichen Menschen zu denken, die gestorben sind. Aber es funktioniert nie besonders gut, zumindest nicht bei ihm. Ein Drink ist fast immer das effektivere Heilmittel. Er wird also ins Chicote's gehen und hoffentlich auch sie dort sehen, und dann wird er anfangen, sich besser zu fühlen, bevor er sich wieder schlechter fühlt.

Im Augenblick kann er lediglich das sehen, was vor ihm liegt, nicht mehr, und sie ist ein Teil davon. Vielleicht ist es der Krieg, der ihn verändert, die Tatsache, dass er seit vielen Jahren zum ersten Mal wieder am messerscharfen Rand des Lebens steht. Was auch immer der Grund sein mag, sie hat all die Abwehrmaßnahmen durchbrochen, die er geschaffen hatte, und jetzt will er nicht mehr aufhören, an sie zu denken und zu versuchen, ihr näher zu kommen, wie viel er damit auch ruinieren mag.

Da ist auf der einen Seite das, was man tun will, und auf der anderen Seite das, was man tun muss. Es gibt die Person, die man zu sein glaubt, und die, zu der man in einer Nacht wie dieser wird, in Madrid, im dunklen Chaos der Straßen, während man seinen Füßen folgt, wohin sie einen auch tragen müssen.

Siebzehntes Kapitel

Nach drei Wochen hatte ich das Gefühl, schon seit Jahren in Madrid zu sein und die Stadt nie wieder verlassen zu wollen. Ich hatte noch nie eine solche Intensität verspürt. Es war, als lebte ich andauernd mit dem Herzen in der Kehle. Als die deutschen Batterien auf dem Cerro Garabitas die Stadt dauerhaft unter Granatenbeschuss nahmen, schien das Leben für jeden sogar noch klarer umrissen und noch kostbarer. Tagsüber kamen die Salven in kurzen Ausbrüchen, sechzig bis hundert Granaten in zehn Minuten, während wir unter Türrahmen oder in Cafés oder in den Badewannen unserer Hotelzimmer darauf warteten, dass es vorbeiging. Später, im Hotel Gran Vía oder im Chicote's oder in Delmers Zimmer, sprachen wir über die Anzahl der Granaten, die eingeschlagen waren, wie viele Menschen getötet worden waren, ob es an diesem Tag woanders noch andere Gefechte gegeben hatte, was danach passiert war und was am nächsten Tag passieren mochte. Es war beruhigend, jedes Detail wieder und wieder durchzugehen. Auf diese Weise wuchsen wir enger zusammen und fühlten uns sicher. Wir sprachen dieselbe Sprache.

Ich hatte rasch gelernt, die verschiedenen Arten von Geschützfeuer zu unterscheiden, wie man durch Fontänen explodierten Glases lief und wie man atmete, wenn die Luft vom Lydditrauch und Staub dick wurde. Mein Spanisch wurde besser, bald konnte ich mich mit den Frauen unterhalten, die stundenlang in Schlangen auf Lebensmittel warteten, und mit den Kindern, die in jedem beliebigen Gebäude zur Schule gingen, das sie aufnahm, und die an Spritzern menschlichen Blutes vorbeilaufen mussten, um dorthin zu gelangen. Gelegentlich blieben sie stehen, um Granaten als Andenken aufzuheben, die sie untereinander tauschen konnten, so wie es die Kinder in St. Louis mit Murmeln und Baseballkarten taten.

Eines Abends, ich war gerade erst aus dem Militärkrankenhaus gekommen, hielt ich auf dem Plaza Mayor inne, um einem Flamencomusiker zuzuhören. Paare liefen Hand in Hand, spazierten langsam durch die milde Luft und unterhielten sich, als wären die schweren Bombardierungen am Morgen lediglich ein Traum gewesen.

In einem Winkel des Platzes versuchten Tauben zu schlafen, während eine Gruppe Kinder Kieselsteine auf sie warf. Der Gitarrist saß ein wenig abseits von allen anderen. Er drückte sein Instrument fest an seinen Körper und entlockte ihm mit seiner freien Hand helle Töne. Das Lied war wunderschön. Ich setzte mich, um dem Rest zu lauschen, und fragte mich, woher der Mut stammte. Seit dem vergangenen November, als Franco sich in den Kopf gesetzt hatte, die Hauptstadt zu zerstören, hatte nahezu jeder Tag Flammen und Tod gebracht. Dennoch weigerten sich die meisten Madrileños nach wie vor, die Stadt zu verlassen. Sie nahmen die bewaffneten Wachen und die Barrikaden und die Stromausfälle in Kauf, solange sie nur in ihren Häusern bleiben konnten. Sie ertrugen auch die Einschlaglöcher und die durch Minenwerfer zertrümmerten Gebäude und die Sperrung aller großen Straßen, um die Panzer aufzuhalten. Auch wenn ihre Häuser zerstört waren, blieben sie und gingen nach dem Abendessen spazieren, wenn sie verdammt noch mal Lust dazu hatten, und sagten sich und allen anderen, es sei besser, auf den Beinen zu sterben als auf den Knien. Und war es das etwa nicht?

Der Gitarrist war gerade am Ende seines Liedes angelangt, als ein tuckerndes Geräusch ertönte. Ohne nachzudenken, duckte ich mich mit verkrampften Schultern. Dann kam die Granate. Sie ging kreisend und kreischend auf den Platz nieder, ließ die Steine beim Aufprall explodieren. Und obwohl sich in mir alles anspannte, um loszurennen und mein Herz voller Panik vorangaloppierte, kauerte ich mich zusammen, zählte im Stillen die Sekunden, bis das Pfeifen einmal mehr erklang, in Spiralen lauter und lauter wurde, bis es beim

Einschlag aufflammte und den gesamten Platz durchrüttelte.

Die Kinder stoben auseinander wie verstreute Münzen. Der Flamencospieler brach über seiner Gitarre zusammen, und ich rannte endlich los, kaum atmend, und drängte mich in einen bereits überfüllten Türrahmen am Rande des Platzes. Der Lydditrauch wehte vorbei wie ein Spitzenschleier aus Gift. Wir zählten und warteten, aber nichts weiter geschah.

»*Que Dios nos ayude*«, flüsterte die Frau vor mir. *Möge Gott uns beistehen.* In ihrer Armbeuge baumelte ein leerer Marktkorb. Ihr Sohn mit dem schwarzen Haarschopf klammerte sich an ihr dunkles Schultertuch und beobachtete aufmerksam ihr Gesicht.

Nachdem es weitere fünf bis zehn Minuten still geblieben war, huschte sie ohne einen Blick zurück hinaus auf den Platz. Der Junge hastete hinter ihr her, wobei ihm seine dunklen Socken in die Espadrilles rutschten und ihr Schultertuch zu einem Drachenschwanz wurde, der ihn hinter sich her zog. Ich konnte mir vorstellen, was die Frau dachte: Sie musste den Jungen nach Hause in Sicherheit bringen.

Sie hatten gerade die Mitte des Platzes erreicht, als die Luft zerfetzt wurde. Die Granate heulte herbei und explodierte in zahllose Bruchstücke, wie Splitter der Sonne. Schneller, als es irgendjemand sehen konnte, schneller als jeglicher Gedanke hatte eines von ihnen den Hals des Jungen durchbohrt. Er fiel in sich zusammen, seine Hand noch in ihrer, während um sie herum weitere Granaten einschlugen, alle paar Sekunden eine. Die Frau beugte sich über ihn. Sie schrie wieder und wieder, er solle aufstehen.

So hatte ich den Tod noch nie gesehen, direkt vor meinen Augen, noch dazu den Tod eines Kindes. Etwas in mir ging zu Bruch. Mein Puls jagte so heftig, dass ich glaubte, mein Herz würde zerspringen. Aber ich blieb weiter am Leben, während zwei Männer hinausrannten, um den Leichnam des Jungen behutsam an den Rand des Platzes zu tragen. Seine Mutter stolperte hinterher, ging durch die Spur seines Blutes, wie sie es von nun an für immer tun würde, eine niemals endende Wehklage auf den Lippen.

Achtzehntes Kapitel

»Alles in Ordnung, Gellhorn?«, fragte mich Ernest an jenem Abend. Wir saßen im Chicote's, allerdings befand ich mich innerlich im Grunde noch immer auf dem Platz.

Ich nahm den mit Wasser verdünnten Whiskey, den er mir in die Hand drückte. »Ich weiß es nicht. Ist es denn immer so?«

»Du kannst dich an keine bestimmte Regel halten, um so etwas zu überstehen, aber manchmal hilft es, sich daran zu erinnern, dass der Tod nicht zu dir gekommen ist. Nicht zu dir und nicht zu irgendjemandem, den du liebst.«

Das konnte nicht richtig sein, dachte ich. Jeder Tod war auf gleiche Weise schrecklich, und hier hatte es sich um einen unschuldigen Jungen gehandelt. Aber ich wusste, er wollte nicht hartherzig sein, sondern mich trösten. Etwas in seiner Stimme ließ mich tatsächlich ruhiger und ausgeglichener werden. Außerdem half es, einfach in seiner Nähe zu sein und in der Nähe der anderen Menschen, auf die zu zählen ich gelernt hatte. Ich war noch nie so dankbar für Freunde gewesen.

Wir bestellten weitere Drinks und rückten näher zusammen, um den Nachzüglern Platz zu machen. Tom Delmer hatte einen Bartschatten. Er und Matthews waren gerade aus dem Tajuña-Tal zurückgekehrt, wo sie einige Männer der Fünfzehnten Brigade interviewt hatten, die den Angriff bei der Anhöhe von Pingarrón überlebt hatten. Der Selbstmordhügel, wie er nun genannt wurde, wo während eines Kampfes vierhundert Amerikaner die Schützengräben verlassen hatten und danach nur noch hundertacht von ihnen standen, wenn man es überhaupt so nennen konnte.

Sie hatten furchtbare Geschichten zu erzählen. Es herrschte allgemein eine düstere Stimmung, aber wir blieben, da wir wussten, dass düstere Gedanken noch viel schlimmer waren, wenn man alleine war. Irgendwann nach Mitternacht gingen wir die paar Blocks zurück ins Florida. Die Stadt war schwarz und kalt, und wir drängten uns als Gruppe dicht zusammen, lehnten uns aneinander, so dass sich unsere Schultern leicht berührten, und trennten uns erst, als wir die langgezogene Lobby erreicht hatten. Wir stiegen in einer Reihe die geschwungene Treppe hinauf und wünschten einander verschwommen und wiederholt eine gute Nacht. Kurz darauf war ich allein, der tiefschwarze Teppich im langen Flur verschluckte meine Schritte, und meine Glieder, meine Gesichtsmuskeln und auch mein Geist fühlten sich angenehm gummiartig an. Allerdings hatte ich nur geglaubt, ich sei allein.

Als ich mich umdrehte, um meinen Schlüssel ins Schloss zu stecken, sah ich Ernest ein kleines Stück den Flur hinunter in einer Schattenpfütze stehen und darauf warten, dass ich in seine Richtung blickte.

»Hallo«, sagte ich leise.

»Hallo«, erwiderte er und trat hervor ins Licht.

Nachdem wir mein Zimmer betreten hatten, sprachen

wir gar nicht mehr. Ich konnte den Rauch und den Whiskey aus dem Chicote's an seiner Kleidung riechen. Die Hitze seines Körpers war wie eine Art Druck in der Luft, seine Zunge an meiner löste eine Reihe kleiner Schockwellen aus. Seine Hände rutschten auf meine Hüften, lockerten meine Bluse und glitten meine Rippen entlang, dann noch ein Stück höher. Was wir taten, war unbesonnen. Wir würden es wahrscheinlich beide bereuen, aber daran wollte ich im Augenblick nicht denken und auch an nichts anderes. Nicht an Schuld, nicht an Pauline. Nicht daran, wie viel Zeit uns in Madrid noch blieb oder was wir in der Zukunft sagen oder fühlen würden. Vielleicht gab es überhaupt keine Zukunft. Das war nur allzu gut möglich. Der Krieg schrieb schließlich seine eigenen Gesetze, und wir konnten sie lediglich erahnen.

Er zog mich eng an sich, und ich hörte meinen Herzschlag von seinem Körper widerhallen. Und als ich mich mit ihm zu Boden sinken ließ, fühlte ich mich mehr als alles andere schrecklich verloren. Dabei wünschte ich mir mehr als alles, wirklich alles andere, gefunden zu werden.

—

Viel später lagen wir nebeneinander im Dunkeln. Es war seltsam, seinem Körper auf diese Weise so nah zu sein, nachdem wir so viel Zeit miteinander verbracht hatten, ohne uns überhaupt zu berühren.

»Was haben wir getan?«, fragte ich ihn.

»Ich weiß es nicht.«

Im schummrigen Zimmer, ohne seine Brille, wirkte sein Gesicht jung und entblößt. Hinter den tiefen Furchen um seine Augen konnte ich den kleinen Jungen erkennen, der er einst gewesen war. Ich mochte diesen Jungen, aber plötzlich wollte ich ihm auch wehtun. Etwa seine Frau zur Sprache bringen, die echte, die in

Key West die Stellung hielt, die seinen Namen trug und die Anmut einer Kriegerkönigin besaß. Sie würde nicht einfach verschwinden, bloß weil er mir im Dunkeln, ein-, zweimal zublinzelte.

»Du solltest vielleicht besser gehen.«

Ich spürte, wie er sich neben mir versteifte. »Ich würde gern bleiben.«

Ich schwieg eine Weile und sagte schließlich: »Ich bin müde«, da dies einfacher war, als irgendetwas von dem auszusprechen, was ich tatsächlich empfand.

»Dann schlaf. Du hast heute etwas Schreckliches mit angesehen. Ich finde dich ausgesprochen tapfer.«

»Ich fühle mich nicht tapfer. Ich weiß nicht, was ich fühlen soll.«

»Ich bin bei dir. Versuche, das Ganze aus deinem Kopf zu bekommen, wenn du kannst.«

»In Ordnung.« Ich rollte mich von ihm fort und schloss die Augen. Natürlich war er ein großer Teil von »dem Ganzen«. Aber das würde ich in diesem Augenblick nicht entwirren können. Ich wollte nur noch allein auf einem Meer der Bewusstlosigkeit davontreiben, während das Bett zu einem Floß wurde und mein Geist sich von mir löste.

»Gute Nacht, Marty«, hörte ich ihn noch sagen, als ich im Schlaf versank, mich in den dunklen Wellen auf und ab bewegte.

Neunzehntes Kapitel

Ein paar Tage später kamen die Jungs mich abholen, und wir brachen über das Tal in Richtung der Hügel von Guadalajara auf, die in der Ferne so braun wie Brot aufragten. Nicht jeder konnte einen Transport aus Madrid heraus organisieren, aber Ernest bekam stets einen Wagen oder auch zwei, Fahrer, die ihn überall hinbrachten, und Benzin, so viel er benötigte.

Nach unserer gemeinsam verbrachten Nacht hatte ich mein Bestes gegeben, ihm aus dem Weg zu gehen, doch als er angeboten hatte, mich auf diese Fahrt mitzunehmen, hatte ich augenblicklich Ja gesagt. Sein Renommee sorgte dafür, dass befehlshabende Offiziere und Truppen an der Front immer froh waren, ihn zu sehen. Ich nahm an, ich würde so ein paar außergewöhnliche Dinge zu Gesicht bekommen und jene Geschichten hören, für die ich letztlich hergereist war. Frauen waren an der Front so selten, dass sie so gut wie gar nicht existierten. Diese Chance ließ ich mir ganz sicher nicht entgehen, nicht um alles in der Welt.

Auf der Fahrt kamen wir durch winzige Dörfer, die sich in regelmäßigen Abständen aneinanderreihten. Wahrscheinlich waren diese kleinen Ortschaften auch einst Perlen gewesen. Doch nun sackten sie geschlagen in sich zusammen. Schmutzige, hungrig wirkende Kinder hockten auf Trümmerhaufen und starrten uns mit riesigen Augen an, wenn wir an ihnen vorbeifuhren. Ihr Blick war leicht anklagend – nicht etwa, weil wir irgendetwas falsch gemacht, sondern weil wir die Freiheit hatten zu kommen und zu gehen, und nur eine wirbelnde Staubwolke hinter uns darauf hinwies, dass wir überhaupt dort gewesen waren.

Als wir auf einem hohen Pass anlangten, ließen wir den Wagen im Leerlauf stehen und stiegen aus. Das gesamte Tal rollte sich vor uns auf, lange Abschnitte mit Olivenhainen und Weinbergen, daneben die kaputte Erde, die ein Schlachtfeld kenntlich machte. In der Ferne rauchte verschwommen weißer Putz. Es war ein brennendes Bauernhaus. Hoch oben, in einem Himmel, so flach wie gebügelte Baumwolle, zog ein Geier einen großen, langsamen Kreis. Bei diesem Anblick lief es mir eiskalt den Rücken herunter.

Wir fuhren hinunter ins Tal und brachten den Wagen am Rand der staubigen Straße zum Stehen. Aus mehreren Meilen Entfernung konnten wir das Knallen der Artillerie näherkommen hören, das schichtweise Stottern des Maschinengewehrfeuers, das scharfe, gestaffelte Hämmern der Tommy Guns. Über den unebenen Boden erreichten wir zu Fuß einen Erdrand, und das war der Schützengraben. Sekunden später waren wir bereits hineingesprungen.

Er war breit genug, um darin zu zweit nebeneinander zu stehen oder zu knien, der Erdboden war trocken und rissig, die grob gehauenen Erdwände türmten sich steil auf. Hier und dort bildeten sie einen kleinen viereckigen »Raum«, falls man ihn als solchen bezeichnen konnte. Wir betraten einen, in dem ein schlichter Tisch mit einer ausgebreiteten Landkarte und einem Feldtelefon darauf stand. In einer Ecke waren mehrere zusammengeklappte Feldbetten gestapelt, die mir in Erinnerung riefen, dass die Männer hier schliefen, wenn sie denn schliefen. Es gab auch eine kleine Feuerstelle, auf der Kaffee kochte. Er roch verbrannt, dennoch sehnte ich mich nach einer

Tasse, und sei es auch nur, um meine Hände irgendwie zu beschäftigen.

Alle Männer, auf die wir trafen – die meisten von ihnen waren eigentlich eher noch Jungen –, schienen mich voller Verwunderung zu betrachten, als wäre eine Hochzeitstorte vor ihnen aufgetaucht oder eine Gazelle. Allem Anschein nach waren einige von ihnen Spanier, einige Amerikaner, einige Kanadier und einige Mexikaner. Sie seien seit fünfundvierzig Tagen an der Front, sagte einer, und rechneten jeden Tag mit einem Angriff. Sie würden natürlich die ganze Zeit über beschossen, aber ein richtiger Angriff sei noch einmal etwas anderes.

Wir bewegten uns weiter entlang des Schützengrabens vor, bis der Untergrund so hart und uneben wurde, dass es einem vorkam, als würde man versuchen, entlang eines ausgetrockneten, steinigen Flussbettes zu gehen. Viele der Soldaten hielten ihre Gewehre bereit. Andere standen neben ihnen oder lagen manchmal auf dem Boden, die Gewehre wie schlafende Hunde an ihrer Seite. Mir fiel auf, wie viele Bücher sie dort hatten, in ihren Gesäßtaschen, auf ausgehöhlten Erdregalen, auf dem Stroh, in den Händen der Männer. Ich sah ein Exemplar von *Candide*, aber auch *Grashalme*. Als wir einem jungen Mann begegneten, der gerade *Walden* las, musste ich stehenbleiben. Er war groß und schlank, mit einem blonden Haarschopf, der mich an frisch gemähte Felder denken ließ. Die Haut an seinen Händen war blass und weißrosa, es waren die Hände eines Dichter-Philosophen.

»Ich liebe Thoreau«, sagte ich. »Welches ist Ihre Lieblingsstelle?«

»Ich glaube, alles. Er kennt die Namen von so vielen Blumen und Bäumen. Das ist etwas. Daran würde ich lieber denken als an das, was wir hier jeden Tag vor uns haben.« Seine Augen waren hellblau mit kleinen schwarzen Iriden, wie Nadelspitzen, und ich fand sie wunderschön, aber sie machten mich auch nervös.

»Welches ist Ihre Lieblingsstelle?«, fragte er.

»Oh, ich glaube auch, alles. Er spricht von der Gabe, sich im Wald zu verlaufen. Das erschien mir irgendwie immer tröstlich. Dass man sich vielleicht wahrhaftig verlieren muss, ehe man sich wiederfinden kann.«

Er kniff ein Auge zusammen und sah mich von der Seite her an, schien mich geradewegs zu durchschauen. »Das schreibt er so, nicht wahr?« Dann: »Wissen Sie, ich denke, Sie werden es schon hinbekommen. Machen Sie sich keine allzu großen Sorgen.«

Es war natürlich anmaßend, wie er mit mir sprach, und seltsam vertraulich. Doch so entblößt ich mich auch fühlte, es flackerte ebenfalls das tröstliche Gefühl in mir auf, gesehen zu werden, und sei es nur für einen Augenblick und von einem völlig Fremden. »Ich wünsche Ihnen viel Glück«, erklärte ich ihm.

»Ich Ihnen auch«, erwiderte er und widmete sich erneut seinem Buch.

Als ich Matthews kurz darauf einholte, hatte ich das eigenartige Gefühl, gerade ein Gespenst gesehen zu haben.

»Was war das denn?«, fragte er.

»Ich kann es gar nicht sagen. Nur ein Junge, schätze ich. Hier zu sein, ist schon so eine Sache, oder?«

»Das möchte ich meinen. Aber es ist wichtig. Wir können niemals gänzlich begreifen, womit es diese Jungs zu tun haben, doch wir können uns durch denselben Landstrich vortasten und ihnen in die Augen blicken.«

»Und sehen, welche Bücher sie lesen.«

»Sicher. Denn weißt du, das ist das Wichtigste, was man über den Journalismus lernen muss«, fuhr er fort. »Vertraue der Berichterstattung nicht. Lass dir nicht von anderen Leuten sagen, was passiert ist, wenn du es vermeiden kannst. Du musst alles mit eigenen Sinnen erleben. Schreiben, was du siehst und was du fühlst.«

Das brachte mich für einen Moment zum Schweigen. »Was ist mit Objektivität?«

»Versuche es erst gar nicht. Denn so etwas gibt es nicht.«

»Ich schätze, ich bin froh, dass du das sagst. Ich habe viel über den Jungen nachgedacht, den ich auf dem Plaza Mayor habe sterben sehen. Ich möchte etwas schreiben, aber ich glaube nicht, dass ich das kann, ohne emotional zu werden.«

»Fang einfach an. Beginne irgendwo.«

»Es könnte furchtbar werden.«

»Das könnte es. Aber das wäre nicht das Schlimmste.«

»Nein«, stimmte ich zu. Und das wäre es auch nicht. Das Schlimmste, so viel wusste ich bereits, wäre es, zu viel Angst zu haben, um es zu versuchen.

Vier Tage lang fuhren wir von einem Bataillon zum nächsten und schliefen in Feldlagern neben den Zelten der Soldaten, aßen mit ihnen und saßen mit ihnen am Feuer. Ich wusste, dass viele von ihnen unerfahren waren, so wie Fisher, der kanadische Infanterist, den ich im Krankenhaus in Madrid kennengelernt hatte, der nie ein Gewehr in der Hand gehabt hatte, bis er es zu einem bedeutsamen Zweck benutzen musste. Einige hatten glatte Babyhaut, und ihr Blick unter den langen Wimpern wirkte verängstigt, aber eifrig. Nachdem ich mit vielen von ihnen gesprochen und gesehen hatte, wie sie lebten, wurde mir bewusst, dass auch sie nicht über einen unendlichen Vorrat an Tapferkeit verfügten, niemand tat das. Wenn der Mut sie verließ, fanden sie einen Weg, trotzdem ihre Stellung zu behaupten und allein aus Enthusiasmus weiterzukämpfen. Sie besaßen eher Stehvermögen als Tapferkeit. Deshalb würden die Brigaden dabei helfen, diesen Krieg zu gewinnen, dachte ich. Das mussten sie.

Nach Einbruch der Dunkelheit waren die Zelte stets erfüllt von Geschichten und Rotwein, den wir in Emaillebechern herumreichten. Eines Nachts wurde ich rastlos und stahl mich nach draußen, um unter dem Sternenhimmel eine Zigarette zu rauchen. Das Lager war in einen Hang eingekerbt, der von hohen, spärlichen Kiefern umringt war. Ich stand in der Stille, sog den frischen Duft des Kiefernharzes auf und genoss das Gefühl, allein zu sein. Dann klappte die Zeltplane auf, und Ernest stand neben mir.

»Hast du hier draußen keine Angst?«, wollte er wissen.

»Es ist wunderschön.« Ich zog an meiner Zigarette, das Papier zischte beim Aufflammen.

Der Mond war nicht zu sehen, und der Hang und die Kiefern waren in schwere Dunkelheit gehüllt, als wären aus großer Höhe Vorhänge zugezogen worden. Aus dem Zelt vernahmen wir Gelächter, aber es schien nichts mit uns zu tun zu haben.

»Was ich letztens gesagt habe, habe ich auch so gemeint. Für mich ist es zu spät, was dich angeht. Du möchtest vielleicht nichts davon hören. Kann sein, dass ich ein egoistischer Mistkerl bin, aber ich fühle mich gerade so lebendig wie seit Jahren nicht mehr. Marty. Marty, sieh mich an.«

»Nein.«

»Sei nicht kindisch, verdammt. Ich liebe dich.«

Innerhalb von Sekunden hatte er den Raum zwischen uns überwunden und ragte dicht an meiner Seite auf, nahm mir so die Sicht auf den Himmel. Er griff unter meine Feldjacke und zerdrückte mich fast mit seinem Kuss. Ich bekam keine Luft mehr, aber das machte mir nichts aus. Der Boden unter meinen Füßen kippte zur Seite. Die Bäume neigten sich über uns, ebenso wie die ganze Nacht, und jeglicher Rest von Vernunft wurde davongespült. Seine Fingerspitzen fuhren heiß über meinen Rücken, meine Schultern und meinen Nacken, bis unter mein Haar. Überallhin. Ich zerrte an seiner Kleidung, wollte ihm näherkommen, seine Haut spüren, ihn besitzen.

»Mein Gott«, hauchte er an meinem Hals. »Wir haben so viel Zeit vergeudet.«

»Das ist jetzt nicht wichtig.« Ich küsste ihn erneut, wollte nicht aufhören, und wünschte mir zugleich vergeblich, dieser Moment und alles, was zwischen uns vorgefallen war, könnte endlich vorbei sein. Die Affäre begonnen und beendet, der Schaden angerichtet, und die Reparaturmaßnahmen im Gange, mein geschundenes Herz auf dem Weg der Besserung. Denn er würde mir das Herz brechen. Das wusste ich bereits, wenn ich auch sonst nichts wusste.

Dennoch waren wir hier, rasten unter hundert Millionen Sternen durch die Dunkelheit aufeinander zu und sollten schließlich desaströs kollidieren. Die Vernunft würde uns nicht retten und ebenso wenig der schwindende Vorrat an Tagen. Wir hatten alle Zeit der Welt, um einen fürchterlichen Fehler zu begehen.

Zwanzigstes Kapitel

Das Florida bei Nacht war ein Bienenstock aus Schatten. Ich lernte, sie alle zu lesen, wenn ich zu Ernests Zimmer aufbrach, den Trenchcoat über meinem Pyjama gegürtet, fest entschlossen, niemanden wissen zu lassen, dass wir Liebende geworden waren. Uns selbst wehzutun, war das eine, aber es war etwas ganz anderes, weitere Menschen mit uns in den Abgrund zu ziehen. Seine Frau durfte es niemals erfahren. Meine Mutter ebenso wenig, denn ich würde den Ausdruck auf ihrem Gesicht nicht überleben. *Schon wieder, Marty?*

Nein. Es war schwer genug, mir selbst gegenüberzutreten.

Einmal, in seinem Zimmer, sagte ich kein Wort, ließ einfach hinter der Tür meinen Mantel fallen und suchte ihn in der Dunkelheit. Unsere Zähne schlugen gegeneinander, wenn wir uns fanden. Er zog mich unter sich, seine Arme waren neben mich gestützt, ein kleiner Tropfen seines oder meines Blutes auf meiner Zunge. Ich fühlte mich benommen und verwegen und fragte mich, ob ich mich wohl gerade ebenfalls in ihn verliebte. Vielleicht fühlte man sich aber auch genau so, wenn man vollkommen wach war.

Meine blanken Nerven schienen um mich herum zu schweben wie ein Lichtkranz. Ich wurde wahrhaftig von innen nach außen gekrempelt, und was machte es schon für einen Unterschied, ob der Auslöser dafür nun der Krieg oder Spanien oder Ernest war? Vielleicht gab es zwischen diesen drei Dingen auch überhaupt keinen Unterschied.

Nach unserer Rückkehr von der Front begann ich fast augenblicklich endlich zu schreiben. Ich war mir nicht sicher, was wirklich dabei herauskommen würde. Ich durchforstete meine Notizbücher und arbeitete Momente und Eindrücke aus – das Geräusch des Geschützfeuers, so wie es von meinem eigenen Bett im Florida aus zu hören war, die Widersprüchlichkeit der Straßenbahnen, die die Gran Vía hinauf- und hinunterfuhren, bis direkt an die Front. Die giftigen Rauchschleier nach einem Angriff und die Menschen, die für Brot Schlange standen neben den Menschen, die für Charlie Chaplins *Moderne Zeiten* Schlange standen. Die Parfümerien, in denen sich der Geruch des Kordits mit dem Geruch von in Flaschen abgefüllten Gardenien mischte, und die Oper, die noch immer Karten verkaufte, und der wunderschöne junge Tenor, der sich freiwillig gemeldet hatte und oft direkt aus den Schützengräben in der Matinee auftauchte, noch mit Blutspritzern auf den Schuhen.

Ich schrieb und schrieb, bis mir klar wurde, dass die Geschichte, die ich vor allen Dingen erzählen musste und vor der ich mich zugleich am meisten fürchtete, die über den Jungen und seinen Drachenschwanz aus Blut war, meine erste intensive Begegnung mit dem Tod. An jenem Tag war der Krieg nicht länger eine Vorstellung gewesen, sondern persönlich geworden. Ich konnte noch immer vor mir sehen, wie er sich an das Schultertuch seiner Mutter klammerte. Was war aus ihr geworden? Wie lebte sie ihr Leben weiter?

Bei dem Gedanken an die beiden fühlte ich mich hilflos, jede Zelle in meinem Körper vibrierte mit einer Empörung, die an Verzweiflung grenzte. Aber Verzweiflung schrieb nicht gut. Vielleicht gab es so etwas wie Objektivität nicht, ganz, wie Matthews gesagt hatte, aber ich glaubte nicht, dass ich die Geschichte überhaupt würde erzählen können, wenn ich meine Emotionen nicht irgendwie in den Griff bekam und meine Sprache auf das Allernotwendigste reduzierte.

—

Als ich 1934 als junge Journalistin ganz frisch für die Federal Emergency Relief Administration unterwegs war, war das Bewahren eines kühlen Kopfes mein einziger Rettungsanker gewesen. Wie viele der New-Deal-Programme Roosevelts war die FERA neu und noch unerprobt. Ich wurde von Harry Hopkins, dem Chefberater des Präsidenten, beauftragt, gemeinsam mit einer Handvoll anderer Autoren die Auswirkungen der Depression auf reale Menschen zu erforschen. Ich reiste von einem Bundesstaat zum nächsten, sammelte direkte Beobachtungen über Familien, die Sozialhilfe bezogen, und sandte dann meine Berichte ein. Hopkins verlangte Geschichten und Eindrücke, keine Statistiken, und ich wollte mich unbedingt nützlich machen.

Ich war nach meiner desaströsen Affäre mit Bertrand gerade erst in die Staaten zurückgekehrt und fühlte mich relativ hoffnungslos. Es war mir gelungen, mich in meinem ersten Roman *What Mad Pursuit* von einem Teil meiner Verzweiflung über diese Beziehung zu befreien, aber nach dem anfänglichen Hoffnungsrausch und dem ungetrübten Mutterstolz, als ich mein erstes gebundenes Exemplar in den Händen hielt und mir vorstellte, wie es in den Büchereien in die Regale sortiert werden würde, waren meine Hoffnungen beinahe unverzüglich zerstört worden. Die schlechte Meinung meines Vaters war ein schmerzhafterer Stich gewesen als irgendeine der Rezensionen, selbst jenen, die meine Figuren als »hektisch« und meine gesamten Bemühungen als ein »spürbares Jugendwerk« abstempelten.

Ich war absolut nicht darauf vorbereitet gewesen, wie schlimm es sich anfühlte, auf diese Weise getreten zu werden. Ich wollte mich unter irgendeinen Felsen verkriechen und mich dort voller Scham versteckt halten. Stattdessen nahm ich den FERA-Job an, der mir wie ein großartiges Geschenk des Himmels erschien. Ich konnte meinen Liebeskummer, meinen gekränkten Stolz und meine zerstörten Ambitionen, eine gefeierte Romanautorin zu werden, vergessen. Tatsächlich konnte ich mich selbst vollkommen vergessen und etwas Gutes für das Land tun.

Ich wurde mit fünfunddreißig Dollar pro Woche und einer Busfahrkarte in der Tasche zuerst nach North Carolina, dann nach New England geschickt. Meistens ließ ich mich jedoch von Sozialarbeitern mit dem Auto mitnehmen, in die traurigsten Städte, die ich je gesehen hatte. Ich hätte wohl behauptet, dass ich mich darauf vorbereitet hatte, in meinen Berichten objektiv zu sein. Doch dann sah ich Tag für Tag Familien, die durch die Armut so elend und unterdrückt lebten, dass ich laut schreien wollte. In Lawrence, Massachusetts, besuchte ich eine Wollmühle, in der skelettartige Mädchen acht bis zehn Stunden ohne Pause über zitternden Spinnmaschinen saßen, ihre Haut bleich und wund. Sie aßen im Stehen. In der Latrine stolperte ich beinahe über drei junge Frauen, die versuchten, auf dem eiskalten Betonfußboden neben der Toilette zu schlafen. Eine trug ein blaues Kopftuch in der Farbe verblasster Kornblumen und sah mich dermaßen niedergeschlagen an, dass ich mich an der Wand hinter mir abstützen musste.

Ich versuchte, unterwegs fünf Familien am Tag aufzusuchen, denn die Frauen und Kinder schämten sich oftmals, ihre Häuser zu verlassen, da ihre Kleidung zerlumpt war und sie keine Schuhe besaßen. Eine vierköpfige Familie schlief in einem einzigen Bett, und sie hatten allesamt Syphilis, selbst die Tochter im Kleinkindalter, bei der die Krankheit so weit fortgeschritten war, dass sie davon gelähmt war. Sie wollten sich nicht behandeln lassen, da die Mutter darauf bestand, es handele sich um »böses Blut«, und alle wüssten, dass es dagegen kein Heilmittel gab.

In einem anderen Dorf saß ich in einer absackenden Küche, an deren Wände Wachstuch geheftet war, um den Wind abzuhalten, da der Familie die Kohlen ausgegangen waren. Ein zehnjähriges Mädchen namens Alice kniete auf einem Haufen Lumpen und drückte sich eine weiße Ente an die Brust. Ihr Vater hatte sie in einer Tombola gewonnen, bei der jedes Los einen Penny kostete.

»Ich dachte, wir würden sie essen«, erklärte er. »Aber Sie können es ja sehen. Die Ente ist alles, was sie zum Spielen hat.«

Als er mich später nach draußen brachte, fragte ich ihn, wie sie es seiner Meinung nach schaffen würden, weiterzumachen. Er zuckte zurückhaltend mit den Achseln. »Hätten Sie mir vor auch nur einem Jahr gesagt, wir könnten mit dem, was wir jetzt haben, überleben, hätte ich Sie eine Lügnerin genannt.«

»Sie tun, was Sie können. Sogar noch mehr.«

»Ich kann gar nichts tun.« Er blickte an mir vorbei, vorbei an der regengetränkten Straße in den zerfurchten Himmel. »Manchmal bete ich, ein Engel möge uns im Schlaf erlösen. Bislang wurde ich nicht erhört.«

Als ich an jenem Abend mit dem Zug zurück nach Boston ratterte, musste ich mehrere kleine Gläser Whiskey trinken, ehe ich meinen Bericht beginnen konnte. Ich war losgeschickt worden, um dunklere Dinge zu sehen, als ich sie je für möglich gehalten hätte, dennoch waren es nur winzige Tropfen im Ozean des menschlichen Leidens. Wie sollte ich über Alice und ihre Ente schreiben, ohne hysterisch zu klingen? Über das Mädchen mit dem Kopftuch, über Babys mit Syphilis, die nicht einmal die geringste Chance hatten? Hysterie würde niemandem helfen. Wenn sich je irgendetwas ändern sollte, mussten Harry Hopkins und die FERA exakt das sehen, was ich gesehen hatte, nicht mehr und nicht weniger. Ich musste eine Kamera sein, genauso ehrlich und unbeirrbar, bloß einen Satz nach dem anderen.

Als ich Hopkins in Washington meine Berichte brachte, organisierte er ein Treffen mit Eleanor Roosevelt, die sich einst gemeinsam mit meiner Mutter sozial engagiert hatte und die ich stets aus der Ferne bewundert hatte. Ich wurde so leidenschaftlich, als ich ihr die Szenen beschrieb, dass ich mich wundere, weshalb sie mich nicht hinausgeworfen hat. Aber sie hörte bloß zu, hörte wirklich zu und stellte intelligente Fragen, während ihr Stift auf dem Papier vor und zurück raste und sie sich Notizen machte. Sie trug ein dunkles, unvorteilhaftes Kleid, und ihr ergrauendes Haar sprang hier und dort in kleinen Büscheln auf. Das mittlere Alter hatte ihrem Aussehen stark zugesetzt. Sie hatte kein nennenswertes Kinn, und ihre Zähne standen seltsam hervor, aber ich glaubte nicht, schon einmal einen so schönen Menschen gesehen zu haben. Ihre Würde war es, die durchschien.

Als ich ein paar Monate später zurückkehrte, war ich gerade gefeuert worden, weil ich eine Handvoll Minenarbeiter in Idaho ermutigt hatte, sich gegen einen korrupten Sozialhilfebeauftragten zu erheben. Sie hatten alle Fenster der FERA-Büros eingeschlagen, und ich wurde in die Wüste geschickt. Die Roosevelts waren allerdings der Ansicht, ich hätte richtig gehandelt, und boten mir an, im Weißen Haus zu wohnen, bis ich mich neu orientiert hätte.

Ich bekam ein einfaches Zimmer mit einem schmalen Bett, einer Tagesdecke aus Chintz und einem klapprigen Eckschreibtisch. Mrs Roosevelt war so empfindsam für die Notlage des Landes, dass sie sich eher die Knochen ihrer eigenen Hand gebrochen hätte, als in Luxus zu leben, während andere litten. Die Mahlzeiten waren einfache, ungewürzte dürftige Angelegenheiten. Wein wurde selten und nur in fingerhutkleinen Mengen serviert, stärkerer Alkohol niemals, auch wenn der Präsident hin und wieder die liberaleren und amüsanteren Gäste in die Garderobe führte, um ihnen dort einen seiner mörderischen Martinis und einen guten Scherz anzubieten. Ich glaube, dass er mich charmant und unterhaltsam fand, wie einen minimal dressierten Pekinesen, während Mrs Roosevelt mich über Neuigkeiten und über die »Sicht der jungen Leute« auf das Land ausquetschte.

Ich mochte sie. Genauer gesagt liebte ich sie, und zwar beinahe auf Anhieb. Ich hatte noch nie jemanden getroffen, der so gütig und bescheiden und unermüdlich besorgt um andere Menschen war. Manchmal ließ sie mich dabei helfen, ihre Post zu beantworten, die kein Ende nehmen wollte und einem oftmals das Herz brach. Die Menschen baten sie um Hilfe, wenn sie nicht mehr wussten, an wen sie sich sonst wenden sollten, wie ein junger Mann in Minnesota, der bei einem Jagdunfall einen Arm verloren hatte und seine Brüder und Schwestern nicht mehr so unterstützen konnte wie zuvor. Sie hatten keine Kleidung, in der sie zur Schule gehen konnten, und sie benötigten dringend ein Pferd. Könne sie eines ausfindig machen?

Ich saß auf einem mit Stoff überzogenen Stuhl neben ihrem einfachen Kirschholzsekretär. Sie trug ein unförmiges blaues Kleid und beugte sich über den Brief, die Hände – wunderbare starke Hände, ihr schönstes körperliches Merkmal – gedankenverloren auf das Papier gepresst.

»Werden Sie ihnen nun ein Pferd schicken?«

»Ich werde versuchen, jemanden zu finden, der es kann. Das ist immer noch besser, als gar nichts zu tun. Der Brief ist gut geschrieben. Bedenken Sie, wie viel Zeit es ihn gekostet hat, ihn zu formulieren.«

Ich sah sie einen Moment lang an, erfüllt von Bewunderung, wie jedes Mal, wenn ich mich in ihrer Nähe aufhielt. Sie strahlte ein unauslöschliches Licht aus, befeuert durch Anstand und Weisheit. Wegen ihr wollte ich ein besserer Mensch werden.

»Ich habe mir überlegt, ein paar meiner Berichte zu Charakterstudien auszuarbeiten«, erklärte ich ihr. »Wenn ich Kurzgeschichten oder einen Roman über die Menschen schreiben würde, könnten sie zu realen, lebendigen Personen werden, statt Zahlen und Graphen in einem Diagramm zu sein, das niemand je zu Gesicht bekommt. Ich möchte ihnen helfen. Oder ich möchte es zumindest versuchen, und vielleicht wäre dies ein Weg.«

»Sie möchten ihnen helfen«, wiederholte sie und blickte mich mit jenen klaren tiefblauen Augen an, die schüchtern oder erfüllt von ungebremster Einsamkeit, aber auch unbeugsam und furchterregend sein konnten. Ich wusste, dass sie niemals jemandem zustimmte, wenn sie es nicht ernst meinte.

»Ja, das möchte ich.«

»Dann werden Sie es auch tun.«

Bald darauf verließ ich das Weiße Haus und zog in Fields' Haus in Connecticut, eine Entscheidung, die meine Familie stark verärgern sollte, wie sich später zeigte. Aber die goldene Gelegenheit, ohne Ablenkungen zu arbeiten, war es wert. In den nächsten vier Monaten, während der

Schnee in dichten Flocken fiel und sich anhäufte, um dann mit dem Frühling zu schmelzen, schrieb ich jeden Tag, angetrieben von einer Überzeugung, die mir völlig neu war, zumindest in meinem Leben als Schriftstellerin. Mir wurde bewusst, dass *What Mad Pursuit* sich aus demselben Grund so schlecht verkauft hatte, aus dem mein Vater das Buch abgelehnt hatte. Es lag an meiner Themenwahl. Meine Figuren waren mehr als »hektisch«, wie ich nun erkannte. Sie waren banal und narzisstisch. Wem hatte das Buch geholfen? Niemandem. Mit dieser neuen Idee hingegen könnte es anders sein. Das Ganze hatte nichts mit Ego oder Selbstgefälligkeit oder mir, Gellhorn, zu tun. Ich war lediglich der brennende Dornbusch.

Ich war noch immer wahnsinnig stolz auf jenes zweite Buch, das sich gut verkauft und freundliche Besprechungen erhalten hatte, über das Eleanor Roosevelt zweimal in ihrer »My Day«-Kolumne geschrieben und es als gut und nützlich bezeichnet hatte. Ich bedauerte bloß, dass mein Vater nicht lange genug gelebt hatte, um mitzubekommen, wie ich mich rehabilitierte. Ich stellte fest, dass ich noch immer seinen Stolz und seine Anerkennung spüren wollte, auch wenn das unmöglich war. Wahrscheinlich hatte sich mein Horizont deswegen kürzlich erweitert und schloss nun auch andere mit ein – Matthews und Ginny Cowles und Tom Delmer, und Ernest. Ich wollte von ihnen als Schriftstellerin respektiert werden, und vor allen Dingen wollte ich mich selbst respektieren.

Ich vermisste jene antreibende Heiligkeit, die ich in Connecticut verspürt hatte, als mir meine Figuren so tief in den Knochen steckten. Alice in ihrer traurigen Küche verband sich mit all den anderen Mädchen, die ich kennengelernt hatte, um zu Ruby zu werden. Und auch wenn ich Einzelheiten veränderte und Dinge hinzufügte, die ich nicht wissen konnte, blieb doch die Schubkraft der Wahrheit bestehen.

Wusste ich noch, wie man auf diese Weise brannte? Würde ich es wieder können, für den Jungen? Für Madrid?

Ja, ich glaubte, das würde ich.

Einundzwanzigstes Kapitel

Im Morgengrauen erwachte ich in Ernests Zimmer, schlug die Decken zurück, wandte mich von ihm ab und begann, mich anzukleiden, während er sich auf einen Ellbogen stützte, um mir zuzusehen.

»Du gehst jetzt arbeiten, oder? Schreibst du an etwas Neuem? Ich würde es gern lesen.«

»Gerade fürchte ich mich noch ein wenig davor.«

»Ach ja?«

»Es gefällt mir zu gut. Es fühlt sich wohl einfach wirklich neu an. Als hätte ich irgendeine Barriere überwunden. Ich weiß es nicht.«

»Zeig es mir.«

»Das könnte ich tun. Aber wenn ich nun falschliege und es ganz furchtbar ist? Was dann?«

»Weißt du, wenn man jung ist, kann es wichtig sein, andere Stimmen zu hören und sie mit dem zu vergleichen, was man selbst erschaffen hat. Ich habe dir doch von Stein erzählt, oder? Sie hat mich in Stücke gerissen, und Pound ebenfalls, aber ich hatte es auch dringend nötig.«

Ich beugte mich zu meinen Schuhen hinunter und

spürte, wie mir das Blut in den Kopf rauschte. Er war der letzte Mensch auf Erden, von dem ich in Stücke gerissen werden wollte. Mir fiel kein Schriftsteller ein, den ich mehr bewunderte. Und dann war da noch alles andere an ihm. Wie er die Erfahrungen eines jeden neuen Tages herunterschluckte, selbst all das Schreckliche, während sich andere in nervöse Katzen verwandelten. *Wer ist dieser Mann?*, fragte ich mich mehr und mehr. *Dieser Mann in den dreckigen braunen Hosen und einem blauen Hemd voller Löcher? Dieser Mann, der Schreibmaschinentasten ebenso anbetet wie Bourbon und, mehr als alles andere, die Wahrheit? Der dort über Einschlaglöcher steigt, wo die Erde bis zur Kanalisation aufgerissen ist? Der meinen Blick sucht, wenn die Decke zu beben beginnt, und mir ohne Worte mitteilt, dass mir nichts passieren wird, weil er bei mir ist? Wie bringt jemand es fertig, sich in solch einen Mann zu verlieben?*

Ich konnte es nicht sagen, aber genau das geschah gerade mit mir. Ich verliebte mich, und es war wunderbar, und es war furchtbar. Ich wollte davonlaufen und keinen Blick zurückwerfen. Ich wollte den Deckel fest zumachen und für immer in diesem Zimmer bleiben.

»Gib mir ein wenig Zeit, in Ordnung?«, bat ich schließlich, setzte mich auf und blickte ihm in die Augen. »Ich werde es dir bald zeigen. Das verspreche ich.«

»Uns bleibt keine Zeit mehr, oder?«

»Vielleicht nicht in Madrid.«

Er verstummte. Ich würde noch eine Woche oder zehn Tage bleiben, er ein wenig länger, aber nicht viel. Wir hatten uns Mühe gegeben, nie darüber zu sprechen, doch nun schien uns keine andere Wahl zu bleiben.

»Hier drüben fühlt sich nichts von Zuhause real an«, meinte er nach einer Weile. »Ich habe keine Ehefrau oder drei Söhne oder einen Roman zu schreiben. Ich muss kein Haus abbezahlen oder mich um andere Leute kümmern oder überhaupt irgendetwas anderes tun, als jeden Tag meinen Bericht abzuschicken und zu versuchen, mich nicht erschießen zu lassen. Und dich zu sehen.«

»Aber sobald du zurück in Key West bist, wird all dies verblassen«, beendete ich seinen Gedankengang ausdruckslos, während ich in meinem Inneren taumelte und die Balance verlor. »Das willst du doch sagen. Alles wird den Platz tauschen, und Madrid wird zu dem werden, das nicht real ist.«

»So ähnlich.«

Ich hatte es erwartet, dennoch überraschte es mich. Seine Worte schienen exakt mit meinen Ängsten übereinzustimmen. Dass er mir das Herz brechen würde, ohne auch nur einen Finger rühren zu müssen. Dass es keine Möglichkeit gäbe, ihn tatsächlich zu bekommen. Von Anfang an hatte ich gewusst, dass er zu Pauline zurückkehren würde. Dennoch hatte ich mir auch weisgemacht, wir bekämen es irgendwie hin, eine Brücke zu einer dauerhaften Freundschaft zu bauen. Wir waren doch Freunde, oder etwa nicht? Ich wollte nicht glauben, dass wir nach all dem einfach aus dem Leben des anderen würden verschwinden können, aber genau das schien er nahezulegen. Dass wir eine flüchtige Angelegenheit gewesen waren, ein Intermezzo. Etwas Belangloses. Und dass ich ihm schon bald überhaupt nichts mehr bedeuten würde. Es schmerzte auf schwindelerregende Weise, ihn sich entziehen zu spüren, und das, als ich gerade begonnen hatte, meinen Gefühlen zu trauen.

»Du bist ein ganz besonderer Mensch«, erklärte ich ihm und versuchte, meine Stimme ruhig zu halten. »Ich werde dich vermissen.«

Sein Blick wurde sanft. »Wir haben noch ein paar Tage.«

»Ich kann nicht«, sagte ich. Ich beugte mich über ihn, bis meine Stirn an seiner ruhte, und verharrte so, atmete den Geruch seiner Haut ein, die Wärme der Baumwolllaken, jedes Detail des Zimmers, während es verblasste und zu einem Geist wurde. Dann erhob ich mich, straffte die Schultern und verließ das Zimmer, ohne mich noch einmal umzudrehen.

Auf dem Weg in mein eigenes Zimmer spürte ich, wie die Einsamkeit und die Angst von irgendwoher aus ihrem Versteck krochen und sich auf mich legten. Sie umhüllten mich, eng und vertraut. Füllten meine Taschen und jeden freien Winkel in mir aus, bis ich glaubte, mich an die Wand lehnen zu müssen, um aufrecht stehen zu bleiben. In kürzester Zeit war ich von der Liebe verstoßen worden und stand nun wieder allein da.

Er hat niemals dir gehört, sagte eine Stimme in meinem Kopf. Aber was änderte das schon? Ich hatte ihn dennoch verloren.

Teil 3

AUF HALBEM WEG NACH HAUSE

Mai 1937 – Februar 1939

Zweiundzwanzigstes Kapitel

Später wurde mir bewusst, dass ich nach St. Louis hätte zurückkehren sollen, um meine Mutter zu besuchen und in meinem alten Kinderzimmer unter dem Dachvorsprung im Haus in der McPherson Avenue zu schlafen, bis ich Madrid ausgeschwitzt hätte wie ein Fieber. Aber ich ging nach New York, wo ich statt Warteschlangen für Brot und Lastwagen voller verwundeter Männer mit schmutzigen Gesichtern Kastanienblüten und rosa getönte Wolken und ganze Ströme gelber Taxen vorfand. Anstelle von Panzern auf den Straßen oder hoch über der Stadt dröhnenden Junkers-Flugzeugen glitten glänzende Autos zu Cocktailpartys. In den Schaufenstern glitzerten alle möglichen Dinge, die kein Mensch brauchte: Abendkleidung, Saphir-Armbanduhren, Torten, die zu aufwendig waren, um auch nur daran zu denken, sie zu verspeisen. Das alles war so wunderschön. Und so falsch.

Allerdings war ich in New York auch in der Lage, Joris Ivens zu helfen. Er war dort, um die Arbeit an *Spanische Erde* zu vollenden, das Filmmaterial zu schneiden und den Ton zu bearbeiten, der ebenso emotional und fesselnd sein musste, wie es die Bilder waren. Dazu musste man einiges an Vorstellungskraft aufbringen. Wochenlang trafen wir uns mit einer Gruppe von Technikern in einem ausgepolsterten Studio auf dem Campus der Columbia University und versuchten, mit einem Luftschlauch und der Blase eines Footballs, mit Fingerschnipsen und Fußstampfen und mit über ein Drahtsieb kratzenden Fingernägeln Geschützfeuer nachzubilden. Wir gaben nicht auf, ehe das Resultat uns Schauer über den Rücken jagte.

»Ich denke, ich kann uns eine Vorführung im Weißen Haus organisieren«, sagte ich zu Ivens, als der Film endlich vollendet war. »Mrs Roosevelt möchte unbedingt erfahren, woran wir gearbeitet haben. Du wirst sie lieben. Jeder liebt sie, auch wenn sie ziemlich ungestüm sein kann.«

»Wenn du das arrangieren kannst, könnten wir uns im Juli oder vielleicht auch im August in Washington treffen. Ich werde Ernest schreiben. Er wird sich riesig freuen.«

»Ich werde ihm ebenfalls schreiben«, erklärte ich, als wäre das ganz einfach. Ich hatte nahezu pausenlos an ihn gedacht und mich dann deswegen gequält. Es war dumm, weiterhin zu vermissen, was wir gehabt hatten, wenn es doch wahrscheinlich überhaupt nichts gewesen war. Außerdem war mir bewusst, dass mir nicht nur Ernest, sondern auch Spanien selbst unter die Haut gegangen war, dazu die Erfahrung des Krieges. Wie wichtig und real und rein jeder Tag dort gewesen war. Wie nützlich ich mich gefühlt hatte und wie verstanden. Zu guter Letzt hatte ich einen Ort gefunden, an dem ich mich tatsächlich zugehörig fühlte, so wie ich war. Die Menschen um mich herum schienen genau die Menschen zu sein, die kennenzulernen und ins Herz zu schließen mir vorherbestimmt war. Nun war all das vorbei, und was konnte dagegen helfen?

Ich gewöhnte mir an, lange aufzubleiben, zu viel zu rauchen und auf dunkle Fensterscheiben zu starren, während ich an Amelia Earhart dachte. Alle hatten ihre Weltumrundung verfolgt, hatten ihre Route anhand der täglichen Schlagzeilen nachgezeichnet und sich eine solche Freiheit vorzustellen versucht. Dann war sie verschwunden, ihre Funksignale waren zunächst schwächer und unregelmäßig geworden, dann ganz verstummt. Präsident Roosevelt hatte eine nie dagewesene Geldsumme aufgewendet, um die halbe US Navy auf die Suche nach ihr zu schicken, aber bislang schien es, als hätte sich der Himmel oder das Meer einfach geöffnet und sie verschluckt.

Diese Geschichte löste in mir Unsicherheit und furchtbare Einsamkeit aus – und sie ließ die Erinnerungen an Spanien noch heftiger hochkommen. Alles und jeder konnte einfach so verschwinden, auch man selbst, wenn man keine Menschen um sich hatte, die einen wirklich kannten. Die verlässlich da waren, einen genau da auffingen, wo man gerade stand, wenn das Leben stürmisch und beängstigend wurde. Die einen fanden, wenn man sich verirrt hatte und sich selbst nicht wiederfinden konnte, noch nicht einmal im Spiegel.

—

Wir legten den 8. Juli fest, um den Roosevelts den Film zu zeigen, und verabredeten uns an der Penn Station in Newark. Ich war als Erste dort und wartete unter der gewölbten Decke mit den blauen Kacheln, so aufgeregt wie unruhig. Als die Jungs ankamen, zuerst Ivens, dann Ernest, versuchte ich, meine Nervosität zu überspielen, indem ich mich über das Essen im Weißen Haus lustig machte. Wir würden uns Sandwiches hineinschmuggeln müssen, und zwar reichlich. Als wir den Zug bestiegen, tat ich aufgedreht, als würde ich mir eins in den Schuh schieben, und plapperte wie ein Wasserfall darüber, wie großartig Mrs Roosevelt in allem sei, abgesehen von der Menüplanung. Ich konnte nicht aufhören, Witze zu machen, da ich wusste, ansonsten würde ich womöglich in Tränen ausbrechen.

An jenem Abend gab es zum Dinner Täubchen, die so zäh waren wie ein Regenmantel, eine milchige, geschmacklose Suppe aus undefinierbaren Zutaten und Salat, der von feuchten Ananasstücken überschwemmt war. Ernest und ich waren keinen Augenblick allein, wofür ich dankbar war. Ich hätte nicht gewusst, was ich fühlen, was ich sagen, was ich wollen sollte.

Der Film bot eine wunderbare Ablenkung. Der Präsident und Mrs Roosevelt wirkten erfreulich interessiert. Sie stellten wohlüberlegte, einsichtsvolle Fragen über unsere Erfahrungen in Madrid, und dasselbe tat auch Harry Hopkins, den ich seit Jahren nicht mehr gesehen hatte. Jeder von ihnen stimmte zu, der Film sei wirklich wertvoll und mitreißend. Der einzige Rat, den sie uns geben könnten, sei, dass die Erzählung weniger zurückhaltend sein müsse. Man erwarte eine starke antifaschistische Aussage, sogar Propaganda, statt kunstvoller Subtilität. Da der Film bereits fertig war, könne diese etwas leidenschaftlichere Haltung vor jeder Vorführung in einer Rede an das Publikum zum Ausdruck kommen.

Ivens war glücklich, dass es so gut gelaufen war. Wir waren alle eingeladen worden, über Nacht zu bleiben, und während Ivens und Ernest wie wild an der Rede arbeiteten, klopfte ich an Mrs Roosevelts Tür.

»Ich kann Ihnen gar nicht genug danken«, sagte ich und setzte mich auf einen ihrer spartanischen Stühle. »Sie und der Präsident waren unheimlich freundlich zu mir und meinen Kriegskumpanen.«

Sie betrachtete mich einen Moment lang, und ihr Blick durchbohrte mich, noch bevor sie den Mund öffnete: »Ich hoffe, Sie verlieren nicht den Kopf. Hemingway scheint ein komplizierter Mann zu sein.«

Ich wollte protestieren oder mir irgendeine Lüge ausdenken, aber sie hatte mit Leichtigkeit gesehen, was ich mit so großer Mühe zu verstecken versucht hatte, sogar vor mir selbst. »Das ist er. Ich mache mir keine Illusionen über ihn, falls Ihnen das Sorgen bereitet. Wie könnte ich? Aber wenn man einmal so nah an jemanden wie ihn herankommt, an eine so feurige Persönlichkeit, im Grunde ein Genie, und dann ist er wieder fort – nun, das hinterlässt eine Leerstelle, oder etwa nicht?«

»Schon möglich. Aber tatsächlich kann kein anderer Mensch Sie erfüllen. Das wissen Sie, nicht wahr?« Sie sah mich eine Weile durchdringend an, dann senkte sie den Blick. »Ich muss wie Ihre Mutter klingen.«

»Nein. Ich bin immer froh, Ihre Meinung zu hören … Das wissen Sie. Sie sind so weise.«

»Nicht in allen Dingen.« Auf ihrem Sekretär stand ein Tiegel Vaseline, in den sie nun die Finger tauchte und begann, sich damit die Hände einzureiben. Sie war eine zutiefst private Person und hätte niemals ihr Liebesleben mit mir besprochen, aber es schwirrten stets Gerüchte über den Präsidenten und seine Frauen umher. Seine Sekretärin, ihre Sekretärin, ausländische Prinzessinnen, entfernte angeheiratete Cousinen. Wenn nur die Hälfte dieser Affären real war, musste sie unter der Schande und dem Verlust gelitten haben und die Verarbeitung dieser Erfahrungen musste sie verändert haben. Was sie und F. D. nun miteinander teilten, war so offensichtlich eine Partnerschaft, keine echte Verbindung. Keine Liebe.

»Ich gebe nicht vor, irgendetwas über die Ehe zu wissen«, versuchte ich zu erklären. Mir war wichtig, dass sie mich deutlich sah und meine Absichten verstand. »Ernest ist nicht frei. Es gibt keine Klippe, von der ich mich stürzen könnte, selbst wenn ich es wollte. Und ich will es auch gar nicht.«

»Wie könnte ich mir anmaßen, über Sie zu urteilen? Wir alle müssen unsere Entscheidungen treffen und dann einen Weg finden, mit ihnen zu leben. Und wenn wir das nicht können, nun, dann wissen wir, dass sich etwas ändern muss.«

Ich dankte ihr für ihren Rat, wünschte ihr eine gute Nacht und saß danach lange in meinem Zimmer wach, gab vor zu lesen, starrte jedoch eigentlich die Schatten an. Sie hatte gesagt, niemand könne einen anderen erfüllen, und das klang richtig, aber womöglich verspürte sie selbst noch immer die Leere, die mit diesem Versuch einherging. Ihr Herz hatte schweren Schaden genommen, ob sie nun jemals jemanden einen Blick auf die Wahrheit erhaschen ließ oder nicht. Und als sie davon gesprochen hatte, mit den eigenen Entscheidungen zu leben, hatte ich das Gefühl gehabt, sie würde den Hauch von etwas mit mir teilen, einen heimlichen Kummer, ein Bedauern. Sie war eine weitaus stärkere Frau als ich, die stärkste Frau, die ich kannte oder mir auch nur vorstellen konnte. Sie lebte wahrhaftig und voller Würde. Und sie schlief allein.

Am nächsten Morgen brachen Ernest und Ivens nach Hollywood auf, um den Film all jenen zu zeigen, die sie womöglich unterstützen könnten, und ich fuhr nach Connecticut, um einen Roman über den Krieg zu entwerfen, mit einer Heldin, die mir ganz ähnlich war, bloß ein wenig weiser in Herzensangelegenheiten. Doch noch bevor ich mich richtig in die Arbeit stürzen konnte, erreichte mich ein Redakteur von *Collier's* mit Neuigkeiten. Sie würden den Artikel veröffentlichen, den ich in Madrid geschrieben hatte. Millionen würden meinen Beitrag lesen und sehen, was ich gesehen hatte.

An jenem Abend rief ich meine Mutter an, vermittelte ihr triumphierend meinen Stolz und spürte mit jeder Zelle meines Körpers, dass ich gerettet worden war.

»Dann bist du jetzt also eine richtige Journalistin«, antwortete sie.

»Ja. Mir wurde auch versprochen, dass alles andere von mir in Erwägung gezogen werden würde, sollte ich unter dem Namen der Zeitschrift noch einmal hinfahren wollen.«

»Du möchtest noch einmal hinfahren.«

Ich vernahm die Verzweiflung in ihrer Stimme und sprach hastig weiter: »Wenn du nur wüsstest, wie die Menschen dort sind. Wie tapfer sie kämpfen, und wie alle zusammenarbeiten. Ich glaube kaum, dass es so etwas wie diesen Krieg jemals gegeben hat. Ich muss dort sein.«

»Wirst du alleine gehen?« Ich hatte ihr nicht offen von Ernest erzählt, aber jeder Brief, den ich aus Spanien abgeschickt hatte, war mit seinem Namen gespickt gewesen, und sie war nicht dumm.

»Ich bin mir nicht sicher.«

»Nun, ich vertraue darauf, dass du wissen wirst, was richtig für dich ist.«

In ihren Worten hallte das wider, was Mrs Roosevelt zu mir gesagt hatte. Ich wollte ihnen beiden glauben, aber um ehrlich zu sein, steckte ich bereits bis über beide Ohren in der Sache drin. Vielleicht gab es aufgrund von Ernests Ehe, wie ich behauptet hatte, keine Klippe, von der ich mich hätte stürzen können. Aber was machte das schon für einen Unterschied, wenn die Liebe an sich ein Ozean war und man selbst in einer Teetasse davon ertrinken konnte?

Für den Augenblick konzentrierte ich mich auf das, was ich tun musste. »*Collier's* schickt mir ein Empfehlungsschreiben, meinen Korrespondentenausweis und alles Weitere. Es ist aufregend, Mutter. Ich weiß, dass du dir Sorgen machst, aber es ist genau das, was ich mir gewünscht habe. Sei bitte glücklich für mich.«

»Natürlich werde ich das sein. Das bin ich.«

Sobald ich den Hörer aufgelegt hatte, wollte ich Ernest anrufen und ihm von *Collier's* erzählen. Er hatte von Anfang an an mich geglaubt. Egal was darüber hinaus zwischen uns vorgefallen sein mochte oder auch nicht, er hatte meine Arbeit unterstützt und mein Potenzial als Journalistin erkannt, lange bevor ich selbst dazu in der Lage gewesen war. Natürlich wollte ich ihm auch berichten, dass ich nach Madrid zurückkehren würde, denn so kompliziert im Augenblick auch alles sein mochte, konnte ich mir nicht einmal vorstellen, ohne ihn in Spanien zu sein. Ich stand eine ganze Weile mit dem Hörer in der Hand da und lauschte auf das Summen, das in alle Richtungen hinausging und niemanden erreichte. Dann legte ich ihn behutsam auf die Gabel und machte stattdessen einen langen Spaziergang, in der Hoffnung, den Kopf zumindest ein wenig klarer zu bekommen.

—

Keine vierundzwanzig Stunden später, als hätte Ernest meine Gedanken gelesen oder mein Dilemma in der Luft spüren können wie einen Sturm, erreichte mich ein Telegramm. Hollywood sei von dem Film begeistert gewesen. Prominente hätten ihnen das Geld geradezu hinterhergeworfen, wo auch immer sie aufgetaucht waren, und sie hätten bereits zwanzigtausend Dollar eingenommen. *DAS SIND ZWANZIG KRANKENWAGEN, DIE IN WENIGEN WOCHEN AN DIE FRONT ROLLEN WERDEN*, schrieb er. *HABE SOEBEN ARRANGIERT, AM 17. AUGUST VON NY AUS AUF DER USS CHAMPLAIN ZURÜCKZUFAHREN. DU KOMMST AUF EINEM ANDEREN SCHIFF NACH. SAG JA.*

Dreiundzwanzigstes Kapitel

Ich traf Ernest in Paris, im Café de la Paix, an einem Nachmittag Ende August. Er hatte Matthews aufgespürt und mitgebracht, und wir fielen uns überschwänglich in die Arme, redeten übereinander hinweg, nahmen das Gesicht der anderen in uns auf und grinsten wie verrückt. Wir bestellten zwei Dutzend Austern für den Tisch und genügend Rotwein, um einen Ochsen zu ertränken, und blieben Schulter an Schulter dort, bis weit über den Zeitpunkt hinaus, an dem die Kellner und alle anderen uns loswerden wollten.

Als wir dieses Mal nach Spanien aufbrachen, gab es keine Karawanen oder einsame Spaziergänge über kalte Schotterstraßen, sondern einen zivilisierten, effizienten Transport. Als wir bei Andorra die Grenze erreichten, stiegen wir in ein kleines Flugzeug voller Vorräte, das zuerst Valencia, dann die Offensive der Loyalisten an der Aragon-Front ansteuerte. Der Löwenanteil Spaniens befand sich mittlerweile unter Francos Kontrolle. Bilbao war gefallen, San Sebastián ebenfalls, genau wie das gesamte baskische Territorium im Westen. Es gab noch immer ein paar kleine Siege auf unserer Seite, allerdings waren diese teuer erkämpft. In den jüngsten Kämpfen unterhalb von Saragossa hatten die Loyalisten es fertiggebracht, die Stadt Belchite zu befreien – oder was noch von ihr übrig war.

Als wir dort ankamen, hatte sich der Rauch noch nicht verzogen. Er hüllte die Ruinen der Stadt in einen

Dunstschleier, der allem, was man sah, einen traumartigen Anstrich verlieh. Und was man sah, war größtenteils grauenhaft. Die Loyalisten hatten diese Schlacht gewonnen, und nun mussten die Toten aus den Trümmern geborgen werden, oftmals von Hand. Die Männer mussten die Leichen auf einen Platz schleppen und sie dort aufreihen, wo sie darauf warteten, dass die Gräben ausgehoben wurden, groß genug, um sie alle aufzunehmen. An einer Stelle lagen die Toten über zwei Meter hoch gestapelt, ihre Gesichter schrecklich verzerrt, ihre Füße staubig, ihre Hände in unnatürlichen Winkeln herausragend. Und der Gestank, der Gestank war etwas, woran ich mich zu erinnern hoffte, wenn ich später versuchen würde, über diesen Tag zu schreiben. Mir wurde schlecht davon, und ich fühlte mich verängstigt und klein und war froh, nicht alleine zu sein.

In den schmalen Straßen hatte die Bombardierung die Häuser aus ihrer steinernen Verankerung gelöst. Sie neigten sich und kippten gegeneinander. Wir liefen durch die sengende Spätsommersonne, durch Luft, die vom Staub dick und orange gefärbt war. Papierschnipsel flogen um uns herum, und wir mussten über Gegenstände steigen – herausgerissene Fensterläden, ein zertrümmertes Fahrrad. Caféstühle, aus denen Kleinholz geworden war. In der Mitte der Straße sah ich eine schwere schwarze Nähmaschine umgekippt auf der Seite liegen, als wäre sie auf die Straße hinausgekrochen, um zu sterben.

Irgendwie hatte Robert Merriman das Ganze überstanden. Zu Hause war er Geschichtsprofessor an der Berkeley gewesen, hier jedoch war er Stabschef der Fünfzehnten Brigade und hatte diesen letzten Angriff angeführt. Ein halbes Dutzend Mal hatten sein Gesicht, sein Hals und seine Hände Granatenbeschuss abbekommen, aber er schien seine Wunden größtenteils zu ignorieren,

Wunden, die auf mich schartig und brutal wirkten, die aussahen wie rohes Fleisch. Im Lazarettzelt erzählte er uns, wie er und seine Männer von Quinto aus losmarschiert und manchmal auf dem Bauch gerobbt waren, um Belchite mit ihren Körpern und reiner Willenskraft zu umzingeln und sich so auf das Zentrum der Stadt zuzubewegen.

»Es geschah Haus für Haus«, berichtete er uns, seine Kleidung noch geschwärzt von Ruß und Rauch und Staub. »Haus für Haus haben wir uns den Weg vorangebombt. Wir mussten die Kathedrale einnehmen, das war alles, woran ich denken konnte.«

»Auf dem Weg haben Sie einiges an Blut verloren«, bemerkte Ernest, dessen Blick von tiefstem Respekt erfüllt war.

»Das ist doch so gut wie gar nichts. Die Jungs haben ihr Bestes gegeben. Sie waren wundervoll.«

Das konnten wir selbst erkennen. Sie hatten mit allem gekämpft, was sie besaßen, und kümmerten sich nun um ihre Toten mit einer Aufmerksamkeit, die beinahe heilig war. Am Fuß des Hügels, entlang eines schmalen, flachen Flüsschens, hatten sich ein paar Soldaten bis zur Taille ausgezogen und versuchten, sich das Blut und den Dreck von den Gesichtern und Händen zu waschen. Es waren Amerikaner. Ich konnte Ohio und New Jersey und Kalifornien in ihren Stimmen hören, und während Ernest sich weiter mit Merriman unterhielt, die beiden völlig in Anspruch genommen waren von ihrer gegenseitigen Bewunderung und ihren Erinnerungen an vergangene Schlachten, lief ich hinunter zum Fluss und auf einen Mann zu, der ein wenig abseits stand.

Wir brauchten nur wenige Augenblicke, um festzustellen, dass wir beide aus derselben Nachbarschaft in St. Louis stammten und dass seine Mutter eine Patientin meines Vaters gewesen war. Als ich ihn fragte, was er von der Heimat am meisten vermisste, antwortete er, ohne zu zögern.

»Creve Coeur. Direkt vor meiner Abreise habe ich dort mit meiner Freundin gepicknickt, unten am See. Wir haben den ganzen Tag dort gesessen.«

»Das ist auch einer meiner Lieblingsorte. Kennen Sie den Wasserfall? Unter der Trauerweide?«

»Ja.« In seinem Gesicht schienen sich unzählige Gefühle widerzuspiegeln. »Das war unser Platz.«

Ich musste lächeln, da ich es vor mir sehen konnte, das ganze Bild, am schönsten, hellsten Tag des Jahres, die Sonne wie geschmolzene Butter, meine Mutter neben mir im hohen Gras, Tausende Insekten in der Luft schwirrend. »Sie werden wieder dorthin zurückkehren.«

»Natürlich, das werde ich.«

»Das werden Sie«, wiederholte ich mit Nachdruck. »Sie werden an einem perfekten Frühlingstag hingehen und Eiersalatsandwiches und Limonade in einem Korb mitnehmen. Vielleicht werden Sie auch ein paar Maiglöckchen pflücken. Das würde ich tun.«

»Ich hätte sie bitten sollen, mich zu heiraten«, sagte er, und sein Blick verdüsterte sich.

»Das können Sie immer noch. Machen Sie es mit den Blumen. Sie wird Ja sagen.«

Seine Unterlippe zitterte. »Das ist eine schöne Vorstellung.«

»Es ist nicht nur eine Vorstellung«, beharrte ich und hoffte aus tiefster Seele, dass ich recht behalten würde, dass er heil nach Hause kommen und dieses glückliche Ende für sich einfordern würde. »Es ist die Wahrheit.«

Als ich kurz darauf zurück zum Lazarett lief, empfand ich eine seltsame Mischung aus Glück und Trauer und erinnerte mich an etwas, das mein Vater einst zu mir gesagt hatte, während er von einem der Bücherregale in seiner Arztpraxis einen menschlichen Schädel in die Hand nahm.

»Diese Knochen trennen uns mehr als alle anderen voneinander«, behauptete er und strich dabei über den Schädel auf seiner Handfläche. »Wir können einander niemals wirklich kennen und auch niemals wirklich erreichen, so sehr wir es auch versuchen.«

Ich musste damals schon Zweifel an seinen Weisheiten gehegt haben, aber in diesem Augenblick wurde mir nun ganz deutlich bewusst, dass ich alle möglichen Dinge gelernt hatte, Dinge, die er nicht wusste. Wie wir alle miteinander verbunden waren. Wie persönlich dieses Leben war, und wie wir jedes Mal, wenn wir jemanden auch nur flüchtig streiften, hinterher nicht mehr dieselben waren.

»Wohin bist du gegangen?«, fragte Ernest, als ich wieder bei ihm war.

»Nach St. Louis.«

Er glaubte, ich machte einen Scherz. »Den ganzen Weg, was?«

»Es ist näher, als du denkst.«

Vierundzwanzigstes Kapitel

In Madrid nahmen wir dieselben Zimmer im Florida wie zuvor und verfielen in unsere alte Routine, als wären wir niemals fort gewesen. Ernest und ich wurden erneut ein Liebespaar, ohne ein Wort darüber zu verlieren. Er sprach niemals Paulines Namen aus, und ich tat es ebenso wenig. Briefe von ihr und seinen drei Söhnen lagen auf seinem Schreibtisch verstreut, und er versuchte niemals, sie zu verstecken. Sie waren da, um mich an die Grenze zu erinnern, die er mit seinem Telegramm gezogen hatte, die wir jedoch niemals erwähnten oder direkt betrachteten. »Du kommst auf einem anderen Schiff nach. Sag Ja.«

Ich hatte Ja gesagt. Und dieses Ja hatte immer seinen Preis.

—

Dennoch gab es das Hier, gab es das Jetzt. Abends rannte ich in Richtung Telefónica, um meine Berichte abzuschicken, während Granaten an meinem Kopf vorbeischossen, den Blick lediglich auf meine Füße und die Straße gerichtet. Mein Redakteur bei *Collier's* hatte mir per Telegramm mitgeteilt, wie gut meine Arbeit sei und dass sie meinen Namen ins Impressum aufnähmen. Wir feierten im Chicote's und dann im Gaylord's, mit scheußlichem Sherry und dann noch scheußlicherem Gin. Später gingen alle, die noch übrig geblieben waren, in Ernests Zimmer, um etwas Wärmendes aus der Dose zu sich zu nehmen, ölige Sardinen, die nach salzigem Meer schmeckten, Kartoffelsuppe, Bohnen, Corned Beef. Kaffee, verdünnt mit Kondensmilch, die an den Seiten des Emaillebechers klebte. Die Dose ließ sich mit einem Taschenmesser öffnen.

Es wurde spät, und wir sprachen über Hollywood, über allen Tratsch, den wir in Erfahrung bringen oder uns ausdenken konnten. So gut wie nie sprachen wir über das, was an jenem Tag geschehen war. Nicht über die Brigaden, den Angriff, den Schlamm, den Rauch. Nicht über das Schlachtfeld, auf dem die Leichname im Regen wächsern wurden. Nicht über die Stadt, die zu Schutt geworden war, oder das Haus, das noch am Morgen zuvor gestanden hatte und nun ein Haufen Backsteine und gesplittertes Holz war. Nicht über das Glas und die Stofffetzen und das Papier und den Putz, die zu Kleister und weißem Staub zermalmt waren.

Kurz nach Mitternacht hörten wir das Geschützfeuer pünktlich von Neuem beginnen. Ernest erhob sich von seinem Bett und öffnete die Reihe von Fenstern, damit sie nicht zerbrachen. Ich stand ebenfalls auf und trat an das kleine Grammophon, das Ernest in der Ecke aufbewahrte, drehte an der Kurbel und hörte Chopin auflodern. Die ersten paar Takte der Mazurka in C-Dur.

»Ich liebe dieses Lied«, sagte Matthews. Er hatte die Arme um die Knie geschlungen und sah so jung und hoffnungsvoll aus.

»Das ist kein Kriegslied«, erwiderte Ernest.

»Ganz genau«, bekräftigte Matthews.

»Ich möchte es noch einmal hören«, verkündete ich.

»Es läuft doch noch«, entgegnete Ernest mit einem halben Lächeln.

»Ja, und wenn es zu Ende ist, dann will ich es noch einmal.«

Eines Abends fingen ein paar von uns an, sich darüber zu unterhalten, was wohl als Nächstes kommen mochte. Ich konnte den Gedanken kaum ertragen, Madrid und alles, was damit verbunden war, zu verlassen, aber Ernest schien schon halb auf gepackten Koffern zu sitzen. Sein neuer Roman, *Haben und Nichthaben*, stand kurz vor der Veröffentlichung, und er sah den Verkaufszahlen und Besprechungen entgegen.

»Diesmal müssen die Rezensionen besser sein«, sagte er.

Er meinte damit, besser als jene für *Die grünen Hügel Afrikas*, die lange Reportage über seine Safari-Reise nach Kenia, auf deren Seiten es von literarischen Bezügen genauso wimmelte wie von Jagdgeschichten. Einige der Besprechungen hatte ich ebenfalls gelesen, und ich erinnerte mich noch daran, wie John Chamberlain sich in der *Times* über das Buch lustig gemacht hatte: »So bringt Mr Hemingway einen Schreikranich und die Symbolik von *Moby Dick* auf einen Streich zur Strecke.« Damals war ich Ernests Werken gegenüber bereits so loyal gewesen, dass ich im Stillen für ihn schäumte vor Wut und Empörung.

»Zumindest werden deine Bücher nicht ignoriert«, gab Matthews zu bedenken. »Damit müssen sich schließlich die meisten Schriftsteller abfinden, oder nicht?«

»Eigentlich so gut wie alle«, pflichtete ich ihm bei. »Man schreibt und wartet verzweifelt darauf, etwas zu veröffentlichen, damit man etwas anderes schreiben kann. Dann verkauft sich nichts davon, und niemand liest einen, und man stellt fest, dass man sich selbst rückwärts ein Loch hinunterjagt.«

»Jetzt, da du *Collier's* auf deiner Seite hast, bleibt dir jederzeit noch der Journalismus als Sicherheit«, meinte Ernest. »Bei mir hat das immer funktioniert.«

»Aber wir befinden uns nicht in derselben Situation. Hier habe ich die Gelegenheit, etwas Bedeutsames zu schreiben, aber zu Hause wird mir nur wieder ›der weibliche Blickwinkel‹ angeboten. Du wirst immer die Wahl haben.« Ich hörte die Schärfe in meiner Stimme, konnte mich jedoch nicht bremsen: »Du wirst niemals ein Buch schreiben, das sich nicht großartig verkauft, ganz gleich, was die Besprechungen sagen.«

»Habe ich mir das etwa nicht verdient?« Er forderte mich mit seinem Blick heraus, und auf einmal wurde mir bewusst, dass wir tatsächlich über die Zukunft sprachen, seine so hell leuchtend wie eh und je, meine voller Ungewissheit. *Haben und Nichthaben* lautete sein Titel? Ja, das sagte so ziemlich alles.

»Was möchtest du tun?«, fragte mich Matthews und wechselte damit weise das Thema.

»Eine Agentur hat mich angeschrieben und gefragt, ob ich in den Staaten ein paar Vorträge über Spanien halten wolle. Es gebe ein ordentliches Honorar, außerdem würde ich mich damit nützlich machen.«

»Du machst wohl Witze«, bemerkte Ernest.

»Weshalb sollte ich nicht zusagen?«

»Es spricht überhaupt nichts dagegen.« Sein Tonfall war auf eine unheimliche Weise ausdruckslos. »Wenn du geldgierig sein möchtest, gibt es an der Sache nichts auszusetzen, nicht wahr?«

Ich blinzelte ihn einen Augenblick lang an, da ich kaum glauben mochte, dass die Stimmung so schnell umschlagen konnte. Er sprach zu mir, als wären wir Gegner und nicht Freunde. Ganz sicher kein Liebespaar.

»Wozu denn überhaupt vorgeben, ehrenhaft zu sein?«, fuhr er fort. »Eine Hure in Kriegszeiten ist schließlich immer noch eine Hure, oder?«

Matthews warf mir einen Blick zu, aber es war zu spät. Ohne darüber nachzudenken, gab ich Ernest eine Ohrfeige.

Seine Augen glänzten, als wäre ihm damit etwas geglückt oder als forderte er mich heraus, es noch einmal zu tun. Stattdessen machte ich auf dem Absatz kehrt und eilte aus dem Raum, hielt nicht inne, ehe ich hinter meiner eigenen Zimmertür war. Ich machte mir nicht die Mühe, das Licht anzuschalten, schenkte mir einfach einen Drink ein und widmete mich ihm zitternd, bis ich sein Klopfen an der Tür vernahm.

»Marty, mach auf. Lass mich rein.«

Ich saß wie versteinert auf meiner Bettkante. Nach dieser kleinen Darbietung würde ich nicht auf ihn zugehen oder es auch nur in Erwägung ziehen. Doch dann wurde seine Stimme lauter. Er begann, an die Tür zu hämmern und meinen Namen zu rufen, und ich begriff, dass er in seinem derzeitigen Zustand nichts von Taktgefühl oder Vorsicht wissen wollte.

»Hör auf«, zischte ich und riss die Tür auf, aber er war noch nicht einmal ansatzweise fertig. Er begann, Beleidigungen gegen mich auszustoßen. Er sagte, er habe geglaubt, ich wäre eine echte Schriftstellerin, aber nun sei deutlich geworden, dass ich bloß auf Erfahrungen aus sei. Ich hätte ihn wahrscheinlich schon die ganze Zeit über nur benutzt.

»Ich benutze *dich*?« Ich holte erneut aus, ohne mich zurückhalten zu können. Er wehrte meinen Arm mit seinem eigenen ab und ließ dabei die Lampe zu Boden krachen. Sie explodierte in Dutzende Scherben. Wir standen bloß da und blickten abwechselnd sie und einander an und waren, wie ich glaube, beide erschrocken darüber, wie viel wir in kürzester Zeit im anderen aufwühlen konnten.

»Ich sollte wohl besser gehen«, sagte er.

Ich stand bloß schäumend da, während die Schockwellen weiter durch das Zimmer pulsierten.

Am nächsten Morgen wachte ich mit dem Gefühl auf, mir wäre Beton über Schultern und Nacken gegossen worden. Ich zwang mich aus meinem Bett und aus dem Hotel und verbrachte den Tag damit, mit einem kleinen Team von Architekten und Steinmetzen durch Madrid zu ziehen. Sie wollten feststellen, was von den bombardierten Gebäuden noch zu retten war, untersuchten die Fundamente, schätzten den Schaden ab und erwogen die Risiken.

Ich tat natürlich dasselbe, noch immer erbost über Ernests Worte. Wie konnte ich ihn denn schon benutzen, es sei denn, er glaubte, ich sei eine geldgierige Aufsteigerin, ein Karrieremädchen? Der Gedanke lähmte und erzürnte mich zugleich, und ich konnte niemandem die Schuld geben außer mir selbst.

»Wir müssen damit aufhören«, teilte ich Ernest mit, als wir nach dem Abendessen allein in seinem Zimmer waren.

»Du sprichst von gestern Abend. Es tut mir leid, Marty. Ich weiß nicht, was in mich gefahren ist.«

»Das tut nichts zur Sache. Ich habe mir geschworen, nie wieder in diese Situation zu geraten.«

»Ich auch. Es ist doch komisch, dass manche Menschen nie dazulernen. Ich wünschte, mein Gewissen wäre weniger streng und ich hätte ein schlechteres Gedächtnis. Dann würde ich verflucht noch mal besser schlafen.«

»Ich bin nicht geschaffen fürs Vergessen«, erklärte ich. »Das war ich noch nie.«

»Wofür bist du dann geschaffen?«

»Ich bemühe mich sehr, das herauszufinden. Und bringe dabei alles durcheinander.«

Er schwieg. Er war so still, dass ich glaubte, ich könnte die Schatten in den Ecken ticken hören. »Ich wünschte, ich könnte dich heiraten. Ich würde es tun, weißt du. Ich glaube nicht, dass es eine Frau wie dich auf der Welt noch einmal gibt.« Seine Stimme war leise, dann verstummte sie, der Raum wurde wieder still, und ich konnte es kaum ertragen. In Wirklichkeit hatte ich mir diese Möglichkeit bereits viele Male vorgestellt. Ich hatte einen Ort heraufbeschworen, der auf keiner Landkarte verzeichnet war, eine Oase, in der wir schreiben und über Bücher sprechen, uns lieben, Sherry trinken und in der Sonne schlafen würden. Aber das war eine Phantasie, und eine Ehe, über die im Dunkeln geflüstert wurde, während er mit jemand anderem verheiratet war, war sogar noch weniger als das. Weniger als eine Wolke. Ein Traum. Ein Trugbild.

Er gehörte zu Pauline, und ich hatte nie zu irgendjemandem gehört.

»Ich sollte gehen«, sagte ich.

»Bitte verlass mich nicht. Ich liebe dich, und ich weiß, dass du mich auch liebst.«

»Ich wünschte, es wäre nicht so.« Die zurückgehaltenen Tränen schnürten mir die Kehle zu. »Liebe löst überhaupt nichts. Sie ist keine Antwort. Sie ist kein helles Leuchtfeuer, das uns den Weg weist. Sie ist nichts von alledem.«

»Nein. Nein, das ist sie nicht. Aber was bleibt uns außer ihr?«

Er küsste mich, und ich bekam keine Luft mehr. *Nichts,* wollte ich ihm entgegenschreien, aber das stand ohnehin bereits fest.

Fünfundzwanzigstes Kapitel

Manchmal ist das einzige Mittel gegen den Schmerz noch mehr Schmerz. In unseren letzten paar Wochen in Madrid liebten wir uns jeden Tag, manchmal zweimal am Tag, voller Verzweiflung, und versuchten, durch den anderen hindurch an etwas zu gelangen, das nicht zu greifen war. Sein Bett war ein Operationstisch, und wir operierten am offenen Herzen. Es war schrecklich. Und es war viel zu schnell vorbei.

»Erzähl mir etwas«, bat ich ihn leise, ohne ihn anzusehen. Die Nacht war so still, dass ich das Blut durch meinen Körper rauschen hören konnte, das Ende und den Anfang eines jeden Atemzugs. Über unseren Köpfen berührten sich die Wände leicht wie die Ecken eines Bilderrahmens. »Erzähl mir irgendetwas.«

Er nickte mit seinem großen quadratischen Kopf gegen den verknitterten Kissenbezug und lag dann still da. Schließlich sagte er: »Heute dachte ich, wie schön es wäre, wenn wir in Paris aufwachen könnten.« Seine Stimme schien in seiner Kehle festzustecken. Das Laken bedeckte einen Teil seiner Brust und umwickelte ihn wie ein Druckverband. »Wir sollten Jahre in einer Wohnung in Saint-Germain verbringen, mit nur wenig Platz und wunderbarem Licht. Aber wir werden Paris niemals für uns haben. Nicht so, wie wir es sollten.«

»Wir werden auch niemals Nizza oder St. Moritz haben«, fügte ich hinzu, da ich nun begriff, worum es ging. Es war ein Spiel der Verluste. Wir gaben die Zukunft in leuchtenden Portionen auf. »All jene Champagner-Cocktails mit den pinkfarbenen Fruchtscheiben. Oder Monaco. Monaco werden wir definitiv niemals haben.«

»Oder Kuba. Du solltest Havanna sehen, die Farben der Gebäude, und das Morro, und den Golfstrom. Ich würde dir zeigen, wie man einen ordentlichen Daiquiri mixt, mit reichlich Limette und ohne Zucker, und dann würden wir die ganze Nacht wach bleiben, unter den Palmen, während ein warmer Wind über uns weht.«

Ich schwieg einen Augenblick und betrachtete lediglich die hohe Decke, die mit Rissen überzogen war, die sich Tag für Tag weiter ausbreiteten. Die Zeit würde alles ihrem Willen beugen, denn so war es schon immer gewesen, und so würde es immer sein, bis in alle Ewigkeit. Wir jedoch versuchten hier etwas anderes. Wir rissen uns los. Warfen die Liebe selbst ins Feuer, noch ehe die Flammen aufsteigen und sie holen konnten.

»Wir werden niemals ein gemeinsames Haus mit zwei guten Sesseln nebeneinander und einem Haufen Bücher haben«, fuhr er fort.

»Wir werden keine faul im Bett verbrachten Vormittage im Pyjama haben. Wir werden nichts haben, was gewöhnliche glückliche Menschen haben. Nicht Jahre Zeit haben, um alles übereinander zu erfahren. Keine Kinder.«

Er nickte nüchtern und sagte dann: »Manchmal fühlt es sich an, als hätten wir bereits ein ganzes Leben miteinander verbracht. Gerade weil es niemals dazu kommen wird. Ich erwarte nicht, dass du das verstehst.«

Aber ich verstand es. So empfand ich gegenüber allem, was gerade um mich herum geschah. Spanien fiel, und wir fielen gemeinsam mit dem Land. Doch der Verlust kam mit Augenblicken unglaublicher Freude, und mit dem Gefühl, gesehen und verstanden, gefunden zu werden. Womöglich gäbe es keine Zukunft, überhaupt keine Zukunft, aber die Zeit hatte sich hier auf einen einzigen unvergesslichen Punkt hin zugespitzt. Und dies war eine Form von Unendlichkeit. Es mochte die einzige Form von Unendlichkeit sein, nach der zu greifen es sich lohnte.

Was auch im weiteren Verlauf noch geschehen würde, Ernest und Madrid und dieser furchtbare, großartige Krieg waren in meinem Inneren fest miteinander verwoben, wie die Geschichte meines eigenen Lebens.

Ich würde sie nicht festhalten, das konnte ich nicht. Aber sie gehörten mir.

Sechsundzwanzigstes Kapitel

Teruel war kälter als jeder andere Ort, an dem er in Spanien bisher gewesen war, mit von der Seite fallendem Schnee und einem Wind, der kreischte wie ein verletztes Tier. Hinter gestapelten Felsbrocken, die sich eiskalt anfühlten, hockte Ernest gemeinsam mit Matthews und Delmer und sah zu, wie die Streitkräfte der Loyalisten rasch näher rückten. Das erste Ziel war Muela, »der Zahn«, ein zerklüfteter und seltsam aussehender Hügel außerhalb des Dorfes, der voller Minen und Panzersperren war und von den nationalistischen Truppen stark flankiert wurde, jedoch hoffentlich nicht mehr lang.

Es handelte sich um einen Überraschungsangriff der Loyalisten, der lange auf sich hatte warten lassen. Er würde auch nicht schnell vorbei sein, nicht bei diesem Sturm. Es war so kalt, dass sie sich, während der Angriff gnadenlos weiterging, manchmal in einen Eisenbahnwaggon in einem verlassenen Tunnel ducken mussten, um einen Schluck Brandy zu sich zu nehmen und ihre Hände aufzutauen. Geschützt vor dem Wind, war es dort beinahe erträglich. In einem Jutesack lagen gefrorene Orangen. Um sie zu essen, musste man die Frucht über ein offenes Feuer halten und spüren, wie sie in der Handfläche weich wurde. Als sie hinterher auf den Bergkamm zurückkehrten und ihre Position wieder einnahmen, konnte er das Zitrusöl an seinen Händen riechen und den verbrannten Zucker der Orange auf seiner Zunge schmecken, und das war fast noch besser als der Brandy, aber doch nicht ganz.

Am vierten Tag der Offensive befreiten die Loyalisten endlich Teruel, und er und Matthews und Delmer durften mit dem Konvoi aus Panzern und Lastwagen hinunter ins Dorf fahren. Ernest hatte noch nie zuvor eine Kapitulation erlebt, und er war sich zunächst nicht sicher, ob sie wirklich wie ein Sieg aussah. Die Leute in dem Ort kamen langsam aus ihren Häusern, wirkten verwirrt und verängstigt, aber als ihnen bewusst wurde, dass sie nicht erschossen werden würden, begannen sie, den Soldaten auf den Rücken zu klopfen. Eine alte Frau brachte einen Keramikkrug voll mit kräftigem, selbst gemachtem Rioja heraus und schenkte ihn in jeden greifbaren Becher, wobei sie ein wunderschönes zahnloses Lächeln zeigte.

—

Nach der Kapitulation reiste Ernest nach Barcelona, um sich dort zum Weihnachtsdinner mit Marty zu treffen. Sie fuhr am folgenden Tag mit dem Schiff nach Hause, und er hatte keine Ahnung, was er ihr sagen sollte. Sie hatten bereits so viel gesagt, und nichts half, die Tatsache abzumildern, dass sie nun in unterschiedliche Richtungen aufbrechen würden, vielleicht gar für immer. Also hielt er sie im Arm. Er verflocht seine Hände unter ihrem Haar, atmete sie ein. Er verabschiedete sich leise an ihren Hals geflüstert. Er verabschiedete sich fünf Mal, vielleicht auch sechs Mal, und noch immer kostete es ihn all seine Kraft, sie gehen zu lassen.

Als er eine Woche später, auf seinem eigenen Heimweg, in Paris ankam, erwartete ihn dort im Hôtel Élysées Fife. Draußen wütete der Schneesturm beinahe genauso heftig wie in Teruel, und Fife war gereizt, weil sie schon seit Tagen dort war und ein Telegramm nach dem anderen nach Madrid geschickt hatte, wo sie ihn vermutet hatte, und dabei immer verzweifelter geworden war. Als er ihr das erste Mal richtig in die Augen sah, wusste er, weshalb sie gekommen war. Viele der Leute, die auf ihrem Weg nach New York durch Madrid kamen, waren ebenso schwatzhaft wie engstirnig. Ohne Zweifel hatte sie Gerüchte gehört. Im Grunde war es nicht wichtig, wer Martha und ihn preisgegeben hatte, denn nun wusste Fife Bescheid, und vor ihm lag ein Kampf, der ausgefochten werden musste. Er stand unter Zugzwang. In gewisser Hinsicht hatte der Kampf bereits ohne ihn begonnen, denn sie hatte während ihrer gesamten Überfahrt Zeit gehabt, sich zu überlegen, wie sie ihn konfrontieren wollte, und war nun so angespannt, dass sie ihn an einen zerfaserten Draht erinnerte.

Würde er es zugeben?, wollte sie wissen. Wenn nicht, dann würde sie sich vom Balkon stürzen.

Als Fife diese Drohung aussprach, stand Ernest gerade am Bett. Er sah zu, wie sie die Flügeltür öffnete und dann in Strümpfen auf das schmiedeeiserne Geländer kletterte. Der Schnee fiel in dicken, schnellen Flocken und legte sich auf ihr dunkles Haar. Ihr Blick war verletzt und wild, und er fühlte sich festgenagelt und zertrümmert zugleich. Er glaubte nicht, dass sie tatsächlich springen würde, aber wer wusste am Ende schon, wozu jemand anderes fähig war? Hatte ihn das nicht sein eigenes Leben gelehrt, und wenn es auch das Einzige war?

Es verging ein langer Augenblick, in dem Fife dort schwankte, ohne zu weinen, ohne noch mehr schlimme Dinge zu sagen. Sie wartete einfach nur auf seine Reaktion. Entweder standen sie einander auf diese Weise nur ganz wenige Sekunden gegenüber oder es waren Jahre um Jahre, jedenfalls hatte er das Gefühl, ihm bliebe keine andere Wahl, als zu lügen. Er schwor, sie habe alles völlig falsch verstanden. Irgendjemand habe ihr furchtbare Geschichten erzählt, aber besagte junge Frau sei lediglich eine Freundin, ein Kriegskumpan.

»Ein Kriegskumpan«, höhnte Pauline. »Glaubst du, ich

wüsste nicht, über wen wir hier reden? Sie ist zu jung für dich. Außerdem finde ich sie noch nicht einmal besonders talentiert.«

Er erinnerte sich an jenen Abend in der Whitehead Street, als sie alle gemeinsam im Garten gesessen und sich bei Drinks unterhalten hatten. Wer jene Menschen auch gewesen sein mochten, sie hatten nichts mit diesem Augenblick hier zu tun. Er gab nicht auf und klammerte sich an seine Lüge. Und ganz langsam, auch wenn ihr Blick dabei nicht sanfter wurde, kletterte sie vom Geländer und ging an ihm vorbei ins Badezimmer, um sich das Gesicht zu waschen und sich zum Schlafen umzukleiden. Sie kam ganz ruhig wieder heraus, wie ein Kind, kroch unter die Bettdecke und schlief ein.

Der nächste Tag verlief angespannt, ebenso der folgende. Er fühlte sich erbärmlich und suchte einen Arzt auf, der ihm mitteilte, er und auch seine Leber seien in einem schlechten Zustand, und er müsse komplett mit dem Trinken aufhören oder es zumindest auf die Hälfte reduzieren. Er verschrieb ihm ein Mittel namens Chophytol, das höllisch bitter schmeckte, ihn jedoch von innen reinigen sollte, und ein anderes namens Drainochol, das noch schlimmer war. Aus irgendeinem Grund hatte Fife beschlossen, ihm zu glauben, zumindest vordergründig. Was sie auch tatsächlich denken mochte, sie blieben noch zwölf Tage in einem tödlich schweigsamen Waffenstillstand gemeinsam in Paris und fuhren dann bei schwankender See auf der Gripsholm *nach Hause. Es schien mehr als ironisch, dass es sich dabei um dasselbe Schiff handelte, das sie vier Jahre zuvor für ihre Afrikareise gebucht hatten. Alles hatte sich seitdem verändert, vor allem in seinem Kopf.*

In ihrer Kajüte lag Fife seekrank im Bett, während er sich an Deck den Wind ins Gesicht peitschen ließ, der den Sprühregen des Meersalzes wie Ohrfeigen verteilte, und sich fragte, wie er aus diesem Schlamassel wieder heraus-

kommen oder auch nur die Nacht überstehen sollte, denn was er nun wirklich brauchte, aber nicht bekommen konnte, war ein gottverdammter Drink, oder auch sechs.

Nie hatte er eine so falsche Theorie gehört wie jene, derzufolge Gott einem nie mehr aufbürdete, als man tragen konnte. Wäre er wirklich schlau, würde er sich einfach über Bord werfen und die Sache hinter sich bringen, denn er trug nicht nur mehr, als er gut bewältigen konnte, er war auch herumgeschleudert worden und bewegte sich nun rückwärts durch sein eigenes Leben. Wie sollte man es sonst nennen, wenn das Ganze bereits vor Jahren schon einmal geschehen war, nur eben mit Hadley?

Fife musste all das auch spüren. Wie konnte es anders sein, war sie doch damals die andere Frau gewesen, die ihn unbedingt hatte bekommen wollen, um jeden Preis und ganz gleich, wen sie damit vor den Kopf stieß. Wie ihre moralische Abrechnung auch genau aussehen mochte, er musste sie in Ruhe lassen. Er hatte seine eigene Abrechnung zu erledigen und verfügte nur über sehr wenige Antworten. Wenn ihm dieselbe scheußliche Geschichte zwei Mal passieren konnte, war vielleicht etwas in ihm verbogen, und zwar womöglich schon seit jeher. Seine Mutter und sein Vater hatten ihn ordentlich zugrunde gerichtet, vielleicht hatte er es auch selbst getan. Entweder konnte er mit nur einer Frau nicht glücklich werden, oder er hatte die richtige noch nicht gefunden.

Wer konnte das schon wissen? Wenn man einmal ganz ehrlich war, wer wusste denn schon überhaupt irgendetwas über die Liebe?

Siebenundzwanzigstes Kapitel

Bei meiner Vortragsreihe sollte es um die Lektionen des Krieges gehen. Zumindest glaubte ich, darin eingewilligt zu haben. Aber als ich mich zurück in die Staaten stürzte und dort Bundesstaat für Bundesstaat mit dem Zug bereiste, in wildem Zickzack durch das Land fuhr und zweiundzwanzig Vorträge in einem Monat hielt, wurde mir bewusst, dass niemand von mir hören wollte, wie ich die Freiwilligen der Internationalen Brigaden für ihre Würde und ihre noble Gesinnung pries. Sie wollten nicht hören, wie ich Franco als Schlachter und Geistesgestörten bezeichnete oder Amerikas Position der Neutralität infrage stellte. Um es mit einem Wort zu sagen, sie waren nicht daran interessiert, die Wahrheit zu hören.

Vorträge zu halten war ein furchtbar einsames Geschäft, wie ich bald herausfand. In einer Stadt nach der anderen sprach ich zu Reihen über Reihen von Menschen, die mir niemals antworteten. Ich hatte genau eine Stunde Zeit, um alles zusammenzufassen, was ich gelernt hatte, und es schnell und leidenschaftlich genug von mir zu geben, um mein Publikum für das, was gerade auf der Welt geschah, wachzurütteln. Ich konnte das Gefühl der Verzweiflung und Hysterie nicht abschütteln, aber meine Zuhörerinnen nickten nur zu allem und verstauten meine Warnungen in ihren Handtaschen. Wenn sie mir im Anschluss die Hand schüttelten, teilten sie mir mit, wie inspirierend ich sei, dabei hatte ich eigentlich vorgehabt, ihnen Angst einzujagen. Die Situation in Spanien war entsetzlich, und wenn sich das Blatt nicht irgendwie wendete, und zwar bald, dann würde es wohl nicht lange dauern, bis der Krieg uns alle einholte. Und doch standen sie hier herum, verspeisten ihre Brunnenkressesandwiches und zogen danach sorgfältig ihren Lippenstift nach.

Ich wollte schreien, aber wer würde mich erhören? Mit jedem Termin schien so viel mehr auf dem Spiel zu stehen, während ich immer fieberhafter und verzweifelter wurde. Ich nahm fünfzehn Pfund ab, da alles Essen für mich nun wie Sand schmeckte. Ich bekam kein Auge zu und gewöhnte mir an, spät in der Nacht meine Mutter anzurufen und zu drohen, ich würde die Reise abbrechen.

»Gellhorns werden nicht vertragsbrüchig, Martha«, beharrte sie. »Du wirst es schon irgendwie überstehen.«

Aber ich schaffte es nicht. Am Ende büßte ich mein Honorar ein, von dem ich den Großteil nach Spanien hatte schicken wollen, und schmiedete Pläne, allein nach Barcelona zu reisen, wofür ich mir Geld lieh. Jeden Tag waren die Nachrichten aus Spanien schwerer zu ertragen. Francos Armee rückte in Richtung Mittelmeer vor, fest entschlossen, Barcelona von Valencia und Madrid abzutrennen. Heinkels überzogen die Städte pausenlos mit Bomben, bis in den Straßen das Blut strömte. Die Armee der Loyalisten war an nahezu jeder Front auf dem Rückzug und hatte lange Konvois aus Flüchtlingen im Schlepptau. Die Krankenhäuser waren voller Waisen, die längst jenseits von Tränen und Wehklagen waren, der Blick aus ihren schwarzen Augen schien leer und gequält.

Der nächste große Krieg kam mit erschreckender Geschwindigkeit auf uns zugerast, und Spanien war in die Knie gezwungen. Ich war so verzweifelt und todunglücklich, ausgelaugt und kraftlos, dass ich schließlich an Ernest schrieb. Ich schickte das Telegramm nicht an sein Haus in Key West, sondern an Sloppy Joe's, seine Lieblings-Conch-Bar, wo es ihn gewiss erreichen würde, was es dann auch tat.

»Noch ein letztes Mal«, erklärte ich ihm, als er mich in St. Louis anrief. »Dort bricht gerade die Hölle los, und wir müssen dabei sein.« Ich hörte meine Stimme zittern und war mir sicher, ihm Angst eingejagt zu haben. Schließlich jagte ich mir selbst Angst ein. Ich hatte ein ganzes Bündel an Argumenten parat und wäre auch bereit gewesen, ihn anzuflehen.

Er erwiderte jedoch bloß: »Sag Bescheid, wenn du in Barcelona ankommst, dann werde ich dich finden.«

Ich fühlte mich sofort stabiler. Mein Herz hörte auf zu rasen. Ich bekam wieder Luft. »In Ordnung«, antwortete ich. »Das werde ich.«

»Und, Marty?«

»Ja?«

»Komm mit mir nach Kuba, wenn das alles vorbei ist. Sämtliche Länder, die uns wirklich am Herzen liegen, werden demnächst zusammenbrechen. Bald ist nichts mehr, wie es war.«

Ich war so dünnhäutig geworden, dass mir sofort die Tränen kamen. »Wir sagten, wir würden niemals Kuba haben.«

»Wir haben bloß versucht, tapfer zu sein, oder etwa nicht? Die Sache ist einfach die: Ich glaube nicht, dass ich weiter ohne dich leben kann.«

Er hatte mich völlig unvorbereitet getroffen. Natürlich empfand ich dasselbe, das tat ich bereits seit Langem, aber was hatte dieser Wunsch schon zu bedeuten? Dieses Verlangen? Er gab kein Versprechen, das er nicht würde halten können. »Es fällt mir gerade schwer, vorauszuplanen«, teilte ich ihm mit. »Es fällt mir schwer, zu glauben, dass irgendetwas wieder gut werden könnte. Wenn der Krieg uns wirklich alle einholt, dann wird es das Furchtbarste und Entsetzlichste sein, das man sich nur vorstellen kann. Du hast gelesen, was heutzutage über Hitler gesagt wird. Er ist sogar noch schlimmer als Franco.«

»Deshalb wäre es ja gerade falsch, irgendetwas anderes zu tun, als aufeinander zu bauen. Du bist die stärkste Frau, die ich kenne. Wen sonst sollte ich im Schützenloch an meiner Seite haben wollen?«

Meine Nerven lagen zu blank, um ihm zu antworten. Kurz darauf legten wir auf, und ich zündete mir nervös eine Zigarette an, ging im Geiste noch einmal flüchtig durch, was er gesagt hatte. *Kuba. Gemeinsam.* Was konnte unmöglicher sein als diese Verbindung von Wörtern? *Glück* und *Frieden* vielleicht. Die Zukunft und wir in ihr, sicher verstaut.

Teil 4

SCHÜTZENLÖCHER

Februar 1939 – Januar 1940

Achtundzwanzigstes Kapitel

Sobald ich in Havanna an Land ging, wurde alles von blendendem, unfassbarem Sonnenlicht geflutet, das glühende Hitze über meine Sandalen und meine Schultern goss und durch meine weiße Bluse drang, als wäre sie gar nichts. Vielleicht war sie hier auch gar nichts. Vielleicht konnten die Sonne und das Meer alles zum Schmelzen bringen, meine Erschöpfung und meine Angst und meinen Kummer, und mich sauber zurücklassen, die verletzten Stellen verbunden, damit ich weitermachen konnte.

Darauf baute ich. Das vergangene Jahr war die Hölle gewesen. Wir waren ein letztes Mal zurückgekehrt und waren in Barcelona dabei gewesen, als die Stadt fiel. Achtzehn Angriffe in achtundvierzig Stunden hatten sie dem Erdboden gleichgemacht, und die Bomben flogen immer weiter, nahmen alles unter Beschuss, was ihnen in den Weg kam. Zahllose Menschen flohen, und sie waren am Verhungern. Die meisten schleppten kleine Bündel mit sich, die alles enthielten, was sie noch besaßen. Und es war entsetzlich, daran zu denken, dass sie nach einem so langwierigen und mutigen Kampf nun so viele weniger und so hoffnungslos waren. Ohne Heimatland.

Sechs Wochen lang berichteten Ernest, Tom Delmer und ich über die Verluste und die sich verschiebenden Kampflinien, bewegten uns in Karawanen auf Straßen voller sich zurückziehender Truppen und Familien und Bauern mit geprügelt wirkenden Ochsen vorwärts. Eines

Abends hörten und sahen wir dann auch dreißig italienische Bombenflugzeuge den Himmel aufschlitzen, lauter, als irgendetwas sein konnte. Wir sprangen aus dem Wagen und warfen uns in den Graben. Dort zusammengekauert ergriff Ernest fest meine Hand. Kurz trafen sich unsere Blicke, und wir fragten uns, ob dies nun das Ende wäre, aber sie kreischten auf ihrem Weg nach Tortosa nur über uns hinweg. Als ich aufblickte, wirkten sie auf mich wie brutale silberne Walküren, die sich die absolute Zerstörung in den Kopf gesetzt hatten. Dieser ganze Krieg war womöglich von Beginn an vergeblich gewesen, aber ihm hatten ausschließlich die besten Ideale zugrunde gelegen. Was nun folgen würde, würde so entsetzlich sein, dass ich mir noch nicht einmal gestatten konnte, es mir auszumalen.

Als die Faschisten schließlich das Meer erreichten, sahen wir zu, wie die Verwundeten in einer endlosen Welle über die französische Grenze strömten, und während ich um jeden einzelnen von ihnen weinen wollte, machte Ernest sich an die Arbeit. Er setzte sich mit dem amerikanischen Botschafter in Frankreich in Verbindung und bat um einen Evakuierungsplan für die Amerikaner. Die britische Marine wurde herangezogen, um Rettungsschiffe an spanische Häfen zu schicken, denn während die republikanische Regierung zerfiel, würden Francos Truppen mit Sicherheit beginnen, hinter der feindlichen Front aufgegriffene Amerikaner gefangen zu nehmen, einzusperren und gar zu exekutieren.

Nie zuvor hatte ich Ernest so unermüdlich und selbstlos handeln sehen. Er half, Geld für die Verwundeten und Invaliden zu sammeln, und als *Collier's* mich per Telegramm zu einem Auftrag davonschickte, blieb Ernest zurück und packte an, um jedem zu helfen, der sich in der Klemme befand. Er bestieg ein Boot, das den Fluss Ebro hinauffuhr, wo Soldatengruppen der Internationalen Brigaden gestrandet waren, und schickte mir alle paar Tage Nachrichten von Orten, die allesamt danach klangen, als würde er in die inneren Kreise von Dantes Hölle vordringen. Ich machte mir Sorgen um ihn, aber es half, dass wir nun in konstantem Kontakt standen und nicht mehr vorgaben, wir könnten es ertragen, wenn es anders wäre.

Beinahe ein Jahr lang reiste ich allein kreuz und quer durch Europa, schrieb unermüdlich für *Collier's* und fühlte Nationen am Rande des Krieges den Puls. Im Juni '38 fuhr ich von Paris nach Prag. Etwas mehr als zwei Monate zuvor war Hitler in Österreich einmarschiert und hatte das Land für Deutschland beansprucht. Dasselbe Schicksal schien nun auch für den sudetendeutschen Teil der Tschechoslowakei mehr als wahrscheinlich.

Ich suchte alle Grenzen auf und bekam ein immer schlechteres Gefühl, was die Zukunft der Tschechoslowakei anging. Das kleine Land war Heimat von mehr als drei Millionen Sudetendeutschen und auf drei Seiten vom Deutschen Reich umzingelt. Hitler drängte den tschechischen Präsidenten Edvard Beneš zur Kapitulation. Währenddessen bat Beneš Frankreich und England um Unterstützung bei seinem Kampf, doch überall wirkte die Stimmung so aussichtslos wie in einem Operationssaal, in dem kein Äther zur Verfügung gestellt wird, für kein Geld der Welt.

Ich schrieb einen Artikel mit dem Titel »Come Ahead, Adolf! – Komm hervor, Adolf!«, der als laute Warnung an meine amerikanischen Leser gedacht war. Der Krieg in Europa bahnte sich an – es war keine Frage mehr, *ob*, sondern *wann* es so weit sein würde. Dann reiste ich nach England und weiter nach Frankreich, in der Hoffnung, sie würden der Tschechoslowakei zu Hilfe kommen, solange dafür noch Zeit blieb. Doch wohin ich mich auch wandte, überall schien ein unerträgliches Ausmaß an

Verleugnung und Bequemlichkeit zu herrschen. Wieder und wieder hörte ich, es sei unvorstellbar, dass der Krieg tatsächlich bis zu ihnen vordringen könnte, ein Refrain, der vom britischen Premierminister Neville Chamberlain mit am lautesten gesungen wurde.

Noch während meines Aufenthalts in England wurde das Münchner Abkommen unterzeichnet, und die Tschechoslowakei war erledigt. Ich eilte zurück nach Prag und erlebte den Aufmarsch der Nazis an der Grenze. Innerhalb einer weiteren Woche hatten sie sich elftausend Quadratmeilen Territorium einverleibt, die nun zum Sudetenland geworden waren. Chamberlain und der französische Ministerpräsident Daladier hatten im Prinzip ein ganzes Land eigenhändig den Wölfen zum Fraß vorgeworfen. Allein der Gedanke raubte mir den Atem.

Ich schrieb einen weiteren Artikel mit dem Titel »Obituary of a Democracy – Nachruf auf eine Demokratie« über das, was ich gesehen hatte: Wie Juden um ihr Leben flohen, aus Deutschland nach Österreich, aus Österreich wohin nun? Wie Tschechen im von den Nazis besetzten Prag auf die Knie geprügelt wurden, wie gequält blickende Kinder allein durch die Straßen zogen, nachdem ihre Eltern im Arbeitslager verschwunden waren. Nichts und niemand konnte nun auch nur einen von ihnen noch retten. Als ich den Artikel abschickte, ging ich davon aus, dass *Collier's* ihn nicht verwenden würde, aber er wurde gedruckt. Zum Zeitpunkt seiner Veröffentlichung hatte ich genug von Europa und schwor mir, nie wieder zurückzukehren. Ich schrieb einen langen Brief an meine Mutter und ebenfalls einen an Eleanor Roosevelt, um auch nur einen kleinen Teil von all dem aus meinem Kopf zu bekommen: die Schrecken der Kristallnacht, die Feigheit, die mir überall begegnete, die Korruption, die Hilflosigkeit, die Qual, die Verzweiflung. Ich fühlte mich nur noch krank und erschöpft. Ich hatte keinen Optimismus mehr übrig. Ich wusste nicht mehr, woran ich glauben sollte. *Spanien werde ich jedoch niemals bereuen,* schrieb ich an sie beide. *Es ist das Einzige, für das ich noch immer dankbar bin.*

Dann floh ich.

Neunundzwanzigstes Kapitel

Kuba war seit vielen Jahren Ernests privater Zufluchtsort gewesen. Wenn es ihm in Key West zu heiß wurde oder seine Frau und Familie ihm zu viel abverlangten, dann entfloh er auf seiner geliebten *Pilar* zum Schreiben ins Ambos Mundos in Havanna. Tatsächlich mietete er sich sogar Zimmer in zwei verschiedenen Hotels, arbeitete im Ambos und schlief und empfing seine Post im Sevilla-Biltmore, damit er zu keinem Zeitpunkt, weder am Tage noch in der Nacht, so einfach zu finden war, wenn er es so wollte.

Mir behagte der Symbolgehalt dieses Arrangements ganz und gar nicht. Er führte zwei Leben und es schien ihm gutzutun, er schien es sogar zu bevorzugen. Und wo genau war mein Platz darin?

Seit Barcelona, als ich es aufgab, mich von ihm fernhalten zu wollen oder vernünftig zu sein, und zuließ, mich in die Liebe zu ihm zu stürzen, mit allen Risiken und Unwägbarkeiten, hatte ich versucht, ihm eine direkte Antwort bezüglich Pauline zu entlocken. An einem Tag erzählte er mir, er wolle sich bald von ihr trennen, er sei fest entschlossen, mich zu heiraten und die Jungs zu holen, damit sie bei uns lebten. Am nächsten hielt er mich hin, wirkte verwirrt und bat um mehr Zeit. Ich hatte ihn noch nie in irgendeiner Angelegenheit passiv erlebt, und es jagte mir Angst ein.

»Sie weiß, dass ich hier bin, oder?«, fragte ich ihn direkt nach meiner Ankunft in Kuba in jenem Februar 1939. »Sie muss es wissen.«

Er zuckte die Achseln und begegnete meinem Blick nur flüchtig. »Ich verstehe, wie scheußlich das hier für dich ist, Rabbit, aber es wird sich bald von selbst klären. Das verspreche ich.«

»Rabbit« war ein neuer Spitzname, den er an mir ausprobierte. Wir probierten ihn aneinander aus, so wie wir diese vage, unberechenbare Liebe ausprobierten. All die richtigen Worte wurden gesagt, bloß geschah es in einer Art Schwebezustand. Weshalb sollte sich irgendetwas *von selbst* klären, wenn er sich jederzeit dazu entschließen konnte, die Angelegenheit direkt anzugehen? Ich verstand nicht, warum er das Gefühl hatte, festzustecken und keine Handlungsmöglichkeiten zu haben, wo die Möglichkeiten doch so offensichtlich schienen.

»Es ist tatsächlich scheußlich. Es fühlt sich an, als wolltest du zwischen uns keine Wahl treffen.«

»Das ist nicht wahr. Ich mache mir nur Sorgen, die ganze Sache könnte furchtbar für die Jungs werden. Die Dinge sind lange Zeit auf eine bestimmte Weise gelaufen. Sie mögen ihre Routine, auch wenn niemand dabei glücklich ist. Zumindest wissen sie dann, was sie erwartet.«

»Es ist immer schwer, etwas zu verlieren«, erwiderte ich. Insgeheim fragte ich mich, ob er nicht genauso sehr von seinem eigenen Bedürfnis nach Routine sprach wie von ihrem. Vielleicht trug das dazu bei, dass wir im Niemandsland feststeckten. Er liebte mich, aber Pauline und seine Söhne und die Whitehead Street waren nun schon so lange ein Teil seines Lebens, dass er sich womöglich noch nicht einmal vorstellen konnte, sie zu verlassen, um ein neues Leben zu beginnen.

»Ich hoffe, du gibst mich nicht auf, falls diese Scheidung sich hinzieht und die Dinge für eine Weile düster aussehen«, sagte er.

»Gib du auch mich nicht auf. Ich habe genauso viel zu verlieren.« *Sogar noch mehr*, ließ ich ungesagt.

Zumindest war es im Fegefeuer warm. Im Hafen tanzten und hüpften bunte Fischerboote im tiefblauen Wellengang. Eine raue Schönheit lag in der zerbröckelnden Ufermauer des Malecón und den verwitterten Schnüren der Schleppnetze, in den zerfallenden alten Gebäuden entlang der Bucht, die in Farbtönen von schmelzender Eiscreme leuchteten.

Ernest wollte mir unbedingt alles zeigen, angefangen beim Floridita, seiner Lieblingsbar in Havanna, wo wir uns an einer Ecke des Tresens auf Barhocker setzten und ein halbes Dutzend Daiquiris tranken, kalt und herb, mit einer Menge gutem kubanischem Rum zubereitet.

Währenddessen erschienen sie mir wie eine wunderbare Idee, aber am nächsten Tag erwachte ich spät, mein Körper überhitzt und in den Laken verheddert. Ernest war verschwunden – schließlich war es Morgen, und solange die Welt nicht komplett kopfstand, arbeitete er an jedem Morgen –, und ich war allein im Sevilla.

Am Abend zuvor hatte ich dem Zimmer kaum bis gar keine Beachtung geschenkt, aber nun, da die Sonne durch die hölzernen Fensterläden fiel, konnte ich die Augen nicht mehr davor verschließen. Ernest war ein Schwein. Wo ich auch hinsah, erblickte ich Unordnung, Durcheinander, feuchte Handtücher, Abfall. Auf der Kommode verstreute ein geöffneter Angelkasten seine Köder über einen Haufen schmutziger Hemden und Socken. Jede andere erreichbare glatte Oberfläche war bedeckt mit Zeitungen und benutzten Kaffeetassen, Wäsche, aufgeklappten Büchern und Essensresten. Genau wie in Spanien bewahrte er auch in diesem Zimmer reichlich Lebensmittelvorräte auf: Sardinenbüchsen und Pfirsichdosen, überreife Bananen, harten Käse, halb leere Flaschen roten Tafelwein. In Madrid war mir diese Angewohnheit noch sinnvoll erschienen, da während der Belagerung selbst Brot und Bohnen schwer zu beschaffen gewesen waren, aber hier wirkte es schlicht und einfach wie Faulheit.

Seufzend wollte ich aufstehen und stolperte dabei nahezu über einen großen rohen Schinken, der nur locker in ein Mulltuch geschlagen war. Schinken, auf dem Fußboden. Das brachte das Fass zum Überlaufen. So schlecht mir auch sein mochte, so sehr mein Kopf auch mit Watte und brummenden Bienen vollgestopft zu sein schien, ich musste hinaus aus diesem Zimmer. Ich verschaffte mir ein paar Aspirintabletten und genügend Platz im Bad, um mich so gut es ging zu waschen, zog einen weißen Rock zu Espadrilles an, setzte eine Sonnenbrille auf und ging nach draußen, um eine Tasse starken kubanischen Kaffee und ein wenig Frieden zu finden.

—

»Du schlägst doch wohl nicht ernsthaft vor, dass wir gemeinsam in diesem Hotel wohnen«, sagte ich später zu Ernest, als seine Arbeit für den Tag getan war. Wir saßen in einem Café, und er schaufelte geräucherte Forelle mit Zwiebeln und Brot und Wein und harten, strengen spanischen Käse in sich hinein. Noch immer ein wenig grün im Gesicht, konnte ich kaum ein gekochtes Ei auf Toast zu mir nehmen.

»Warum nicht? Es sieht gar nicht so viel anders aus als in Madrid, und damals schien es dir auch nichts auszumachen.«

»Erstens hat es mir etwas ausgemacht, und zweitens war das im Krieg.«

»Dann soll das Zimmermädchen eben öfter kommen.«

»Sie kann vielleicht die Zeitungen aufsammeln, aber dann wird es dort immer noch nach Fleisch und Köderfischen riechen. Und nach abgestandenen Aschenbechern. Ich möchte eine richtige Wohnung haben.«

»Das genügt schon für eine Weile, oder etwa nicht? Für dich muss doch nicht erst alles mit Scheuerpulver geschrubbt werden, damit du glücklich bist, oder? Außerdem sind die Geldangelegenheiten gerade noch völlig unklar. Was, wenn Fife mir nun alles streitig macht, was ich besitze?«

Bei der Erwähnung seines Spitznamens für Pauline zuckte ich zusammen, aber ich hütete mich, ihn darauf anzusprechen. Was sollte ich auch sagen? Von der räumlichen Entfernung und meinen Hoffnungen einmal abgesehen, war sie sehr wohl noch immer seine Ehefrau. »Weißt du, ich bin nicht übermäßig ordentlich«, erwiderte ich. »Ich habe es lediglich gerne so sauber wie jeder andere normale Mensch auch.«

»Verstehe. Dann bin ich also auf abnorme Weise unsauber. Willst du das damit sagen?«

Aber ich wollte weder streiten noch in seine Falle tappen. »Sieh mal, ich bin um die halbe Welt gereist, um hier zu sein, und nichts davon geschieht zu meinen Bedingungen. Ich kann nicht bloß in einer Ecke eines Hotelzimmers herumsitzen und auf dich warten, verstehst du das denn nicht?«

»Du wirst schreiben.«

»Ich brauche Raum für mich. Ich bin bereit, für mehr

zu zahlen. Ich werde mich auch allein umsehen. Du musst dir überhaupt keine Gedanken darum machen.«

Am nächsten Tag begann ich meine Suche und fühlte mich sofort besser. Wenigstens übte ich wieder ein kleines bisschen Kontrolle über mein Schicksal aus. Ich beauftragte einen Makler, der mir eine Reihe von kleinen, annehmbaren Häusern in der Stadt zeigte, mit sauber gefegten Veranden und gekachelten Frühstückszimmern und von Banyanbäumen beschatteten Gärten. Manche waren sogar recht reizvoll, aber keins von ihnen löste irgendwelche Emotionen in mir aus. Dann fuhren wir aus dem Zentrum von Havanna heraus, vorbei an den schmutzigen und von Rauch überzogenen Teilen der Stadt, die von allen vergessen zu sein schienen, und schließlich hinauf in die Hügel in Richtung San Francisco de Paula, mit seiner einen staubigen Straße voller winziger Läden und baufälliger Obststände. Schließlich kamen wir auf einem abgerundeten Hügel vor einem quietschenden rostigen Tor mit einer Kette zum Stehen. Jenseits der Kette war nur noch reine Wildnis zu sehen. *Hier?*

Es seien fünfzehn Morgen Land, sagte der Makler, aber bei all dem Wildwuchs sei es schwer, irgendetwas zu erkennen. Als wir das Haus erreichten, sah ich, dass es im spanischen Stil erbaut war und verlassen wirkte. Dicke Weinreben schlangen sich um die abblätternden gelben Fensterläden, Teile des Daches und die Terrasse. Dahinter lag ein verwahrloster Tennisplatz, außerdem gab es einen trockengelegten Pool voller Sand und leerer Ginflaschen und Blechdosen. Ich hätte schreiend davonlaufen sollen, aber dieser Ort fühlte sich an wie ein Märchen. Ich konnte nicht genau sagen, weshalb, doch instinktiv spürte ich, dass dort irgendetwas Wunderbares direkt unter der Oberfläche verborgen lag, lediglich in einen leichten Schlaf gehüllt, wie ein von einer Hexe verfluchtes Königreich, das nicht auf einen Prinzen wartete, sondern auf mich. Auf uns.

La Finca Vigía hieß das Haus, »Der Wachturm«, und es war seit vielen Jahren unbewohnt. In den Räumen war es stickig, es roch nach Schimmel, und alle Möbel darin würden verbrannt werden müssen. In der Küche wimmelte es von Kakerlaken, auf allem lag eine über Jahre angewachsene Staubschicht, überall gab es so viel zu tun. Aber wenn ich die Augen zusammenkniff, konnte ich mir vorstellen, wie ich selbst in einem der Schlafzimmer schrieb, die von dem großen Wohnraum abgingen, während Ernest in einem anderen Teil des Hauses in die Schreibmaschinentasten hämmerte. Wir wären zwei Schriftsteller unter einem Dach, die sich vor allem versteckten außer voreinander und vor unserer Arbeit.

»Zumindest die Aussicht muss nicht renoviert werden«, bemerkte der Makler, als wir hinter dem Haus auf einer weiteren verwilderten Terrasse standen und den mit Weinreben bewachsenen Hang bis nach Havanna hinunterblickten. Die pinkfarbenen, gelben und weißen Gebäude entlang des Ufers wirkten wie einem Gemälde entsprungen, tatsächlich aber zog vor allen Dingen der riesige Kapokbaum, dessen Wurzeln bis an die Vordertreppe des Hauses reichten, meine Aufmerksamkeit auf sich. Er war am Fundament des Hauses entlanggewachsen und hatte es durchdrungen, bis er mit Leib und Seele ein fester Bestandteil des Ganzen zu sein schien. An dem Baum hingen dicke, fleischige Blätter, so grün, dass sie beinahe ölig wirkten, und Bündel kastanienbrauner Samenhülsen. Der Stamm sah aus wie Rhinozeroshaut, dick und ledrig und kräftig. Alles an dem Baum rührte mich beinahe zu Tränen, auch wenn ich niemandem hätte erklären können, weshalb, nicht einmal mir selbst.

»Ich nehme es«, erklärte ich dem Makler, bevor die Vernunft sich wieder zu Wort melden konnte. Ich meinte den Kapokbaum, aber auch jeden einzelnen Schmutzfleck, jedes Spinnennetz und jedes Nest aus getrocknetem Laub. Besitztümer hatten mir noch nie etwas bedeutet, Beständigkeit ebenso wenig. Der Krieg hatte mich jedoch alle möglichen Dinge noch einmal überdenken lassen, ebenso wie die Liebe. Die Zeit war zu etwas anderem geworden. Jeder Tag wirkte nun aufgeladen und unbezahlbar. Wer wusste angesichts all dieser Gewalt und all dieser Kämpfe, angesichts ganzer Länder, die unter dem Einfluss von Hass zusammenbrachen, wie viele Jahre oder auch nur Monate irgendjemandem noch blieben, um ein einfaches Leben nach den eigenen Vorstellungen zu führen? Weshalb sollte ich also nicht irgendwo Ansprüche anmelden, solange ich dazu noch in der Lage war? Für mich selbst, und auch für Ernest, ob er den Wert dieses Ortes nun bereits würde erkennen können oder nicht.

Als er am folgenden Nachmittag seine Schreibarbeit für den Tag getan hatte, führte ich Ernest hinaus aus der Stadt, um ihm die Finca zu zeigen. Ich wies ihn auf den Kapokbaum und auf all die anderen Wunder hin, den Abhang hinter dem Poolhaus, auf dem achtzehn verschiedene Sorten Mangobäume wuchsen, die sonnenbeschienene Terrasse mit den Mimosen und das Spalier, das sich unter dem Gewicht der fuchsia- und apricotfarbenen Blüten tief nach unten bog. Ich hoffte, er konnte durch das Chaos hindurch erkennen, wie glücklich wir hier sein würden.

»Das ist eine Menge Land. Aber die Miete beträgt hundert pro Monat, sagst du?« Er zahlte in der Stadt lediglich ein paar Dollar pro Tag.

»Ich stelle die Schecks aus, schon vergessen?«

»Du meinst wohl, *Collier's* stellt die Schecks aus.«

Er hatte recht. Ich war für die Artikel, die ich aus Frankreich und England und der Tschechoslowakei abgeschickt hatte, gut bezahlt worden. »Sei kein Dickkopf«, bat ich ihn. »Komm, und sieh dir noch einmal meinen liebsten Baum auf der ganzen Welt an.«

»Was ist mit dem Haus?« Er deutete auf die blassgelbe Farbe, die in gummiartigen Fetzen abblätterte und den Kalkstein darunter zum Vorschein kommen ließ.

»Das bisschen Farbe ist doch kein Problem. Wir können uns aussuchen, wie wir es neu streichen wollen.«

»Und der Pool? Der Müll stapelt sich metertief darin. Und er stinkt barbarisch. Der Tennisplatz sieht aus, als hätte ein Erdbeben ihm eins aufs Auge gegeben. Der Brunnen ist ausgetrocknet. Ich weiß nicht, was du dir dabei gedacht hast. Wir sollten schleunigst zusehen, dass wir wieder in die Stadt kommen.«

»Es ist bloß verwahrlost. Hier ist seit Ewigkeiten niemand mehr gewesen. Ich habe vor, diesen Ort über alle Maßen zu lieben.«

»Liebe hat mit Immobilien nichts zu tun.« Er wandte sich um und lief zurück zum Wagen.

»Rabbit«, rief ich ihm hinterher. Ich war auf dem Pfad festgewachsen, meine Füße tief verwurzelt.

»Ja?«, fragte er, ohne stehen zu bleiben.

»Lass es mich versuchen. Ich brauche das hier. Ich werde es tun.«

Dreißigstes Kapitel

Mitte März fuhr Ernest auf der *Pilar* zurück aufs Festland, um seine Familie und vor allen Dingen Bumby, seinen Ältesten, zu sehen, der während der Schulferien zu Besuch kam. Sobald er außer Sichtweite war, beauftragte ich Arbeiter aus dem nahegelegenen Dorf, und wir machten uns ans Werk. Ich beschloss, dass es sich weniger beängstigend und auch weniger häuslich anfühlte, draußen zu beginnen, also wurde zunächst der Pool wie eine verlassene antike Ausgrabungsstätte freigeschaufelt. Nachdem Erde und Trümmer beseitigt waren, trat das Becken als ein Puzzle aus gezackten Rissen zutage, die allesamt gekittet werden mussten. Es erschien mir hoffnungslos, doch eines Tages, als der Grund endlich ausgebessert und alles weiß getüncht und gestrichen und gekachelt war, füllten die Arbeiter den Pool mit Meerwasser auf, und ich stand wie angewurzelt da, nahezu hypnotisiert vom diamantartigen Glitzern des Sonnenlichts auf der Oberfläche. Es war blendend schön und stellte eine so unwahrscheinliche Wiederbelebung dar, dass es mir neuen Schwung gab für die Arbeit, die noch vor uns lag.

Und es gab reichlich zu tun. Der Tennisplatz musste dem Urwald entrungen werden, der Wein zurückgeschlagen, der Mist der Vögel und der anderen Tiere weggekehrt und der gesamte Boden und das Netz ausgetauscht werden. Der neue Boden hatte den Farbton eines wohlgenährten Flamingos, eine Farbe, deren Anblick mich so glücklich machte, dass ich beschloss, das Haus solle ebenfalls pink gestrichen werden – in einem wundervollen pastelligen Altrosa, das aussah, als würde es nach Spanien gehören. Als Nächstes kamen zwei Gärtner, um die Terrasse zu befreien und den chaotischen Garten Stück für Stück, Schritt für Schritt zu zähmen.

Das Grundstück wirkte wahrhaftig magisch. Es strahlte Frieden und Ruhe aus, auch wenn das noch nicht für mich selbst gelten mochte. Sobald das Innere des Hauses in Angriff genommen worden war, die verputzten Wände ausgebessert und gestrichen, die Fenster ersetzt und die Vorhänge geflickt worden waren, schrubbte ich die Fußböden mit manischer Energie, befestigte frisches Papier an Regalen und Schubladen in der Küche und ging mit einem steifen kubanischen Strohbesen auf die Spinnweben los, während ein Teil von mir danebenstand, benommen vor Angst und Zweifeln und Unsicherheit – dem Schwindelgefühl eines extremen Wandels.

Ernest hatte recht, es war ganz und gar nicht typisch für mich, einem Ort so viel Bedeutung beizumessen – einer Adresse, einem Stück Land. Aber mit dem Verlust Spaniens war für mich alles anders geworden. Die ganze Welt war im Wandel begriffen, und mir schien es das einzig Sinnvolle zu sein, mich an alles zu klammern, was gut war am Leben. Ein Haus an einem Hang. Ein Mann, der mich liebte, auch wenn er mir nicht sagen konnte, was der nächste Tag bringen würde.

Über ein Jahr war vergangen, seit Pauline Ernest in Paris meinetwegen zur Rede gestellt hatte. Sie musste wissen, dass ich noch immer Teil seines Lebens war, aber sie schien fest entschlossen, den Kopf in den Sand zu stecken und blind für jedes Anzeichen zu sein. Sie lebten getrennt und bezeichneten es als einen Urlaub für

Ernest. Einen Rückzug zum Schreiben. Und er trug an dieser Lüge genauso viel Schuld wie sie.

Ich konnte nur hoffen, dass seine Loyalität eines Tages mir gelten würde. Und ich wusste, dass dieses Haus dabei helfen konnte. Wenn ich all meine Energie hineinsteckte, würde er erkennen, wie absolut wundervoll unser gemeinsames Leben sein konnte. Zwei Schriftsteller unter einem Dach, verborgen vor allem, was keinen Sinn mehr ergab. Eine Heimat, die auf keiner Landkarte verzeichnet war, am hintersten Ende der Welt. Unser Schützenloch. Das hübscheste Schützenloch, das es je gegeben hatte.

—

Ich bestellte ein Bett und einen Tisch und weitere Möbel fürs Arbeitszimmer bei einem Tischler, den ich im Dorf ausfindig machte. Ich schleppte Bettlaken und Lampen und Geschirr, Leinenservietten und Badematten an und versuchte, mich auf die Aufgaben zu konzentrieren, die ich zu bewältigen hatte, versuchte, nicht zu viel nachzudenken und zu rauchen und nachts auf der Terrasse auf und ab zu gehen. Das hier musste funktionieren. Es musste, also würde es das auch.

Nach drei Wochen waren alle Renovierungsarbeiten abgeschlossen, die Arbeiter gegangen, und ich war allein im Haus. Ich schenkte mir einen großen Whiskey auf Eis ein, nahm ein langes Bad und schritt im Pyjama durch die leeren Räume, wobei ich in den Fenstern hin und wieder einen Blick auf mein Spiegelbild erhaschte und mich jedes Mal für einen kurzen Moment fragte: *Wer ist diese Frau?*

Es war alles neu für mich, ich warf gerade meine alte Haut ab, war nicht mehr ganz dieselbe Person wie zuvor, aber auch noch nicht die, die ich sein wollte. Ich schlief unruhig, war unschlüssig, wo ich mich auf dem großen

Bett hinlegen sollte, und hörte das scharfe, beinahe metallische Zirpen der Geckos unter dem Dachgesims. Ich warf und drehte mich umher und erwachte im Morgengrauen verdrießlich mit einem Brummschädel. Eine düstere Stimmung lauerte über mir wie eine Gewitterwolke. Ohne mir auch nur einen Kaffee zuzubereiten, trat ich aus dem Haus und setzte mich barfuß auf die Vordertreppe.

Ich war selten so früh wach und konnte mich nicht daran erinnern, wann der Himmel jemals so blass und perlmuttfarben und baumwollartig gewesen wäre. Die Frühlingshitze pulsierte von oben und unten. Große Scharen Singvögel rasten über die Baumkronen, hin und zurück und zur Seite, stürzten sich ohne Angst auf ihr Frühstück aus Stechmücken. Irgendwie war der Morgen hier lauter als die Nacht. Der Urwald um mich herum schien das Gesumme der Insekten auszuatmen, Milliarden und Abermilliarden von ihnen hielten mit ihrer Musik die Bäume unsichtbar aufrecht. Die Palmen rasselten. Die rundgesichtigen Klammeraffen krachten von Bambus zu Bambus, und alles war lebendig und beharrlich, hämmerte wieder und wieder dieselbe Kunde, von Risiko und Hoffnung und von dem Ort, an dem sich diese beiden Dinge in mir trafen.

Ich hatte furchtbare Angst, Ernest an Pauline zu verlieren, ja. Ich konnte fortfahren, all die Federn für dieses Nest zusammenzusammeln, und letztlich feststellen, dass er es nicht fertigbrachte, sie zu verlassen. Ebenso viel Angst hatte ich, dass unsere Liebe, selbst wenn er sich schließlich für mich entschied, nicht von Dauer war. Ja, auch das konnte passieren.

Direkt vor mir stand der Kapokbaum, knorrig und aus jedem Winkel prachtvoll, so alt wie ein Elefantenfriedhof. Der Baum war der Hüter des Hauses, der alles bezeugen konnte, was in der Vergangenheit geschehen war. Und mit seiner festen Verwurzelung und seiner immerwährenden Geduld schien er mir mitzuteilen, meine Sorgen seien weder ungewöhnlich noch unverzeihlich. Diese Geschichte war uralt. Die älteste, die man kannte. Ich hatte alles zu verlieren, aber auch alles zu gewinnen, wie jede Frau, die in der Liebe mit sich selbst ringt.

Ich ging wieder hinein, wo alles sauber und besänftigend und ruhig war, von der Morgensonne lichtdurchflutet. Ich kochte Kaffee im neuen Perkolator, goss ihn in einen neuen Emaillebecher und ging in das Zimmer, das ich mir als mein Arbeitszimmer auserkoren hatte. Noch stand kein einziges Buch in dem Regal. Ich hatte in diesem Haus noch kein Wort geschrieben, kein Telegramm, noch nicht einmal einen Brief an meine Mutter. In all dem Schweigen oblag es mir, den Gong zu schlagen. Niemand anderes konnte es für mich tun. Ich zog einen der neuen, steifen Mahagoni-Küchenstühle an einen kleinen Tisch und wühlte mich durch die Kisten, bis ich Papier und Bleistifte und meine Schreibmaschine gefunden hatte. Ich klemmte ein neues Blatt in die Walze, und der scharfe Knall hallte im Haus wider. Das Blatt war blütenweiß. Es verbarg noch all seine Geheimnisse. Mir blieb nichts anderes übrig, als zu beginnen.

Einunddreißigstes Kapitel

Von der hinteren Terrasse unserer Finca aus konnten wir auf Havanna hinunterblicken wie untergeordnete Götter vom Olymp, auf den blassen rosagelben Dunst der Stadt bei Tag und die verwischten glitzernden Lichter bei Nacht. Keine unangekündigten Autos kamen zu uns herauf, und die Ruhe war wie ein Traum oder ein Bann.

Ich hatte das Haus gerade wegen seiner Entfernung zur Stadt ausgewählt. Aber auch wenn Ernest diese ebenfalls zu schätzen wusste, bestand er darauf, sein Arbeitszimmer und seine Postanschrift im Ambos Mundos zu behalten.

»Das hat nichts Schlimmes zu bedeuten, Rabbit«, versicherte er mir, da ich verletzt darauf reagierte. »Ich habe einfach meine Gewohnheiten. Du hast hier wunderbare Arbeit geleistet. Ich möchte an keinem anderen Ort auf der Welt sein.«

»Gut«, sagte ich und schob meine Zweifel so weit fort, wie ich konnte. »Ich nämlich auch nicht.«

Und so begann die Zeit von zwei Schriftstellern unter einem Dach. Ernest teilte Pauline mit, er werde auf unabsehbare Zeit in Kuba bleiben und keine Freunde oder Gäste empfangen. Dann schlug er Wurzeln in Form von Worten. Er wählte seinen Arbeitsplatz in unserem Schlafzimmer und ging dort jeden Morgen beim ersten Licht des Tages an dem Stehschreibtisch, den er aus einem Bücherregal gefertigt hatte, ans Werk. Darauf lag alles bereit, was er brauchte: gut gespitzte Bleistifte und der hölzerne Buchständer, auf den er jedes einzelne weiße Blatt legte, wenn er mit der Hand schrieb. Die Schreibmaschine, an der er weiterarbeitete, wenn es besonders schnell und gut lief, und die Tabelle, in der er die Anzahl der Wörter am Tag festhielt. Es war ein guter Platz für ihn, direkt vor dem Südfenster. An vielen Tagen wachte ich auf und blieb lange mit geschlossenen Augen liegen, während ich dem Rhythmus seines Bleistifts auf dem Blatt lauschte und den Bienen in dem blühenden Jakarandabaum vor ihm, die ganz benommen waren von ihrer eigenen Emsigkeit. Wenn ich aufstand, richtete ich kein Wort an ihn, und er sprach auch nicht mit mir, da wir übereingekommen waren, dass dies am Morgen, und für das Schreiben, wichtig war.

Stattdessen ging ich den Flur hinunter und trank meinen Kaffee an meinem eigenen Schreibtisch, während die Sonnenstrahlen auf dem glatten Fliesenboden und auf dem goldenen Holz des neuen Bücherregals aufflammten. Wir hatten zwei junge Männer aus dem Dorf eingestellt, Fico zum Kochen und Rene als Haushälter. Einer von ihnen stellte mir jeden Tag ein Tablett mit einem pochierten Ei und Toast und kleinen runden Schalen mit Butter und Feigenmarmelade hin. Ich aß und fühlte mich so wohlig wie eine Katze in dem Wissen, dass sich Stunden um Stunden vor mir erstreckten.

Ich war an meine Notizbücher zurückgekehrt, da mein Instinkt mir sagte, ich solle über Spanien schreiben, solange sich noch alles frisch und gestochen scharf für mich anfühlte. Fände ich die richtigen Figuren und eine Möglichkeit, wahrhaftig niederzuschreiben, was ich in Madrid gesehen und empfunden hatte, dann glaubte ich, an den Erfolg meines zweiten Buches anknüpfen und vielleicht sogar etwas Außergewöhnliches erschaffen zu können. Etwas, das nicht einfach sang- und klanglos verschwand oder mich für meine literarischen Ambitionen verhöhnte, sondern das überdauerte, sogar über meinen Tod hinaus, und die Wahrheit über diesen Krieg erzählte.

Ich saß jeden Tag an meinem Schreibtisch und bemühte mich um Inspiration, brachte hoffnungsvolle Sätze und Dialogfetzen zu Papier. »Fingerübungen«, nannte Ernest diese Phase des Schreibprozesses.

»Stell es dir vor wie Tonleitern auf dem Klavier«, hatte er mir am Anfang unserer Beziehung erklärt, als er noch die Rolle meines Lehrers angenommen hatte. »Du musst dafür sorgen, dass die Muskeln flexibel bleiben und der Geist ebenfalls, und dann, wenn tatsächlich etwas kommt, wirst du bereit dafür sein.«

Ich wartete noch immer ausgesprochen sehnsüchtig darauf, dass dieses Etwas von mir Besitz ergriff, und versuchte dabei, nicht über Ernests Ehe nachzudenken. Alle paar Tage, wenn er seine Post abholte, bekam Ernest Neuigkeiten aus der Whitehead Street, Nachrichten von Pauline und den Jungs. Ich wollte die Briefe von ihr unbedingt lesen, wollte wissen, wie sie die Dinge tatsächlich sah, aber schon allein die Vorstellung war gefährlich und selbstzerstörerisch.

Währenddessen arbeitete er fieberhaft an einem neuen Roman. Er brauchte keine Fingerübungen mehr, stattdessen schien ein Vulkan unter der Oberfläche hervorzubrechen und ihn mit sich zu reißen.

»Zuerst dachte ich, es wäre eine Kurzgeschichte«, erzählte er mir eines späten Abends, als wir eng verschlungen in unserem großen, guten Bett lagen, mein Bein um seine Taille, seine Hände in meinen Haaren vergraben. »Aber es handelt sich um einzelne Kapitel. Ich glaube, ich habe den Kriegsroman begonnen, den ich schreiben wollte. Eigentlich weiß ich es. Ich habe mich kaum getraut, mir selbst mein Vorhaben einzugestehen. Hier passiert gerade etwas Besonderes. Die Worte fließen nur so aus mir heraus, und dann blicke ich auf und weiß nicht mehr, wo ich bin oder wo ich gewesen bin.«

»Wirklich, Rabbit? Das ist ja wundervoll.« Das war es – für ihn. Aber für mich war es furchtbar. Natürlich würde auch er über Spanien schreiben, schimpfte ich mich selbst im Dunkeln. Und er würde es besser tun, als ich es mir jemals erhoffen könnte. Die Eifersucht überkam mich mit solch erschreckender Wucht, dass ich mich am liebsten grollend unter die Veranda verkrochen hätte. Ich wartete und betete immer noch, bald auf die richtige Geschichte für mein Buch zu stoßen, während sie ihm ganz einfach zuzufallen schien, als wäre all das ein gottgegebener Zustand. *Wo ist mein Vulkan?*, wollte ich fluchen, aber ich konnte es nicht. Das wäre zu engherzig gewesen, und er war zu glücklich. Also sagte ich: »Gott, ich freue mich so für dich. Ist das nicht das schönste Gefühl überhaupt?«

»Es gibt kein besseres. Es fühlt sich an, als wäre überhaupt kein Ende in Sicht. Als könnte ich jeden Tag meine Leine auswerfen und die Worte wären da.«

»Wie großartig für dich.« Ich schluckte mühsam und unterdrückte meine Bitterkeit, die Augen auf die von Schatten überzogene Zimmerdecke gerichtet. Mein Buch konnte noch immer ebenfalls Feuer fangen. Es konnte jeden Tag so weit sein. »Hast du Max schon davon berichtet?«

»Nein, und das werde ich auch fürs Erste nicht tun. Es ist alles noch zu frisch.«

»Ich weiß, was du meinst. Ein bisschen so, wie wenn man flüstert, nachdem in einem Haus gerade ein Baby geboren wurde. Man möchte es nicht wecken.«

»Genauso ist es«, bestätigte er. »Ich will, dass das verfluchte Ding schön tief und fest weiterschläft, bis es laufen kann.«

Wir konkurrierten nicht miteinander, versuchte ich mir zu sagen. Es fühlte sich nur so an, weil wir im selben Haus arbeiteten, die Feuerstelle des anderen stets in Sichtweite. Wenn gerade zufällig er an der Reihe war zu entflammen, so würde meine Gelegenheit dazu sicher noch kommen. In der Zwischenzeit würde ich mich dicht über das Feuer beugen, meine Hände wärmen und für ihn lächeln. Und ihn lieben.

Zweiunddreißigstes Kapitel

Der Juni kam mit pulsierender Hitze und dem Gefühl, dass die Stürme sich zusammenbrauten und bis an den Rand unseres Sichtfelds drückten, uns aber nur selten erreichten. Ernests Buch raste heran wie ein Güterzug. Er schrieb so beständig und gut wie nie zuvor und glaubte, wenn er diese Geschwindigkeit beibehalten konnte, würde er bis zum Ende des Sommers ein fertiges Manuskript vorliegen haben.

»Alles spielt sich innerhalb von drei Tagen ab«, beschrieb er mir die Handlung. »Doch es fühlt sich so an, als steckte die gesamte Menschheitsgeschichte in diesen drei Tagen und als wäre Jordan jeder Mensch, der jemals gelebt hat. Ich habe ihn zwar erfunden, aber im Augenblick erscheint er mir fast realer als irgendjemand sonst.«

Robert Jordan war der Held des Romans, ein amerikanischer Sprengstoffexperte, der beauftragt wird, eine Brücke in die Luft zu sprengen und einen republikanischen Angriff in den Guadarrama-Bergen zu unterstützen. Ich erkannte sofort, dass die Figur zum Teil auf Robert Merriman basierte und dass der Angriff eine Neuinterpretation einer realen Schlacht bei La Granja war, die verloren wurde, kurz nachdem wir Spanien zum ersten Mal verlassen hatten.

Aber das war lediglich die Logistik. Diese Schlacht und diese Brücke entstammten im wahrhaftigsten Sinne ganz und gar Ernests Vorstellungskraft. Die Welt des

Buches kam aus seinem Inneren hervorgeschossen, war so dicht und vollkommen, dass es ein leichter Schock war, die mir angebotenen Seiten zu lesen, selbst wenn es immer nur ein paar am Stück waren. Als würde einem die absolute Realität um die Ohren gehauen. Ich konnte den mit Kiefernnadeln übersäten Waldboden riechen, den Fluss hören, der entlang der schmalen Straße verlief, und konnte die Sonnenstrahlen spüren, die durch das Blätterdach auf den steilen Berghang fielen.

Aber wenn ich mich an meinen eigenen Schreibtisch setzte und versuchte, *mein* Spanien zu finden, entzogen sich mir die Worte auf mysteriöse Weise. Es hätte mich keine Mühe kosten sollen, nach dieser Zeit zu greifen. Ich dachte schließlich jeden Tag daran, oder etwa nicht? Aber die Sätze kamen nicht, wenn ich sie rief. Ich fühlte mich schrecklich unzulänglich und versuchte, nicht in Panik zu geraten.

»Erinnerst du dich noch an das Mädchen, Maria?«, fragte mich Ernest eines Abends. Wir saßen bei ein paar Gläsern Scotch vor dem Abendessen auf der Terrasse. Die schlimmste Hitze war vorüber, und die Luft war feucht und so schwer, dass man meinte, sich dagegenlehnen zu können. Vielleicht würde es später regnen, vielleicht aber auch nicht. So oder so, es liefe nahezu auf das Gleiche hinaus.

»Ja, sie bricht einem das Herz, nicht wahr? Sie ist so wunderbar gezeichnet, Rabbit. Wirklich. Deine Zauberei mit den Figuren ist erstaunlich.«

»Sie ist nicht direkt nach deinem Vorbild geformt«, fuhr er fort. »Aber sie hat deine Entschlossenheit, verbunden mit deiner Zärtlichkeit. Und das ganze Zeug, das ich über die Liebe zu einem anderen Menschen schreibe: Nun, das bist du. Das kann ich nur schreiben, weil ich dich habe.«

»Dein Buch wird großartig werden.«

»Ich muss aufpassen, nicht zu schnell voranzupreschen, sonst könnte ich noch alles verlieren.«

»Das wirst du nicht.« Als ich es aussprach, wusste ich, dass es der Wahrheit entsprach. In ihm braute sich gerade etwas zusammen. Jeder hätte es spüren und wissen können, dass hier gerade etwas Außergewöhnliches stattfand. *Er schreibt das Buch seines Lebens*, dachte ich erschrocken und verdrängte meine Eifersucht. »Du kannst es nicht mehr verlieren. Dafür steckt es viel zu tief in dir.«

»Kann sein.« Seine Stimme wurde zärtlich und klang nun verletzlich. »Ich hoffe es.« Dann fügte er hinzu: »Ich habe Maria dein Haar gegeben.«

»Ich dachte, sie wäre Spanierin.«

»Das ist sie auch, und sie hat Haare wie ein Weizenfeld.« Er nippte an seinem Scotch, der vom schmelzenden Eis milchig geworden war, dann sagte er: »Sie gehört auch dir. Dieses Buch gehört uns. Das sind wir.«

Wie sehr ich mich daran festhalten und daran glauben wollte.

Als ich mich am nächsten Morgen an meinen Schreibtisch setzte, wurde mir bewusst, dass ich meine eigene Spanienidee loslassen musste. Wenn ich es nicht täte, würde ich meine Arbeit stets mit seiner vergleichen und dabei schlecht abschneiden. In meinem Leben gab es bereits genügend Angst und Unsicherheit. Da konnte ich das nicht noch zusätzlich gebrauchen. Also verlegte ich meine Figuren von Madrid nach Prag, womit ich schon einen Teil des Problems gelöst zu haben schien. Meine Heldin war eine amerikanische Journalistin, die große Ähnlichkeit mit mir selbst besaß und entsandt wurde, um über den Krieg zu berichten, nur um sich dann hoffnungslos in den Mann zu verlieben, den sie auf keinen Fall begehren sollte, es aber dennoch tat. Diese Geschichte war mir zumindest vertraut. Und selbst wenn ich an Ernests Talent nicht heranreichte oder es auch nur mit den Fingerspitzen berühren konnte, so konnte ich ihm im Hinblick auf Beharrlichkeit doch das Wasser reichen und dieses Buch nicht aufgeben. Koste es, was es wolle.

Wirkliches Schreiben, wurde mir allmählich bewusst, hatte eher etwas davon, Stein um Stein eine Mauer zu bauen, als auf den Einschlag eines Blitzes zu warten. Es erforderte größte Mühen. Es war eine körperliche Anstrengung. Und manchmal, wenn man nicht aufhörte, die Steine aufeinanderzuschichten, wenn man die Hände einfach bluten ließ und nicht aufblickte oder sich von irgendetwas unterbrechen ließ, dann kam der Blitz. Nicht wenn man ihn herbeibetete, sondern wenn man seine Arbeit tat.

Dreiunddreißigstes Kapitel

Den ganzen Sommer über, während die Hitze glühte, Gewitter herandonnerten und sich wieder verzogen und unsere Mangos reiften und über Nacht verschwanden, erbeutet von irgendeiner Tierart, tauschten wir unsere Seiten aus und unterstützten die Ideen des anderen, und es war genauso, wie ich es mir erhofft hatte. Sein Buch gehörte mir, und meines gehörte ihm, und stärker, als ich es je für möglich gehalten hätte, vielleicht sogar zum ersten Mal überhaupt, spürte ich, dass ich nicht allein war.

Jeden Nachmittag, wenn die Arbeit hinter uns lag, spielten wir auf dem frisch erneuerten Platz Tennis, selbst in der Tageshitze, schwitzten das Gift zu vieler Gedanken aus und schwammen danach, bis unsere Schultern schmerzten. An mindestens einem Abend in der Woche ließen wir in Havanna Dampf ab, machten es uns am Tresen im Floridita auf Barhockern bequem, die stets auf uns zu warten schienen, reserviert auf unsere unsichtbar eingravierten Namen. Nach einem schwierigen Tag war es großartig, in die Stadt zu fahren, Freunde zu treffen und unbeschwert zu sein. Wir liebten all die kleinen Geschäfte und Cafés, die alten Tantchen, die in ihren Kitteln und gewebten Hüten auf den Bänken saßen. Wir liebten die Jungs mit ihren weißen T-Shirts und dem glatten dunklen Haar, ihre lockere Art zu gehen, manchmal rauchend, manchmal lachend, vor jugendlicher Energie strotzend und stets Ärger suchend.

Mit der Abenddämmerung kamen die *negritos* in riesigen Wolken von den Zuckerrohrfeldern und vernebelten den Himmel, bis sie sich in den Lorbeerbäumen auf der Plaza de Armas niederließen. Ihr Mist färbte alles, was sich den Tag über unter den Bäumen angesammelt hatte, Zigarettenstummel und verbrannte Streichhölzer, Papierfetzen und Verpackungsreste und sogar das cremefarbene Gewirr von irgendjemandes Unterhosen. Jeden Morgen kamen die alten Frauen mit ihren Strohbesen und bückten sich geduldig über ein Quadrat Erde nach dem anderen und richteten alles wieder neu her.

—

Wir gingen gern entlang des Prado durch die Altstadt von Havanna, vorbei an den launenhaften Tangomelodien aus den Tanzclubs, den Straßengaunern, dem Rumgeruch und den lauten dumpfen Knallgeräuschen der lederbespannten Batá-Trommeln. Oft spazierten wir auch entlang des Malecón, wo wir eines Tages auf einen schmalen und größtenteils leeren Park stießen, in dem im abnehmenden Licht gerade ein Spiel gespielt wurde. Eine Gruppe Männer stand mit dem Gesicht zu einer Mauer und schmetterte einen kleinen Lederball mit überraschender Genauigkeit dagegen. Sie bückten und drehten sich flink und leichtfüßig. Sie schienen sich ganz selbstverständlich und blind der Körper ihrer Mitspieler bewusst zu sein, wie bei einer Art unsichtbarer Choreographie.

»Das ist Pelota«, erklärte mir Ernest. »Ein baskisches Spiel. Ich habe in San Sebastián immer dabei zugesehen. Im Grunde ist es verdammt großartig. Wie ich gehört habe, ist es das schnellste Spiel der Welt.«

»Lass uns einen Augenblick hierbleiben. Ich finde sie wunderschön.«

Und das waren sie auch. Wie sie nahezu lautlos über den Sand liefen, die Arme ausgebreitet, als könnten sie fliegen. Vielleicht konnten sie es tatsächlich.

Wir suchten uns eine Bank und beobachteten das Ende des Spiels. Wie es schien, gab es Teams und verschiedene Möglichkeiten, den Ball von der Wand zurückprallen zu lassen, um die anderen herauszufordern, aber alles geschah in einer solchen Geschwindigkeit, dass ich mich nur auf das leuchtende Weiß der T-Shirts konzentrieren konnte und auf die verschwommenen Formen, die die Arme der Männer blitzschnell annahmen, wenn sie den Ball fingen und schlugen, und auf ihre Beine, die immer in Bewegung blieben, wie Panther im Dunkeln.

Als der Himmel schließlich schwarz wurde und das Spiel sich auflöste, begann Ernest ein Gespräch mit den Spielern. Es waren sechs, unterschiedlich groß und alt, auch wenn ich schätzte, dass sie allesamt jünger als Ernest waren. Die Ernsthaftigkeit des Spiels ließ sie gesund

und fit aussehen. Schon bald erfuhren wir, dass sie Basken waren, die nach Havanna gekommen waren, nachdem Franco Bilbao eingenommen hatte. Sie hatten Seite an Seite in den Brigaden der Loyalisten gekämpft, und als Spanien zu scheitern, zu fallen begann, waren sie hierhergekommen.

Mir wurde plötzlich bewusst, dass sie sich im Exil befanden, und ich fühlte mich ihnen verbunden. Auch Ernest und ich befanden uns im Exil, allerdings hatten wir es frei gewählt. Das hatten sie nicht. »Sie müssen Ihre Heimat sehr vermissen«, sagte ich.

»Franco hat Spanien alles genommen, was gut war«, antwortete einer der Spieler. »Wie kann man etwas vermissen, das nicht mehr existiert?« Er war ein wenig größer als die anderen, hatte einen dichten Schopf tiefschwarzen Haars und ein rundes Gesicht, das alterslos und irgendwie unberührt wirkte. Sein Name laute Francisco Ibarlucia, teilte er uns mit, aber wir sollten ihn Paxtchi nennen.

»Was ist mit Ihren Familien?«

»Wir versuchen, nicht von der Vergangenheit zu sprechen«, erwiderte ein anderer Mann, Juan. »Außerdem sind wir eine Familie.« Er wirkte jünger, vielleicht fünfundzwanzig, mit zarten Gesichtszügen und dichten schwarzen Wimpern.

Wir berichteten ihnen ein wenig von unserer Zeit in Spanien. Sie hatten andere Journalisten kennengelernt, die so gelebt hatten wie wir, der Republik und *la causa* verpflichtet, weshalb sie uns auf Anhieb zu verstehen schienen, ebenso wie wir sie. Ernest wies auf ein nahegelegenes Hotel in der dunklen Straße: »Kommt mit und trinkt etwas mit uns.«

»Ihr sollt mit uns trinken«, entgegnete Paxtchi. »Heute ist Felix' Geburtstag.« Er wies auf einen gutaussehenden jungen Mann mit eng stehenden schwarzen Augen und einer wunderbar gebogenen Nase. »Nicht zu feiern, wäre eine Sünde.«

»Ich versuche ja, meine Sünden etwas direkter zu begehen«, erwiderte Ernest fröhlich, und wir folgten den Männern in ein kleines Haus in einer Nebenstraße der Calle Campanario, wo sie gemeinsam zu leben schienen, mit einem großen Schuhhaufen vor der Tür. Es war alles ausgesprochen gemütlich und wahrhaftig, ein Ort, genau nach Ernests Geschmack, hier lebten die Menschen einfach. Sie hatten genug, sie waren zusammen.

Hinter dem Haus gab es eine kleine Veranda mit Bänken, auf denen wir im flackernden Licht der Kerzen saßen. Die Männer brachten mit Stroh umflochtene Flaschen schweren Rotweins. An den Flaschen waren geflochtene Strohgriffe befestigt, in die sie einen Finger steckten, während sie die Flasche gegen den gebeugten Arm kippten, alles in einer einzigen Bewegung, wie ein geschmeidiger Tanz. Sie brachten es fertig, dabei keinen Tropfen zu verschütten.

Ernest kannte diese Methode bereits, hatte sie in einem anderen Leben perfektioniert, wie ich mir hätte denken können. Es gab außerdem Patxaran zu trinken, einen hausgemachten Schnaps, der über eine komplexe Geschmacksnote nach Brombeeren, Kaffee und Zimt verfügte und aus kleinen, fingerhutbreit gefüllten Bechern getrunken wurde. Er schmeckte mir viel zu gut, und ehe ich wusste, wie mir geschah, waren wir alle sehr betrunken. Die Basken sangen schwermütige Lieder, hoben ihre Stimmen und senkten sie wieder, ließen sie zusammenlaufen, bis sie verstummten und dann einer allein die Melodie aufnahm und den Text hinausschmetterte, volltönend und klar.

Felix, der von allen Ermua genannt wurde, sang meiner Ansicht nach am wahrhaftigsten. Als ich versuchte, ihm zu erklären, wie wundervoll er war, zuckte er nur die Achseln und sagte: »*Normal, normal.*« Aber ich glaubte zu erkennen, wie sich seine Schultern merklich strafften, und sein Blick teilte mir noch nachdrücklicher mit, dass er sich seiner ungewöhnlichen Gabe bewusst war.

Jedes der Lieder klang traurig und vollkommen und hoffnungsvoll zugleich, und mehrmals spürte ich, wie sich Gänsehaut über meinen Rücken und Nacken ausbreitete. Eines musste das Lieblingslied von allen sein, denn sie sangen es wieder und wieder. Irgendwann konnte ich die Worte unterscheiden und im Kopf behalten, und ich begann, sie zu wiederholen, auch wenn die baskischen Silben so fremd waren wie der Geschmack des Patxaran auf meiner Zunge. »Das Wort *maite*«, riet ich laut an Ermua gewandt, als hinterher Stille herrschte, »das bedeutet ›Liebe‹, oder?«

»Ja, das stimmt. Dies ist ein sehr altes Lied.« Er sang noch ein paar Zeilen, wie ein Engel. »Es handelt von einer Frau, die sich jede Nacht, wenn ihr Geliebter schläft, in einen Vogel verwandelt. Jeden Morgen stellt er fest, dass sie fort ist, und das quält ihn sehr. Weder kann er ihr folgen noch sie zum Bleiben zwingen. Er kann lediglich darauf warten, dass sie zurückkehrt, und hoffen, dass sie ihn nicht vergisst.«

»Ich glaube, diese Geschichte habe ich schon einmal gehört«, bemerkte Ernest trocken.

»Wir alle haben diese Geschichte schon einmal gehört«, erwiderte Paxtchi und lächelte uns an wie ein Zauberer. Er konnte nicht älter als fünfunddreißig sein, und doch schien es, als gäbe es schon jetzt nichts, das er nicht über die Liebe wüsste. Vielleicht war es ja auch so. Vielleicht gab es am Ende über alles nur sehr wenig zu wissen. Zumindest schien es so, hier auf der Veranda, wo das Kerzenlicht zitterte und flackerte und der Wein wie kühler Samt auf meiner Zunge lag.

Ich schloss die Augen sacht und lauschte, als die Männer erneut zu singen begannen, ließ die Worte fallen, ohne zu versuchen, sie aufzufangen.

»Du wirkst glücklich, Rabbit«, sagte Ernest in mein Ohr.

»Das bin ich auch. Ich habe mich gerade wieder an etwas erinnert.«

»Ach ja? An was denn?«

»Dass das Leben nicht kompliziert sein muss, wenn wir uns auf das konzentrieren, was wirklich zählt. Alles wendet sich zu unseren Gunsten.«

»Na klar, das stimmt.« Er schenkte mir ein Lächeln. »Aber ich glaube, du wirst morgen fürchterliche Kopfschmerzen haben.«

»Das ist mir egal. Ich setze fest auf uns, Rabbit. Weißt du das?«

»Ja.« Er beugte sich über mich, sein Atem roch süß vom Wein. »Das gilt für mich genauso.«

Dann küsste er mich, und das Lied erklang erneut, und die Nacht ging weiter und weiter und weiter, bis der Morgen anbrach.

Vierunddreißigstes Kapitel

Von nun an verbrachten wir mindestens einen Abend in der Woche mit den Pelotaspielern, sahen bei ihren Trainingsspielen in dem kleinen Park zu oder kamen als Zuschauer zu ihren ernsthaften Spielen im Frontón, kauften ein Ticket wie alle anderen und setzten uns auf die Tribüne. Jedes Spiel entfaltete sich neu vor uns. Da ich mittlerweile mit den Regeln besser vertraut war, war es aufregend, den Ball gegen die Wand krachen und zurückprallen zu sehen. Danach tranken wir so viel, wie wir vertragen konnten, ließen uns manchmal von einer Bar Havannas zur nächsten treiben, mit untergehakten Armen, um uns gegenseitig aufrecht zu halten. Es war, als hätten wir ein Stück Spanien wiedergefunden, eine ungezwungene Kameradschaft und das großartige Gefühl, am Leben zu sein, nur ohne die Sprenggranaten und die permanente Dosis Angst.

Falls die Basken sich jemals abgeschnitten von ihrem eigenen Land und ihren Leuten fühlten oder jemals erwogen, Kuba zu verlassen, so sprachen sie nicht davon. Sie schienen nur im Hier und Jetzt zu leben. Für einen einzigen Pelotaball, der von der Mauer zurückflog. Einen einzigen Spaziergang mit Freunden im Sonnenuntergang. Eine Mahlzeit, die die letzte sein konnte – wer wusste das schon jemals so genau? –, weshalb es lieber die beste Mahlzeit sein sollte, die man auftreiben konnte.

Im Juli luden wir sie ein, mit uns auf der *Pilar* hinauszufahren. Es war kurz nach Mittag, als wir den Hafen in Cojímar verließen und entlang der Insel gen Osten rasten, vorbei an einer Kette winziger namenloser Inselchen. Ernest stand ohne Hut auf der Kommandobrücke, in der einen Hand seine Brille, in der anderen, so leicht wie ein Atemhauch, das Steuerrad. Der Himmel hinter ihm war so blau und wolkenlos, dass er aus Stoff ausgeschnitten und dorthin geklebt zu sein schien. Ernest gehörte auf das Boot, auf die *Pilar*. Hier war seine Laune besser als nahezu überall sonst, die gebräunten Beine breit auseinandergestellt, ein Schimmer Kokosnussöl auf der Nase, die Augen wegen der Sonne und des Windes zusammengekniffen, während er schnell auf den Golfstrom zufuhr.

Hinter und neben uns zogen wir Federköder mit. Ernest angelte ständig, wahrscheinlich sogar in seinen Träumen. Die meisten der baskischen Männer – so nannte ich sie, auch wenn viele noch wie Jungen wirkten und in ihren Herzen womöglich auch immer Jungen sein würden – waren bei mir auf dem langen gebogenen Heck. Die Sonne brannte von ihrem Zenit auf uns nieder, so dass wir nicht nur auf dem Deck, sondern auch auf unseren Schatten saßen. Es war ein perfekter Tag. Das Wasser unter uns verwandelte sich von Graugrün zu Grünblau und schließlich zu dem tiefen Marineblau, auf das wir uns von Anfang an zubewegt hatten. Über uns kreisten ein halbes Dutzend kreischende Seeschwalben. Dann kamen wir durch einen Schwarm Riffkalmare, die über die schäumenden Wellen sprangen. Ihre kleinen Körper hüpften wie Pailletten, ihrem unbekannten Verfolger stets voraus.

Die Basken fühlten sich auf dem Wasser sichtlich wohl, und jeder Abschnitt der Fahrt verlief problemlos. Wir hatten ein leichtes Mittagessen eingepackt, das wir mit den Händen aßen – Avocados mit Limettensaft, harten spanischen Käse, Oliven und braune Brotstücke. Wir wollten uns unseren Appetit für die richtige Mahlzeit aufsparen, ein baskisches Festessen, das uns für den Abend versprochen worden war.

Innerhalb weniger Stunden erreichten wir eine kleine geschützte Insel, die Ernest mochte. Ich erkannte ihre hohle Form wieder. Er hatte mich schon einmal hierhergebracht, damit ich entlang des Riffs schwimmen konnte, während er mit einem Speer und den dick besohlten Schuhen, die seine Füße vor den rasiermesserscharfen Korallen schützten, Fische fing.

Es war ein wunderschöner Ort, vollkommen abgeschieden, menschenleer bis auf uns, ganz so, als hätten wir ein Paradies speziell für uns bestellt. Auf der Windseite des Inselchens kollabierten die Wellen wie Rauch über der messerscharfen Kante des Riffs. In Ufernähe war das Wasser glasklar, durchsichtig, mit lang gezogenen weißen Sandbänken direkt unter der Oberfläche. Wir steuerten auf die östlichste Spitze zu und wendeten dann leeseitig, wo es eine kleine Bucht und einen weißen Strand unter breiten, wedelnden Palmen gab.

Dort verankerten wir die *Pilar* und fuhren mit dem Ruderboot an den Strand, dessen Sand extrem weiß und kühl war, nachdem die Sonne auf die andere Seite der Insel gewandert war. Die Basken hatten einen Sack Reis und einen weiteren Sack voller Gemüse sowie ein Hühnchen und mehrere mysteriöse Zutaten mitgebracht, aus denen, wie ich wusste, irgendwie ein wunderbares Abendessen entstehen würde. Ernest brachte ein Feuer in Gang und säuberte dann die paar Snooks und Makrelen, die er mit den Ködern an unserem Boot gefangen hatte, während Paxtchi über dem offenen Feuer in einer großen gewölbten Pfanne, die er mit offensichtlichem Stolz den größten Teil der Fahrt über auf dem Schoß gehabt hatte, zu kochen begann. Der Reis und die Zwiebeln und die Paprika wurden mit Brühe aufgegossen und mit einem großen flachen Rührholz vermischt, dann wurden das Hühnchen und der Fisch hinzugegeben. Das Ganze kochte in mehreren Lagen und musste lange über dem Feuer bleiben, also ging ich ein wenig schwimmen, watete bis zur Brust ins Wasser und stieß mich dann ab.

Das Meer war herrlich. Ernest hatte mir eine Motorradbrille mitgegeben, die sogar noch besser funktionierte als eine Schwimmbrille, und als ich zu einer aus dem Wasser ragenden blassen Koralle hinausschwamm, trieb ein Schwarm winziger, gewehrkugelförmiger Fische unter mir, Tausende und Abertausende von ihnen, ihre Haut so transparent, dass ich sehen konnte, woraus sie bestanden. Weiter unten zogen langsam größere Fische vorbei, viel größer als ich. Es war eine Erfahrung, die mich Demut spüren ließ, jedoch keine Furcht. Ich wusste, wie unendlich klein ich innerhalb des Meeres war, das sich in alle Richtungen ausdehnte, immer weiter, auch tief unter mir, in kalten schwarzen Gräben, in denen die seltsamsten Kreaturen lebten, ohne jegliches Licht. Ich war klein und unbedeutend, und das stellte in gewisser Weise eine Erleichterung dar.

Alles, was ich über die Zukunft wissen wollte, ob Ernest endlich seine Frau verlassen würde, ob ich unserer Liebe und dem Leben, das wir uns aufbauten, trauen konnte, blieb nicht nur mir verborgen, sondern jedem anderen auch. Alles war umhüllt von Geheimnis. Verluste kamen wie die Gezeiten, wieder und wieder, und wuschen den weißen Sand glatt.

Ich schlug langsam mit den Flossen und füllte meine Lungen mit Luft, um unter der Wasseroberfläche zu treiben. Die Strömung kräuselte sich unter meiner Brust und meinen Schenkeln. Knapp zwei Meter unter mir schwebte über dem Meeresboden, beinahe verborgen, ein Stachelrochen, diamantförmig und ganz still, während blasser Sand über den Rand seines Körpers quoll. Direkt über ihm, nahe am Grund, wo sie gern fraßen, schwammen mehrere Dutzend kleine Stachelmakrelen, deren Körper silbrig blau waren, mit einer gelben Unterseite und Flossen. Sie schienen mich und auch den Rochen nicht zu bemerken. Ich sah ihnen eine Weile zu und wollte gerade an den Strand zurückkehren, als ich aus dem tieferen Wasser einen Schatten auf mich zugleiten sah. Ich spürte einen eiskalten Finger der Panik über mich wandern, aber es war lediglich eine Meeresschildkröte. Ihre vorderen Paddel waren gebogen wie Flügel und hatten gelbbraune Flecken. Sie flog eher, als dass sie schwamm, und blickte mich an. Ich bewegte mich nahezu direkt über ihr, und meine Silhouette folgte ihrem breiten Panzer. Ich weiß nicht, ob ich überhaupt einmal Luft holte, während ich sie beobachtete, dann war sie verschwunden.

Als ich zum Strand zurückkehrte, roch das Essen schon fabelhaft, und Ernest hielt ein Handtuch für mich bereit, das er vor dem Feuer aufgewärmt hatte.

»Hast du irgendetwas Gutes gesehen?«, fragte er mich, während er mir die Schultern unter dem Handtuch rieb und mir dann ein Glas Wein reichte. Mein Haar war tropfnass.

»Alles war gut, aber das Beste von allem war vielleicht eine Karettschildkrötendame. Sie hatte eine wunderschöne bernsteinfarbene Färbung und hat mich ganz nah an sich herankommen lassen.«

»Woher wusstest du, dass es ein Weibchen ist?«

»So ein Weib erkenne ich doch auf den ersten Blick«, neckte ich ihn. »Wir hatten eine Übereinkunft, sie und ich. Sie lässt mich ganz nah heranschwimmen, wenn ich nicht wild um mich schlage und übermäßig aufgeregt darüber werde, wie wunderbar sie doch ist.«

»Kann man sie essen?«, fragte Paxtchi. Er rührte noch immer mit dem Rührholz in seinem Meisterwerk herum, zog es in einem bestimmten Rhythmus vor und zurück.

»Ja, aber wenn du genau dieser zu nahe kommen würdest, müsste ich dir in den Fuß schießen. Ich habe doch gesagt, wir beide haben eine Übereinkunft.«

»Bloß keine Gewalt«, meinte Ernest grinsend. »Keiner wird deine Schildkröte anrühren.«

Wir lachten alle, dann ließ ich die Männer weiterkochen und setzte mich allein mit einem Glas herbem Rotwein an den Strand. Ich schob meine Füße tief in den kühlen Sand und sah zu, wie die Wellen brachen, jede von ihnen wie ein strahlend blauer Saum, der sich immer wieder umwandte, ehe er aufplatzte.

Die Welt war stets im Wandel begriffen, oftmals gewaltsam. In Europa hatten die Nazis kürzlich den Stahlpakt mit Italien unterzeichnet, der Berlin und Rom, Hitler und Mussolini aneinanderband, in einer Allianz, die nur noch mehr sinnlose Tode bedeuten konnte. Die Bedrohung war mittlerweile nie weit weg und verlieh Augenblicken wie diesem eine besondere Intensität, der rollenden Brandung und dem Gelächter, dem Wein und den nun am Himmel erscheinenden Sternen.

Das Paradies war stets fragil. Das lag in seiner Natur. Doch noch waren wir hier, für den Augenblick waren wir sicher in ihm geborgen, oder etwa nicht? Ich wandte mich nach Ernest um. Er stand mit dem Rücken zu mir am Feuer, und als er zu irgendeiner Geschichte wild mit den Armen wedelte, stiegen die Flammen auf und rollten sich ein, züngelten an ihm vorbei. Stiegen höher und höher.

Fünfunddreißigstes Kapitel

Ernests vierzigster Geburtstag kam und mit ihm ein langer Brief von Pauline, in dem sie ihm schrieb, er sei ein einzigartiger Mensch und sie wisse, er werde herausfinden, was für sie alle am besten sei. Er war mit Liebe und Glückwünschen unterschrieben und nagelte uns beide für eine Viertelstunde in unserem langgestreckten Wohnzimmer in der Finca fest. Ernest las ihn zuerst laut vor und ging ihn dann noch mehrmals leise für sich selbst durch. Ich wusste nicht, weshalb er ihn mit mir teilte, wo er doch üblicherweise sein Familienleben sauber von mir trennte. Ebenso wenig wusste ich hinterher, was ich sagen oder auch nur denken sollte. Entweder war Paulines Entschlossenheit, ihre Ehe zu retten, enger geknüpft und undurchdringlicher als ein Kettenhemd, oder er hatte sie heimlich beruhigt. Beides löste in mir Wut und Trauer und auch Hilflosigkeit aus.

Wir hatten gesagt, wir würden die Finca nutzen, um uns dort vor allem zu verstecken. Pauline kam nie physisch zu Besuch, denn Ernest hatte bereits lange Zeit zuvor Anspruch auf die Insel als seinen persönlichen Rückzugsort erhoben. Aber sie war stets präsent in ihren Briefen, Telegrammen und Anrufen wegen der Kinder, in den Rechnungen, die von Key West nach Havanna geschickt wurden, und den Bankschecks, die zurückgingen. Ernest erwähnte ihren Namen kaum, aber ich wusste immer, wann sie ihm einen kräftigen Stoß versetzt und ihn verletzt hatte. Es war an seiner Laune bei unseren Feierabenddrinks spürbar oder daran, wie er den Tennisball über den Platz aus zerstoßenen Korallen zurückschmetterte. Diese Schmetterbälle waren nie an mich gerichtet. Dies war nicht mein Krieg. Aber es brach mir das Herz.

Ich fragte mich, weshalb er noch immer an dieser Ehe festhielt und an der Heuchelei, sie seien nach wie vor eine Familie. Was wollte er von Pauline, das er nicht aus unserem gemeinsamen Leben ziehen konnte? Was fehlte noch hier oder bei mir?

Ich wollte meine Mutter anrufen und sie fragen, was ich tun sollte, aber dieses Durcheinander ähnelte so sehr dem, was ich bereits mit Bertrand erlebt hatte, dass ich es nicht wagte. Also wartete ich ab und machte mir Sorgen und klammerte mich an alles, was an unserem Leben in der Finca gut war. Die einfache Perfektion eines jeden Tages. Die Sonne, der Garten, unser Liebesspiel, unsere Arbeit. Es war alles so unerwartet ergiebig, dass ich manchmal nachts aufwachte, mit offenen Augen im

Dunkeln dalag und mich wie ein Drachen auf einem riesigen Haufen Gold fühlte. Ich war noch nie so glücklich gewesen, und noch nie hatte ich mich so fragil gefühlt, war mir so bewusst gewesen, was ich zu verlieren hatte.

Endlich näherte auch ich mich mit großen Schritten dem Ende meines Romans. Ich glaubte, in ein paar Wochen würde ich es geschafft haben. Kürzlich hatte ich in einem von Ernests Büchern über historische Schlachten einen passenden Titel dafür gefunden. Ernest las gern in der Bibel, wenn er auf der Suche nach einem Titel war, manchmal auch in auseinanderfallenden Wälzern mit alten Gedichten, ich dagegen hatte eine magische Herangehensweise an die Namensgebung meiner Bücher und war überzeugt davon, wenn ich nur die Augen offenhielte und alles mit äußerster Aufmerksamkeit läse, dann würde mir irgendwann irgendetwas von einer Seite entgegenspringen, hervorgehoben durch die ihm eigene Angemessenheit. Wahrscheinlich war es albern, aber es funktionierte. Eines Abends blickte ich Ernest über die Schulter und überflog lediglich die aufgeschlagene Seite des Buches in seinen Händen, da leuchtete mir der passende Begriff geradezu entgegen, als würde er seinen eigenen Namen schreien. *A Stricken Field* – ein heimgesuchtes Feld.

»Er ist ein wenig düster«, meinte Ernest.

»Der Krieg ist düster«, entgegnete ich. »Es ist schwierig, das richtig hinzubekommen.«

»Meinst du den Titel?«

»Das Ganze. Alles. Ich wünsche mir so sehr, dass dieses Buch gut wird.«

»Das ist es bereits, Rabbit. Was du tust, ist wunderbar. Darauf kannst du vertrauen.«

»Gott, ich hoffe, du hast recht.«

Wie in jedem späten August in den letzten Jahren würde Ernest bald zur L-Bar-T Ranch im Norden von Wyoming aufbrechen, einem seiner liebsten Orte zum Jagen und Angeln überhaupt. Bumby war bereits mit Hadley und deren zweitem Ehemann Paul gen Westen gereist und würde ihn auf der Ranch erwarten. Gigi und Patrick würden auch hinaufkommen, nach ihrem Ferienlager in Connecticut. Pauline hatte anscheinend für eine spontane Reise nach Frankreich das Land verlassen, da sie noch einmal hinüberfahren wolle, bevor, wie Ernest es ausdrückte, »ganz Europa in die Luft gesprengt werde«.

»Ich denke, ich werde Toby Bruce bitten, die beiden abzuholen und mit dem Zug hinauszubringen«, überlegte er, um dieses logistische Problem zu lösen. Toby war bereits seit Jahren eine Unterstützung für Ernest und seine Familie, und er war einer der wenigen Menschen, bei dem Ernest voll und ganz darauf vertraute, dass er sich gut um alles kümmerte, von seinem Auto über seine Gewehre bis zur *Pilar* – und nun um die Jungs.

»Das wird er sicher machen«, erwiderte ich, war jedoch nicht bei der Sache. Dass Pauline nach Europa gereist war, bedeutete nicht, dass sie nicht irgendwann in Wyoming auftauchen würde. Sie hätte noch reichlich Zeit, dorthin zu gelangen, und eine Menge zu verlieren, wenn sie es nicht täte.

»Mach dir bitte keine Sorgen, Rabbit«, sagte er, meinen Gesichtsausdruck deutend. »Ich werde verflucht noch mal alles tun, um die ganze Angelegenheit bald zu regeln. Du hast so viel Geduld gehabt.«

Im Zimmer war es dämmrig, das Licht der Lampen reichte nicht besonders weit. Die Stille war zähflüssig. Wir fürchteten uns beide davor, noch etwas zu sagen, aber ich fürchtete mich noch mehr davor, es nicht zu tun. »Im Grunde ist das keine Geduld, Darling. Oder?«

Sechsunddreißigstes Kapitel

Letztlich stellte es ein aufwendiges Unterfangen dar, Havanna zu verlassen. Ich reiste gemeinsam mit Ernest bis nach St. Louis, wobei wir zunächst auf der *Pilar* nach Key West fuhren, um den Wagen zu holen und Toby Bruce genaue Anweisungen wegen der Jungs zu geben. Mit Ernests zum Bersten vollgeladenem schwarzem Buick-Cabrio nahmen wir dann Amerika in Angriff, fuhren zehn bis zwölf Stunden am Tag – so wie er gern reiste, mit nur wenigen Pausen und heruntergelassenen Fenstern, das Radio auf voller Lautstärke.

Er liebte alles an einer solchen Reise quer durchs Land, all die kleinen Motels in namenlosen Orten, die Tankstellen und Verkaufsstände am Straßenrand, die Bologna-Sandwiches zum Abendessen und das Pinkeln in Straßengräben oder auf offenen Feldern, wann immer es nötig war. Er hielt einfach den Wagen an und störte sich nicht daran, wer vorbeikommen mochte.

Mir gefielen die weite Landschaft und die warme Luft, die durch die Fenster hereinströmte, weniger angetan war ich jedoch von Unkultur und Vernachlässigung. Ernest hatte aufgehört sich zu rasieren und fuhr barfuß, und er trug jeden Tag dieselben Canvasshorts mit einem Stück Seil als Gürtel. Ich hatte schon viel erreicht, wenn ich ihn ein paar Mal am Tag dazu bekam, sich die Hände zu waschen.

»Alle Frauen sehnen sich heimlich nach einem Höhlenmenschen«, sagte er, als ich mich beschwerte.

»Das ist eine interessante Theorie.« Ich konnte mir das Lachen nicht verkneifen. »Aber so wird Mutter dich nicht ins Haus lassen.«

»Sie wird mich lieben – alle Mütter lieben mich.«

Ich hoffte sehr, er möge recht behalten. Abgesehen von Ernest war meine Mutter die wichtigste Person in meinem Leben. Ich konnte mir kaum vorstellen, dass sie unsere Beziehung gutheißen würde, da Ernest noch immer an eine andere Frau gebunden war, aber ich vertraute darauf, dass sie, wenn sie nur ein wenig Zeit mit uns beiden gemeinsam verbrächte, erkennen würde, was an ihm so außergewöhnlich war und weshalb ich so viel dafür aufs Spiel setzte, mit ihm zusammen zu sein.

—

Als wir schließlich ankamen, hatte sie einen Braten für uns vorbereitet, und alles lief besser, als ich zu hoffen gewagt hatte. Wir blieben lange auf und redeten über das Abkommen, das Deutschland soeben mit der Sowjetunion unterzeichnet hatte – sie würden sich mit keiner anderen Macht verbünden oder sich gegenseitig angreifen. Während des Krieges in Spanien hatte Stalin die Loyalisten gegen Franco unterstützt, aber nun sah es mehr und mehr danach aus, als ob sich die mächtigsten Männer der Welt zusammentäten. Bald würden sie unaufhaltsam sein.

Seufzend wechselte meine Mutter das Thema und bat Ernest, von seinen Söhnen zu erzählen.

»Patrick ist elf. Wir nennen ihn Mexican Mouse, weil er so braun wird. Er kann zwei bis drei Bücher am Tag lesen und sagt, ich solle ein neues schreiben, das dicker ist als *Die grünen Hügel Afrikas*, um damit noch mehr Geld zu verdienen.« Er lachte. »Ich bringe es nicht übers Herz, ihm zu erzählen, dass das Buch ein Reinfall war.«

»Unsinn«, erwiderte sie. »Das ist ihm doch vollkommen egal. Er muss stolz auf Sie sein. Und Ihre anderen?«

»Jack ist fünfzehn und die meiste Zeit auf dem Internat. Wir haben ihn Bumby genannt, seit er in Paris ein Baby war. Gregory ist fast acht. Genannt wird er Gigi, und er ist wirklich eine Klasse für sich. Letzte Woche hat er im Ferienlager zehn Dollar beim Craps gewonnen. Eines Tages könnte er mich noch finanziell unterstützen, wissen Sie. Mit den Würfeln ist er wie Midas.«

Mutter sah für einen Augenblick erschrocken aus. »Sie nehmen ihn doch nicht tatsächlich mit an den Spieltisch, oder?«

»Nee, zu Hause spielt er hockend in der Gasse, wie man es in Marokko macht. Aber ich sollte ihn eigentlich mal mit an den Spieltisch nehmen. Dann könnte er anfangen, mir eine Jahresrente zu überweisen.«

Da lachte sie. »Marty hat sich nie für Geld interessiert, sie wollte immer nur reisen. Einmal hat sie sich aus dem Haus geschlichen und sich auf dem Wagen des Mannes versteckt, der uns das Eis lieferte.«

Seine Augen leuchteten auf. »Ja, diese Geschichte habe ich gehört. Die ist gut.«

»Allerdings habe ich dir dabei verschwiegen, dass ich danach eine Woche lang nicht sitzen konnte«, bemerkte ich.

»Nun, das stimmt. Aber das war die einzige Tracht Prügel, die sie je bekommen hat«, beeilte Mutter sich zu sagen.

Er zwinkerte mir zu. »Sie hatte sicher noch mehr verdient.«

»Daran besteht kein Zweifel«, erwiderte ich, und wir lachten alle.

Als der Abend sich dem Ende zuneigte, hatte ich das Gefühl, etwas erreicht zu haben. Es schien, als könnte Ernest meine Mutter mühelos für sich gewinnen. Und sie hatte ihn nach den Jungs gefragt. Das war ebenfalls ein gutes Zeichen. Wenn alles nach Plan lief, würden sie eines Tages ihre Enkel sein. *Sie sollte auch Interesse an ihnen zeigen*, dachte ich und gab mich nur ein klein wenig der Hoffnung hin, alles könnte sich zu meinen Gunsten entwickeln, und zwar bald.

Am nächsten Morgen half ich Ernest, den Wagen zu packen, der bereits vollgestopft mit Angelruten und Schnur und allen möglichen weiteren Angelutensilien war, dazu kamen die Gewehre, Schlafsackbündel und Feldflaschen. Über seiner Schulter glühte die Morgensonne so fett und leuchtend wie eine Mandarine.

»Steig einfach ein«, sagte er. »Wir klären alles, wenn wir dort sind.«

»Führe mich nicht in Versuchung.«

Er lehnte sich gegen den Buick, und ich presste mich an ihn, schlang ihm die Arme um den Hals. Die Sonne brannte auf uns nieder, wärmte uns die Scheitel. Von den Baumkronen zirpten die Zikaden ihr Lied, das vom Ende des Sommers handelte und, wie es schien, auch von uns. Vielleicht beobachteten uns die Nachbarn. Vielleicht stand meine Mutter am Fenster und wartete auf mich. Doch ich wollte einfach nur so lange wie möglich hier verweilen, die Zeit zum Stillstand bringen.

»Wenn du dich einsam fühlst, weißt du, wo du mich finden kannst«, sagte er.

»Ich fühle mich jetzt schon einsam.«

»Ich möchte nicht ohne dich sein. An diesem Zustand werden wir etwas ändern müssen.«

»Das werden wir. Ich liebe dich ungemein, weißt du das?«

»Gut.«

Er küsste mich lang, und ich spürte die Ungewissheit zwischen uns pulsieren, aber auch das Glück, einander gefunden zu haben. Diese beiden Gefühle schwebten in einem Gleichgewicht, das kompliziert, aber wahrhaftig war. Schließlich blieb mir nichts anderes übrig, als ihn gehen zu lassen.

Er kletterte hinters Steuer des Buick, wobei er seinen Angelkasten und seine Lieblingsschnur beiseiteschob. Ich küsste ihn ein letztes Mal durch das offene Fenster, dann sah ich zu, wie er sich entfernte, unter all den gebogenen Bäumen entlang der Straße davonfuhr, immer kleiner und verschwommener und blasser wurde, ehe er ganz verschwunden war. Selbst dann blieb ich noch eine Weile reglos stehen, während mein Herz sich nach ihm ausstreckte, über die Entfernung zwischen uns hinweg.

Siebenunddreißigstes Kapitel

Nur wenige Tage, nachdem Ernest und die Jungs sich auf der L-Bar-T eingerichtet hatten, marschierten Hitlers Truppen in Polen ein. In Windeseile erklärten Großbritannien, Frankreich, Australien und Neuseeland Deutschland den Krieg, und es gab auf der Welt keinen Ort mehr, der weit genug entfernt oder tief genug verborgen gewesen wäre, um sich vor den schrecklichen Tatsachen zu verstecken. Der Zweite Weltkrieg hatte begonnen.

In St. Louis kauerten Mutter und ich stundenlang vor dem Radio, ohne uns zu rühren oder ein Wort zu sprechen. Wir waren wie betäubt von Trauer und Sorgen, auch wenn wir es schon lange hatten kommen sehen. In wenigen Variationen wurde immer wieder dasselbe übertragen, aber wir hörten weiter zu. Im Wohnzimmer wurde es dunkel. Keiner von uns brachte es fertig, auch nur aufzustehen, um das Licht anzuzünden.

Ernest rief an und erzählte, ihm und den Jungs gehe es genauso. Sie hätten kaum die Hütte verlassen. Er schlafe nachts nur wenige Stunden und lausche ständig dem tragbaren Radio auf seinem Kissen. Es sei ganz anders als sonst in Wyoming, so viel stehe fest.

»Was glaubst du, was Roosevelt tun wird?«, fragte er mich durch die Leitung.

»Ich weiß es nicht. Ich bin mir auch nicht sicher, ob es noch etwas bewirkt. War nicht mit Spanien und der Tschechoslowakei schon alles verloren? Damals haben wir nichts getan, und nun ist es zu spät.«

Mutters Telefon war ein schweres schwarzes Ungetüm, mit einem Hörer, der ein gutes Pfund wiegen mochte. Er fühlte sich kühl und stumpf in meiner Hand und an meiner Wange an, und er schien für irgendetwas zu stehen, auch wenn ich nicht hätte sagen können, wofür. Ich hörte Ernests Atem, der so nah klang und doch so unmöglich weit entfernt war.

»Diese ganze Sache macht mich krank«, sagte er.

»Ich weiß.«

Wir verstummten, und ich konnte das Geräusch der Leitungen hören, etwas zwischen einem Summen und einem Herzschlag. »Fife ist zurück aus Paris«, sagte er schließlich. »Sie fliegt morgen hierher.« Seine Stimme hatte sich gesenkt, und ich wusste, dass er sich davor gefürchtet hatte, es mir zu erzählen.

Die Eifersucht stieg rasch in mir auf. Ich verstand nicht, wieso stets behauptet wurde, Eifersucht sei grün, wo sie doch so eindeutig rot war. Zornesrot. »Mir war klar, dass sie noch nicht aufgegeben hat.«

»Mir nicht. Mir dämmert langsam, dass ich nicht besonders viel über Frauen weiß. Es tut mir leid, Rabbit.«

Ich wusste nicht, was ich sagen sollte. Der Telefonhörer fühlte sich auf einmal heiß an. Ich wollte ihn fallen lassen oder irgendwo hinwerfen.

In die Stille hinein fuhr er fort: »Ich werde etwas unternehmen müssen. Ich dachte, es könnte leichter für sie sein, wenn sie selbst zu einer Entscheidung kommt.«

»Irgendjemand muss *irgend*etwas unternehmen.« Ich hatte die Worte ausgespuckt, sie als Herausforderung vor ihn geworfen, aber er biss nicht an. Er steckte so tief in seinen eigenen Sorgen, dass er meine mit großer Wahrscheinlichkeit noch nicht einmal erkennen konnte.

»Es ist ohnehin schon keine einfache Reise, das kann ich dir sagen.«

—

Während der nächsten zwei Wochen, in denen ich auf dem Diwan im Wohnzimmer schlief, dem Radio lauschte und mich immer verwundbarer fühlte, hörte ich nichts mehr von ihm. Die Welt wurde gerade vollkommen umgekrempelt, und ich ebenso. Ich wurde gequält von der schrecklichen Vorstellung, dass Ernest es sich anders überlegte und Pauline bestimmte Taktiken anwandte, um ihn zu halten. Doch als er schließlich anrief, erklärte er mir, es sei vorbei. Er habe die Scheidung verlangt, kein Vortäuschen mehr, keine stummen Pattsituationen. Pauline habe ihm zugehört und schien ihn verstanden zu haben, auch wenn er sich da nicht ganz sicher sei, da sie direkt im Anschluss ins Bett gegangen sei und die Tür abgeschlossen habe und nun seit drei Tagen nicht mehr herausgekommen sei.

Er rief von einem Münztelefon auf der Straße aus an, etwas abseits der Ranch, um ungestört zu sein. Ich versuchte mir vorzustellen, wo er stand, umgeben von Bergen und Kiefernstaub, Habichten und einer schneidenden Frische in der Luft. Er klang weder wütend noch erleichtert, sondern eher, als wäre jemand gestorben, den er gut kannte und den er geliebt hatte, bis er dazu nicht mehr in der Lage gewesen war.

»Es ist eine elende Angelegenheit«, sagte er. »In mancher Hinsicht ist sie so stark wie ein Bär, aber genau diese Menschen fallen am Ende am härtesten.«

»Sie ist also immer noch da?«

»Bis zum Ende der Woche. Toby Bruce wird sie und die Jungs zurück nach New York bringen. Bum wird noch ein wenig länger bleiben und dann mit Hadley und Paul nach Cody fahren.«

»Die Jungs müssen am Boden zerstört sein.«

»Ich denke, sie versuchen, tapfer zu sein. Patrick hat eigentlich noch kein Wort gesagt. Er sitzt bloß auf der Veranda und liest, so stumm wie ein Stein. Da ist er auch jetzt gerade. Gigi versucht, seine Mutter zu trösten, aber sie lässt niemanden in ihre Nähe. Er wartet also einfach vor der Tür zu ihrem Zimmer und spielt auf dem Fußboden im Flur Solitär. Es fühlt sich an wie in einer verfluchten Leichenhalle.«

»Wie furchtbar. Ich wünschte, ich könnte etwas tun.«

Er schwieg einen langen Augenblick, dann fragte er: »Könntest du nicht herkommen? Es wäre beinahe erträglich, wenn du hier wärst.«

»Es wäre nicht fair, dort aufzutauchen, sobald die Tür hinter ihr ins Schloss gefallen ist, oder?«

»Was ist an der ganzen Sache schon fair gewesen? Ich fühle mich entsetzlich. Ich kann nicht schlafen. Komm.«

Die Leitung knisterte, als wir beide verstummten. Und auch nachdem er längst fort war, legte ich noch eine ganze Weile lang nicht auf.

Dann begann ich beinahe augenblicklich zu packen und schleifte das Radio hinauf in mein Zimmer, um die jüngsten, noch nicht verifizierten Nachrichten nicht zu verpassen. Während ihres Vormarsches schändeten die Nazis Polen. Sie hatten die Weichsel erreicht und waren bereit, Warschau einzunehmen. Kanada hatte sich den Alliierten angeschlossen und Deutschland den Krieg erklärt. In Washington hatte Roosevelt eine Sondersitzung des Kongresses einberufen, um unsere Neutralitätsgesetze neu zu überdenken, aber es änderte sich nicht viel. Seine Position blieb dieselbe wie schon seit vielen Jahren: wir würden uns an keinen auswärtigen Kriegen beteiligen. Wir seien dazu einfach nicht in der Lage. Dieses Versprechen habe er all den Müttern und Vätern, all den Söhnen und Ehefrauen gegeben, und er werde es so lange halten, wie er es vermochte.

»Was geschieht nun mit Ernest?«, wollte meine Mutter wissen. Sie war gekommen, um nach mir zu sehen, und traf mich an, wie ich Kleidungsstücke in einen geöffneten Koffer warf. Sie sah besorgt aus, setzte sich jedoch bloß hin, um mir zu zeigen, dass sie bereit sei zuzuhören, falls ich bereit sei zu reden.

»Er hat die Scheidung verlangt.« Die Worte fühlten sich schwer und seltsam auf meiner Zunge an. Schuldgefühle gegenüber Pauline durchdrangen mich, gleichzeitig fühlte ich mich aber auch freier und hoffnungsvoller, als ich es seit Monaten gewesen war. »Ich werde zu ihm in den Westen fahren. Das Ganze ist ziemlich hässlich für ihn gewesen.«

»Das muss es wohl.« Irgendetwas war aus ihren Worten herauszuhören, Frostigkeit oder Misstrauen. »Aber was ist mit dir?«

»Was willst du damit sagen? Ich dachte, du magst Ernest?«

»Ich mag ihn ja auch. Ich kann mir keinen charmanteren Mann vorstellen, aber er scheint den Frauen in seinem Leben eine Menge abzuverlangen. Was ist mit deinem Buch? Wird es nicht darunter leiden, wenn du alles stehen und liegen lässt, um an seine Seite zu eilen?«

»Ich lasse nicht alles stehen und liegen.« Ich wollte nicht defensiv klingen und tat es doch. »Das Buch ist so gut wie fertig. Ich bin schon beim zweiten Entwurf. Und außerdem, könntest du bitte versuchen, dich für uns zu freuen? Es mag nach außen hin nicht so wirken, wie es sollte, aber Ernest liebt mich.«

»Natürlich liebt er dich.« Sie rückte neben mich, nahm ein Kissen in die Hand und strich mit den Fingerspitzen sanft die Baumwolle glatt. »Er wäre ein Narr, wenn er es nicht täte. Aber er hat nun schon zwei Ehefrauen gehabt. Sie hat er auch geliebt, oder etwa nicht?«

»Ich nehme es an.« Es war schwer, sie so reden zu hören, ohne für ihn Partei zu ergreifen. Vielleicht wollte ich auch für mich selbst Partei ergreifen. Diese beiden Dinge waren zu einem einzigen Wunsch verschwommen, und ich konnte sie nicht mehr voneinander unterscheiden. »Beim ersten Mal war er noch so jung. Menschen begehen Fehler.«

»Ja, und ich versuche gerade, dir einen zu ersparen, mein Liebes. Möglicherweise den schlimmsten Fehler deines Lebens. Sei einfach vorsichtig, in Ordnung, Marty?«

»Das werde ich sein«, versicherte ich. Dabei war ich mir vollkommen darüber im Klaren, dass es für ein solches Versprechen längst zu spät war.

Achtunddreißigstes Kapitel

Sun Valley lag im Wood River Valley, umgeben von einer Symphonie aus Gebirgszügen und dem Sawtooth National Forest. Es gab dort aufleuchtende Gipfel, goldene zerklüftete Hügel und Zitterpappeln, die hoch und wohlgeformt in den Himmel wuchsen.

Nach der Depression hatte Averell Harriman von der Union Pacific Railroad die glänzende Idee gehabt, die Etablierung des Gebietes als ganzjähriges Reiseziel könne diesen Teil Idahos vor einer noch misslicheren Lage bewahren. Er hatte eine Menge Kapital versenkt, war jedoch nicht imstande gewesen, besonders viele Besucher anzuziehen, ehe ihm in den Sinn kam, das Feld mit Filmstars und anderen glitzernden Persönlichkeiten zu besäen. Sie sollten das Sun Valley wie jenes traumhafte Stück des Himmels erscheinen lassen, das es tatsächlich war.

Als er sich an Ernest gewandt und ihm einen kostenlosen Aufenthalt im Austausch für ein wenig Werbung angeboten hatte, hatte Ernest ihn sogar zuerst abblitzen lassen. Dann war der Krieg gekommen und Pauline und all das Elend, und plötzlich hatte ein neuer Ort ohne schlechte Erinnerungen, ohne überhaupt irgendwelche Erinnerungen, wie eine blendende Idee gewirkt.

Wir bekamen die Ecksuite im ersten Stock, die hübschesten Räumlichkeiten, die die Lodge zu bieten hatte, mit zwei großen Zimmern, beide mit offenem Kamin, einem riesigen Bett und einem Wohnbereich, groß genug, um darin zu kegeln. Es war beinahe zu viel, ein beschämender Reichtum angesichts unserer derzeitigen Anwandlungen von Gewissensbissen und Reue, dennoch spürte ich, wie sich etwas zu lösen begann, während wir dort standen und den Anblick auf uns wirken ließen.

Das Fenster zur Terrasse stand offen, und das gesamte Tal breitete sich in Gold- und Grüntönen vor uns aus. Der Bald Mountain erhob sich herrschaftlich aus dem Talkessel, die trockenen Skipisten an seinen Hängen sahen aus, als wäre dort etwas Klebriges geschmolzen. Schon bald würde es Schnee geben und frostüberzogene Morgen und klare, kalte Nächte.

»Wir werden wieder anfangen, jeden Tag zu schreiben«, sagte ich. »Das haben wir beide dringend nötig. Wir haben hier genügend Platz, um zu vergessen, dass der andere überhaupt da ist. Zum Mittagessen läuten wir dann eine Glocke oder jodeln oder so.«

»Das klingt großartig.« Er sah mich an, müde und schutzlos von der langen nächtlichen Fahrt, aber auch von all dem, was davor geschehen war. Von all dem, was er fühlte und nicht sagte. »Das könnte uns heilen. Aber wir sollten uns eine Geschichte zurechtlegen, um dich zu erklären.«

»Oh.« Seine Worte waren ein dumpfer Schlag. Pauline war fort, aber im Grunde war deshalb natürlich gar nichts endgültig geregelt. Noch nicht. »Du meinst, weshalb ich nicht Mrs Hemingway bin.«

»Ja.«

»Was soll ich denn deiner Meinung nach sagen?«, fuhr ich ihn an.

»Weißt du, mir fehlen auch die Antworten. Ich habe keinen blassen Schimmer, was richtig ist. Wie sollen wir deiner Ansicht nach fortfahren?« Meine Schärfe schien ihn zu frustrieren, aber er war ja auch noch nie jemandes Geliebte gewesen, war noch nie an dem Punkt gewesen, an dem ich nun war.

»Das hängt wohl davon ab, ob du deinen Ruf schützen möchtest oder meinen.«

Er wirkte getroffen. »Deinen natürlich. Ich weiß nicht, ob die Trümmer meines Rufes die Mühe wert wären. Wir werden uns etwas einfallen lassen.«

»In Ordnung«, sagte ich ohne rechte Überzeugung.

»Für den Augenblick brauchen wir beide Schlaf und eine gute Mahlzeit und dann einen Schluck Whiskey. Wenn wir damit ein paar Wochen lang einfach immer weitermachen, könnten wir es tatsächlich überstehen. Wir fangen wieder an zu schreiben, wie früher. Wir tanken wieder auf, und nachmittags gehen wir dann angeln oder reiten oder schießen.«

»Schießen? Wie bitte? Ich glaube, du hast dir die falsche Frau ausgesucht.«

»Nein.« Er drückte mich an seine Brust und hielt mich dort fest, während meine Fragen und Zweifel weiterhin laut in mir tickten. »Zum ersten Mal seit sehr langer Zeit habe ich genau die richtige Frau.«

Unser Plan war es, sechs Wochen zu bleiben, um wieder einen klaren Kopf zu bekommen, was uns und unsere Arbeit anging. Dafür mussten wir die Welt für eine Weile ausblenden. Die Sowjets waren in Polen einmarschiert und hatten Warschau so rasch an die Nazis übergeben, als handelte es sich um ein Spielzeug, das man hin und her tauschen konnte. Himmlers engem Mitarbeiter Reinhard Heydrich wurde neben der Leitung des Sicherheitsdienstes, der unter anderem nachrichtendienstliche Aufgaben für die SS übernahm, auch die der Sicherheitspolizei übertragen, die Gestapo und Hitlers Kriminalpolizei umfasste. Wir konnten all das nicht unablässig in uns aufnehmen, es war einfach zu viel, also einigten wir uns darauf, nur noch zweimal am Tag Radio zu hören, zum Mittagessen, wenn wir unser Soll an Seiten erfüllt hatten, und noch einmal abends, wenn wir vor dem Dinner mit unseren Drinks in der Hand beisammensaßen.

Ernest stürzte sich in sein »Spanienbuch«, wie er es nun nannte, und ich steckte bis zu den Ellbogen in meinem zweiten Entwurf von *A Stricken Field*, erleichtert über das Gefühl, nun voll und ganz in meine Geschichte eingetaucht und von ihr eingenommen zu sein. Sie fühlte sich für mich real an, diese Welt, die ich erschuf, beinahe, als wäre sie eine Brücke, auf der ich stehen konnte, während so vieles andere so wechselhaft und unberechenbar war.

Nachmittags versuchten wir, uns so lange wie möglich an der frischen Luft aufzuhalten und die letzten Reste des schönen Wetters zu genießen. Die Landschaft war bezaubernd. Manchmal unternahmen wir Ausritte in die Hügel. Zuerst war ich mir nicht sicher gewesen, ob ich überhaupt noch auf einem Pferd würde sitzen können, da ich es seit meiner Kindheit nicht mehr getan hatte und damals auch nicht besonders gut darin gewesen war. Aber Ernest versicherte mir, es werde schon klappen, und so war es dann auch. Er und Taylor Williams suchten mir einen hübschen alten Wallach namens Blue aus, dessen Rücken so breit wie ein Sofa war und der sich mir gegenüber unendlich geduldig zeigte, wenn ich mich noch nicht ganz sortiert hatte.

Taylor war der wichtigste Fremdenführer in der Lodge, ein großer und schmaler Mann aus Kentucky, der ebenso gut schoss und angelte wie Ernest. Er war aufgeweckt und verfügte über jenen beißenden Humor, der einen manchmal unvorbereitet traf, da er nicht zu seiner melodiös gedehnten Sprechweise zu passen schien, ganz so, als würde er mit Honig überzogene Reißnägel ausspucken. Er konnte uns beide zum Lachen bringen, und Ernest schloss ihn auf Anhieb ins Herz und nannte ihn Colonel.

Von der Lodge aus konnte man gen Osten reiten, den Big Wood River überqueren und weiter über eine breite Wiese voller Kaninchenstrauch und Sumach und Salbei und hohem Gras, das beinahe bis an die Bäuche der Pferde reichte. Von dort aus führten Pfade hinauf in die Hügel, über karg aussehende goldene Pässe oder durch Espenwälder, und alles wirkte so frei und unberührt, dass einem beinahe schwindelig wurde.

Eines Tages ritten wir in nördliche Richtung und umrundeten das Ufer des Sun Valley Lake. Irgendwann gelangten wir an den Trail Creek, dem wir faul und glücklich folgten, bis wir eine hübsche flache und trockene Stelle gefunden hatten, an der die Pferde grasen konnten. Wir banden sie fest und breiteten dann eine Decke auf einer weichen Erhebung unter einem Baum aus und aßen unser Mittagessen, ehe wir uns zurücklegten und die Augen vor der Sonne schlossen.

»Wir sollten hier liegen bleiben, bis es schneit, findest du nicht?«, fragte ich.

»Vielleicht sollten wir das«, antwortete er. »Oder sogar bis Weihnachten. Ich wette, dann ist es wunderschön hier und ruhig. Diesen Ort hat noch niemand entdeckt. Und ein Teil von mir hofft, dass das auch für immer so bleibt.«

»Erzähl das bloß nicht Harriman. Der verpasst dir sonst noch eine.«

»Trotzdem. Hier ergibt alles einen Sinn, und das ist lange nicht mehr so gewesen. Hier gibt es keine Geister.«

»Oh, wir haben mit Sicherheit einige mitgebracht«, hielt ich dagegen. »Das ist dir doch klar.«

»Ja, aber sie werden leichter.«

Auf einem hohen Ast über uns reckte ein Blauhäher

den Kopf erst zur einen, dann zur anderen Seite, fixiert auf alle möglichen Dinge, die wir nicht sehen konnten. Dies war sein Königreich. »Wo befindest du dich gerade im Buch?«, wollte ich von Ernest wissen.

»Im Gaylord's. Herrje, ist das ein Spaß, wieder dort zu sein. Sich umzudrehen und genau zu wissen, wo was ist und wie es im Dunkeln aussieht und wie jedermanns Geheimnisse lauten.«

»Gaylord's! Du lieber Himmel, ich bin eifersüchtig. Ich würde zu gern sofort dorthin gehen, nur auf einen Drink, weißt du? Um noch einmal zu spüren, wie alles auseinandergerissen wird, und dann hierher zurückzukehren und mich wieder ganz sicher zu fühlen.« Ich verstummte einen Augenblick, dann fuhr ich fort: »Wenn man es recht betrachtet, ist Spanien auch einer unserer Geister. Es hat mir das Herz gebrochen, aber ich würde nichts davon rückgängig machen. Orte verändern einen, nicht wahr? Manchmal sogar mehr, als man es sich vorstellen kann.«

»Ja. Das Schreiben ist eine Möglichkeit, bestimmte Orte lebendig zu halten. Das habe ich schon oft gedacht und nicht nur über Spanien. Wenn ich weiß, dass ich eine Geschichte über Horton Bay oder Pamplona oder sogar Madrid schreiben werde, fühle ich mich besser. Als ob ich diese Zeit dadurch niemals ganz verlieren könnte oder die Person, die ich selbst damals war.«

»Was ist mit Sun Valley? Wirst du hierüber schreiben?«

»Vielleicht werde ich das. Wenn ich die Geschichte kenne. Nicht jeder Ort hat eine Geschichte.«

Ich blickte erneut hinauf zu dem Blauhäher, der Kiefer dahinter und noch weiter in den Himmel, der so klar und blau war. Ich wollte nicht, dass irgendetwas davon verschwand. »Dieser Ort hier muss eine haben. Lass uns dafür sorgen.«

Neununddreißigstes Kapitel

Wir machten es uns zur Gewohnheit, uns zum Dinner oder auf ein paar Drinks mit Lloyd Arnold, dem PR-Fotografen der Lodge, und seiner Frau Tillie zu treffen, einer dunkelhaarigen, blitzgescheiten Frau, die so schlicht wie ehrlich war. Sie trug ihre Locken kurz, dicht am Kopf, und ihre braunen Augen offenbarten ihre Gedanken und Gefühle allzu deutlich, als sähe man durch eine Glasscheibe. Ernest mochte sie auf Anhieb, und das tat ich auch, obgleich sie ausgesprochen altmodische Vorstellungen im Hinblick auf Männer und Frauen zu haben schien. Sie verstand etwa nicht, weshalb ich arbeiten musste oder es gar wollte.

»Zum einen hat es ganz praktische Gründe«, versuchte ich zu erklären. »Ich habe mir schon immer meinen Lebensunterhalt selbst verdient, das ist mir wichtig. Zum anderen schreibe ich mit Leidenschaft. Manchmal scheint es mir das Einzige zu sein, das überhaupt einen Sinn ergibt.«

»So sind die Frauen heutzutage anscheinend. Modern, wie es heißt.«

»Ich finde es großartig. Wieso sollten wir uns für das eine oder das andere entscheiden müssen?«

Sie lächelte sanft und strich sich den Rock glatt, sah aber irgendwie nicht überzeugt aus. »Glauben Sie wirklich, Sie können alles haben, ohne dabei Kompromisse einzugehen?«

»Warum nicht?« Ich verstand ihre Worte als Herausforderung und wollte beinahe sagen: *Sehen Sie sich nur an, wie ich es mache.* »Zumindest möchte ich es versuchen.«

—

Eine Woche später, Mitte Oktober, ganz so, als hätten die Götter mich belauscht und wollten mich nun auf die Probe stellen, bot Charles Colebaugh von *Collier's* an, mich nach Finnland zu schicken. Seit Kurzem drängten die Sowjets die Finnen, ihnen im Austausch für irgendein Territorium an anderer Stelle Land abzutreten. Dieser Austausch sei aus Sicherheitsgründen notwendig, behaupteten sie, da Leningrad nur zweiunddreißig Kilometer von der finnischen Grenze entfernt war. Aber die Finnen weigerten sich.

WIR FINDEN, SIE SOLLTEN DORT SEIN. JE FRÜHER, DESTO BESSER, schrieb Colebaugh per Telegramm, und ich tendierte dazu, zuzusagen. Ich hatte mich zwar emotional noch nicht von Spanien erholt, trotzdem fühlte es sich wichtig an, zu fahren, dort hinzugehen, wo bedeutende Dinge stattfanden, und die Geschichten aufzuspüren, die erzählt werden mussten, seien sie auch noch so schwer mit anzusehen.

»Ich mache mir allerdings ein wenig Sorgen wegen meines Buches«, teilte ich Ernest mit. »Und deinetwegen natürlich.«

Es war Mittag, und wir hatten unseren Lunch nach draußen auf einen Innenhof mitgenommen, der vom großen Speisesaal abging. Um uns erhoben sich scharf und klar die Pioneer Mountains, die Ränder ihrer Gipfel schienen von Hand in den hohen blauen Himmel gestochen worden zu sein. Der Indian Summer war in vollem Gange, und jeder Augenblick im Freien erschien so kostbar wie pures Gold.

»Du bist schon so weit gekommen. Ich bin mir sicher,

dass deinen Roman nichts mehr aufhalten wird. Außerdem ist dieser Auftrag eine großartige Gelegenheit. Die meisten Journalisten würden für eine Chance auf die Auflage von *Collier's* morden, und ganz offensichtlich weiß die Zeitschrift nun, dass du das Material liefern kannst. Denk auch an den Notgroschen, den du dir damit zurücklegen kannst.«

»Genug, um mich vier oder vielleicht fünf Monate über Wasser zu halten. Oder noch mehr, wenn ich sparsam bin. Dann wäre es für dich also wirklich in Ordnung?«

»Selbstverständlich. Vielleicht kann ich dich dort besuchen, falls ich mich hier loseisen kann. Und wenn nicht, werden wir Anfang des Jahres wieder gemeinsam in Kuba sein, glücklich und zufrieden.«

Ich rief Colebaugh an, um ihm mitzuteilen, dass ich den Auftrag annehmen würde, und steckte dann alle Zeit, die mir noch blieb, in die Fertigstellung von *A Stricken Field*, das ich daraufhin an mehrere Lektoren in New York sandte, in der Hoffnung, einer von ihnen werde den Text genauso sehr lieben wie ich selbst und seinen Wert erkennen. Ernest behauptete weiterhin beharrlich, er verstünde sowohl mein volles Engagement für meinen Roman als auch diese Reise. Und dass er mich in jeder Hinsicht unterstützte. Aber als mein Marschbefehl kam, begann er, beim Dinner für alle gut vernehmlich spitze Bemerkungen zu machen.

»Ich werde hier einfach sitzengelassen«, sagte er. »Und das so kurz vor dem Winter.«

»Sie Armer«, meinte Tillie und wandte sich mir zu: »Können Sie denn nicht auch hier schreiben? Wieso müssen Sie dafür um die halbe Welt reisen? Ist das nicht gefährlich?«

»Um von einem Krieg zu berichten, muss man da sein, wo der Krieg ist«, erklärte ich, den Blick auf Ernest geheftet, um herauszufinden, ob er nur scherzte oder ob er mir erst jetzt seine wahren Gefühle offenbarte.

»Sie können sich ja um mich kümmern«, antwortete Ernest Tillie leichthin. Sein Gesichtsausdruck war so glatt wie der einer Sphinx, er verriet nichts.

»Wer wird sich um Marty kümmern?«, wollte Lloyd wissen.

»Marty kann sich um sich selbst kümmern«, warf Ernest kühl zurück. Er lächelte, aber ich traute ihm nicht.

»Wenn du wirklich nicht möchtest, dass ich gehe, wünschte ich, du würdest es mir direkt sagen«, erklärte ich ihm später, als wir uns auf unser Zimmer zurückgezogen hatten.

Er war im Bad und füllte ein Wasserglas, um es auf den Nachttisch zu stellen. »Wieso? Du wirst doch so oder so gehen.«

»Ja, aber wir haben darüber gesprochen. Es ist alles in die Wege geleitet.«

»Lass dich nicht so leicht durcheinanderbringen, Rabbit.« Er suchte meinen Blick im Badezimmerspiegel. »Ich mache doch nur Spaß.«

»Ich frage mich, ob du das tatsächlich tust.«

»Mach dir keine Sorgen. Mit mir wird alles in Ordnung sein. Mit uns ist alles in Ordnung.«

»Das ist es«, bekräftigte ich. »Das muss es nämlich auch sein.« Ich küsste ihn auf den Nacken und bemühte mich, meine Ängste von mir zu stoßen. »Ich werde zurück sein, ehe du überhaupt bemerkst, dass ich fort war. In Windeseile.«

Dann küsste ich ihn erneut, um mein Versprechen zu besiegeln.

Vierzigstes Kapitel

Am 10. November, zwei Tage nach meinem einunddreißigsten Geburtstag, ging ich im Hafen von New York an Bord der *Westenland*, und wir fuhren aus der breiten Mündung des Hudson, vorbei an Brighton Beach und Rockaway, an Sandy Hook, dessen Landzunge sich zurück zur Bucht bog, während das blasse Stroboskoplicht des Leuchtturms endlos aufs Meer hinauspulsierte.

Es war seltsam, wieder auf dem Weg in den Krieg zu sein. Der Konflikt in Spanien hatte für mich so viel Sinn ergeben. Ich kannte die Ziele und Ideale genau. In diesem Krieg nun ging es ausschließlich um Gier, so kam es mir vor, und um Irrsinn. Adolf Hitler war ein Wahnsinniger, das wusste jeder, aber er war auch ein Kind, ein rot angelaufenes wütendes Baby, das sich die totale Herrschaft in den Kopf gesetzt hatte. Womöglich hatte es einmal eine Zeit gegeben, in der die Welt sich hätte zusammentun können, um ihn aufzuhalten, aber diese Zeit war mittlerweile verstrichen. Nun gab es nur noch die Chance, das Ausmaß der Katastrophe abzumildern, den Verlust von Leben zu stoppen, indem man sich dem Bösen mit Fackeln und Heugabeln in den Weg stellte. Oder in meinem Fall mit Worten, wenn die Zeit kam, sie niederzuschreiben.

Die *Westenland* war ein holländisches Schiff, das Belgien mit nur fünfundvierzig Passagieren an Bord ansteuerte, obwohl darauf Platz für fünfhundert gewesen wäre. Es war unheimlich, an all den leeren Kajüten vorbeizuwandern, an dem stillen, dunklen Ballsaal ohne Kapelle, ohne Tanz, ohne Fröhlichkeit. Vom Heck bis zum Bug vermittelten Hunderte leere Liegestühle einen Eindruck davon, was an diesem Bild alles nicht stimmte. Die meisten anderen Passagiere waren Europäer, die rechtzeitig nach Hause zu ihren Familien gelangen wollten, um diese in Sicherheit zu bringen. Man spürte, wie allen die Angst im Nacken saß, wenn sie sich zu den Mahlzeiten über ihre Teller beugten. Das Essen selbst war kaum erträglich, Hühnerschnitzel wie feuchter Kleister und Wein, der direkt über Bord gekippt werden sollte. Dennoch freute ich mich jedes Mal darauf. Zwischen den Mahlzeiten wusste ich nicht, womit ich meine Zeit füllen sollte. Wir ließen uns durch die Gänge treiben wie verlorene Seelen, nickten einander zu, ohne etwas zu sagen zu haben, oder standen rauchend auf der Brücke, den Kragen aufgestellt gegen den kalten steifen Wind.

Ich bemühte mich, meine Kajüte so gut es ging zu meiden. Sie war offensichtlich für Zwerge konzipiert worden, Zwerge, die obendrein gern unter Schmerzen litten, da die Matratze mit knotigen Stöcken und Steinen gefüllt zu sein schien. Wenn ich versuchte zu lesen, rumorte und brannte mein Magen. Wenn ich mich über leere Blätter beugte, um Ernest zu schreiben, starrte ich stattdessen halb in Trance auf meine Hände oder auf mein einziges schwankendes Bullauge. Ich vermisste ihn und befürchtete, womöglich die falsche Entscheidung getroffen zu haben, aber es war noch zu früh, um mir das einzugestehen, schließlich hatten wir den Atlantik noch nicht einmal zur Hälfte überquert, nicht wahr?

Acht Tage lang löste sich die Starre kaum, während wir Kurs auf England und den Kanal nahmen. Dann, am neunten Tag, erreichte uns über Funk die Meldung, ein anderes holländisches Schiff, uns nur um einen Tag voraus, sei auf dem Weg zu den Westindischen Inseln auf eine Reihe von drei Minen gestoßen und in schwelenden Einzelteilen gesunken. An Bord seien sechshundert Passagiere gewesen, und für den Augenblick könne lediglich geschätzt werden, wie viele von ihnen ihr Leben gelassen hatten.

Als die Übertragung beendet war, verstummten alle, während der Kaffee kalt wurde. Ich spürte einen Kloß im Hals, als hätte ich versucht, mehr herunterzuschlucken, als auf meinem Teller war, mein Herz womöglich.

Ich schob das Essen weg und ging hinaus, um an Deck eine Zigarette zu rauchen. Dort stand bereits einer der anderen Passagiere, sein Wollmantel rußig-grau vor der kreideweißen Reling, sein Teint so blass wie Vanillepudding. Es war ein Franzose namens Laurent Gardet, mit dem ich bereits hin und wieder ein paar Worte gewechselt hatte, über seine Familie in der Provence, seinen kranken Vater mit einem in die Jahre kommenden Weinberg, den zu erben ambivalente Gefühle in ihm auslöste.

»Aber jetzt sind die Nazis da«, hatte er hinzugefügt, als er mir seine Situation schilderte. »Vielleicht erbt nun gar niemand mehr irgendetwas.«

Ich hatte ihm traurig zugestimmt, und wir hatten zusammen eine Zigarette geraucht. Als ich mich ihm nun an Deck näherte, bot er mir eine weitere seiner guten Gauloises an, und ich nahm sie entgegen und beugte mich über sein aufflammendes Streichholz, als wäre dies unsere Routine, als wären wir alte Freunde.

Das konnte der Krieg mit einem machen. Und ebenso die Hilflosigkeit.

Es war nur eine Frage von dummem Zufall oder Pech, welches Schiff im Meer versank. Der Kanal war von Minen durchzogen, und an unserem Schiff waren zwar vorn und achtern Schilder angebracht, die unsere Neutralität verkündeten, aber was sollte das nutzen? Als könnte eine Treibmine lesen und sorgsam Politik und Zugehörigkeiten beachten. Es war lächerlich.

»Wie ich gehört habe, besitzen die Deutschen eine neue Magnetmine«, berichtete Laurent in seinem Englisch mit starkem Akzent. »Die liegen am Meeresgrund, und wenn irgendetwas darüberfährt … nun ja. Sie verstehen.«

»Wie genau funktioniert das?«

»Ich bin kein Ingenieur. Ich nehme an, das Schiff sorgt für irgendeine Störung. Wie funktioniert denn überhaupt irgendetwas?« Er vergrub sich achselzuckend tiefer in seinem Kragen und kniff die Augen wegen des Windes zusammen. »Mich interessiert viel mehr, wie sie aussehen könnten. Das ist ein Spiel, das ich seit meiner Kindheit spiele. Früher habe ich Dinge aus meiner Phantasie mit Pastellkreide aufgemalt. Bloß irgendwelchen Unsinn aus meinen Albträumen oder weit entfernte Dinge aus dem Krieg in Frankreich, über den ich meine Eltern habe reden hören, wenn sie sich abends beim Kaffee über die Zeitung beugten. Meine Mutter hat all die Zeichnungen in einer Kiste aufbewahrt, aber insgeheim dachte sie wahrscheinlich, ich sei verrückt.«

Er hatte auf einmal mein Interesse geweckt und war für mich ungemein menschlich geworden. Ich konnte mir lebhaft vorstellen, wie seine Mutter besorgt rauchend seine Zeichnungen durchblätterte. »Was haben Sie sich zu den Minen ausgedacht?«

»Etwas wie die *baleine* oder der *orque*. Killerwal, wie Sie dazu sagen, mit harten schwarzen Kurven. Selbstverständlich aus Eisen.« Er sah mich seltsam an, als wollte er ausloten, ob auch ich ihn für verrückt hielt.

»Der Kapitän sagt, wir werden heute über Nacht im Kanal ankern und morgen bei Tag versuchen, hindurchzukommen.«

»Sie befinden sich doch ohnehin unter der Wasseroberfläche, oder?« Er zuckte die Achseln. »Und dann gibt es noch die Torpedos. Die haben eine Reichweite von bis zu sechs Meilen, müssen Sie wissen.«

»Das habe ich auch gelesen.« Ich wandte mich von ihm ab und blickte auf die morgendliche See, Blassgrau über dunklerem Grau, durchzogen mit Dunkelgrün und versehen mit einer Spitze aus weißem Schaum. »Sollten wir nicht versuchen, von etwas anderem zu sprechen?«, fragte ich, aber er zuckte nur wieder die Achseln und schloss die Augen, während er den Rauch tief inhalierte.

Ich betrachtete ihn, die blassblaue Haut seiner geschlossenen Augenlider, die kaum wahrnehmbar zitterten, und erinnerte mich daran, wie es in Spanien gewesen war, wenn wir von einem besonders schlimmen bevorstehenden Angriff gehört hatten. Oft hatten wir uns die ganze Nacht unterhalten, hatten Vermutungen angestellt, das Ausmaß des Angriffs prophezeit, wie lange er dauern würde, wie nah die Granaten fallen mochten. Im Grunde war alles Unbekannte ein Minenfeld für sich. Das Warten auf die Bombardierung war schlimmer als die Bombardierung selbst. Sobald der Angriff begann, wusste man genau, wo man stand und wie man reagieren konnte. Aber das Warten. Ja, das Warten war der schlimmste Teil.

Am nächsten Morgen machten wir uns mit dem ersten Tageslicht langsam auf den Weg in die Straße von Dover. Viele von uns kamen an Deck, um dabei zuzusehen. Das war so viel besser, als sich in den engen Konservendosen unserer Kajüten eingesperrt zu fühlen, gefangen in der Starre. Der Wind schlug uns seitlich entgegen, und das war real. Plymouth war real, backbord voraus in der Ferne, und dahinter Weymouth und die sich auftürmende Landzunge von Cherbourg.

Hin und wieder entdeckten wir eine Mine mit Kontaktzünder, manchmal auch eine ganze Reihe von ihnen. Tief unter dem Deck, auf dem wir standen, hüpften sie auf und ab und wirkten mit den abgerundeten schwarzen Stacheln dabei so harmlos wie Teekannen. Bei ihrem Anblick hätten sich mir die Nackenhaare aufstellen sollen, aber das taten sie nicht. Der wahre Schauer, das eisige Ding im Zentrum meiner Angst, war reserviert für etwas, das sich weit unter dem rauen grünen Wellengang befand, etwas, das wir niemals zu Gesicht bekommen würden, nicht einmal, wenn es uns versenkte.

Spät am nächsten Tag hatten wir die Downs vor Ramsgate erreicht, ein von der englischen Blockade geschützter sicherer Bereich. Dort hörten wir noch mehr Berichte über Schiffe, die von Minen oder U-Booten versenkt worden waren, und ich wünschte mir langsam, der Bordfunk würde kaputtgehen, zumindest für die Nacht, damit ich etwas Schlaf bekam, auch wenn ich wusste, dass das albern war.

Am Morgen erhielten wir die Genehmigung, in Richtung Antwerpen weiterzureisen, aber wir waren von Ramsgate aus kaum eine Stunde gefahren, als die Sirene unheilvoll ertönte und die Stimme des Kapitäns über Lautsprecher verkündete, ein weiteres holländisches Schiff sei direkt vor uns auf dem Kanal auf drei Minen gleichzeitig gestoßen. Mindestens hundert Menschen seien bei der Explosion gestorben. Die folgenden Stunden waren ausschließlich von Furcht geprägt, meine Nerven waren bis zum Zerreißen gespannt. Irgendwann sahen wir die Wrackteile um uns im Meer treiben. Als wir näher kamen, wurden aus formlosen Objekten Männer und Frauen. Sie trieben alle mit dem Gesicht nach unten, mit steifen Gliedern, die Haut ganz grau, in den gleichen gelben Rettungswesten, die auch an der Reling der *Westenland* und an den Rettungsbooten aufgereiht hingen. Ich wollte nicht daran denken oder mir die Leichname richtig ansehen, konnte mich aber auch nicht von ihnen abwenden. Das lange rote Haar einer Frau umströmte sie wie Seegras, allerdings war sie keine Frau mehr, oder? Nein, bloß ein Todesfall, jemand, der niemals zu Hause ankommen würde. Das Schiff war neutral und voller Passagiere wie wir gewesen, Menschen, die nichts Bedrohlicheres oder Unverzeihlicheres getan hatten, als auf dem Meer zu sein.

Glücklicherweise zog eine Stunde später Nebel auf, milchig und dicht, und wir konnten bis zum Abend nichts mehr sehen. Nach ein paar weiteren Stunden hörte ich die Pfeife, die darauf hinwies, dass Land gesichtet worden war. Als ich an Deck angelangt war, zogen wir gerade an Ostende vorbei. Der Ort lag glitzernd am Rande der Nordsee wie eine Märchenstadt. Über uns riss die Wolkendecke auf, und Mondlicht überströmte unser Schiff, verweilte auf den Kurven des Bugspriets und auf dem Fluss Schelde, auf dem wir nun weiterfuhren, um uns Antwerpen zu nähern. Die Welt war still und plötzlich ganz aus Licht, so wunderschön, wie die Stunden zuvor schrecklich gewesen waren. Wie konnte ein einziger Tag, oder auch ein einziger Verstand, zwei solch vollkommen unterschiedliche Realitäten fassen? Es schien kaum möglich, aber hier war nun Belgien, erhob sich kalt und makellos wie ein Operationstisch aus dem Nebel.

Der Kanal war kein Traum gewesen, und auch dies war kein Traum. Irgendwie war beides wahr, und ich musste mich strecken oder beugen oder brechen, um das sehen zu können und zum nächsten Ort, zur nächsten Sache weiterzuziehen.

—

Eine Stunde später stand ich auf dem Landungssteg, während alle das Schiff verließen. Als Laurent, meine französische Rauchgesellschaft, vorbeikam, erkannte ich ihn kaum wieder. Er wirkte zehn Jahre älter, als hätte er tagelang Glasscherben geschluckt.

»Viel Glück«, wünschte ich ihm.

»Ihnen auch.« Er hielt nur kurz inne, sein Gesicht war vom Wind spröde und ausgezehrt. Er streckte die Hand zur Verabschiedung aus, wie ich dachte, tatsächlich reichte er mir jedoch ein Geschenk: eine rechteckige blaue Dose mit einem vertrauten geflügelten Helm darauf. Seine Gauloises. Seine Finger streiften meine, dann entfernte er sich von mir, wurde von den Scharen umherhastender Gepäckträger verschluckt, während ich die Dose umklammerte und tief in meine Tasche steckte, den Tränen nah.

Es schien unwahrscheinlich, dass ich ihn oder irgendeinen der anderen Passagiere jemals wiedersehen sollte. Mit uns allen war etwas geschehen, etwas, das wohl niemand jemals gänzlich würde verstehen können, der es nicht durchlebt hatte. So war es eben mit der Erfahrung. Sie nahm vollkommen Fremde und formte aus ihnen eine Familie. Die Familie eines Augenblicks. Anders konnte man es nicht sehen, selbst dann nicht, als wir uns nun in alle Winde zerstreuten.

Einundvierzigstes Kapitel

Sobald ich in jener Nacht die Augen schloss, sah ich die Leichen in ihren nutzlosen Rettungswesten treiben, in der aufgewühlten See hin und her schaukeln. Mit aufflammender Panik tastete ich nach der Lampe und schaltete sie ein. Ein seltsamer gelber Lichtkegel fiel auf den Nachttisch, das Wasserglas, den noch unberührten Notizblock und die blaue Zigarettendose und verlieh den Gegenständen einen kalten, unbeteiligten Anstrich, wie Ausstellungsstücke in einem Museum ganz aus Eis.

Denk nicht an Zuhause oder an irgendeinen der anderen Orte, an denen du gerade gern wärst, befahl ich mir und konzentrierte mich auf das Wasserglas, in dem die reglose Linie der Flüssigkeit einem vereinfachten Horizont in Miniaturform glich. *Sei ein braves Mädchen und geh schlafen, morgen wirst du dich schon weniger zerbrechlich fühlen.* Dann schloss ich meine Lider fest vor dem grellen gelben Licht und gab mein verflucht Bestes, um die ganze Welt auszuschließen.

Mein Hotel in Helsinki war mit schwarzem Papier an den Fenstern abgedunkelt. Ich wusste noch nicht einmal, dass der Morgen angebrochen war, als die Sirenen zu heulen begannen. Es hämmerte gegen meine Tür, dann vernahm ich Schritte in Stiefeln, die durch den Flur rannten, und, alles übertönend, den hohen gleichmäßigen Laut des Fliegeralarms. Ich erstarrte und fühlte mich dumm, saß auf meiner Bettkante und versuchte mich daran zu erinnern, wo meine Schuhe waren. Die

Lampe auf dem Nachttisch brannte noch immer, und während ich darauf blickte, begann das Wasser im Glas zu vibrieren. Die Flugzeuge waren im Anmarsch, und zwar genau jetzt.

Irgendwie fand ich meine Schuhe und stolperte die Treppenstufen hinunter und hinaus auf die kalte Straße, wo alle in den schweren grauen Himmel hinaufstarrten. Das Brummen war wie das Geräusch einer Wespe, das immer lauter wurde, bis ich es unter meinen Füßen spüren konnte. Ich wusste, dass sie nah sein mussten, aber ich konnte nichts erkennen. Der Himmel war noch immer wolkenverhangen, und ein Gefühl von Hilflosigkeit machte sich breit, da wir auf etwas warteten, das niemand sehen konnte.

Die Menge um mich herum setzte sich in Bewegung, wie ich vermutete in Richtung Luftschutzkeller. Da donnerte der erste riesige silberne dreimotorige Flieger herbei, wie in Zeitlupe, rollte durch die Wolken, sein Geräusch nun ein Brüllen. Ich rannte los, noch immer steif und taub, halb im Traum. Und als das Flugzeug direkt über uns war und sein Motor durch mich hindurch dröhnte wie ein Donner, warf es seine Ladung ab.

Ich glaubte, wir alle hätten nun unseren letzten Atemzug getan und würden im nächsten Augenblick tot sein oder schrecklich verstümmelt. Aber während ich zu Stein erstarrt auf das Ende wartete, wurde mir bewusst, dass das flatternde Weiß, das überall um mich herum zu Boden sank, nicht der Tod war und auch kein Schnee. Es war Papier.

Die Propagandaflugblätter fielen in einem dichten Haufen, wurden flatternd herumgewirbelt und zeigten die Abbildung einer Mutter, die um ihren toten Sohn trauerte, einen finnischen Soldaten, zusammen mit der unheimlichen Überschrift: *Du wirst zu Hause erwartet.* Und dann setzte der Regen ein.

In der verwirrenden Stille, die nun folgte, kamen die Menschen aus den Kellern zurück auf die Straße, wie im Halbschlaf und ungläubig, während die Flugblätter herumgeweht wurden und in dem Nieselregen an allem kleben blieben.

Auf dem Rückweg zum Hotel war ich wütend, fühlte mich aufgerieben und gedemütigt. Was war dies nur für ein Ort, und weshalb war ich hier? Ich bestellte einen Kaffee und wartete darauf, dass der Morgen richtig begann, aber die Sonne kam einfach nicht zum Vorschein. Der Himmel hatte nun ein blasseres, glänzenderes Grau angenommen, doch die Wolken verzogen sich nicht. Bis zum Nachmittag waren viele an ihre Arbeitsplätze und in die Schule zurückgekehrt. Der Nebel hatte sich dicht und feucht auf die Stadt gelegt, und die Menschen fühlten sich sicher, waren sogar fröhlich.

»Bei diesem Wetter können sie nicht herüberkommen«, erklärte der Hoteldirektor einer kleinen Journalistengruppe in der Lobby. Darunter waren auch zwei italienische Reporter und Geoffrey Cox, ein Neuseeländer, der für den *Daily Express* schrieb. Ich war ihm ein paar Mal in Madrid begegnet, was genügte, um ihn nun einen Freund zu nennen.

»Ich schätze mal, ein Finne sollte wissen, was sein eigenes Wetter ausrichten kann«, bemerkte Geoff, aber zwanzig Minuten später kamen sie doch.

Kurz nach drei an jenem Nachmittag griffen die Russen uns ungemein gerissen an. Diesmal ertönten keine Sirenen, zu hören war lediglich das ohrenbetäubende Grollen ihrer Bombenflugzeuge, die einen kleinen Teil der Stadt anvisierten. Neun Flugzeuge kamen in einer engen Diamantenformation auf zweihundert Meter Höhe heran. Im Hotel konnten wir außer ihrem Gebrüll nichts mehr hören. Ich stürzte unter einen Marmortisch im Restaurant und hielt meine Knie umklammert, während der Boden unter mir bebte. Die Explosionen ließen alles schwanken und zittern. Die Fenster wurden erschüttert. Ich spürte meine Zähne knirschen und klappern, während die Bomben fielen.

Der Angriff dauerte eine Minute, die längste Minute meines Lebens. Es war der 30. November 1939. Der russisch-finnische Krieg hatte soeben begonnen.

Zweiundvierzigstes Kapitel

Als ich die Augen wieder aufschlug, war alles erfüllt von schwarzem Rauch.

»Gas. Gas!«, hörte ich jemanden schreien, und ich dachte: *Jetzt sind wir alle verloren.* Aber sie hatten kein Gift abgeworfen. Zumindest bislang nicht. Der Rauch war lediglich die Visitenkarte der Sprengbomben. Das Anzeichen dafür, dass gerade eine Stadt in Stücke geschlagen wurde.

In einer seltsamen, hallenden Stille stand ich auf und lief gemeinsam mit anderen Fassungslosen zurück auf die Straße. Alles brannte. Der Boulevard war ein Ozean aus leuchtendem Glas. Vier große Wohngebäude waren in sich zusammengefallen, als bestünden sie lediglich aus Pappmaché oder aus Luft. Ein Bus war auf die Seite geworfen worden wie ein zu Fall gebrachter Elefantenbulle. Der Fahrer lag auf der Straße. Zumindest ging ich davon aus, dass es der Fahrer war, da er durch die Trümmer und das Glas der vorderen Windschutzscheibe geschleudert worden und sein Kopf dadurch gewaltsam von seinem Körper abgerissen worden war.

Ich blickte ihn an und wandte mich dann wieder ab. Er unterschied sich nicht von all den anderen Hunderten Todesopfern, die ich in Spanien gesehen hatte, abgesehen von seinen Schuhen. Sie hatten keine geflochtenen Sohlen wie die der Bauern in Madrid, sondern waren aus Leder, das unzählige Male sehr sorgfältig geflickt worden war, damit er sie länger würde tragen können. Aus irgendeinem Grund brachen mir diese Schuhe an jenem Tag mehr als alles andere das Herz, und ich fragte mich, was ich sagen oder schreiben konnte, um seinem Leben und Tod den Wert zu verleihen, den sie verdienten. Er hatte wahrscheinlich eine Frau, eine Familie, wo waren sie in dieser brennenden Stadt? Die Dunkelheit brach bereits herein, oder besser gesagt, drängte von den Rändern des Horizonts herbei, als ob sie dort die ganze Zeit zusammengekauert gelauert hätte wie ein kalkulierendes Raubtier. Auf einmal wünschte ich mich so sehnlich nach Hause in den Sonnenschein, dass es kaum zu ertragen war. Neben Ernest auf unserer Terrasse zu sitzen, nur das, die einfachste Sache auf der Welt und im Augenblick die am wenigsten erreichbare.

Alles, so weit das Auge reichte, war in Flammen gehüllt, und die Menschen begannen zu migrieren. Hinter ihren Familien hertrottende Mädchen und Jungen, alte Männer und Mütter zogen fort von ihren schwelenden Häusern und Geschäften und Schulen und hinaus aus der Stadt. Es war nur natürlich, dass sie gingen, merkwürdig war lediglich ihr Schweigen währenddessen. Niemand schrie oder weinte, nicht einmal die Kinder, die von ihren Müttern in Kinderwagen und auf Karren und Schlitten gehievt wurden. Niemand rannte. Nichts erinnerte an eine Panik, es war lediglich ein erschöpfter, frierender, resignierter Rückzug. Deckenhaufen. Konservendosen auf gezogenen Wagen. Ein beständiger

Strom makelloser Seelen zog in Richtung Wald, hoffte dort auf Sicherheit.

Auf meinem Weg zurück ins Hotel kam ich an jungen Männern vorbei, die versuchten, die Leichname mit Schneeschaufeln und manchmal mit bloßen Händen aus den Trümmern zu bergen. Mir wurde bewusst, dass sie damit noch die ganze Nacht beschäftigt sein würden und auch den kompletten nächsten Tag. In meinem Zimmer zog ich meinen Mantel nicht aus und machte nicht einmal das Licht an, ich zündete lediglich eine Kerze an und setzte mich mit einem Buch als Schreibunterlage, mit Stift und Papier auf die Bettkante.

Während all der Zeit war ich aus irgendeinem Grund nicht in der Lage gewesen, Ernest zu schreiben, aber nun strömten die Worte in einem Schwall hervor, während meine Hände zitterten. *Lieber Rabbit*, schrieb ich. *Ich liebe dich. Das zählt im Augenblick mehr als alles andere. Ich kann versuchen, dir zu berichten, wie es hier ist, aber zuerst musst du das wissen. Ich liebe dich. Ich liebe dich. Wir hätten Kuba niemals verlassen sollen.*

Dreiundvierzigstes Kapitel

Später, viel später würde man es den Winterkrieg nennen. Vom letzten Tag im November bis zur vereisten Märzmitte kamen die russischen Flugzeuge wieder und wieder, während die finnischen Maschinengewehre in den dunklen Himmel hinein nach ihnen schossen.

Die Sowjets hatten dreimal so viele Soldaten wie die Finnen, dreißigmal so viele Bombenflugzeuge und hundertmal so viele Panzer, aber die Finnen hatten ihre eigenen Mittel. Sie wussten, wie sie ihr Wetter zu ihrem großen Vorteil nutzen konnten, versteckten sich in weißen Overalls auf weißen Skiern und huschten unsichtbar durch die Wälder, um die Russen unvorbereitet zu treffen. Die Landschaft war auf ihrer Seite. Ganze Dörfer konnten sich unter verschneiten Tannenzweigen verstecken und wurden noch weiter abgeschirmt durch den Nebel, der so unsichtbar und leise war wie der Schnee selbst.

In Helsinki ging die Evakuierung stetig weiter, Kinder wurden auf Triebwagen und Kinderwagen und sogar Leichenwagen fortgebracht, kurz gesagt, auf allem, was Räder hatte. Während die Bombardierung fortgesetzt wurde, zogen die Finnen aus ihren zusammengedrängten Lagern im Wald in die nahegelegenen Dörfer. Aus den Dörfern zogen sie nach Norden und Westen, in Richtung Ostsee, in einem rollenden Exodus, der in Wellen nach und nach hinausdrängte. Die Menschen machten keinen verängstigten Eindruck auf mich. Sie verfügten über eine eisige Entschlossenheit, die so sehr zu Finnland zu gehören schien wie der Schnee und die Dunkelheit. Jeden Nachmittag wurde das Licht fortgespült, als würde ein großes, alles verdeckendes Laken vom Himmel fallen. Ich wusste nicht, wie sie sich an die beängstigend kurzen Tage gewöhnen konnten, aber vielleicht konnte jeder Mensch sich an alles gewöhnen.

Eines Tages nahm mich ein Feuerwehrmann mit in ein zerbombtes Wohngebäude, durch knietiefes Löschwasser und mehrere Stockwerke hinauf über Betontreppen, die unberührt schienen, obwohl die Wände um sie herum in Trümmern abgesackt waren. Wir betraten eine Wohnung, deren Tür aus den Angeln gerissen worden war. Innen erwarteten uns die zersplitterten schwarzen Überreste von jemandes Leben, ein Bett und ein Schreibtisch, von Deckenplatten zertrümmert, die Vorhänge wie Spinnenweben, eine gerahmte Fotografie von zwei kleinen Kindern auf einem zur Seite gekippten Kühlschrank. Der Feuerwehrmann erklärte, sie hätten hier seit drei Tagen nach Leichen gegraben, und es mochte noch eine Woche oder länger dauern, ehe sie alle gefunden hätten.

Ein paar Häuser weiter befand sich eine technische Fachschule, dort war in die Mitte des Daches eine Bombe gefallen und hatte aus dem ganzen Gebäude einen Krater gebildet. Sämtliche Stockwerke und der Keller waren zusammengebrochen, so dass man bis auf die Kanalisation hinabblicken konnte. Eine Lehrerin hatte mit angesehen, wie das Gebäude zerstört und nahezu jeder aus ihrer Klasse unter den Trümmern begraben wurde. Ihr Ehemann, ein Installateur, lag mit einem von einem Kupferrohr gerissenen Loch im Hals im Krankenhaus. Sie hatte einen fünfzehnjährigen Sohn, den sie jedoch seit dem letzten Angriff nicht mehr gesehen hatte. Während unseres Gesprächs notierte ich mir seinen Namen, seine Größe, seine Haarfarbe und die Kleidung, die er getragen hatte. »Falls ich ihn sehe«, erklärte ich, auch wenn mir mit einem Kloß im Hals bewusst wurde, dass dies nicht geschehen würde. Wir spielten einander Optimismus und Widerstandskraft vor. Hoffnung. Aber wie auch sonst sollte man etwas Derartiges überstehen?

»Vergessen Sie es nicht«, sagte sie, als ich zu dem nächsten zerbombten Gebäude, dem nächsten geschlagenen Menschen weiterzog.

»Nein.« Ich hob mein Notizbuch an wie ein Versprechen. »Das werde ich nicht.«

—

Die Bombardierungen folgten einer Routine, die vom Wetter und vom Licht abhing. Dichter Schnee bedeutete generell Sicherheit ebenso wie dichter Nebel. Dunkelheit war das Beste von allem, und wir fühlten uns mehr oder weniger geschützt bis halb neun oder neun Uhr morgens, wenn die Flugzeuge dröhnend von Osten her über uns geflogen kamen und ihre Bomben abwarfen, manchmal aber auch nur Propagandaflugblätter. Die furchterregendste Vorstellung war natürlich, dass sie Gas abwarfen, und wir fragten uns beständig, ob sie es bald tun würden.

Jeden Tag schwirrten Gerüchte umher, dass es nun so weit sei, aber ich blieb so lange in meinem Hotel, wie es nur möglich war, wahrscheinlich aus Sturheit. Als ich eines Nachts tief und fest schlief, hämmerte Geoff Cox an meine Tür, um mir mitzuteilen, dass alle das Hotel augenblicklich verlassen müssten. Am Morgen werde Gas eingesetzt werden. Diesmal seien sie sich sicher.

»Es ist Zeit, abzuhauen, Gellhorn«, sagte er, als ich die Tür öffnete.

Ich befand mich noch im Halbschlaf, hatte mein Nachthemd wahrscheinlich falsch herum an, und mein Haar stand in alle Richtungen ab. »Was zum Teufel, Geoff? Bist du betrunken?«

»Klar, aber was hat das damit zu tun? Alle, die Englisch sprechen, ziehen nun ab.«

»Das haben sie schon zweimal gemacht, und am Ende kommen sie doch wieder.« Ich rieb mir die Augen. Mein Kopf pochte. »Geh jetzt bitte. Mir wird schon nichts passieren.«

»Wie du willst«, meinte er, ging zum Nachbarzimmer und begann dort, an die Tür zu hämmern.

Glücklicherweise war es ein weiterer falscher Alarm, dennoch wurden wir alle evakuiert. Sechzehn russische Flugzeuge waren abgeschossen worden, und nun drohte eine machtvolle Vergeltung. Wir zogen gemeinsam mit allen anderen in die Wälder. Dort war es wärmer, und als es ernsthaft zu schneien begann, wurde es sogar noch wärmer. Es war ein dämpfender, alles bedeckender nasser Schnee, der sich auf die Tannen und auf unsere Canvaszelte legte, so dass sich die Seiten bogen.

Dort draußen schienen wir in einer anderen, älteren Welt zu sein. Wir schliefen unter steifen Pelzen, wie Figuren in einem Roman von Tolstoi, während die muskelbepackten Pferde um uns herum vor Körperhitze dampften und im Schnee stampften. Ihr Fell war struppig, sie hatten verfilzte Eisklumpen in ihren langen Schweifen und waren so gänzlich anders als Blue im fernen Sun Valley, dass es sich um völlig verschiedene Tiere hätte handeln können.

In der Innentasche meines Mantels trug ich zwei Telegramme von Ernest bei mir, die mich am 4. Dezember erreicht hatten und die ich bereits so viele Male gelesen hatte, dass das Papier so weich wie Baumwolle geworden war. Er sei stolz auf mich, schrieb er, und finde, ich sei die mutigste Frau auf der ganzen Welt. »Ich kann rüberkommen«, insistierte er. »Sag nur ein Wort, und ich lasse alles stehen und liegen.«

Ich fühlte mich allerdings nicht mutig. Es war kein Mut, wenn man tat, was man tun musste.

Ich war krank vor Sehnsucht nach ihm, ja. Ich fühlte mich hier so einsam und ängstlicher, als ich es seit Langem gewesen war. Aber nichts davon änderte etwas an der Wahrheit. Es gab Geschichten, die erzählt werden mussten, und ich konnte nicht gehen, ehe ich das getan hatte.

Den nächsten Dampfer zu nehmen, um in meiner Nähe zu sein, wäre furchtbar gefährlich für Ernest und außerdem eine Verschwendung von kostbarer Zeit gewesen. Mir wurde bewusst, dass das Buch, das er gerade schrieb, nun mehr Bedeutung hatte denn je. Es würde all dieses Chaos und diese sinnlosen Tode überleben.

Es würde bestehen bleiben, auch lange nachdem all die dummen Dinge, die Menschen einander antaten, verheilt waren. Dafür war große Kunst da, dachte ich.

Vierundvierzigstes Kapitel

Mehrere Tage später rieb ich vor Tagesanbruch meine Fingerspitzen am Boden einer Laterne, um sie wieder ein wenig spüren zu können, und wartete auf den Wagen, der mich abholen sollte. Ein Chauffeur war vom Militär beauftragt worden, mich zum allgemeinen Hauptquartier an der Karelischen Front zu bringen, das vierhundert Kilometer östlich von uns lag.

»Es muss schön sein, Roosevelt in der Tasche zu haben«, bemerkte Geoff Cox. Er war noch immer verärgert, weil ich ihn in Helsinki ignoriert hatte, und er wusste, dass ich ein Schreiben bei mir trug, das mir Sonderzugang zu allen möglichen Orten sicherte, die normalerweise für Journalisten unerreichbar waren.

»Sei nicht albern. Hier geht es nicht um Privilegien oder das Einfordern von Gefallen. Wenn ich das hier nicht hätte, würde ich als Frau nirgendwo hinkommen, und das weißt du auch.«

»Du hast recht. Ich bin gemein«, gab er zu.

»Schon in Ordnung. Bei dieser Kälte ist man ja kaum noch ein Mensch.« Ich nahm die Laterne, an der ich mir die Hände gewärmt hatte, und reichte sie ihm. Mein Fahrer war angekommen.

Der Wagen war lang und weiß, um in der Landschaft verschwinden zu können. Man hatte mir für die Fahrt einen zivilen Chauffeur gewährt. Er hatte das Gesicht eines Schuljungen und einen dünnen geraden Hals, der mit blassen Sommersprossen übersät war. Außerdem sollte er als Übersetzer zwischen mir und dem Leutnant fungieren, der mich begleitete. Dieser hieß Viskey, ein junger Mann mit solch scharf geschnittenen, klaren Zügen, als wäre er aus einem Stück Seife geschnitzt. Er trug hohe schwarze, mit Pelz verbrämte Stiefel und einen dunkelgrauen Wollmantel mit schwarzem Astrachankragen. Auch seine Mütze war aus Pelz und ziemlich beeindruckend, mit hohen, steifen Seiten und Ohrenklappen. Ich fragte mich kurz, ob ich wohl eine ähnliche würde stibitzen und für Ernest mit nach Hause schmuggeln können, aber ich musste mich auf die eigentliche Angelegenheit des Krieges konzentrieren. Etwa fünfzig Kilometer fuhren wir hinter einem Bataillon finnischer Soldaten in schweren Munitionslastwagen her. Die Laster rumpelten in der Dunkelheit voran, gefüllt mit Vorräten und Schlitten und Fahrrädern und auf Bänken kauernden Soldaten, deren Gewehre auf ihren Knien lagen.

Es würde erst in mehreren Stunden hell werden, noch später, wenn es Nebel gab, was oft der Fall war. Für den Augenblick drückte der Wald sich von beiden Seiten der Straße aus schwarz und dicht gegen uns, und der Fahrer übersetzte für den Leutnant dessen Erklärungen über Karelien, das anscheinend bereits seit dem 12. Jahrhundert oder noch länger ein umkämpftes Gebiet war, das von Schweden und der Republik Nowgorod beansprucht und wieder abgetreten worden war, wieder und wieder.

»Nun werden andere umsonst und unsinnig sterben«, meinte Viskey auf Finnisch, und der Fahrer gab es für mich auf Französisch wieder. Ich hatte noch nicht viel von ihrer Nationalsprache gelernt, die anstieg und abfiel und sich einrollte und voller komplexer Auslassungen war, die es mir schwer machten, zu erkennen, wann überhaupt ein Wort aufhörte und ein anderes anfing. »Hoffentlich mehr Russen als Finnen«, fuhr er fort. »Die sowjetische Infanterie greift in einer geschlossenen Linie an. Wussten Sie das? Wir verstecken uns in den Bäumen. Wir sind überall hier draußen.« Er zeigte in den dichten tiefschwarzen Wald. »Sie machen es uns zu leicht. Eine Kolonne, und wir mähen sie einfach nieder, ehe sie uns überhaupt entdeckt haben. Es ist abscheulich.«

»Abscheulich, ja.« Das war es. »Aber vielleicht werden Sie auf diese Weise gewinnen.«

»Niemand wird gewinnen«, stellte er schlicht fest. »Zumindest nicht diesen Krieg.« Dann: »Sagen Sie mir, was denken Sie in Amerika über Adolf Hitler?«

»In Amerika? Das kann ich kaum sagen. Ich bin lange nicht mehr zu Hause gewesen. Ich habe eine ganze Weile in Kuba gelebt, und davor war ich in Spanien und an anderen Orten in Europa.«

»Spanien? Auf welcher Seite?«

»Madrids natürlich.« Ich verspürte ein Kribbeln bei der Frage. »Sehe ich etwa aus wie eine Faschistin?«

»Wer sieht denn schon wie irgendetwas aus?«, fragte er achselzuckend. »Zieht man ihm die Uniform aus und nimmt die Menschenmengen fort, dann ist Hitler ein kleiner, unscheinbarer Mann. Stellen Sie sich ihn zu Hause in seinem Bademantel vor.«

Ich wusste, dass er recht hatte, aber ich konnte es nicht. Für Hitler hätte es unmöglich sein sollen, zu tun, was er tat, und zu denken, was er dachte, und zugleich irgendwo zu Hause zu sein, von irgendjemandem geliebt oder umsorgt zu werden.

Eine Stunde später setzte die Dämmerung ein, fahl und kalt. Sie schien durch die Wagentüren zu drücken, durch meine Wollhosen und meinen schweren Mantel, bis sie meine Knochen erreichte und ich mich verkrampfte. Wir fuhren, ohne anzuhalten, manövrierten über nicht gekennzeichnete Straßen und von Bäumen verborgene Wege, drangen auch dann weiter vorwärts, wenn ich noch nicht einmal einen Pfad erkennen konnte. Oft fuhren wir im ersten Gang, kämpften uns durch nassen Schnee, und ich dachte die ganze Zeit über, der Fahrer sei verflucht jung, um so kühn zu sein. Einmal brachte er uns so langsam über eine schwer verminte Brücke, dass wir uns Zentimeter für Zentimeter vorzuarbeiten schienen.

»Es ist nur gefährlich, wenn man ins Schleudern gerät«, erklärte er.

»Nun«, sagte ich und verstummte dann, meine Schultern so angespannt wie Stolperdraht. Die Brücke war gerade breit genug für den Wagen, zu jeder Seite gab es nicht einmal einen halben Meter Platz. Der Untergrund fühlte sich hier anders an als vor der Brücke, glatt und so flach wie Glas. *Rutschig genug, um uns wie eine Münze im Kreis drehen zu lassen*, dachte ich, aber irgendwie schafften wir es und erreichten im Schneckentempo die andere Straßenseite. Da konnten wir endlich aufatmen.

»Auf solch einer Brücke hat letzte Woche einer unserer Wagen eine Mine erwischt«, berichtete Viskey. »Hinterher war davon nichts mehr übrig. Die Männer wurden nie gefunden.«

Mir brach kalter Schweiß aus. »Was?«

»Ich will Ihnen keine Angst einjagen. Ich dachte nur, es könnte Sie interessieren, für die Geschichte, die Sie schreiben. Außerdem ist Virtanen hier wirklich der Beste.«

»Das ist er bestimmt«, erwiderte ich aus Höflichkeit, konnte es mir jedoch nicht verkneifen, ein weiteres Mal auf die verstreuten pinkfarbenen Sommersprossen auf seinem Hals zu starren. Seine Hände waren unbedeckt und blass, mit dünnen, gar knochigen Fingern. War er zwanzig? Zweiundzwanzig? Wie um Himmels willen sollte er über die Erfahrung und den kühlen Kopf verfügen, fragte ich mich, die für einen solchen Fahrstil nötig waren? Doch da stockte mir erneut der Atem, und jede kleinliche Frage verflüchtigte sich. Wir waren langsam um eine lange Kurve gebogen und fuhren nun geradewegs auf eine weitere Brücke zu.

Den ganzen Tag und die ganze Nacht über fuhren wir immer weiter. Ich schlief, so gut es ging, im Sitzen gegen die zitternde Tür gelehnt, in Decken aus kratziger grauer Militärwolle gewickelt. Kurz vor dem Morgengrauen träumte ich flüchtig, ich wäre in St. Moritz, wo ich durch einen Wald aus Seegras schwamm, das sich meiner Anwesenheit irgendwie bewusst zu sein schien und gar zärtlich, annehmend wirkte. Als ich erwachte, war der Verlust von St. Moritz oder auch nur des mich warm umhüllenden Handschuhs meines Traums so schmerzhaft, dass ich glaubte, ich müsse daran zerbrechen.

Viskey musste meinen fragilen Zustand bemerkt haben. Er gab mir einen Schokoladenriegel, der mir unter den gegebenen Umständen wie ein vernünftiges Frühstück erschien, und einen kleinen Schluck Aquavit, da es keinen Kaffee gab. Die weiße Landschaft flackerte weiter vorüber. Manchmal hörten wir das Rumoren einer Schlacht, ein verschwommenes Geräusch aus weiter Entfernung. Hin und wieder blitzte es am dichten, tiefhängenden Himmel, aber es waren keine Blitze. Es war Gewehrfeuer.

Schließlich erreichten wir Viipuri, eine Stadt an der Karelischen Front, die von Bomben schwer zerstört worden war. Die Häuser, die noch standen, waren grau, mit einem noch graueren Himmel darüber, und als Viskey anzeigte, dass wir unser Ziel erreicht hatten, dachte ich, mir sei viel zu kalt zum Aussteigen. Am Rand der Stadt war ein Endbahnhof in eine Kaserne verwandelt worden, mit Milchglasfenstern und langen Reihen von Feldbetten und mit einem groben provisorischen Laden, alles nackt und furchtbar steril, aber immerhin gab es Kaffee.

Mit schmerzenden Fingern gab ich einem jungen Oberst die Hand. Er hatte dichtes, beinahe weißblondes Haar und eine fröhliche Art, mit der er eine Feldkarte auf seinem Frühstückstisch ausbreitete, um mir zu zeigen, wo sich die Infanterie befand, in welcher Stellung, mit welcher Verstärkung. Viskey hatte ihm erklärt, dass ich Artikel für eine amerikanische Leserschaft schreiben würde und dass ich auch Bücher veröffentlicht hätte. Wie ich annahm, ratterte er aus diesem Grund nun listenweise Details herunter, als hielte er einen Vortrag – wie hoch die Anzahl der Gewehre in jeder Batterie sei und wie diese und jene Granate verwendet werde. Ich machte mir pflichtbewusst Notizen, während er sprach, auch wenn dies eigentlich nicht die Geschichte war, nach der ich suchte.

Noch mehr Kaffee wurde gebracht, noch mehr Karten wurden ausgebreitet. Der Oberst begann gerade mit einer Beschreibung der Mannerheim-Linie, erklärte, dass die südliche Front perfekt im geografischen Flaschenhals der Karelischen Landenge gelegen sei, als ich ihn unterbrach und fragte, ob ich das Gefängnis sehen dürfe. Viskey hatte mir mitgeteilt, dass dort russische Kriegsgefangene einsäßen, und ich wollte sie unbedingt aufsuchen.

»Vielleicht doch lieber den Flugplatz?«, schlug er vor und blickte mich mitleidig an, als hätte ich nicht genügend Verstand, um zu erkennen, was meine Aufmerksamkeit wert war. »Wir haben fünf neue Jagdflugzeuge aus Oslo.«

»Ich interessiere mich für Menschen«, blieb ich beharrlich. »Alle möglichen Menschen.«

Am Ende gestattete der Oberst den Besuch, auch wenn er bei unserem Aufbruch den Kopf schüttelte, seine Karten zusammenrollte und wahrscheinlich vor sich hin murmelte, weshalb man denn bloß eine Frau an eine Kriegsfront schickte, wenn sie von der Artillerie keinerlei Notiz nahm?

Das Gefängnis von Viipuri war ein massiges Steingebäude mit Zellen tief unter der Erde. Viskey fand den Direktor, der uns in die eisige Bienenwabe hinunterführte, wobei er sich immer wieder den silbernen Kneifer auf der Nase zurechtrückte und seine Schritte von einem schweren, entschlossenen Klappern begleitet wurden, als wären die Sohlen seiner Schuhe aus Eisen statt aus Leder.

Endlich erreichten wir die Zelle eines russischen Kriegsgefangenen, eines Fliegers, der in der Nähe von Kouvola abgeschossen und gefangen genommen worden war. Er saß auf einem niedrigen Feldbett, den Rücken kerzengerade gegen die Betonwand gelehnt. Er schien mit offenen Augen zu schlafen, bis der Wärter mit der Schuhspitze gegen die Stäbe klopfte. Da stand er mit erschrockenem Gesichtsausdruck auf.

Er war groß und schmal gebaut, hatte einen sprießenden rötlichen Bartwuchs und traurige helle Augen. Er konnte kaum älter sein als ich und sah halb erfroren aus. Wir führten ein kurzes Gespräch, ein Gewirr aus Übersetzungen aus dem Russischen ins Finnische ins Französische und dann ins Englische. Ich wollte wissen, wofür er zu kämpfen glaubte.

»Um Russlands Rettung, natürlich«, antwortete er leise.

»Wovor?«, hakte ich nach.

»Das hören wir immer wieder«, mischte sich der Direktor ein. »Die Regierung hat ihnen erzählt, Finnland habe angegriffen. Sie kämpfen, weil sie glauben, sie müssten es tun.«

»Ist alles nur Propaganda?« Ich erschauderte und blickte erneut auf den Piloten, der hier an diesem gottverlassenen eisigen Ort saß und wahrscheinlich davon ausging, jeden Augenblick erschossen zu werden. Und all das nur, weil seine eigene Regierung ihm eine riesige Lüge aufgetischt hatte. Er lebte diese Lüge und wusste es noch nicht einmal.

»Fragen Sie ihn, ob er eine Familie hat«, forderte ich den Wärter auf. Er tat es, aber als der russische Pilot antwortete, wandte sich der Wärter ab, da der Mann zu weinen begann, während er die Hand auf Taillenhöhe hielt, um zu zeigen, wie groß seine Tochter sei. Seine Frau sei schwanger mit einem zweiten Kind, erklärte er uns pantomimisch, und dabei rannen ihm die Tränen über die Wangen in den Bart.

Der Direktor hustete, ein halb ersticktes Geräusch. Viskey blickte auf seine Schuhspitzen. Ich wollte nur noch schreien.

»Bitte, lassen wir ihn nun allein«, verlangte der Wärter. Ich deutete es so, dass er sich nicht noch mehr anhören konnte, nicht wenn er seine Arbeit erledigen und nachts schlafen wollte.

Wir trafen noch zwei weitere russische Kriegsgefangene, die hinter ihren Gitterstäben so verloren aussahen, dass ich den Wärter bat, ihnen Zigaretten geben zu dürfen. Ich war längst erschüttert, verstört und emotional aufgewühlt und konnte sie kaum ansehen, ohne heulen zu wollen. Sie trugen solch dünne Baumwollhosen, abgenutzte Mäntel und die falschen Schuhe für dieses Wetter.

Die Kälte musste den Männern beinahe den Verstand geraubt haben, dennoch beantworteten sie meine Fragen ernst und respektvoll und rauchten meine Zigaretten, als würde ihnen nie wieder ein solches Vergnügen gewährt, inhalierten jeden Zug tief, bevor sie ihn ausbliesen. Über den Wärter, der danebenstand, vermittelten sie mir dieselbe zentrale Botschaft wie der Flieger: Sie kämpften, weil sie nicht wüssten, wie sie Russland sonst retten sollten. Sie hätten nur zehn Stunden Ausbildung absolviert, ehe sie an die Front verschifft worden seien. Sie hätten Familien. Sie fürchteten sich vor dem Tod.

»Sie haben ein weiches Herz«, stellte Viskey später fest, als wir auf dem Weg aus der Wabe heraus waren. Ich atmete beim Aufstieg schwer, allerdings nicht vor Anstrengung.

»Die Regierungen und Führer der Welt sollten bestraft werden«, sagte ich. »Nicht diese Männer.«

»Ich hasse niemanden«, erklärte er. »Aber der Krieg verlangt, dass wir pragmatisch sind, nicht wahr?«

»Es ist bloß so abscheulich, das ist alles.«

Er räusperte sich vernehmlich. Das Geräusch prallte von den tiefen Steinmauern ab und hallte die Treppe hinauf und hinunter, bevor es wieder bei uns ankam. »Ja.«

Kurz darauf standen wir auf dem Flugplatz, auch wenn ich nicht darum gebeten hatte, ihn zu sehen. Der Geschwaderkommandeur glich dem Oberst, den ich an jenem Morgen kennengelernt hatte, und während er mich an den fünf Flugzeugen mit ihren glänzenden Nieten hinter den tarnenden Schneeverwehungen vorbeiführte, achtete ich darauf, sie zu loben und mir Notizen zu machen, um ihn zu beschwichtigen. Schließlich wurde ich in einen nahegelegenen Unterstand entlassen, wo die Männer des Geschwaders mit glühenden Gesichtern um Tonnenfeuer herumstanden. Einer spielte mit fingerlosen Handschuhen Gitarre, ließ die Saiten leicht und scheinbar mühelos erklingen. Es war ein Volkslied, ein Liebeslied, eine Hymne – ich war mir nicht sicher, was die Worte bedeuteten, aber die Musik schien über die Wände des Unterstands hinaufzusteigen, während der Schnee geräuschlos fiel. Ich blickte Viskey an, dessen Unterlippe zitterte.

»Wie ich sehe, haben auch Sie ein weiches Herz«, stellte ich fest. Tatsächlich hatte ich mich das langsam zu fragen begonnen.

»Ich kenne dieses Lied«, erklärte er schlicht. »Es lässt mich vergessen, wie schlimm alles gewesen ist, zumindest ein bisschen.«

Ich spürte es ebenfalls. Wie seine Stimme uns alle für einen Augenblick weit weg von diesem Krieg zu tragen schien, weit weg von jedem Krieg. Weit weg von allem, was Menschen zugrunde richten oder entstellen konnten. Denn solange er sang, konnte ich vergessen, wo ich war und was gerade auf der Welt geschah. Zumindest fast.

Die nächsten Tage über verschanzte ich mich an der Karelischen Front und nutzte dabei meine durch Roosevelt ermöglichte Sonderzugangsberechtigung. Ich war nicht nur die einzige Frau hier, sondern die einzige Reporterin, die überhaupt durchgelassen worden war. So einsam und verängstigt ich auch war, ich wusste, dass mir eine ernste Verantwortung übertragen worden war, und ich wollte ihr gerecht werden oder es zumindest mit aller Kraft versuchen.

Es hatte beinahe etwas Surreales, die finnischen Soldaten auf Skiern durch die schneebedeckte, neblige Waldgrenze schießen zu sehen, um die Russen zu überraschen. Geschützfeuer zu hören, das halb von einem Schneesturm verschluckt wurde, und mitzubekommen, wie Dörfer nahezu in aller Stille zerstört wurden. Den ganzen weißen, feuchten Wald brennen zu sehen.

Zurück in Helsinki, saß ich in einem Café und versuchte aufzuschreiben, was ich gesehen hatte, ohne dabei zu erwähnen, was ich empfunden hatte. *Collier's* wollte Berichterstattung, kein theatralisches Getue oder Händeringen. Keine Tränen. Doch wie sollte ich meine Gefühle für mich behalten? Dies war ein Krieg der Maßlosigkeit. Weil ein paar wenige Männer – Hitler, Franco, Mussolini, Stalin – alles unter ihre Kontrolle bringen wollten, starben gewöhnliche Menschen in Scharen und wussten nicht einmal, weshalb. In Spanien hatte es zumindest einen Anlass, einen Grund zu kämpfen und sein Leben zu lassen gegeben, der sowohl dem einen als auch dem anderen ein gewisses Maß an Würde verliehen hatte. Aber dies hier, dies würde mich in den Wahnsinn treiben, wenn ich zu lange darüber nachdachte.

Es war drei Uhr am Nachmittag und damit Dämmerstunde in der Winterdunkelheit des hohen Nordens. Ich saß am Tisch des Cafés und ließ meinen Kaffee kalt werden. Es regnete, und der Nebel löste sich auf wie ein feuchter, dürftiger Verband. *Collier's* hatte mir geschrieben, ich könne aufbrechen, sobald ich diesen Artikel beendet hätte, aber anscheinend gab es keine Flugzeuge mehr, die das Land verließen. In Kriegszeiten einen Transport zu organisieren, konnte schwierig sein. Man kam und ging in geliehenen Autos oder in Konvois, erschnorrte sich wenn möglich einen Sitzplatz in einem Flugzeug, sofern dieser nicht von jemand Wichtigerem benötigt wurde, was nahezu jedes Mal der Fall war. Aber hier war die Lage noch erbitterter, als ich es je zuvor erlebt hatte. Die russische Flotte hatte sich von Kronstadt aus fortbewegt, weshalb nun auch das Meer unsicher war. Ich wollte ein Telegramm an Ernest schicken, um ihm mitzuteilen, dass ich bis auf Weiteres hier festsaß, aber die telegrafische Kommunikation war komplett zusammengebrochen.

Ich fühlte mich hilflos und war verzweifelt. Nun, da ich hier all meine Arbeit getan hatte, wollte ich nur noch zurück nach Hause und an meinem Schreibtisch sitzen, während Ernest an seinem saß und von allen Seiten das Sonnenlicht durch die Fenster strömte. Ich wollte Zeit haben, mich meinen Empfindungen hinzugeben, zu denken und zu schweigen. Ich konnte mich mittlerweile an keine der Schwierigkeiten aus dem vergangenen Herbst mehr erinnern, auch nicht an meine Sorgen wegen Pauline. Da war nur noch die Liebe, die ich für Ernest und für unser Leben verspürte. Ich wollte nicht mehr von ihm getrennt sein, nie wieder. Hätte ich doch nur zurückgelangen können in unser kostbares Schützenloch, dann hätte ich es ihm gesagt und es ihm danach gezeigt, wieder und wieder.

»Herrje, Gellhorn, wer ist gestorben?«

Ich zuckte zusammen und blinzelte, und dann sah ich, dass Frank Haynes vor mir stand, ein amerikanischer Militärattaché, dem ich schon ein halbes Dutzend Mal begegnet war. Wir Ausländer waren hier ein ziemlich kleiner Haufen.

»Hi, Frank. Tut mir leid. Tatsächlich glaube ich, dass ich bereits vor Wochen erfroren bin.«

»So sehen Sie auch aus. Vielleicht wird es Zeit, dass Sie nach Hause kommen.«

»Ziehen Sie mich nicht auf. Das kann ich im Augenblick nicht ertragen.«

»Das würde ich auch nicht tun. Ich habe gerade gehört, dass morgen ein Flug hinausgeht. Ich kann Ihnen einen Platz besorgen, wenn Sie möchten.«

Ich wäre beinahe von meinem Caféstuhl aufgesprungen, um mich in seine Arme zu werfen. »O Gott, ja. Ja! Wohin?«

»Schweden?«

»Damit kann ich leben. Oh, herrje – Frank! Wirklich? Sie haben keine Ahnung, wie sehr Sie mich gerade gerettet haben. Glauben Sie, ich könnte rechtzeitig zu Weihnachten zu Hause sein? Wäre das zu viel erhofft?«

»Vielleicht nicht. Sie könnten es versuchen.«

Da sprang ich tatsächlich auf und küsste ihn heftig, direkt auf den Mund, was ihn zum Lachen brachte. Aber ich hätte auch einen Laternenpfahl geküsst. Einen Lederschuh. Ein Stück Kohle. Ich würde meinen Liebsten wiedersehen, bald. Ich würde nach Hause zurückkehren.

Fünfundvierzigstes Kapitel

Von Schweden aus reiste ich weiter in Richtung Lissabon, um dort den Pan American Clipper nach Kuba zu erwischen, doch das Schicksal fuhr mir auf verschiedenste Weise dazwischen. Zuerst wurde ich in Paris aufgehalten, wo ich erfuhr, dass Gustav Regler, ein Kollege aus längst vergangenen Madrider Zeiten, als feindlicher Ausländer im Gefängnis schmorte. Seine spanische Staatsbürgerschaft wurde infrage gestellt, und er hatte niemanden, der ihm helfen konnte, das bürokratische Knäuel zu lösen, also schrieb ich an Eleanor Roosevelt, um zu sehen, ob sie die französische Regierung davon überzeugen könnte, Vernunft anzunehmen, und besuchte dann seine Frau und gab ihr ein wenig Geld, damit sie die Sache durchstehen konnte, während sie auf gute Neuigkeiten wartete.

Ich teilte Ernest per Telegramm mit, dass ich nun wahrscheinlich bis zum 1. Januar zu Hause wäre, aber es kam in Paris noch zu weiteren Verzögerungen. Ich benötigte ein Ausreisevisum und musste klären, ob mich ein französisches Flugzeug nach Portugal mitnehmen könnte oder angesichts der angespannten, verworrenen Lage in Europa überhaupt irgendwohin. Also wartete ich und kaute an den Fingernägeln und rauchte mehr, als gut für mich war, und sehnte mich dabei nach der Finca und nach Ernests Armen, bis diese Sehnsüchte zusammenflossen zu einem dauerhaften, pochenden Verlangen.

Ein wenig beruhigen konnte meine Nerven die Stadt Paris selbst, die ruhig und kalt und unglaublich schön war, tatsächlich sogar noch schöner als sonst, da sie nicht zu wissen schien, dass ihre Tage gezählt waren. Natürlich würde der Krieg auch hierher gelangen. Das war bereits unvermeidlich, aber für den Augenblick fiel lediglich ein silbriger Schnee auf die leere Place de la Contrescarpe. Hier war Ernest als junger Mann entlanggelaufen, hatte mit knurrendem Magen und einem Loch im Schuh in all die Café-Schaufenster geblickt. Er hatte mir die ganzen alten Geschichten erzählt, die nun wie freundliche Geister wirkten, als ich mich durch das Quartier Latin schlängelte, vorbei an den guten Cafés, in deren Kohlenpfannen *boulets* brannten, und an ihn dachte.

In seinem dicken Fischerpullover, die Haare bis über die Ohren gewachsen, sah Ernest ungepflegt und doch wundervoll aus, als er mich am Hafen erwartete. Es war für diese Jahreszeit ungewöhnlich kalt in Kuba, aber das störte mich ebenso wenig wie irgendetwas anderes. Als er mich in den Arm nahm, zitterten wir beide ein wenig.

»Hallo, Rabbit«, sagte er.

»Oh, Rabbit«, erwiderte ich und trat einen Schritt zurück, um sein Gesicht zu betrachten. Sein Gesicht: meine Güte, wie sehr ich es vermisst hatte. Die gefiederten Falten um seine Augen. Seine lange, gerade Nase. Die grauen Strähnen an seinen Schläfen. »Versprichst du mir, dass du mich mit Seilen festbindest, wenn ich das nächste Mal vom Weggehen spreche, bitte?«

»Vergiss die Seile. Ich hatte eher an Ketten gedacht. Ich habe aus Sorge um dich weder essen noch schlafen können.«

Während wir auf den Wagen zuliefen, wickelte ich meinen Mantel enger um mich und fragte mich, ob Finnlands Kälte sich wohl dauerhaft in meinen Knochen festgesetzt hatte. »Was ist das denn für ein Wetter?«

»Ich weiß es nicht. Die Jungs und ich haben tagelang den Kamin angelassen und in unseren Kleidern geschlafen.«

»Du meinst, die übliche Gesetzlosigkeit ist ausgebrochen.«

»Was erwartest du denn, ohne Frauen?«

»Nichts anderes. Küss mich einfach, in Ordnung, und hör nicht auf, mich zu küssen, bis ich es dir sage.«

Er lächelte. »Du stellst reichlich Forderungen für jemanden, der zwei Monate lang fort war.«

»Zwei Monate und sechzehn Tage, und ich werde es nie wieder tun. Das verspreche ich.«

Er blieb stehen und griff nach mir, verschränkte seine Hände um meinen Brustkorb, bis ich mich in seinen starken, warmen Armen wie in einem Schraubstock fühlte. »Das möchte ich schriftlich haben.«

Am nächsten Morgen erwachte ich in meinem eigenen Bett und ließ mich tiefer in das Kissen sinken, streckte mich unter den aufgehäuften Decken lang aus. Ernest arbeitete bereits. Ich konnte hören, wie die Tasten seiner Corona das Papier gegen die Walze schlugen, ein stetiges angenehmes Klappergeräusch – das Geräusch, mit dem die Dinge sich so zusammenfügten, wie sie es sollten.

Ich blieb reglos liegen und lauschte, wie der Rhythmus intensiver wurde, wie ein Felsbrocken, der einen Hang hinunterrollt und dabei beschleunigt. Dann trat Stille ein, während er noch einmal las, was er geschrieben hatte, und nachdachte, darauf wartete, was als Nächstes kommen würde. Sein Hirn arbeitete und arbeitete, durchforstete alles, was er wusste, was er manchmal jahrelang bei sich behalten hatte, um den richtigen Augenblick abzupassen.

Später würde ich dasselbe tun. Ich trug die Orte, an denen ich soeben gewesen war, und die Menschen, die mich bewegt hatten, in mir, war bereit, sie in meine Arbeit einfließen zu lassen. Und ich erkannte nun mehr denn je, wie das Wissen um die Finca und auch um Ernest es mir ermöglichte, fortzugehen und wiederzukommen, verwandelt und stärker, besser und irgendwie noch mehr ich selbst. Es war eine Abwandlung dessen, was ich im Sun Valley zu Tillie gesagt hatte, nur noch wahrhaftiger. Ich wollte dieses Leben mit Ernest und meiner Arbeit nicht, um zu beweisen, dass ich alles haben konnte. Ich brauchte beides, um mich ganz zu fühlen.

»Rabbit?«, rief ich vom Bett aus.

»Ja?«

»Das hier ist alles, was ich liebe. Es ist alles genau hier. Wir sind unser eigenes Land.«

Meine Güte, wie sehr ich es genoss, wieder an meinem Schreibtisch zu sitzen. Zuallererst studierte ich eingehend den Verlagsvertrag, der in meiner Abwesenheit angekommen war. Ich hatte *A Stricken Field* an eine Handvoll Lektoren in New York geschickt, unter denen ursprünglich auch Max Perkins bei Scribner's hätte sein sollen. Ernest hatte mich allerdings davon überzeugt, ihn nicht anzuschreiben, da er meinte, es sei womöglich nicht klug, wenn zwei Schriftsteller in einer Familie auch noch im selben Verlag um Aufmerksamkeit kämpften. Ich willigte ein, wandte mich anderen Möglichkeiten zu und wurde schließlich bei Duell, Sloan and Pearce fündig. Das Buch würde im kommenden März veröffentlicht werden, und ich war überglücklich. Ich hätte es nicht mehr lieben können, wenn es mein eigenes Kind gewesen wäre, und nun würde es einen Platz in der Welt bekommen, nicht nur in meinem Herzen und meiner Vorstellungskraft. Ich saß lange Zeit mit dem Vertrag in den Händen da und nahm dessen Tatsache und die Ernsthaftigkeit seiner Rechtssprache auf, die das Buch und mich an eine Zukunft band.

Ernests Glauben an mich und die Verwurzelung, die wir beide einforderten, hatten dabei geholfen, dieses Buch zum Leben zu erwecken. Das spürte ich zutiefst, spürte den Wert dessen, was wir uns hier geschaffen hatten. Die Zukunft war beängstigender denn je, da Europa gerade stürzte und in fürchterliche Scherben zerfiel. Auch war Ernests Scheidung noch immer nicht mehr als eine Vorstellung. Harte Worte waren gefallen, gefolgt von unerträglicher Warterei. Aber hier hatten wir etwas Solides. Ernest und ich gaben einander Mut und Wurzeln und Licht am Horizont. Wir bereicherten unsere Tage mit Bedeutung, Lachen und tiefsinnigen, ehrlichen Gesprächen. Ich würde niemals etwas Besseres tun oder Wertvolleres besitzen können. Ich musste nur Ja sagen.

Ich griff nach einem leeren Blatt Papier, klemmte es in die Schreibmaschine und schrieb:

Ich, Mrs Martha Rabbit Bongie Gellhorn Hemingway, schwöre unverzüglich und im Übrigen, weder das Verlassen meines derzeitigen Geliebten und zukünftigen Ehemanns erneut zu verantworten noch ihn zwei Monate und sechzehn Tage lang ins Elend zu stürzen, noch seinen Geist und sein Herz zu bekümmern, denn er ist alles, was mir in diesem Leben wichtig ist.

Hiermit sei vor diesen Zeugen (so eingebildet sie auch sein mögen) bekanntgegeben, dass ich bestrebt sein werde, ihn vor zukünftiger Einsamkeit und Aufruhr des Geistes zu bewahren, indem ich mich nicht mehr vom Fleck rühre und ihn mit Körper und Seele liebe. Dies verspreche ich mit den tadellosesten und besten Absichten und bei vollem Verstand, soweit ich diesen für einen solchen Vorgang aufbringen kann, und mit mehr Liebe, als ich auch nur ansatzweise auszudrücken vermag.

Martha Gellhorn Hemingway

Teil 5

DIE SONNE UND DER MOND UND DIE SONNE

Januar 1940 – Dezember 1941

Sechsundvierzigstes Kapitel

»Sie könnte mich in den Ruin treiben, wenn sie es wollte«, erklärte Ernest über Pauline. Wir warteten noch immer darauf, dass sie den Bedingungen ihrer Scheidung zustimmte, und fragten uns, ob sie den Prozess wohl noch für Monate oder gar Jahre in die Länge ziehen würde, nur um ihn zu ärgern. Uns. In der Zwischenzeit hatte sie die Jungs aufs Internat geschickt und das Haus in Key West verriegelt, um in New York bei ihrer Schwester zu wohnen. »Jinny hat zu viel Einfluss auf Pauline, das ist schon immer so gewesen. Jetzt kann alles noch viel schlimmer werden, bevor es dann irgendwann besser wird.«

»Versuchen wir, optimistisch zu sein«, meinte ich. »Vielleicht hat sie auch selbst Interesse daran, die Angelegenheit rasch abzuschließen. Sie ist noch immer eine junge Frau. Sie hat noch einen großen Teil ihres Lebens vor sich.«

»Das mag sein«, erwiderte er ohne rechte Überzeugung. »Jedenfalls werde ich mich in der Zwischenzeit mit aller Kraft diesem Buch widmen. Ich werde so gut schreiben, dass all die anderen Bücher im Vergleich unbedeutend erscheinen werden. Das ist die Art von Optimismus, mit der ich etwas anfangen kann.«

Ich verstand, weshalb er sich angesichts der Ungewissheit auf seine Arbeit stützte. Ich tat genau dasselbe, während ich darauf wartete, dass *A Stricken Field* endlich das Licht der Welt erblickte, mit der Widmung an

Ernest und mit all meinen Hoffnungen und Wünschen auf eine dauerhafte Karriere als Schriftstellerin, die den Seiten in all den Leerstellen zwischen den Wörtern unsichtbar eingeschrieben waren.

Doch sobald die ersten Besprechungen ins Haus flatterten, begann ich zu zerbrechen. Die Geschichte habe zu viel von einer Berichterstattung, sagten die Kritiker, sie sei zu sachlich und journalistisch, nicht einfallsreich genug. Marianne Hauser von der *Saturday Review* ging so weit, meine Heldin Mary Douglas als »eher edel als real« zu bezeichnen. Sie hätte mich nicht tiefer verletzen können, hätte sie dasselbe über mich gesagt, mir direkt ins Gesicht.

»Ich frage mich, ob sie wissen, wie sehr wir uns dieses Zeug zu Herzen nehmen«, sagte ich zu Ernest, die jüngste Besprechung in den Händen. Ein harter bitterer Knoten saß direkt unter meinem Brustkorb.

»Was ist mit Mrs Roosevelts Artikel? Der war doch positiv.«

Tatsächlich war er ganz wunderbar gewesen. Sie hatte das Buch in ihrer »My Day«-Kolumne gelobt und es »ein Meisterwerk, eine eindrucksvolle Darstellung« genannt, aber angesichts des Meeres aus hauptsächlich negativen Kommentaren konnte ich ihrem Lob nicht trauen. »Sie ist bloß loyal.«

»Lass mich doch die Kritiken für dich lesen«, schlug er schließlich vor. »So machst du dich noch verrückt – oder schlimmer noch, fängst an zu glauben, was sie sagen.«

»Das wäre aber feige, oder etwa nicht? Sie sich nicht einmal anzusehen?«

»Unsinn. Das ist reiner Selbstschutz. Was nützt es, zwei Schriftsteller unter einem Dach zu haben, wenn wir nicht aufeinander achtgeben können?«

Ich gab nach und hörte tatsächlich auf, sie zu lesen, bis

das *Time Magazine* in einem dicken Bündel vom Postschiff geladen wurde, wie eine ganz leise, ausschließlich aus Wörtern bestehende Bombe. Man hatte mir einen sensationsgierigen Sonderbeitrag gewidmet, der eine halbe Seite einnahm, aber darin ging es überhaupt nicht um das Buch. Es war lediglich Tratsch, ein beißender Kommentar über mich und meinen »großen und guten Freund« Ernest Hemingway.

Die dazu verwendete Fotografie von mir war viel zu pompös und aufreizend. Ich trug darauf tiefroten Lippenstift und einen modischen Haarschnitt, wodurch die Bemerkungen des Journalisten noch unterstrichen wurden. Mein Gesicht sei »zu hübsch« für eine Schriftstellerin, schrieb er. Meine langen Beine »lenkten zu sehr ab«. Es war ein gottverdammter Enthüllungsbericht.

Als ich Ernest den Artikel zeigte, schleuderte er die Zeitschrift auf die andere Seite des Esszimmers. »Diese Leute sind widerlich. Die haben keine Ahnung, was für einen Ärger sie mir damit einbrocken und den Jungs ebenfalls.«

Natürlich war er besorgt darüber, was dies für ihn bedeutete. Es war das erste Mal, dass irgendjemand zu berichten gewagt hatte, dass wir ein Paar waren. Es war auch die erste öffentliche Erwähnung von Ernests und Paulines bevorstehender Scheidung. Doch sosehr ich seine Besorgnis auch verstand, schäumte ich noch immer vor Wut und war verletzt. Mühelos hatte die Zeitschrift mir meine Glaubwürdigkeit als Autorin genommen und mich zu Ernests Konkubine degradiert.

»Hör dir das an«, sagte ich, während ich die Zeitschrift wider besseres Wissen aus der Ecke fischte. »›Gellhorn ist auf dem Weg nach San Francisco de Paula in Kuba, wo Ernest Hemingway überwintert.‹ Woher wissen sie das überhaupt offiziell? Sind uns die Reporter etwa gefolgt?«

»Wahrscheinlich.« Er klang matt und geschlagen. »Aber das ist jetzt im Grunde nicht mehr wichtig. Fife wird nun voller Angriffslust auf uns losgehen. Darauf kannst du wetten.«

Und das tat sie. Am nächsten Tag erreichte uns ein Telegramm. Sie habe es sich anders überlegt und werde die Jungs im Frühling nicht für die Osterferien nach Havanna kommen lassen. *Das Umfeld wird nicht gesund für sie sein*, schrieb sie.

»›Umfeld‹«, widerholte er säuerlich. »Man könnte meinen, ich würde hier ein Bordell führen. Sie kann doch nicht meine Kinder von mir fernhalten.«

Mein Kopf fühlte sich so schwer an, dass ich ihn auf die Hände stützen musste. »Sie kann, oder etwa nicht?«

»Vielleicht. Ach, zur Hölle«, fluchte er. »Vielleicht kann sie das.«

Er schrieb ihr unverzüglich einen langen Brief, in dem er sich zu verteidigen versuchte. Wir warteten auf ihre Antwort, beide beunruhigt und kaum in der Lage, an irgendetwas anderes zu denken. Ich schrieb mehrere vernichtende Briefe an *Time*, in denen ich rechtliche Schritte androhte, und verbrachte viele Stunden an meinem Schreibtisch, wo ich zu lesen versuchte und mich dabei absolut erbärmlich fühlte. Es war eine Sache, schlechte Besprechungen zu erhalten, eine ganz andere jedoch, die eigene Arbeit als wertlos und unbedeutend dargestellt zu wissen, obwohl sie das wirklich nicht war. Ich hatte ein Jahr lang hart gearbeitet, unglaublich hart, dennoch würde sich die Öffentlichkeit nun lediglich an meine schmutzige Beziehung mit dem berühmtesten Schriftsteller Amerikas erinnern.

Auch dieser berühmte Schriftsteller schrieb nun nicht mehr. Die reale Welt war zu laut geworden und übertönte Robert Jordan und alles andere in dem Buch, mitten in Kapitel achtundzwanzig. Ernest geriet in Panik.

Er erklärte mir, er wolle für eine Weile verreisen, nur bis Gras über die Sache gewachsen sei, um festzustellen, ob er wieder hineinfinde. Ich willigte ein, zurückzubleiben und die Post aufzufangen und nach herumschnüffelnden Reportern Ausschau zu halten, doch ich bereute diesen Entschluss augenblicklich. Ich sehnte mich genauso sehr nach Frieden wie er und danach, wieder an den Wert meiner Arbeit zu glauben. Ich wollte davonrennen, bis die düsteren Stimmen in meinem Kopf verstummten. Doch seine Bedürfnisse drängten meine in den Hintergrund.

Er fuhr nach Camagüey, eine in den Ebenen im Landesinneren von Kuba gelegene Stadt, Hunderte Meilen von uns entfernt. Der Ort war weit weg von allem und genau das, wonach er gesucht hatte. Er schrieb mir jeden Tag, erklärte mir, sein Kopf werde nach und nach immer klarer und das Buch komme langsam zurück.

Ich war um seinetwillen erleichtert, trauerte aber auch um mein eigenes Buch und fühlte mich damit sehr allein. Von Anfang an hatten wir einander versprochen, unsere Bücher würden unsere Kinder sein. Dass wir sie gemeinsam hüten würden, er meine und ich seine. Ich musste wissen, dass wir immer noch zusammenhielten, auch wenn die Lage einmal schwieriger wurde, so wie nun. Ich verstand, dass er überfordert war, aber das war ich ebenfalls.

Ich schrieb ihm einen Brief, um ihm zu erklären, wie sehr ich ihn vermisste und mich darauf freute, ihn wieder bei mir zu Hause zu haben, wo er hingehörte. Dann schloss ich die Tür vor meinem Schreibtisch und meiner Arbeit. Ich hatte all meine Artikel für *Collier's* abgeschickt und wusste nicht, was als Nächstes kommen würde. Irgendwann würde ich bereit sein, darüber nachzudenken. Für den Augenblick sehnte ich mich lediglich nach Frieden und Vergessen.

Siebenundvierzigstes Kapitel

Ernest kam in der zweiten Märzhälfte nach Hause, gerade rechtzeitig für Patricks und Gigis Ankunft vom Festland. Pauline hatte schließlich nachgegeben, wenn auch nicht freudig. An dem Tag, an dem wir die Jungs erwarteten, ging ich unaufhörlich nervös im Haus auf und ab, wischte nicht existenten Staub fort, ordnete Bücherstapel neu und versuchte so, mich abzulenken. Ich hatte mein Buch und die Bedeutung von dessen Scheitern noch längst nicht überwunden. Auf der anderen Seite des Ozeans hatten die Sowjets Viipuri bombardiert, bis Finnland ihre Bedingungen der Kapitulation akzeptierte. Ich dachte an das finnische Volk, das so viel stille Entschlossenheit und Würde gezeigt hatte. Nun würde ihr Land dennoch auseinanderfallen. Ich fühlte mich schrecklich und wusste nicht, was ich mit mir anfangen sollte, also wusch ich wieder und wieder jedes Glas in der Spüle und schrubbte dann mich selbst unter der Dusche mit so heißem Wasser, wie ich es gerade noch aushalten konnte.

»Ihnen wird egal sein, wie irgendetwas hier aussieht«, meinte Ernest. »Es sind Kinder.«

»Ich möchte, dass sie sich hier wohlfühlen«, erwiderte ich.

»Und das werden sie auch. Du wirst schon sehen. Gib ihnen nur ein wenig Zeit. Sie werden dich lieben.«

»O Gott, das hoffe ich.«

Sobald er seine Söhne auf dem Landungssteg der Fähre erblickte, eilte Ernest auf sie zu und brachte es irgendwie fertig, sie beide gleichzeitig in die Luft zu heben. Ihr Gesichtsausdruck war wundervoll. Die reine, unverfälschte Freude, zu jemandem zu gehören. Nach Hause zu kommen, wo einen Liebe erwartete.

»Wie geht's?«, fragte Patrick mit einem warmen und zarten Lächeln, als Ernest die beiden zu mir führte. Er hatte eine schöne gerade Nase, vom Scheitel heruntergebürstetes braunes Haar und wunderschön geformte fedrige Augenbrauen. Ich erkannte sofort seine Behutsamkeit, die Ruhe, die er in seinem Kern bewahrte. Sie war ganz offensichtlich, so deutlich zu sehen wie sein blaukariertes Baumwollhemd.

»Hallo«, zirpte Gigi. Er legte seine warme schmale Hand in meine, seine Augen waren so schwarz wie Glasknöpfe. Als er mitten im Händeschütteln pfeilschnell zu mir aufblickte, erkannte ich sofort den Komiker in ihm. Die lustige Geschichte zu dieser Situation war längst in Vorbereitung, direkt unter der Oberfläche, an der er sich zu benehmen versuchte, ebenso wie ich mich zu benehmen versuchte.

»Du kannst mich Marty nennen, wenn du möchtest.«

»Das ist dein Name?«

»Ja, ein Teil meines Namens. Eigentlich lautet er Martha, aber das klingt zu ernst für mich, zumindest meistens.«

»Ich finde meinen Namen auch zu ernst«, mischte Patrick sich ein. »Aber den verwendet hier auch niemand. Da habe ich wohl Glück gehabt.«

»Dich nennt man Mexican Mouse, nicht wahr, weil du als Baby so braun und klein wie eine Maus gewesen bist?«

»Im Sommer werde ich immer noch so braun wie eine Maus, brauner als meine beiden Brüder.«

»Ich kann aber auch braun werden«, wandte Gigi ein.

»Natürlich kannst du das«, ergriff Ernest das Wort. »Und diese Woche werdet ihr beide reichlich Sonne abbekommen, und dann können wir einen Wettbewerb abhalten, und Marty kann die Preisrichterin sein.«

Wir verstauten das Gepäck der Jungs im Wagen und setzten sie auf die Rückbank. Dann fuhren wir auf dem üblichen Weg nach Hause, am Zentrum vorbei, bevor wir uns den Hügel hinauf aus der Stadt schlängelten. Es war der übliche Weg, aber bereits alles andere als gewöhnlich. Es fühlte sich viel lebendiger an, sich durch die Landschaft zu bewegen, während die Jungs redeten und Dinge bemerkten. Die Fenster waren heruntergekurbelt, und Patrick hatte die Hand leicht hinausgestreckt, um sie auf dem Luftdruck gleiten zu lassen.

»Können wir nachher mit der Taucherbrille fischen gehen?«, fragte Gigi.

»Klar, wenn das Wasser nicht zu trüb ist«, antwortete Ernest. »Wir werden noch ganz oft fischen gehen, also sei nicht traurig, wenn es heute nicht klappt.«

»Gehst du gern mit der Taucherbrille fischen, Marty?«, wollte Patrick wissen.

»Na klar.« Ich drehte mich um, damit ich ihn ansehen konnte, und legte den Arm auf die Lehne der Sitzbank. »Ich mag allerdings nicht so sehr das Fischen, ich schwimme lieber und betrachte dabei alles.«

»Wer hat denn schon mal davon gehört, dass jemand nicht gerne fischt?« Gigis Frage war harmlos und ehrlich, kam einfach herausgeschossen, wie es nur Kindern möglich zu sein scheint, die noch nicht die Last tragen, sich für andere zurechtbiegen zu wollen.

»Das macht doch nichts«, meinte Patrick. »Sie kann tun, was sie will, oder nicht? Man kann in vielen Dingen gut sein.« Er schenkte mir ein diplomatisches Lächeln. Er war eindeutig ein geborener Vermittler, wie viele mittlere Kinder. Sie stellen sich weniger auf die Seite einer bestimmten Person als vielmehr auf die der Gerechtigkeit im Allgemeinen.

»Vielleicht kann ich ja lernen, es zu mögen«, bot ich an.

»Du bist Schriftstellerin, oder?«, fragte Gigi. »Wie Papa.«

»Ja.« Unerwartet schnürte sich mir die Kehle zu. All das Aufräumen und Vorbereiten für die Jungs hatte diesen wunden Punkt in mir unberührt gelassen. »Niemand ist ganz so wie dein Vater«, sagte ich. »Aber, ja. Ich bin Schriftstellerin.«

Die Zeit begann wie eine Hängematte zu schaukeln, während die Jungs sich eingewöhnten. Es gab keine geregelte Schlafenszeit, und manchmal nickten sie beim Abendessen ein oder mitten im Spiel auf dem Fußboden. Der Kühlschrank stand stets offen, ganz gleich wie kurz jede beliebige Mahlzeit bevorstand oder hinter uns lag.

»Jungen müssen essen«, erklärte Ernest schlicht.

Das stimmte natürlich, aber mir war das Ausmaß nicht einmal annähernd bewusst gewesen. Ganze Käsestücke verschwanden. Wenn ich ein Dutzend Eier kaufte, wurden drei Dutzend benötigt. Und wie viel Milch sie verdrücken konnten – es war schockierend. Aber es hatte auch etwas Großartiges, in die Küche zu kommen und zu sehen, wie einer der Jungs ein schaumig weißes Glas in einem einzigen Zug leerte und hinterher aufgrund der Kälte nach Luft schnappte und sich die Lippen mit dem Ärmel abwischte.

Sie schliefen auf Klappbetten auf der Veranda, verstreuten ihre Bettwäsche und ihre Latzhosen, ihre T-Shirts und ihre Pyjamas auf dem Fußboden. Überall fand ich ihre Socken, was seltsam war, da sie sie so selten zu tragen schienen. Ernest lachte darüber, wie über alles andere. Bei ihm gab es zwei Regeln: keine richtig schmutzigen Flüche vor vier Uhr nachmittags und keinen Sand im Haus. Wenn wir vom Strand oder einem Ausflug auf der *Pilar* zurückkehrten, mussten sie ihre Füße und Beine auf der Terrasse mit Regenwasser aus Eimern abspülen. Natürlich wurden alle möglichen Dinge hereingetragen: Steine, Baumrinde, glänzende Blätter und einmal eine gelb gefleckte Eidechse mit trüben Augen, aber diese waren aus irgendeinem Grund gestattet. Und wenn es nach vier Uhr war und die Jungs so richtig loslegten, nun, dann nahm man sich besser in Acht.

»Tatsächlich geben sie sich große Mühe, sich für dich zu benehmen«, erklärte Ernest, als wir uns eines Abends fürs Bett fertig machten. »Ich weiß, dass es nicht so aussieht, aber warte nur ab. Deine Neuheit wird sich abnutzen, und dann geht alles den Bach runter. Vielleicht wirst du sie dann nicht mehr so gern haben.«

»Ich denke, damit kann ich umgehen«, meinte ich und schlüpfte in meinen weißen Baumwollpyjama. »Sie sind nun einmal Kinder.«

Ich erkannte, dass ich ihn überrascht hatte. »Miss Scheuerpulver«, wie er mich gern nannte. Er sah mich seltsam an, ließ sich dann auf das Bett sinken und streckte sich lang aus. »Ich wünschte, als ihr Vater könnte ich auf ein wenig Rücksicht hoffen.«

Ich knipste das Licht aus und legte mich neben ihn, wobei ich die Laken glatt strampelte. »Ich fürchte, so läuft es nicht.«

»Eins kann ich dir sagen. Ich schlafe besser, wenn sie da sind. Es ist das Geräusch ihres Atems. Selbst wenn ich ihn nicht hören kann, weiß ich, dass er warm und gleichmäßig und sorglos ist. Sie dürfen so schlafen. Sie haben noch nichts für irgendjemanden zugrunde gerichtet.«

»Ich hoffe, sie werden oft hier sein. Sie bringen Leben ins Haus, weißt du?«

Wir lagen eine Weile still da – so lange, dass ich mir sicher war, Ernest sei eingeschlafen. Dann, mit einer Stimme, die so leise war, dass sie kaum mehr war als ein Flüstern, sagte er: »Ich hätte gern eine Tochter.«

Er hatte mich völlig unvorbereitet erwischt. Mein Puls ging augenblicklich schneller. »Wirklich?«

»Ja. Mit dir, meine ich. Ich wünsche mir, dass wir ein Kind bekommen.«

Ich spürte Aufregung und Schrecken und alles, was dazwischen lag, in mir aufblitzen. Ich war froh, dass wir im Dunkeln lagen und er meinen Blick nicht deuten konnte. »Glaubst du wirklich, wir sind bereit dafür? Wir sind ja noch nicht einmal verheiratet.«

»Unsere Heirat ist doch mittlerweile bloß noch eine Formalität, oder nicht? In jeder anderen Hinsicht sind wir längst zusammen. Außerdem ist niemand jemals bereit für ein Kind. Das habe ich mit Bumby in Paris gelernt. Zuerst war ich komplett überrumpelt. Ich habe die ganze Zeit nur daran gedacht, was ich alles verlieren würde. Ich konnte mir nicht vorstellen, dass er eine vollständige reale Person mit einem ganz eigenen wundervollen Geist werden würde. Ich wusste nicht, wie viel er mitbringen würde.«

»Hast du das Gefühl, dass etwas fehlt, weil du keine Tochter hast? Geht es darum?«

»Zum Teil, ja.« Er rollte sich auf die Seite und ließ einen komplizierten Seufzer entweichen. »Aber es ist auch etwas, das ich gern mit dir zusammen hätte. Und, ich weiß nicht, ich habe einfach so ein Gefühl, wenn ich an sie denke. Manchmal erscheint sie mir so deutlich und real, dass ich beinahe glauben könnte, sie sei längst hier.« Er schluckte heftig, seine Stimme war belegt vor lauter Gefühlen. »Sie hat dein Haar und deine Augen, und alles, was an ihr schön ist, entspricht dem, was an dir schön ist.«

»Und was wird sie von dir bekommen?«

»Nicht viel, bis sie älter wird. Dann wird sie lernen zu angeln und zu schwimmen und zu segeln wie ihre Brüder. Sie wird früh anfangen zu schwimmen, wie ein kleiner Otter, und von der Sonne Sommersprossen bekommen.«

Ihn so reden zu hören, wühlte alle möglichen Dinge in mir auf, auf die ich noch nicht recht vorbereitet war.

Je weiter er fortfuhr, desto mehr konnte auch ich sie vor mir sehen, dieses kleine leuchtende Wesen einer Tochter, ein wenig Blattgold, das in einem Sonnenstrahl zitterte. »Ein Otter mit Kanincheneltern?«

»Ganz genau«, meinte er. »Und sie wird drei Bücher vor dem Frühstück verschlingen, genau wie Mouse, und so lustig sein wie Gigi und so anständig und freundlich wie Bum. Wir alle werden in ihr stecken.«

»Nun, es könnte sich nicht großartiger anhören. Wer hätte diesen Menschen nicht gern um sich?« Ich hielt inne und brachte mich wieder ins Gleichgewicht. Wir waren innerhalb eines einzigen Gesprächs so weit nach vorn gesprungen, dass ich innerlich erst einmal aufholen musste. »Vielleicht wäre nach unserer Hochzeit der richtige Zeitpunkt.«

»Sicher, wenn für dich alles auf konventionelle Weise ablaufen muss.«

»Wir könnten im Augenblick nicht noch einen Skandal ertragen, und du musst dein Buch fertig schreiben. Wir werden es schon spüren, wenn der richtige Zeitpunkt gekommen ist.«

»Wir werden so glücklich sein«, sagte er und schmiegte sich an mich. »Das hat in Spanien niemand kommen sehen, oder? Noch nicht einmal wir beide.«

»Nein«, sagte ich leise. »Ganz besonders nicht wir beide.«

Achtundvierzigstes Kapitel

Es war ein heller, klarer Tag, ein Tag voller Fregattvögel und flacher weißer, wattiert wirkender Wolken und trägem, endlosem Sonnenschein. Die *Pilar* war vor einer der unzähligen kleinen Inselchen angebunden, die wir regelmäßig aufsuchten, und schaukelte in einem sanften Wind hin und her. Ernest und ich waren an Deck, die Jungs waren mit dem Beiboot zum Riff hinausgefahren, um gemeinsam mit Bumby, der am Tag zuvor vom Festland gekommen war, mit ihren Taucherbrillen zu fischen. Bumby hatte einen Teil seiner Ferien mit Hadley und Paul in Miami verbracht und war bereits sonnengebräunt. Er hatte zerzaustes, rötlichblondes Haar und fein gemeißelte Schultern und ein so reizendes Gesicht, dass man an Achilles oder Apollo dachte, die Crème de la Crème des Olymps.

Er war sechzehn und kümmerte sich hingebungsvoll um seine Brüder. Gerade schwammen sie im Windschatten des Riffs, die Tauchermasken mit den Gummirändern eng an ihre Gesichter gebunden. Die leichten Speere trieben mit dem Holzschaft auf den Wellen, die bei dem schönen Wetter kaum spürbar waren, während die drei mit ihren langen Beinen und blanken Füßen das Wasser traten. Alle drei Jungen schienen sich im Meer unglaublich wohlzufühlen, aber es war so viel davon überall um sie herum, da war die unermessliche Weite des Ozeans und alles, was dieser barg, direkt unter dem seichten Streifen des Riffs.

Ich schirmte meine Sonnenbrille mit der Hand ab, um sie noch deutlicher sehen zu können. »Glaubst du, es geht ihnen gut?«

»Aber sicher«, erwiderte Ernest. »Bum ist bei ihnen, und sie wissen, dass sie zusammenbleiben müssen.«

»Sie scheinen keine Angst zu haben.«

»Mouse nicht, er ist fürs Wasser geschaffen, aber Gigi weiß, was alles über das Riff schwimmen könnte, und fürchtet sich davor. Er würde allerdings nicht wollen, dass seine Brüder das erfahren. Es ist unglaublich wichtig, vor den eigenen Brüdern mutiger zu wirken, als man es eigentlich ist.«

Ernest ging nach unten und kam mit zwei riesigen Gläsern Rum mit Kokoswasser zurück, in denen Eissplitter und Limettenstücke schwammen. Der Drink war erfrischend und köstlich, die Limette prickelte auf meiner Zunge, aber ich konnte mich nicht richtig entspannen, während die Jungs dort draußen waren. »Glaubst du wirklich, irgendetwas könnte über das Riff zu ihnen gelangen?«

»Ich schätze, das wäre jederzeit möglich. Und gerade ist Flut.«

»Zumindest ist das Wasser klar.« Ich stand auf und behielt sie weiter im Auge, meinen Drink in der Hand, während das Boot unter mir schwankte. Ich konnte den Umriss des Riffs erkennen, wie die Flut um die dunklen Korallensprossen schäumte. Patrick hatte einen stattlichen, knallgelben Grunzer gefangen, und Bumby half ihm, den Fisch von seiner Speerspitze zu befreien. Sie lachten beide, als sie ihn ins Beiboot warfen, aber nun befand sich Blut im Wasser. Ich wandte mich nach Ernest um. »Vielleicht sollten wir näher bei ihnen sein.«

Er sah mich interessiert an. »Ich nehme an, es ist nett von dir, dass du dich um sie sorgst.«

»Ist es nett? Es ist schwer, sich um andere zu sorgen.

Letztlich ist man ständig beunruhigt und fühlt sich hilflos und hofft, dass sie für immer leben werden. Bloß tut das niemand.«

»Ja, genau das ist Liebe.« Er kniff die Augen vor der Sonne zusammen und lichtete dann mithilfe der Winde den Anker. Er kletterte ans Steuer auf der Kommandobrücke, ließ den kleineren Lycoming-Motor an und steuerte vorsichtig hinüber, bis wir das Beiboot beinahe berührten. Die Backbordseite der *Pilar* war dem Riff zugewandt, ohne zu nah heranzukommen. Die ganze Zeit über behielt ich die Jungs im Auge und dachte, Ernest müsse recht haben. Natürlich war die Liebe mit einem Risiko verbunden. Aber das machte es in keiner Weise einfacher.

»Wie gefällt dir das?«, fragte er, als er wieder unten neben mir stand und den Anker ausgeworfen hatte.

»Jetzt können wir alles sehen. Danke.«

Er trat zu mir und legte seine Arme um mich, während er sein Kinn auf meiner Schulter ruhen ließ. »Ja, kleine Mutter. Jetzt können wir alles sehen.«

—

Die Jungs schwammen den ganzen Tag lang sicher, wirkten unermüdlich und fingen reichlich Fische, die wir an jenem Abend brieten, als wir zurück in der Finca waren. Sie säuberten die Gelbschwanz-Schnapper und Grunzer und Roten Schnapper selbst, denn sogar Gigi konnte jeden Fisch mit der Präzision eines Chirurgen ausnehmen und schuppen, und wir aßen sie mit Speck und Zwiebeln und Brocken des spanischen Käses, den Ernest gern immer im Kühlschrank vorrätig hatte. Rene bereitete einen wunderbaren Tomatensalat zu und zum Nachtisch einen mit Puderzucker bestäubten Apfelkuchen mit löffelweise weicher hausgemachter Eiscreme. Es war ein Festmahl, das des Tages, den wir verbracht hatten, würdig war, und hinterher saßen wir noch lange am Tisch beisammen. Wir hatten nur die Kerzen angezündet, als wäre Weihnachten, während die Jungs mir ihre Lieblingsgeschichten erzählten.

Patrick und Gigi wollten vor allen Dingen von den Sommern in Wyoming und auf der L-Bar-T berichten, etwa, wie sie einmal einen Schwarzbären gesehen hatten, der all die Pferde fürchterlich erschreckte. Ernest hatte das reizbarste Pferd gehabt und war im hohen Bogen gegen einen Zaun geflogen, der ihm die Stirn mächtig aufgerissen hatte. Sie hatten eine Menge Geschichten auf Lager, und in den meisten von ihnen kamen Narben und Stürze und üble Kratzer vor, die sie sich gemeinsam oder einzeln geholt hatten. Gigi sprach am lautesten und beschrieb viele Einzelheiten, er war ein geborener Geschichtenerzähler, aber ich konnte auch spüren, wie wichtig es ihm war, sich auf diese Weise der Sommer zu versichern, die er mit seiner Familie geteilt hatte, da er so viele andere allein mit seinem Kindermädchen im Haus in der Whitehead Street in Key West oder bei ihrer Familie in Syracuse, New York, verbracht hatte, bis er alt genug war, um die Reisen mitzumachen.

Jeder schien glücklich damit, Gigi die Rolle des Unterhalters in der Familie zu überlassen. Er redete immer weiter, mit leuchtenden Augen, bis Ernest übernahm und Geschichten aus Paris erzählte, als Bum noch ein Baby war. Von der Wohnung über der Sägemühle und dem konstanten hohen Jaulen der Sägen und dem scharfen Geruch des Holzstaubs in der Luft, von Bumby in seinem Kinderwagen im Jardin du Luxembourg an kühlen Herbsttagen, wenn er seine Hände an den Tauben wärmte, die Ernest mit seiner Steinschleuder vom Himmel geschossen hatte, vom stundenlangen Herumsitzen in Cafés wie dem Lipp und der Closerie des Lilas und von den kleinen Schlucken, die er vom Café au lait trinken durfte, während Ernest sich mit seinen interessanten Freunden unterhielt.

»Du warst ein gutes Pariser Baby, Schatz«, sagte Ernest. »Alle haben dich wahnsinnig geliebt. Du warst so schön und robust und wohlerzogen.«

»Erzähl Marty von F. Puss«, drängte Gigi, und Bum tat ihm den Gefallen und beschrieb die große, plüschige Perserkatze, die besitzergreifend seine Korbwiege bewacht hatte, als er ein Baby war, und niemanden in seine Nähe gelassen hatte.

»Er war ein wunderbares Kindermädchen«, erklärte Ernest. »Besser als unsere *femme de ménage.*«

»Das ist nicht dein Ernst«, meinte ich. »Ihr habt das Kind doch wohl nicht mit einer Katze allein gelassen?«

»Aber sicher haben wir das. Er hat sich zu Schatz' Füßen eingerollt und ihn so warmgehalten, wenn er Husten hatte. Dieser Kater hätte alles und jeden angefallen, das kann ich dir versichern. Er wusste, weshalb er da war.«

»Jetzt kann mich wirklich nichts mehr überraschen.«

»Er war der beste Freund, den ich je hatte«, fügte Bum hinzu. »Wir sollten uns hier auch eine Katze holen, meint ihr nicht? Oder eine aus Key West mitbringen. Du hast doch immer Katzen um dich, Papa. Es fühlt sich seltsam an, dass hier nicht einmal ein paar von ihnen sind.«

»Ich schwöre den Katzen gerade ab.« Ernests Augen strahlten, und er klang bestens gelaunt. »Sie fressen zu viel.«

»Das glaube ich dir nicht«, wandte Gigi ein. »Zu Hause dürfen sie dir aus der Hand fressen, direkt am Tisch.« Er wandte sich mir zu, sein Gesicht leuchtete lebhaft im Kerzenschein. »Papa nennt sie Liebesschwämme. Du magst doch Katzen, oder?«, fragte er mich, und ich bemerkte das Flehen in seiner Stimme. Ich hatte schon erklärt, dass ich nicht gern fischte. Vielleicht dachte er, dies sei nun meine letzte Chance, der Gruppe beizutreten, eine von ihnen zu werden.

»Das tue ich. Sehr sogar.«

»Dann wäre das ja geklärt«, meinte er, deutlich erleichtert, und alle lachten.

Mit den Jungs im Haus fiel Ernest das Schreiben leicht. Das Typoskript umfasste bereits mehr als vierhundert Seiten und stapelte sich eindrucksvoll auf seinem Schreibtisch, während er arbeitete, ein ordentlicher weißer Turm neben seinen angespitzten Bleistiften und seinen Notizbüchern.

Ich dagegen konnte noch immer nicht ans Schreiben denken und wusste nicht, wann ich je wieder in der Lage sein würde, genügend Hoffnung dafür aufzubringen. Also stürzte ich mich stattdessen auf jeden neuen Tag, überrascht, wie freundlich die Jungs zu mir waren und wie bereitwillig sie sich mir mitteilten, mir ihre Bücher und ihre Spiele zeigten, mich einluden, mit ihnen Pennys gegen eine Reihe schlammbespritzter Dosen zu werfen oder ein Scheinfechten mit Besenstielen und Tennisschlägern auszutragen oder zuzusehen, wie sie wieder und wieder in den Avocadobaum kletterten und heruntersprangen. Noch mehr überraschte mich, mit welcher Leichtigkeit ich die Rolle der Stiefmutter und Freundin übernahm. Ich genoss die langen Gespräche mit Bumby – oder Bumble, wie ich mir angewöhnt hatte, ihn zu nennen –, während wir die Grenze unseres Grundstücks abliefen oder in der prallen Sonne auf der Terrasse saßen, beide begierig, die Wärme aufzusaugen wie glückliche goldene Eidechsen. Er leistete mir gute Gesellschaft, wenn Ernest beschäftigt war, und ich hörte gern zu, wenn er über seine Zukunft nachsann, sich Gedanken über Prüfungskommissionen machte und darüber, welche Colleges er in Betracht ziehen sollte. Oder vielleicht würde er ja auch überhaupt nicht auf die Universität gehen?

»Natürlich wirst du das tun. Du bist so schlau. Was solltest du denn sonst tun?«

»Angeln? Darin bin ich am besten.«

»Angeln als Beruf?«

»Wenn es den gäbe, würde ich ihn sicher ergreifen. Ich denke ständig daran und träume auch davon, von all den Forellen und den Blaufischen und den Regenbogenforellen. In Montana oder Wyoming oder oben in Michigan.«

»Du klingst genau wie dein Vater«, erklärte ich ihm.

Er lächelte schief und schien erfreut. »Das ist wohl so.«

»Es ist nett von dir, mit mir befreundet zu sein«, neckte ich ihn, »wo ich doch noch nie irgendetwas gefangen habe. Für mich sehen diese ganzen Fliegen in der Kiste gleich aus. Das ist unverzeihlich, oder?«

»Du kannst es immer noch lernen. Das kann jeder. Und ich werde nicht ihre Namen abfragen oder so. Herrje, wir müssen noch nicht einmal Fliegen verwenden, wir können einfach Grashüpfer nehmen.«

»Du bist ein guter Kerl«, meinte ich, was genau meinem Empfinden entsprach und nebenbei auch der Wahrheit. Er strahlte eine solche Güte und einen solch feinen Charakter aus, er leuchtete förmlich. Was für einen bemerkenswerten Jungen Hadley und Ernest gemeinsam geschaffen hatten. Dann fuhr ich fort: »Ich bin wirklich froh, dass wir einander kennenlernen.«

»Ich auch. Ich habe noch nie gesehen, dass sich eine Frau gegenüber Papa so behaupten kann wie du und einfach sie selbst ist.«

»Kann ich mich ihm gegenüber denn behaupten?« Seit der Veröffentlichung von *A Stricken Field* war ich innerlich zusammengeschrumpft, und das bereitete mir Sorgen. Bald würde ich irgendeine Möglichkeit finden müssen, wieder nach vorn zu blicken.

»So wirkt es zumindest. Und ich glaube, deshalb mag er dich sogar noch lieber.« Er senkte plötzlich schüchtern den Blick. »Ich hoffe, es ist in Ordnung, dass ich das sage.«

»Natürlich«, versicherte ich, innerlich hocherfreut über seine Beobachtungen. »Zu mir kannst du alles sagen.«

»Das ist noch etwas, das mir gefällt. Ich habe gerade erst zu Papa gesagt, dass ich noch nie eine Frau getroffen habe, die so hübsch ist und gleichzeitig flucht.«

»Ha!« Ich fühlte das Lachen aus mir herausbrechen, entzückt, aber auch ein wenig entsetzt. »Bitte sag das nicht deiner Mutter.«

»Ist schon in Ordnung.« Er lief nun rot an, wie nur Jungs es tun, in einem leuchtenden Pink, das seine Wangen vertikal streifte. »Meine Mutter flucht auch hin und wieder. Außerdem glaube ich, sie würde dich mögen.«

Hadley war der Engel in Ernests Jugend gewesen, das Beste an seinen Jahren in Paris und der Verlust, den er am meisten bereute. Sie leuchtete noch immer hell für ihn, so hell, wie nur die Vergangenheit es vermochte. Und auch wenn ich nicht wusste, ob ich genügend Größe besaß, um ihr die Hand zu schütteln, ohne mich von ihr bedroht zu fühlen, fand ich es wundervoll, dass Bum uns miteinander in Verbindung bringen wollte, und sei es nur mit Worten. »Wie nett von dir, das zu sagen«, erklärte ich ihm. »Das ist das Netteste überhaupt.«

Neunundvierzigstes Kapitel

Nachdem die Jungs abgereist waren, nahm ich mir vor, mich mutiger zu zeigen, als ich mich eigentlich fühlte, und schloss mich in meinem Arbeitszimmer ein. Ich hatte den festen Vorsatz, mit etwas Neuem zu beginnen. In einem meiner Notizbücher fand ich ein paar Sätze über Finnland, die mir gefielen, und ich begann, sie zu einer Geschichte über eine amerikanische Reporterin inmitten des Winterkrieges auszuarbeiten. Es war ein gutes Gefühl, wieder zurück in diesem Land zu sein, bevor es auseinanderbrach. Beinahe so, als wäre dies meine Art, es zu ehren und es zumindest ein kleines bisschen, für einen kurzen Augenblick, wieder zum Leben zu erwecken.

»Es könnte ›*Portrait of a Lady*‹ heißen«, berichtete ich Ernest eines Nachmittags, nachdem ich gut an der neuen Geschichte gearbeitet hatte.

»Ich bin froh, dass du wieder schreibst, Rabbit. Aber ich mache mir auch ein wenig Sorgen. Deine Themen sind so düster. Ging es in dieser unsinnigen Kritik, die du für *A Stricken Field* bekommen hast, nicht hauptsächlich darum?«

»Die Welt ist derzeit nicht gerade ein fröhlicher Ort«, blaffte ich ihn an. »Oder ist dir das noch nicht aufgefallen? Seit Jahren geschehen ausschließlich schlimme Dinge. Soll ich mir etwa eine glückliche Geschichte aus dem Hut zaubern?«

»Schon gut, schon gut. Ich bin auf deiner Seite, schon

vergessen? Ich will nur nicht, dass man dich als Schriftstellerin in eine bestimmte Schublade steckt.«

»Ich weiß«, erwiderte ich, aber sein Tonfall brachte mich aus dem Konzept. Er hatte mit Sicherheit mehr Ahnung vom Schreiben. Vielleicht wusste er sogar besser als ich, wie meine Karriere aussehen sollte. Aber um mich selbst am Laufen zu halten und mich aus eigenem Antrieb vorwärts zu bewegen, musste ich tun, was sich für mich richtig anfühlte. Ich brauchte seine Liebe. Ich brauchte seine Unterstützung und noch viel mehr als das, aber ich hätte wohl kaum etwas Gefährlicheres tun können, als mich zu ändern, um seinen Segen zu bekommen. Er wartete schließlich auch nie auf meinen, oder?

In jenen Tagen folgte Ernest einer strikten Routine, die aus Arbeit und nur wenig anderem bestand. Er hatte das Trinken reduziert und achtete auf seine Ernährung, wog sich jeden Morgen und notierte dann sein Gewicht mit Bleistift auf der Wand über der Waage. All das tat er, um noch tiefer in seinem Buch versinken zu können. Manchmal schien es, als wollte er sich in die Seiten einwickeln wie in eine zweite Haut. Er hatte aufgehört, mir von den Szenen zu erzählen, an denen er gerade schrieb, von seinen Figuren oder Dialogmomenten. Ich verstand, weshalb er es nicht konnte, verstand, dass man einem Buch alles geben musste, damit es einem alles und noch mehr zurückgab. Dennoch war das Haus ein einsamerer Ort geworden.

Währenddessen hatte die Regenzeit begonnen, und jeder Tag brachte sintflutartige Regenfälle. Wie auf ein Zeichen hin wurde das Dach durchlässig wie ein Schwamm und sackte gefährlich ein. Durch die Feuchtigkeit löste sich der Putz im Wohnzimmer und fiel krachend auf die Fliesen. Überall im Haus verteilt waren Eimer und Abdeckplanen, Knäuel aus durchnässten Zeitungen und nutzlose Wischlappen.

Anfang Juni traf ich meine Mutter in New York im Carlyle, nachdem ich Ernest erklärt hatte, ich bräuchte eine Woche Sonne und ihre Gesellschaft, aber im Grunde war das Wetter nur ein Sinnbild für das, was mich eigentlich bekümmerte. Europa befand sich nun seit neun Monaten im Krieg, und auch wenn England und Frankreich Deutschland bereits den Krieg erklärt hatten, nachdem Hitler Polen eingenommen hatte, eskalierten die Dinge für die meisten beteiligten Nationen erst jetzt. Kürzlich hatte Deutschland Frankreich und die Niederlande umfassend angegriffen. Holland, Dänemark und Norwegen waren so schnell davongefegt worden, dass man glauben mochte, sie bestünden nicht aus Fleisch und Blut, sondern aus Papier.

So schlimm die Lage auch sein mochte, es war doch tröstlich, sich in Mutters Nähe aufzuhalten. Sie war stets mein Leitstern gewesen, aber nichts konnte dauerhaft helfen. Die Schlagzeilen eines jeden neuen Tages waren furchterregender als die des vorherigen. Die Nazis hatten die Maas überquert, die Maginot-Linie zerstört und schlugen sich jetzt mit voller Kraft durch die Ardennen gen Süden. Frankreich stand kurz vor dem Fall.

Ich kaute mir die Fingernägel ab und wollte unser Hotelzimmer nicht mehr verlassen, aber Mutter beharrte darauf, mich auf einen Spaziergang nach draußen zu schleifen. Langsam schritten wir Arm in Arm die Madison Avenue zwanzig Blocks hinauf. Bei North Meadow durchquerten wir den Central Park und schlängelten uns wieder nach unten, als zeichneten wir die Stadt mit unseren Füßen nach und könnten damit etwas von dem Bösen abwenden.

Es kam dennoch. Wir saßen gerade beim Tee im Algonquin, als wir angesichts der Nachrichten wie benommen auf unseren Plätzen verharrten, während das Dienstpersonal verschwand und unser Tee kalt wurde und die Kressesandwiches verwelkten. Die Deutschen hatten es getan. Panzer rollten in Paris ein.

Die Welt befand sich in den Händen von Verrückten, doch noch immer wollte Roosevelt nicht handeln. Er fror das gesamte amerikanische Vermögen der Achsenmächte ein. Er hielt Reden, in denen er den Faschismus und die Angriffe verurteilte, laut und vehement argumentierend, aber er blieb beharrlich bei seiner Linie: Amerika würde nicht in diesen Krieg eintreten, solange es nicht angegriffen wurde.

Als ich mit Mutter im Schlepptau zurück nach Kuba eilte, erwartete ich, Ernest vor dem Radio sitzend vorzufinden, aber wir besaßen gar keines mehr. Er hatte es abgeschafft.

»Das kann doch nicht dein Ernst sein«, ereiferte ich mich. »Die Nazis marschieren gerade die Champs-Élysées hinunter.«

»Wer möchte schon Tragödien und Unheil aus dem eigenen Wohnzimmer zugebrüllt bekommen?«

»Aber diese Tragödien und dieses Unheil geschehen. Es ist unverantwortlich, sich so abzuschotten. Die Post braucht vier Tage hierher.«

»Ich wünschte, sie bräuchte eine Woche. Sie lenkt so furchtbar ab.«

Ich konnte kaum glauben, was er da sagte. »Das ist, als würde man behaupten, ein Feuermelder lenke einen ab, während die Flammen die Wände heraufzüngeln!«

»Hör mal, wenn irgendeine Armee hier die Tür eintritt, werde ich bei Gott kämpfen, um zu retten, was mein ist. Ich blende nichts aus. Ich leiste Widerstand.«

Ich konnte erkennen, dass Mutter angesichts unseres Streits unbehaglich zumute war, dennoch wollte ich gerade mit einem weiteren Argument dagegenhalten, als sie dazwischenfuhr: »Wie wäre es mit Lunch? Ich bin am Verhungern.«

»Ihre Tochter scheint mir an die Nieren gehen zu wollen«, blaffte Ernest sie an.

»Ja, aber ich hatte eher an Austern gedacht«, schoss meine Mutter zurück, und wir lachten nervös.

Letztlich musste ich mir eingestehen, dass Ernests absolutes Engagement für dieses Buch über den Krieg tatsächlich seine Form des Widerstands war, während überall auf der Welt weitergewütet wurde. Ich tat mich schwer, ihm zuzustimmen, und mochte es wohl niemals voll und ganz tun, aber die Arbeit selbst musste ich respektieren. Er hatte begonnen, mir wieder einzelne Seiten zu zeigen, und sie waren großartig, besser als alles, was er je vollbracht hatte oder noch vollbringen mochte. Max Perkins hatte den Oktober als Veröffentlichungstermin festgelegt, und Scribner's benötigte die Seiten besser gestern als heute.

In der Zwischenzeit waren die Jungs erneut zu Besuch gekommen und wieder abgereist, und die Sommerhitze hatte unsere Tage fest im Griff. Morgens arbeitete ich an meinen Geschichten und schwamm mit Mutter im Salzwasserpool, danach gingen wir in die Stadt. Das mussten wir nun tun, um überhaupt an Nachrichten zu kommen.

Eines Nachmittags hatten wir gerade mit mehreren Zeitungen das Floridita betreten, als ein Mann durch die Tür des Cafés hereinmarschierte. Er sah aus wie jeder x-beliebige Gringo, dem man in Havanna über den Weg laufen mochte, bis auf ein kleines Detail. Er trug eine Nazi-Uniform, steif gebügelt, mit Lederriemen und Epauletten, leuchtend gestreiften Abzeichen und einer steifen, hoch aufragenden Kappe und pechschwarzen Stiefeln. Doch der Blick wollte immerzu nur an eine

Stelle wandern, auf seinen linken Arm, an dem auf kräftigem, beinahe grellem Rot ein Hakenkreuz prangte.

Ich griff unter dem Tisch nach Mutters Hand, da sie vollkommen erstarrt war. »Ist schon in Ordnung«, sagte ich sehr leise. »Ernest und ich haben ihn schon einmal gesehen. In Havanna gibt es einige Deutsche.«

Sie sah mich streng an, und ich wusste genau, was sie dachte: *Das ist nicht irgendein Deutscher.*

Er stand nun am Tresen, halb abgewandt mit einem Stiefel auf der Stange und machte an den Kellner gerichtet irgendeine Bemerkung. In der Zwischenzeit war unser Mittagessen gekommen, aber Mutter konnte lediglich darin herumstochern. Ich wusste nicht, wann ich schon einmal eine solch starke Reaktion bei ihr gesehen hatte. Nachdem er endlich gegangen war, lehnte sie sich zu mir herüber und flüsterte, als hätte er Informanten in diesem Raum oder könnte gleich wiederkommen: »Ich kann nicht glauben, dass irgendjemand freiwillig so herumläuft.«

»Nun, sie möchten Angst einflößen. Es ist ausgesprochen effektiv.«

»Ich hasse es«, verkündete sie schlicht. »Ich hasse alles an diesem Krieg.«

»Manchmal bete ich, ein ordentlicher Blitzschlag möge Hitler treffen. Es würde so vieles vereinfachen.«

Sie wirkte nervös, weil ich so etwas laut ausgesprochen hatte, aber was sollte man denn sonst denken? Ein Blitz oder ein Tornado oder ein alles davonfegender Taifun, irgendeine ganz spezifische und akute Naturkatastrophe, die direkt vor seiner Haustür stattfand – es würde nicht alles lösen, aber es wäre zumindest ein Anfang.

Als wir nach Hause kamen, erzählte ich Ernest, was geschehen war, und versuchte zu erklären, wie aufgebracht Mutter gewesen war. »Es war, als hätte sie einen Wolf auf zwei Beinen gesehen. Vielleicht haben wir uns daran gewöhnt, sie hier herumlaufen zu sehen, aber das ist ein Fehler. Dass man die Hässlichkeit nicht mehr wahrnimmt. Vielleicht sollte ich etwas darüber schreiben.«

»Anstelle deiner Geschichten? Ich dachte, du magst sie.«

»Ich mag sie ja auch. Aber ich will mir nicht einfach die Decke über den Kopf ziehen, ganz besonders nicht hier, wo wir leben.« Ich dachte daran, wie ich in Frankreich und England gewesen war, als die Tschechoslowakei fiel, und dass ein Nazi in der Zeitung etwas anderes war als einer im eigenen Café. »Als ich heute mit Mutter zusammen war, wurde ich daran erinnert, wie sich die eigenen Empfindungen verändern können, wenn man etwas tatsächlich mit eigenen Augen sieht. Wie es einen selbst verändern kann.«

»Ja. Aber verändere dich nicht zu sehr, Rabbit.«

»Wie meinst du das?«

»Ich habe mich bloß gefragt, ob du glaubst, es reiche nicht mehr aus, hier zu sein. Ob du womöglich wieder mitten im Geschehen sein möchtest.«

Er hatte recht. Ich hatte ganz vorsichtig und vage darüber nachgedacht, was es bedeuten würde, nach Frankreich zu gehen, nur für kurze Zeit, um an den Dingen teilzuhaben, ihnen direkt entgegenzutreten und vielleicht ein, zwei Artikel zu schreiben, die irgendjemandem helfen könnten. Doch wenn ich das zugab, würde ich ihn nur verletzen, außerdem war es ohnehin nicht der richtige Zeitpunkt. »Nein«, behauptete ich und griff dann nach etwas, das der Wahrheit entsprach: »Ich liebe unser Leben.«

Fünfzigstes Kapitel

Ich hatte mich zwar oft gefragt, ob Ernest wohl für immer an diesem Buch schreiben würde, doch schließlich war er am Ende angelangt. Die Brücke war gesprengt, und er hatte Robert Jordan getötet, und nun war er ausgelaugt und leer, als hätte er dafür einen Teil von sich selbst umbringen müssen. Im Grunde hatte er das auch, da Jordan tiefer in ihm steckte, als die meisten realen Menschen es in seinem Leben jemals würden.

Er fuhr hinauf nach New York, um zur Stelle zu sein, wenn die Fahnen kamen. Er wohnte im Barclay und schwitzte sich durch die Hitzewelle, die zu dieser Zeit den größten Teil des Landes quälte. Er schrieb mir, ich solle ihn mir im Pyjama vorstellen, in einer Pfütze aus Schweiß und Anstrengung, während der Ventilator rund um die Uhr rotierte. Wann immer er damit fertig war, einen Abschnitt des Buches Korrektur zu lesen, wurde dieser rasch durch einen Laufburschen, der ständig in der Nähe wartete, zu Scribner's und dann weiter zum Setzer gebracht – dreiundvierzig Kapitel insgesamt, jedes davon für ihn so kostbar wie ein eigenes Kind. Jeden Tag musste er sich beeilen, um den Schriftsetzern nur ein wenig voraus zu sein. Aber ich erkannte auch, dass ihm all die Dringlichkeit und Erwartung Auftrieb gaben, der Nervenkitzel des Abgabetermins.

Als er fertig war, übernächtigt und erschöpft, nahm er den Zug nach Miami und bestieg dann den Pan Am Clipper nach Havanna. Mutter und ich holten ihn am

Flughafen ab, und auch wenn jeder sehen konnte, wie erledigt er war, war doch auch sein Triumph deutlich zu erkennen. Er trug den Vertrag von Scribner's in seiner Hemdtasche, und dieser war erste Sahne: Ihm wurden zwanzig Prozent für jedes Exemplar versprochen, sobald er fünfundzwanzigtausend verkaufte Exemplare erreicht hatte – eine beinahe beispiellose Tantieme. Der Book of the Month Club erwog außerdem gerade, das Buch in seine Auswahl für Oktober aufzunehmen. Wenn das geschähe, würden augenblicklich hunderttausend Exemplare gedruckt werden, und von da an würde die Zahl nur noch weiter hinaufgehen. Scribner's würde sein ganzes Schaufenster in der Fifth Avenue der Auslage der Exemplare widmen, und es wurde bereits davon gesprochen, dass Hollywood die Filmrechte kaufte, Gary Cooper wurde als Hauptdarsteller gehandelt.

Ich freute mich riesig für Ernest, das tat ich wirklich. Aber es versetzte mir auch einen Stich zu sehen, wie der rote Teppich für ein Buch ausgerollt wurde, das noch nicht einmal erschienen war. Ich hatte genauso hingebungsvoll an *A Stricken Field* gearbeitet, und dieser Roman war beinahe augenblicklich im Äther verhallt. Ich hatte alles in diese Seiten gesteckt, was ich hatte, doch statt eines Triumphs oder des Gefühls eines persönlichen Erfolgs hatte mich ein unerwarteter Schlag ereilt. Es schmerzte noch immer, dass ein Werk, das ich liebte und für das ich gelitten hatte, so einfach abgewiesen werden konnte. Und es erboste mich mehr denn je, dass selbst die paar guten Rezensionen, die ich bekommen hatte, von dem ausführlichen Artikel darüber, dass ich Ernests neues Mädchen war, in den Schatten gestellt worden waren. Aber ich wusste nicht, wie ich Ernest irgendetwas davon mitteilen sollte, vor allem nicht nun, da sein Buch der größte Roman des Jahres werden sollte, vielleicht sogar das Wichtigste, das er je getan hatte.

Mir wurde erst allmählich bewusst, was dies alles zu bedeuten hatte. Das Buch umgab bereits jetzt ein seltenes Leuchten, für das die meisten Schriftsteller gemordet hätten – und sei es auch nur, um für einen Augenblick in diesem Glanz zu stehen. Es war ein dunkler, schimmernder Stern, der seine eigene Atmosphäre und Schwerkraft erzeugte. Es war die größte Angelegenheit in unserem Leben.

—

Da Ernest nun mit dem Schreiben fertig war, konnte er seine Energie auf andere Dinge richten, etwa darauf, Pauline wegen der letzten Einzelheiten ihrer Scheidung zu bedrängen und Pläne für unsere eigene Hochzeit zu schmieden, die in seinen Gedanken mehr und mehr Raum einnahm. Ich hatte immer gewusst, dass es irgendwann einmal dazu kommen würde, und hatte auch viel meiner eigenen Energie auf den Wunsch verwendet, die Schwierigkeiten mit Pauline mögen endlich beseitigt werden, damit wir voll und ganz zusammen sein konnten, ohne irgendwelche Einschränkungen oder Konflikte. Aber seltsamerweise spürte ich nun, da unsere Heirat endlich kurz bevorzustehen schien, Angst und Schrecken in mir aufsteigen. Es war auch für mich eine Überraschung, und ich konnte es nicht vollständig begreifen, was mir noch mehr Kopfzerbrechen bereitete.

Ernest schien es nicht zu bemerken, da er zu sehr in seinen eigenen Wirbelsturm vertieft war, aber Mutter fiel es auf. Als ich sie nach Havanna zu ihrer Fähre nach Fort Lauderdale brachte, wusste ich sofort, dass sie mir unbedingt die Meinung sagen wollte.

»Falls du Zweifel hegst, solltest du sie ernst nehmen. Du hast deine Intuition nicht ohne Grund.«

»Ich will ihn nicht verlieren.«

»Ich sage ja nicht, dass du ihn ganz verlassen sollst.

Genieß das Intermezzo. Das hier ist ein Paradies, so viel kann auch ich erkennen. Aber das Paradies ist nie von Dauer.«

»Bitte sag so etwas nicht. Nicht jetzt. Ich fühle mich ohnehin schon viel zu zerbrechlich.«

»Nun, dann sag mir, was dir Sorgen bereitet. Was wünschst du dir?«

»Ich wünsche mir ihn, aber er ist solch eine Naturgewalt. Er zieht alles in seine Umlaufbahn und riegelt jeden Winkel, jeden Fluchtweg ab. Das alles macht er unbewusst, ohne sich selbst richtig wahrzunehmen. Und dieses Buch. Er mag es fertig geschrieben haben, aber es wird nicht verschwinden, ganz und gar nicht. Eine Art Welle türmt sich gerade auf. Ich kann es spüren.«

»Was sagt dir dein Herz?«

»Das ist es ja. Wenn es um Ernest geht, scheinen zwei Herzen in meiner Brust zu schlagen, und ich scheine mindestens zwei Meinungen zu haben.«

»Er ist eine große Persönlichkeit, so viel steht fest. Aber das bist du auch, mein Liebling. Verkaufe dich nicht unter Wert. In deinem Inneren bist du stärker als irgendjemand, den ich kenne. Was auch geschieht, du kannst es auf dich nehmen.«

»Ich liebe dich, weißt du das?«, sagte ich und gab ihr einen Kuss. »Bist du sicher, dass du nicht hierbleiben kannst?«

—

Den restlichen Tag kaute ich wieder und wieder meine Gedanken durch. Ernest hatte bereits zwei Ehefrauen hinter sich, alle beide starke Frauen, wenn ich seinen Geschichten Glauben schenken durfte. Dennoch waren sie nicht stark genug gewesen oder ihre Liebe war es nicht gewesen. Wie auch immer, das traurige Ende war unumstößlich gekommen. Würde ich es ertragen können, wenn das Schicksal für uns dasselbe auf Lager hatte? Würde ich es ertragen können, voller Angst davonzulaufen, ohne es überhaupt versucht zu haben?

»Ich habe mir überlegt, dass ich mehr Zeit brauche«, erklärte ich Ernest schließlich, nachdem die Fragen immer wieder durch meinen Kopf gekreist waren, ohne dass ich eine Antwort gefunden hätte. Ich wollte behutsam vorgehen, dennoch zuckte Ernest zusammen.

»Du weißt jedenfalls sehr genau, wie man einem Kerl wehtut.«

»Gerade das versuche ich ja zu vermeiden«, protestierte ich. »Ich liebe dich, ich möchte mir nur ganz sicher sein, dass dies die richtige und klügste Entscheidung ist.«

»Klug? Wann wäre Liebe denn schon einmal etwas Derartiges gewesen?« Er sagte es mit einem spöttischen Unterton und einem harten Zug um den Mund, der bei diesem Licht fast grausam wirkte. »Weißt du, eine Ehe ist keine Naturwissenschaft. Sie lässt sich nicht durch Vernunft klären. Außerdem klingst du für mich furchtbar kalt. Tatsächlich sogar berechnend.«

»O Rabbit, nein. Das bin ich nicht. Ich wollte nur vernünftig sein und auf mich selbst hören.«

»Dann noch viel Spaß mit dir selbst«, meinte er ausdruckslos. »Ich habe genug gehört.« Er ging ins Schlafzimmer und knallte die Tür hinter sich zu.

Ich hatte Angst, dass die Dinge noch weiter eskalierten, also blieb ich länger und länger auf, die Wörter in meinem Buch verschwammen im schwachen Licht vor meinen Augen. Ich goss mir einen kleinen Scotch ein, dann noch einen größeren, bis ich schließlich nach zwei Uhr ins Bett fiel, mit betäubtem Verstand und übler Laune.

Am Morgen hörte ich ihn nicht aufstehen, nahm aber an, dass er vor Einbruch der Dämmerung erwacht sein musste. Als ich selbst die Augen aufschlug, entdeckte ich einen dicken Brief auf dem Nachttisch, in dem er mir mitteilte, er sei am Boden zerstört und ich hätte ihn niedergestreckt, als er mich am dringendsten benötigte. Es war schmerzhaft, den Rest zu lesen, insbesondere, als er aufzulisten begann, weshalb ich ihm dankbar dafür sein sollte, dass er meine Karriere vorangetrieben hatte. Bereits in Spanien habe er mich unterstützt, schrieb er, habe an meine Arbeit geglaubt, lange bevor ich selbst daran geglaubt hätte. Er habe sich jedes Wort von *A Stricken Field* zehnmal durchgelesen und mich dazu gedrängt, an den Kurzgeschichten zu arbeiten. Dann schrieb er, wenn ich mir nicht sicher sei, ob ich die Heirat durchziehen wolle, solle ich nun Klartext sprechen. Er werde die *Pilar* im September aufs Festland bringen müssen, das seien neunzig Meilen, reichlich Zeit, um darüber nachzudenken, wie verflucht zerstört er sei. Wenn er es denn bis aufs Festland schaffte. Vielleicht würde es ihm ja diesmal nicht gelingen.

Ich hielt den Brief, der in meinen Händen zu zittern und zu rauchen schien. Darin kam jede einzelne seiner Launen, kamen all seine Seiten zum Vorschein: bitter, schmeichelnd, bedrohlich, Schuld zuweisend. Doch all das überdeckte nur ganz dünn eine tiefe Einsamkeit und Furcht. So viel erkannte ich. All die Scheußlichkeiten, die er zu mir sagte, wiesen nur allzu deutlich auf die Tatsache hin, dass er mich nicht verlieren wollte. Uns nicht verlieren wollte. Letztlich wollte ich das auch nicht. Ich wollte nicht davonlaufen, ich wollte mich nur davor schützen, von ihm vollkommen eingenommen zu werden, von seinen Wünschen und Bedürfnissen, seinen Freunden, seinem Verlangen. Seinen Büchern. Seinen Büchern, die leuchtend und mit Getöse das Licht der Welt erblickten, während meine strauchelten, trotz seiner Ermutigung.

Langsam wusch ich mich und zog mich an, da mir immer noch schlecht war vom Scotch und von meinen wild durcheinanderpurzelnden Gedanken und von dem Wissen darum, was ich nun als Nächstes tun würde.

Ich fand ihn am Esstisch, wo er stapelweise Post durchging, und obwohl ich darauf wartete, dass er aufblickte, riss er weiter vehement die Briefe auf, schlitzte deren Siegel mit seinem Brieföffner in kleinen, entschiedenen Gewaltausbrüchen auf.

Ich zwang mich, trotzdem näher an ihn heranzutreten, die kalten Keramikfliesen unter meinen nackten Füßen, mein Blick verschwommen vor ungeweinten Tränen. »Ich kann dich nicht verlieren, Rabbit. Das werde ich nicht tun. Das wäre reine Dummheit, und ich bin kein Dummkopf. Ich möchte, dass wir heiraten.«

Schließlich wandte er mir seinen Blick zu, sah mich unnachgiebig an, die Augen glasig. »Ich glaube dir nicht.«

»Bitte bestraf mich nicht. Ich habe mich selbst schon genug bestraft.«

Da hielt er seine Hände ruhig und wurde ein winziges bisschen, aber doch spürbar weicher. Ich wusste, dass er mir nun zuhören und mir vergeben würde, dass ich ihn verletzt hatte, aber ein Teil von mir war wütend auf mich selbst, weil ich diese Vergebung suchte, weil ich kapitulierte, obwohl ich doch nur versucht hatte, meine eigenen, sehr realen Zweifel ernst zu nehmen. Und diese Zweifel waren noch immer vorhanden, unverändert.

»Wir sind beide so unabhängig«, sagte ich so zärtlich ich konnte, »so versessen darauf, dass die Dinge nach unserem Willen laufen. Wie soll sich das bloß lösen lassen?«

»Ich habe nie das Gefühl, dass du mir irgendwie im Weg stehst«, erwiderte er, ohne die Stoßrichtung meines Gedankengangs zu verstehen. »Durch dich wird bloß alles besser.«

»Ich kenne keine glücklichen Ehen. Nicht einmal zwischen Liebespaaren, die Kompromisse schließen können.«

»Dann stellen wir eben unsere eigenen Regeln auf und scheren uns nicht um die anderen. Wir sind das Beste, was passieren konnte, und wir werden so verdammt glücklich sein, dass niemand uns mehr ertragen wird. Wir werden uns selbst kaum noch ertragen können. Du wirst schon sehen.«

Wie, wie, wie kann das funktionieren?, hätte ich herausschreien sollen. *Du bist die Sonne, und ich bin der Mond. Du bist Eisen, und ich bin Stahl. Wir können uns weder verbiegen noch verändern.* Doch stattdessen trat ich auf ihn zu. Ich legte meinen Kopf auf seine breite, unverwechselbare Schulter, und ich nickte und küsste ihn und schluckte all meine Zweifel und Ängste herunter. All meine Weisheit. »Ich liebe dich so sehr«, sagte ich.

Einundfünfzigstes Kapitel

Wem die Stunde schlägt bekam bei Erscheinen Rezensionen, die weniger Lobeshymnen als vielmehr einem Freudentaumel glichen. Nicht einmal die entschiedensten Kritiker konnten die Macht dessen, was Ernest vollbracht hatte, und den Erfolg des Buches leugnen. *The Atlantic* nannte es »selten und wunderschön«, voller »Stärke und Brutalität«. Die *New York Times* behauptete, es sei »das Vollkommenste, Wahrhaftigste und Tiefgründigste«, was Ernest jemals geschrieben habe. Die *Satur-*

day Review hielt es für »einen der besten und dichtesten Romane des letzten Jahrzehnts«. Doch die Besprechung, die Ernest am glücklichsten zu machen schien und die jenen ganzen Herbst über widerhallte, stammte von Edmund Wilson. Über mehrere Bücher hinweg hatte dieser sich lautstark enttäuscht von Ernests Schreiben und von Ernest selbst gezeigt, doch nun stimmte er ebenso emphatisch wie alle anderen in den Lobgesang ein und schrieb: *Der Künstler Hemingway ist wieder unter uns, es ist, als habe man einen alten Freund zurückgewonnen.*

Da ich alles aus nächster Nähe beobachten konnte, entging mir nicht, wie der Erfolg dieses Romans alle anderen publizistischen Enttäuschungen heilte. Der Schmerz fiel von ihm ab wie eiserne Schuppen, und zwar nicht etwa, weil alle das Buch liebten, auch wenn das großartig war, sondern weil er seine eigenen Schwächen bekämpft hatte. Beinahe ein Jahrzehnt lang war ihm Machogehabe vorgeworfen worden. Seine Prosa gleiche einem Brusthaartoupet, hatte ihn Max Eastman so gemein und für jedermann sichtbar in den Zeitungen gescholten. Ernest wusste jedoch, dass mehr in ihm steckte, und er war nach Spanien gegangen, um es herauszuschälen, sich jene unverfälschte, elementare Erfahrung zunutze zu machen, die ihn als Schriftsteller zu neuem Leben erwecken würde. Und es hatte perfekt funktioniert. Er hatte genau das Buch geschrieben, das über jeglichen weiteren Zweifel der Kritiker an seinen Fähigkeiten erhaben war und zugleich seine eigenen Dämonen zum Schweigen brachte.

Es schadete auch nicht, dass sich das Buch wie von selbst verkaufte.

»Wie Frozen Daiquiris in der Hölle«, sagte Ernest über die Verkaufszahlen, die Max Perkins an ihn weiterleitete.

»Genau so sollte es sein, wenn die Götter tatsächlich einmal auf unserer Seite sind. Jetzt kannst du dich ausruhen.«

»Nichts da. Jetzt ist es an der Zeit, mich zu amüsieren.«

Bei unserer Ankunft herrschte im Sun Valley gerade Hochbetrieb. Die Werbekampagne schien erfolgreich zu sein, in der Lodge wimmelte es nur so von Prominenten und Berühmtheiten. Das Gelände wirkte wie ein Filmset und hätte auch gut eins sein können. Niemand sprach über Hitler oder die jüngste Katastrophe, die im Radio verkündet wurde, oder überhaupt über irgendetwas anderes als über die Filme, die man gerade gesehen oder gedreht hatte oder die man noch drehen wollte. Ich fand alles furchtbar seicht und kurzsichtig, aber da Hollywood ganz versessen darauf war, Ernests Buch für die Leinwand zu adaptieren, konnte dieser an nichts anderes mehr denken, und ich wusste, dass ich meine Ansichten für mich behalten musste.

Dorothy Parker hoffte, das Drehbuch schreiben zu dürfen.

»Nur über meine Leiche«, sagte er, als sie außer Hörweite war.

»Sie hat eine kluge Schreibe«, räumte ich ein.

»Was das genaue Gegenteil dessen ist, was man wertschätzen sollte.«

»Ja«, stimmte ich zu, auch wenn ich es insgeheim merkwürdig fand, im Sun Valley überhaupt so etwas wie Werte zu erwähnen.

Eines Tages erschien Gary Cooper mit seiner sehr schönen und sehr sorgfältig zurechtgemachten Frau Rocky. Er schien gesetzt für die Rolle des Robert Jordan. Die Rolle der Maria hingegen war noch zu vergeben.

»Wie wäre es mit Ingrid Bergman?«, schlug Cooper bei einem Drink vor. Wenn er sich über seinen randvollen Martini beugte, folgte seine Anzugjacke jeder seiner Bewegungen, und mein Blick wanderte anerkennend mit. Ernest trug tagelang dasselbe Hemd. Ich hatte beinahe vergessen, wie gut ein Mann in der richtigen Kleidung aussehen konnte. Cooper hätte sogar noch besser ausgesehen, wenn er gewusst hätte, wie man den Mund hält, aber er und Ernest waren gerade erst in Fahrt gekommen.

»Wie wäre es mit Marty?«, fragte Ernest. »Sie ist schließlich die echte Maria.«

»Was weiß ich denn schon vom Schauspielern?«

»Du wärst großartig. Du würdest sie geradeheraus und schlicht und wahrhaftig spielen.«

Rocky musterte mich von Kopf bis Fuß. Sie trug einen Hut mit Schleier und einen schimmernden Zobelmantel zu der dunkelroten Farbe auf ihren Lippen. »Hm. Wer sonst? Die Garbo wäre phantastisch.«

»Mit diesen falschen Wimpern? Das kann ich mir nicht vorstellen.« Ernest winkte den Kellner mit zwei raschen Handbewegungen herbei. Unsere Gläser waren noch halb voll, aber so lief es nun, da Ernest gerade nicht schrieb. Niemand schaute auf die Uhr. An einen möglichen Kater wurde nicht gedacht, wenn man den nächsten Tag verschlafen konnte.

»Dann eben ohne die Wimpern«, meinte Cooper geschmeidig. Alles an ihm war geschmeidig, das musste ich zugeben, aber das Gespräch ging stundenlang so weiter, langweilig und hohl und aufgesetzt. Irgendwann hörte ich nicht mehr zu.

»Ist der Film denn wirklich so wichtig?«, fragte ich Ernest hinterher. »Das Buch an sich ist schon so wundervoll.«

»Das Geld kann nicht schaden«, meinte er. »Du weißt,

dass Pauline von mir Unterhalt einfordern wird, bis ich tot bin. Und meine Steuerzahlungen sind so in die Höhe geschossen, dass ich einen Druckverband brauche, um nicht auszubluten.«

»Also gut. Ich bin nur der Ansicht, dass Schriftsteller, die sich an Hollywood anpassen, meist schlaff und rückgratlos enden. Zu wohlgenährt. Bitte versprich mir, dass du dich da nicht vollkommen hineinziehen lässt. Das könnte ich nicht ertragen.«

»Ich wohl auch nicht, nach allem, was dort mit Scott geschehen ist.« Er meinte Fitzgerald. Es war allgemein bekannt, dass dieser, sobald er von MGM unter Vertrag genommen worden war, kaum noch etwas geschrieben hatte und zu einem traurigen, aufgeschwemmten Darsteller seiner selbst geworden war. Er trank und trank und bemühte sich zu sehr darum, allen zu gefallen. Dabei vergaß er vollkommen, was einst seine Arbeit angetrieben hatte und was wirklich zählte. Ich konnte mir kein tragischeres Schicksal vorstellen.

Scott mochte für Ernest ein abschreckendes Beispiel sein, wenn wir beide unter uns waren, doch sobald wir uns in Gesellschaft befanden, war Ernest stets der Erste mit einem Drink in der Hand. Er sprach lauter und eindringlicher als alle anderen und ließ nicht einmal in den frühen Morgenstunden nach, wenn ich kaum noch den Kopf aufrecht halten konnte. Die endlosen Klatschgeschichten, Longdrinks und aufwendigen Menüs kamen mir vor wie ein Rausch, wie Engel, die wild auf dem Kopf einer Stecknadel tanzten, während die Welt drumherum im Chaos versank.

Sobald Hitler Frankreich eingenommen hatte, richtete er den Blick über den Kanal und schickte seine Bombenflugzeuge nach London, in einem Angriff, der später als Blitzkrieg bezeichnet werden würde. Den gesamten September und Oktober hindurch gingen die Angriffe weiter, Nacht für Nacht, Woche für Woche, die Stadt dezimierend, während wir Tennisdoppel spielten und angelten und uns über den herannahenden Regen beschwerten. Es überstieg beinahe jegliche Vorstellungskraft.

Ich versuchte, an den Kurzgeschichten zu arbeiten, die ich mitgenommen hatte, doch es fiel mir schwer, mich darauf zu konzentrieren. Um mich herum herrschte zu viel Trubel, und ich wurde langsam gefährlich gereizt. Ernest wollte von meinen Ängsten und Sorgen jedoch nichts hören. Er habe sich diese Pause verdient, beharrte er. Könnten wir denn nicht einfach diesen Urlaub hinter uns bringen?

Endlich kamen die Jungs an, sie waren meine Rettung. Als der Regen sich verzogen hatte, organisierten wir einen längeren Ausritt entlang des Salmon Rivers, legten mit unseren Pferden über dreiundzwanzig Meilen zurück, während die Herbstfarben zunächst explodierten, dann ausbluteten und die Luft so knackfrisch wie ein Apfel wurde. Ich hatte nie besonders gern gezeltet, aber mit den Jungs wurde alles schöner, sogar das Schlafen auf der Erde. Gigi brachte uns ein kompliziertes Kartenspiel bei, das wir abends am Feuer spielten, und Patrick las uns Abschnitte aus *Der Ruf der Wildnis* vor, mit so viel Gefühl, dass ich einen Kloß im Hals spürte.

Bumby war stiller als sonst, regelrecht nachdenklich. Er würde bald siebzehn werden und hatte soeben sein letztes Jahr an der Highschool begonnen. Doch er wusste noch immer nicht, in welche Richtung es für ihn gehen sollte, für was er sich interessierte, abgesehen vom Angeln und einer gelegentlichen Rolle in einem Schultheaterstück.

»Vielleicht musst du nicht unbedingt aufs College gehen«, meinte Ernest zu ihm. »Zumindest nicht gleich nach deinem Abschluss. Du könntest erst einmal eine Weile arbeiten, oder nicht? Um zu dir selbst zu finden?«

»Sicher«, stimmte Bum zu. »Dann bliebe mir auch viel mehr Zeit, um Regenbogenforellen zu angeln.«

»Und ob. Soweit ich weiß, hat man nur ein Leben. Man sollte sich also nehmen, so viel man kann.«

»Der Krieg könnte auch uns erreichen und all unsere Pläne durchkreuzen«, warnte ich. In jener Woche hatte sich Japan den Achsenmächten angeschlossen und ein Abkommen unterzeichnet, demzufolge ein Feind von einem der Bündnispartner ein Feind aller war. Es war ein prophetischer Augenblick. Amerika hatte bislang einen Konflikt vermieden, doch nun schien es offensichtlich, dass wir jederzeit in die Arena gezwungen werden konnten. Japan lag unheimlich dicht am Südpazifik, wo wir eine starke militärische Präsenz hatten.

»Aber noch hat er uns nicht erreicht«, entgegnete Ernest.

»Ich glaube, ich würde einen passablen Soldaten abgeben«, meinte Bum, und mich überkam ein Schauder, von Kopf bis Fuß.

»Werde nicht erwachsen, bevor du es musst«, sagte ich zu ihm. »Keine Minute vorher.«

Je mehr Zeit ich mit den Jungs verbrachte, desto glücklicher schätzte ich mich, sie kennenlernen zu dürfen. Wie ihr Vater übergaben auch sie sich ganz der Natur, wurden vollkommen lebendig in allem, was sie taten: nach Forellen greifen, durchs gelbe Seegras waten, Stockenten am Flügel schnappen. Ernest hatte ihnen erklärt, was sie zu tun hatten, so wie sein Vater es ihm erklärt hatte – wo man stand, wie man ein Messer hielt, wie man durchs Gras lief, ohne ein Geräusch zu machen –, aber er hatte ihnen auch genügend Raum gelassen, damit sie ihre eigenen Entdeckungen und Fehler machen konnten. Er überließ ihnen den besten Schuss, selbst wenn sie ihr Ziel verfehlten. Er bewegte sich flussabwärts, damit einer von ihnen den besten Standort zum Fliegenfischen bekam. Außerdem hörte er ihnen intensiv zu, all ihren Geschichten, ihren lustigen Vorhaben und weitschweifigen Witzen. Und wenn ich ihn so sah, in ihrer Gegenwart und in Bestform, kam ich mir schuldig und illoyal vor, weil ich an ihm gezweifelt hatte. Ich baute mir hier mit Ernest und seinen Jungs ein gutes Leben auf. Außerdem würde ich bald heiraten, nicht wahr? Würde all die Versprechen geben, durch die ich nicht länger nur noch ich selbst, sondern Teil einer Familie sein würde, *dieser* Familie, der es wichtig war, dass ich mich vollständig und geliebt und genau am richtigen Platz fühlte. Wenn ich doch nur nachgeben und daran glauben könnte.

—

Am 21. November 1940 wurde ich im leicht antiquierten Speisesaal der Union Pacific Railroad in Cheyenne, Wyoming, die dritte Mrs Hemingway. Zum Abendessen gab es Elchbraten und annehmbaren Champagner, den besten, den man in Cheyenne oder wahrscheinlich sogar in einem Umkreis von hundert Meilen auftreiben konnte. Wir waren beide ausgelassen und unbesonnen und entschieden hoffnungsvoll.

Ernest war erst seit zwei Wochen geschieden, aber ich gab mir große Mühe, nicht daran zu denken. Ich versuchte auch, mich nicht daran zu erinnern, wie meine Mutter gesagt hatte, Ernest scheine nicht zu wissen, wie man *nicht* verheiratet sei, versuchte auszublenden, wie schwer diese letzten Monate gewesen waren, in denen er und Pauline sich so erbittert um Geld gestritten hatten, da es das Einzige gewesen war, worum sie noch hatten streiten können.

Beinahe vier Jahre waren Ernest und ich nun schon zusammen – und verstießen damit gegen die Sitten, wollte man es so betrachten. Zugleich war unsere Beziehung aber auch rein und ehrenhaft, da wir nur zusammen waren, weil wir es wollten. Nun würde es Versicherungspolicen und Testamentsnachträge und all die heiklen Verpflichtungen der Ehe geben. Aber es war getan. Jetzt konnte ich lediglich der Zukunft entgegenblicken, meinen Champagner trinken wie ein braves Mädchen und auf eine heftige, kopflose Weise fröhlich sein.

Hinterher fuhren wir gen Osten in Ernests brandneuem Buick, der ausnahmsweise einmal nicht schwarz, sondern in einer glitzernden Farbe namens Paradiesgrün lackiert war. Als er hinters Steuer glitt, sah Ernest glücklich und erleichtert aus, geradezu schwerelos, als hielte ihn die physische Tatsache dieses glänzenden neuen Eherings an Ort und Stelle und ließe ihn sich seines Lebens wieder sicher fühlen. Mein eigener Ring war das hübscheste Ding, das ich je gesehen hatte: ein Platinring, besetzt mit kleinen Diamanten und Saphiren, ein Teil der Ausbeute dieses neuen Buches und dessen, was es einem ermöglichte. Er war so schön, dass ich mich beinahe davor fürchtete. Ich musste ihn mir wieder und wieder ansehen, als ob ich ihn auf frischer Tat dabei ertappen könnte, wie er sich in etwas anderes verwandelte.

Zweiundfünfzigstes Kapitel

Wir brauchten beinahe eine Woche, um von Cheyenne nach New York zu fahren. Ernest hatte mir versprochen, die Flitterwochen im Barclay zu verbringen. Auf der Reise unterhielten wir uns über das Buch, das er womöglich als Nächstes schreiben würde. Er hatte die Idee gehabt, über den Golfstrom zu schreiben, tiefgründig und sachlich, wenn auch obsessiv, so wie er in *Tod am Nachmittag* über den Stierkampf geschrieben hatte.

»Ich würde auch wahnsinnig gern einmal etwas für die Jungs schreiben«, erklärte er. »Ich weiß noch nicht genau, was, vielleicht eine Abenteuergeschichte. Etwas, das sie gern lesen würden.«

»Das würde ihnen unheimlich viel bedeuten. Natürlich schon jetzt, aber auch später einmal. Es wäre ein wahrhaftiges Vermächtnis.«

»Wie kommst du mit deiner Arbeit voran?«

Ich überlegte kurz, wie ich ihm antworten sollte. Er war so beschäftigt gewesen, dass ich mich nicht mehr daran erinnern konnte, wann wir das letzte Mal über meine Arbeit gesprochen hatten oder er mich gebeten hatte, etwas davon lesen zu dürfen. »Ich bin recht weit mit einer Sammlung von Kurzgeschichten. Für deinen Geschmack könnten sie zu düster sein, aber mir gefallen sie.«

»Ich will dir nicht vorschreiben, was du schreiben sollst. Ich versuche nur, auf dich aufzupassen.«

»Ich weiß.« Ich blickte hinaus auf Nebraska, die geschorenen Maisfelder, silbern vom Raureif. Das Land erstreckte sich bis in die Unendlichkeit, leer und unverdorben. »Aber es kommt mir fast so vor, als müsste ich mit diesem Buch alles neu lernen. Das letzte hat mir das Herz gebrochen. Ich habe verlernt, meinen eigenen Instinkten zu trauen.«

»Ich weiß, Rabbit. Aber nicht jedes Buch sprengt dich in Stücke. Das verspreche ich.«

Es war leicht für ihn, das zu sagen. Er ritt auf der ruhmreichsten Welle seines Lebens. Ich schluckte hart und sagte: »Ich muss mir einfach ein dickeres Fell zulegen und das verdammte Buch schreiben und etwas riskieren, wie jeder andere auch.«

»Wenn du fertig bist, solltest du es bei Scribner's veröffentlichen. Max würde es wunderbar betreuen und auch deine Vorstellungen respektieren. Ich verlange nicht, dass du sofort eine Entscheidung triffst. Denk einfach darüber nach.«

Er wollte mich unterstützen, mich wenn möglich vor einem eventuellen weiteren Scheitern bewahren. Dennoch empfand ich ein leichtes Unbehagen dabei. »Was ist aus deiner Ansicht geworden, zwei Schriftsteller aus einer Familie sollten nicht unter demselben Dach veröffentlichen?«

»Ich weiß nicht, ob ich noch irgendjemand anderem vertraue. Wir reden hier schließlich von meiner Frau.«

—

Das Barclay war Ernests Lieblingshotel in New York, und er betrachtete unsere Suite als sein eigenes Wohnzimmer, ließ oft die Tür zum Flur geöffnet und lud alle möglichen Freunde ein, Literaturleute und Sportpersönlichkeiten und Reporter, die um Interviews baten. Wir konnten unsere Bar kaum gefüllt halten. Das Telefon klingelte pausenlos.

Ich verstand natürlich, weshalb Ernest gerade jetzt die Gelegenheit nutzte, alle zu empfangen, schließlich war das Leben auf seiner Seite und er war das Stadtgespräch. Ich jedoch fühlte mich noch angespannter und erschöpfter als im Sun Valley. Mein Ehemann gehörte allen und schien es auch so zu wollen. Wohin war die Ruhe verschwunden und die Privatsphäre?

»Müssen wir uns denn die ganze Zeit so zur Schau stellen?«, beschwerte ich mich.

»Wahrscheinlich nicht, aber ich kann mir nicht recht vorstellen, dass ich allzu bald schon darauf verzichten möchte. Mir kommt es so vor, als würde allein der Gedanke Unglück bringen. Kannst du nicht noch ein bisschen länger durchhalten?«

»Ich werde es versuchen«, versprach ich. Aber mich strengte das Ganze an. Jeden Augenblick schien irgendjemand durch die Tür platzen und irgendetwas wollen zu können: eine Plauderei, einen Drink, ein Interview, eine Fotografie. Wir waren nie allein, und manchmal konnte ich das Paar, zu dem wir geworden waren, kaum noch wiedererkennen, und das bereits nach so kurzer Zeit.

Die einzige Gesellschaft, die ich tatsächlich genoss, war die von Bumby. An zwei der Wochenenden, die wir dort verbrachten, kam er aus der Schule zu uns gefahren und wohnte bei uns. Ernest hatte Lust, ihm ein paar Boxstunden in George Browns Studio in der West Fifty-seventh Street zu geben, das er seit Jahren gern besuchte. Sie kleideten sich in dicken grauen Jerseystoff, legten sich Handtücher um den Hals und verbrachten Stunden beim Training mit dem Boxsack und der Verbesserung ihrer Beinarbeit. Ernest fand, Boxen sei eine der besten Möglichkeiten, um fit zu bleiben und den Alkohol auszuschwitzen, den er zu sich nahm. Soweit ich wusste, versuchte Bum nicht einmal, den ein oder anderen

Schluck aus dem Flachmann seines Vaters zu stibitzen, und hatte bereits ein Prachtexemplar von einem Körper, aber ich konnte erkennen, dass sich der Ausflug in jenes männliche Heiligtum mit seinem Vater an seiner Seite für ihn wie ein ganz besonderer Initiationsritus anfühlte. Er hatte eine bedeutsame Schwelle überschritten und nun das Recht, dort zu sein.

Wo war jedoch mein Platz? Das war ganz und gar nicht klar. Beinahe augenblicklich wurde ich es leid, als die neue Ehefrau vorgeführt zu werden. Bei dem Kommen und Gehen in unserer Suite war es so gut wie unmöglich zu arbeiten, also verabredete ich mich eines Tages mit Charles Colebaugh von *Collier's* zum Lunch, um endlich einmal aus dem Strudel herauszukommen.

»Gibt es irgendeine Chance auf einen Auftrag?«, fragte ich ihn über einem Krabbencocktail im Russian Tea Room.

»Nun, irgendjemand müsste über die Burmastraße berichten und über den Krieg in China. Aber dafür hatte ich nicht Sie im Auge.«

»China?« Ich fühlte mich wachgerüttelt und konnte kaum auf meinem Stuhl sitzen bleiben. »Warum nicht?«

»Sie sind erst seit kurzem verheiratet, Marty, oder haben Sie noch nichts davon gehört?«

»Das bedeutet nicht, dass ich tot bin, Charles. Meine Arbeit zählt für mich noch immer genauso viel wie zuvor.«

»Schon gut, schon gut. Ich wollte Ihnen nicht auf die Füße treten. Ich dachte nur, Sie könnten nun nicht mehr so selbstverständlich reisen. Das ist doch ein nachvollziehbarer Gedanke.«

Es war ein nachvollziehbarer Gedanke, dennoch verspürte ich den Drang, diese Gelegenheit zu ergreifen, solange ich es noch konnte, und etwas für mich selbst zu beanspruchen, bevor ich von Ernests Karriere und seinem Ruhm vollkommen verschluckt wurde. »Ich werde dafür sorgen, dass ich abkömmlich bin.«

—

China und Japan kämpften zwar bereits seit Jahrzehnten um Ressourcen, aber seit 1937 befanden sich die beiden Länder tatsächlich im Krieg, und Japan besetzte nun fast zwei Drittel der Republik China, die Küste inbegriffen. Vorräte konnten nur über die Burmastraße ins Land gebracht werden. Sie erstreckte sich über siebenhundertsiebzehn Meilen durch zerklüftetes Gebirge und verband Kunming mit Lashio in Burma und dahinter Rangun. Großbritannien hatte den Chinesen seit Beginn des Konflikts geholfen und ganz nebenbei auch seine Kronkolonie geschützt, aber seit kurzem hatte sich auch Roosevelt eingeschaltet. Die Verteidigung Chinas war eine Möglichkeit, das Land als wichtigen Verbündeten zu gewinnen, da Japan sich den Achsenmächten angeschlossen hatte. Niemand wollte sich vorstellen, dass Japan uns offen angriff, aber es war naiv, diese Möglichkeit nicht in Betracht zu ziehen. Die Burmastraße war eine große Story, eine wichtige Story, und ich wollte diejenige sein, die sie erzählte.

Als ich in die Suite zurückkehrte, durchblätterte Ernest gerade einen großen Stapel Zeitschriften auf der Suche nach neuen Besprechungen, während Bumby ein Mittagessen für sechs hinunterschlang, das beim Zimmerservice bestellt worden war. Der Zeitpunkt war nicht perfekt, aber ich glaubte, Bums Anwesenheit würde zumindest einen Teil der Spannungen lösen können, falls das Gespräch misslingen sollte. Und das tat es.

»China?«, bellte Ernest. »Sind Entbehrungen und Schwierigkeiten für dich etwa eine Art Fliegenpapier?«

»Ach, hör doch auf. Das ist eine tolle Gelegenheit. Im Fernen Osten geschieht gerade so viel, und ich habe schon immer, immer davon geträumt, einmal dorthin zu reisen. Tatsächlich schon seit meiner Kindheit. All die Namen jener Orte … Hongkong, Singapur, Guam. Der *Orient*. Reißt dich das denn gar nicht mit?«

»Hier hat wohl jemand zu viel Somerset Maugham gelesen.« Er verengte die Augen zu Schlitzen. »Und was sollte China denn bitte für ein Ziel für eine Hochzeitsreise sein?«

Hochzeitsreise? »Dann würdest du also mitkommen?« Er hatte mich überrascht.

»Ich finde, das klingt großartig, Marty«, verkündete Bumby von seinem Sessel aus.

»Kannst du dir gerade wirklich die Zeit dafür nehmen? Ich werde auch allein zurechtkommen. Ich weiß noch, wie das geht.«

»Ich besitze einen unterschriebenen Vertrag, der besagt, dass du mich nie wieder verlassen wirst, falls du dich erinnerst. Und außerdem gibt es da noch einen weiteren Vertrag. Ein paar Worte, die in Cheyenne ausgesprochen wurden. Womöglich kann ich meine Frau nur auf diese Weise sehen.«

»Natürlich erinnere ich mich.« Ich trat zu ihm und schlang ihm die Arme um den Hals, gerührt, dass er in dieser Sache lieber nachgab, als mit mir zu kämpfen. Dass er mir folgen würde, wohin ich ging, auch wenn es sonst beinahe jedes Mal andersherum lief. »Danke, Rabbit. Es wird wunderbar sein, dich dort bei mir zu haben.«

In jener Woche, noch bevor die Tinte auf meinen Papieren von *Collier's* getrocknet war, kontaktierte Ernest einen Redakteur von *PM*, den er kannte, und bekam einen Vertrag für eine Reihe von Artikeln über »das wahre China«.

Ich wusste, dass alles viel reibungsloser ablaufen würde, wenn er seiner eigenen Arbeit nachging, aber ich hatte auch Gefallen gefunden an der Vorstellung, dass er zum ersten Mal den Anforderungen meines Terminplans unterworfen wäre, dass er als mein Ehemann reisen würde, als meine Begleitung, mein Anfeuerer. Ich hätte es besser wissen müssen. Um meinen eigenen Blick auf »das wahre China« erhaschen zu können, würde ich nun mit ihm konkurrieren müssen, Ellbogen an Ellbogen, Stift an Stift. Ich würde auch ganz und gar keine Auszeit von all dem Chaos bekommen, das sein Ruhm erzeugte. Auf der anderen Seite der Welt würde er selbstverständlich ebenfalls der große Ernest Hemingway sein. Und ich würde an erster Stelle seine Ehefrau und nur dann ich selbst sein, wenn ich beständig darum kämpfte.

Dreiundfünfzigstes Kapitel

Zunächst einmal mussten wir eine Reihe von scheußlichen Typhusimpfungen über uns ergehen lassen. Das war der erste Punkt auf der Tagesordnung. Dann reisten wir schmerzgeplagt und lädiert nach Washington, um die notwendigen Visa zu beantragen und Instruktionen zu China zu erhalten. Von dort aus flogen wir den langen Weg bis nach Los Angeles, wo wir zwei Tage in Hollywood verbrachten und uns zum Lunch mit Gary und Rocky Cooper trafen, bevor wir uns auf nach San Francisco machten, um Ingrid Bergman zu treffen. Nachdem David O. Selznick ihr erzählt hatte, es gebe nur ein kleines Zeitfenster, um uns zu erwischen, ehe wir in den Fernen Osten reisten, war sie die halbe Nacht durchgefahren, um dieses Treffen zu ermöglichen. Wie verwirrend das Leben doch sein konnte – uns gegenüber in einem Restaurant auf der Sacramento Street saß plötzlich die Bergman, groß und schlank, ohne einen Hauch von Make-up, so natürlich wie ein Stück Birkenrinde. Sie trug einen kamelfarbenen Wollmantel über einem Rollkragenpullover und dunklen Hosen, eine schlichte Reisekleidung, in der sie jedoch alles andere als schlicht aussah.

Ernest und ich verspürten beide ein wenig Ehrfurcht vor ihr, nicht etwa, weil sie berühmt war, sondern weil sie zu leuchten schien. Im Grunde umgab sie ein ganz gewöhnliches Licht – davon jedoch umgab sie mehr als jeden anderen Menschen.

»Ihr Buch ist so romantisch«, sagte sie zu Ernest. »Ich kann Ihnen gar nicht sagen, wie sehr es mich bewegt.«

»Sie müssten einverstanden damit sein, dass man Ihnen die Haare abschneidet. Wäre eigentlich eine Schande zu zerstören, was Sie da haben.«

»Ganz und gar nicht. Es ist so ein wichtiger Teil von Marias Geschichte. Wer würde denn der Eitelkeit halber davor zurückschrecken?«

»Ich freue mich, dass Sie das so sehen. Aber ich gehe davon aus, dass Sie uns wohl nicht Ihre Ohren zeigen werden.«

»Ernest!«, rief ich, entsetzt darüber, wie frech er war, aber sie lächelte bloß und tat ihm den Gefallen, hob ihr braunes Haar an und wandte sich von einer Seite zur anderen.

»Ich finde es wunderbar, dass Sie nicht zugelassen haben, dass Hollywood Ihr Aussehen verändert«, sagte ich zu ihr.

»Oh, man war durchaus hinter mir her. Sie machen

sich keine Vorstellung. Mein Haar war zu lang, mein Name war zu deutsch, und ich war viel zu groß. Oh, und meine Augenbrauen waren auch ganz falsch. Ich kann nicht glauben, wie viele Versammlungen wegen meiner Augenbrauen abgehalten wurden.« Sie lächelte, als berührte sie all das nun nicht mehr. Aber ich hatte die Macht einer solch kritischen Überprüfung selbst verspürt, als jener Journalist von *Time* seine Meinung zu meiner Gesichtsform und meiner Beinlänge kundgetan hatte, obwohl mein Aussehen doch nichts mit meiner Arbeit als Schriftstellerin zu tun hatte. Wir hatten etwas gemeinsam, uns verband eine gewisse Schwesternschaft, die durch äußeren Druck geschmiedet wurde und die vielleicht nur Frauen verstanden.

»Ich wünschte, ich hätte meine niemals angerührt«, erklärte ich. »Sie wachsen nie wieder richtig nach.«

»Das gilt doch für alles, zumindest wird es nicht wieder so, wie es einmal war.«

Kurze Zeit später verabschiedeten wir uns auf der Straße, während Ernest ein Taxi herbeiwinkte.

»Was hoffen Sie, in China zu finden?«, erkundigte sie sich.

»Ich weiß es nicht genau, aber es fühlt sich wichtig an, dorthin zu gehen. Es fühlt sich wichtig an, überall hinzugehen, wohin man gehen kann, und alles zu sehen, was es zu sehen gibt, und zu versuchen, es zu verstehen. Alles verändert sich so schnell. Ich möchte an etwas glauben, solange noch Zeit dafür bleibt. Ich möchte die Wahrheit sagen, selbst wenn es gefährlich ist. Und ich möchte die Geschichte finden, die zu schreiben mir bestimmt ist.«

Sie blickte mich mit diesen sanften, großen, intelligenten Augen an, und ich verspürte eine plötzliche Woge der Unsicherheit, dachte, ich könnte zu lange geplappert haben oder unsensibel gewesen sein. Doch sie sagte lediglich: »Sie scheinen im Grunde sehr viel darüber zu wissen, was Sie wollen.«

»Ich hoffe es«, antwortete ich und drehte mich zu Ernest um, der neben dem Taxi wartete, sein Körper im rechten Winkel zur geöffneten Tür, während der Verkehr vorbeiströmte. »Dort, wo ich hingehe, werde ich dieses Wissen benötigen.«

—

Ernest und ich hatten geglaubt, auf der Überfahrt nach Honolulu würde es lauter Banketts und Buffets geben, wir würden auf Liegestühlen sitzen und von vorne bis hinten bedient werden, während das Paradies immer näher heranrückte. Stattdessen war die Reise wie ein Vorgeschmack auf den Tod. Wir stürzten erst zur einen, dann zur anderen Seite, bis wir so grün waren wie Frösche. Das schlechte Wetter verfolgte uns, und das offene Meer peitschte mit hohem Wellengang gegen das Schiff. Ich wünschte mich beinahe augenblicklich weit fort, aber es lagen noch Tage um Tage ungebrochenen Elends vor uns. Schließlich gingen wir unter Deck und versuchten, betrunken zu bleiben. Ernest vertrat die Ansicht, mit genügend Alkohol könne man seinen Magen oder seinen Gleichgewichtssinn täuschen oder was auch immer dafür sorgte, dass man sich wünschte, man hätte niemals Essen zu Gesicht bekommen und müsste es auch nie wieder sehen. Doch selbst ganze Krüge voll Whiskey halfen nur geringfügig.

»Wer hätte gedacht, dass der Pazifik so einen Ärger machen würde«, meinte ich. »Ist ein Ozean denn nicht wie der andere?«

»Offensichtlich nicht.«

Als wir Pearl Harbor erreichten, waren wir ungemein begierig, vom Schiff zu wanken und endlich festen Boden unter unsere Füße zu bekommen. Aber sobald der

Landungssteg heruntergelassen wurde, drängten sich Dutzende Gratulanten an Bord, um uns zu begrüßen, uns Blumenkränze um den Hals zu legen, Reden zu halten und »Aloha« zu sagen. Fotografen nahmen Werbeschnappschüsse auf. Fremde drückten uns die Hand und überhäuften uns mit noch mehr Girlanden, bis wir kaum noch darüber hinwegblicken konnten.

»Bring mich besser schnell hier raus.« Ernest hatte den Kiefer fest zusammengepresst und grinste wie ein Barracuda. »Dem Nächsten, der mich anrührt, schlage ich sonst die Nase ein.«

»Vorsichtig, mein Schatz.« Es kostete mich Mühe, mein eigenes leidvolles Lächeln aufrechtzuhalten. »Weißt du, diese Menschen sind alle deinetwegen hier.« In Wahrheit wollte ich auch jemanden schlagen oder mir die Seele aus dem Leib schreien, um uns zu befreien. Stattdessen wiederholte ich: »Ich danke Ihnen, ich danke Ihnen so sehr«, wieder und wieder, mehr als hundert Mal. Ich war grün um die Nase, wahnsinnig vor Müdigkeit, doch ich lächelte, lächelte und gab meine glaubwürdigste Nachahmung von Mrs Hemingway zum Besten.

Vierundfünfzigstes Kapitel

Wir fuhren mit einer Rikscha durch den erstickenden Stadtkern von Hongkong zu unserem Hotel. Von allen Seiten schienen die beengten Straßen immer näher zu rücken, während unser Fahrer uns an Fahrrädern und klapprigen Imbissständen, an Körpern und noch mehr Körpern vorbeinavigierte. Wo man auch hinsah, lagen rote und weiße Papierfetzen verstreut, die Überreste von Knallkörpern, die alle paar Minuten in die Luft zu gehen schienen. Hühner liefen über die Straße, Kleinkinder ebenfalls. Man begriff nicht, wie sich der Verkehr überhaupt vorwärtsbewegte.

Unser Hotel im wimmelnden Geschäftsviertel wirkte uralt und versprühte einen Hauch Vornehmheit. Große Deckenventilatoren rotierten unter unserer Zimmerdecke, und massive Messinghähne schmückten die schwere tiefe Wanne im Badezimmer. Ich sprach ein Dankgebet für diese kleinen Gaben, kletterte bis zum Kinn in die Badewanne und kam zwei Stunden lang nicht mehr heraus, während Ernest die Umgebung erkundete.

»Ich habe jemanden gefunden, mit dem ich Fasane schießen kann«, verkündete er bei seiner Rückkehr. Er hatte eine chinesische Zeitung, zwei riesige Flaschen warmes Bier und eine bunte Auswahl an Feuerwerkskörpern mitgebracht, die er direkt im Zimmer hochgehen lassen wollte.

Ich nahm sie ihm aus der Hand und überlegte mir ein gutes Versteck. »Fasane jagen? Wo? Du weißt, dass gerade Krieg herrscht, oder?«

»Er scheint hier wohl irgendwo zu sein, allerdings nicht allzu erkennbar.«

Und das stimmte. Die japanische Armee hatte Hongkong von drei Seiten umstellt, aber das schlimmste Problem schien die Überbevölkerung zu sein. Anscheinend versuchte die Kolonialregierung, ihre Staatsbürger zu evakuieren, hatte jedoch die Anzahl der Menschen nicht verringern können. Für die einfache Bevölkerung wurden die Lebensmittel knapp, und sauberes Wasser war ein Mythos. Wo man auch hinblickte, sah man erschütternde Armut, doch Hongkong war auch mit nichts zu vergleichen, was wir je gesehen hatten. Die Luft war voller unbekannter Gerüche. Rauch hing über der Stadt und erfüllte die Gassen, wo mysteriöse Opfergaben an Haken baumelten und Kinder sich über den Abwasserkanal hockten. Dies war das Leben, so wuselig und rau und seltsam wie nur irgend möglich. Ich wollte es verstehen und kannte dafür bloß einen Weg: hinauszugehen und bis über beide Ohren darin zu versinken, mit jedem zu sprechen, den ich in die Finger bekam, jede winzige Gasse zu Fuß zu durchlaufen, mich vollkommen zu verlieren, bis ich ein Bild, eine Geschichte, einen Augenblick fand. Etwas, das allein nach mir rief.

Ernest hielt währenddessen in der Hotellobby Hof und vertraute darauf, dass seine Geschichte ihn fand. Seine Prominenz trieb alle möglichen Leute zu ihm – kantonesische Banker und ausgewanderte Rugbyspieler, Taxifahrer und professionelle Falschspieler und sogar den Nachrichtenoffizier eines selbsternannten Generals aus dem Ausland. Er beanspruchte die feinste Ecke des Raumes, breitete dort seine Bücher und Zeitschriften und Longdrinkgläser aus und empfing seine Untertanen in einem gesteppten Sessel aus feinem Ziegenleder, in dem er einer Geschichte nach der anderen lauschte. Er war ganz in seinem Element.

—

Vier Tage nach unserer Ankunft ging ich vor dem Morgengrauen an Bord einer einfachen DC-2 mit Metallrumpf, die nach Lashio hinter der burmesischen Grenze flog. Es war Anfang Februar, und die Luft war eiskalt und pechschwarz. Mit mir in der dunklen Höhle der Kabine flogen nur sieben weitere Passagiere, allesamt Chinesen. Die Sitze waren aus klapprig wirkendem Metall mit einem ganz dünnen Canvasbezug. Die Toilette befand sich hinter einem grünen Canvasvorhang und war im Grunde nicht mehr als ein dürftig bedecktes Loch, durch das alles direkt hinunterplumpste auf was oder wen auch immer. Ich erschauderte beim bloßen Anblick.

Unser Pilot war ein Amerikaner namens Roy Leonard, der durch nichts aus der Fassung zu bringen war. Er war groß und blond und wirkte gut genährt in seinem hellbraunen Fliegeranzug. Hinter dem Steuer, hier im vom Krieg zerrissenen China, schien er sich ebenso wohlzufühlen wie in einem Traktor mitten in Indiana. Das Flugzeug gehörte sowohl der chinesischen Regierung als auch Pan Am. Er fliege diese Route regelmäßig, sagte er, meist im Dunkeln und außerhalb der Reichweite der japanischen Flugabwehrgeschütze.

Ich versuchte, diese und weitere Beobachtungen in der düsteren Kabine in mein Notizbuch zu kritzeln, doch es dauerte nicht lang, ehe wir inmitten eines Hagelsturms waren. Das Flugzeug hüpfte und schaukelte. Eis prasselte gegen die Fenster und klang wie kleine Nägel in einem Glas. Als der Fahrtmesser festfror, sah ich, wie Roy das Fenster öffnete, um die Fluggeschwindigkeit selbst abzuschätzen, indem er den Boden im Auge behielt. Mir war schlecht, ich war vor Angst wie erstarrt und klammerte mich mit feuchten Händen an meine Armlehne – und so ging es die gesamten siebenhundert Meilen bis nach Chungking.

Fünf Stunden später fielen wir aus der dichten, feuchten Wolkendecke und setzten auf einer primitiven Landepiste mitten auf einer Insel im Jangtse auf. Der Fluss selbst schien von Hand gegraben worden zu sein mit seinen hohen gelben Klippen, die zu jeder Seite aufragten und wie eine moosige Krone hier und da von Pflanzen bedeckt waren.

Während die Maschine neu betankt wurde, aßen wir ein aus klebrigem Reis und gebratenem Ei bestehendes Frühstück und tranken dazu übelriechenden Tee aus Schalen.

»Warum machen Sie diesen Job?«, fragte ich Roy, dessen Nase tief in seiner Teeschale steckte.

Er zuckte die Achseln. »Er wird nie langweilig.«

Darüber musste ich lächeln. »Das kann ich mir vorstellen. Glauben Sie, irgendwo auf der Welt ist das Fliegen noch gefährlicher?«

Er grinste zurück. »Wenn es so wäre, dann wäre ich jetzt wahrscheinlich dort.«

Kurze Zeit darauf befanden wir uns mit einer Handvoll neuer Passagiere wieder an Bord und stiegen aus dem grob gehauenen dramatischen Tal in einen Himmel auf, der nun grell und irrsinnig blau war.

»Ist es nicht sicherer, wenn wir wie vorhin in Wolken gepackt sind?«, rief ich Roy nach vorn zu.

»Ich halte Ausschau nach ihnen«, rief er zurück, womit er, wie ich annahm, die japanischen Flugabwehrgeschütze und feindlichen Flugzeuge meinte.

Du liebe Güte, dachte ich und versuchte, mich stattdessen auf die Landschaft zu konzentrieren, weit entfernte Reisfelder, die in der Sonne glänzten wie Silberfolie, steil terrassierte Berghänge, Flusstäler und üppiges feuchtes Ackerland. Wir flogen den ganzen Tag und landeten genau bei Einbruch der Dämmerung in Kunming. Alles war lila gefärbt. Noch mehr Benzin, noch mehr Reis und Tee, und dann auf zum letzten Abschnitt der Reise über hohe Gebirgspässe, die ich mir vorstellen musste, da wir in tiefschwarzer Dunkelheit über sie hinwegflogen. Das Flugzeug vibrierte vor Anstrengung.

Lashio lag im Grunde mitten im Nirgendwo, dennoch hing ganz China von seiner Existenz ab, sollte es Japan weiter abwehren. Die sich dahinschlängelnde Burmastraße begann und endete hier, ein moderner Ouroboros, der in schwindelerregenden Spiralen den Himalaja hinauf- und wieder herunterführte und über dem die Japaner in regelmäßigen Luftangriffen ihre Bomben abwarfen. Sobald der Himmel wieder aufklarte, eilten die chinesischen Straßenbauern herbei, um die nötigen Reparaturen vorzunehmen, die beim nächsten Angriff wieder zerstört werden würden. Und so ging es immer weiter. Japan verfügte über eine gewisse Stärke, das war nicht zu leugnen. Doch China besaß Entschlossenheit und eine uralte grenzenlose Geduld. Ich setzte auf China.

Den größten Teil der Nacht verbrachte ich damit, Notizen für meinen Artikel hinzukritzeln, bevor ich endlich auf die kalte Holzplattform kroch, die mein Bett darstellte, die Augen schloss und an Ernest dachte. Womöglich schlief er gerade unter den Ventilatoren in unserem vornehmen Hotel. Wahrscheinlicher war jedoch, dass er noch fest verwurzelt auf seinem gesteppten Ledersessel in der Lobby saß, Whiskey hinunterkippte und Abenteuergeschichten austauschte. So war er, und so war er am glücklichsten. Am nächsten Tag würde er wieder dasselbe tun, während ich mir ansehen würde, was es in Lashio zu sehen gab. Dann würde ich einen späten Flug zurück nach Kunming nehmen und die Reise rückwärts antreten, mit ihrer tückischen Mischung aus großer Höhe, Wetter und Kriegsgefahren. Ich war erschöpft und verängstigt, fühlte mich aber auch so stark und leistungsfähig wie schon seit einem Jahr nicht mehr. Ohne Ernest in der Nähe fiel es mir leichter, an mich selbst zu glauben, und das gefiel mir.

Die letzten Tage hatten mich sehr gefordert, aber sie waren auch anregend gewesen, hatten gelodert vor Lebendigkeit. Ernest hielt Hof, während ich in Bewegung war. Wir waren beide genau dort, wo wir sein mussten.

Fünfundfünfzigstes Kapitel

Ich fand einen Fremdenführer, der bereit war, mich an jeden Ort in Hongkong zu bringen, in das dampfende, tropfende Elend der Zementbunker, in dem ganze Familien auf dem nackten Fußboden schliefen, in kalte und schlecht beleuchtete Fabriken und Mah-Jongg-Häuser und Bordelle, in denen die meisten Prostituierten nicht viel älter als vierzehn aussahen. Ich besuchte auch einige Opiumhöhlen, in denen man für kaum mehr als ein paar Pennys zwei gefüllte Pfeifen erwerben und damit in Etagenbetten verschwinden konnte. Darauf lagen lediglich dreckige Wolldecken. Dennoch, dachte ich, wer würde nicht einen Opiumtraum den tatsächlichen Lebensbedingungen in dieser Gegend vorziehen? Auf einem dieser Lager schliefen zwei vom Leben gezeichnet wirkende Männer. Aber nein, musste ich mir in Erinnerung rufen. Es war kein richtiger Schlaf, sie waren betäubt und leer, lehnten mit offen stehenden Mündern aneinander. Auf einem anderen nackten Brett lehnte sich eine alte Frau in Lumpen gegen die Wand, die vor Feuchtigkeit und allgemeinem Verfall verrottete.

Niemand schien hier zuständig zu sein, abgesehen von dem Mädchen, das mit den Fingern schwarze, teerartig aussehende Opiumklümpchen in die Pfeifen stopfte. Ihrem Gesicht nach hätte sie vierzehn oder auch hundert Jahre alt sein können. Ihre Schultern waren dünn wie Stöcke und ragten aus einem schmutzigen Hemdkleid hervor, aber sie war auch beinahe schmerzhaft effizient in ihren Bewegungen, zündete Lampen an und wischte die Dreckhaufen fort. Über allem hing ein dichter Rauch, der nach süßer Verwesung roch.

»Wie viel bekommt sie für diese Arbeit gezahlt?«, fragte ich meinen Fremdenführer.

»Zwanzig Cent am Tag, vielleicht auch weniger?«

»Weniger? Wie soll sie sich denn davon ernähren?«

Er zuckte die Achseln und erwähnte, womöglich habe sie Familie.

Womöglich, wiederholte ich im Stillen, während meine Fingerspitzen um meinen Bleistift feuchtkalt wurden. Ich war versucht, ihr alles zu geben, was ich bei mir trug, angefangen mit den Kleidern an meinem Leib. Aber sie war nur ein einziges Mädchen. Über die ganze Stadt verstreut gab es Tausende wie sie, das Szenario fand sich wahrscheinlich in vielen hundert anderen Städten in China wieder und mochte wohl niemals enden.

Bevor wir aufbrachen, winkte das Mädchen uns herüber zu einem schmalen Schlitz in der Wand, wo sie uns etwas in einem weißen Eimer zeigen wollte. Als ich mich dichter darüberbeugte, erkannte ich, dass es sich um eine kleine, ledrige Dosenschildkröte handelte, die sie als Haustier hielt. Sie hob den Eimer hoch, woraufhin das Tier sich auf eine Seite verkroch. Das Kratzen seiner Krallen klang für mich verzweifelt, es saß in der Falle. Aber das Mädchen sah irgendwie erfreut aus und blickte mir direkt ins Gesicht. Offensichtlich wünschte sie sich, dass auch ich mich freute.

»Sie ist wunderschön«, teilte ich ihr durch meinen Übersetzer mit, während mein Herz in Stücke brach, nicht zum ersten Mal an jenem Tag und auch nicht zum letzten.

»Ich glaube, du solltest dafür sorgen, dass ich das Hotel nicht mehr verlasse«, sagte ich bei meiner Rückkehr zu Ernest.

Er las auf dem gemachten Bett und nahm nun seine Brille mit Drahtgestell ab, um mich eine Weile zu betrachten. »Du möchtest sie alle retten.«

Ich schenkte mir zwei Fingerbreit Scotch in ein Glas. »Entweder das oder mich heiser brüllen.«

»Das ist das Problem, wenn man in die Welt hinausgeht, nicht wahr? Man muss sich Dingen stellen, von denen man eigentlich gar nichts erfahren möchte.«

»Ich möchte sie ja erfahren. Ich fühle mich nur so schrecklich hoffnungslos. Du hättet dieses junge Mädchen in der Opiumhöhle sehen sollen. Ich wäre beinahe gestorben, als ich gesehen habe, wie sie lebt.«

»Zieh zumindest die Möglichkeit in Betracht, dass es ihr nicht ganz so miserabel geht, wie du es dir vorstellst. Es ist das, was sie kennt. Es ist ihr Leben, nicht deines.«

»Das mag schon sein. Aber wenn ich ihre Geschichte aufschriebe, könnte ich vielleicht etwas verändern.«

»Wenn du das glaubst, dann bist du furchtbar naiv. Und womöglich würde sie eine Veränderung noch nicht einmal akzeptieren, sollte es denn wirklich dazu kommen. Die Menschen mögen das, was sie kennen. Das liegt in ihrer Natur.«

»Da kann ich dir nicht zustimmen.« Der Scotch traf meine Kehle mit einem Brennen, das mir angemessen erschien. »Ich werde es zumindest versuchen.«

»Wie du möchtest«, erwiderte er, während ich beleidigt abzog, um ein Bad zu nehmen, und dabei die Tür ein wenig zu fest hinter mir zufallen ließ.

Wie sich herausstellte, war das nicht unsere einzige Meinungsverschiedenheit bezüglich China. Ernest gab sich allen lokalen Köstlichkeiten und Gebräuchen hin, trank Frühlingswein, der mit eingelegten Schlangen gewürzt war, störte sich weder an der Hitze noch an den Läusen, den Ratten, den Bettwanzen oder dem scheußlichen Gestank auf der Straße. Ich gewöhnte mir an, dreimal am Tag zu baden, und wurde mit Ruhr und einer schlimmen Form der Chinafäule belohnt, meine Hände schälten sich von einem unerträglichen aussätzigen Pilz und wurden gelb.

»Ich verliere noch den Verstand«, sagte ich zu ihm und versuchte, mich weder zu kratzen noch zu würgen oder zu schluchzen.

»Wer wollte denn unbedingt nach China?«, fragte er mich fröhlich und schlenderte dann davon, um weitere Feuerwerkskörper zu kaufen.

Er rieb mir irgendetwas unter die Nase, nur was genau? Dass er diese Reise nicht vorgeschlagen hatte? Dass er Erfolg hatte, während ich mich abstrampeln musste?

Auch wenn ich seine Haltung weder verstand noch schätzte, wurde »Wer wollte denn unbedingt nach China?« zu Ernests liebstem Refrain, als wir uns ins Landesinnere aufmachten, zuerst per Flugzeug, dann auf ungepflegten Ponys, die nicht viel mehr wogen als ich und auf denen wir durch einen sintflutartigen, unaufhörlichen Monsunregen ritten. Irgendwann reisten wir mit dem Sampan entlang des Nordflusses, vorbei an Dörfern, über denen die schwarze Flagge wehte, die eine Choleraepidemie anzeigte, dann weiter mit einem Transportlaster. Insgesamt war es ein elftägiger Gewaltmarsch, bis wir die Kanton-Front des freien China erreicht hatten. Die Straße schien eher aus Gummiklebstoff als aus Schlamm zu bestehen, dann gab es überhaupt keine Straße mehr.

Die tatsächliche Front wirkte auf mich wie ein Berg. Eigentlich sogar wie zwei Berge, von denen einen die Japaner und den anderen die Chinesen hielten, während alles dazwischen still war. Wir sahen ein japanisches Bombenflugzeug aufsteigen, das wahrscheinlich die Stadt Shaoguan angreifen wollte, die etwa hundert Meilen nördlich von uns lag, aber hauptsächlich trafen wir während unserer Zeit im Landesinneren auf Propaganda. In jedem Dorf, das wir besuchten, verkündeten Plakate auf Englisch: *Willkommen bei den Repräsentanten von Gerechtigkeit und Frieden*. Wir trafen General Wong, der hier nun bereits seit Jahren die Stellung hielt und uns mit ranzig schmeckendem Reiswein und einer einzigen Botschaft begrüßte: Würde Amerika nur Flugzeuge, Waffen und Geld an China schicken, könnte das Land Japan sehr schnell erledigen.

»Und wenn wir es nicht tun?«, fragte ich vorsichtig.

»Sie sehen ja, wie es ist«, meinte er mit ausladenden Handbewegungen, womit er mir meiner Vermutung nach deutlich machen wollte, dass alles, was bereits geschehen war, auch weiterhin geschehen würde, möglicherweise für immer. Die Japaner hatten all die Flugzeuge, und die Chinesen hatten all die Menschen und obendrein die Fähigkeit, endlose Not zu ertragen. Was die Japaner zerstörten, würden die Chinesen neu aufbauen, notfalls unter Einsatz ihres Lebens. Was waren schon vier Jahre in einem solch alten und leidgeprüften Land?

—

»Das ist der verfluchteste Krieg, den ich je gesehen habe«, sagte ich zu Ernest, als wir Chungking erreichten.

Er hatte über einen seiner unzähligen Kontakte in Hongkong ein Treffen mit Generalissimus Chiang Kaishek, dem demokratischen Anführer Chinas, arrangiert und platzte vor Ungeduld. Auf genau so etwas hatte er gehofft, als er nach China aufgebrochen war: eine einzigartige Geschichte und die Gelegenheit, Washington bei unserer Rückkehr etwas Bedeutsames zu berichten. Ich war weniger aufgeregt. Tatsächlich hatte ich bereits beschlossen, General Chiang und seine Frau zu verabscheuen, noch ehe ich sie getroffen hatte. Mir erschien es auf schmerzliche Weise offensichtlich, dass sie sich nicht um ihr Volk scherten. Millionen hungerten. Waisen und Sterbende bettelten auf der Straße, während sie selbst und all jene, die mit Wohlstand und Macht gesegnet waren, auf dem Rücken jener unter ihnen wie Könige lebten.

Madame Chiang war eine berühmte Schönheit und Femme fatale, die davon sprach, wie sie sich als Retterin ihres Volkes versklavte. Die meiste Zeit versuchte sie, Ernest zu umgarnen und mich praktisch zu ignorieren. Als ich sie fragte, weshalb ihr Land sich nicht um seine Leprakranken kümmerte, lächelte sie mich vernichtend an und sagte: »China hatte bereits eine große Kultur, als Ihre Vorfahren noch in den Bäumen saßen.«

Ich starrte sie sprachlos an, während Ernest ein Lachen unterdrückte. Im nächsten Augenblick verwandelte sie sich, setzte ein Lächeln auf und bot mir eine in Silber gefasste Jadebrosche an. Ich wusste nicht, was ich anderes tun sollte, als das Geschenk anzunehmen und ihr zu danken. Währenddessen nahm der Lunch seinen Lauf, dessen Hauptgericht aus Propaganda bestand. General Chiang präsentierte sich als demokratischer Held des Volkes, ein unermüdlicher Anführer im Kampf gegen Japan, dessen eigentliche Feinde jedoch die chinesischen Kommunisten waren. Sie konnten eine Revolte der Bevölkerung in die Wege leiten und dessen Fesseln aus Elend und Knechtschaft zerschlagen. Chiangs einziges Ziel war es, an der Macht zu bleiben. Er war ein Herrscher, und Madame Chiang war eine juwelenbesetzte Natter, und nichts davon konnte ich in meinem Artikel für *Collier's* schreiben. China war schließlich unser Verbündeter.

»Was ist aus der Objektivität geworden?«, beklagte ich

mich Ernest gegenüber und wollte die Jadebrosche gegen die Wand schleudern.

»Die ist gemeinsam mit dem Dodo ausgestorben. Fragst du mich das ernsthaft?«

»Ich dachte schon. Oh, zur Hölle.«

Später sollte ich mich für die Artikel schämen, die ich an *Collier's* sandte. In ihnen kamen nirgendwo meine tatsächlichen Ansichten und Ängste zum Ausdruck. Ich bezeichnete Madame Chiang als »bezaubernd«, so glamourös zurechtgemacht wie »der neuste und leuchtendste Filmstar«, denn das war es, was alle hören sollten. Wir mussten dafür sorgen, dass China auf unserer Seite blieb und die Ressourcen der Japaner im Fernen Osten band, damit jene nicht stattdessen uns die Hölle heiß machten.

Wo ich auch hinsah, nahm ich Hässlichkeit und Heuchelei wahr, und ich hatte zugelassen, ein Teil davon zu werden. Aber ich durfte nicht in Zynismus verfallen, was die Berichterstattung anging, durfte nicht glauben, dass der Journalismus es nicht vermochte, Falsches richtigzustellen oder auch nur offenzulegen, so wie Ernest es mittlerweile anscheinend tat. Denn das würde bedeuten, dass auch ich es nicht vermochte, und diesen Gedanken konnte ich nicht ertragen. Ich würde mich einfach anstrengen müssen, noch härter kämpfen und mich behaupten.

Sechsundfünfzigstes Kapitel

Da die Tantiemen für *Wem die Stunde schlägt* noch immer in Wellen bei uns eintrafen, entschied Ernest, einen Teil davon dafür zu verwenden, die Finca zu kaufen. Wir hatten sie gemietet, seit ich das Haus entdeckt hatte, und alle Reparaturen aus eigener Tasche bezahlt, aber als wir aus China zurückkehrten, gehörte sie voll und ganz uns, bis hin zu den mauvefarbenen Orchideen auf dem Kapokbaum und den Heuschrecken, die in den Palmen rasselten. Wir feierten eine wilde Party, luden unsere Basken ein sowie alle anderen, die wir in der Stadt kannten, und irgendwie behielten wir die feierliche Stimmung für den Rest des Sommers einfach bei. Das Haus war niemals leer, und der Alkohol hörte nie auf zu fließen.

Ich vermisste die Jungs, aber Ernest und Pauline veranstalteten gerade ein Tauziehen um das Sorgerecht, weshalb wir sie wohl nicht vor dem Herbst wiedersehen würden. Also ließen wir uns weiter durch die Tage treiben. Wir standen auf, wann wir wollten, nahmen unsere Mahlzeiten zu uns, wann immer uns der Sinn danach stand, hatten unseren ersten Drink des Tages meist schon vor der Mittagszeit in der Hand und schliefen dann in der Sonne. Ernest achtete nicht mehr auf seine Ernährung und hatte auch aufgehört, sein Gewicht aufzuzeichnen oder sich überhaupt darum zu scheren. Und auch wenn es Tennisrunden und Schießwettkämpfe gab, um all das reichhaltige Essen und die Giftstoffe auszuschwitzen, blies ich in den seltsamsten Momenten Trübsal.

Ich hatte Max Perkins meine vollendeten Kurzgeschichten geschickt, und er würde sie als Sammlung herausbringen. Ich gab dem Band den Titel *The Heart of Another*, ein Zitat aus einer Geschichte von Willa Cather. Die Fahnen sollten jeden Tag ankommen, und ich verspürte eine qualvolle Mischung aus Aufregung und Angst. Die enttäuschenden Besprechungen meines letzten Buches steckten mir noch in den Knochen, und da Ernest das stillschweigend wusste, tat er sein Möglichstes, um sicherzugehen, dass bei diesem nun alles richtig lief. Er machte Vorschläge für den Werbetext und wollte dabei helfen, den Schutzumschlag auszuwählen. Mein letztes Autorenfoto hatte mich nicht im besten Licht gezeigt. Er bot an, selbst eins aufzunehmen, damit ich darauf so natürlich wie möglich wirkte.

»Macht das alles denn wirklich einen Unterschied?«, fragte ich ihn.

»Es kann nicht schaden«, meinte er. Dann: »Du solltest dir überlegen, ob du nicht deinen Ehenamen verwendest. Das hast du bislang noch nicht versucht.«

»Du meinst, ich soll aus deinem Ruf Kapital schlagen?« Ich war sogleich auf der Hut. »Genau das erwarten doch alle, oder? Du hast die Rezensionen schließlich auch gelesen.«

»Es ist dein Name. Weshalb solltest du ihn nicht benutzen, wenn du es möchtest?«

Wie auf einer Leiter kroch die Hitze meinen Nacken hinauf. »›Gellhorn‹ ist mein Künstlername. Ich habe nie unter einem anderen Namen veröffentlicht.«

»Was ist dir wichtiger: dein Stolz oder gute Verkaufszahlen?«

»Du glaubst nicht, dass ich es allein schaffen kann.« Ich hörte die Schärfe in meiner Stimme und zwang mich, tief durchzuatmen. »Das willst du damit doch sagen, oder? Dass ich entweder auf deiner Erfolgswelle mitschwimme oder untergehe?«

»Du überdramatisierst. Ich wollte nur helfen.«

»Vielleicht, aber es ist mein Werk. Ich muss ihm auch meinen Namen geben.«

Er musterte mich auf eine Weise, die keinen Zweifel daran ließ, dass er glaubte, ich begehe einen Fehler, doch er sagte lediglich: »Du kannst natürlich tun, was du willst.« Dann verschwand er, um seine Post zu lesen, während ich vor Wut schäumte.

Es ging nicht darum, dass ich tat, was ich wollte. Er verstand überhaupt nicht, was ich ihm hatte sagen wollen. Diese Entscheidung traf ich nicht leichtfertig oder aus reinem Stolz. Ich war bereits Gellhorn und eine Schriftstellerin gewesen, bevor ich ihn kennengelernt hatte. Ich musste es auch jetzt noch sein, und erst danach war ich seine Ehefrau oder irgendetwas anderes.

Ich begann mehr und mehr zu verstehen, was für ein Gewohnheitstier Ernest war. Er zog nach dem Kalender von einem Ort zum anderen und folgte dem festgelegten Weg seiner Wanderung wie ein Schmetterling, der Jahr für Jahr zur selben Zeit an dieselben Orte zurückkehrt. Es zählte nicht, dass wir gerade erst von einer monatelangen Reise in den Orient nach Hause gekommen waren. Herbst bedeutete Sun Valley, und dorthin wollte er uns nun bringen.

»Wie wäre es stattdessen mit Arizona oder Mexiko?«, schlug ich eines Abends vor, da ich herausfinden wollte, wie flexibel er wäre, und außerdem gern etwas unternehmen wollte, das mich selbst wirklich interessierte. »Den Jungs würde die Wüste gut gefallen.«

»Aber es ist doch schon alles geplant. Es ist seit Monaten geplant. Was soll das denn jetzt?«

»Sun Valley ist wunderschön, aber haben wir dort nicht bereits jeden Winkel gesehen, alles, was es zu bieten hat?«

Zwischen Ernests Brauen bildete sich eine Furche. Ich sah sie tiefer werden und erkannte, dass ich ihn sowohl verletzt als auch überrascht hatte. Ebenso unverzichtbar wie seine Wanderroute war sein Bedürfnis zu glauben, ich empfände in allen Dingen genauso wie er und wir würden stets in dieselbe Richtung blicken. »Schlägst du etwa vor, dass ich allein fahre?«, fragte er argwöhnisch.

»Nein, nein. Aber vielleicht könnte ich nachkommen, wenn sich unsere Pläne wirklich nicht mehr ändern lassen. Ich könnte einen Zwischenhalt in St. Louis einlegen, um Mutter zu sehen, und dann zu dir hinausfahren, wenn die Jungs kommen.«

»Im Oktober also? Du meinst Mitte Oktober?« Er blickte mich mit einer Eindringlichkeit an, die ich wiedererkannte. Er hasste es, allein zu sein. Er konnte keinen klaren Kopf bewahren, wenn ich nicht in seiner Nähe war, das sagte er immer, und das verstand ich auch. Es lag in seiner Natur. Doch mir wurde zugleich bewusst, dass ich bei aller Anpassung an seine Bedürfnisse auch auf meinen eigenen Kopf achtgeben musste. Auf das, was in meiner Natur lag.

»Oktober klingt doch gut«, erwiderte ich so fröhlich ich konnte. »Dann werden auch all die Farben in voller Pracht leuchten.«

»Ja. In Ordnung.« Sein steifer Tonfall offenbarte, wie verletzt er war. »Wenn es sein muss.«

Anfang September fuhr Ernest auf der *Pilar* in Richtung Festland, vollbepackt mit seiner üblichen Ausrüstung. Er verabschiedete sich von mir mit einem verkniffenen Zug um den Mund, und ich wusste, dass er meine Sichtweise absolut nicht verstand. Er hatte wochenlang geschmollt und fühlte sich im Stich gelassen, das wusste ich, und es fiel mir schwer, sehr schwer, nicht nachzugeben und ihm seinen Willen zu lassen.

Natürlich würde ich ihn vermissen. Das tat ich jedes Mal. Doch sobald er fort war, fühlte ich mich auch leichter. Als ich zum Haus zurückkam, wirkte es ohne ihn wie verwandelt – nicht nur ruhiger, sondern auch ausladender. Die Luft selbst fühlte sich anders an. Ich schritt von Zimmer zu Zimmer und staunte über die Stille. Ich stand reglos in einem Flecken Sonnenlicht, meine nackten Füße auf dem warmen Fußboden, und stellte fest, dass ich nun tagelang an niemandes Bedürfnisse denken und niemanden unterhalten, keine Kompromisse schließen oder mich mühsam anpassen musste. Ich schickte den Koch und den Haushälter fort, schlüpfte in einen frischen Baumwollpyjama und schwor mir, ihn nicht mehr auszuziehen, bis es absolut unumgänglich wurde. Und es war herrlich. Ich blieb irgendwo liegen und las, saugte den Frieden und die Stille gierig in mich auf und hatte nur den Hauch eines schlechten Gewissens, weil ich allein so glücklich war.

Ich war in St. Louis, als mich das allererste Exemplar meines neuen Buches erreichte. Ich hatte die Entwürfe für den Schutzumschlag bereits gesehen und wusste, was mich erwartete, aber das tatsächliche Buch war dann so reizend und perfekt gestaltet, dass ich wie gelähmt dastand. Der Umschlag war blau und grün, der Titel in einer kunstvollen Schrift gesetzt, darüber stand mein Name. Alles war wunderschön gearbeitet, von der Schrift über den schweren Buchrücken bis hin zum Vorsatzpapier.

»Es sieht wahnsinnig erwachsen aus, oder?«, fragte ich meine Mutter, als ich es ihr zeigte.

»Es ist wirklich wunderbar«, antwortete sie. »Ein richtiges Kunstwerk.«

»Mir ist ganz schlecht vor Angst gewesen«, gab ich zu. »Aber bei diesem Anblick möchte ich stärker sein. Ich mag diese Geschichten. Ich bin froh, dass ich sie geschrieben habe.«

»Du solltest auch stolz sein«, erwiderte sie und gab mir das Buch zurück. »Sie haben wirklich sehr schöne Arbeit geleistet.«

»Vielleicht kann man ein Buch nur in dem Augenblick wirklich lieben, bevor man es in die Welt hinausschickt. Bevor die Kritiker zu Wort kommen oder die Verkaufszahlen einen erreichen und entweder überraschen oder enttäuschen.«

»Ich kann mir nur ausmalen, wie schwer es sein muss, wenn etwas, das man liebt, so genau unter die Lupe genommen und dann zerrissen wird. Aber selbst die schlechtesten Rezensionen können dir dein Buch nicht mehr nehmen, oder?«

»Eigentlich ist es sogar noch schlimmer. Anfangs hat man so viele Hoffnungen, ist so voller Vertrauen, aber dann trudeln die Zeitungsausschnitte ein und rauben einem Stück für Stück davon. Zuerst gibt man ihnen unrecht oder ist wütend, aber nach und nach beginnt man, all die furchtbaren Sachen zu glauben, die man liest, und man vergisst, was man je an dem Buch mochte. Und dann ist das Vertrauen fort. Niemand muss einem das Buch nehmen. Man gibt es ganz von allein auf.«

»Oh, Liebling.« Sie blickte mich sanft an. »Ernest hat auch schon schlechte Rezensionen bekommen. Sogar über mehrere Jahre hinweg, dennoch macht er weiter. Hast du ihn um Rat gebeten?«

»Ich bin mir nicht sicher, ob er noch weiß, wie es sich

anfühlt, so am Boden zu sein. Im Augenblick gibt es auf der ganzen Welt keinen erfolgreicheren Schriftsteller. Und es ist auch nicht von Bedeutung, dass er seitdem kein Wort mehr geschrieben hat. Auf diesem Buch könnte er sich noch Jahre ausruhen.«

»Da würde wohl jeder unter Amnesie leiden. Aber ich weiß, dass er sich auch wünscht, dass du Erfolg hast.«

»Das tut er. Aber früher war es einfacher. Wir zwei waren wie ein Team. Ich glaube, das vermisse ich am meisten. Ich weiß nicht, wie wir wieder dorthin zurückgelangen können. Vielleicht ist es dafür auch schon zu spät.«

Ein besorgter Ausdruck zog über ihr Gesicht wie ein Haufen Wolken, die über einen strahlend blauen Himmel ziehen. »Gibt es irgendetwas, das ich tun kann?«

»Sag mir, dass alles gut werden wird.«

»Es wird alles gut werden«, sagte sie. »Oh, Marty. Ich hoffe es.«

Siebenundfünfzigstes Kapitel

Alle glaubten, sie wüssten, was ihn heilen würde. Max wollte einen weiteren großen Roman, wenn möglich sofort. Esquire *wollte einen langen Artikel über den Westen und den Mann in Amerika. Man war auch bereit, dafür eine hübsche Summe hinzulegen. Wohin er sich nun auch wandte, warf ihm irgendjemand haufenweise Geld hinterher, dabei wollte er doch nur den ganzen Tag im Silver Creek angeln und seine Frau in der Nähe haben, um morgens und abends mit ihr zu reden. Seine Frau, an seiner Seite. War das wirklich zu viel verlangt?*

Er hatte vom ersten Tag an um ihre Unabhängigkeit gewusst. Tatsächlich hatte ihm in Spanien gefallen, wie stark sie war und wie tapfer. Aber das war im Krieg gewesen. Sobald sie sich häuslich eingerichtet und sich ein gemeinsames Leben aufgebaut hatten, schien sie es genauso sehr zu lieben wie er. Verdammt, immerhin hatte sie das Haus gefunden, nicht er. Sie hatte auf all die Arbeiten und Reparaturen gedrängt. Sie hatte beinahe aus dem Nichts ein Heim geschaffen und ihn so glücklich gemacht, wie er es noch nie gewesen war, weshalb er auf ihr gemeinsames Leben vertraut und daran geglaubt hatte. Zwei Schriftsteller, die unter einem Dach schrieben. Sie hatte es auch gewollt und danach gestrebt, weshalb schien es nun also so, als würde man ihr die Luft abschnüren, als wäre sie jederzeit bereit, davonzugaloppieren wie ein Rennpferd? Diese Reise nach St. Louis, um ihre Mutter zu besuchen, ergab überhaupt keinen Sinn, wo Sun Valley doch schon seit Monaten geplant gewesen war. Dieser Ort gehörte ihnen, ihnen gemeinsam, und nun war er allein hier.

Zumindest war das Wetter gut, und er würde ordentlich angeln können. Er kannte diesen Fluss mittlerweile bis ins letzte Detail, und das war gut so. Wenn man im Kopf eine Landkarte hatte, auf der diese Gabelung oder jene Biegung oder jenes flache Becken verzeichnet waren, vermischte sich bei der Rückkehr die Erinnerung an den Ort mit dem tatsächlichen Augenblick und grub sich noch tiefer ein, ließ die Landkarte noch präziser werden und zementierte auch einen selbst noch stärker in das eigene Leben. Marty hatte behauptet, sie hätten an diesem Ort bereits alles gesehen, aber das stimmte nicht. Man konnte niemals alles von einem Ort sehen, auch nicht von einem Menschen, aber allein schon der Versuch zählte und ließ einen vielleicht erst zu demjenigen werden, der man war.

Er stellte seinen Angelkasten ans Ufer, steckte sich die Büchse mit den Fliegen in die Hosentasche und watete hi-

naus in den Bach. Das Wasser war etwas über zehn Grad warm, schätzte er, und fühlte sich an seinen Beinen auf eine gute Weise kalt an, während er sich mit der Strömung vorantastete und der kleine Fluss um ihn anstieg. Etwas weiter stromaufwärts durchbrach eine große Forelle die Wasseroberfläche zum Fressen und tauchte dann, ein leuchtendes Prisma aus Wassertropfen verspritzend, wieder ab. Er musste nicht versuchen, diese hier zu fangen. Der kleine Fluss war voll von ihnen, auch noch größeren, und der Tag war schön, und er war in jeder Hinsicht glücklich, oder zumindest fast.

Er warf seine Schnur aus und spürte, wie sie sich in einem sauberen Bogen abrollte, nahm in der Luft die nötigen Korrekturen vor, um sicherzugehen, dass sie genau da auftraf, wo sie es seiner Ansicht nach sollte. Er hatte es stets genossen zu wissen, wie man eine Sache gut machte. Die Kälte presste und strudelte gegen seine Beine, und die glatten Flusssteine verlagerten sich unter seinen Füßen, während weiter flussabwärts, direkt unter seiner Schnur, ein großer Fisch an die Oberfläche kam wie ein Geheimnis. Seine geriffelte Haut schillerte in allen möglichen Farben.

Wenn er alles Übrige vergaß, fühlte sich dieser Augenblick so gut wie nur irgend möglich an. Aber konnte er das? Konnte er mit dieser Sache in ihm zurechtkommen? Das war die eigentliche Frage. Er wollte Marty immer fester an sich binden, da er fürchtete, sie verlieren zu können. Aber das Problem war nicht, dass sie ihn nicht genug liebte. Nein, das Problem war, dass er sie zu sehr liebte.

Der Mann in Amerika, *fürwahr, dachte er. Es war absurd.*

Aber dieser Fluss war auf perfekte Weise er selbst. Jede Gabelung und jeder Nebenfluss trugen einen Namen, und er wollte sie alle kennen. Er wollte wieder und wieder etwas Neues über den Silver erfahren, einer Forelle nach der anderen begegnen und sich Notizen in seinem Angellog-

buch machen, um an seiner Landkarte weiterzuzeichnen. Wenn auch alles andere den Bach hinunterging – das hätte er sicher aufbewahrt. Er würde wissen, wo er gewesen und wohin er unterwegs war, denn es war ein und dasselbe.

Achtundfünfzigstes Kapitel

Im November erblickte *The Heart of Another* das Licht der Welt, und mit ihm kamen die frühen Besprechungen, die Max nach Idaho weiterleitete.

»Ich glaube, ich möchte sie gar nicht lesen«, sagte ich zu Ernest. »Die Aufgabe einer Schriftstellerin ist es, zu schreiben, und nicht, sich dafür zu interessieren, was andere Leute denken.«

»Du weißt, dass es dich eigentlich doch interessiert.«

»Aber ich wünschte, es wäre nicht so.«

»Sie werden großartig sein, weil das Buch großartig ist.« Er schlitzte das Päckchen auf und begann, die Zeitungsausschnitte zu überfliegen, während ich mir mit zitternden Fingern eine Zigarette anzündete.

»Und?«

»Der *New Yorker* nennt deine Geschichten ›ergreifend und intelligent‹.«

Ich blies eine Rauchwolke aus und war ein wenig erleichtert. »Das ist in Ordnung, oder?«

»Es ist großartig. Und *New Republic* meint, du hättest Herz und Substanz.« Ich sah, wie sein Blick über die Besprechung nach unten wanderte, aber er las nichts weiter vor, sondern steckte die Ausschnitte stattdessen zurück in den Umschlag.

»Ist das alles?«

»Mehr oder weniger.«

»Ernest.« Ich griff nach dem Päckchen.

»Ich dachte, du wolltest sie nicht lesen.«

»Das will ich auch nicht, aber du schirmst mich ab.« Ich streckte meine Hand mit noch mehr Nachdruck aus, und auch wenn ich sehen konnte, dass es ihn schmerzte, gab er schließlich nach.

»Bitte nimm es dir nicht zu sehr zu Herzen, Marty. Was wissen diese Arschlöcher denn schon?«

»Nichts. Sie wissen nichts, und sie haben alle Macht.«

Ich nahm das Päckchen und zwang mich, jedes Wort der vier Zeitungsausschnitte darin zu lesen. Zugegebenermaßen fanden sich in jedem von ihnen nette Kommentare. *Kirkus* mochte der beste von ihnen sein, darin wurden meine Geschichten als »sparsamer und emotionaler« als meine früheren Arbeiten bezeichnet, außerdem hätten sie »ein feineres Gespür für die Qualen unausgesprochener Gefühle«. Aber in jedem anderen wurde mein Stil mit Ernests verglichen. Die Kritikerin von der *Yale Review* erklärte, sie wünschte, ich würde meinen »ausgeprägten, aber nicht unheilbaren Hemingway-Akzent« ablegen. Die Kritikerin des *New Yorker* schrieb: *Sie hat die Werke von Mr Hemingway zu sorgfältig gelesen … ein liebenswertes Merkmal bei einer Ehefrau, aber gefährlich für eine Schriftstellerin.* Sie ging so weit, Ernest meinen »Svengali« zu nennen.

»Das ist doch lächerlich«, beschwerte ich mich, während eine kalte Flamme der Wut in mir aufflackerte. »Ich bin dieselbe Schriftstellerin wie zuvor. Bevor wir verheiratet waren, hat mich niemand mit dir verglichen … Sie *suchen* doch nach Gründen, um so etwas zu schreiben, für ihre Auflage.«

»Ganz genau. Ignoriere sie einfach, Rabbit.«

»Das kann ich tun, aber was ist mit all den anderen

Menschen? Weißt du, die Leute lesen dieses verfluchte Zeug. Sie werden mein Buch nur zur Hand nehmen, um zu sehen, ob die Behauptungen wahr sind. Oder sie nehmen es gar nicht erst zur Hand, weil sie denken, dass sie dich schon gelesen haben und ich nichts als eine schlechte Kopie von dir bin.«

»Marty …« Ich sah, wie sich sein Gesicht verzog. Er wusste nicht, was er mir sagen oder wie er mir behilflich sein sollte.

»Ach, zur Hölle damit«, fluchte ich, plötzlich verärgert. »Ich bin stolz auf dieses Buch, und das lasse ich mir von niemandem nehmen.«

»Das ist mein Mädchen.« Er griff nach mir und zog mich eng an seine Brust, wo ich mein Herz flattern spüren konnte, ein kleiner geliebter Vogel, der eingefangen und festgehalten wurde. Ich war sein Mädchen. Daran ließ sich nichts ändern. So sehr ich es auch versuchte, ich konnte nicht aus seinem Schatten heraustreten.

Wenn neue Rezensionen kamen, steckte ich sie seufzend in einen gelben Umschlag. Ich versuchte, wieder zu schreiben, saß jeden Tag ein paar Stunden am Schreibtisch in unserem Hotelzimmer, aber jedes Mal, wenn mir ein Satz in den Sinn kam, musste ich ihn noch einmal durchlesen, sobald er auf dem Papier stand. Eine hinterlistige Stimme schlich sich in meinen Kopf und fragte, ob diese Worte denn wirklich von mir stammten, ob sie nicht eine Fälschung waren. Ich wurde müde und bissig und stand unserer Gesellschaft in der Lodge sogar noch kritischer gegenüber, selbst den Coopers, die ich im Großen und Ganzen mochte.

»Ich ertrage kein weiteres Dinner mehr«, erklärte ich Ernest. »Diese Leute sind mumifiziert.«

»Sei nicht ungerecht.«

»Ich bin mehr als gerecht. Du weißt, dass Hollywood gerade dabei ist, Scott umzubringen.« Alle hatten die Gerüchte gehört und wussten, dass er nicht damit fortfahren konnte, sein Talent an die Studiobosse zu verpfänden. Er war kein Schriftsteller mehr. Er war nicht mehr wiederzuerkennen.

Ernest verstummte reglos. Er konnte nicht mit mir streiten. »Es sind nur noch ein paar Wochen.«

»Das halte ich nicht aus.«

»Meinst du nicht, du übertreibst ein bisschen?«

»Meinst *du* das etwa? Weißt du, wenn du nicht wärst, wäre ich überhaupt nicht hier.« Mittlerweile schrie ich ihn an und führte mich wie ein erstklassiges Miststück auf. Aber das kümmerte mich nicht. »Gehst du wirklich einfach davon aus, dass jeder genau das will, was du willst, und zwar genau dann, wann du es willst?« Ich wartete nicht auf eine Antwort, sondern stürmte einfach aus dem Zimmer und knallte die Tür laut hinter mir zu. Er folgte mir nicht, und das war mir nur recht. In diesem Augenblick wollte ich nichts anderes, als allein zu sein.

—

Am nächsten Morgen erwachte ich mit einem schrecklichen Kater, einem von der altmodischen Sorte, mit heranrollenden Wellen von Übelkeit, einem peinigenden Schmerz zwischen den Schläfen und einem Frösteln am ganzen Körper. Ich wollte meinen Kopf unter dem Kissen vergraben und bis in alle Ewigkeit schlafen, aber Ernest hatte nur darauf gewartet, dass ich aufwachte. Er saß auf der Bettkante und wollte reden, also drehte ich mich um und stützte mich auf das Kissen, um zuzuhören.

»Ich bin ein Idiot. Wir können abreisen, wann immer du willst. Ich hätte auch an dich denken sollen.«

»Du bist ein Idiot, aber du bist mein Idiot.« Ich versuchte zu lächeln, auch wenn mir noch immer flau im

Magen war. »Ich muss tatsächlich fort von hier, irgendwohin, wo es keine Partys gibt, wo niemand die neuste Mode trägt oder angibt oder versucht, besonders schlau zu sein.«

»Dann also auf zum Mond. Oder nach Arizona.«

»Oh, das fände ich großartig. Ohne die Jungs wird es nicht ganz so lustig sein, aber lass es uns trotzdem machen. Wir könnten die ganze Strecke mit dem Auto zurücklegen, durch Nevada und in die Mojave-Wüste fahren und in der Sonne brutzeln und uns ganz und gar verlieren.«

»In Ordnung.« Er nickte, aber in seinem Blick lauerte eine unbestimmte Traurigkeit, der Schatten einer Laune, die ich nicht vollkommen verstand. Vielleicht verstand er sie selbst nicht. Wir bemühten uns beide, uns für den anderen zu verbiegen und Kompromisse zu schließen. Darum ging es schließlich bei einer Ehe, oder etwa nicht?

Wir packten unsere Koffer und ließen Sun Valley hinter uns, fuhren in Richtung Süden und immer weiter in den Süden, durch winzige Grenzstädte im Nirgendwo, vorbei an Tankstellen und Diners, so groß wie Telefonhäuschen, vorbei an weitflächiger löwengelber Wüste, die sich immer weiter ausdehnte und alles verschluckte. Endlich hatte ich das Gefühl, wieder atmen zu können.

Wir hatten das Radio eingeschaltet und die Fenster heruntergekurbelt, hielten an, um etwas vom Land der Ureinwohner zu besichtigen und in kleinen, fast menschenleeren Bars einzukehren, und sprachen kaum mit anderen. Ich besaß eine schlichte Brownie-Kamera und machte Schnappschüsse von lustig aussehenden Straßenschildern und Reklametafeln und anderen Dingen, für die sich niemand außer uns interessierte. Nichts war glatt oder keimfrei, und nichts verlangte unsere ungeteilte Aufmerksamkeit, ehe wir Arizona und die Hälfte von

New Mexico hinter uns gelassen hatten und bei El Paso die Grenze zu Texas überquerten. Wir hatten bei einer Cantina am Straßenrand haltgemacht – ein verwittertes, zusammengesunkenes Gebäude mit einem Blechdach und einem unregelmäßig blinkenden Zeichen, das *kaltes Bier* anpries. Ernest hatte gerade erst begonnen, dem Barkeeper zu erklären, wie man einen eiskalten Daiquiri ohne Zucker und mit viel Limette zubereitete, als die Tür zum Saloon mit einem lauten Krachen aufgestoßen wurde und ein kleiner Junge hereinkam. Er hatte nackte Füße und ein rotes Tuch um den Hals gewickelt, wie ein Spanier. Und er hatte den Arm voller Zeitungen.

»*Con la guerra*«, verkündete er mit einer schwachen, heiseren Stimme, die mich auf den Gedanken brachte, er müsse schon seit geraumer Weile so schreien. »*Con la guerra, la guerra*«, wiederholte er immer wieder und ging von Tisch zu Tisch, während sich alle Blicke auf ihn richteten und die Erkenntnis langsam durchsickerte.

Während wir gefahren waren und an nichts gedacht hatten, so frei wie der Staub im Wind, hatten die Japaner Pearl Harbor bombardiert. Amerika befand sich nun schließlich im Krieg.

Teil 6

EINE ZEIT DES UNTERGANGS

Dezember 1941 – Juni 1944

Neunundfünfzigstes Kapitel

Der Angriff war nicht aus heiterem Himmel gekommen. Nichts geschah aus heiterem Himmel. Den Sommer und den Herbst hindurch hatten sich die Spannungen gefährlich verschärft. Roosevelt hatte Warnungen entsandt, die Vereinigten Staaten sähen sich gezwungen, »Maßnahmen zu ergreifen«, wenn Japan benachbarte Länder angreife. Japan hatte Warnungen zurückgeschickt, in denen verkündet worden war, das Land sei gezwungen, eigene Maßnahmen zu ergreifen, wenn die Vereinigten Staaten die wirtschaftliche Blockade nicht aufhöben. Wir alle bereiteten uns nun schon seit einer Weile auf das Schlimmste vor, weshalb Roosevelt die Pazifikflotte und all jene Bombenflugzeuge überhaupt erst nach Pearl Harbor verlegt hatte. Ernest und ich hatten sie auf unserem Weg in den Orient auf Hawaii gesehen. Acht Schlachtschiffe, drei Kreuzer, drei Zerstörer und nahezu zweihundert Flugzeuge waren dort aufgereiht wie eine leichte Beute. Unser bedeutendstes militärisches Arsenal und die sichtbarste Zielscheibe überhaupt.

Die von den Vereinigten Staaten gehaltenen Gebiete der Philippinen, von Guam, Malaya, Singapur, Hongkong und Wake Island waren zur gleichen Zeit angegriffen worden. Der Gedanke an all diejenigen, die ihr Leben verloren hatten, war entsetzlich, und noch entsetzlicher war der Blick in die Zukunft. Roosevelt hatte schließlich zu den Waffen gerufen. Zehntausende junge Männer wurden rekrutiert, sobald sie zwanzig waren. Bumby war noch nicht alt genug, würde es jedoch bald sein, und wir konnten diesen Gedanken kaum ertragen, als wir uns auf den Weg zurück zur Finca machten, um dort gemeinsam mit den Jungs Weihnachten zu verbringen.

»Ich habe keine Angst«, meinte Bumby.

»Ich habe genügend Angst für uns alle«, erklärte ich ihm. »Und deine arme Mutter.« Ich schüttelte den Kopf und zündete mir eine Zigarette an. Diesem prächtigen Jungen durfte nichts geschehen. Das durfte es einfach nicht.

»Vielleicht ist ja schon bald wieder alles vorbei.« Aber ich konnte erkennen, dass er nicht im Geringsten daran glaubte. Niemand glaubte daran.

»Geh einfach zurück ans College und bleib dort, in Ordnung?«, sagte ich gerade, als Ernest ins Zimmer trat.

»Was ist denn hier los?«

»The Mart macht sich Sorgen um mich.« In Bums Stimme war kein Hauch von Verärgerung zu vernehmen. »Ist schon in Ordnung. Das stört mich nicht. Sie ist schließlich meine zweite Mutter.«

Ohne Vorwarnung stiegen mir Tränen in die Augen. Ich wandte mich um, damit Ernest sie nicht sah, überrascht davon, dass ich zu solchen Gefühlen in der Lage war. Aber in Wahrheit hätte ich gar nicht noch mehr für jeden einzelnen dieser drei Jungen empfinden können, als ich es bereits tat. Sie hatten mittlerweile Wurzeln in meinem Herzen geschlagen, und daran ließ sich nichts mehr ändern.

Später an jenem Abend, nachdem die Jungs zu Bett gegangen waren und es relativ still im Haus war, trat Ernest zu mir an meinen Leseplatz. Ich konnte an seinem Gesicht ablesen, dass er mit irgendetwas rang. »Vielleicht ist der richtige Zeitpunkt gekommen, um eine Familie zu gründen. Wir behaupten immer, wir würden es irgendwann tun.«

»Während sich unser Land im Krieg befindet? Es könnte gar keinen schlechteren Zeitpunkt geben.«

Er ließ sich schwer in den Sessel neben mir fallen. »Wann dann?«

»Ich weiß es nicht, Rabbit. Wir sollten nicht darüber reden. Du wirst dich nur noch schlechter fühlen.«

»Das stimmt, das werde ich. Und weshalb auch nicht?« In seiner Stimme lag eine Schärfe, die ich mittlerweile nur allzu gut kannte. Er legte es auf einen Streit an, bloß um Druck abzulassen. Ich selbst tat andauernd genau dasselbe, aber ich würde diesen Köder nicht schlucken, nicht wenn er so angespannt war. Denn ich würde niemals gewinnen.

»Es wird geschehen, das verspreche ich«, sagte ich so sanft wie möglich. »Ich weiß, wie sehr du dir eine Tochter wünschst.«

»*Ich* wünsche mir eine, ganz genau – und darin liegt das Problem, nicht wahr? Würdest du dir ein Kind wünschen, dann hätten wir längst eins. Du hast mir immer nur etwas vorgemacht.«

»Oh, Ernest, das stimmt doch nicht.« Aber er schritt bereits aus dem Zimmer und ließ mich allein mit meinen Worten, die gegen die geschlossene Tür prallten, von ihr zurückgeworfen wurden und mich zur Rede stellten.

Wollte ich denn ein Kind? Wollte ich das? Ich musste zugeben, dass der Traum perfekt war, solange er ein Traum blieb und vor uns schimmerte wie die lebhafte Illusion einer Oase. Unsere Tochter, mit meinem Haar und Abenteuerdrang und Ernests Verstand und braunen Augen, wie sie neben ihm am Riff mit der Taucherbrille Fische fängt oder barfuß den Pfad hinter dem Poolhaus hinaufklettert, eine Orchidee in ihren Zopf gesteckt. Oh, sie war herrlich, diese Phantasie, aber sobald ich über das tatsächliche Leben mit einem Kind nachdachte, traf mich die Wahrheit wie eine im Wasser verborgene scharfe Kante eines Riffs. Ernest liebte seine Kinder, doch er nahm sich die Freiheit, mit ihnen im Urlaub zu jagen oder zu angeln und ihre Gesellschaft zu genießen, während Pauline und Hadley sich jeden Tag um sie kümmerten, insbesondere, als sie noch jung waren: Sie sorgten dafür, dass sie satt und gesund waren, dass ihre Tränen getrocknet, ihre aufgeschürften Knie verbunden, ihre Sorgen und Ängste angehört, ihre Zähne geputzt, ihre Hausaufgaben erledigt wurden.

Die Liste ging endlos weiter, und all das würde meine Aufgabe sein, das wusste ich, als Mutter. Ich musste schon jetzt hart um meine Arbeit kämpfen. Mit einem Baby würde sie zweitrangig werden, während Ernest weiterarbeiten würde wie zuvor. Die Möglichkeit, allein zu reisen, würde sich in Luft auflösen, aber wann immer Ernest irgendwohin reisen musste, würde er es tun. Selbstverständlich würde er das, denn ich würde es ihm ermöglichen, indem ich zu Hause auf ihn wartete. Ich würde mich um unser Kind kümmern und alles für ihn am Laufen halten. Es mochte selbstsüchtig von mir sein, diese Entscheidung noch ein wenig länger aufzuschieben, aber ich musste mir erst darüber klar werden, wie viel von mir selbst ich aufzugeben bereit war.

—

In jenem Jahr schien das Weihnachtsfest düster und dürftig, und alle waren erleichtert, als es vorbei war. Ernest schrieb noch immer nicht, und auch wenn ich meiner Mutter erzählt hatte, er müsse gerade nicht unbedingt etwas Neues schreiben, da *Wem die Stunde schlägt* sich noch immer unglaublich gut verkaufe und eins der erfolgreichsten Bücher seit langer Zeit sei, war Ernest doch in erster Linie ein Schriftsteller. Er musste schreiben, um sich stabil und wie er selbst zu fühlen, aber als ich ihn danach fragte, behauptete er, es gehe ihm gut.

»Ich bin einfach noch nicht auf das Richtige gestoßen.«

»Dann hast du keine Angst?« Denn das war meine aktuelle Vermutung. »Du bist dir sicher, dass etwas kommen wird, wenn du bereit dafür bist?«

»Auf wessen Seite stehst du eigentlich?«, fragte er und verengte die Augen zu Schlitzen.

»Auf deiner natürlich. Immer.«

»Ich mache mir keine Sorgen. Nach einem Buch fühle ich mich jedes Mal für eine Weile wie leer gefegt. Und dieses hat mir so viel abverlangt. Das ist alles.«

Ich wollte ihm glauben, aber es gelang mir nicht recht. Er hatte in den letzten sechs Monaten zehn bis fünfzehn Pfund zugenommen, und unter seiner Sonnenbräune sah seine Haut fahl aus. Außerdem hatte er sich gerade seinen dritten Martini gemixt, dabei war es erst früher Nachmittag. »Versuch doch einfach, morgen zu arbeiten«, sagte ich, auch wenn ein Teil von mir wusste, dass es nicht klug war, ihn zu drängen. »Irgendwo musst du schließlich anfangen.«

»Jetzt willst *du* also *mir* Anweisungen geben? Das ist ja ein starkes Stück.« Sein Tonfall war scharf. Ein Gefühl warnte mich, ein Prickeln im Nacken, und ich verkniff mir die Worte, die ich hätte aussprechen sollen. Ich spürte sie noch lange Zeit später, wie kleine, glühend heiße Steine.

Sechzigstes Kapitel

Eines Tages kehrte Ernest von einem ganztägigen Ausflug nach Havanna mit zwei sich windenden langgliedrigen Katzen in seinem Hemd zurück.

»Das hier ist Good Will«, sagte er über die dunkelbraun-grau gefleckte Tigerkatze mit dem plüschigen Staubwedel als Schwanz. »Ein wenig Wohlwollen können wir hier nämlich gut gebrauchen, findest du nicht?«

»Das können wir auf jeden Fall.« Auch wenn ich mich insgeheim fragte, ob er auf unsere Meinungsverschiedenheit über das Kinderkriegen anspielte, war ich klug genug, um das Thema nicht erneut anzusprechen. »Wer ist seine Freundin hier?«

Beide Katzen waren von Ernests Arm gesprungen und erkundeten zögerlich die Gegend, die Nasen fest am Boden. Die zweite hatte ein kleineres Gesicht und war ganz grau, so grau wie eine Sturmwolke. »Die hier?« Er berührte die lange Flanke der Katze mit der Spitze seines Turnschuhs. Sie krümmte sich wie ein Bogen und ließ ihren Rücken dann elastisch wieder zurücksinken. »Dieses reizende Mädchen hat keine Freunde.«

»Friendless.«

»Haargenau.« Er grinste.

»Diese armen hübschen verhungernden Dinger. Wo hast du die bloß aufgetrieben?«

»In der Gasse hinter dem Floridita, sie haben um eine verrostete Dose Bohnen gekämpft.«

Ich sank auf die Knie und wartete darauf, dass eine

von ihnen sich in meine Richtung wagte. »Da können wir ihnen aber etwas Besseres bieten, oder?«

»Und ob wir das können.« Er rief Rene und trug ihm auf, eins der Filet-Mignon-Steaks, die er für das Abendessen vorgesehen hatte, zu nehmen, sehr fein zu zerteilen und es den Katzen auf zwei Tellern in verschiedenen Ecken hinzustellen, damit sie nicht darum kämpften.

»Du weißt schon, dass er jetzt glaubt, du hättest den Verstand verloren«, bemerkte ich, als Rene fort war.

»Man muss sie mit Fleisch füttern, damit sie bei der Mäusejagd etwas taugen. Das weiß doch jeder. Wie sollen sie sonst auf den Geschmack von Blut kommen?«

»Weil sie Tiere sind?« Er gab mir jedoch nur einen Klaps auf den Hintern. Er meinte es bereits todernst mit diesen kleinen Wesen. Sie waren längst zu seinen Kindern geworden.

Als Rene mit dem Fleisch zurückkam, zerquetschte Ernest ein paar der Stücke mit bloßen Händen und meinte zu ihm, er solle das nächste Mal den Fleischwolf benutzen, damit die Katzen nicht erstickten.

»Sie wollen, dass sie jeden Tag dieses Fleisch bekommen?« Rene hatte die dichten Brauen zusammengezogen und die braunen Hände in die Hüften gestemmt. Man konnte ihm ansehen, dass in seiner Welt Katzen nicht besser essen sollten als ihre menschlichen Gegenstücke. Das war einfach absurd.

Aber Ernest kümmerte sich nicht darum. »Warum nicht? Sie werden es hier für das Ritz halten und nie wieder fortgehen.« Dann ging er in die Hocke und beobachtete die Katzen mit großem Vergnügen, während sie über ihre Teller herfielen wie Wölfe.

Auch wenn Ernest noch immer nicht schrieb, beschloss ich, mein Glück mit einem neuen Roman zu versuchen, koste es, was es wolle. Ich stieß auf eine Geschichte, die mir gefiel – zumindest in meinem Kopf. Sie handelte von einem karibischen Mädchen namens Liana und ihrer Ehe mit einem wesentlich älteren Mann, einem weißen Mann, den sie nicht liebte. Die Geschichte war weitaus romantischer als alles, was ich je angefangen hatte, und sie hatte nichts mit dem Krieg zu tun. Ich wusste noch nicht, in welche Richtung der Plot mich führen oder was am Ende mit Liana geschehen würde. Aber das machte auch einen Teil der Faszination aus.

In der Zwischenzeit vergrößerte sich unser Tierbestand mit beängstigender Geschwindigkeit. Ernest hatte drei weitere Katzen gefunden und adoptiert – Princessa, Boise und Fatso – und ebenso eine süße kleine Hündin, die er halb verhungert aus dem Rinnstein des Frontón gepflückt hatte. Sie war tintenschwarz, mit einer zarten Schnauze und einem Schwanz, dessen Spitze sich anständig kringelte. Sie hieß Negrita, und er machte es sich zur Aufgabe, sie genauso großzügig zu füttern wie die Katzen, unsere »Cotsies«, wie er sie gern nannte. Lachs, Thunfisch, Hühnerbrust und frisch gepulte Krabben: Nichts war zu gut für sie oder zu aufwendig.

Ich machte mir schon leichte Sorgen, dass außer unseren Tieren und einem sehr kalten Martini nichts mehr Ernests Aufmerksamkeit auf sich ziehen konnte, doch dann begann er plötzlich davon zu sprechen, ein privates Nachrichtennetz in Kuba zu entwickeln. Auf die Idee war er bei einem Gespräch mit unserem guten Freund Bob Joyce von der amerikanischen Botschaft in Havanna gekommen, und er wollte sie nicht wieder fallenlassen. Zuerst hielt ich es für eine Verrücktheit – was wusste er denn schon von Spionage? Allerdings passte es zu Ernest, dass er sich im Zentrum des Geschehens befinden wollte und nach Gelegenheiten suchte, seinen

Mut unter Beweis zu stellen. Und was konnte mutiger und geheimer sein, als sich mit Spionen herumzutreiben?

Er und Bob entschieden, sich Unterstützung von höheren Tieren in der Botschaft zu holen, und da kam Spruille Braden ins Spiel. Braden war zum neuen US-Botschafter in Kuba ernannt worden, ein untersetzter Mann mit Hängebacken, dessen Fleisch zwischen den Knöpfen seines Hemdes hervorquoll. Auf mich wirkte er recht ungeeignet für Kuba, aber Ernest mochte und respektierte ihn, wahrscheinlich, weil er Ernest ernst nahm.

Er teilte die Meinung, dass Kuba nun eine Spionageabwehrtruppe benötige. Im April hatte die Botschaft über fünfzig Männer – Deutsche, Japaner und Italiener – wegen »verbotener Aktivitäten im Auftrag der Achsenmächte« aufgespürt und unverzüglich gefangen genommen. Niemand ließ mehr darüber verlautbaren, aber das war im Grunde auch nicht nötig. In den vergangenen paar Wochen waren mehrere Frachtschiffe vor der Küste Kubas versenkt worden, und man verdächtigte feindliche U-Boote.

Mehr und mehr schien es von hier aus, als würde der Krieg tatsächlich auf dem Meer stattfinden. In der Stadt verbreiteten sich nun Gerüchte über deutsche U-Boote, die in den karibischen Gewässern und vor der Küste Floridas verborgen lagen und haufenweise Frachtschiffe und Öltanker versenkten, alles, was groß und nützlich war. Jeden Monat wurden Dutzende von ihnen torpediert, manchmal sogar noch mehr, wie spekuliert wurde, denn uns blieben nur Spekulationen. Eine strikte Zensur verhinderte, dass wirkliche Nachrichten in gedruckter Form oder über Funk zu uns fanden, was das unbehagliche Gefühl nur noch steigerte. Die Nazis waren dort draußen, doch niemand wusste, zu wie vielen oder wie nah oder wie tödlich bewaffnet sie waren. Aber sie waren dort.

Und Ernest wollte es ebenfalls mit ihnen aufnehmen.

Die Naval Intelligence for Central America zahlte Ernest ein monatliches Gehalt von fünfhundert Dollar, damit er in den Gewässern vor der Küste Kubas patrouillierte, und noch etwas obendrauf, damit die *Pilar* als U-Boot-Falle ausgestattet werden und eine Crew zusammengetrommelt werden konnte. Ernest fragte die Menschen, die ihm am nächsten standen: die baskischen Pelota-Spieler, seine Lieblingskellner im Floridita, Gregorio Fuentes, häufig sein Erster Offizier auf der *Pilar*, und Winston Guest, einen Aristokraten, den er Jahre zuvor auf Safari in Afrika kennengelernt und der uns kürzlich auf der Finca besucht hatte. Die Mission wurde »Operation Friendless« genannt – nach unserer Lieblingskatze –, auch wenn Ernest das Ganze augenblicklich als »Verbrecherladen« oder gar als »Ganovenfabrik« bezeichnete. Stapelweise Eierkartons voller Handgranaten und Bomben mit kurzem Zünder wurden an Bord geladen, dazu Maschinengewehre, ein hochempfindliches Kurzwellenradio und ein Rettungsfloß. Ihre erste Mission startete im Juni, und sie brachen voller Begeisterung und Überzeugung und Wagemut auf. Sollten sie auf ein deutsches U-Boot stoßen, würden sie vorgeben, eine Gruppe Wissenschaftler zu sein, die für das Smithsonian Proben nahmen. Sollten die Nazis ein Enterkommando losschicken, würde Ernest Vollgas geben, die Distanz zum U-Boot verringern und dann seinen Männern das Zeichen geben zu schießen, Granaten oder Bomben auf den Kommandoturm zu werfen, falls sie dafür nahe genug dran wären, und dann wohlbehalten in der Nacht verschwinden.

»Mach dir um mich keine Sorgen«, beharrte er, als er mir seinen Plan darlegte. »Ich weiß mehr über diese Gewässer als sonst irgendjemand. Es gibt zahlreiche Orte, an denen man sich verstecken kann. Und ich kann jeden einzelnen von ihnen finden.«

Ich nickte und küsste ihn und wünschte ihm Glück und biss mir die ganze Zeit über auf die Zunge. Ich war klug genug, nicht zu äußern, dass diese Mission für mich nach einer Phantasievorstellung klang und nach einer Vermeidungsstrategie. Er würde U-Boote jagen, statt sich seinen Ängsten zu stellen, diese Leerstelle in seinem Inneren davonzufegen und etwas Neues zu beginnen. Vielleicht war dies aber auch seine Art, mit all dem zurechtzukommen, was ihn innerlich plagte, nur dass seine Dämonen nicht wie sie selbst aussahen, sondern wie deutsche U-Boote. Wenn alles gut ginge, würde er sie in tausend Stücke sprengen, vielleicht sogar, ohne sie sich jemals wirklich ansehen zu müssen. Und all das, ohne auch nur ein einziges Wort zu schreiben.

Wenn Ernest tatsächlich etwas zu den Kriegsanstrengungen beitragen wollte, hätte er besser als Journalist an eine der Fronten in Europa reisen und dem Widerstand seine Stimme geben sollen, wie er es in Spanien so glänzend getan hatte.

Ich selbst wollte am liebsten losfahren, doch da dies nun auch unser Krieg war, hatte das amerikanische Militär beschlossen, weibliche Journalisten nicht mehr in die Nähe der Frontlinien zu lassen. Es war nicht wie Spanien oder sonst irgendetwas zuvor. Zeitschriften beauftragten Frauen zwar noch immer, schickten sie aber nicht dorthin, wo es zählte. Sämtliche Kampfgebiete würden für mich gesperrt sein.

Ich bat Charles Colebaugh von *Collier's*, herauszufinden, ob er die Regeln für mich ein wenig lockern könnte, aber es war nichts zu machen. Am besten nähme ich eine Zeit lang in der Karibik die Auswirkungen der Kriegsführung mit U-Booten in Augenschein, dichter würde ich dem Schauplatz der Kämpfe wohl nicht kommen. Wie höre sich das an?

Dieser Auftrag war ganz und gar nicht das, was ich mir erhofft hatte. Ich wollte im Zentrum des Kampfes sein, dort, wo Dinge von echter Bedeutung geschahen. Dort fühlte ich mich lebendig und nützlich und mittendrin. Dennoch, die Karibik zu durchkämmen, war besser, als zu Hause zu bleiben, die Bediensteten zu drängen, das Silber zu polieren, und sich schlaff und zahm und sicher, sicher, sicher zu fühlen. Also sagte ich zu.

Laut Plan sollte ich von Insel zu Insel fahren und nach allem Interessanten Ausschau halten – nach Informanten der Nazis, geheimen Vorratslagern für die U-Boote, Überlebenden von Rettungsbooten. Die Deutschen waren definitiv in der Karibik. Schiffe der Alliierten wurden täglich vom Wasser gebombt, aber was ich zu Gesicht bekam, war kein Kriegsgebiet, sondern eine Postkarte, die glitzernd blaue Oberfläche der Windward-Passage, die sich verwandelte und alles verbarg außer sich selbst.

Ich war sonnenverbrannt, von Ameisen zerbissen, seekrank und tödlich gelangweilt, angeekelt von den Kakerlaken und dem Fischgestank und dem unaufhörlichen tümmlerartigen Rollen des Schiffes. Doch auch wenn ich nie das zu Gesicht bekam, wofür ich hergekommen war, den geheimen Vorstoß eines Sehrohrs in einer reglosen schwarzen stillen Nacht, schrieb ich trotzdem und schickte *Collier's* elftausend Worte, die nicht viel mehr waren als ein Reisebericht der Horrorfahrt aller Horrorfahrten.

Ich kehrte heim mit Denguefieber, das ich mir in Surinam geholt hatte, und dem Gefühl, meine Knochen brächen langsam auseinander. Außerdem vermisste ich meinen Ehemann fürchterlich. Als Ernest endlich von seiner jüngsten Operation-Friendless-Patrouille zurückkehrte, war er braungebrannt und trug einen dichten, zerzausten Bart. Er roch nach Fisch und Männern und beengten Verhältnissen. Soweit ich erkennen konnte, hatte er die ganze Zeit über weder seine Kleidung gewechselt noch sich gewaschen. Obendrein hatte er seine Schuhe irgendwo verloren.

»Wir geben ein schönes Paar ab, was, Rabbit?«, fragte ich, nachdem er mich lange im Arm gehalten hatte, und schenkte uns dann beiden einen Scotch ein. »Hast du dein U-Boot gefunden?«

»Nein. Du?«

»Nicht einmal ansatzweise.«

Er ließ sich auf das andere Ende des Sofas fallen, und Princessa, die in der Nähe in einem Flecken Sonnenlicht gedöst hatte, setzte sich sogleich auf seine Brust und begann zu schnurren wie ein stotternder Ford Model T. »Irgendwo in all dem muss irgendeine Lehre verborgen sein.«

»Eine zumindest kommt mir in den Sinn«, sagte ich und begann, ihm die Kleidung auszuziehen. Ich führte ihn unter die Dusche, wo wir lange unter dem auf uns herabregnenden warmen Wasser verharrten, dann begann ich, ihn mit Seife und einem weichen Waschlappen abzureiben und küsste jede Stelle seines Körpers, nachdem sie gereinigt war, eroberte ihn nach und nach wieder zurück.

»Sei vorsichtig«, bat ich, als er begann, mir das Haar zu waschen. »Ich bin immer noch überall ein bisschen empfindlich von dem Fieber.« Aber seine Hände waren wunderbar sanft, strichen die Erschöpfung und all die Strapazen der Reise davon und auch die Anspannung der getrennt voneinander verbrachten Monate. Und dort, in der absoluten Hingabe, spürte ich, wie wir zueinander zurückkehrten. Dies war der Mann, in den ich mich rückhaltlos verliebt hatte. Er war nicht vollständig verschwunden.

Später, als wir zusammengerollt im Bett lagen, halb verknotet in den feuchten Handtüchern, die wir aus der Dusche mitgeschleppt hatten, war alles so wunderbar und friedlich wie zuvor – vor Pearl Harbor, vor der Welle seines großen Buches und der Talfahrt meiner Enttäuschung und vor dem schleichenden Zweifel, wir könnten nicht mehr auf derselben Seite stehen.

»Wir dürfen nicht aus dem Auge verlieren, was wirklich zählt«, sagte ich, schmiegte mich an seinen Hals und seine Schulter und küsste ihn dort.

»Hm?«, fragte er schläfrig. »Das werden wir nicht.«

»Ich meine es ernst, Rabbit. Selbst wenn andere Dinge lautstark über uns hereinbrechen, müssen wir uns immer wieder füreinander entscheiden. Das bedeutet Ehe. Man kann die Worte nicht nur einmal aussprechen und dann hoffen, dass sie hängenbleiben. Man muss sie immer wieder sagen und sie mit aller Kraft leben.«

Er gab ein weiteres leises Geräusch von sich, und mir wurde bewusst, dass er bereits dabei war, im Schlaf zu versinken. Er konnte mich nicht hören.

»Das ist es, was ich will«, sagte ich dennoch leise. »Ich entscheide mich für dich.«

Einundsechzigstes Kapitel

Den ganzen Herbst hindurch kam und ging Ernest oft, ohne viel über seine Ganovenfabrik zu erzählen. Ich stellte ihm auch nicht viele Fragen. Ich verstand nicht recht, was er tat oder weshalb es ihm so wichtig war oder wie er es verantworten konnte, immer wieder so lange von zu Hause fort zu sein, wo er es doch so hasste, wenn ich abwesend war. Aber da ich schon einmal hier war, entschied ich, dass ich auch ebenso gut schreiben konnte.

Ich wühlte mich durch meinen Schreibtisch, um die Seiten jener langen Geschichte zu finden, die ich im Vorjahr begonnen hatte, über das karibische Mädchen Liana. Auf diesen Seiten fanden sich einige gute Stellen, die es wert waren, aufpoliert zu werden. Ich war mir nicht sicher, ob das Material genug hergab, um daraus einen Roman zu machen, aber es gab nur eine Möglichkeit, das herauszufinden. Ich würde noch einmal von vorn beginnen, entschied ich, und das Buch in der Karibik spielen lassen, da diese Gegend gerade so viel Platz in meinem Kopf einnahm. Ich würde meine Horrorreise nehmen und daraus Lianas Heimat im Paradies machen – mein ganz persönlicher Scherz.

Über das Paradies wusste ich schließlich Bescheid, oder etwa nicht? Bloß schien es nun mehr und mehr so, als könnte man dem Himmel ebenso wenig den Rücken zukehren, wie man der Liebe den Rücken zukehren konnte. Beide verwilderten, sobald man einmal nicht hinsah – und sie taten es schneller, als man glaubte, wenn man sich nicht ordentlich um sie kümmerte.

Ich musste nur von Zimmer zu Zimmer gehen, um die entsprechenden Beweise zu sehen. Der Regen hatte wieder eingesetzt und Schimmelspuren hinterlassen. Im hinteren Schlafzimmer wurden große Stücke des gekachelten Fußbodens von einem dichten Gewirr aus Wurzeln nach oben gedrückt, als wollte das Außen sich nach innen wühlen, um dort wie alles andere Chaos und Verwüstung anzurichten. Die Küchenfarbe blätterte durch die Feuchtigkeit ab. Die Silberfische stürzten sich auf unsere Bücher.

Ich ging alles an, was ich selbst erledigen konnte, und gab den Rest in Auftrag. Unsere Katzen jagten einander von Zimmer zu Zimmer, ihre Population hatte sich in den letzten paar Monaten verdoppelt, und auch wenn ich sie alle ebenso sehr liebte wie Ernest – die fette weiße Perserkatze namens Uncle Wolfer, die beiden schwarz-weißen Kater Dillinger und Thunder und die graue Tigerkatze, die Friendless so ähnlich sah, dass wir sie Friendless's Brother getauft hatten –, wurde mir bewusst, dass wir die Kater kastrieren lassen mussten.

Ich machte einen Tierarzt in der Stadt ausfindig und beglückwünschte mich dafür, so praktisch zu denken. Aber als Ernest Ende Oktober heimkehrte, um aufzutanken und seine Post einzusammeln, erfuhr er, was ich getan hatte, und wurde fuchsteufelswild.

»Da hättest du ebenso gut *mir* die Eier abschneiden können«, spuckte er aus. »Oder die Katzen gleich erschießen. Das wäre gütiger gewesen.«

»Nun übertreibe nicht. Der Arzt meinte, es sei vollkommen tiergerecht. Sie spüren nicht viel. Nicht so wie wir.«

»Natürlich spüren sie das. Und jetzt sind sie Frauen, die armen Schweine.« Er warf mir einen funkelnden

Blick zu. »Willst du mir noch auf irgendeine andere Weise einen Tritt verpassen, wo ich schon einmal hier bin, oder reicht es dir fürs Erste?«

»Oh, Ernest«, seufzte ich verzweifelt, aber er stampfte bereits davon.

Als ich ihn später aufsuchte, um noch einmal darüber zu sprechen, saß Boise auf dem Tisch neben Ernests Teller, und Ernest gab dem Kater mit den Fingern weiche reife Avocadoscheiben zum Fressen. Sobald er mich sah, murmelte Ernest Boise zu, wie schrecklich es sei, dass eine Frau ihm das Einzige genommen hätte, das wirklich sein sei, seine Macht.

»Wir mögen keine Frauchen mehr.« Er hielt den Blick stur auf den Kater gerichtet. »Ich würde mich an deiner Stelle von ihr fernhalten.«

Ich konnte kaum glauben, dass er die Angelegenheit nicht auf sich beruhen lassen konnte. »Du verhältst dich wie ein Kind.«

Er fuhr lediglich fort, Boise zu füttern und ihm den Kopf zu streicheln, zwei Verschworene in einem Krieg, den ich nicht einmal verstand. Und doch war er ohne meine Zustimmung anscheinend auch zu meinem Krieg geworden.

»Ich gehe jetzt ins Bett«, verkündete ich schließlich. »Kommst du mit?« Er war wochenlang fort gewesen, gewiss würde er nun endlich einlenken.

»Wir mögen keine Frauchen«, wiederholte er, ohne den Blick von dem Kater abzuwenden.

Ich ging mit großen Schritten in Richtung Schlafzimmer, ließ auf dem Weg die Türen hinter mir klappern und lag dann lange wach, schäumte über vor Verzweiflung. Meine Gedanken drehten sich im Kreis, und ich wusste, dass es keinen Zweck hatte. So würde ich niemals Schlaf finden. Ich streckte den Arm zu Ernests Nachttisch aus, wo er ein Fläschchen mit kleinen roten

Schlaftabletten aufbewahrte, nahm eine und wartete darauf, dass sich ihr Film langsam über mein Gehirn und meine Muskeln legte, wie ein schwerer, wohltuender Nebel der Vernichtung.

Glücklicherweise wachte ich ohne einen Kater auf, von dem emotionalen einmal abgesehen. Hier lag mein Ehemann und schlief neben mir. Hier und doch so weit, weit entfernt. Der Streit war albern, und ich vermisste ihn. Selbst wenn er im Unrecht war, vermisste ich ihn.

—

Tag für Tag, während die Katzen umherrannten und herumpurzelten und Mäuse fingen und auf ihr Festmahl aus gehacktem Filet Mignon warteten und ihrer verlorenen Sexualität nachtrauerten – falls sie diese überhaupt so hoch schätzten –, sperrte ich mich in meinem Arbeitszimmer ein und segelte auf meinen Seiten davon. Die Geschichte nahm immer mehr Form an. Liana war eine ungebildete junge Frau und eine große Schönheit. Ihr kalter weißer Plantagenbesitzer-Ehemann Marc hatte sie geheiratet, um die Frau zu kränken, die er eigentlich liebte. Liana war eine Art Trophäe für ihn. Er hatte keine wahren Gefühle für sie, und sie wusste nicht einmal, was Liebe überhaupt war, ehe ein gutaussehender junger Französischlehrer namens Pierre in ihr Leben trat und ihr Unterricht in Sachen Weltgewandtheit gab.

Auf der einen Seite beschämte es mich geradezu, dass ich von dieser kleinen persönlichen Geschichte so eingenommen war, in der es weder um Krieg noch um soziale Gerechtigkeit oder irgendeine größere Sache ging, sondern lediglich um Menschen. Auf der anderen Seite war ich nun einmal davon eingenommen und außerdem entzückt darüber, so gut zu arbeiten. Die Tage fühlten sich plötzlich erfüllt an und lebendig und auch hoffnungsvoll. In Übersee und draußen im Golfstrom tobte noch immer bedrohlich unsichtbar Hitlers Armee. Mit Ernest war es nicht ganz einfach, aber ich war glücklich und beschäftigt und fühlte mich stark.

Bald hatte ich beinahe zwanzigtausend Wörter geschrieben, und sie kamen weiterhin, entströmten irgendeinem Ort jenseits des rationalen Denkens, an dem die Phantasie lebte wie ein seltener weißer Drache. Ich kannte niemanden, der so war wie Liana, aber sie kam mir ganz und gar real vor, zugleich war sie eine furchtbar tragische Figur. Ich liebte sie, ihr Leben rührte mich, und schließlich brachte ich genügend Mut auf, um Ernest zu zeigen, was ich geschrieben hatte.

»Das ist *großartig*, Rabbit«, sagte er, nachdem er die Seiten gelesen hatte.

»Wirklich? Dann magst du sie also?« Ich war so erleichtert, dass ich hätte weinen können.

»Und wie. Du hast sie so gut gezeichnet, hast ihrer Welt Struktur verliehen, sie zum Klingen gebracht.«

»O Gott, ich bin so froh, dass du das denkst. Ich bin beim Schreiben so glücklich gewesen, aber das hat nichts zu bedeuten. Man weiß nie genau, was man da gerade tut.«

»Das stimmt, aber mach weiter. Lass dich von nichts abhalten«, beharrte er. »Ich bin schon gespannt darauf, den nächsten Teil zu lesen, wenn ich kurz vor Weihnachten wiederkomme. Jetzt bist du die Schriftstellerin in der Familie, Marty. Ich werde dein Lektor sein, und wenn du das nicht möchtest, werde ich die Person sein, die dich anfeuert, komme, was wolle.«

Er klang unbeschwert, dennoch erschreckten mich seine Worte. »Du wirst auch bald wieder mit dem Schreiben anfangen«, erklärte ich ihm. »In dieser Familie gibt es zwei Schriftsteller, und das wird auch immer so bleiben.«

»Sicher«, sagte er schwach, während ein Schatten über sein Gesicht zog.

»Fahr nicht wieder hinaus«, bat ich ihn plötzlich. Ich hatte das Gefühl, zwischen uns sei alles so zerbrechlich geworden. »Ich habe mich schrecklich nach dir gesehnt, weißt du das?«

»Du vermisst mich also?« Er trat zu mir und zog mich auf die Beine, woraufhin wir uns aneinanderschmiegten wie Schloss und Schlüssel, mein Kopf unter seinem Kinn, seine Hände am unteren Ende meiner Wirbelsäule verschränkt. So wollte ich bleiben, genau so, und zwar am liebsten für die nächsten paar Jahre.

»Ich vermisse *uns*. Verstecken wir uns doch einfach vor allem. Erinnerst du dich noch daran, dass dies einmal unser Schützenloch gewesen ist und wir mehrere Monate am Stück allein hier verbracht haben?«

»Ich bin so schnell wieder zurück, dass du es kaum merken wirst.« Er nickte in mein Haar und presste mich dann eng an sich, ehe er mich losließ.

Zweiundsechzigstes Kapitel

Sie kamen durch den Kanal und erblickten die kleine Insel mit ihrem knochenweißen Sand und ihren Dattelpalmen, die grüppchenweise in einer Bucht wuchsen. Dort konnten sie das Beiboot auf Strand setzen, und er wusste, dass es keinen besseren Ort gab, um sich vor sich selbst zu verstecken.

Nicht, dass die Jungs etwas davon geahnt hätten. Er hatte sich sehr große Mühe gegeben, seine Sorgen und die bleischwere innere Anspannung zu verbergen, und fand, dass er sich ihnen gegenüber anständig verhalten hatte. Nun legte er das Boot nach Steuerbord in die Kurve und stellte dann den Motor ab, ließ die Pilar auf die Sandbank zuschwingen, die geriffelt und weiß war und unter den klaren Wellen wie Haut aufleuchtete. Wie der Schenkel einer Frau, unbewusst ausgestreckt im Schlaf.

Er beauftragte die Jungs, mit dem Beiboot loszufahren und den Strand in Augenschein zu nehmen. »Wenn ihr irgendwelche Krauts findet, wisst ihr, was ihr zu tun habt«, rief er Gigi zu, der dieses Spiel liebte. Dann ging er hinunter, um sich einen Drink zu mixen, kam damit zurück an Deck und ließ den Blick über das Meer schweifen, auf der Suche nach den Schatten von Makohaien.

Er wusste, dass alles einen Schatten hatte. Wolken, die dunkle Schatten auf die Wasseroberfläche warfen. Lange, dünne Kaimanfische, die in silbrigen Linien gegen die Strömung schwammen, und Thunfische, die sich unter seinem Boot herumtrieben wie Monster. Worte hatten Schatten, man spürte sie, lange bevor sie einen erreichten, und auch die Liebe hatte einen Schatten, ebenso wie er.

Seit seiner Kindheit war er verschiedenen Stimmungen unterworfen. Sie schlichen sich heran und ließen ihn nahezu atemlos zurück. Manchmal kamen sie so plötzlich und scheinbar aus dem Nichts, dass er sich vor dem Wandel in seinem Inneren zu fürchten begann, ein gerade noch erträgliches Gefühl konnte einem schrecklicheren Gefühl weichen, das nicht mehr auszuhalten war.

In letzter Zeit hatte er mehr und mehr gespürt, wie dieser dunkle Raum in seinem Inneren größer wurde und drohte, ihm die Luft abzuschnüren. Aber er hatte sich diesem Gefühl nicht hingegeben, noch nicht, und er würde es auch nicht tun, wenn er es vermeiden konnte. Einmal, im Mai '36, war er, Stunden entfernt von Havanna, allein mit der Pilar auf dem Wasser gewesen, unterwegs nach Key

West, als ohne Vorwarnung ein Sturm herangerollt war, der die Wellen hochpeitschte und sie über den Bug strömen ließ. Ihr leuchtender, überraschend kalter Schaum traf ihn wieder und wieder.

Jene Nacht hatte sich von ihrer Verankerung in der Zeit gelöst, sie hatte sich ausgedehnt in die Unendlichkeit. Sein Kompass zitterte und ließ die Nadel kreisen. Er konnte das Heck nicht verlassen, um seinen Vorrat an Treibstoff zu überprüfen oder nachzusehen, wie viel Wasser unten hereinfloss. Er kannte noch nicht einmal seine Position, bis die Morgendämmerung wie eine graue Pranke nach ihm griff und er sich aus irgendeinem Grund noch schlimmer fühlte, denn nun konnte er genau erkennen, was ihm und seinem kleinen Boot da entgegentrat. Die Dämmerung ging verschwommen in den Tag über, und der Sturm toste weiter. Er krachte gegen die Wellen wie gegen Betonwände. Endlich, irgendwann nach Mittag, erreichte er den Rand des Sturms und befreite sich daraus. Er war seinem Zuhause bereits näher, als er gedacht hatte, und steuerte bald auf den Hafen von Key West zu. Er war ausgelaugt und erschöpft, aber ein Teil von ihm war auch stolz darauf, dass er etwas Schwieriges gemeistert und das Boot sicher heimgebracht hatte, und sich selbst mit ihm. Dass er überlebt hatte.

Manchmal gebaren Schatten noch schwärzere Schatten, wenn sie einen fanden. Ja. Manche Stürme trugen dunklere, noch schrecklichere Stürme in ihrem Inneren. Doch selbst dann konnte man wieder aus ihnen herauskommen und eine vertraute Küstenlinie entdecken. Man konnte aufblicken, um zu erkennen, dass man irgendwie, auf die ein oder andere Weise, seinen Weg zurück gefunden hatte.

Dreiundsechzigstes Kapitel

Der Dezember kam und mit ihm der erste Jahrestag von Pearl Harbor. Bomben riefen nur noch mehr Bomben hervor, wie es schien. Die Vereinigten Staaten hatten soeben Neapel angegriffen. Die Royal Air Force bombardierte die Niederlande. Japanische Zerstörer hatten den US-Kreuzer *Northampton* bei Guadalcanal versenkt. Und so ging es immer weiter, und es war schrecklich.

Alle drei Jungs kamen über Weihnachten zu uns nach Hause. Gigi aus Key West, Patrick aus seinem neuen Internat in Connecticut und Bum aus Dartmouth, wohin er übergesiedelt war, nachdem er der University of Montana abgeschworen hatte. Er hatte geglaubt, der Ort und nicht die Anforderungen des Studiums hätten ihm die Freude am College genommen, aber nun schien auch Dartmouth nicht das Richtige zu sein.

»Glaubst du, es würde Papa etwas ausmachen, wenn ich mich eine Weile hier verschanze?«, fragte er mich. »Nur, bis Gras über die Sache gewachsen ist und ich mir überlegt habe, was als Nächstes kommt?«

»Du kannst für immer bleiben, mein Schatz, ganz gleich, was Papa sagt. Aber bitte versprich mir, dass du weiterstudierst. Ansonsten wirst du eingezogen.«

»Ich habe dir doch gesagt, dass ich mich nicht davor fürchte, hinüberzufahren.« Er hob das Kinn und blickte mich mit klaren Augen an. Ich erkannte, wie ernst er es meinte. »Vielleicht wäre es sogar eine gute Idee. Ich könnte endlich ein wenig erwachsen werden.«

»Unsinn. Du bist perfekt, so wie du bist.« *Und du bist am Leben,* ließ ich ungesagt.

»Ein paar meiner Freunde haben sich freiwillig gemeldet und sie sagen, es sei tatsächlich eine Erleichterung. Statt darauf zu warten, dass irgendeine Axt fällt.«

»Können wir aufhören, darüber zu reden?« Ich versuchte, mir meine Angst nicht anhören zu lassen, aber es gelang mir nicht. »Warum bringst du deine Sachen nicht ins Little House? Wir haben es umgestaltet, es ist jetzt wirklich hübsch, solange die Katzen draußen bleiben.«

»Ich glaube, Princessa ist verletzt«, sagte Gigi, der gerade die große blaugraue Perserkatze ins Zimmer trug, halb über die Schulter gehängt. »Sie blutet.«

»Ich fürchte, das ist von den Obstratten.« Ich rieb an dem roten Flecken direkt unter ihrem Kinn, auf den er wies. »Sie ist die brutalste Mäusejägerin, die wir haben. Aber normalerweise hält sie sich besser sauber.«

Gigis besorgter Gesichtsausdruck hatte sich in eine Art aufgeregten Respekt verwandelt, und ich erkannte darin den Blick wieder, mit dem er seinen Vater manchmal ansah. Seinen verwegenen tollkühnen Heldenvater, der nun auf dem Meer war, um im Golf Krauts zu jagen, gegen sie anzutreten, wie eine Katze gegen Obstratten antreten mochte, ohne Furcht und voller Begeisterung.

Das war zumindest die Phantasievorstellung. Das war die Geschichte. Aber ich begann mich mehr und mehr zu fragen, ob Operation Friendless nicht noch viel komplexer war. Entweder ging Ernest mit diesen Missionen allem aus dem Weg, dem er sich nicht stellen wollte, oder er hoffte insgeheim, aus seinen Abenteuern ein Buch zu gewinnen, so wie er Robert Jordan in Spanien gefunden hatte. Spanien war allerdings auf schreckliche Weise real gewesen, voller Herausforderungen und täglicher Mutproben und tatsächlicher Helden. Wohingegen er während des Jahres, in dem er auf seinen Patrouillen unzählige Stunden den Golf durchkämmt hatte, nur ein einziges Mal ein U-Boot entdeckt hatte, vor Mégano de Casiguar, ein schwarz glänzendes Ding in der Ferne, und das hatte zu nichts geführt.

Ich war besorgt um ihn und traurig. Für mich sah er nicht gut aus, und er trank zu viel. Er war schon immer ein Trinker gewesen, aber sein Trinken war einem gewissen Rhythmus gefolgt, war mal mehr, mal weniger stark ausgeprägt gewesen. Zwei Drinks beim Lunch, nach einem Vormittag voller Arbeit, dann zwei bis drei zum Abendessen. Nun existierte nicht einmal mehr der Hauch eines Ankers, es gab keinen Grund, nicht den ganzen Tag betrunken zu sein.

Mir wurde bewusst, dass auch die Jungs es bemerkten, und ich wollte ihnen versichern, dass Papa nur eine dunkle Phase durchmachte und bald wieder der Alte sein würde. Aber glaubte ich denn selbst daran? Durfte ich das?

An Heiligabend gingen wir zum Dinner ins Floridita. Ernest hatte seit dem Mittag immer wieder getrunken, und nun beförderte Constantino eine Reihe doppelter Frozen Daiquiris an unseren Tisch. Ich versuchte verstohlen, seinen Blick zu erhaschen, ihn lautlos zu bitten, etwas langsamer zu machen, aber er schien nichts zu bemerken. Ohnehin war er Ernests Verbündeter und nicht meiner.

Endlich kamen unsere Teller. Wir hatten gerade erst mit dem Essen begonnen, als ein Mann an unseren Tisch trat, ein Tourist aus irgendeinem südlichen Bundesstaat, der seinen Hut in der Hand hielt und Ernest mit seiner gedehnten Sprechweise bat, ihm ein Exemplar von *Wem die Stunde schlägt* zu signieren.

Ernests glasiger Blick schnellte über ihn hinweg. »Sie wird es signieren«, sagte er und meinte damit mich.

»Das war nur ein Scherz«, sprang Gigi rasch ein. »Das macht er sehr gern.«

Der Mann lachte nervös und zog einen Stift hervor. Er eilte davon, sobald die Angelegenheit erledigt war, und ich verübelte es ihm nicht. An unserem Tisch herrschte eine ausgesprochen düstere Stimmung, dabei war doch Weihnachten. Das konnten wir sicher besser hinbekommen, wenn schon nicht für uns selbst, dann wenigstens für die Jungs. Sie saßen über ihre Teller gebeugt da und gaben vor, wir wären eine Familie inmitten eines schönen Mahls, während Ernest sich mit glasigem Blick über einen frischen Cocktail beugte. Ich bedauerte uns alle.

»Denkst du nicht, du hast genug getrunken?«, fragte ich.

»Mir geht es gut. Wie fühlst du dich?«

»Furchtbar. Beschämt.«

»Dann solltest du vielleicht mehr trinken. Vielleicht würdest du mir dann auch besser gefallen.«

Patricks Blick schnellte hoch und suchte meinen. Ich glaubte, er wollte etwas zu meiner Verteidigung sagen, also schüttelte ich eindringlich den Kopf und winkte nach der Rechnung. Ich wünschte mir nur noch, dass der Abend bald vorüber wäre.

Als der Kellner kam, teilte ich Ernest und den Jungs mit, ich würde das Bezahlen übernehmen und in ein paar Minuten nach draußen kommen, wo sie auf mich warten sollten. Sie gingen also den Wagen holen, während ich in meinem Portemonnaie nach Bargeld kramte und mir dann eine Zigarette anzündete, in der Hoffnung, den Kopf freizubekommen und einen Augenblick für mich zu haben. Ich atmete, zunächst zitternd, dann ein wenig leichter. Wir würden nach Hause und ins Bett gehen und beide diese schreckliche Stimmung ausschlafen, und morgen wäre ein neuer Tag. Ein besserer.

Doch als ich nicht einmal fünf Minuten später auf die Straße trat, waren Ernest und die Jungs fort. Ich glaubte, wir hätten uns irgendwie missverstanden, und ging sie suchen. Ich lief um den Block, schaute in jede Bar und jedes Café und fragte mich, wo sie sich versteckt haben mochten. Den nächsten Block ging ich ein wenig schneller ab und eilte dann zurück zum Floridita, für den Fall, dass sie dort auf mich warteten. Aber sie waren fort. Die Wahrheit traf mich mit einem kalten Schrecken. Ich würde allein nach Hause finden müssen. Ich war bestraft worden. Ernest hatte mich zurückgelassen.

—

Als ich die Jungs am nächsten Morgen sah, waren sie entsetzt, aber nicht mehr als ich. Ernest war bereits zur US-Botschaft aufgebrochen, um seinen monatlichen Bericht abzugeben.

»Ist alles in Ordnung, Mart?«, fragte mich Patrick mit schmerzverzerrtem Gesicht.

»Ich kann mich gegenüber Papa schon behaupten, Mousie«, sagte ich, aber er schien genauso wenig daran zu glauben, wie ich selbst es im Augenblick tat.

»Es ist nicht fair«, sagte er leise.

»Nein.« Ich legte ihm die Hände auf die Schultern und spürte Tränen in mir aufsteigen. »Das ist es nicht. Menschen sind fürchterlich kompliziert. Ich weiß nicht, wie ich es sonst erklären soll. Und manchmal verlieren sie sich selbst ein wenig. Papa wird zu uns zurückkehren.«

»Aber das tut er nicht immer.«

Ich spürte ein hohles Klopfen in meiner Brust. Es war noch nicht lange her, da er hatte zusehen müssen, wie seine Eltern einander bekämpften, und zwar ausgiebig und öffentlich. Ihm musste ganz schlecht geworden sein bei dem Gedanken, diese scheußliche Geschichte könnte sich nun wiederholen, gerade jetzt, da er begonnen hatte, daran zu glauben, die Aufregung hätte sich gelegt und er könnte dem Leben, unserem Leben, trauen.

»Ist schon in Ordnung, Mouse. Bitte mach dir keine Sorgen. Alles wird gut. Du wirst sehen.«

Er war vierzehn und ging in diesem Augenblick zugleich auf die hundert zu, und auch wenn er sich nicht dagegen wehrte, dass ich ihn an mich zog und ihm noch einmal versicherte, alles werde wieder gut, konnte ich den Zweifel in der Steifheit seines Körpers spüren. Mir ging es ganz ähnlich. Ich wollte daran glauben, dass Ernest gegen den dunkleren Teil seines Wesens ankämpfen konnte und zu mir zurückeilen würde, aber ich war mir nicht sicher, ob die Dinge jemals wieder wirklich einfach werden würden. Die Welt war nun ein komplizierterer Ort als zuvor. Die Zeit war eine andere, sie war kostspieliger. Eine Seite war umgeblättert worden, und wir gemeinsam mit ihr.

Vierundsechzigstes Kapitel

Während der nächsten paar Tage schlichen Ernest und ich auf Zehenspitzen umeinander herum und sorgten wegen der Jungs dafür, dass unsere Gespräche kurz und ruhig und höflich blieben. Immerhin war Weihnachten, dennoch machte mich die Anstrengung traurig, und ich fühlte mich erschlagen. Es sollte einem nicht so schwerfallen, nett zu sein, dachte ich, insbesondere nicht zu der Person, die einem angeblich wichtiger ist als alles andere.

Wie ich zu Patrick gesagt hatte, waren Menschen kompliziert, und die Liebe selbst war es auch. Tatsächlich wurde sie sogar immer komplizierter. Ich beschloss, nach St. Louis zu fahren, um meine Mutter zu besuchen und mir eine kleine Auszeit zu verschaffen.

»Ich bin einfach so müde«, erklärte ich ihr bei meiner Ankunft. »Ich will mir nur noch die Decke über den Kopf ziehen und über nichts mehr nachdenken.«

»Natürlich, mein Schatz. Nimm dir alle Zeit, die du brauchst. Ich sollte dir allerdings sagen, dass Ernest zweimal angerufen hat. Er klingt nicht besonders gut.«

»Nein, es geht ihm nicht gut. Ich verstehe es nicht. Oh, Mutter. Ernsthaft. Wo sind wir geblieben?«

Am nächsten Tag rief ich in der Finca an und erreichte Ernest beim ersten Klingeln. Wir sprachen nicht lange. Internationale Telefonate waren damals unendlich teuer, und es gab nur wenig zu sagen. Ihm tat es leid, und mir tat es leid, und wir würden versuchen, besser miteinander umzugehen, wenn ich im Januar nach Hause zurückkehrte. In der Zwischenzeit würde er die Gesellschaft der Jungs genießen, und ich würde mich ausruhen und an meinem Roman arbeiten, den ich mitgenommen hatte.

»Es ist ein wunderschönes Buch, das du da schreibst, und auch du bist wunderschön. Du bist die schönste Frau, die ich je gesehen habe, und ich werde lernen, mich dir gegenüber anständig zu verhalten. Ich habe dich nicht gut oder stark genug geliebt. Das erkenne ich nun.«

»Und auch ich habe dich nicht gut genug geliebt, Rabbit. Das können wir beide besser. Das müssen wir besser können.«

All die Zeit auf dem Wasser hatte seiner geliebten *Pilar* stark zugesetzt. Sie benötigte einen neuen Motor und andere Wartungsmaßnahmen. Während sie im Trockendock lag, kehrte er zurück in meine Arme, doch unglücklicherweise hatte dies seinen Preis. Mit ihm kamen auch seine Crew und alle möglichen Freunde aus der Stadt, die in den vergangenen Monaten seine Gesellschaft vermisst hatten. Das Haus war zu jeder Uhrzeit zum Bersten gefüllt und sehr laut.

Eines Nachts fuhr ein Bekannter seinen Wagen in eine Ecke des Hauses und fiel auf die Hupe. Ich rannte in meinem Morgenmantel hinaus, in dem Glauben, er sei tot, aber er war lediglich betrunken. Und es war auch niemand mehr da. Sie waren alle auf einen Absacker in die Stadt gefahren.

»Ich kann so nicht arbeiten«, erklärte ich Ernest.

»Vielleicht solltest du in die Stadt ziehen? Ins Ambos. Ich kann dafür sorgen, dass man dort das beste Zimmer für dich reserviert.«

»Ich möchte nicht in einem Hotel leben. Das hier ist mein Zuhause. Weshalb kann es nicht wieder so sein wie früher, ruhig und friedlich? Nur wir beide? Was ist aus jenen Tagen geworden?«

»Zurückblicken macht dich nur unglücklich«, meinte er, da er meinen Ruf nach der Vergangenheit als Beschwerde auffasste. »Das hier ist jetzt unser Leben. Bist du auf meiner Seite oder nicht?« Sein Tonfall war herausfordernd, sein Blick ebenfalls. Er fragte sich, ob ich wieder davonlaufen würde, aber das würde ich nicht tun. Ich war zu kurz davor, *Liana* zu beenden, und ich würde den Schwung für dieses Buch für nichts und niemanden aufs Spiel setzen. Nicht, wenn ich es vermeiden konnte.

—

Ich schloss mich in meinem Arbeitszimmer ein, krempelte die Ärmel hoch und gab mir einen letzten Stoß, um den Roman zu vollenden. Keine Reisen mehr, keine Artikel, keine Lunches in der Stadt, keinerlei Ablenkungen. Es gab nur noch Liana und ihre Welt, die sich atemberaubend und wundervoll und furchterregend und unerträglich anfühlte, genau wie die Liebe. Drei Wochen später, am 27. Juni, schrieb ich das Wort *Ende* und starrte es an, zitternd und voller Freude und Unglauben und Erstaunen und Dankbarkeit. Das Buch war tatsächlich und wahrhaftig fertig. Ich hatte alles von mir hineingesteckt. Was auch als Nächstes geschehen mochte, ich hatte keine Mühe gescheut, war weder auf Nummer sicher gegangen noch bei irgendeinem Wort feige gewesen.

»Glaubst du, dass es wirklich gut ist?«, fragte ich Friendless. Sie saß auf einem der Bücher, die überall verstreut herumlagen, und blickte mich mit diesen unheimlichen grünen Augen an, die nicht von dieser Welt zu sein schienen.

Der Blick einer Katze scheint einen gelegentlich auf die eigenen Fragen zurückzuwerfen, und das tat nun auch Friendless' Blick. Sie blinzelte, dann verharrten ihre Augen auf mir. *Glaubst du, dass es wirklich gut ist?*

»O Gott, ich hoffe es. Ich hoffe es wirklich, mehr als alles andere auf der Welt.«

Ich stapelte die Seiten und ließ für eine Weile meinen Kopf auf ihnen ruhen, sprach jene Form von Gebet, die einem Schriftsteller für die Gaben einfällt, die von irgendwoher kommen, sowohl von innen als auch von außen. Dann ging ich durch das dunkle Haus zum Pool, streifte am Beckenrand meine Kleider ab und glitt durch den kühlen Film der Wasseroberfläche, tauchte unter und trat kräftig mit den Beinen, während mein Mund Blasen hinter sich herzog. Auch dies war ein Gebet.

Fünfundsechzigstes Kapitel

Ich hatte seit Langem befürchtet, Bumby werde eingezogen, doch dazu kam es dann gar nicht erst. Er meldete sich freiwillig und brach mir und zweifellos auch seiner Mutter damit das Herz. Ernest schwor, er habe keine Angst um Bum und sei stolz auf ihn, aber ich verstand das nicht, schließlich konnte er uns jeden Augenblick genommen werden, und mit ihm sein Mut und sein feines Herz.

»Versuch, dir nicht so viele Sorgen zu machen«, sagte Ernest. »In Fort Riley wird ihm nichts zustoßen, und vielleicht ist das Schlimmste schon vorbei, wenn er hinüberfährt.«

»Ich bete zu Gott, dass du recht hast«, erwiderte ich und schrieb Bum nach Kansas, wo er seine Ausbildung zum Offizier absolvierte, dass ich ihm zwei Engel schicke, die über ihn wachen sollten, einen für jede seiner schönen Schultern. Er mochte sie nicht einmal spüren, denn es seien ganz leichtfüßige Engel, aber sie würden ihn auf Schritt und Tritt begleiten und dafür sorgen, dass er zurück nach Hause komme. Und nach seiner Rückkehr würden wir dann unter den Obstbäumen der Finca spazieren gehen und über alles reden, so wie wir es immer getan hatten, denn es gebe nichts Besseres als Gespräche mit einem guten Freund.

Ich schickte den Brief ab und versuchte dann, mich von weiteren Sorgen abzulenken, indem ich das Haus und auch mich selbst für Ernests vierundvierzigsten Geburtstag auf Vordermann brachte. Ich hatte mein Haar recht wild wachsen und auch meinen Körper auseinandergehen lassen. Nun begann ich also, wieder auf mein Gewicht zu achten, bräunte mich von Kopf bis Fuß und rieb mich mit Lotionen und Cremes und Salben ein.

In all das Putzen und Vorbereiten platzte ein Anruf von Charles Colebaugh von *Collier's*. Die Alliierten hätten begonnen, Rom zu bombardieren, und hofften auf eine Kapitulation Italiens. Außerdem werde geflüstert, wir würden bald in Frankreich einmarschieren.

Ich war fasziniert und hatte lauter Fragen. »Ich dachte, Frauen wären an der Front nicht mehr erlaubt«, meinte ich zu Colebaugh.

»Das ist auch noch immer so. Sie würden keine offizielle militärische Akkreditierung bekommen. Aber wenn Sie zunächst nach England reisen und sich von dort aus auf den Weg nach Italien und Frankreich machen, dann stoßen Sie mit Sicherheit auf gute Geschichten. Das gelingt Ihnen schließlich immer. Wir können Ihre Kosten für drei Monate decken.«

Nachdem wir aufgelegt hatten, blieb ich lange reglos stehen, starrte das Telefon an und war äußerst berührt, dass Colebaugh an mich glaubte. Dieser Krieg war das Furchterregendste, das die Welt je gesehen hatte. Wer wusste schon, wie wir alle ihn überleben sollten? Wer wusste überhaupt, was nun zu tun war, außer, sich ganz fest an die Hoffnung und an jene zu klammern, die man liebte? Aber da war noch etwas anderes. Ich konnte darüber schreiben. *Collier's* hatte mittlerweile eine Leserschaft von zehn Millionen, und sie alle würden sehen können, was ich gesehen hatte, wenn ich den Mut aufbrachte, mich dorthin zu wagen. Dies war eine seltene Gelegenheit. Wie sollte ich mir die entgehen lassen?

Als Ernest endlich nach Hause kam, hatte er einen kohlschwarzen Bart und eine verbrannte, sich pellende Nase. Ich schloss ihn in meine Arme, küsste ihn ein Dutzendmal und nahm ihn dann mit ins Bett. Zwei ganze Tage verließen wir das Schlafzimmer nur, um an den Pool zu gehen, und verließen den Pool wiederum nur, um zu unseren Liegestühlen zu kriechen. Dort saßen wir in unseren Morgenmänteln, quietschend sauber und von der Sonne gebleicht und ganz nüchtern. Die Katzen streckten sich neben uns aus, schlaksig und behaglich. Boise mit seinem ganz stillen Schnurren. Friendless auf dem Rücken, mit dem Schwanz zuckend.

»Ich wünschte, es wäre immer so einfach«, sagte ich.

»Jetzt gerade ist es das, oder nicht?«

Die Sonne stand hinter den Bäumen und ließ sie wie ausgeschnitten wirken, sorgfältig herausgetrennt und ganz vorsichtig gegen den Himmel gelehnt. Ich sah sie unendlich lange an und dachte nach. Wäre ich so erfreut von der Vorstellung, in den Krieg zu ziehen, wenn nicht Ernest und die Finca auf mich warten würden? Und würde ich hier jemals wahrhaftig zufrieden sein, wenn ich nicht auch von Zeit zu Zeit fortgehen und meine Arbeit tun könnte? Die Fragen hingen nur für einen Augenblick in der Luft, da die entsprechenden Antworten offensichtlich schienen. Ich wollte nichts von dem verlieren, was ich hatte. Zugleich wusste ich nicht, wie ich weitermachen sollte, ohne alles aufs Spiel zu setzen.

»Ich möchte nicht, dass wir jemals so verheiratet sind, dass wir nicht mehr wir selbst sein können«, sagte ich.

»In Ordnung.« Ich vernahm einen Hauch Vorsicht in seiner Stimme. Wahrscheinlich konnte er mein Dilemma riechen, auch wenn ich nicht vorgehabt hatte, es ihm mitzuteilen. »Was möchtest du stattdessen?«

»Statt immer höflich und schrecklich vorsichtig zu sein, meinst du?«

»Ja.«

»Ich möchte, dass uns genügend Raum bleibt, um so wild und frei zu sein, wie wir es eigentlich sind, ich möchte, dass wir wirklich miteinander sprechen können. Das vermisse ich nämlich am meisten, wenn du fort bist. Du bist schon immer mein liebster Gesprächspartner gewesen.«

»Das ist schön.«

»Das ist es. Es ist wirklich schön, Rabbit, aber es gibt da auch noch jene anderen Seiten in mir, und ich weiß nicht recht, ob diese Seiten zusammenpassen, ob sie es überhaupt können. Ich will leidenschaftlich an die Dinge herangehen und meinen Geist füttern und die Welt bereisen. Ich möchte lieber auf eine düstere, gefährliche Weise glücklich sein, wie auf Messers Schneide, als von meinem Weg abzukommen und mich selbst zu verleugnen.«

Er hatte mich mit ernster Miene betrachtet, während ich sprach. Nun sagte er: »Deshalb hast du nie zugestimmt, dass wir ein Kind bekommen.« Es war keine Frage, sondern eine Feststellung, in der ein großer Schuss Traurigkeit steckte, mehr denn Schärfe oder Boshaftigkeit.

»Ich liebe Kinder ja. Deine Kinder liebe ich sogar ganz schrecklich. Ich weiß es doch auch nicht. Vielleicht hätten wir es schon vor Ewigkeiten tun sollen, direkt nach unserer Hochzeit oder sogar noch davor. Es fühlt sich einfach so an, als hätten wir den richtigen Zeitpunkt dafür bereits versäumt.«

»Ich weiß. Das kann ich auch spüren. Es kommt mir nur so furchtbar unfair vor, wenn ich daran denke. Männer können sich nach einem Kind sehnen, aber nichts in dieser Richtung unternehmen. Immer hat die Frau das letzte Wort. Und wenn das ein Nein ist, dann muss man mit diesem Nein leben.«

Er sagte dies mit einer Ruhe und einer Sachlichkeit, dass mir ganz schlecht wurde. »Es tut mir leid«, sagte ich, da ich nicht wusste, was ich sonst sagen sollte. Und dann sagte ich das Wahrhaftigste, das mir einfiel: »Ich liebe dich.«

Wir hatten einem benachbarten Bauern für Ernests Geburtstag ein Schwein abgekauft, das wir nun brieten. Wir gaben für all unsere Freunde ein Festmahl, mit einem Alkoholvorrat, der für eine doppelte und dreifache Anzahl an Leuten genügt hätte. Das Haus und das Anwesen waren so hübsch herausgeputzt wie noch nie, alles lief glatt, und das Essen war köstlich. Ernest hielt mehrere Reden, und Gregorio, Ernests Erster Offizier, rezitierte Verse aus einem Gedicht und überraschte damit die ganze Runde. Die Pelotaspieler wiederum sangen und musizierten wunderbar, und alle wurden leicht betrunken und dann sehr betrunken und schließlich sturzbetrunken.

Nicht das Trinken bereitete mir Sorge und ließ mich innerlich ein wenig auf Distanz gehen. Es war auch nicht die Tatsache, dass die Basken begonnen hatten, einander am Tisch zuerst mit dem Silberbesteck und dann mit Brötchen zu bewerfen. Es lag noch nicht einmal daran, dass ich in all dem Lärm und Chaos meine eigenen Gedanken nicht mehr verstehen konnte. Nein, mich richtete ein Lied zugrunde. Es war eins meiner Lieblingslieder und das erste baskische Lied, das ich gelernt hatte, jenes über den Mann, der von seiner Vogel-Geliebten gequält wird.

Sie fliegt mit dem Mond, lautete der Text, *und nimmt mein Herz mit sich.* Das Lied war mir stets wehmütig und ein wenig romantisch vorgekommen, es beschrieb die schwierigen Lektionen der Liebe. Doch als Felix es an diesem Abend sang, mit hoher, klarer, klagender Stimme, hörte ich aus dem Lied noch etwas Neues heraus. Mir wurde bewusst, dass es darin ebenso sehr um die Frau ging wie um den Mann. Wenn sie davonfliegt, dann nicht etwa, weil sie grausam ist oder den Mann nicht lieben kann oder einen anderen liebt, sondern allein deswegen, weil sich in ihrem Inneren nun einmal ein Vogel befindet, der frei sein muss. Er ist ein Teil ihres Wesens.

Als das Lied vorbei war, versuchte ich, Ernests Blick zu erhaschen. Ich wollte ihm sofort von Europa berichten, *sofort*, bevor mich der Mut verließ, solange ich die Weisheit des Liedes noch aufleuchten spürte. *Sieh mal*, wollte ich sagen, *als du dich in mich verliebt hast, musst du dich auch in meine Flügel verliebt haben. Liebe sie auch jetzt. Liebe mich. Liebe mich, und lass mich gehen.*

Sechsundsechzigstes Kapitel

Ich hatte London seit fünf Jahren nicht gesehen und konnte meinen Blick nicht von der Stadt abwenden, sie hatte sich so sehr verändert. Über eine Million Häuser waren bei den deutschen Luftangriffen beschädigt oder zerstört worden, und viele der berühmtesten Wahrzeichen waren bis zur Unkenntlichkeit zerbombt. Der ganze Horizont schien wie verwandelt. Vielleicht würde er es nun für immer bleiben. Jede zweite Person auf der Straße trug eine Uniform. Krankenschwestern liefen paarweise, während das purpurrote Futter ihrer wollenen Umhänge um sie flatterte und sich blähte. Die Barette der jungen Männer aus der Fallschirmjägertruppe leuchteten sogar noch roter. Glattrasiert und hübsch hoben sie sich von den amerikanischen GIs ab, die überall, wirklich überall waren und auf Befehle für die Invasion Frankreichs warteten. Es sollte noch Monate dauern, bis es so weit war, auch wenn niemand das genaue Datum kannte. Über die geplante Invasion wurde geflüstert, sie war ein Wunsch, ein Traum – der Augenblick, der in diesem Krieg das Blatt wenden sollte. Wenn er denn nur endlich käme.

Ich nahm mir ein Zimmer im Dorchester, das mich so sehr an mein Zimmer in Spanien erinnerte, dass ich mich dort sofort heimisch fühlte – die gleichen leicht verblassten Cretonnevorhänge und Sesselbezüge, die gleiche klopfende Heizung und das gleiche winzige Badezimmerwaschbecken. Auch Ginny Cowles hatte ein Zimmer im Dorchester, genau wie viele andere der Korrespondenten, die ich in Madrid und später in der Tschechoslowakei und in Finnland kennengelernt hatte. Diese Tatsache ermutigte und tröstete mich, es war, als würden wir alle noch immer eine Art Bruderschaft bilden oder sogar eine Familie. Das hatte ich schmerzlich vermisst.

—

Ich weiß, dass du nicht verstehst, weshalb ich hier sein muss, schrieb ich an Ernest, *aber bitte gib mich nicht auf. Du gehörst zu mir, und ich gehöre zu dir. Zweifele niemals daran oder daran, dass ich dich liebe.*

Ich kann mir etwas Befriedigenderes vorstellen, als dass du mich von London aus liebst, schrieb er zurück. *Komm rasch nach Hause, Rabbit. Ich weiß, dass ich es dir in letzter Zeit nicht oft gezeigt habe, aber ich bewundere deinen Mut und deinen Verstand und dein Herz mehr als alles andere, was ich je zu Gesicht bekommen habe, also bitte pass dort drüben auf dich auf, denn ich könnte es nicht ertragen, ohne dich weiterzumachen, und wüsste auch nicht, wie. Ohne dich, bitte begreife das, gibt es für mich keine Daseinsform mehr. Die Traurigkeit und die Einsamkeit scheinen mich bereits fest im Griff zu haben, und ich frage mich, wie es so Woche um Woche weitergehen soll. Die Cotsies haben einen Familienrat einberufen und beobachten mich besorgt. Sie schicken liebe Grüße und sagen, genau wie ich: Komm zurück nach Hause.*

—

Ich las seinen Brief wieder und wieder, bis ich ihn auswendig kannte. Seine zärtlichen Worte versetzten meinem Herzen einen Stich, ebenso die Vorstellung, dass er dort allein mit den Katzen war und sich verloren fühlte. Er bemühte sich nach Kräften, mich tun zu lassen, was ich tun musste. Ich sah diese Anstrengung und wollte über den Ozean hinweg nach ihm greifen, ihn im Arm halten und ihm sagen, dass es auch ohne ihn keine Daseinsform mehr gab. Überhaupt keine.

Vielleicht wurden die Dinge für uns beide durch die Entfernung etwas klarer. Ich hoffte es, während ich auf meine offiziellen Korrespondentenausweise und meinen ersten Auftrag wartete. Als es so weit war, fuhr ich zu einem Flugplatz auf dem Land, in Woodhall Spa in Lincolnshire. Die British Lancasters, die zu den schwersten Bombenflugzeugen in diesem Krieg gehörten, flogen dort zu Dutzenden ein und aus. Dabei vibrierte die Luft dermaßen, dass man glaubte, es würde einen auseinanderrütteln oder zumindest ein wenig in den Wahnsinn treiben. Ich sah zu, wie sie in ihrer tödlichen schwarzen Formation davonschwirrten, und beobachtete dann, wie sie zurückkehrten, nachdem sie ihre Ladung fallen gelassen hatten. In der Zwischenzeit machte ich mir fleißig Notizen über den Stützpunkt. Es gab einen kleinen

Landgasthof, in dem die Piloten in langen wollenen Strickjacken und Pantoffeln vor dem rauchenden Kaminofen saßen und bottichweise milchigen Tee tranken und ausgeliehene Schundromane lasen, während sie auf ihren nächsten Einsatz warteten. Sie wirkten dort wie beliebige Männer, die sich warm hielten und abwarteten, bis das Signal kam. Dann schlüpften sie in ihre Anzüge und kletterten in jene großen massigen Vögel, um im Flug den Tod zu bringen. In all dem sah ich das Potenzial einer Geschichte.

Auf dem Weg zurück nach London begann ich, über die »Bomber Boys« zu schreiben, wie ich sie im Kopf zu nennen begonnen hatte, fing mir unterwegs jedoch eine fürchterliche Erkältung ein, die sich hartnäckig festsetzte, zu einer Grippe wurde und dann zu einer Gastritis, alles auf einmal. Ich konnte meine Temperatur nicht unten halten und keinen Bissen zu mir nehmen und fühlte mich wie irgendein sterbendes Tier. Noch schlimmer war, dass keine Briefe von Ernest mehr kamen.

Ich wusste, dass er nicht mit seiner Crew auf dem Meer unterwegs war, da seine Mission auf unbestimmte Zeit ausgesetzt worden war. Sein Schweigen war umso beunruhigender, als er nur eine Woche zuvor noch so liebevoll geschrieben hatte. War er zu Hause in noch tiefere Verzweiflung versunken und hatte angefangen, sich im Floridita und im Frontón krankzutrinken? War er mir weiter entglitten, an einen Ort, an dem ich ihn nicht mehr erreichen konnte? Es trieb mich in den Wahnsinn und erzeugte ein Gefühl von Hilflosigkeit. Ich wusste, dass meine dermaßen lange Abwesenheit ihm zu schaffen machen musste, und ich konnte ihm nicht in die Augen sehen und mit ihm darüber sprechen. Ich konnte ihn nicht erneut an mich ziehen und ihm versichern, ich sei sein und würde es auch für immer bleiben, wohin ich auch gereist sein mochte. Im Grunde konnte ich nichts tun, außer mich zu sorgen, krank und dumm, und auf irgendwelche Neuigkeiten zu warten. Und zu hoffen, es mögen gute Neuigkeiten sein, uns möge nichts zustoßen.

Siebenundsechzigstes Kapitel

Er wusste, dass man, wenn es schlimm wurde, ganz stillhalten musste, zuerst körperlich, dann geistig. Wenn er lange genug still dalag, konnte er sich tiefer und tiefer fallenlassen, bis er diese Insel der Ruhe in sich gefunden hatte. Dieser Ort der Ruhe war stets da, man konnte ihn nur nicht immer erreichen.

Der Fußbodenbelag, den sie für das Haus ausgewählt hatten, bestand aus geflochtenen Matten, die gut für dieses Klima waren und, wie sich herausstellte, auch gut für die Katzen und für ihn. Überall im Zimmer standen Möbel, bequeme Möbel, in die man einsinken konnte, aber nichts fühlte sich richtig an, ehe er auf dem Fußboden lag, die Füße gegen den Sessel stützte und die Lampe über sich zog, bis das Licht direkt neben seiner Schulter einen weichen Kreis bildete. Die Matten waren steif, aber das war in Ordnung. Er legte eine Decke darauf, als würde er zelten, zog dann ein Kissen vom Sofa und hatte sich einen hübschen Platz geschaffen.

Nach kurzer Zeit schaukelte Friendless hin und her, kam zu ihm und legte sich dann zu seiner Rechten an seine Taille, direkt unter seinen Arm, mit dem er seine Zeitung in den Lichtkreis hielt. Boise gab sich mit nichts weniger als dem besten Platz zufrieden, mitten auf seiner Brust, wo er sich mit seinem warmen Gewicht einrollte und mit einer Reglosigkeit liegen blieb, die sich für Ernest immer wie Liebe anfühlte. So wie Fische über eine gewisse Schnelligkeit verfügten, war Katzen eine besondere Reglosigkeit zu eigen. Das war ihr Geschenk, und man konnte viel lernen, wenn man sie dabei beobachtete, wie sie diesen Zustand erreichten. Wenn man sich neben sie legte und seinen Atem dem ihren anpasste, glaubte man manchmal, ein großes, sehr besonderes Geheimnis gelüftet zu haben.

Er hatte nicht immer verstanden, worum es bei Katzen ging. Er hatte auch sich selbst nicht immer verstanden. Als er noch jung war, war es ihm oft so vorgekommen, als könnte ihn so gut wie alles in die Knie zwingen. Er fühlte zu viel. So sah es in Wahrheit aus. Er nahm zu viele Dinge im Blick anderer Menschen wahr, so dass er selbst bei einer Mahlzeit im Kreis seiner Familie das Gefühl bekommen konnte, aufzureißen und bloßgelegt zu werden. Seine Eltern erkannten das bald, da er noch nicht gelernt hatte, es zu verbergen, aber sie konnten ihm nicht helfen. Niemand konnte ihm helfen, bis er nach und nach lernte, diese verwundete, zurückschreckende Stelle in seinem Inneren zu versiegeln, und eine beinahe chirurgische Erleichterung verspürte. Er hatte viel Zeit und eine Menge Konzentration gebraucht, um es zu lernen.

Dass er es schaffen und darauf vertrauen konnte, mit dieser Methode durchs Leben zu kommen, hatte er zum ersten Mal gewusst, nachdem Agnes' Brief eingetroffen war. Darin teilte sie ihm mit, dass es vorbei sei und dass es falsch von ihr gewesen sei, ihm Hoffnungen zu machen. Sie hatten heiraten wollen, und er hatte ihr geglaubt. Er hatte es seinen Freunden und seiner Mutter erzählt und war dann überzeugt davon gewesen, er könne es nicht ertragen, ihnen nun irgendwie erklären zu müssen, es sei alles nur ein Fehler gewesen oder gar Schlimmeres. Er hatte nicht geglaubt, dass er ihren Verlust überleben könnte, aber er tat es. Später sollte er erfahren, wie viel mehr noch zu verlieren war und wie tief Liebe tatsächlich gehen konnte und wie sie einen selbst und alles, was man über das Leben zu wissen glaubte, in Fetzen reißen konnte. Etwa wenn man zwei Menschen liebte und voller Furcht war, da man wusste, man würde sie jederzeit beide verlieren können und dann gar nichts mehr haben. Oder wenn man einen Menschen zu sehr liebte und sich nicht mehr sicher sein konnte, wer man ohne diesen Menschen war. Dann musste man jeden Kniff anwenden, den man jemals gelernt hatte, wenn nicht sogar noch mehr.

Der Wind draußen wurde nun heftiger. Er musste nicht ans Fenster treten, um ihn aus dem Westen herbeiwehen, ihn durch die Bäume fegen und an ihren Ästen rütteln zu sehen. Auf dem Weg, der zum Haus heraufführte, und draußen hinter dem Pool, wo der Urwald dicht und hoch wuchs, würde nun alles in Bewegung geraten, hin und her schaukeln wie dunkles Wasser. Doch Boise verlor seinen ihm eigenen Rhythmus nicht. Falls der Kater den Wind spürte, ließ er es sich nicht anmerken. Er wurde lediglich schwerer und noch mehr er selbst, als sänke er tiefer in seine Knochen hinein. Als ergäbe er sich dem tatsächlichen Lauf der Dinge. Ernest spürte all dies auf seiner Brust und begann, die nötigen Anpassungen vorzunehmen. Er verlangsamte seine Atmung, spürte das Ansteigen und Absinken seiner Brust und seines Bauches unter der Katze, bis er schließlich spürte, dass auch er selbst schwerer auf der Decke und Matte lag, auf allem, was sich unter ihm und um ihn herum befand.

Er griff nach seinem Glas und behielt den Whiskey lange im Mund, wo er auf angenehme Weise brannte. Und dann, als er wusste, dass er an einen Ort gelangt war, der tatsächlich sehr ruhig war, ganz still, nahm er die letzte Anpassung vor. Die Wärme und Schwere des Katzenkörpers sank in ihn und durch ihn hindurch. Und da wusste er, dass er stark und ruhig genug war, um spüren zu können, dass Marty tatsächlich gegangen war. Er würde sie nicht zurückbekommen, er hatte sie fortgestoßen. Zwischen ihnen war etwas zerbrochen, oder hatte er es zerbrochen?

In seinem Kopf und tief in seinem Inneren löschte er sie aus, um zu sehen, ob er es ertragen konnte. Sie war nicht unterwegs, sagte er sich. Sie arbeitete nicht, und sie erfüllte auch nicht ihren Auftrag und fuhr dann zu ihm zurück. Sie fuhr nicht in einem Konvoi oder sprach mit Menschen, um deren Geschichten zu erfahren. Sie war nicht in ihrem Hotel und schlief zusammengerollt auf der Seite wie ein Kind, sondern sie war vollkommen verschwunden, aus und vorbei. Sie war nicht seine Frau, denn er hatte keine Frau.

Bei diesem letzten Gedanken hielt er inne und lauschte nur noch auf seinen Atem unter dem Gewicht der Katze. Sein Herz schlug noch immer. Der Boden unter ihm war noch immer da, auch die Decke in seinem Rücken. Boise öffnete seine goldenen Augen, öffnete sie dann noch einmal, und die zweiten Lider blitzten auf wie etwas Seltsames, Metallisches, das ihn segnete.

»Würdest du doch nur Whiskey mögen«, sagte er zu der Katze. »Dann wäre nun wirklich alles in Ordnung.«

Die Katze rührte sich nicht einmal ein bisschen. Sie saß auf seiner Brust, so reglos wie eine Sphinx und unendlich ruhig. Er wusste, dass es eine sehr lange Nacht werden würde. Er schloss die Augen und spürte das Haus um sich und sich selbst darin. Das Unwetter bildete einen Ring um das Haus, und der Himmel bildete einen Ring um das Unwetter, und das Meer drängte um alles herum nach außen und tastete sich gen Osten vor, bis es auf England stieß, und dort war sie, auch wenn sie zugleich nirgendwo war. Er spürte ihre Abwesenheit selbst an dem Ort, den er zu töten versucht hatte. Er spürte sie durch sich hindurchfließen wie sein eigenes Blut. Ja, verdammt, es würde eine lange Nacht werden.

Achtundsechzigstes Kapitel

Als Frau wurde man in vielerlei Hinsicht in die Randbezirke des Krieges in Europa gedrängt, aber in diesen Randbezirken befanden sich interessante Menschen, und ich sprach mit so vielen von ihnen, wie ich konnte. Auf Bahnhöfen und in Kasernen, in Ladenlokalen und Pubs und Kantinen sah ich ihnen in die Augen, während ich Fragen stellte, und schrieb auf, was sie sagten und was ich beim Zuhören fühlte. Nachts saß ich beim Licht der einzigen Glühbirne neben meinem Bett lange wach oder ging manchmal durch Londons verdunkelte Straßen und dachte über das nach, was ich gesehen und gehört hatte, wälzte alles in meinem Kopf umher, bis ich das Gefühl hatte, Schritt für Schritt das Wesen dieses Krieges zu begreifen. Ich war schon immer jemand gewesen, der sich die Dinge mit den eigenen Füßen erlaufen und sie mit den eigenen Augen sehen musste. Das tat ich nun und versuchte, mich dabei auf jeden einzelnen Tag zu konzentrieren, auf jede Begegnung, und mich von meiner Ehe nicht zu tief nach unten ziehen zu lassen.

Ich schrieb meine Artikel schnell, sie purzelten geradezu aus mir heraus, und in dem Großteil von ihnen ging es um gewöhnliche Menschen, die mich schon immer am meisten interessiert und berührt hatten. Ich stand an ihrer Seite und beobachtete sie, bis ich das Besondere an ihrer Geschichte in Erfahrung bringen konnte, bis ich wusste, was daran wahr und wissenswert war.

Die härteste von allen Geschichten hörte ich vielleicht von einem polnischen Flüchtling, der gerade eben noch lebend aus seinem Dorf entkommen war. Die Deutschen hatten die meisten Männer in Arbeitslager und jene ihrer Ehefrauen und Töchter, die ihnen begehrenswert erschienen, in Bordelle an der Ostfront verschleppt. Die anderen Frauen wurden ebenfalls zur Arbeit gezwungen oder mussten sich manchmal auch ein flaches Grab schaufeln und sich davorstellen, ehe sie ohne Umschweife erschossen wurden. Manche Polen wurden zu Dienern oder Leibeigenen auf ihren eigenen gestohlenen Höfen. Die meisten Juden wurden auf der Stelle erschossen, wo immer man sie fand.

Ich beobachtete den Mann genau, während er mir all dies erzählte. Er war spindeldürr und gelbsüchtig, mit breiten gelben Ringen unter den Augen. Er konnte nicht älter sein als vierzig, schätzte ich, und hatte Dinge gesehen, die niemand sehen sollte, weder in seinem noch in irgendeinem anderen Alter.

»Sie bringen Millionen Juden um«, sagte er.

Ich hörte ihn. Seine Worte klirrten in meinem Kopf wie etwas, das auf einem Amboss gehämmert wurde, aber zugleich konnte ich sie nicht vollständig aufnehmen. Die Zahl war zu riesig, zu scheußlich. Das Leid beinahe unvorstellbar. »Wie viele haben einen Weg gefunden zu entkommen, so wie Sie?«

Er zuckte die Achseln. »Vielleicht werden wir es eines Tages wissen, jedenfalls nicht genügend. In meinem Dorf wurde jeder, der einem Juden auch nur eine Scheibe Brot gab, augenblicklich erschossen.« Sein Gesichtsausdruck veränderte sich, als er mir erzählte, dass seine Eltern in ein Arbeitslager geschickt worden waren. »Ich kann mir nicht vorstellen, dass sie noch am Leben sind. Und ich weiß nicht, wohin meine Tochter gebracht wurde. Sie ist vierzehn.«

Mir fehlten die Worte. Ich wollte seine Hand ergreifen, ein Gebet sprechen, um alles weinen, was ihm geraubt worden war, aber nichts davon wäre richtig oder genug gewesen. Schließlich dankte ich ihm für seine Ehrlichkeit und erklärte ihm, wie wichtig mir unsere Begegnung schien. Die Leser in den Staaten würden nun genau erfahren, welch entsetzliche und abscheuliche Dinge in seinem Land und anderswo geschahen. Als er sich dann entfernte, sah ich ihm nach und hatte das Gefühl, kaum noch aufstehen zu können.

Ich traf einen weiteren Polen, der mir vom Warschauer Ghetto berichtete, um das es eine drei Meter hohe und zu allen Seiten bewachte Mauer gab. Hinter diese Mauer waren vier- bis fünfhunderttausend Menschen getrieben worden, die dort verhungerten und gegen Typhus ankämpften und zusehen mussten, wie die Nazis willkürlich Menschen durch die Straßen hetzten und mordeten, wie es ihnen gerade in den Sinn kam. Er war entkommen, indem er von einem Zug gesprungen war, der ihn in ein Arbeitslager in Preußen hatte bringen sollen. Als er zurück nach Warschau kam, hatte er sein Aussehen verändert, sich einen neuen Namen zugelegt und für gefälschte Papiere gezahlt. Der Mann, der er zuvor gewesen war, existierte nicht mehr. Er wusste nicht, wie er seinen noch lebenden Familienmitgliedern die Wahrheit übermitteln sollte, ehe der Krieg vorbei war.

Ich wollte ihm versichern, dass der Krieg bald vorbei sein musste, aber ich glaubte nicht daran, und selbst wenn er noch im selben Augenblick enden würde, wäre es bereits viel zu spät für die Juden. Die Wahrheit zu erfahren und sie aufzunehmen war, als würde man Gift schlucken. Meine Artikel würden dieses Gift nehmen und es an jeden einzelnen meiner Leser weiterreichen wie einen furchtbar dunklen Kuss – aus diesem Grund war ich hier und nicht zu Hause, und aus diesem Grund hätte auch Ernest eigentlich hier sein sollen. Doch er konnte es nicht, wie ich mit einer ganz besonderen Traurigkeit feststellte. Er hatte etwas verloren, das für ihn womöglich absolut essenziell gewesen war, und hatte nun Angst bekommen. Vielleicht war es doch zu viel für ihn gewesen, dass er das Buch seines Lebens geschrieben hatte, und nun konnte er keine Risiken mehr eingehen. Vielleicht saß ihm die Mitte seines Lebens im Nacken oder das Wissen, dass Bum bald nach Frankreich gesandt werden würde, was er noch immer nicht wahrhaben wollte. Was es auch sein mochte, ich erkannte, dass ihm der Krieg nun Furcht einflößte, ebenso wie sein eigener Tod. Und auch ich, und er selbst. Alles.

Ich schrieb ihm erneut, aus tiefstem Herzen, und sagte ihm, wie dringend ich ihn hier brauchte, für mich und für all die Leser, die die Wahrheit so hören mussten, wie nur er sie zu schreiben verstand.

Seine Antwort hätte nicht eindeutiger ausfallen können. Er schrieb, ich möge ja vielleicht genau da sein, wo ich sein wollte, wie es meistens der Fall sei, er jedoch könne unmöglich kommen. Sein Kriegsbeitrag in Kuba sei zu wichtig, um ihm einfach den Rücken zu kehren. Er werde durchhalten, das sei seine Aufgabe. Währenddessen sei er einsam, auf eine scheußliche, schreckliche, widerwärtige Weise einsam, »wie jemand, dem man das Herz herausgeschnitten hat«. Er endete nicht mit dem Wort »Liebe«, sondern mit »Bis dann« und fügte noch hinzu, vielleicht werde er mich bald sehen, vielleicht aber auch nicht.

Ich war nun bereits über vier Monate fort, länger als je zuvor. Zu lang, wie mir bewusst wurde. Seine Einsamkeit hatte sich verhärtet und war in etwas anderes umgeschlagen. Nun war er nur noch verbittert und würde sich keinen Zentimeter mehr in meine Richtung bewegen, konnte es womöglich auch gar nicht. Wir schienen in eine entsetzliche Sackgasse geraten zu sein. Auch er schnitt mir mein Herz aus dem Leib, und ich wusste nicht, was ich denken oder tun sollte. Also las ich das Ganze noch einmal, hielt den Brief weit weg von meinem Körper, wie etwas, das mir Böses antun wollte und es auch bereits getan hatte.

Neunundsechzigstes Kapitel

Bis Ende Januar 1944 hatte ich sechs der sieben Artikel, die ich *Collier's* versprochen hatte, vollendet und abgeschickt. Die Zeitschrift war zufrieden mit meiner Arbeit und teilte mir dies auch mit. Sie druckte sogar ein Foto von mir neben einer kurzen Kolumne ab, in der stand, unter den »Korrespondentenmädchen« steche ich hervor, da ich »ziemlich nah an Hollywoods Vorstellung von einer hochrangigen weiblichen Reporterin« heranreiche. Ich wusste nichts von Hollywood und scherte mich auch nicht darum, aber mir gefiel der Gedanke, dass ich nun eine echte Leserschaft besaß, die meinen Blick auf die Dinge schätzte und meine Stimme erkannte, wenn sie ihr begegnete. Das war in meiner Anfangszeit noch ganz anders gewesen.

Ich entschied, nach Italien aufzubrechen, wo die Alliierten direkt unterhalb von Cassino monatelang durch eine brutale deutsche Verteidigung aufgehalten worden waren. Ginny Cowles hatte sich bereits dorthin aufgemacht und mir geschrieben, sie sei Herb Matthews über den Weg gelaufen, und die beiden warteten nun mit einer großen Flasche Whiskey auf mich.

Mein Herz schwoll an bei dem Gedanken, Matthews wiederzusehen und wie in alten Zeiten Seite an Seite mit ihm zu arbeiten. Während ich mich darauf vorbereitete, London zu verlassen und ihm hinterherzufahren, erreichte mich ein Päckchen mit Besprechungen meines Romans *Liana*, der soeben in den Staaten veröffentlicht worden war. Nur eine von ihnen war geringschätzig und bezeichnete mich allein als Hemingways Ehefrau, ohne etwas Substanzielles über das Buch zu sagen. Die anderen verwendeten meinen eigenen Namen und lobten, was ich getan hatte. Ich sei in künstlerischer Hinsicht erwachsen geworden, wurde in einer geschrieben. In einer anderen wurde erwähnt, dass ich in der Lage zu sein scheine, insbesondere die weiblichen Figuren mit mehr Feingefühl und Zurückhaltung zu handhaben als mein wesentlich berühmterer Ehemann. Dieser schwindelerregenden Behauptung folgte ein Brief von Max, in dem er ausführte, wie zufrieden *Scribner's* mit den vorläufigen Verkaufszahlen sei. Die erste Auflage des Buches von siebenundzwanzigtausend Exemplaren sei bereits verkauft, und es stehe auf allen großen Bestsellerlisten.

Ich war überglücklich, das war ich wirklich, aber zugleich schienen diese guten Neuigkeiten zu einer anderen Martha Gellhorn zu gehören. Diese hier packte gerade ihre Umhängetasche und eilte nach Algier und von dort aus weiter nach Neapel, wo sie sich einem langen Konvoi aus Lastwagen und Jeeps und Panzern und Krankenwagen anschloss, der durch nicht enden wollenden Schlamm bis zur Front fuhr. Wochenlang regnete es, bis alles glitschig und nass und braun war, die kleinen Ortschaften, durch die wir krochen und die vom schweren Beschuss in Schutt gelegt worden waren, die gesprengten Brücken und geplünderten Bauernhöfe und die vertriebenen Familien, die sich gen Süden vorkämpften, während wir immer weiter nach Norden kamen, den Deutschen entgegen.

Vor uns lagen jene Berge, die die Franzosen mit ihrem Leben verteidigten, und jene, die sie zurückzugewinnen versuchten, Zentimeter für Zentimeter. Vor mir, sagte ich mir immer wieder, lagen Matthews und Ginny Cowles, die mir einen Platz in einem schlammbespritzten Zelt am Straßenrand freihielten, Whiskey mit ihren Händen wärmten und ein Lachen und all ihre besten Geschichten für mich aufsparten.

Der Konvoi bewegte sich weiter durch die Feuchtigkeit, vorbei an Minenfeldern und Feldlagern, während die Geräusche von Geschütz- und Granatfeuer immer lauter wurden. Meine Schultern schmerzten vor Verspannung. Ich war entsetzt, bewunderte aber auch die französischen Soldaten, die hier festsaßen und mit aller Kraft kämpften, um wieder nach Hause zu gelangen – direkt durch die deutsche Armee hindurch und über Italien zurück nach Frankreich.

Als wir Sant' Elia erreichten, das nur sieben Kilometer von der Front bei Cassino entfernt lag, war soeben ein Krankenwagen, der auf einer Seite des Rapido geparkt hatte, an Ort und Stelle in die Luft gejagt worden, direkt unterhalb des Dorfes. Die ermordete Fahrerin war auf einer Liege ins Lazarettzelt gebracht worden und hielt Blumen in der Hand, die eine ihrer Freundinnen dort platziert hatte – ihre Freundinnen waren die anderen französischen Krankenwagenfahrerinnen. Sie hatten sie in dem Zelt aufgesucht und waren nun wieder zu ihren Fahrzeugen zurückgekehrt, zur heimtückischen Straße und zum Schlamm und zu den pfeifenden Granaten, und sahen dabei im Geiste ihr Gesicht vor sich. Sie hatte wunderschöne Gesichtszüge und Haar in der Farbe von Sommermais, und sie schlief nicht, sondern war ganz und gar verschwunden.

Ich sah zu, wie die Ärzte und die Krankenträger in der unablässigen Kälte mit improvisierter Ausrüstung ihre Arbeit taten, während in einer Ecke ein Transistorradio Swing-Musik von einem Sender hinter der Schweizer Grenze spielte. Als nur noch wenige neue Verwundete hereintröpfelten, lud mich der Chirurg in sein Quartier im Keller eines nahegelegenen Gebäudes ein. Dort war der Lehmboden mit abblätternden Holztüren aus den überall herumliegenden Trümmern bedeckt. Die Türen waren feucht und kalt, aber der Boden darunter sah noch viel schlimmer aus, also hockten wir uns auf die Matratzen vor einen knausrigen Kohleofen und lauschten den Mäusen in den Wänden.

Der Chirurg bot mir einen Schluck italienischen Kognak an, den er aufbewahrt hatte und der nach versengten Pfirsichen und Flieder roch und wie zitterndes Feuer auf meiner Zunge schmeckte. Ich trank dankbar und sandte einen stummen Toast an Matthews, wo auch immer er war, und ebenfalls an Ernest und wünschte mir mit jeder Faser meines Körpers, wir drei könnten in diesem Augenblick beisammen sein, hier bei den feuchten Türen, dem endlosen Schlamm und dem Mörserfeuer, bei Tommy Dorsey und dem Tod. Könnten wir uns nur wieder aufeinander stützen, könnten wir alles ertragen, wirklich alles. Nichts hatte sich jemals so richtig angefühlt wie diese Erkenntnis. Ernest würde sich wieder erinnern und all das in sich aufnehmen und davon vielleicht ein wenig gerettet werden. Das würde er, wenn ich ihn nur hierherholen könnte.

Ehe ich Italien verließ, erreichte mich ein Brief von Bumby. Er war in Algerien stationiert, diente als Militärpolizist und war für eine Spezialeinheit verantwortlich. Er versicherte mir, es gehe ihm gut, aber er habe noch keinen Kampf gesehen und werde langsam rastlos.

GOTT SEI DANK, schoss ich per Telegramm zurück. *DEINE RASTLOSIGKEIT IST DIE BESTE NACHRICHT SEIT LANGEM.*

Er schrieb mir, er werde bald in Algier auf Urlaub sein, also arrangierte ich, ihn auf dem Weg zurück nach London dort zu treffen. Ich dachte, selbst für nur eine Nacht wäre es alle Mühen wert. Und so war es auch.

Sobald ich Algier erreichte, ergatterte ich für uns beide Einladungen zu einem Dinner, das von Victor Rothschild abgehalten wurde. Er hatte für seinen Einsatz beim Entschärfen von Bomben, die während des Luftangriffs auf London nicht explodiert waren, soeben die George Medal für Tapferkeit bekommen. In den kommenden Jahren würde viel darüber spekuliert werden, ob er nun ein sowjetischer Spion war, der britische Geheimnisse verkaufte, oder nicht, doch für den Augenblick war er lediglich unser unglaublich schneidiger Gastgeber, der über Blutente und Plumpudding waghalsige Geschichten zum Besten gab. Bumby sog alles gierig in sich auf und hing an Victors Lippen.

»Komm bloß nicht auf dumme Gedanken«, warnte ich ihn. »Papa und ich brauchen dich in einem Stück.«

»Ich höre doch nur zu«, erwiderte er mit einem Augenzwinkern. »Dafür kannst du mich nicht festnehmen.«

Er schien zwei Jahre gealtert zu sein, seit ich ihn an Weihnachten zum letzten Mal gesehen hatte. Es lag an dem schmalen Schnitt seiner Uniform und seinem akkuraten Haarschnitt, aber auch an seinem Blick. Er hatte genug davon, sicher und behütet zu sein, wusste jedoch, dass er mir das besser nicht ins Gesicht sagte.

Nach dem Dinner ging ich mit ihm hinüber zu Victor, der mit einem Pimm's Cup und einer dicken Zigarre dahockte und sich mit Randolph Churchill, dem Sohn des britischen Premierministers, über Fallschirmsprünge unterhielt. Randolph war gerade erst knapp einer Gefangennahme und möglicherweise dem Tod entkommen, nachdem er über Jugoslawien abgesprungen war. Wenn man ihm zuhörte, schien es sich dabei um eine aufregende, furchtlose Angelegenheit gehandelt zu haben. Er wollte unbedingt so bald wie möglich zurückkehren, wieder mitten im Geschehen sein.

Randolph wirkte mindestens genauso verwegen wie Victor, wenn nicht sogar noch verwegener. Die beiden hätten Filmstars sein können, selbst ohne die Unterstützung ihrer sehr berühmten Familien. Und nun wusste ich, dass ich keine Chance mehr haben würde, Bum vom Glück eines ruhigen Postens zu überzeugen. Der Abend verging wie im Flug, und er löcherte die beiden Männer mit Fragen und nickte auf jene Weise, auf die er auch nickte, wenn Ernest ihm ein Detail beim Flugschießen oder beim Fliegenfischen erklärte. Er träumte nicht, er machte sich im Geiste wichtige Notizen.

»Ich sollte dich nach London entführen und dich dort als Haustier halten«, sagte ich, als wir uns trennen mussten.

»Und was ist mit dem Erschießungskommando, das mich fürs Desertieren erwarten würde?«, fragte er lächelnd, so geduldig mit mir wie immer.

»Ach, das. Nun, ein drohendes Erschießungskommando könnte hilfreich sein, um Papa hierherzubekommen.«

»Du machst dir Sorgen um ihn.«

»Nahezu pausenlos. Ist das nicht dumm? Ich schwöre, ich wäre weniger besorgt, wenn er mit dir über Jugoslawien mit dem Fallschirm abspringen wollen würde. Zumindest würde er sich dann wieder wie er selbst verhalten.« Gefährlich heftige Gefühle kamen in mir hoch, also schüttelte ich rasch den Kopf. »Es tut mir leid. Ich sollte nicht so reden.«

»Ist schon in Ordnung. Ich weiß, dass es in letzter Zeit nicht einfach gewesen ist.«

»Was würdest du an meiner Stelle tun? Sag es mir.«

»Ihn in einen großen Wollsack stopfen und hierherschleifen?« Er zuckte leicht die Achseln, um die Sache herunterzuspielen. »Wenn er doch nur jemand wäre, den man irgendwo hinschleifen könnte.«

»Vielleicht probiere ich es trotz allem«, erklärte ich, zog ihn dann eng an mich und umarmte ihn fest und lang, ohne ihn je wieder loslassen zu wollen.

Siebzigstes Kapitel

Bumby hatte zwar mehr als recht, was Ernests Temperament anging, dennoch beschloss ich im März, dass ich mir viel zu viele Sorgen um meinen Ehemann machte, um nicht zu ihm nach Hause zu fahren, zumindest für eine kurze Zeit.

Ich war fünf Monate lang fort gewesen, doppelt so lang, wie wir je voneinander getrennt gewesen waren, und ich erkannte die Finca bei meiner Rückkehr kaum wieder. Überall lagen leere Schnapsflaschen verstreut, und die Katzen hatten das Little House übernommen und Duftmarken hinterlassen, wo es ihnen beliebte. Sechs bis zehn von ihnen waren neu. Ebenso neu wie der Mann, der mich zwar aus Ernests Augen anblickte, der jedoch so übelgelaunt und verbittert wirkte, dass ich kaum wagte, mich ihm zu nähern.

»Hast du etwas vergessen?«, fragte er mich kalt, bevor ich auch nur meine Koffer richtig abgestellt hatte.

»Bitte bestraf mich nicht, Rabbit. Ich habe dich unendlich vermisst.«

Er zuckte lediglich mit den Achseln und teilte mir mit, Operation Friendless gebe es nicht mehr. Sämtliche Spionageabwehraktivitäten in Südamerika seien kürzlich ans FBI übergeben worden, das seine Unternehmungen überprüft und für »amateurhaft« befunden habe. Bei dem Wort verzog er das Gesicht, ehe er es wiederholte.

»Es tut mir so leid«, sagte ich zu ihm.

»Von wegen. Zwei Jahre des beständigen Patrouillierens, und wir verdienen nicht einmal ein ›Vielen herzlichen Dank‹. Ist dir das genug Pflichtbewusstsein?« Aus seinen Augen und den heruntergezogenen Mundwinkeln sprach Bitterkeit und purer Hass.

Auf einmal erschien er mir unendlich gealtert. Seine Augen waren von Falten umringt, ausdruckslos und ohne Feuer. Seine Wangen schienen herabzuhängen, und in seinem Bart funkelte Salz, wie ich bei diesem Licht erkennen konnte. Als ich versuchte, ihm von Europa zu erzählen, von der bevorstehenden Invasion Frankreichs, von irgendeinem Aspekt der Zukunft, die uns nun bevorstand, zuckte er zurück und wand sich und schlug dann nach mir aus.

Er wollte mir unbedingt alles unter die Nase reiben, was an mir falsch war, alles, womit ich ihn je verärgert hatte. Er spuckte ganze Listen von Dingen aus, die er habe erleiden müssen, weil ich nun einmal stets meinen Willen durchsetzen müsse, China und Arizona, Finnland und die Karibik, all die Wochen und Monate, in denen er habe allein sein müssen, obwohl er mir doch erklärt habe, wie furchtbar das für ihn sei. Wie ich die Kater verstümmelt hätte und nun ihn zu zerstören versuchte, wie jede andere Frau auch. Er fauchte mich wegen meiner Verwöhntheit an, meiner viel zu hohen Ausgaben, meiner Ambitionen. Meiner *Ambitionen*, es schien das schmutzigste Wort von allen zu sein.

Zuerst weigerte ich mich, nach dem Köder zu schnappen, beharrte darauf, dass ich ihn liebte und nur das wollte, was für uns beide am besten war. Aber schließlich hielt ich die Drangsalierungen keine Sekunde länger aus.

»Worin genau liegt denn eigentlich mein Verbrechen?«, spuckte ich zurück. »Darin zu arbeiten und im Krieg zu sein, während du nicht dort warst? Wieso darf ein Mann eigentlich seine Arbeit tun, einfach damit fortfahren, aber eine Frau muss alles für ihren Platz am Herd aufgeben, ansonsten ist sie egoistisch?«

»Das bist du.« Er ignorierte meine Frage, fegte sie einfach beiseite. »Auf kaum vorstellbare Weise egoistisch. Du brauchst ständig Aufregung, sonst schaffst du sie dir selbst, ganz so, als wärst du süchtig nach Abenteuern und Ärger. Ich hätte es von Anfang an in dir erkennen müssen, aber wahrscheinlich habe ich stattdessen nur auf deine Beine gestarrt. Da hast du mich übrigens wirklich schön reingelegt.«

»Ich habe dich *reingelegt*?«

»Manch einer würde es mit Sicherheit so sehen.«

Er musste nicht nur alles umschreiben, was zwischen uns geschah, nein, er wollte auch die Vergangenheit umschreiben. Es machte mich krank und traurig. Und das war noch längst nicht alles.

»Ich hatte einmal eine Ehefrau«, schimpfte er. »Ich habe eine Frau geheiratet und scheine nun bei einer ganz anderen festzusitzen.«

»Festzusitzen? Warum sprengst du dann nicht einfach alles in die Luft? Du hast es schon zuvor getan. Verdammt, du tust es ja gerade. Sag mir, dass du es nicht tust.«

»Ich versuche lediglich, mich zu retten«, erwiderte er. Und der Kampf wütete weiter.

Wir stritten über seine Trinkerei, die bodenlos, unaufhaltsam geworden war, seine Wichtigtuerei, sein Bedürfnis, alles und jeden um sich herum zu kontrollieren. Wir stritten über das Haus, über Geld, über die Arbeit, über alles, was sich hervorkramen ließ, fauchten und knurrten, rissen es in Stücke. Einst hätte sich ein solcher Streit für uns womöglich kathartisch angefühlt, aber im Augenblick fühlte ich mich nur noch zerrissen und ängstlich und schrecklich unvorbereitet. Wir waren nun schon so lange auseinandergetrieben, das jedoch so langsam, dass ich den Gedanken hatte von mir schieben können. Nun schien es, als würde der Gletscher des Unbehagens, auf dem wir jahrelang gestanden hatten, plötzlich explodieren. Aus Eis war Feuer geworden.

Und wenn ich an die Jungs dachte, an Mouse und Gigi und Bum und daran, dass ich sie nun würde verlieren können, hielt ich es kaum aus.

»Ich wünschte, ich könnte in Stücke brechen«, meinte ich eines Abends, nur eine Woche nach meiner Rückkehr. »Das würde sich irgendwie besser anfühlen. Gibt es etwas Schlimmeres, als weiter herumlaufen und atmen und Briefe schreiben und auf den Markt gehen und all die Dinge tun zu können, die lebendige Menschen tun, obwohl man eigentlich völlig zerstört ist?«

»Das nennt sich Selbsterhaltung, mein Schatz.«

»Dann möchte ich keine Erhalterin sein. Ich möchte nichts von alledem. Ich möchte ehrlich sein.«

»Trink noch einen Whiskey.«

»Ich hatte schon zu viel. Ich kann meine Finger nicht mehr spüren.«

»Dann macht er, was er soll.«

Ich wusste nicht, was ich denken oder tun sollte, außer, nach Europa zurückzukehren. Ich rief Charles Colebaugh an, um ihm mitzuteilen, ich sei nun bereit, die Arbeit zu beenden, die ich angefangen hatte, doch statt des üblichen Enthusiasmus, den ich mittlerweile von ihm erwartete, herrschte am anderen Ende der Leitung eine seltsame Anspannung.

»Ernest wird für uns schreiben. Er hat neulich angerufen. Ich dachte, Sie wüssten Bescheid.«

»Was?« Ich fiel aus allen Wolken und war für einen Augenblick sprachlos. In meiner Kehle befand sich plötzlich ein Kloß in der Größe eines Stars. Schließlich antwortete ich: »Er hat es nicht erwähnt.«

»Wir können nur einen akkreditierten Journalisten rüberschicken. Es tut mir unglaublich leid.«

»Sechsundzwanzig Artikel, Charles. Sie haben sechsundzwanzig meiner Artikel veröffentlicht, seit ich das erste Mal in Spanien war, und jetzt kehren Sie mir für meinen eigenen Ehemann den Rücken?«

»Ich denke, Sie verstehen, in was für einer schwierigen Lage ich mich befinde. Ich muss an die Auflage denken. Und vergessen Sie nicht, dass er sich an mich gewendet hat. Bitte vergeben Sie mir, wenn ich das sage, Marty, aber womöglich streiten Sie mit dem falschen Kerl.«

Nachdem er aufgelegt hatte, blieb ich lange mit dem Hörer in der Hand stehen und versuchte, das Dröhnen in meinen Ohren zum Schweigen zu bringen. Wenn irgendjemand mich Jahre oder auch nur Monate zuvor gefragt hätte, ob ich Ernest so etwas zutrauen würde, hätte ich ihm ins Gesicht gelacht. Er liebte und bewunderte mich zu sehr, um mich zu zerstören. Dies jedoch war der reinste Vergeltungsschlag. In seinem Kopf war ich diejenige, die ihn im Stich ließ. Ich hatte ihn für meine Arbeit und meine eigenen Ziele verlassen, und nun würde er dafür sorgen, dass ich genauso litt, wie er gelitten hatte.

Ich ertrug es nicht, mir auszumalen, was all das zu bedeuten hatte oder was es uns kosten mochte, wieder zu Verbündeten zu werden. Ich erkannte ihn kaum noch wieder. Seine Dämonen hatten sich bei ihm eingenistet, hatten Besitz von ihm ergriffen, und wie es schien, erkannte auch er mich nicht mehr. Nirgends in ihm sah ich Liebe zu mir, und das ließ mich verzweifeln.

Und er hätte keinen ungünstigeren Zeitpunkt wählen können. Die Invasion der Normandie stand kurz bevor. Ich hatte mich seit Oktober darauf vorbereitet, mir das nötige Wissen angeeignet und überlegt, wie ich darüber schreiben sollte, damit ich meine Stimme zu gegebener Zeit einbringen konnte, um gemeinsam mit allen anderen einen der bedeutsamsten Augenblicke der Kriegsgeschichte aufzuzeichnen. Doch nun hatte ich keine offizielle Funktion mehr und keine Garantie, dass irgendetwas von mir Geschriebenes eine Heimat finden würde. Als stünde ich wieder ganz am Anfang, als ich gerade nach Spanien aufgebrochen war.

Zum ersten Mal seit Jahren verschaffte mir die Erinnerung daran keinerlei Trost.

Als ich Ernest zur Rede stellte, blickte er mich nur mürrisch und mit vorgeschobenem Kiefer und einem eisigen Funkeln in den Augen an. »Du hast mich dazu gedrängt, hinzufahren. Seit einem Jahr hast du nicht aufgehört, mich zu drängen. Du kannst dir selbst die Schuld daran geben, dass ich es endlich kapiert habe.«

»Du hättest dich an jede Zeitschrift der Welt wenden können, wirklich jede, aber du hast meine genommen. Ich wusste nicht, dass du so einen grausamen Zug in dir trägst.« Mein Gesicht glühte.

»Na ja, wenn ich Glück habe, werde ich dort in Stücke zerbombt. Das würde dir doch gefallen, oder?«

»Empfindest du denn überhaupt nichts mehr für mich?«, fragte ich, aber sein Gesicht blieb verschlossen.

Als ich den Flur hinunter ins Schlafzimmer ging, war ich wie benommen. Ich streckte den Arm aus, um die Wand mit den Fingerspitzen zu berühren, da ich das Gefühl hatte, mich im Dunkeln hoffnungslos verlaufen zu haben. So sehr verlaufen, dass es eindeutig einem Wunder gleichkäme, würde ich irgendwie meinen Weg wiederfinden.

Einundsiebzigstes Kapitel

Ernest machte sich beinahe augenblicklich auf den Weg nach New York. Von dort aus würde er ein Wasserflugzeug nach Shannon, dann eines weiter nach London nehmen. Zuerst glaubte ich, er würde noch einen Funken Anstand in sich tragen und versuchen, mir ebenfalls einen Platz im Flugzeug zu organisieren. Ich besaß nun kein Spesenkonto mehr und niemanden, der meine Reise bezahlte, und meinen Vorschuss von Scribner's für *Liana* hatte ich bereits aufgebraucht. Aber er behauptete, es sei nicht möglich. Es sei ein RAF-Flugzeug, in dem Frauen ausdrücklich verboten seien.

Ich bat jeden, den ich kannte, um eine Reisemöglichkeit, und dabei erfuhr ich, dass Bumby sich erfolgreich um eine Versetzung ins Office of Strategic Services beworben hatte. Beinahe augenblicklich, nachdem er die Sicherheitsüberprüfung bestanden und seine Ausbildung abgeschlossen hatte, meldete er sich freiwillig, um in einem von den Deutschen besetzten Teil Frankreichs hinter feindlichen Linien mit dem Fallschirm abzuspringen. Er war noch nie zuvor aus einem Flugzeug gesprungen, aber er hatte davon gehört, dachte ich und fühlte mich furchtbar. Ich hatte große Angst um ihn und ebenso große Schuldgefühle, weil ich ihn in jener Nacht in Algier Rothschild und Churchill ausgesetzt hatte.

Ich drängte meine Kontakte, mir nähere Informationen zu geben, aber sie konnten mir lediglich sagen, dass er eine Fliegenrute in seinen Rucksack gepackt hatte, bevor er über Frankreich abgesprungen war, seinem Kommandanten jedoch versichert hatte, es handele sich um eine Funkantenne. Ich betete zu Gott, er möge irgendwie in Sicherheit bleiben, und wünschte mir mehr als alles andere, Ernest wieder nah sein zu können, dem Ernest, der er früher einmal gewesen war. Wir mussten uns nun aneinander festhalten, uns aufeinander stützen. Wie sollten wir dies sonst überstehen?

Als sich mir schließlich die Möglichkeit eines Transports eröffnete, konnte ich es kaum glauben. Der norwegische Frachter war darauf ausgerichtet, die Ducks zu transportieren, zweieinhalb Tonnen schwere Amphibienfahrzeuge, die bei den D-Day-Landungen zum Einsatz kommen sollten, und dazu noch unzählige Ladungen Dynamit. Ich war die einzige Passagierin. Es gab keine Rettungsboote, keinen Ort, an dem ich einen Drink bekommen konnte, da es keinen Alkohol an Bord gab, und ich durfte auch nicht an Deck rauchen. Die Reise würde zwanzig Tage dauern, genügend Zeit, um darüber nachzudenken, wo ich gerade gewesen und wohin ich nun unterwegs war.

Ich wusste lediglich, dass mich ein dumpfes, gespenstisches Gefühl verfolgte, wohin ich auch ging. Ich dachte beinahe unaufhörlich an Ernest und fragte mich, ob mir irgendwie das Herz aus der Brust geschnitten worden war. Ich lag in meiner engen Koje und starrte ins Leere.

Ich lief zwischen den Ducks hin und her, bis meine Beine weich wurden. Wenn es endlich Nacht wurde, schlief ich wie eine Tote.

Tagelang waren wir in dichten Nebel gehüllt. Ich stand an der Reling des Schiffes und sehnte mich nach einer Zigarette und nach irgendetwas, das sich wie Frieden anfühlte, während die Luft um uns so undurchdringlich und weiß wie Beton blieb. Immer wieder ließ der Frachter sein Horn durch die Schwaden tönen, um unsere Anwesenheit zu verkünden. Ich zuckte jedes Mal zusammen und spürte den Ton durch meinen Körper hallen, er ließ die Sprossen meines Brustkorbs und die Leiter meiner Wirbelsäule vibrieren. Die Zukunft war wie dieser drückende Nebel oder wie eine unendliche Wand aus Schatten. Auch ich selbst war ein Schatten und brachte es nicht fertig, mir auszumalen, was vor uns liegen mochte, ob es uns irgendwie gelingen konnte, das zurückzugewinnen, was uns ausgemacht hatte. Die Aufgabe erschien mir immens, und nirgends gab es Hoffnung – diese schien nun zu anderen Menschen zu gehören, Menschen, die kräftig genug waren, um sie zu tragen.

—

Auf die Nacht folgte der Tag, oder zumindest musste es so gewesen sein. Die Sonne ging hinter dicken Vorhängen auf und wieder unter. Doch schließlich, als wir uns England näherten, begann sich der Nebel zu lichten. Eines Morgens erwachte ich und wusste, dass Morgen war. An Deck blies ein kalter Wind. Er durchbohrte meine wollene Cabanjacke und krallte sich in mein Gesicht, und genau das brauchte ich. Ich stand da und betrachtete das Meer, bis ich so sehr fror, dass ich glaubte, mich nie wieder aufwärmen zu können, denn dort, in der knochenbrecherischen Klarheit jener Empfindung, konnte ich tatsächlich Luft holen. In der Ferne ragten Eisberge auf. Zunächst waren sie formlos, nichts als riesige verschmierte weiße Umrisse hier und da, wie Sonnenflecken. Doch als wir näher kamen, verlagerten sie sich, traten einzeln und immer deutlicher hervor, wie Werke der Architektur oder Kunst, kristallklar und hell und wild. Einer sah aus wie eine Wunderlampe, gewölbt und spiralförmig ragte er empor, immer weiter, ganz und gar aus Diamanten. Ein anderer schwebte wie ein Berg, während wieder einem anderen die Flügel einer schneeweißen Taube wuchsen, durchzogen von Licht, das ausstrahlte und aufleuchtete und meinen Atem stocken ließ. Es gab absolut keinen Grund, auch nur einen Hoffnungsschimmer zu verspüren. Es gab keinen, doch in diesem kalten, erlesenen Augenblick konnte ich nicht anders.

Zweiundsiebzigstes Kapitel

Als mein norwegischer Frachter schließlich in Liverpool andockte, sammelte ich meine Sachen ein und ging an Land. Dort lief ich beinahe augenblicklich zwei Korrespondenten über den Weg, die sich über Ernest unterhielten. Zwei Tage zuvor sei er nach einer Party am Belgrave Square in einen Autounfall verwickelt gewesen. Der Fahrer sei betrunken gewesen und habe sie beide gegen einen Wassertank aus Stahl gesteuert. Ernest sei gegen die Windschutzscheibe geschleudert worden, habe sich den Kopf aufgerissen und beide Knie angeschlagen. Nun liege er mit einer ernsten Gehirnerschütterung in einem Londoner Krankenhaus.

Mehr musste ich nicht hören, ich eilte zur Aufwachstation. So schlecht es zwischen uns auch lief, ich musste bei ihm sein. Was, wenn ich ihn nun nach allem, was geschehen war, verloren hätte? Wir waren so dumm gewesen, einander fortzustoßen, dabei war die Liebe angesichts der derzeitigen Weltlage doch das Einzige, das noch Sinn ergab.

Ich fand sein Zimmer, war bereit, alles zu sagen, alles zu tun, konnte mich jedoch kaum hineinzwängen. Drinnen war gerade eine Cocktailparty im Gange. Zusätzliche Stühle waren hereingetragen worden, auf denen sich seine Freunde fläzten und Witze und Geschichten erzählten. Unter Ernests Bett lugten ein Dutzend oder mehr leere Whiskeyflaschen hervor, und er saß ganz fröhlich da und wirkte gar nicht überrascht, mich zu sehen. Abgesehen von einem enormen schneeweißen Verband, der um seinen Kopf gewickelt war wie der Turban eines selbsternannten Paschas, wirkte er auf mich vollkommen gesund.

Meine Stimmung kippte innerhalb von einer Sekunde. »Mir wurde gesagt, du seist verletzt.«

»Ich grüße dich auch, Ehefrau. Zu deiner Information: Ich wurde mit siebenundfünfzig Stichen genäht. Nicht, dass es dich tatsächlich interessieren würde.« Er sprach die Worte sehr laut aus, als wüssten alle im Zimmer längst über uns Bescheid. Und natürlich taten sie das. Sie hatten alle schmutzigen Details direkt aus seinem Mund gehört.

»Wie kannst du mit einer Gehirnerschütterung trinken? Weiß dein Arzt Bescheid?«

»Was denkst du, wer die Flaschen hereingebracht hat?«

Wütend, wie ich war, drängte ich mich näher an ihn heran. »Hast du gehört, dass Bum in Frankreich ist?«

»Ich habe gestern einen Brief bekommen. Anscheinend fängt er dort reichlich Fische.«

Ich konnte ihn nur ungläubig anstarren. Sein anmaßender Tonfall, sein Gefolge, sein Vortäuschen, wir hätten einander nicht die schlimmsten Dinge an den Kopf geworfen. Es war alles viel zu viel. »Was tun wir hier? Bitte schick alle fort, in Ordnung? Sprich mit mir.«

Doch er ignorierte mich und setzte zu einer Reihe von Anschuldigungen an: »Ich hätte in diesem Wagen sterben können, wo bleibt die Zärtlichkeit, die Sympathie? Du kannst wie üblich wieder nur an dich denken.«

»Ich bin hier«, sagte ich, aber mir wurde bewusst, dass er es nicht sehen konnte. Dass er mich überhaupt nicht sehen konnte. An meiner Stelle waren da nur Enttäuschung und all die gegenseitigen Verletzungen, die Vorwürfe, mit denen wir seit Monaten aufeinander eingeprügelt hatten. Um uns herum lagen so viele Trümmer, und selbst wenn es noch einen Weg aus ihnen heraus gab, konnte ich ihn nicht erkennen. Ich stellte fest, dass ich nichts mehr zu sagen hatte, weder aus Wut noch aus Liebe.

Ich schloss die Augen fest, machte rasch auf dem Absatz kehrt, ohne mich zu verabschieden, und eilte hinaus in den Flur. Im düsteren Korridor wimmelte es von Krankenschwestern und Männern in Uniform. In den Zimmern wimmelte es von verwundeten Männern, dazu der Geruch von Äther und Kampfer und Tod. Ich sammelte mich, verlangsamte meine Schritte und versuchte, wieder zu Atem zu kommen, aber nichts fühlte sich real an. Weder mein Körper auf dem Flur noch der Schauplatz hinter mir noch das, was vor mir lag.

Ich weiß nicht mehr, wie ich das Dorchester erreicht habe. Ich erinnere mich nicht im Geringsten an die Fahrt, nur daran, dass ich bei meiner Ankunft für immer schlafen wollte.

»Ah, Mrs Hemingway«, sagte der Empfangschef bei einem Blick in meinen Pass. »Willkommen zurück. Das

Zimmer Ihres Ehemanns befindet sich im zweiten Stock. Soll ich Ihnen das Zimmer daneben geben?«

Zu diesem Zeitpunkt war ich so ausgelaugt, dass meine Knie nachgaben. Hier waren wir also angelangt. So weit entfernt von unseren Anfängen im Hotel Florida, wie Hoffnung und Verzweiflung voneinander entfernt waren. Liebe und Hass. Ich hielt mich am Tresen vor mir fest und konzentrierte mich auf meine Hände, um aufrecht stehen zu bleiben. »Bitte nicht«, erwiderte ich und scherte mich nicht darum, dass mir die Tränen kamen oder dass mein Gesicht alles offenbarte. »Geben Sie mir ein Zimmer auf dem obersten Stockwerk, bitte. Weit, weit entfernt.«

Dreiundsiebzigstes Kapitel

Ernest sagte immer, alles habe seine Zeit. Es gebe eine Zeit zu lieben und geliebt zu werden. Zu arbeiten und seine Knochen und seinen Geist auszuruhen. Zu träumen und zu zweifeln, zu fürchten und zu fliegen. Was für eine Zeit war dies nun, wenn nicht eine des Untergangs? Der vollkommenen Niederlage? Sieben Jahre lang hatte Ernest weniger in meinem Herzen und in meinem Kopf gesteckt als vielmehr tief in meinen Blutkörperchen. Und nun würde ich lernen müssen, ohne ihn zu leben. Wie? Wo konnte man lernen, eine derartige Amputation vorzunehmen und lebendig daraus hervorzugehen, danach noch immer dieselbe Person zu sein?

Die Alliierten hatten sich nun seit Jahren auf die Invasion Frankreichs vorbereitet. Operation Overlord. D-Day. Mehr als zweieinhalb Millionen Männer warteten in Großbritannien auf ihren Einsatz beim Überraschungsangriff quer über den Ärmelkanal. Hunderte und Aberhunderte von Journalisten und Fotografen standen ebenfalls bereit, und sie alle rangelten sich um einen Platz an der Spitze. Ernest würde auf der *Dorothea L. Dix* fahren, wie ich gehört hatte, aber an Bord der Schiffe und Angriffsboote gab es nur eine begrenzte Anzahl an Plätzen, und mit Sicherheit war kein Raum für eine Reporterin der zweiten Garde ohne offiziellen Presseausweis wie mich. Also blieb ich gemeinsam mit all den anderen unglücklichen Korrespondenten in London zurück und wartete auf die Mitteilung, die Invasion habe begonnen.

Dieser Moment war so lange vorbereitet worden, dass wir wohl alle Angst hatten, auszuatmen oder uns zu bewegen oder zu hoffen. Wir alle waren unterrichtet worden und wussten bis auf die Sekunde genau, wann es geschehen sollte. Und so standen wir dort, behielten gemeinsam die Uhr im Auge und wussten, dass nichts mehr sein würde wie zuvor, nachdem der Angriff eingeleitet worden war, und dass Reporter und Schriftsteller und Historiker diese Geschichte noch hundert oder zweihundert Jahre lang erzählen würden. Und sie geschah genau jetzt.

Man erwartete eine Art Explosion, ein Aufreißen des großen Saums der Welt, das einen Schrei entweichen ließ. Doch stattdessen herrschte nur eine seltsame Stille. Ich wusste nicht, was ich mit mir anfangen sollte, also wanderte ich in der kalten Morgenluft durch London. Es war ein feuchter, rauer Tag mit einem andauernden Nebel, der einem in die Lungen und in alle Glieder kroch. Über meinem Kopf dröhnten die riesigen schwarzen British Lancasters, meine Bomber Boys, in Richtung Normandie. Ich war angespannt und vollkommen hilflos, da ich hier festsaß, während die Welt sich gerade komplett verwandelte. Und ich wusste, dass ich zumindest versuchen musste, dabei zu sein. Sollte ich irgendwie einen Weg zum Schauplatz des Kampfes finden, würde ich dort das Material sammeln können, das ich für den Artikel brauchte, den ich seit Monaten geplant hatte. Wäre er gut genug, musste *Collier's* ihn einfach veröffentlichen, sagte ich mir. Und selbst wenn nicht, konnte ich dennoch mehr tun, als einfach aufzugeben. Was blieb mir auch anderes übrig?

Ich lief zum Bahnhof, von wo aus ich immerhin bis Dover kam, wo ich hoffte, irgendeine Möglichkeit zu finden, überzusetzen. Der Hafen war dunkel, und ich fühlte mich wie eine Herumtreiberin. Wahrscheinlich war ich das auch. Als ich gerade mögliche Schiffe in Augenschein nahm, kam ein Militärpolizist auf mich zu und fragte mich nach meinen Papieren. Ich ließ ihn nur ganz kurz meinen Ausweis von *Collier's* sehen, damit er nicht erkennen konnte, dass dieser abgelaufen war, und zeigte auf das nächstgelegene Schiff, ein Lazarettschiff, das größte weit und breit mit seinem leuchtend weißen Rumpf und seinen riesigen blutroten Kreuzen.

»Ich möchte für meine Zeitschrift Krankenschwestern befragen«, erklärte ich ihm. Die Lüge kam mir über die Lippen, sobald ich den Mund öffnete.

»Also gut«, sagte er, ohne auch nur mit der Wimper zu zucken, und winkte mich durch.

Ich konnte kaum glauben, dass es so einfach war. Ich musste beinahe lachen, verkniff es mir jedoch und eilte an Bord. Zu diesem Zeitpunkt war es kurz vor zehn Uhr, und alles war ruhig. Dennoch wusste ich, würde ich gefasst werden, könnte ich hinausgeworfen oder sogar verhaftet werden, also suchte ich eine Toilette, deren Tür sich abschließen ließ, und versteckte mich dort. Noch nie hatte ich etwas dermaßen Mutiges getan. Ich dachte nicht darüber nach, was als Nächstes geschehen würde oder was ich tun würde, wenn ich gefasst werden würde, sondern zwängte mich einfach in eine Ecke, setzte mich mit überkreuzten Beinen auf den Fußboden und griff nach der Whiskeyflasche in meiner Tasche. Zum Glück hatte ich sie dabei. Nach einer Weile vernahm ich das Stöhnen der Maschinen und spürte eine Bewegung, als das Schiff den Anker lichtete, und plötzlich bekam ich große Angst vor allem. In der lauten Stille der Dunkelheit trank ich, so viel ich vertragen konnte, und fragte mich, was die Zukunft wohl bringen würde. Würde ich geschnappt und zurückgeschickt werden? Würde das Schiff angegriffen und wir alle in Stücke gesprengt werden? Würde ich Ernest wiedersehen oder jemals zur Finca, meinem Zuhause, zurückkehren? Würde ich den Jungs schreiben und alles erklären oder sie gar sehen können, oder wurde nun von mir erwartet, dass ich mich ganz allein nach vorn stürzte, ohne zurückzublicken, als ob es jene Jahre und all die Liebe niemals gegeben hätte?

—

In jener Nacht schlief ich auf dem Fußboden und benutzte meinen Arm als Kissen. Es war pures Glück, dass mich niemand dort entdeckte. In der Morgendämmerung war mir zwar unendlich schlecht, aber ich sammelte genügend Mut, um mich aus meinem kleinen Gefängnis zu befreien. An Deck stellte mir niemand Fragen. Dafür war zu viel anderes im Gange. Wir hatten den gesamten minenübersäten Kanal durchquert und lagen nun unter den hohen gelbgrünen Klippen der Normandie, umgeben von mehr Schiffen, als ich jemals gesehen hatte. Tausende und Abertausende bildeten die Armada, massive Zerstörer und Transportschiffe und Schlachtschiffe. Kleine stupsnasige Boote und Betonschiffe und Ducks trugen die Truppen an die Strände, an denen das reinste Chaos herrschte. Sobald sie den Strand erreicht hatten, mussten sie zweihundert oder noch mehr Meter offenes Gelände überleben, dann kamen die Klippen. Der Himmel über ihnen war ein dichter, sich blähender grauer Schleier, durch den sich Tausende Flugzeuge fädelten.

Etwas Vergleichbares hatte es noch nie gegeben und würde es auch nie wieder geben.

Wie sich herausstellte, war das Schiff, auf dem ich als blinde Passagierin gereist war, das erste Lazarettschiff, das es herüberschaffte. Beinahe augenblicklich kamen die ersten Verwundeten, und mir wurde bewusst, dass es im Grunde egal war, wie ich an diesen Ort gelangt war, denn nun wurden meine Hände gebraucht. Alle Hände wurden gebraucht. Ich wurde zu einer Krankenträgerin und Verbandsträgerin. Ich zündete Zigaretten an, machte Betten, schenkte Kaffee ein, überbrachte Nachrichten von einem Mann zum anderen. Sie alle kamen mir unglaublich vor. Aber ich konnte nicht innehalten, um sie zu bewundern, dafür gab es zu viel zu tun.

Spät an jenem Abend, als ich bereits dicke Blasen an meinen Händen und Füßen hatte, stieg ich mit ein paar Ärzten und Sanitätern auf ein Betonlazarettboot und preschte durch die Brandung um Treibminen herum, die in einem blitzenden Stroboskoplicht aufleuchteten. Bald würde ich erfahren, dass wir im amerikanischen Abschnitt von Omaha Beach gelandet waren, aber für den Augenblick herrschten lediglich Schrecken und Chaos. Wir stießen an mehrere Gliedmaßen und die aufgedunsenen Körper der Ertrunkenen. Das Artilleriefeuer zerschmetterte aus allen Richtungen die Luft. Flugzeuge dröhnten über uns hinweg, so dicht, dass mein Schädel vibrierte, aber mir blieb nicht einmal Zeit, mich zu fragen, zu wessen Seite sie wohl gehörten.

Kurz vor dem Strand sprangen wir ins eiskalte Wasser und wateten ans Ufer. Die Brandung reichte mir bis zum Bauch und zerrte an meinen Kleidern. Ich stolperte, war bis auf die Knochen durchgefroren, durfte mich jedoch nicht hinunterziehen lassen. Ich musste mein Ende der Trage hochhalten und zwischen den weiß abgesteckten Linien bleiben, die jene Bereiche markierten, die von Minen geräumt waren.

Der Anblick dieser Linien und das Wissen um ihre Bedeutung waren furchteinflößend. Aber das war alles andere um uns herum auch. Das Geschützfeuer war ohrenbetäubend. Leuchtkugeln pfiffen und explodierten blendend, überschwemmten den Schauplatz mit rotem Licht und ließen mich Dinge sehen, die ich niemals vergessen würde. Verängstigte Wellen von Männern, die mit dem Kopf voraus in den Tod rannten. Auseinandergerissene Körper. Augen, die von beinahe animalischen Todesqualen erfüllt waren. Hände, die sich an mein Hosenbein klammerten, verzweifelt um Rettung bittend.

Hoch oben auf den Klippen knallten Granaten in deutsche Stellungen. Es gab Kriegsgefangenenkäfige für die Gefassten, und auch darin gequälte Gesichter. Wir lasen jeden auf, selbst die Deutschen, und brachten sie für eine Ersteinschätzung an den Strand. Sie waren jung und verängstigt und durchgefroren und verletzt. Es war im Grunde gleichgültig, wie sie verwundet worden waren oder wer sie in diesem bestimmten Augenblick der Not gewesen waren. Jeder einzelne von ihnen ließ mich am Boden zerstört zurück, und es ging stundenlang so weiter. Blutdurchtränkte Verbände, Leuchtkugeln, die mit einem Knall wie rote Seide über den Strand segelten, Panzer und Leichen. Männer und noch mehr Männer. Männer mit Jungengesichtern. Männer, die ihr Leben in die Flut verschütteten, während die Flut jeden Tropfen von ihnen aufnahm, wirbelnd und krachend, ehe sie sich wieder zurückzog.

Je erschöpfter und hilfloser und wunder ich wurde, desto mehr verschwammen und verwandelten sich die Gesichter. Womöglich hatte ich Wahnvorstellungen, aber dort am nassen Strand, direkt hinter dem Rauch und den Schreien, erkannte ich den zerbombten Franzosen, der mir vor langer Zeit in Madrid seinen Mimosenzweig gezeigt hatte. Und dort, gleich hinter ihm, fiel gerade Laurent Gardet mit seiner blauen Gauloises-Dose auf die Knie. Der Soldat aus Belchite, der mit mir von St. Louis geträumt hatte, befand sich auf einem Transportboot, den Hals mit roter Gaze umwickelt, während der russische Pilot aus dem Gefängnis in Viipuri, der um seine Frau und sein Kind geweint und gezittert hatte, seine Hand fest ergriff. Sie alle waren dort, und ich stellte es nicht infrage, während ich mich bückte, um die Körper anzuheben, und ein junger Mann nach dem anderen zu dem Jungen vom Plaza Mayor wurde, sein Gesicht, alle Gesichter. Und jedes Mal wollte ich schreien und weinen und ihm sagen, dass ich ihn liebte, dass ich seine Vergebung brauchte. Dass er jahrelang bei mir gewesen war. Dass er es für immer bleiben würde.

—

Es war die seltsamste und längste Nacht meines Lebens. Später würde ich erfahren, dass sich an jenem Strand hunderttausend Männer befunden hatten und nur eine Frau, ich. Ich war auch der erste Journalist, ob männlich oder weiblich, der dorthin gelangt war und davon berichten konnte. Ernest war mit so vielen anderen vor der Küste gestrandet – doch eine derartige Abrechnung erschien mir nun kleinlich und unbedeutend, insbesondere nachdem ich so unendlich viel verloren hatte, um dorthin zu kommen. Mein Leben lag zu diesem Zeitpunkt in Trümmern, anders ließ es sich nicht betrachten, und vor mir lag noch so viel mehr Leid, ob ich nun glaubte, ich könne es überleben oder nicht.

Dennoch konnte mir niemand nehmen, was ich gesehen hatte, auch nicht die Blasen an meinen Händen oder was es bedeutete, hier zu sein, zu spüren, wie ich immer weiter aufgerissen wurde, während die Flut wirbelte und der Himmel erschüttert wurde.

Ich blickte dem Mann auf der Trage vor mir in die Augen. Wir luden ihn auf das Lazarettboot.

»Sie sind viel zu schön, um eine Krankenschwester zu sein«, sagte er. »Womöglich sind Sie ein Engel.«

»Tatsächlich bin ich Schriftstellerin, falls Sie das glauben können.«

»Wirklich?«

»Ja, das bin ich.«

»Werden Sie dann auch über mich schreiben?«

Ich nickte und fühlte mich mit einem Mal stärker. Seine Geschichte würde zu meiner werden, und meine würde zu seiner werden. Wir würden uns durch den anderen, für den anderen daran erinnern. Wir waren keine Fremden, und wir waren nicht verloren. Wir waren nicht allein. »Ja«, antwortete ich ihm. »Das werde ich tun.«

Und dann legten wir ihn nieder, und ich hielt seine Hand fest, während wir Welle für Welle wieder auf das weiße Schiff zustürzten.

EPILOG

Am Morgen nach Omaha Beach wurde ich entdeckt und verhaftet, weil ich ohne Befugnis oder Erlaubnis in ein Kriegsgebiet eingedrungen war. Die Militärpolizei nahm mir meine Reiseunterlagen ab und schickte mich zurück nach London. Unterwegs begann ich die Artikel zu schreiben, die ich an *Collier's* senden wollte, doch zugleich rauchte ich vor Wut. Ich war sieben Jahre lang Kriegskorrespondentin gewesen, in Spanien und China, Finnland und Italien und der Tschechoslowakei. Ich war so qualifiziert wie fast jeder andere, und nun konnte ich weder meine Arbeit tun noch überhaupt in Europa bleiben, wenn ich mich nicht unerlaubt von der Truppe entfernte. Doch ich würde bleiben. Das musste ich. Welche andere Möglichkeit gäbe es?

Ich wollte irgendwie zurück nach Frankreich gelangen und ließ meinen Charme spielen, um von einem kanadischen Regiment mitgenommen zu werden, dessen Mitglieder sich nicht an einer Frau in ihren Reihen zu stören schienen, solange ich mit den richtigen Offizieren flirtete und kein Problem damit hatte, auf dem Feld zu kampieren oder mich gelegentlich in einen Graben zu werfen, wenn deutsche Flugzeuge vom Himmel tauchten. Später sollte ich herausfinden, dass anscheinend auch Lügen und Tränen funktionierten, ein erfundener Verlobter an dieser oder jener Front, den ich entweder ein letztes Mal wiedersehen oder bei dem Versuch sterben würde. Es machte mich wütend, dass ich mir meinen Weg erschwatzen und erschmeicheln musste, kein

Mann mit meiner Erfahrung hätte sich jemals so sehr erniedrigen und etwas Derartiges tun müssen. Doch als ich endlich die neuste Ausgabe von *Collier's* in den Händen hielt, hatte es etwas, meinen und Ernests Namen unter der Bezeichnung »Invasionskorrespondenten« im Impressum zu sehen, Seite an Seite. Die Zeitschrift hatte meine D-Day-Geschichte veröffentlicht und würde auch weiterhin drucken, was ich schickte, das wusste ich. Ich musste mich nur irgendwie durchschlagen.

—

D-Day war der Anfang vom Ende gewesen. Nun waren wir in dessen Mitte angelangt, und noch immer war so viel Tragisches zu sehen. In Florenz sackten die mittelalterlichen Segmentbögen des Ponte Vecchio unter Trümmern ab, während die deutschen und britischen Soldaten um die Stadt kämpften, um eine brennende Straße nach der anderen. Der Palazzo Pitti wurde von Flüchtlingen überrannt, und die Parks waren voller unbeerdigter Toter, da all die Friedhöfe noch immer den Deutschen gehörten.

Bis Mitte August hatte ich mich einem kanadischen Regiment angeschlossen, das entlang der Adriaküste gen Norden zog. Während der Reise schrieb ich und schickte meine Artikel ab und befragte alle Menschen, die ich traf, zu ihrem Leben und ihren Vorstellungen der Zukunft, nun, da der Krieg endlich zu unseren Gunsten verlief. Manchmal wurde ich nur ausdruckslos angestarrt, manchmal völlig fassungslos, aber noch häufiger begegnete mir die Sorge um jene, die noch immer kämpften, denn was konnte schlimmer sein, als kurz vor dem Ende zu sterben, die Heimat zum Greifen nah?

Ich selbst kam noch nicht einmal auf den Gedanken, nach Hause zurückzukehren, da ich mir nahezu sicher war, keins mehr zu haben. Seit London, also seit Monaten, hatte ich nichts mehr von Ernest gehört, keinen Brief, nicht einmal ein wütendes Telegramm erhalten, in dem er mich herausforderte. Meine Ehe war mit Sicherheit vorbei, aber keiner von uns hatte die Worte ausgesprochen. Als ich schließlich Paris erreichte, erfuhr ich beinahe augenblicklich, dass er sich im Ritz verschanzt hatte und behauptete, er habe es befreit. Und anscheinend war er auch nicht allein. Im Nachbarzimmer wohnte eine außergewöhnlich hübsche Journalistin namens Mary Welsh, die in *Time* und *Life* als Verfasserin genannt wurde. Ich kannte sie nicht und konnte mir einfach nicht vorstellen, dass Ernest sich so schnell auf eine neue Frau einlassen konnte, noch dazu auf dieselbe Weise wie mit mir im Hotel Florida, wo wir uns ineinander verliebt hatten. Es war zu viel und drohte, mich zu Fall zu bringen, also suchte ich mir ein Zimmer in einem anderen Hotel, so weit wie möglich entfernt, und versuchte, mich weiterhin zu beschäftigen, zu atmen und mich aufrecht zu halten.

Einige Gegenden von Paris waren so unverändert geblieben, dass man nicht ahnte, irgendetwas sei geschehen. Man konnte entlang der Seine spazieren, wo die Buchhändler ihre kleinen Stände rund um die Uhr betrieben, und all die reizenden intakten Brücken zählen, die Sonne im Gesicht spüren und sich weismachen, die Okkupation sei nur ein schrecklicher Traum gewesen. Man konnte sich aber auch nach den Hungernden umsehen, die nie weit entfernt waren, oder nach den Verlorenen, die überall waren. Frauen wanderten durch die Friedhöfe und suchten auf den Grabsteinen nach den Namen ihrer verschwundenen Ehemänner. Zehntausende waren während der Okkupation verschwunden, wahrscheinlich gefoltert oder erschossen oder an den Rändern der Stadt zurückgelassen worden. In einer kurz vor dem Zusammenbruch befindlichen Bretterbude in Montmartre ging ich in die Hocke, um die in die Holzlatten der Tür gekratzten Worte *Rächt mich* zu lesen, entfernte mich mit Tränen in den Augen und hoffte, es gebe eine Möglichkeit, genau das zu tun.

Der Herbst nahte, und es gab nirgends Kohle und nur wenig Nahrung. Guter Kaffee ließ sich noch immer im Pressehauptquartier im Hôtel Scribe nahe der Pariser Oper auftreiben. Alle Geschichten, die ich abschickte, mussten dorthin zur Zensur gebracht werden, und auch wenn ich zunächst fürchtete, ohne ordentliche Referenzen abgewiesen zu werden, wenn nicht gar Schlimmeres, hatten dort alle ganz andere Sorgen. Ich schlich also im Büro ein und aus und bekam manchmal den neusten Tratsch über Ernest zu hören. Anscheinend hatte er die Stadt kürzlich gemeinsam mit dem zweiundzwanzigsten Regiment in einem Konvoi in Richtung Belgien verlassen, durch Minenfelder, vorbei an Straßensperren und verschanzten Deutschen. Manche behaupteten, er trage nicht nur Waffen, sondern setze sie auch ein. Andere legten nahe, er könne vor ein Militärgericht gestellt und seiner Bescheinigungen beraubt werden, wenn es herauskäme.

Es war schwer, sich nicht um ihn zu sorgen, selbst wenn sein Verhalten töricht wirkte. Sogar als Zivilist war es gefährlich, nach Deutschland gelangen zu wollen, falls er das vorhatte. Aber es schien ihm nichts auszumachen, er wollte schlicht Soldat spielen und auf Patrouille gehen und sein Leben riskieren. Seine Risikobereitschaft überraschte mich. Jahrelang hatte er darauf beharrt, in Kuba zu bleiben und sich verdammt noch mal um seine eigenen Angelegenheiten zu kümmern. Nun drängte ihn irgendetwas, und ich konnte nicht aufhören, darüber nachzudenken und mich zu fragen, was in seinem Kopf wohl vor sich ging und ob er schlafen konnte. Mir wurde bewusst, dass er noch immer tief in mir steckte. Mein Verstand wusste, dass alles vorbei war, aber das Herz weiß es nie, oder höchstens im allerletzten möglichen Augenblick.

Ein paar Monate später erreichte mich in meinem Hotel eine rasch dahingekritzelte Nachricht von Ernest, in der er mich zum Abendessen einlud. Ich zögerte, fand jedoch, es sei längst an der Zeit, uns endlich zu unterhalten, außerdem hatte ich nie ganz aufgehört, an ihn zu denken und mir Sorgen um ihn zu machen. Ich sagte also widerwillig zu und lief mit vor dem Wind geöffnetem Mantel bis zu dem Restaurant in der Nähe seines Hotels, in der Hoffnung, mich bei meiner Ankunft dadurch stärker zu fühlen. Ich hätte mir die Mühe jedoch sparen können. Als ich ihn sah, strömten all dieselben unmöglichen Gefühle zurück. Sie kletterten von meinen Knien Sprosse für Sprosse in mir hoch, bis ich ein Summen in den Ohren vernahm. *Ich sollte nicht hier sein*, wurde mir schlagartig bewusst. Ich war noch kein bisschen stärker, falls ich es überhaupt je sein würde.

Er saß auf einer behaglichen gerundeten Sitzbank, gemeinsam mit einer Gruppe von Menschen, die ich nicht kannte, und stand auch nicht auf, als ich mich ihm näherte. Ich wollte davonrennen, immer weiterrennen und mich der Situation nicht aussetzen, aber da kam bereits ein Kellner und nötigte mich, mich zu den anderen zu zwängen, woraufhin er mir ein Glas Champagner in die Hand drückte. Ich versuchte mich zu sammeln und mich normal zu verhalten, konnte mich jedoch kaum auf das Gespräch am Tisch konzentrieren. Ernest unterhielt die Männer um sich mit einem Augenblick der äußersten Gefahr, den er im Hürtgenwald erlebt hatte, einer blutigen Schlacht, bei der mehr als siebzig Männer in seinem Bataillon getötet worden waren. Während er sprach, nahm ich zunächst nur Gepolter und Draufgängertum wahr, doch unter dieser Schicht befand sich noch etwas anderes. Ein kurzes Aufblitzen des früheren Lichts in seinen Augen. Die Lebendigkeit erwachte in ihm. All die Gefahren hatten ihm etwas zurückgegeben, etwas Reines und Reinigendes, das mich daran erinnerte, wie er in Spanien gewesen war. Es ließ mich Erleichterung für ihn verspüren, egal, was auch sonst noch geschehen sein mochte.

»Irgendwelche Neuigkeiten von Bumby?«, fragte ich später, als sein Gefolge uns endlich allein gelassen hatte. Er war nach dem Kampfeinsatz monatelang vermisst gewesen, und ich hatte nie aufgehört, an ihn zu denken oder zu beten, er möge überleben.

»Ja, ich habe es gerade erst gehört: Er ist in Sicherheit oder zumindest am Leben. Er hat ein, zwei Treffer abbekommen, außerdem Granatenbeschuss. Er ist in Nürnberg, in einem Kriegsgefangenenlager.«

»O Gott. Wird er bald entlassen?«

»Ich glaube schon. Mach dir bitte keine Sorgen.«

»Leichter gesagt als getan«, erwiderte ich. Mein Blick suchte seinen und verharrte dort, was mich wanken ließ. All meine Gefühle erwachten zugleich, Liebe und Hass, Hoffnung und Verzweiflung, Kummer und noch mehr Kummer. »Wie ich höre, hast du ein neues Mädchen«, sagte ich. »Ich hoffe, sie ist gut zu dir. Ich wünsche dir so viel Glück, Rabbit.«

Für einen kurzen Augenblick entspannten sich bei der Erwähnung unseres Spitznamens seine Gesichtszüge, doch dann war er schon wieder weit entfernt, sein Blick zuckte und eilte davon, während sein Herz sich mit einem Klicken verschloss. »Ja. Ich werde sie heiraten.«

»Oh«, machte ich. Ich war ganz benommen. »Dann solltest du dich wohl von mir scheiden lassen.«

»Weißt du, du hast *mich* verlassen. Immer wieder. Du dachtest wohl, ich würde auf dich warten wie der letzte Trottel.«

»Wir haben einander verlassen, nicht wahr? Hätten wir es nicht getan, wären wir zu Asche verbrannt.«

»Das wäre vielleicht besser gewesen.«

»Vielleicht. Ich weiß es nicht. Wir werden es nun nie erfahren.«

Ein langer Augenblick verstrich, in dem ich meinen Körper nicht ausreichend spüren konnte, um ihn zu bewegen. Doch schließlich brachte ich es fertig, mit steifen Fingern mein Glas abzustellen, und stand irgendwie auf. Ich straffte meine Gesichtszüge und entfernte mich ganz vorsichtig, während ich versuchte, nicht in Stücke zu zerbrechen oder zu schreien oder zu wüten oder zu weinen. Ich fühlte mich so allein wie noch nie. Versengt und beinahe schwerelos und so schrecklich frei, dass ich mich fragte, wie ich überhaupt in meinem Körper bleiben konnte.

Sieben Jahre lang hatte ich genau gewusst, wer ich war und was zählte. Nun hatte ich nichts mehr. Keinen Ehemann und kein Zuhause und keine Idee, woran ich mich festhalten sollte. Keinerlei Zukunft außer dieser einen, so zerbrochen sie auch sein mochte. Ernest würde bald nach Kuba zurückkehren, natürlich würde er das. Und er würde Mary Welsh mitnehmen. Ich malte mir aus, wie sie durch mein Haus fegte, als würde sie ein Nest umkippen, eines, das ich mit großer Sorgfalt gebaut hatte, mit meinen eigenen Händen und meinem Herzen, für Ernest und mich. Sie würde mein Arbeitszimmer ausräumen, die Katzen umbenennen, die Blüten von meinem Kapokbaum pflücken und sie in eine brandneue Vase stecken. Sie würde von Zimmer zu Zimmer gehen und mich ausradieren, und sie würde nicht eher aufhören, bis nirgendwo mehr eine Spur oder auch nur ein Hauch von mir übrig war, nirgendwo.

Ich fühlte mich krank und seltsam und leer und blieb in Europa, reiste nach Belgien und Norwegen, dann weiter nach London und schließlich nach Deutschland, wo die alliierten Truppen soeben Bergen-Belsen entdeckt hatten. Den ganzen Sommer und Herbst hindurch hatte ich Gerüchte über die Konzentrationslager gehört, jedoch nicht glauben können, etwas Derartiges könne tatsächlich existieren. Dann traf ich einen Franzosen, einen Flüchtling, dem es gelungen war, aus Treblinka zu fliehen, und der gesehen hatte, wie Tausende vergast wurden. Er erzählte mir alles, wie er die Leichen in den Verbrennungsöfen gerochen und die würdevollen und unglaublich tapferen Gesichter derjenigen gesehen hatte, die in die Gaskammern gingen. Während er sprach, schüttelte es mich vor Wut und Abscheu, und ich wusste, dass ich die Welt nie wieder mit denselben Augen sehen würde.

Zwölf Jahre lang hatten Hundert- und Aberhunderttausende Menschen unbeschreiblich gelitten, waren erniedrigt und gefoltert und ermordet worden und noch Schlimmeres, während die Alliierten abgewartet, sich die Augen zugehalten und sich vorgemacht hatten, es würde alles bald vorbei sein. Für diese Form von Bosheit und Schrecken gab es keine Worte, dennoch musste ich sie finden. Das würde eine Form von Rache sein, wie unzureichend auch immer sie sein mochte.

Ich fuhr von Dachau nach Bergen-Belsen und kehrte danach in ein Paris zurück, das ich kaum wiedererkannte. Es war der Tag der Befreiung, und alle Kirchen ließen ihre Glocken ertönen. Auf den Straßen wimmelte es von Menschen, die jubelten, sich küssten, weinten, sich Wein übers Hemd schütteten. Ich drängte mich durch die Körper, bis ich das Hôtel Scribe erreicht hatte. Dort fiel ich dem ersten Korrespondenten, den ich kannte, um den Hals und weinte, bis ich nicht mehr konnte.

Wir blieben lange auf und sprachen über das, was wir gesehen hatten, dann ging er schlafen, und ich zog mein Notizbuch und Bleistifte hervor und machte mich an die Arbeit.

Es fiel mir schwerer, als ich gedacht hatte, meine Notizen zu lesen, und noch schwerer, auf die letzten Monate meines Lebens zurückzublicken und sowohl nachzuspüren als auch in Gänze zu begreifen, was geschehen war. Wenn Ernest meine Gedanken streifte, versuchte ich, wieder in die Sätze vor meiner Nase einzutauchen. Und wenn ich an all die anderen Dinge dachte, die ich verloren hatte – die Jungs, meinen Schreibtisch im Sonnenlicht, die Finca, das Glück und den Traum vom Glück –, wusste ich, dass ich irgendeinen Weg finden musste, mich von allem zu trennen, von wirklich allem, auch wenn ich mir dafür selbst das Herz brechen musste.

Zumindest bekomme ich meinen Namen zurück, dachte ich. Ich klammerte mich an jeden Strohhalm und stellte fest, dass ich mich schon ein wenig stärker fühlte. Draußen ging das Jubeln weiter, ebenso das Tanzen und das grässliche Gebimmel. Ich fühlte mich von alldem abgesondert, war ohne jegliche Hoffnung, aber zumindest hatte das etwas Solides, es war mein. Ein kleiner Punkt, von dem aus ich beginnen konnte. Etwas anderes kam mir nicht in den Sinn.

Gellhorn. Das war es, was mir nun blieb. Ich würde es annehmen.

ANMERKUNG DER AUTORIN

Martha Gellhorn wurde eine der bedeutendsten und berühmtesten Kriegskorrespondentinnen des 20. Jahrhunderts. Sechzig Jahre lang berichtete sie über nahezu jeden großen Konflikt – vom Spanischen Bürgerkrieg bis hin zur Schweinebucht, von Vietnam über El Salvador bis Panama, wo sie die Invasion im Alter von einundachtzig Jahren miterlebte. Außerdem veröffentlichte sie nebenbei insgesamt fünf Romane, vierzehn Novellen, zwei Kurzgeschichtensammlungen und drei Essaybände, reiste unaufhörlich mit Begeisterung und Leidenschaft, erkundete über fünfzig Länder und ließ sich an einem halben Dutzend exotischer Orte häuslich nieder, darunter Afrika, Wales und Cuernavaca in Mexiko.

Nach allem, was man weiß, verzieh Hemingway ihr nie, dass sie ihn verließ – die einzige seiner Frauen, die dies je getan hatte. Bekanntermaßen verbrachte sie den Rest ihres Lebens damit, nicht nur den Mann selbst zu meiden, sondern sogar die Erwähnung seines Namens. Sie war eine ausgesprochen zurückhaltende Person, die sich nicht in Tratsch verwickeln lassen wollte, aber vor allen Dingen weigerte sie sich, nur als »eine Fußnote« in seinem Leben oder dem Leben irgendeines anderen genannt zu werden, und verabscheute es, dass ihr Schreibstil andauernd mit seinem verglichen wurde.

Doch falls eine gewisse Tragik darin liegt, dass ihre Liebesgeschichte – die einst so leidenschaftlich und intensiv war – in professioneller Rivalität, Verbitterung und Verrat endete, so erscheint es mir noch tragischer, dass auch keiner von beiden mit irgendjemand anderem lange glücklich gewesen ist. Hemingway blieb mit Mary Welsh bis zu seinem Selbstmord im Jahr 1961 verheiratet, auch wenn die meisten seiner Biographen die Ehe als wenig förderlich für beide bezeichneten, und Gellhorn (die in einem Brief witzelte, die Rolle der »Gräfin Tolstoi« sei »keine vorteilhafte«) fand ihren Knecht und Narr. 1954 heiratete Gellhorn Tom Matthews, den Herausgeber des *Time Magazine*, aber die Beziehung endete nach neun Jahren böse. Öffentlich behauptete sie, die Ehe »langweilig« zu finden, aber in Briefen an ihre engsten Vertrauten gab sie zu, wütend gewesen zu sein, als sie herausfand, Tom habe eine langjährige Affäre gehabt. Als sie ihn verließ, schwor sie, sie werde »es nie wieder versuchen«, womit sie die Ehe meinte. Aber ich denke, sie wusste einfach nicht, wie sie ganz sie selbst sein könnte, wenn sie mit einem Mann zusammen war, und war stets überfordert von den konkurrierenden Anforderungen von Karriere und Häuslichkeit. Ihre Kämpfe erscheinen mir schmerzlich und real und nur allzu vertraut.

1949 adoptierte Gellhorn einen italienischen Waisenjungen namens Alessandro (Sandy), aber auch diese Beziehung war häufig von Kummer geprägt. Während ihr Sohn mit seinem Gewicht, mit Drogen, mit einer Richtung für sein Leben kämpfte, kämpfte sie mit Ungeduld und ihrem kritischen Naturell. Sie versöhnten sich schließlich, aber der Verbindung fehlte die Nähe, die sie zu Hemingways Söhnen verspürt hatte – von denen sie bis zu seinem Tod im Jahr 1961 im Wesentlichen verbannt blieb – und auch zu ihrem Stiefsohn Sandy Matthews, mit dem sie über zwanzig Jahre lang eine liebevolle Korrespondenz aufrechterhielt und dem sie später die Kontrolle über ihre Papiere und ihren Besitz übertrug.

Gellhorn würde es hassen, dass noch immer über sie getratscht wird – sie sei eine Dilettantin gewesen, ein Modepüppchen, eine, die Jagd auf anderer Frauen Männer gemacht habe (während sie Berichten zufolge Sex hasste). Auf jedwede Engstirnigkeit reagierte sie mit Ungeduld. Sie verabscheute Lügner und Feiglinge und auch Nostalgie. Der Blick zurück machte sie traurig, also stürzte sie sich stattdessen nach vorn, reiste zu fernen Zielen, wo sie allein in fremden Meeren baden konnte. Sie liebte ihre Freunde und einen guten Whiskey ohne Eis, die Einsamkeit und schwindelerregende Aussichten und bis auf die Knochen blankgelegte Worte, die die wahrhaftigste Version der Wahrheit preisgeben.

Ihre fortwährende Leidenschaft (abgesehen von ihrer Mutter Edna, ihrem Polarstern) galt ihrer Arbeit. 1998, im Alter von neunundachtzig Jahren, war sie nahezu blind und kämpfte außerdem gegen Krebs, und sie konnte die Seiten in ihrer verbeulten Schreibmaschine nicht mehr entziffern. Sie brachte ihre Angelegenheiten in eine akribische Ordnung, verbrannte Stapel alter Papiere zu Asche (Briefe von Hemingway inbegriffen) und nahm sich mit einer speziellen Tablette, die sie für einen solchen Augenblick aufbewahrt hatte, das Leben, wie Hemingway es schon beinahe vierzig Jahre vor ihr getan hatte.

Ich wünschte, ich hätte sie gekannt, diese »Tausendfünfhundert-Watt-Glühbirne«, wie ein Freund sie beschrieb, die »Lebenskraft, Gewissheit und absolute Tapferkeit« ausstrahlte. Ich bewundere ihre Stimme und ihren Weitblick, wie sie über Ungerechtigkeit schimpfte und die Geschichten gewöhnlicher Menschen erzählte, makellos, mit unerschütterlicher Überzeugung. Sie war direkt und beharrlich, eine ehrliche Haut und die Beste ihres Fachs. Sie ging an ihre eigenen Grenzen, trotz aller Risiken und aller Verluste auf dem Weg. Wir können nicht genug Heldinnen wie sie haben, falls es überhaupt jemals noch jemanden wie sie gegeben hat. Und nachdem ich meinen Stift erhoben habe, um sie zu finden, erhebe ich nun ein Glas Whiskey – pur natürlich – auf ihr einzigartiges Leben.

PAULA MCLAIN,
Cleveland, Ohio

DANKSAGUNG

Als ich vor zehn Jahren die Idee zu *Madame Hemingway* hatte, war dies der Wendepunkt meiner Karriere. Von jemandem mit drei Teilzeit-Lehrstellen, der sich in einem nahegelegenen Café Auszeiten von der Familie nahm, wurde ich zu einer Vollzeit-Schriftstellerin mit einem Homeoffice, mit Lesern, die sich für meine Figuren und Geschichten ebenso sehr begeisterten wie ich, und mit einem ganzen Team von Menschen, die ihr Bestes geben, um jedes Buch zu einem Erfolg zu machen. Mit alldem möchte ich sagen, wie dankbar und *glücklich* ich bin, auf den Zuspruch, die Unterstützung und den Glauben vieler, vieler talentierter und bemerkenswerter Personen setzen zu können.

Meine Agentin Julie Barer hat mich auf dieser wundervollen Reise von Beginn an begleitet und sogar schon davor. Ihre Instinkte, ihre Beratung und ihre Freundschaft bedeuten alles für mich. Dieses Buch ist ihr aus tausend Gründen gewidmet, einer davon ist der Tag, an dem sie in einen eindrucksvollen roten Anzug schlüpfte und für mich eine Lanze brechen ging, als viel auf dem Spiel stand. Julie, du bist unersetzlich. Vielen Dank.

Ein großer Dank geht an das gesamte Team von The Book Group, ein außergewöhnliches Unternehmen und eine Familie: Nicole Cunningham, Brettne Bloom, Elisabeth Weed und Faye Bender. Jede von ihnen ist ein Rockstar, genau wie die fabelhafte Jenny Meyer.

Susanna Porter ist nun schon seit vielen Jahren meine Lektorin, beeindruckt mich aber nach wie vor mit ihrer

Einsicht und dem Ausmaß ihres Einsatzes. Sie steckt bis zum Ellbogen in diesem Buch, auf jeder Seite. Sie hat mich auch zu einer besseren Schriftstellerin gemacht. Ein Dankeschön ist kaum ausreichend, aber damit werde ich beginnen.

Ich muss so vielen Menschen bei Ballantine Books und Penguin Random House für ihren Enthusiasmus, ihre Unterstützung und ihre exzellente Arbeit danken (und wieder und wieder danken): Kara Welsh, Kim Hovey, Susan Corcoran, Jennifer Garza, Allyson Lord, Quinne Rogers, Benjamin Dreyer, Steve Messina, Anastasia Whalen, Caitlin McCaskey und Emily Hartley. Sue Betz hat das Manuskript wunderbar und gründlich Korrektur gelesen, und Dana Blanchette hat wieder eine absolut umwerfende Gestaltung erarbeitet. Ein Dank an Paolo Pepe, Robbin Schiff und das erstklassige Herstellungsteam für ihre fortdauernde exzellente Arbeit und an Anna Bauer Carr und Debra Lill für dieses großartige Cover, an Gina Centrello für ihren unaufhörlichen Einsatz für meine Arbeit und an alle Vertriebsmitarbeiter dafür, dass sie meine Bücher in die Hände von Buchhändlern und Lesern und hinaus in die Welt bringen.

Ich habe Ursula Doyle von Fleet viel zu verdanken, meiner brillanten Lektorin in UK; Susan de Soissons und David Bamford von Virago/Little, Brown UK; Caspian Dennis von Abner Stein; Michelle Weiner von Creative Artists Agency und meinem wunderbaren Team bei Penguin Random House Canada und Doubleday Canada, insbesondere Lynn Henry, Kristin Cochrane und Sharon Klein.

Während der Arbeit an diesem Buch habe ich eine wichtige Rechercheeise nach Kuba unternommen, geplant von meinem langjährigen Freund und gelegentlichen Reiseassistenten Brian Groh. Luly Duke von Fundación Amistad war maßgeblich daran beteiligt, uns mit all den richtigen Personen in Kontakt zu bringen, darunter Esperanza García Fernández, Konservatorin des Hemingway Room im Ambos Mundos in Havanna, America Fuentes, Enkelin von Gregorio Fuentes, dem Kapitän der *Pilar*, und Gladys Rodriguez Ferrero, Hemingway-Forscherin und ehemalige Direktorin des Museo Hemingway Finca Vigía. Ada Rosa Alfonso Rosales, die derzeitige Direktorin des Museo Hemingway, war mir gegenüber bei meinem Besuch unglaublich großzügig, ebenso wie ihre geduldigen, hilfsbereiten Mitarbeiter. Meine Übersetzerin und Führerin Aixa Roche Pozas war ein absolutes Juwel und hat jeden Tag zu einer Freude gemacht. Weitere exzellente Interviewübersetzungen und Unterstützung beim Durchsehen von Archivdokumenten bekam ich von Alejandro Jose Acosta.

Im Laufe der Jahre haben mich viele Freunde auf bedeutende Weise unterstützt, und ich kann ihnen wirklich nicht genug danken: Lori Keene, David French, Greg D'Alessio, Sharon Day, Pam und Doug O'Hara, Brad Bedortha, Steve Reed, Beth Hellerstein, Michelle Lipp, Patti Henry, Laura McNeal, Eleanor Brown, Sarah McCoy, Becky Gaylord, Denise Machado und John Sargent, Terry Sullivan, Heather Greene, Jim Harms, Chris Pavone, Scott und Cherie Parsons, Karen Rosenberg und Nan Cohen. Die East Side Writers – Terry Dubow, Sarah Willis, Toni Thayer, Charlie Oberndorf, Karen Sandstrom, Neal Chandler, Lynda Montgomery und Justin Glanville – sind immer auf meiner Seite gewesen. Ich vermisse euch!

Charlotte Fowler und Allie Lustig haben zu Hause für einen glatten Ablauf gesorgt. Gesegnet seid ihr beide! Mein Sohn Connor ist als Kindermädchen, Koch, Hundesitter und rundum als Superstar in einer schwierigen Zeit eingesprungen und hat dafür gesorgt, dass sich das Leben tatsächlich meistern ließ. Jeden Tag kam er in die

Küche, wo ich schrieb, während immer und immer wieder dasselbe Album von William Fitzsimmons ertönte. Eines Tages meinte Connor: »Du solltest ihm in deinem Buch danken«, also bitte schön: Danke an William Fitzsimmons dafür, dass er den Soundtrack für buchstäblich Tausende Stunden Schreibzeit geliefert hat.

Liebe und Dank an meine Mutter Rita Hinken und auch an den überwältigenden Tom Persinger für die Glühwürmchen, die Musik, den Mond an einem Faden und dafür, dass er sich generell finden lässt. Was haben wir getan? Meine Kinder Beckett, Fiona und Connor sind die außergewöhnlichsten Menschen, und ich schätze mich glücklich, sie kennen zu dürfen. Sie und meine Schwestern waren und werden immer mein Zuhause sein.

EINE ANMERKUNG ZU DEN QUELLEN

Meine Arbeit besteht stets aus einer Mischung aus Fakten und Fiktion. In den letzten zehn Jahren wurde ich vollkommen von der Aufgabe in Anspruch genommen, über unglaubliche Frauen der Geschichte zu schreiben. Dabei habe ich auf mein Bauchgefühl vertraut, dass es mich zu einem bestimmten Leben führt, das mich inspiriert, oder besser gesagt, das mich vollkommen gefangen nimmt. Dann beginne ich mit der schwierigen, aber auch glückbringenden Aufgabe, die aufgezeichneten historischen Fakten durchzugehen, um jene Geschichte innerhalb der größeren Geschichte zu finden, die ich erzählen möchte – und muss. Auch dieser Teil ist pure Intuition. Ich folge meinem Herzen und vertraue darauf, dass meine Phantasie mit an Bord springt. Und los geht es.

Aber ich weiß, dass ich ohne die konkreten, absolut essenziellen Ausgangsstoffe, die meine Recherche begründen, nicht bis zu dem träumenden, fühlenden Part meines Schreibprozesses gelangen könnte. Für dieses Material bin ich vielen guten Autoren und Biografen zu Dank verpflichtet. Insbesondere möchte ich Caroline Moorehead hervorheben, für ihre bemerkenswerte Biografie *Gellhorn: A Twentieth-Century Life*, und für das Kuratieren und Zusammenstellen von Gellhorns Korrespondenz in *Ausgewählte Briefe*, da vor allem diese beiden Bücher MGs Stimme und ihre Geschichte für mich zum Leben erweckt haben. Bernice Kerts *Die Frauen Hemingways* war ebenfalls von Bedeutung, ebenso *Hemingway and Gellhorn* von Jerome Tuccille.

Gellhorns eigenes Werk zu lesen, war sowohl ein Vergnügen als auch eine Offenbarung, insbesondere *The Trouble I've Seen, A Stricken Field, Liana, The Honeyed Peace, The Heart of Another, Das Gesicht des Krieges, The View from the Ground* und *Reisen mit mir und einem anderen.* Außerdem habe ich ein wundervolles Stück entdeckt, *Love Goes to Press*, das Gellhorn gemeinsam mit Virginia Cowles geschrieben und das mir sehr dabei geholfen hat, das Leben von Kriegskorrespondentinnen zu beleuchten. Darüber hinaus ist es urkomisch, und die Dialoge sind erstklassig!

Viele Texte haben mir dabei geholfen, das äußerst komplexe politische Terrain des Spanischen Bürgerkriegs zu verstehen und was es bedeutete, tatsächlich vor Ort zu sein, voll und ganz ein Teil des Kampfes zu sein, darunter *The Education of a Correspondent* von Herbert L. Matthews, *The Starched Blue Sky of Spain* von Josephine Herbst, *Spain in Our Hearts* von Adam Hochschild, *Hotel Florida* von Amanda Vaill, *This Time a Better Earth* von Ted Allan und *Looking for Trouble* von Virginia Cowles.

Wichtige Einsichten in den Verlauf von Hemingways Leben und in den Mann selbst, soweit er eben verstanden werden kann, erhielt ich dank *Ernest Hemingway: A Life Story* von Carlos Baker, *Hemingway: The 1930s* und *Hemingway: The Final Years* von Michael Reynolds, *The True Gen* von Denis Brian und dem großartigen und äußerst ergreifenden *Hemingway's Boat* von Paul Hendrickson.

Ich lese Hemingway immer wieder aufs Neue und lerne jedes Mal mehr dazu. Für diesen speziellen Roman bin ich *Wem die Stunde schlägt, Inseln im Strom, Die fünfte Kolonne* und *Haben und Nichthaben* zu Dank verpflichtet.

Schließlich erscheint es mir wichtig festzustellen, dass

meine Gellhorn nicht *die* Gellhorn ist, wie könnte sie das auch sein? Diese Frau ist ein Mysterium, so wie wir alle Mysterien sind, für unsere Freunde und Familien und alle Menschen, die uns nahestehen, und sogar für uns selbst. Und doch könnte ich die Frau, die ich entdeckt habe, indem ich mir größte Mühe gegeben habe, sie zu verstehen, gar nicht noch mehr bewundern. Welche Fehler sie auch gehabt haben mag, sie leuchtete hell, war ein echtes Original, und ich werde sie nie vergessen.

Im Laufe meiner Recherchen gab es mehrere Momente, in denen sich die Biografen widersprochen haben, und Stellen, an denen sich Gellhorn selbst falsch erinnerte. Manche davon waren ganz klein. Beispielsweise fuhr sie auf einem Schiff namens *Westernland* nach Finnland, wie man aus den Passagierlisten erfahren kann, aber sie schrieb in ihren Briefen von der *Westenland*. Es wäre einfach gewesen, sie hierin und in anderen Fällen zu korrigieren, und ohne Zweifel hätten viele Autoren genau das getan. Ich habe jedoch beschlossen, dass es wichtiger und viel symbolischer für mich ist, eine verkörperte und emotionale Wahrheit über ihr Leben zu erzählen, statt »korrekt« zu sein. Welche Fehler und Schwächen und Eigenarten ich selbst auch haben mag, hoffe ich, dass meine Zuneigung, Bewunderung und Empathie für sie – und auch für Hemingway – stets durchscheinen.